HEYNE BÜCHER

SCIENCE FICTION

Herausgegeben
von Wolfgang Jeschke

Von **SHADOWRUN™** erschienen in der Reihe
HEYNE SCIENCE FICTION & FANTASY:

1. Jordan K. Weisman (Hrsg.): *Der Weg in die Schatten* · 06/4884

TRILOGIE GEHEIMNISSE DER MACHT

2. Robert N. Charrette: *Laß ab von Drachen* · 06/4845
3. Robert N. Charrette: *Wähl deine Feinde mit Bedacht* · 06/4846
4. Robert N. Charrette: *Such deine eigene Wahrheit* · 06/4847

5. Nigel Findley: *2 X S* · 06/4983
6. Chris Kubasik: *Der Wechselbalg* · 06/4984
7. Robert N. Charrette: *Trau keinem Elf* · 06/4985
8. Nigel Findley: *Schattenspiele* · 06/5068
9. Carl Sargent: *Blutige Straßen* · 06/5087

TRILOGIE DEUTSCHLAND IN DEN SCHATTEN

10. Hans Joachim Alpers: *Das zerrissene Land* · 06/5104
11. Hans Joachim Alpers: *Die Augen des Riggers* · 06/5105
12. Hans Joachim Alpers: *Die graue Eminenz* · 06/5106 (in Vorb.)

13. Tom Dowd: *Spielball der Nacht* · 06/5186
14. Nyx Smith: *Die Attentäterin* · 06/5294
15. Nigel Findley: *Der Einzelgänger* · 06/5305 (in Vorb.)
16. Nyx Smith: *In die Dunkelheit* · 06/5324 (in Vorb.)
17. Carl Sargent: *Nosferatu 2053* · 06/5343 (in Vorb.)

NYX SMITH

DIE ATTENTÄTERIN

Vierzehnter Band
des
SHADOWRUN™-ZYKLUS

Deutsche Erstausgabe

WILHELM HEYNE VERLAG
MÜNCHEN

HEYNE SCIENCE FICTION & FANTASY
Band 06/5294

Titel der Originalausgabe
STRIPER ASSASSIN
Übersetzung aus dem Amerikanischen von
Christian Jentzsch
Das Umschlagbild malte John Zeleznik
Die Innenillustrationen
zeichnete Janet Ausilio

5. Auflage

Redaktion: Rainer Michael Rahn

Printed in Germany 2000
Umschlaggestaltung: Atelier Ingrid Schütz, München
Technische Betreuung: Manfred Spinola
Satz: Schaber Satz- und Datentechnik, Wels
Druck und Bindung: Elsnerdruck, Berlin

ISBN 3-453-07985-X

Für alle,
die daran glauben

TEIL 1

JÄGER

Eine Anregung aus einem Frühlingswald
Kann Dich mehr über die Menschen lehren,
Über Moral und über Gutes und Böses,
Als alle Weisen dieser Welt.

William Wordsworth,
›Das Blatt Gewendet‹

1

Beute ist Beute. Mensch, Elf, Ork, Troll – egal. Zweibeiner oder Vierbeiner, es macht keinen Unterschied. Das war das erste, was sie gelernt hat, und sie hat es nicht vergessen. Alle Wesen haben ihren Platz im großen Plan der Natur. Jedes hat seine Rolle zu spielen im immerwährenden Kreislauf des Lebens und Sterbens, in dem es nur Jäger und Gejagte, Raubtiere und Beute gibt.

Die Menschenwelt kennt sie unter dem Namen Striper, aber ihr richtiger Name ist Tikki, und heute nacht ist Tikki auf der Jagd.

Das leise Summen menschlicher Technologie hallt in ihren Ohren, und die öligen Gerüche der Maschinen kitzeln ihre Nüstern. Sie rümpft die Nase und schnippt mit den Fingern, während sie geduldig auf den Augenblick des Todes wartet, wenn viele Stunden der Planung, Studien und Vorbereitungen im Höhepunkt des Tötens gipfeln. Sie hat die Beute sorgfältig ausgeforscht. Sie kennt ihre Fährte, ihre Gewohnheiten. Jetzt ist die Zeit des Beschleichens vorbei und die Falle gestellt. Bald wird die Beute das Jagdrevier betreten, und dann werden alle Fragen beantwortet und alle Zweifel überwunden, und zwar mit tödlicher Endgültigkeit.

Es ist ganz genauso wie das Jagen in der Wildnis.

Der Fahrstuhl wartet reglos. Tikki steht darin. Die Bedienleiste darin ist geöffnet und gibt den Blick auf ein Gewirr von Drähten frei, das die Bedienungselemente des Fahrstuhls mit einem tragbaren Diagnosecomputer verbindet, wie ihn Reparaturtechs benutzen. Der Comp baumelt aus der Öffnung und gibt ihr die vollständige Kontrolle über den Fahrstuhl. Er hat das zentrale Computersystem des Gebäudes davon überzeugt, daß der Fahrstuhl einer Routinewartung unter-

zogen wird. Ein zweites Drahtbündel verbindet gewisse farbige Kabel der Bedienungselemente mit einem kleinen, handflächengroßen Monitor, der neben dem Comp hängt. Der Monitor liefert ein Bild des Bereichs direkt hinter den Fahrstuhltüren, und zwar über die gebäudeeigenen Überwachungskameras.

Es gibt zwei Fahrstühle, einer ist in Betrieb, der andere nicht. Der Fahrstuhl, über den Tikki gebietet, wartet mit geschlossenen Türen auf der Ebene des unterirdischen Parkhauses.

Der Moment des Tötens nähert sich.

Auf ihrem Monitor sieht Tikki eine lange schwarze Limousine, einen Nissan Ultima V, in das Parkhaus gleiten und sanft vor den Fahrstühlen ausrollen. Einen Augenblick später hört sie einen leisen Gong links von sich. Das ist der andere Fahrstuhl, derjenige, der in Betrieb ist, und der jetzt auf ihrer Etage, dem unterirdischen Parkhaus, ankommt. Sie zählt die Sekunden ... eins, zwei, drei. Ein Lämpchen flammt an dem tragbaren Comp auf. Ihre Ohren nehmen ein leises Rumpeln wahr. Auf dem Monitor sieht sie, wie sich die Türen des anderen Fahrstuhls öffnen. Eine kleine Gruppe von fünf Personen tritt heraus. Diejenige, auf die sie wartet, ist ein schlanker Asiat mit den Merkmalen hohen Alters: schütteres weißes Haar, stark verrunzeltes Gesicht, zerbrechlich wirkende Hände. Sein Name ist Ryokai Naoshi, und er ist einer von mehreren hochrangigen Yakuza-Bossen, die als Zielpersonen für Attentate auserkoren wurden.

Ryokais Stellung innerhalb der Yakuza wird ihn nicht retten. Tikki weiß über die Yakuza Bescheid, weiß, daß diese Organisation große Macht besitzt und über viele Soldaten verfügt. Aber das spielt für sie keine Rolle und ist kein Grund, auf die heutige Arbeit zu verzichten. Jedes Tier hat seine Waffen, manche verfügen über mehr als andere. Der erfolgreiche Jäger weicht den Gefahren aus, die von seiner Beute ausgehen, und schlägt rücksichtslos zu, sobald er sich einmal festgelegt hat.

Ryokai und seine Begleiter gehen auf die Limousine zu.

Tikki drückt auf eine Comp-Taste.

Als die Türen vor ihr aufgleiten, hält sie eine Vindicator Minikanone im Anschlag, eine große und klobige Waffe mit sechs rotierenden Läufen, die bereits vor sich hin surren. Tikki hat keinen Grund, den Fahrstuhl zu verlassen. Der Wagen steht vor ihr, kaum fünf Meter entfernt und etwas nach links versetzt. Ryokai, seine zwei Leibwächter, ein weiterer Pinkel und eine modisch-elegant herausgeputzte Frau haben die Limousine fast erreicht. Einer der Leibwächter dreht sich abrupt um und sieht in Tikkis Richtung, aber selbst er ist zu langsam, und seine Reaktion kommt zu spät.

Alle fünf stehen in ihrer Schußlinie.

Tikki zieht den Abzug durch.

Die Vindicator röhrt auf, die rotierenden Läufe spucken Feuer, das Schnellfeuerhusten der Waffe steigert sich zu einem rauhen Stakkatodonnern. Panzerbrechende Granaten reißen die Limousine der Länge nach auf, zerschmettern Scheiben, durchlöchern Reifen und zerfetzen die weichen Leiber der Menschen wie dünne Fleischfolie. Auf Limousine und Betonboden regnet es Blut und Glas. Die Leiber zucken, werden herumgewirbelt und sacken zusammen. Tikki konzentriert die letzten Schüsse des Fünfzigermagazins der Vindicator auf ihr Hauptziel, auf Ryokai. Danach sieht die Leiche wie ein verwester, zerfetzter Matschklumpen aus, und das ist höchst zufriedenstellend.

Ihr Kontrakt für den heutigen Abend verlangt ausdrücklich, daß der Hit auch wie ein Hit *aussieht,* und daß er mit sehr viel Lärm und überwältigender Zerstörung verbunden sein muß.

Kontrakt erfüllt.

Sie tippt etwas in den Comp ein. Der Fahrstuhl setzt

sich abwärts zu den Wartungsebenen in Bewegung. Von dort aus wird sie durch verschiedene Versorgungstunnel verschwinden.

Alles läuft nach Plan.

Null Problemo, wie die Menschen sagen.

2

Das letzte, was ihm überhaupt noch real vorkommt, ist der plötzliche krampfhafte Druck von Jennifers Hand an seinem Ellbogen und ihr jäher, leiser Ausruf, eher ein Keuchen.

Dann beginnt der Alptraum.

Ein Grollen wie Donner liegt in der Luft, Feuer blendet ihn, dann kommen die Schmerzen, ein Ozean der Schmerzen, eine Galaxie der Schmerzen, mehr Schmerzen, als zu erleiden er für eine einzige Person je für möglich gehalten hätte, Qualen, unerträglich, endlos, grenzenlos. Dringen aus allen Richtungen auf ihn ein. Hämmern in seinen Schädel. Toben durch seinen ganzen Körper. Irgendein Teil von ihm kann nicht glauben, daß eine Person derartige Qualen erleiden und überleben kann. Er hat das Gefühl, als könnten ihn die Schmerzen allein wie eine physische Kraft auseinanderreißen, ihn in Stücke brechen, ihn zerquetschen, ihn in Atome zerlegen.

Was als nächstes kommt, übersteigt jegliches Begreifen. Trotz seiner Qualen bewegt er sich, bewegt er sich schnell, als schieße er einen langen dunklen Tunnel entlang. Schneller und immer schneller. Bis die Geschwindigkeit an seinen Muskeln und Gliedmaßen zerrt, an seinem ganzen Körper reißt.

Der Tunnel wird heller, strahlend, blendend. Er taucht in eine weißglühende Sonne, ein sengendes Inferno aus Weiß ein. Absolut überwältigend.

Endlos ...

3

Um zwei Uhr morgens ist die alte Straße verlassen, die in nördlicher Richtung durch die Blue Ridge Mountains und den Konföderiertenstaat North Carolina führt. In der Ferne durchschneidet ein Blitz den schwarzen Nachthimmel, und der Donner hallt durch die Berge wie massiertes Artilleriefeuer.

Raman steht auf dem Seitenstreifen der Straße. Funkelnde Stahlklingen stehen von dem beschlagenen rechten Unterarmschützer ab. Er betrachtet die vorquellenden Augen des Mannes, der auf den rasiermesserscharfen Klingen hängt. Der Mann trägt wie sein Begleiter, der ganz in der Nähe auf dem Boden liegt, die Konzernuniform der Staatspolizei, und er stirbt für seine Unüberlegtheit. Blut strömt aus seinem Leib und sammelt sich auf dem harten Boden zwischen seinen Füßen in einer kleinen Pfütze. Kurz darauf werden seine Augen glasig. Sein Körper erschlafft. Es ist ein Tod, den Raman wegen der Probleme, die er mit sich bringt, als unglücklich, aber völlig unvermeidlich betrachtet.

Raman läßt den Arm sinken und die Leiche fallen. Es gefällt ihm nicht, daß er Gesetzeshüter töten muß, aber diese beiden haben ihm keine andere Wahl gelassen. Sie wollten ihn an seiner Flucht hindern.

Der dunkelblaue Nissan Interceptor der Kontraktcops blinkt die Bäume am Straßenrand abwechselnd rot und blau an. Bald werden andere Cops und andere Wagen kommen. Vielleicht sogar Suchhubschrauber. Ramans letzter Job in Atlanta scheint die halbe Konföderation aufgescheucht zu haben. Er sieht sich rasch um, dann schüttelt er das Blut von den Klingen, bevor er sie mit dem leisem Knacken glänzenden Metalls einschnappen läßt. Offensichtlich muß er seine überstürzte Flucht fortsetzen. Seine Akte ist zu dick, um das Risiko eingehen zu können, sich von den Behörden erwischen zu lassen. Auf eine Verhaftung würden mit Sicherheit Verurteilung, Zuchthaus und Tod folgen, und das darf niemals geschehen. Das ist ein Versprechen, das er sich selbst gegeben hat.

Besser, von einem Kugelhagel niedergemäht zu werden und allein in irgendeiner abfallübersäten Gasse oder auf dem Seitenstreifen eines vergessenen Highways zu sterben, als in ein Zuchthaus gesteckt und zur Hinrichtung geführt zu werden wie ein Lamm zur Schlachtbank.

Der Tod an sich ist nicht das Problem.

Der Tod ist sein Bruder. Raman fürchtet sich nicht davor. Wenn er stirbt, wird er frei sterben, wenn das Schicksal es will.

Vielleicht in einer anderen Nacht.

Seine gestohlene Harley Scorpion wartet nur ein paar Schritte hinter ihm auf dem Seitenstreifen. Raman läßt den Motor an und lenkt die Maschine auf den Highway. Er duckt sich und verlagert sein Gewicht nach vorn, um den Vorderreifen des Hobels auf den löchrigen Asphalt zu drücken. Noch ein paar Kilometer, dann wird er die Grenze überschreiten und in einen Teil der Welt fahren, der unter dem Namen Virginia bekannt ist.

Die Ironie des Namens entlockt ihm die Andeutung eines trockenen Lächelns. Es gibt nichts Jungfräuliches mehr.

Nichts und nirgendwo.

4

In einem Zimmer, das von einem rötlichen Dunstschleier überflutet ist, erwacht Bernard Ohara in der behaglichen Wärme des Bettes und zum warmen, nachgiebigen Druck zweier weiblicher Körper, der eine links von ihm, der andere rechts. Die zu den Körpern gehörigen Namen lauten Christie und Crystal. Beide sind blauäugige Blondinen. Sie sehen sich so ähnlich, daß sie Zwillinge sein könnten; sie haben eine wunderbare, kurvige, üppige Figur. Ohara ist sicher, die Schnallen verdanken ihre außergewöhnlichen Proportionen Golds Premier Salon oder einem ähnlichen Etablissement, das sich auf Körperskulptur spezialisiert hat, aber das ist ihm egal.

Ihn interessiert nur ihre Bereitschaft, ihm Vergnügen zu bereiten. Das ist der Grund, warum er sie behält, warum sie ihm überhaupt aufgefallen sind.

Wie er so in der blutigroten Dunkelheit daliegt, erinnert sich Ohara mit einem Lächeln an seine Versprechungen, die Zwillinge im Trideo unterzubringen, vielleicht sogar in topaktuellen SimSinn-Produktionen. Diese Versprechungen sind mittlerweile unwichtig geworden, wie er es sich von Anfang an gedacht hat. Die Schnallen haben kein Interesse an der Schauspielerei. Ihnen liegt nur etwas am Geld. Für die richtige Menge Nuyen tun sie praktisch alles, bedienen ihn wie Sklavinnen, wärmen sein Bett. Das hält Ohara nicht davon ab, sich zu fragen, ob sie auf Chip nicht möglicherweise noch aufregender sind als in echt. So ist es oft – mit der richtigen Gefühlssynchronisation, dem richtigen Schnitt ... und so weiter.

Etwas Warmes, Nasses gleitet über sein Ohr. Feuchte Lippen streichen sanft über seine Wangen. Lange Fingernägel graben sich in seinen Nacken, in seine Brust und tasten sich an ihm herab, um ihn weiter unten zu streicheln. Sein neues Implantat reagiert mit einer Schnelligkeit und Entschlossenheit, die er immer noch erstaunlich findet, an der er mittlerweile jedoch Geschmack gefunden hat. Augenblicke später ist er steinhart und kann es kaum noch erwarten.

Eine der Schnallen stöhnt, klettert auf seine Hüften und nimmt ihn in sich auf. Auf ihr heiseres Flehen reagiert er mit Überschwang. Der feste Griff, mit dem sie ihn umklammert hält, jagt einen Stromstoß der Erregung sein Rückgrat hinauf, der sich mit explosivem Entzücken in ihm entlädt.

Die Schnalle bleibt keuchend auf der Seite liegen. Ohara grunzt zufrieden. Die andere, Crystal oder Christie, welche auch immer, bettelt darum, daß er sie sich ebenfalls vornimmt. Ohara lächelt und besorgt es hier hart und schnell, wie er es am liebsten mag.

Als er fertig ist, summt das Telekom.

Seine Privatleitung.

»Drek«, knurrt er.

Der Hi-D-Telekomschirm in der Wand hinter dem Fußende des Bettes nimmt eine stumpfgraue Farbe an. Das stilisierte Konzernlogo von KFK International, Kono-Furata-Ko, erscheint kurz in der Bildschirmmitte, um sich dann auszudehnen und den Hintergrund auszufüllen, während die rundlichen Gesichtszüge eines Asiaten im Vordergrund Gestalt annehmen. Es ist Enoshi Ken, Oharas Assistent innerhalb des Konzerns.

»Gebt mir die Fernbedienung.«

Eine der Schnallen, Christie oder Crystal, drückt ihm die Fernbedienung in die Hand, wobei sie sich sinnlich an ihn schmiegt, seinen Nacken küßt und die Innenseiten seiner Oberschenkel streichelt.

Ohara grunzt und drückt auf eine Taste.

Nur audio.

»Ich sagte, keine Unterbrechungen, verdammt noch mal!«

Auf dem großen Schirm neigt Enoshi den Kopf.

Ohara lächelt bissig. Zumindest hat dieser Schwachkopf von Assistent seinen Namen noch nicht genannt, nicht auf einer öffentlichen Telekomleitung. Ohara ist sehr auf Sicherheit bedacht und verlangt von seinen Untergebenen das gleiche, angesichts all der Neoanarchisten und anderen Radikalen, die nichts anderes im Sinn haben, als ihre tiefsitzenden psychologischen

Störungen auf Kosten der oberen Schichten der Konzernhierarchie auszuleben. Als Besitzer seiner Eigentumswohnung hier in den Platinum Manor Estates ist eine Stiftung seines Konzerns, nicht er selbst eingetragen. Außerdem beschäftigt er rund um die Uhr zwei Elitebeschützer von Birnoth Comitatus. Hinzu kommen weitere Sicherheitseinrichtungen.

»Ich bitte um Verzeihung, Sir«, sagt Enoshi in typisch schmeichlerischem Tonfall. »In diesem Fall hielt ich es jedoch für ...«

Ohara interessiert sich nicht für weitschweifige Begründungen. »Kommen Sie zur Sache.«

»Jawohl, Sir. Verzeihung, Sir. Ich habe gerade von unserem Sicherheitsleiter die Nachricht erhalten, daß Mister Robert Neiman tot ist.«

Das kommt etwas überraschend. Ohara runzelt die Stirn bei dem Gedanken, einen Stein in dem Konzerngebäude zu verlieren, das er so sorgsam errichtet hat. Dies ist nicht nur unangenehm, sondern zumindest kurzfristig bestürzend. Neiman war Leiter der Abteilung Sonderprojekte von Exotech Entertainment, einer straff geführten Tochter von KFK und Oharas primärem Wirkungs- und Kontrollbereich. Nach seinem Wechsel zu KFK hatte Ohara Neiman aus den staubigen Winkeln der bloßen Forschung zum Leiter derjenigen Spezialeinheit befördert, die aus Exotech kürzlich einen Spitzenkonzernbesitz gemacht hatte. Er hatte Neiman echte Macht schmecken lassen und war dafür reich belohnt worden.

»Was, zum Teufel, ist passiert?« grollt Ohara.

»Es hieß, daß noch nicht alle Einzelheiten bekannt seien, Sir«, erwidert Enoshi, dessen Miene so ausdruckslos wie immer ist. »Anscheinend hat die Polizei den Fall als vorsätzliche Tötung eingestuft. Als Mord. Man hat jedoch nichts Konkretes verlauten lassen.«

»Ich will einen vollständigen Bericht!« faucht Ohara, aber er ist viel weniger außer sich, als er klingt. Was die Polizei von sich aus verlauten läßt und was sie unter Druck preisgibt, sind zwei verschiedene Dinge. Offenbar hat sie noch keinen Verdächtigen verhaftet, sonst hätte sie eine entsprechende Stellungnahme abgegeben, während die üblichen Mitteilungen an Neimans nächste Verwandte und selbstverständlich seinen Arbeitgeber, Exotech, ergingen.

Die Vorstellung, daß irgendein kleiner Polizeibeamter Informationen zurückhält, ärgert Ohara, aber sie ist es nicht wert, sich darüber aufzuregen. Das ist eine Angelegenheit, die Enoshi regeln muß, eine untergeordnete Frage des Konzernprestiges.

An den tatsächlichen Einzelheiten von Neimans Tod hat Ohara kaum Interesse. Es reicht völlig aus zu wissen, daß der moderne Metroplex Möglichkeiten im Überfluß für eine Person bereithält, das Leben zu verlieren. Ein einziger Fehler reicht schon. Selbst einer normalerweise vorsichtigen Person wie Neiman kann einmal ein fataler Irrtum unterlaufen. Wahrscheinlich hatte der Mann nicht die leiseste Ahnung, was auf ihn zukam, bis es zu spät war. Ohara hat solche Fälle schon öfter erlebt.

Man kann einfach nicht vorsichtig genug sein.

»Jawohl, Sir«, sagt Enoshi, indem er sich noch einmal verbeugt. »Ich beschaffe einen vollständigen Bericht. Sofort. Gibt es sonst noch etwas?«

Es hätte offensichtlich sein müssen. Selbst im Halbschlaf und mit zwei sexsüchtigen Schnallen im Bett hat Ohara mehr auf der Pfanne als sein schleimiger Assistent und sogenannter Chef des Stabes. Als habe es daran je einen Zweifel gegeben. Er gestattet sich ein sarkastisches Lächeln. Das einzige Problem mit den Japanern – das eine wirklich ernsthafte Problem – ist ihre Initiativelosigkeit. Sie können keine Entscheidung treffen, ohne zuvor ein tausendköpfiges Komitee zu konsultieren – alle, mit denen sie arbeiten, und alle, für die sie arbeiten, bis hinauf zum Vorstandsvorsitzenden – wenn Ohara es so weit kommen ließe.

Unglücklicherweise kann Ohara es in einer Organisation wie KFK und einer Welt wie der des Jahres 2054 nicht vermeiden, sich mit Vertretern der ›kulturellen Elite‹ auseinanderzusetzen. Dronen wie Enoshi haben sich zu tief in die Struktur eingegraben. Sie sind allgegenwärtig.

»Wer ist Neimans Assistent? Baines?«

»Bairnes, Sir.«

»Richtig.« Er bezahlt Enoshi dafür, derartige Einzelheiten wie die Namen untergeordneter Betriebsmitglieder zu wissen, und zwar auswendig zu wissen, als seien sie in seine Seele eingebrannt. Oharas Verantwortlichkeiten beziehen sich mehr auf das umfassende Allgemeinbild, das vollständige Bild, wie es sich von der Spitze der Konzernpyramide aus darstellt.

»Sagen Sie Bairnes, daß er befördert wird. Bis morgen mittag will ich seine Beurteilung der gegenwärtigen Strategie der Abteilung Sonderprojekte auf meinem Tisch haben. Und das schließt auch seine Empfehlungen für personelle Veränderungen ein. Verschwenden Sie meine Zeit nicht mit Rohentwürfen. Ich will harte Fakten. Tatsachen. Verstanden?«

»Jawohl, Sir«, sagt Enoshi rasch. »Ich werde Mister Bairnes sofort benachrichtigen.«

»Tun Sie das«, sagt Ohara, bevor er die Verbindung abrupt unterbricht.

5

Der Club heißt Spit's, und heute abend dröhnt mit kataklysmischer Wildheit Bruiser Metal aus dem Eingang, jagt seinen barbarischen Rhythmus durch die Stahlbetonschluchten, deren grelle Neonreklamen sich dreißig und vierzig Stockwerke hoch erheben. Hoch über dem Boden schwebende Luftbojen plärren den

Werbetext für Produkte, die auf ihren blinkenden, blitzenden Zehn-mal-acht-Trideoschirmen angepriesen werden. Am Boden brummt und tost der Verkehr und quetscht sich über vier schmale Fahrbahnen. Die auseinanderfallenden Bürgersteige sind dicht bevölkert: mit Menschen und Metas, Polis und Skinheads, Pinkeln und Pennern, Trogs und Schlägern, Möchtegern-Messerklauen in beschlagenem Leder, NeoMonochromen und Elektro-Bodyware-Freaks und den anderen Tausenden schwitzenden, fluchenden, brüllenden Varianten, die man in der postmodernen, Post-Ghost-Dance-Stadt, der Erwachten Stadt antrifft.

Ein Stück die Straße entlang erheben sich Stimmen, scharf und bösartig. Ein Wirbel von Fäusten endet mit dem Aufblitzen eines Messers und dem raschen, dumpfen Husten einer halbautomatischen Waffe. Ein Mann sinkt mit aufgeschlitztem Leib auf den Beton. Ein anderer taumelt, stark aus der Schulter blutend, zur nächsten Straßenecke. Einer stirbt, der andere überlebt. Dem Sieger die Beute.

Metroplex Philadelphia, Innenstadt, Samstagabend.

Tikki lehnt sich gegen die glänzende Naß-Look-Front des vibrierenden Nachtclubs und zündet sich eine Dannemann Lonja an, einen langen, schlanken Zigarrillo. Sie lächelt vor sich hin. Sie ist in ihrem Element hier, direkt am hämmernden Puls des urbanen Dschungels, wo der Lärm ohrenbetäubend ist und das Leben auf der Straße ewig fließt. Für sie sind die vorbeiströmenden Massen eine einzige wogende Herde Tiere, die blind für den Blick des Jägers und die intime Nähe des Todes ist.

Sie sind Beute ohne Augen.

Ein rotweißer Polizeiwagen mit dem Logo von Minuteman Security Services Inc., der hiesigen Polizeitruppe, jagt mit blinkendem Blaulicht und jaulenden Sirenen den Block entlang. Tikki hat mit dem Vorfall ein Stück weiter nichts zu tun, und sie hat nicht vor, lange genug herumzuhängen, um festzustellen, ob die Cops ihr glauben oder nicht. Sie dreht sich um und verschwindet um die Ecke von Spit's und in der Gasse dort. Zwei Minuten später geht sie einen langen Tunnel entlang, der zum U-Bahnhof Market Street führt. Der nächste einfahrende Zug befördert sie durch die Stadt zum Schuylkill River.

Sie ist noch nicht lange in Philly, aber das Gelände ist vertraut, nur ein weiterer Subsektor des ausgedehnten Metroplexes, der sich bis zum Horizont erstreckt, ein urbaner Alptraum, der eines Tages den ganzen Globus überziehen wird. Das Trideo, die globalen Computernetze und die hoffnungslos miteinander verflochtenen Ökonomien der Welt haben die urbanen Gebiete, in denen Tikki jagt, derart homogenisiert, daß sie oft innehalten und sich vergegenwärtigen muß, wo sie sich befindet. Einen Ort von einem anderen zu unterscheiden, ist manchmal nicht leicht.

Natürlich gibt es Nuancen in diesem Gelände, spezielle Gefahren und andere Unterscheidungsmerkmale, von denen die meisten ziemlich geringfügiger Natur sind, aber der vorsichtige Jäger nimmt diese Unterschiede mit jedem Atemzug, jedem Blick, jedem Geräusch wahr und in sich auf.

Außerdem verfügt Tikki über gute Kontakte, die sie mit den wichtigsten Informationen versorgen.

Ihr Schieber in Chiba dirigiert sie zu den richtigen Leuten.

Während der Zug durch die finsteren, feuchten Tunnel unter der Erde rattert, schlendert ein uniformierter Minuteman-Cop den Mittelgang in Richtung Ende des letzten Wagens entlang. Genau dort steht Tikki, die an der Rückwand des Wagens lehnt. Ihre Augen registrieren jede Bewegung des Cops. Ihre Nase wittert nichts Ungewöhnliches, kein Anzeichen für Aufregung oder Unruhe, obwohl der Bursche direkt auf sie zukommt und sie von oben bis unten begutachtet. Es ist nicht schwer, den Grund für sein Interesse zu erraten. Höchst unwahrscheinlich, daß er die schwere Kang Automatik entdeckt hat, die in dem Halfter auf ihrem schmalen Rücken versteckt ist. Vielmehr hängt es wahrscheinlich mit ihrem Aussehen zusammen.

Tikki ist groß für eine Frau, groß und schlank. Ihre Augen sind hinter einer schwarzen, verspiegelten Toshiba-Sonnenbrille verborgen, und ihr Gesicht ist eine sorgfältig gezeichnete Maske aus Karmesinrot mit schwarzen Streifen. Ihr kurzgeschnittenes Haar ist einschließlich der Strähne, die ihr über die linke Braue fällt, ihrem Gesicht entsprechend gefärbt. Sie trägt glänzendes blutrotes Leder, Jacke, Netzhemd, Slacks, fingerlose Handschuhe – und alles wirkt durch die beschlagenen Bändchen um Hals, Handgelenke, Taille und die geschmeidigen Stiefel ›gestreift‹.

Die Beschläge sind aus poliertem Stahl. Früher hat Tikki manchmal auch goldene Beschläge getragen, aber niemals irgend etwas aus Silber. Silber ist Retro-Müll. Sie haßt es.

»Ausweis?« sagt der Cop, der jetzt einen Schritt vor ihr steht.

Tikki hält ihm ihren Spezialausweis vor die Nase. Ein Druck auf eine Ecke bringt abwechselnd den von der Stadt Philadelphia ausgestellten Waffenschein und die offizielle Leibwächtergenehmigung zum Vorschein. Der Cop reagiert nicht, abgesehen davon, daß sich seine Augen bewegen, als lese er und vergliche dann das Bild mit ihrem Gesicht. Sie könnte ihm jetzt ein Monofaserschwert durch den Bauch rammen, und er würde es erst bemerken, wenn er das erste schmerzhafte Brennen spürte.

Amateure und Schwachköpfe gibt es überall. Ihr Instinkt drängt sie zuzuschlagen, diese Beute zu schlagen, da dies einfach wäre, doch sie widersteht dem Drang.

Ein andermal vielleicht.

Der Zug kommt in den Eingeweiden des Transit-Centers in der Dreißigsten Straße kreischend zum Stehen. Tikki folgt den Pinkeln auf den freudlos grauen Bahnsteig und schließt sich der Herde an, die langsam den Rolltreppen entgegenstrebt.

Die Pinkel tragen alle Anstecknadeln am Revers, die ihre Konzernzugehörigkeit verraten, genauso wie die Yakuza oder ganz ordinäre Straßenbanden. Nur die Konzernbanden haben Namen wie Cigna Universal, Renraku, ITT-Rand, SmithKliner, Fuchi oder Aztechnology, jede mit ihren ganz speziellen Einfluß- und Interessensgebieten. Der einzige Unterschied zwischen den Konzernbanden und den Straßenbanden ist die Art der Gewalt, die sie ausüben, und die Anzahl der Leichen, die sie dabei herumliegen lassen. Niemand befolgt wirklich das Gesetz. Statt dessen strengen sich alle an, das Gesetz zu umgehen und Verhaftung und Bestrafung auszuweichen.

Tikki fragt sich oft, warum die Menschen überhaupt erst Gesetze machen. Bestenfalls sorgen sie für unnötige Komplikationen. Die einzigen Gesetze, die für sie wirklich zählen, sind die Gesetze des Überlebens, die Gesetze des Kampfes zwischen Jäger und Beute und die Gesetze des Gleichgewichts zwischen den Tausenden und Abertausenden verschiedenen Spezies, die diesen Planet bevölkern. Die Gesetze der Natur.

Die Herde, die die Rolltreppen hinauffährt, ist etwa zur Hälfte weiß und zur Hälfte schwarz, braun oder gelb. Asiaten machen hier einen weitaus geringeren Anteil an der Bevölkerung aus als in anderen Städten, aber ihre Macht und ihr Einfluß sind allgegenwärtig und auf den ersten Blick offensichtlich. Trogs und andere Metamenschen halten sich bedeckt. Die Nacht des Zorns gärt immer noch. Die Slogans der Alamos 20 000 und verschiedener anderer Anti-Meta-Policlubs bedecken Zugwände, Bahnsteige und Betonpfeiler wie verspritzter Eiter.

Tikki hat keine Probleme mit rassisch motiviertem Haß und daraus erwachsender Gewalt. Das bewirkt, daß die Herde in jede Richtung sieht außer in die, aus der sie kommt.

Sie fährt bis zur Bahnhofshalle hinauf, die sich auf Erdgeschoßniveau befindet.

Meterhohe Trideoschirme recken sich an den Wänden empor und verkünden blitzend und summend ihre Reklamebotschaft. Die Herde der Pinkel schwärmt aus und überflutet die ausgedehnte Etage. Hier im Transit-Center an der Dreißigsten Straße treffen sich U-Bahn-, Bus- und Pendlerzuglinien. Wie bei dem U-Bahnhof Market Street in der Innenstadt handelt es sich um einen Hauptumschlagplatz für Pinkel, die zwischen den Innenstadtplazas und ihren gesicherten Konzernenklaven in den Vororten hin und her pendeln. Patrouillierende Minuteman-Cops sowie schwerer bewaffnete und gepanzerte Angehörige der Flash-Point-Schutztruppen überwachen die Menschenmenge, die unablässig durch die Zugänge drängt. Die Lohnsklaven müssen beschützt werden, sonst verfrachten die Konzernherrscher der Stadt ihre Untergebenen in sicherere Gegenden.

Tikki wird zweimal zur Ausweiskontrolle angehalten. Nichts anderes hat sie erwartet.

Trauben von Telekomständen verwandeln die ausgedehnte Bahnhofshalle in einen gewaltigen Flipper und spalten die Ströme dahineilender Lohnsklaven in Hunderte einzelner Rinnsale. Tikki geht zu einem der Stände und klebt ein Kaugummi auf die Linse der Videokamera. Als die Zeitanzeige des Telekoms auf 20:05:00 springt, schiebt sie einen beglaubigten Kredstab in den Chromschlitz. Ihre Fingerspitzen kribbeln, das Telekom summt. Die Worte ›Telecomcode eingeben‹ blinken; sie leuchten auf, erlöschen, leuchten auf, erlöschen. Tikki beugt sich wie eine kurzsichtige alte Oma vor, so daß sich ihr Kopf zwischen dem Telekomschirm und jeder beliebigen Person befindet, die in diesem Augenblick versuchen könnte, ihr über die Schulter zu sehen. Sie drückt auf die entsprechenden Tasten. Dreimal gibt sie den Code ein, und dreimal hört sie Geräusche, als würde am anderen Ende der Leitung ein Telekom klingeln, danach das Freizeichen. Sie befindet sich in einem Netz mehrerer gesicherter Telekomsysteme und hat bereits einige davon hinter sich gelassen. Irgendwann hält sie einen Fuchi Memo-Man-Recorder an die Sprechmuschel des Telekoms. Der Recorder spielt eine elektronische Melodie ab, die sie an einer speziell verschlüsselten Protokollschranke vorbeibringt.

Der Telekomschirm verfärbt sich kohlschwarz. Ein Mann antwortet auf japanisch. Tikkis Japanisch ist nicht so toll, aber sie kommt zurecht.

»Wer spricht?« fragt der Mann.

»Dreimal darfst du raten«, murmelt Tikki.

Ihre Antwort reicht für eine Stimmenanalyse, die sie auch die letzte Schranke überwinden läßt. Wieder das Freizeichen. Tikki tippt die letzte Nummer ein. Eine neue Stimme meldet sich, ebenfalls männlich. Es ist eine computersynthetisierte Simulation der Stimme ihres Schiebers in Chiba. Der Name ihres Agenten lautet aus dem Japanischen übersetzt Black Mist, Schwarzer Nebel. Er stellt weltweit Verbindungen für sie her und leistet noch andere Dienste, natürlich alles gegen Bezahlung.

»Ja?«

»Liegt irgendwas vor?« fragt Tikki.

Einen Augenblick Pause, dann: »Mehrere Anfragen.«

Die Formulierung ist von entscheidender Bedeutung. Eine nähere Beschreibung, zum Beispiel ›mehrere *interessante* Anfragen‹, würde bedeuten, daß es Ärger gibt. Die tatsächlich benutzte Formulierung bedeutet ganz einfach nur, daß zwei oder mehr Anfragen hinsichtlich Tikkis Dienste eingegangen sind. Sie ist nicht interessiert, jedenfalls nicht im Moment. Sie hat eine gute Verbindung hier in Philly geknüpft und die Absicht, sie sich zunutze zu machen.

»Was noch?«

»Nichts.«

Das ist das Ende des Anrufs. Tikki legt auf. Ihr Kredstab wird um einen entsprechenden Betrag gekürzt und ausgeworfen. Sie wollte mit diesem Anruf lediglich herausfinden, was Black Mist ihr vielleicht über die Hauptsache verraten kann, die er für sie überprüft. Seine Informationen haben sie hierher nach Philly geführt. Sie muß mehr wissen, kann im Augenblick aber nichts anderes tun, als zu warten.

Irgendwo in der Stadt ist ein Mann, den sie mit extremer Bosheit töten wird, sobald er auftaucht.

Die Angelegenheit ist mehr als nur persönlich.

Sie ist eine Tatsache, die darauf wartet, daß sie geschieht.

6

Die Nacht draußen vor dem Transit-Center ist eine blitzende, flackernde, flammende, phosphoreszierende Multi-Chrom-Halogen-Neon-Phantasie. Luftbojen mit riesigen Trideoschirmen schweben am Himmel. Werbestände mit hallenden Lautsprechern säumen die Bürgersteige. Lohnsklaven hasten in alle Richtungen. Ein wogender Ozean aus Automobilen, Taxis und Bussen summt, faucht und dröhnt. Rettungswagen mit blinkenden Blaulichtern und jaulenden Sirenen verstärken den Eindruck eines hektischen Pandämoniums und verleihen der Szenerie einen Anflug von Massenhysterie.

Am Bordstein wartet eine ununterbrochene Reihe von Limousinen, hauptsächlich Toyota Elites. Die Limousine, nach der Tikki Ausschau hält, ist ein Mitsu-

Feuerzeug aus der Weste seines schicken schwarzen Anzugs und bietet ihr Feuer an. Sie akzeptiert. Adamas Hand fällt ihr auf, nicht zum erstenmal. Er trägt einen schweren Goldring mit einem großen rötlichen Stein. Seine Fingernägel sind für einen Mann sehr lang und hervorragend manikürt. Er ist geradezu akribisch gepflegt.

Als Tikki den ersten Zug nimmt, schaltet sich mit einem leisen Zischen die Klimakontrolle ein. Der Zigarillo schmeckt fast noch besser, als sie erwartet hat. Adama überreicht ihr einen beglaubigten Kredstab für den Hit gegen den Yakuza-Boss Ryokai Naoshi.

Tikki nickt und läßt den Stab in eine Tasche gleiten.

»Zufriedenstellend?« fragt Adama.

Sie nickt. *Sehr* zufriedenstellend.

Adama zündet sich eine seiner dicken, großen Soberanos an, honduranisches Deckblatt, dem Duft nach zu urteilen. Tikki kostet ihr Suntory. Für Bier schmeckt es gar nicht schlecht. Normalerweise ist Cidre ihr Lieblingsgetränk, aber hin und wieder gefällt ihr ein wenig Abwechslung. Sie wirft einen kurzen Blick auf das Gemetzel im Trid und unterdrückt ihr wachsendes Gefühl des Erstaunens.

Tikki ist Ehrerbietung gewöhnt, respektvolle Behandlung, auch von bedeutenden Syndikatsführern. In der Stahlbetonwelt der Menschen ist sie eine Spezialistin, eine Technikerin. Sie hat Anspruch auf etwas Besonderes, da nach ihren Talenten immer Bedarf besteht. Normalerweise kann sie ihren Preis festsetzen oder einfach davongehen, wenn ihr ein Job nicht zusagt. Doch ihre Erfahrung mit Adama ist einzigartig. Manchmal gibt er sich so lässig, so vertraut, daß sich ein objektiver Beobachter fragen könnte, ob irgend etwas Intimes, irgend etwas, das auf ihrem Geschlechtsunterschied beruht, zwischen ihnen existieren mag.

»Sie haben Ihre persönlichen Angelegenheiten erledigt?« fragt Adama.

Tikki nickt wiederum.

Die Frage wird gelassen und angelegentlich gestellt, und Tikki beschränkt sich bei ihrer Antwort auf das Notwendigste. Sie hat gewisse Überlebensstragien entwickelt. Verrate niemals mehr als nötig, verrate niemals etwas Wertvolles umsonst. Was Adama von ihren persönlichen Angelegenheiten heute abend weiß, ist, daß sie etwas zu erledigen hatte. Mehr braucht er nicht zu wissen. Sie steht bei ihm in doppelter Funktion unter Vertrag, hauptsächlich als Attentäterin und manchmal als Leibwächterin. Das gibt ihm noch lange nicht das Recht, über jeden ihrer Schritte Bescheid zu wissen. Noch steht sie vierundzwanzig Stunden am Tag zu seiner Verfügung.

»Gut, sehr gut«, sagt Adama immer noch lächelnd. Er nimmt einen tiefen Zug von seiner Soberano und atmet den aromatischen Rauch behutsam aus. Der Rauch bildet eine Wolke, wird durcheinandergewirbelt und verschwindet in einer Entlüftungsdüse. »Mir ist nach ein wenig Unterhaltung. Ich möchte, daß Sie mich begleiten.«

»Das ist mein Job«, sagt Tikki.

»Natürlich.« Er wirkt fast amüsiert, als er das sagt. Sein Lächeln verbreitert sich zu einem Grinsen. »Irgendwelche Vorschläge?«

Tikki betrachtet ihn fragend. »Warum fragen Sie mich?«

»Sie sind ein Wesen der Nacht, oder nicht?« sagt Adama immer noch lächelnd, wobei er sie ansieht, als mache er einen unaufdringlichen kleinen Scherz. Tikki ist an seine kleinen Scherze gewöhnt. Er macht sie nicht allzu häufig, aber wenn, dann kommen sie der Wahrheit immer sehr nah. Bei einem beliebigen anderen Mann würde sie das möglicherweise als gefährlich erachten. Adama ist jedoch nicht irgendein beliebiger Mann. »Also, bitte«, sagt er. »Machen Sie einen Vorschlag.«

Tikki lächelt vage, trocken. Wohin? Niemals zweimal an denselben Ort – so lautet die Warnung ihres Instinkts. »Irgendwohin, wo wir noch nie waren.«

Adama nickt kaum merklich, zustimmend, und schaltet das Interkom der Limousine ein. »Club Penumbra.«

»Jawohl, Sir«, erwidert die Stimme des Chauffeurs.

Adama lächelt zufrieden, als die Limousine geschmeidig anfährt und die Richtung zum Stadtzentrum einschlägt, das nur ein paar Minuten entfernt ist.

Der Club befindet sich auf der Zehnten Straße nördlich von Chinatown. Sein tatsächlicher Name ist Penumbra Ost in Anspielung auf den ursprünglichen Club Penumbra, der sich in Seattle befindet. Die Schlange vor dem Eingang des Clubs reicht einen halben Block weit in Richtung Girard Street. An manchen Stellen stehen vier, fünf Personen nebeneinander.

Die Limousine fährt an den Bordstein und hält. Tikki steigt zuerst aus, wobei sie nach potentiellem Ärger Ausschau hält. Adama folgt. Gemeinsam gehen sie den Bürgersteig entlang zum Clubeingang. Die Türsteher tasten Tikki mit ihren Blicken ab und machen Anstalten, ihr den Weg zu versperren, wahrscheinlich um sie zu durchsuchen. Ihre schwarzrot gestreifte Gesichtsbemalung und ihre Kunstledermontur mögen noch als Penumbra-Stil durchgehen, die Beschläge und Spikes jedoch mit Sicherheit nicht.

Adama hält die Türsteher mit einem kaum merklichen Zucken seiner Finger auf. »Das ist unnötig«, sagt er lächelnd. »Völlig unnötig.«

Kredstäbe wechseln diskret den Besitzer.

Die Türsteher verbeugen sich, scharwenzeln um sie herum und führen sie hinein.

Eine Hostess in schwarzem Kunstleder mit leuchtenden Neonstreifen erwartet sie im abgedunkelten Inneren. »Willkommen im Penumbra Ost«, sagt sie. »Dürfte ich bitte Ihre Namen erfahren?«

»Fuchi«, sagt Adama lächelnd. Er wirft einen Seitenblick auf Tikki, als wolle er einen privaten Witz mit ihr teilen. »Mister Fuchi.«

Adama streicht flüchtig über sein Revers und lenkt den Blick der Hostess damit auf eine Anstecknadel mit den Konzernfarben von Fuchi I.E., dem multinationalen Elektronikgiganten. Offenbar beeindruckt, holt die Hostess tief Atem. Sie wirkt überrascht, verblüfft, und riecht plötzlich sehr nach Unruhe und Besorgnis.

Adama lächelt.

»Natürlich«, erklärt er, »könnte man sagen, daß ich heute abend inkognito unterwegs bin. *Wakarimasuka?*«

»Ja, natürlich«, sagt die Hostess atemlos. »Mister Fuchi. *Wakarimasu.*« Sie nickt, sie verbeugt sich, sie versteht vollkommen.

»Gut«, sagt Adama freundschaftlich. »Sehr gut.«

»Dürfte ich Sie zu einem Tisch führen, Fuchi-*sama*?«

»*Domo arigato*«, sagt Adama lächelnd und kaum merklich nickend.

»*Do itashimashite*«, erwidert die Hostess, indem sie sich tief verbeugt.

Tikki enthält sich jeglichen Kommentars. Diese Geschichte mit Fuchi I.E. ist eine Farce. Adama ist genauso wenig Patriarch von Fuchi I.E. wie die katzbuckelnde Hostess. Tikki hat den Verdacht, daß er in Wirklichkeit ein hochrangiges Mitglied der Triaden ist, wahrscheinlich ein Roter Stab oder 426, dem Vollstreckungen obliegen. Gewisse Dinge, die er privat erwähnt hat, lassen Verbindungen zur Green Circle Gang vermuten, einem besonders bösartigen Arm der berüchtigten 999 Society, die von Silicon Ma von Hongkong aus kontrolliert wird. Dies ist sehr interessant, weil Tikkis Mutter einmal einen Job für Silicon Ma persönlich erledigt hat. Vielleicht hat dieser Verbrecherkönig Tikki empfohlen…

In der Regel werben die Triaden kaum Hilfe von

außen an – die durchschnittliche Bande hat Tausende von Mitgliedern –, aber es gibt immer Ausnahmen. Eines weiß Tikki ganz genau: Ihr Anschlag auf Ryokai Naoshi in dem Parkhaus entspricht so, wie er von Adama angeordnet wurde, ganz dem Stil der Green Circle Gang.

Wenn eine Abteilung der Triaden die Absicht hat, sich in Philly breitzumachen, wäre ein Schlag gegen die Yakuza ein guter Anfang. Der Philadelphia-Camden-Sprawl ist dreigeteilt. Nordphiladelphia ist als Gebiet uneinheitlich, die Zone, in der sich die Gangs ständig bekämpfen: Motorradgangs und Spaßgangs, gewöhnliche Straßengangs, flüchtige Verbindungen von Punks und Abschaum, Menschen und Trogs, sogar Elfen. Ausschließlich Amateure. Südphilly gehört der sizilianischen Mafia. Die Mafia wickelt ein paar lukrative Geschäfte ab, aber die Yakuza regiert das fetteste Gebiet, den Casino-Sprawl auf der Camden-Seite des Delaware River.

Alle oben genannten haben Interessen in der Innenstadt. Sogar der koreanische Seoulpa-Ring hat dort Interessen.

Wenn Tikki das Ziel für einen neuen Mitspieler aussuchen sollte, würde sie die Yakuza wählen. Sich für das Geld entscheiden, für die richtigen Nuyen. Bei weitem die interessanteste Beute.

Vielleicht ist Adama hier, um das Terrain auszuforschen. Vielleicht ist die Green Circle Gang bereits hier, hält sich aber noch bedeckt. Es gibt viele Möglichkeiten, von denen die meisten, was Tikki betrifft, irrelevant sind, außer vielleicht als interessante Spekulation. Niemand, mit dem Tikki in Kontakt steht, hat davon gehört, daß Triaden nach Philly gekommen sind, aber das ist keine Überraschung. Es ist eine große Stadt und eine große Welt, und Verbrecherkönige wie Silicon Ma pflegen ihre Pläne nicht an die große Glocke zu hängen. Insbesondere Ma würde eher jeden abservieren, der so dumm ist, irgend etwas auszuplaudern.

Tikki folgt Adama in die Tiefen des Clubs.

Die Decke verliert sich in der Dunkelheit. Knisternde Laserstrahlen zeichnen ein Zickzackmuster in die Luft. Die Wände sind wandernde Sternenfelder, und übergroße Trideoschirme zeigen hochmoderne Reklamespots und flackernde Szenen von der tiefliegenden Tanzfläche. Adamas Tisch ist einer von vielen, die die Tanzfläche umgeben wie Balkonreihen. Die Musik ist laut und schwerfällig, hämmernd, vibrierend. Die Tänzer zucken und drehen sich wie Gliederpuppen, die von Drähten gehalten und bewegt werden. Tikki läßt den Blick schweifen. Die meisten Gäste des Clubs sind im Penumbra-Stil gekleidet: leuchtendes Neon über Schwarz; silbrige Monochroms, auf denen Lichtpünktchen wie Sterne glitzern; lumineszierende Gesichtsbemalung. Die Männer bevorzugen fließende Shogun-Blusen und bauschige Hosen. Frauen neigen zu Kimonos und engsitzenden Kleidern. Bei den Frisuren gibt der Samuraistil den Ton an, straff in den Nacken zurückgekämmt und dort zu einem Knoten gebunden; oder der Geishastil, auf dem Kopf zu komplizierten Wellen aufgetürmt. Die meisten Leute sehen aus, als hätten sie eine Behandlung in einem der besseren Bodysalons hinter sich. Kredstäbe funkeln immer und überall.

»Was halten Sie davon?« fragt Adama.

Tikki rümpft abschätzig die Nase und schüttelt den Kopf. Das Original-Penumbra ist anders. Der Laden hier hat nichts Wildes an sich, und bei mit Silber durchsetzter Mode sträuben sich ihr die Nackenhaare.

Adama lächelt entschuldigend.

Ein Kellner bringt Essen und Wein. Das Essen ist völlig verkocht und riecht wie verbrannter Abfall, doch Adama scheint es nichts auszumachen. Bemerkt es wahrscheinlich nicht einmal. Wie die meisten Men-

»Wer wird meine Leandra sein?« fragt Adama.

Die Frauen lachen alle.

Langsam wird es spät.

Zwangsläufig kristallisiert sich eine Favoritin heraus, ein üppiger Rotschopf mit leicht gebräunter Haut. Sie trägt ein enganliegendes schwarzes Kleid, das die Umgebung wie ein Spiegel reflektiert. Adama wirft Tikki einen flüchtigen Blick zu und hebt dabei fragend eine Augenbraue. Tikki begutachtet die Favoritin und nickt. Adama fragt sie immer nach ihrer Meinung, ein Jäger fragt den anderen.

In einem intimen Tonfall fragt Adama die Auserwählte: »Willst du meine Leandra sein?«

Die Frau lächelt und nickt eifrig, stöhnt leise, umarmt Adama und liebkost seinen Hals.

Adama lächelt, als sei er zufrieden. »Meine wunderschöne Leandra«, sagt er. »Kommst du mit zu mir nach Hause?«

Die Auserwählte nickt und haucht schmachtend: »Jaaaa ... O jaaaa ...«

Adama reicht ihr seinen Arm. Tikki führt sie aus dem Club und zu der am Bordstein wartenden Limousine. Auf dem Weg zum Wagen begutachtet Tikki das Terrain und läßt Adama und die Auserwählte zuerst in den Fond der Limousine steigen.

Die Umweltversiegelung schließt sich mit leisem Zischen.

Der Wagen gleitet geschmeidig durch die Straßen der Stadt. Der Rotschopf, die Auserwählte, lehnt sich gegen Adama, wobei sie leise gurrt und ihn streichelt, während dieser auf ein paar Tasten drückt.

Musik setzt ein, etwas Lautes, Heftiges, Rohes.

Tikki zündet sich noch eine von ihren schlanken Sumatra-Zigarillos an und gestattet sich ein schwaches Lächeln. Das Spiel wird bald interessant werden.

Menschen geben sich oft dem Irrglauben hin, sie seien denkende Tiere und daher eigentlich überhaupt keine Tiere. Die Wahrheit, wie Tikki sie sieht, steht in krassem Gegensatz zu dieser Einstellung. Alle Tiere denken bis zu einem gewissen Grad. Das menschliche Tier ist ein sehr hochentwickeltes Tier mit komplexen Gedankengängen und einer fast unendlichen Gewohnheitenvielfalt, aber es ist dennoch ein Tier und folglich den Gesetzen der Natur und den Herausforderungen des Überlebens ausgesetzt.

Die Limousine hält vor Adamas fünfstöckigem Stadthaus. Dem Rotschopf ist noch nicht klar, was vorgeht.

Die Anzeichen sind zu versteckt.

Die Eingangshalle von Adamas Stadthaus ist geräumig und breit, marmorgefliest und mit Gemälden und anderen Kunstgegenständen ausgestattet. Adama führt den Rotschopf, die Auserwählte, durch die linke Tür in das Gesellschaftszimmer. Tikki versperrt die Haustür. Es ist eine massive Tür, massiv genug, um schalldicht zu sein. Ganz so wie der Rest des Hauses.

Die Tür zum Gesellschaftszimmer steht einen Spalt offen. Adamas Stimme ist deutlich zu hören. Er bietet etwas zu trinken an. Er gießt Getränke ein, die leise gluckern, während Eiswürfel in den Gläsern klirren. In poetischem Tonfall sagt er: »Tiger, Tiger, leuchtend hell … in den Wäldern der Nacht. Welche unsterblichen Hände oder Augen können deine beängstigende Symmetrie entworfen haben?«

»Pardon?« fragt die Auserwählte.

Adama kichert, lacht, immer lauter, bis er vor Heiterkeit brüllt. Die Auserwählte versteht immer noch nicht.

Dem läßt sich leicht abhelfen.

Tikki legt ihre Kleidung ab und zwingt die Verwandlung herbei. Ihr Körper streckt sich und wird länger. Ihre Muskulatur schwillt immens an. Blutrotes Fell – mit schwarzen Streifen – bildet sich auf Armen, Körper und Gesicht. Die Hände spreizen sich und

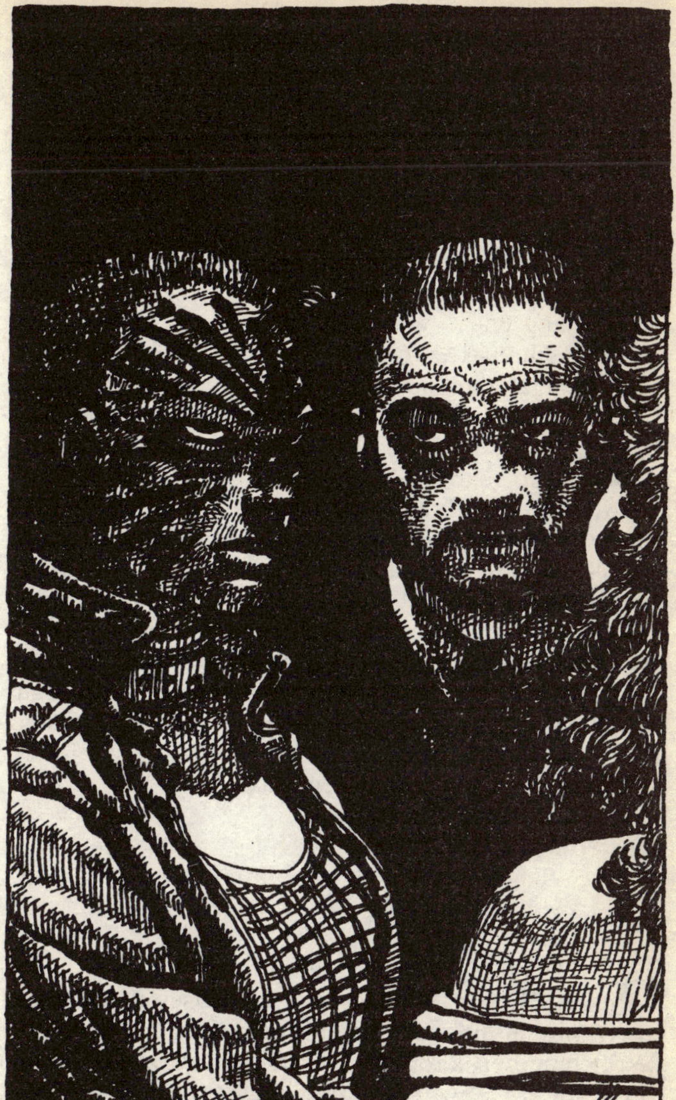

werden zu gewaltigen Pfoten. Sie sinkt auf alle viere. Krallen bilden sich, die Ohren werden spitz und zucken, ihr langer Schwanz schiebt sich aus dem Ende ihres Rückgrats. Ihre Atmung verlangsamt sich und hallt vom drohenden Timbre eines tiefen, langgezogenen animalischen Knurrens wider.

»Was war das?« sagt Adamas Auserwählte, deren Stimme vor Unruhe und Zweifel schwankt.

»Eine Freundin«, sagt Adama gelassen. »Eine gute Freundin.«

»Es klang wie … wie ein Löwe!«

Tikki schreitet zur Tür des Gesellschaftszimmers und versetzt der Tür einen Hieb mit der Pfote, als schlage sie eine Beute. Die Tür fliegt nach innen und kracht gegen die Wand. Der Knall donnert durch das Haus.

Adamas Auserwählte, die in der Mitte des Gesellschaftszimmers steht, dreht sich zur Tür um, dann kreischt sie auf und erfüllt die Luft mit dem Gestank ihres Entsetzens, und das ist gut. Beute sollte immer wissen, daß sie Beute ist, und auch wie Beute reagieren, wenn sie mit dem Jäger konfrontiert wird. Jetzt, in ihrer natürlichen, ihrer wahren Gestalt, ist Tikki sogar für die Spezies groß, der sie so perfekt ähnelt: *Panthera tigris altaica,* die größten Tiger der Welt.

Tikki knurrt, *brüllt* dann einmal.

Die Auserwählte schreit.

Adama grinst.

7

Die Nacht ist kühl und wunderbar.

Es ist so still, daß selbst das leiseste Knirschen eines Schuhs auf dem Kies am Straßenrand laut und deutlich zu hören ist. Am Himmel sind ein paar Sterne durch die dunstigen Wolken zu sehen. Eine schwache Brise weht durch die umliegenden Wälder.

Seufzend fragt sie sich, wieviel weiter sie heute nacht noch kommen wird. Es sieht nicht sehr gut aus.

Ihr Name lautet Neona Jaxx, und sie sitzt auf einem Betonklotz, den sie am Straßenrand gefunden hat. Von Zeit zu Zeit stampft sie mit einem ihrer fluoreszierenden pinkfarbenen Reebok-Laufschuhe auf den Boden in der Hoffnung, irgendwelches Krabbelzeugs davon abzuhalten, ihre Beine heraufzuklettern. Die bloße Vorstellung läßt sie erschaudern und lenkt sie von dem rechteckigen Ding in der Tasche ab, die auf ihrem Schoß liegt, wenn auch nie sehr lange.

Die anonyme schwarze Nylontasche enthält einen grauen Makroplastkoffer, der mit dem Fuchi-Logo beschriftet ist. In dem Schutzkoffer befindet sich ein praktisch neuwertiges Fuchi-6 Cyberdeck. Es ist nicht mehr das Beste vom Besten, schon seit einer ganzen Weile nicht mehr, aber es repräsentiert dennoch die raffinierteste Tech, die sie je in den Händen gehalten hat. Neupreis eine Drittelmillion Nuyen. Ein Deck mit echter Power, einer Ladegeschwindigkeit wie Quecksilber und der Fähigkeit, Dinge zu tun, von denen sie bisher nur geträumt hat. Sie kann einfach nicht anders, als die Tasche an sich zu drücken, bis sich die abgerundete Ecke des Schutzkoffers schmerzhaft in ihren Magen bohrt.

Was sie für das Deck bezahlt hat, läßt sich nicht in Nuyen messen. Und das ist es auch, was wirklich schmerzt.

Sie wischt sich Tränen aus den Augen.

Alle ihre Chummer in Miami mochten weder den Johnson noch den Job. Sie hat sie dazu überredet. Johnsons Angebot, das Fuchi-6 als Anzahlung zu akzeptieren, muß sie für alles andere blind gemacht haben. Bis dahin hatte sie sich mit einem Sony CTY-360 beholfen, das schon so oft auseinandergenommen, verändert und wieder zusammengesetzt worden war, daß seine Innereien wie Spaghetti aussahen, ein Silikon-Mischmasch, durch das praktisch niemand mehr durchblickte, geschweige denn reparieren konnte. Mit einem Fuchi-6, hat sie sich vorgestellt, könnte sie wie ein Blitz durch die Matrix zischen – und das hat sie auch getan, nur daß es ihren Kumpeln nichts genutzt hat.

Der Johnson erwies sich als niederträchtig, als echter Wichser. Der Job war getürkt, und ihre Kumpel hat es alle erwischt. Neona wäre ebenfalls gegeekt worden, aber sie hat sich rechtzeitig aus dem Staub gemacht und nicht einmal angehalten, um sich umzusehen.

Das ist sechs Wochen her. Seitdem nichts. Keine Probleme. Nur böse Erinnerungen und schlaflose Nächte.

Reisen ins Nirgendwo.

Dreißig Kilometer vor Philadelphia hat sie ein Rigger aus seinem Taxi geworfen wie eine Handvoll Wechselgeld. Sie ist einsam und allein und spürt ihr neuerworbenes Vermögen, ihr Fuchi-6, wie eine Last auf ihren Schultern.

Es ist ziemlich schlimm, aber sie weiß, es könnte schlimmer sein.

Jetzt hört sie ein Grollen aus einiger Entfernung, tief und guttural, zuerst wie Donner, doch langsam und stetig lauter werdend, bis ihr klar wird, daß es ein Motorrad ist. Kein batteriebetriebener Heuler, sondern ein alter Benzinhobel.

Die Straße, die in der Dunkelheit verschwindet, ist flach und schmal und von Bäumen flankiert. Sie schaut in die Richtung der zwei Fahrbahnen, aus der sie gekommen ist. Dorthin geht es zurück nach Miami und zu den Chummern, die sie tot zurückgelassen hat, ein Gedanke, der ihr wieder ein paar Tränen in die Augen treibt. Sie wischt sie mit dem Handrücken weg und schaut noch einmal. Der lärmende Hobel hört sich an, als sei er direkt neben ihr, und sie kann immer noch nichts sehen.

Dann, auf einmal, ist er da – fünf, sechs Meter entfernt – und donnert an ihr vorbei wie ein Düsenjäger, eine im Sternenlicht glitzernde Phantommaschine.

Völlig überrascht weicht sie zurück, hält den Atem an, preßt die Nylontasche an sich.

Wer auch auf diesem Ding sitzt, er fährt ohne Scheinwerfer, ohne jedes Licht.

Das blubbernde Dröhnen des Motors läßt nach, dann fällt der Lärmpegel wie ein Ziegel von einem Dach, und das Dröhnen verstummt fast völlig. Sie hört die Blätter der Bäume in der leichten Brise rascheln und das metallische Raspeln, fast ein Klingeln, der Antriebskette des Hobels. Sie blinzelt die Straße in Richtung Philly hinauf und sieht das Aufblitzen des Sternenlichts auf Chrom, aber mehr nicht. Der Hobel blubbert wieder, dröhnt kurz auf. Was geht da vor? Sie ist sicher, daß der Hobel abgebremst hat, aber fährt er weiter oder kommt er zurück?

Plötzlich ist das Phantom wieder da, gleitet auf einer Diagonalen über die zweispurige Fahrbahn und direkt auf sie zu. Dann flammt der Scheinwerfer auf wie eine Supernova, die sich direkt in ihre Augen brennt.

Ein paar Sekunden lang, zehn, vielleicht mehr, sind ihre an die Dunkelheit gewöhnten Augen zu sehr mit Protestieren beschäftigt, als daß sie mehr tun könnte, als den Unterarm auf den Nasenrücken zu legen und zu versuchen, sich vor dem Licht zu schützen. Der Hobel hält geschmeidig blubbernd direkt vor ihr an. Neona schätzt, sie sollte nicht übermäßig überrascht sein, im Scheinwerferlicht zu stehen. Ein Mädchen mit stacheliger Irokesenfrisur, das eine schwarze Vinyljacke trägt und hier mitten in der Nacht und mitten im Nichts ganz allein herumsitzt – sie wäre ebenfalls mißtrauisch. Drek, sie hätte nicht mal gebremst, säße sie auf dem Motorrad.

Der blendende Scheinwerfer dreht sich zur Seite. Der dröhnende Hobel scheint ein wenig näher zu kommen. Sie senkt den Arm und kann einen ersten anständigen Blick auf den Burschen darauf werfen. Dem schwarzen schulterlangen Haar, den kantigen Gesichtszügen, dem bunten Halstuch, den breiten Schultern und der kräftigen Statur nach zu urteilen, muß er ein Amerindianer sein. Schwarze Kunstlederjacke, mit Fransen und Beschlägen verziert. Dunkle Hose, schwere Stiefel. Der Hobel hält dicht vor ihr an. Sie kann die Hitze des Motors fühlen, kann beinahe spüren, wie er sie durch die verspiegelten Gläser seiner Sonnenbrille mustert.

Die Sonnenbrille muß einen eingebauten Lichtverstärker haben; entweder das, oder sie ist nur von außen dunkel und von innen klar. Sie trägt zum Eindruck geballter Kraft bei. Das ist niemand, der mit sich spaßen läßt, Chummer.

Langsam, bedächtig, steht sie auf und ringt sich ein Lächeln ab. »Hoi«, sagt sie.

Anstelle einer Antwort ruckt sein Kinn nach oben, als wolle er wissen, was sie hier macht, was überhaupt los ist.

»Ich warte auf 'ne Mitfahrgelegenheit.«

»Ich hab' eine«, sagt er.

Seine Stimme ist wie ein tiefes Knurren, so intensiv maskulin, daß es fast animalisch ist. Sie jagt ihr einen Schauder über den Rücken. Sie versucht es nicht zu zeigen, das, was ihr Herz plötzlich so rasch schlagen läßt. »Ach ja?«

»Komm näher.«

Ein weiterer Schauder. Sie weiß nicht, ob vor Aufregung oder Furcht. Irgend etwas geschieht hier, aber was? Der Drang, herumzuwirbeln und zu den Bäumen zu laufen, um ihr Leben zu laufen, überfällt sie mit Macht, als Neona einen Schritt näher kommt, dann noch einen. Sie hat das dringende Gefühl, daß er sie durch die verspiegelten Gläser seiner Sonnenbrille von oben bis unten mustert. Unglaublicherweise hofft sie verzweifelt, daß ihm gefällt, was er sieht. Er könnte genau das sein, was sie im Augenblick braucht, mehr als nur eine Mitfahrgelegenheit. Zumindest sieht er so aus, als könne er die Welt für ein Mädchen, das im Programmieren gut und im Kampf schlecht ist, viel sicherer machen. Der Anblick, der sich ihr bietet, ist beeindruckend. Sie mag ihre Männer hart, sogar ein wenig grob. Dieser hier sieht härter aus als die meisten.

Auf die Entfernung von weniger als einem Schritt kann sie jetzt erkennen, daß er dunkel für einen Amerindianer ist, wenn er überhaupt einer ist. Je dunkler desto besser. Bei hellhäutigen Leuten kommt sie sich immer etwas daneben vor wie ein Kuchen, der zu lange im Ofen war und fast schwarz verbrannt ist.

»Was ist in der Tasche?«

Die Frage treibt ihr den Schweiß auf die Stirn. Sie ringt sich ein Lächeln ab. »Nichts. Nur 'n Deck.«

»Ein gutes.«

Wie hat er das erraten? Sie hat absichtlich Wahrheit mit Lüge vermischt, um die tiefere Wahrheit dahinter zu verbergen, das phantastische Deck in ihren Händen. Sie verspürt einen Anflug von richtiger Angst, zuckt jedoch die Achseln und gibt sich alle Mühe, den Schein zu waren. »Es ist ganz anständig.«

»Du bist eine Deckerin.«

»Ja.«

»Eine gute.«

Woher weiß er das? Ein Anflug schwindelerregender Angst mündet in einem unkontrollierten Grinsen. Liest er ihre Aura? Sie fällt tot um, sollte sich herausstellen, daß er ein Magier ist. »Ich bin auch ganz anständig.«

»Du suchst eine Mitfahrgelegenheit?«

Macht er Witze? »Klar.«

»Wie heißt du?«

»Die Leute nennen mich Angel.«

»Hol deine Sachen, Angel.«

»Okay.« Sie ist praktisch atemlos und grinst, als sie sich umdreht und zurück zum Seitenstreifen geht. Bei diesem Burschen bekommt sie wackelige Knie. Sie hat noch nie jemanden kennengelernt, der so einen starken Eindruck auf sie gemacht hat. Er ist gerade unheimlich genug, um echt zu sein, aber nicht so unheimlich, daß sie vor ihm davonlaufen würde. Sie stolpert und stürzt beinahe der Länge nach, als sie sich bückt, um ihren kleinen Rucksack aufzuheben. Gut, daß sie mit leichtem Gepäck reist. Sie fühlt sich viel zu verwirrt, um sich mit schwerem Gepäck auch nur befassen zu wollen. Sie wirft sich den Rucksack über eine Schulter, das Fuchi-6 über die andere, und wendet sich wieder an den Motorradmann.

Sie kann nicht aufhören zu lächeln.

»Wie soll ich dich nennen?« fragt sie.

»Ripsaw.«

Weitere Schauer auf ihrem Rücken. Der Name paßt zu ihm. Jede Waffe, die er benutzte, würde hart und scharf wie Messerklauen sein. Alles, was weniger bedrohlich ist, würde absurd wirken.

»Mach voran.«

»Okay.« Diese knurrige Stimme verwandelt sie in Butter. Sie schwingt ein Bein über den Sozius, der gerade hoch genug ist, daß sie über Ripsaws Schultern sehen kann. Das Motorrad bewegt sich nicht, schwankt nicht, steht da wie in Stein gemeißelt, bis sie sich auf ihrem Sitz niedergelassen hat. Dann röhrt der Motor auf, und der Hobel fährt einen Halbkreis, bevor er auf der Straße beschleunigt, die so gerade wie ein Pfeil verläuft.

Es sind immer noch ein paar Stunden bis zum Morgengrauen, als sie in die Einfahrt zu einer Raststätte einbiegen. Im Scheinwerferlicht eines vorbeifahrenden Trucks kann Neona ihren ersten ungehinderten Blick auf Ripsaws Jacke werfen. Das Kunstleder trägt das Katzenkopflogo der Sioux Wildcats. Sie hat den

Namen schon gehört. Irgendwann in den Nachrichten. Irgendwas über die Militäreinheit einer Native American Nation.

Sie hat es mit einem richtigen Killer zu tun.

Einem echten, wahrhaftigen Killer.

Ja, klar ...

8

: : : Metroplex Nord Zentral
19-05-54/10:17:03

Einschalten, einstöpseln und ab ...

Das muß sein Glückstag sein!

Logo, er hat all die üblichen Kinkerlitzchen, und heute scheinen sie zur Abwechslung auch mal zu funktionieren – so verflucht unglaublich das auch sein mag, für ihn jedenfalls.

Seine Cyberaugen der Marke Seretech Evening Shade mit Blitzkompensator und Infrarot-Verstärker übermitteln ihm eine gestochen scharfe Direktansicht von den baufälligen Häusern und verfallenen Bürgersteigen an der Erie Avenue nicht weit von der Giftmüllhalde Frankford Creek. Seine Eyecrafter Opticam-Einheit versorgt ihn mit einem kompletten Diagnosebericht in Gestalt einer Direktsichteinblendung vor seinen Augen. Mit einem leichten Druck auf den Bionome Tridlink-Controller, der an seinen rechten Unterarm geschnallt ist, erweitert er die Einblendung dergestalt, daß sie Daten über den Rest seiner Hardware, sowohl Implantate als auch externe Geräte, einschließt. Die mit einer Datenbuchse gekoppelte Kamera vom Typ Sony CB-5000 in der Halterung auf seinem Helm geht mit einer Flut von Schnee auf Sendung, die ihn blendet, bevor sich das Bild mit kristallklarer Schärfe stabilisiert. Sogar die an seinem rechten Handgelenk befestigte AZT Micro25-Minikamera liefert ein perfektes Bild.

Total verblüfft hebt er den Arm und schwingt ihn herum und nach rechts. Seine optischen Systeme synchronisieren sich mit der Micro25, nur um die Nahaufnahme eines netten Infrarotbildes von Sidewipe hereinzubekommen, dem dämlichen Penner, der den Fuchi-Kurzstreckentransmitter hält, ihn anlächelt und ansonsten einfach nur dämlich aussieht, während er sein ausgiebiges Kratzen im Schritt unterbricht.

Schwachkopf ignoramus …

»Skeeter! Skeeter, *komm schon!*« ruft J.B. ungeduldig.

Zum Teufel damit.

Hauptlinse: Schwenk nach links, ranzoomen, Schärfe regulieren, Nahaufnahme. Die ach so trid-o-genen asiatischen Züge J.B.s kommen gestochen scharf über die eingestöpselte Sony auf seinem Helm und die Optik-Rezeptoren in seinem Schädel: onyxfarbenes asymmetrisch geschnittenes Haar, Ponyfransen über der Braue, eine lange Strähne über der rechten Wange; ein spitzes Elfenohr ist zu sehen; kohlschwarze Augen; kreidebleiche Haut; blutrote Lippen; rote Schlangentätowierung auf der linken Wange.

Wenn sie sie je in einen regulären Kanal einschleusen können, wird sie tödlich sein. Sie ist auch so schon schlimm genug. Ein echter Schmerz im Hinterausgang!

»Bin ich drauf?«

Skeeter zeigt mit dem Finger auf sie – *DU BIST DRAUF!*

»Hier spricht Joi Bang von WHAM! Independent News. Ich melde mich hier direkt aus Philadelphia Nord Zentral, wo soeben ein weiteres Opfer in der Serie kannibalistischer Verstümmelungsmorde entdeckt worden ist.«

Dann rennt sie natürlich wieder herum, rennt direkt aus dem Bild, dreht sich nur noch einmal um und winkt hektisch – komm schon! komm schon! Die ach so trid-o-gene Schnalle steht nie sehr lange still.

Zum Teufel mit ihr. Skeeter hastet vorwärts, spürt ein Zerren rechts an seinem Gürtel. Das kommt nur daher, daß die Weichbirne mit der Fuchi-Transmitterschüssel nicht lange genug aufhören kann, in der Nase zu bohren, um aufzuwachen und den Braten zu riechen.

Nur ein weiterer beschissener Nachrichtentag, an dem er J.B. hinterherhetzt.

Drek, verfluchter, zur Hölle mit der verdammten…

Entschuldigt mein *beschissenes Französisch*!

19-05-54/10:19:44

Übersicht: J.B. und ein Minuteman-Cop stehen auf dem Bürgersteig von einem Ring schäbiger Slumbewohner umgeben. Ranfahren, geteilter Schirm, Nahaufnahme und halt. Hauptlinse auf Cop, Direktsicht-Cyberaugen auf J.B.

»Sie waren der erste Beamte am Fundort?« fragt J.B.

»Ja«, erwidert der Cop.

Das sollen Nachrichten sein?

»Was haben Sie vorgefunden?«

»Reden Sie mit dem Sergeant.«

Toll.

Da brat mir doch einer 'nen verfluchten Chip.

J.B. lächelt und wirft Skeeter einen Blick zu. Das ist das übliche Signal. Skeeter weiß, was jetzt kommt. Kameras aus, Augen schließen. Er schaltet sogar die Sony auf seinem Helm kurzfristig ab. Als er wieder einschaltet, schwebt eine Wolke aus irgendeinem goldenen Zeug um den Kopf des Cops, in der kleine Lichtfünkchen glitzern. Der Cop lächelt jetzt. J.B. hebt ihr Mikro.

»Handelt es sich tatsächlich um einen Fall von Kannibalismus?« fragt sie.

»Eine unglaubliche Schweinerei«, sagt der Cop grinsend. »Ich meine, es war kaum noch 'was übrig. Das hätten Sie sehen sollen!«

»Handelt es sich bei dem Opfer um einen Mann oder eine Frau?«

»Wer könnte das jetzt noch sagen.«

»Wo ist die Leiche?«

»Dort drüben.« Der Cop zeigt in eine Richtung. »Werfen Sie ruhig einen Blick darauf. Aber sagen Sie nicht, ich hätte sie nicht gewarnt.«

Dann rast J.B. natürlich die Stufen herauf und in das Haus. Skeeter folgt ihr. Wieder ein Ziehen an seinem Gürtel. Verdammt und zugenäht, Sidewipe.

Nimm den verdammten Finger aus der verdammten Nase!

19-05-54/10:20:07

Großaufnahme: verdreckter Hausflur. Eine Sprawl-Ratte lugt aus einem Türspalt. Man nennt sie Teufelsratten. Nager direkt aus der Hölle. Rote leuchtende Augen, runzeliges Mutantenfell, glänzende kleine schwarze Krallen.

J.B. bleibt abrupt stehen und unterdrückt ein Aufkreischen.

Hä, hä.

19-05-54/10:22:18

»Verdammt noch mal! Sofort zurück mit euch! Ihr alle! Macht, daß ihr wegkommt!«

Hauptlinse: Lichtverstärker, ranzoomen. J.B. geht eine düstere, verfallene Treppe in eine stockfinstere, abfallübersäte Vorhölle von einem Keller hinunter. Ein Minuteman-Cop mit ein paar Streifen kommt ins Bild und wedelt mit den Armen. J.B. plärrt bereits in ihr Mikro. »Hier spricht Joi Bang für WHAM! Independent News. Stimmt es, Sergeant, daß Sie ein weiteres Opfer in dieser Serie kannibalistischer Verstümmelungsmorde gefunden haben, die Minuteman Security Services offenbar nicht aufklären kann?«

Nun nebel den verdammten Cop schon ein und mach voran.

Dämliche verfluchte Schnalle.

9

Um sechs Minuten nach sieben Uhr verläßt Enoshi Ken den Fahrstuhl und geht mit forschen Schritten den – wie der Flur allgemein heißt – Teakweg zur Suite entlang, die für seinen unmittelbaren Vorgesetzten Bernard X. Ohara, Vorstandsmitglied des Kono-Furata-Ko-Konzerns und Verantwortlicher Leiter der KFK-Tochter Exotech Entertainment, reserviert ist.

Der Tag hat kaum begonnen, und Enoshi befindet sich bereits in einer Lage, die ihm außerordentlich mißfällt: Er ist im Verzug. Er weiß nur allzugut, wie rasch sich kleine Verzögerungen und andere Geringfügigkeiten summieren können, bis daraus ernstliche Störungen resultieren. Sein Job als Verantwortlicher Leiter des Stabes für den VL von Exotech Entertainment besteht darin, dafür zu sorgen, daß, abgesehen von anderen Dingen, derartige Störungen ganz einfach nicht vorkommen. Es ist ein Job, für den er sich sehr gut geeignet hält. Er hegt den festen Glauben, daß ein hochklassiger Exec Mittel und Wege finden muß, alle Schwierigkeiten ungeachtet der Umstände zu umgehen, und zwar noch bevor sie sich ereignen, und, wo erforderlich, auch mit den bescheidensten Mitteln und Voraussetzungen noch Resultate erzielen sollte. Enoshi ist nicht so naiv zu glauben, daß solche Wunder immer möglich sind, aber auch nicht so kritiklos gegenüber sich selbst, die Schuld für persönliches Versagen jemals auf Schicksal oder Pech abzuwälzen.

Wahrscheinlich gibt es Leute, die Enoshis entschlossene Haltung nicht teilen und ihn deswegen als intolerant oder vielleicht sogar übereifrig betrachten. Es ist durchaus nicht immer leicht zu wissen, was andere denken. Trotzdem tut er sein Bestes, um gute Beziehungen mit seinen eigenen Untergebenen zu wahren, jenen Mitgliedern von Ohara-*san*s Stab, die seiner Leitung unterstehen.

Enoshi biegt um eine Ecke und schreitet forsch in den Empfangsbereich von Ohara-*san*s Suite. Bemerkenswerterweise sitzt die Empfangsdame nicht hinter ihrem Schreibtisch. Schockiert wirft Enoshi einen raschen Blick auf seine Armbanduhr, um sich zu bestätigen, daß er nicht träumt, daß es tatsächlich schon nach sieben Uhr an einem Tag ist, an dem der gesamte Stab auf seinem Posten sein müßte. Dann geht er rasch durch die Tür rechts vom Empfang und in das Stabsbüro. Hier findet er die Erklärung. Die Schreibtische zu beiden Seiten des Raumes sind alle leer. Der gesamte, aus acht Personen bestehende Stab – darunter die Empfangsdame, eine Sekretärin, zwei Stenotypisten, drei Assistenten, einer für Daten, einer für Computer und der dritte für Statistiken, sowie ein stellvertretender Manager – hat sich im Mittelgang versammelt.

Bei ihnen steht Nigao Yorito aus der Personalabteilung.

Offenbar hat sich die ganze Gruppe zusammengetan, um Nigao zu beschäftigen und so Enoshis Abwesenheit zu überspielen.

Enoshi geht rasch den Mittelgang entlang und entschuldigt sich für seine Verspätung. Die Tatsache, daß er nicht zur üblichen Zeit eingetroffen ist, hat das gesamte Büro in Aufruhr versetzt und die übliche Morgenroutine gestört. Er hätte vor fast dreißig Minuten hier sein sollen. Er muß sich beeilen, um die verlorene Zeit aufzuholen. »Ms. Harrington«, sagt er schneidig, »würden Sie Mister Nigao bitte ins innere Büro führen? Vielen Dank.«

Danach wendet er sich an die anderen.

Das Zitat wird mit Lächeln und Kopfnicken, sogar einem weiteren kurzen Applaus, sehr gut aufgenommen. Enoshi kommt zu dem Schluß, daß alles gesagt ist. Er darf nicht vergessen, sich bei seiner Frau zu bedanken, denn sie war es, die beim Lesen auf das Da-Vinci-Zitat gestoßen ist.

Zeit für das Konzernkredo, das ›Gelöbnis‹, wie es einige der Angestellten nennen. Enoshi holt das gedruckte Notenblatt mit dem Kredo aus einem Innenfach seines Taschensekretärs und geht der Gruppe mit gutem Beispiel voran, indem er den Text rezitiert. Natürlich kennt er das Kredo in- und auswendig, vorwärts und rückwärts, und zwar seit dem ersten Tag seiner Einstellung, aber er hat nicht den Wunsch, den Eindruck zu erwecken, anmaßend oder zu Höherem berufen zu sein.

Das überläßt er gerne seinem überaus fähigen ›Chef‹.

10

Das schäbige kleine Restaurant befindet sich am Rande Chinatowns nicht weit von der Spring Garden Street. Es ist kaum größer als ein Apartment, dennoch sind darin acht Tische und sechs Nischen untergebracht. Die hinterste Nische befindet sich ganz in der Nähe der Schwingtür zur Küche, und von dort aus hat man durch die Fensterfront des Restaurants eine gute Aussicht auf die Straße. An der Decke drehen sich langsam zwei messingfarbene Ventilatoren. Der Parkettfußboden ist abgenutzt.

Das Mädchen, das an den Tischen bedient, kommt wieder vorbei. »Mehr?« fragt sie.

Tikki schüttelt den Kopf. Das Mädchen ist ohnehin schon so beeindruckt, daß es sich noch sehr lange an Tikki erinnern wird, und drei Teller *Yauk Hae* haben sie ein wenig träge gemacht. Große Mengen Nahrung haben diese Wirkung. Insbesondere *Yauk Hae,* das auch als Steaktartar bekannt ist. Rohes Fleisch in Soße. Tikki hält dieses Gericht für eines der ganz wenigen Anzeichen, die vermuten lassen, daß die Menschen vielleicht doch eine intelligente Spezies sind, und betrachtet das Gericht ganz eindeutig als eines der interessanteren von denen, die Menschen servieren. Tikki könnte eine Tonne davon essen. Sich damit vollstopfen, bis sie sich kaum noch bewegen kann. Unglücklicherweise ist dies kein guter Zeitpunkt, um sich vollzustopfen. Geschäfte warten.

Sie zündet sich einen schlanken Dannemann Sumatra-Zigarillo an und bläst den aromatischen Rauch des ersten Zuges an die Decke.

»Cha.«

Das Mädchen nickt und holt den Tee.

Tikki beobachtet die anderen Leute in dem Restaurant und auf der Straße. Jene, die vor ihr im Restaurant waren, beenden ihre Mahlzeit und gehen. Das gleiche gilt für diejenigen, die kurz nach ihr gekommen sind. Die Leute auf der Straße hasten über den Bürgersteig oder verschwinden in Hauseingängen. Niemand trödelt herum. Niemand wirft mehr als nur einen flüchtigen Blick in ihre Richtung. Es hat den Anschein, als stünde sie nicht unter Beobachtung.

Das Mädchen kommt zurück.

»Ich will den Besitzer sprechen«, sagt Tikki.

»Besitzer nicht da«, erwidert das Mädchen.

»Kim Tae Hwan sagt, du irrst dich.«

Einen Augenblick lang macht das Mädchen einen verblüfften Eindruck, dann starrt sie Tikki lange und hart an, als versuche sie, durch die verspiegelten Gläser ihrer Toshiba zu sehen. »Ich nachsehen. Hier warten.«

Tikki nickt vage und richtet den Blick dann auf die Fensterfront, als wolle sie wieder die Straße betrachten, beobachtet jedoch aus den Augenwinkeln, wie das

Mädchen durch die Schwingtür eilt, die zur Küche führt. Es gibt keinen ›Kim Tae Hwan‹, zumindest nicht in diesem Restaurant. Der Name ist ein Paßwort.

Tikki nippt an ihrem Tee und wartet.

Ein paar Minuten später kehrt das Mädchen zurück. »Besitzer fragt, woher du weißt von Kim Tae Hwan?«

Tikki erwidert: »Black Mist.«

»Hier warten.« Das Mädchen dreht sich um und verschwindet erneut, kommt jedoch rasch wieder zurück.

Tikki nimmt einen letzten Zug von ihrem Zigarillo, trinkt ihren Tee aus und folgt dann dem Mädchen durch die Schwingtür in die Küche. Ein kräftig gebauter Jugendlicher erwartet sie dort. In seinem Gürtel steckt eine schwere Automatik. »Bist du bewaffnet?«

Tikki umfaßt die Revers ihrer Jacke und spreizt die Arme. Der Junge unterzieht sie einer raschen Durchsuchung. Natürlich trägt sie keine Schußwaffen, Messer oder andere Werkzeuge ihres Gewerbes bei sich. Das wäre schlechter Stil. Aber das bedeutet nicht, daß sie nicht bewaffnet ist. Selbst nackt und mit leeren Händen wäre Tikki niemals unbewaffnet.

»Mitkommen.«

Tikki folgt dem Jungen durch eine Tür im hinteren Teil der Küche und in eine schmale, abfallübersäte Hintergasse. Der Junge klopft an eine Metalltür im Haus gegenüber dem Restaurant, dreimal, dann noch zweimal. Die Tür öffnet sich. Tikki folgt dem Jungen durch die Tür, einen trübe beleuchteten Flur entlang, durch einen Raum, der mit Kisten und Karren voller Kleidung angefüllt ist, durch einen weiteren Raum, in dem ein schmutziger Mann hinter einem abgenutzten Holzschreibtisch sitzt, einen weiteren Flur entlang, durch eine Tür und dann eine Holztreppe hinab. Die Luft am Fuß der Treppe riecht nach Pistolen und Schießpulver, nach den Ölen und anderen Chemikalien, mit denen Schußwaffen gereinigt und gewartet werden.

Sie gehen durch einen langen Gang, fast ein Tunnel. Erdgerüche wie nach Lehm, Torf und Moder vermischen sich mit dem Aroma nach Metall. Der Junge zieht eine massive, etwa zehn Zentimeter dicke Holztür auf. Dahinter wartet ein Asiat in einem grauen Overall, der viele dunkle Flecke aufweist. Er mustert Tikki sehr kurz, bevor er auf englisch und mit sehr starkem Akzent sagt: »Black Mist okay. Ich bin Chey.«

Das ist der Name.

Chey ist Waffenspezialist. Man bekommt ihn nicht zu sehen, wenn man seinen Namen erwähnt. Was man in diesem Fall bekommt, ist ein freundlicher Gruß von der hiesigen Seoulpa-Gang. Ein Messer in den Bauch, vielleicht eine Kugel in den Kopf. Ein schnelles Begräbnis irgendwo in einem Müllcontainer. Keine Trauernden, keine Beerdigung.

»Hast du Nuyen?« fragt Chey.

»Hast du Hardware?« sagt Tikki.

Chey lächelt. »Das kannst du mir glauben.«

Sie gehen durch eine weitere massive Holztür in einen anderen Raum. Die Wände dieses Raumes werden von Gestellen voller Hardware gesäumt: Handwaffen, Sturmgewehre, Maschinenpistolen und mehr. Samuraischwerter. Ein Granatwerfer. Sprengpacks. Andere Hilfsmittel. Tikki zieht eine Sandler TMP aus einem Gestell. Da die Sandler Maschinenpistole normalerweise sehr billig zu haben ist, wird diese Waffe von Gangs und anderen Amateuren bevorzugt. Es ist bekannt, daß verschiedene Polizeiorganisationen die Möglichkeit ausschließen, ein Profi-Attentäter könne eine Sandler benutzen. Darin liegt ihre Anziehungskraft für Tikki.

Andererseits soll ihr nächster Job wie Profiarbeit aussehen, also tauscht sie die Sandler gegen eine SCK Modell-100 aus, die bevorzugte Waffe japanischer Sicherheitskräfte und angeblich sogar der Roten Samurai, der Elitetruppen der Renraku-Arkologie in Seattle.

Exotechs Leiter der Abteilung Sonderprojekte hat Ohara an die Notwendigkeit zur Vorsicht gemahnt. Wahrscheinlich war sein Tod nur die Folge einer weiteren sinnlosen, ziellosen Gewalttat, aber bis die Polizei das bestätigt, nimmt Ohara das Schlimmste an – daß er selbst das nächste Opfer auf der Liste des Attentäters ist. Ein Mann wie er, der hohe Positionen in einigen der führenden Konzerne bekleidet hat, kann nicht zu dem aufgestiegen sein, was er jetzt ist, ohne sich dabei hier und da ein paar Feinde gemacht zu haben. So geht es in der Konzernwelt nun einmal zu. Damit muß man immer rechnen. Ein Mann in seiner Position, ein Mitglied der Konzernelite, muß sich den Blick für die Realitäten und auch für seine eigene Verwundbarkeit bewahren.

Mit vier raschen Schritten überbrückt Ohara die Strecke zwischen Fahrstuhl und Limousine und steigt ein. Seine zwei Beschützer folgen ihm hinein. Die Türen schließen sich, und die Limousine setzt sich in Bewegung, gleitet zügig aus dem Parkhaus und durch die ›Siedlung‹ – eine geplante Gemeinde niedriger Häuser mit Eigentumswohnungen und Parks, die von einem Konsortium der größten Konzerne der Stadt gebaut und verwaltet wird.

Die Fahrt auf dem Highway 30 in die Innenstadt Philadelphias dauert nicht lange, da die Limousine die Schnellspur nimmt und mit hoher Geschwindigkeit fährt. Ohara vertreibt sich die Zeit damit, sich ein paar Immobilienvideos im Konsolentrid anzusehen. Sein Erfolg bei Exotech Entertainment hat seiner Karriere neuen Schub verliehen. Noch ein paar Monate, dann wird er in einer Position sein, in der er einen neuen Vertrag mit dem Vorstand von KFK aushandeln kann. Danach wird er sein nächstes Ziel in Angriff nehmen, die Kontrolle über den Vorstand und schließlich dessen Vorsitz. Die Spürhunde, die er in aller Stille auf die Vorstandsmitglieder angesetzt hat, haben bereits ein paar Informationen ausgegraben, die sich als äußerst nützlich erweisen dürften.

Sobald er seinen neuen Vertrag mit einer substantiellen Steigerung seiner Bezüge und Gewinne in der Tasche hat, kann er an eine neue Behausung denken, möglicherweise ein Anwesen im höchst exklusiven Reservat von Villanova. Im Vergleich mit den Platinum Manor Estates wäre praktisch alles eine Verbesserung. Er in einer Eigentumswohnung? Der bloße Gedanke ist widerlich. Praktisch ein Schlag ins Gesicht.

Werden seine zwei Spielgefährtinnen den Umzug überleben? Diese Entscheidung wird er sehr bald treffen müssen. Gewiß wäre es dem Vorstand von KFK lieber, wenn er mit einer Frau und ein paar Kindern aufwarten könnte.

Vielleicht eine Aussöhnung mit seiner Ex?

Ein Gedanke, über den es sich nachzudenken lohnt.

»Guten Morgen, Mr. Ohara.«

»Enoshi und Cha.«

»Jawohl, Sir. Sofort.«

Ohara winkt vage mit der Hand und geht über den mit plüschigem Teppichboden ausgelegten Flur zu seinem Büro. Die ikonenartige Blondine hinter dem Empfangstisch weiß, wie sie zu reagieren und zu springen hat. Das gefällt Ohara. Ganz besonders gefällt ihm, wenn sich die Leute so verhalten, als seien sie *hocherfreut*, nach seiner Pfeife zu tanzen und sich dabei zu zerreißen. Das ist die Art von Ergebenheit, die ihm immer am liebsten war, Leute, die japsen wie eifrige Welpen.

Echte Talente werden irgendwann ehrgeizig, dann gierig. Eifrige Welpen wie die Schnalle am Empfang sind viel zu sehr mit Schwanzwedeln beschäftigt, um sich Möglichkeiten auszudenken, wie sie ihn hintergehen können.

Die Doppeltüren am Ende des Flurs öffnen sich.

Seine zwei Beschützer begleiten ihn in das Büro und beziehen Stellung neben der Tür. Ohara betritt das niedrige Podest, auf dem vor der Fensterwand sein Schreibtisch steht. Die vom Boden bis zur Decke reichenden Fensterscheiben bestehen aus stark isoliertem Makroplast und bilden einen wirksamen Schutz gegen alle Waffen, wenn man einmal von den wirklich schweren absieht. Außerdem sind sie von außen verspiegelt, so daß niemand hineinsehen kann, und mit einer Spezialbeschichtung versehen, die alle auf Laser beruhenden Überwachungsgeräte daran hindert, Geräuschvibrationen von der Oberfläche abzunehmen. Schnüffeleien werden auch noch durch eine Vielzahl anderer Vorrichtungen verhindert.

Ohara legt seinen Aktenkoffer auf den Schreibtisch, läßt sich auf seinen Stuhl fallen und schaltet sein Computerterminal ein. Die Tastatur gleitet aus der Vorderseite des Schreibtisches. Der Monitor erhebt sich aus der Tischplatte. Ohara schnippt mit den Fingern.

»Geheimhaltungsmodus einschalten.«

»Bestätigt«, sagt einer der Birnoth-Beschützer.

Der andere nickt.

Die Comitatus-Leibwächter gehören in jedem Sinn des Wortes zur Elite ihres Berufsstands. Wenn der Geheimhaltungsmodus eingeschaltet ist, löscht implantierte Headware alle sechzig Sekunden alles in der vergangenen Minute Gesehene und Gehörte. Am Ende des Tages erinnern sie sich nur daran, Ohara in sein Büro und dann wieder hinaus begleitet zu haben. Selbstverständlich endet der Modus sofort, wenn irgendein Notfall eintritt oder sie es für notwendig erachten, Sicherheitsalarm zu geben. In diesem Fall würden sie ihn augenblicklich davon in Kenntnis setzen, daß der Geheimhaltungsmodus ausgeschaltet wurde.

Ohara schaut auf seinen Computermonitor. Das stilisierte, kreisförmige Logo von KFK füllt den Schirm aus. Er gibt seinen persönlichen Sicherheitscode ein, überbrückt eine letzte Sensorkontrolle und findet eine Reihe von Memos in seiner Ablage sowie den Bericht über die Abteilung Sonderprojekte, den er von Bairnes angefordert hat.

Enoshi kommt herein, um seinen Morgenbericht zu erstatten, und rattert dann die Termine des Tages herunter.

Die Schnalle vom Empfang bringt den Tee.

»Schaffen Sie Wyatt her.«

Enoshi verbeugt sich und hastet aus dem Büro.

Ohara nippt an seinem Tee und geht die Memos in seiner Ablage durch. Die meisten erfordern lediglich ein simples Ja oder Nein. Er drückt jeweils auf J oder N und dann auf TRANS, um die Antworten an die betreffenden Absender zu schicken. Nichts Kompliziertes heute. Taffy Lee, SimSinn-Star der Extraklasse, weigert sich immer noch, die Bedingungen für ihre geplante Tournee durch achtzehn Länder und vierundsechzig Städte anzunehmen, mit der ihre neue Chipserie promotet werden soll. Ob sie überzeugt werden soll? Ja. Offensichtlich. Die Schnalle verdankt Exotech alles, und sie wird die Tournee zu den festgelegten Bedingungen durchführen oder den Rest ihres Lebens mit Klagen bombardiert werden und Prozesse führen.

Jeff Wyatt kommt herein.

»Sehen Sie sich das an«, sagt Ohara, indem er den Monitor in Wyatts Richtung dreht. »Unsere Hermetik-Linie verkauft sich besser als alles andere auf dem Markt, und jetzt kommt Bairnes daher und schlägt irgendeinen kybernetischen Kriegerdrek vor. Man ändert keine erfolgreiche Strategie. Man baut sie aus. Hat denn niemand hier auch nur die geringste Ahnung!«

Wyatt wirft nur einen flüchtigen Blick auf den Bildschirm, scheint die Zähne zusammenzubeißen und holt tief Luft. »Bairnes ist ein Tech. Er kennt sich mit Marketing nicht aus.«

Ohara preßt die Lippen zusammen. Es gibt keine

Entschuldigung für Unwissenheit. »*Abbirleths Beschwörung* war eine Woche nach Veröffentlichung Nummer Eins in den Charts und ist dort fast neun Monate geblieben.«

»Sechs Monate.«

»Widersprechen Sie mir nicht! *Nacht des Zauberers* war ähnlich erfolgreich. Bin ich der einzige hier, dem das zu denken gibt? Was glauben Sie, wie sich dieser Konzern in kaum einem Jahr dreiundzwanzig Prozent Marktanteil gesichert hat? Glauben Sie etwa, der Schund, den Sie vorher verhökert haben, hat diese Organisation zum Marktführer gemacht?«

Wyatt sieht ungerührt aus, und nichts anderes hat Ohara erwartet. »Sie hätten mich nach einer Empfehlung fragen sollen, nicht Bairnes«, sagt Wyatt. »Ich bin Stellvertretender Leiter der Produktentwicklung. Sonderprojekte gehört in mein Ressort.«

Diese höchst unnötige Erinnerung läßt eine Hitzewelle in Oharas Nacken schießen. »Ersparen Sie mir Ihre territorialen Imperative. Das hier ist meine Show. Verstanden?«

»Ich kann mich nicht erinnern, das in Frage gestellt zu haben.«

»Warum habe ich immer das Gefühl, daß Sie nur auf eine Gelegenheit warten, meine Autorität zu untergraben? Gibt es irgendein Problem, Jeff? Haben Sie Schwierigkeiten damit, Anweisungen entgegenzunehmen?«

»Sagen Sie mir einfach, was Sie wollen, dann tue ich es.«

»Ach, Jesus Christus.« Ohara dreht seinen Stuhl ein wenig und bemüht sich, seine Wut zu unterdrücken. Ihn zu einem Temperamentsausbruch zu reizen, ist eines von Wyatts größten Talenten. »Was *glauben* Sie wohl, was ich will? Ich will einen Ersatz für Neiman! Sie erinnern sich vielleicht, daß unsere Abteilung Sonderprojekte diesen ganzen Laden hier am *Laufen* hält!

Ohne die Abteilung ist die Hermetik-Reihe so gut wie tot!«

»Wollen wir mit der Bekanntgabe seines Nachfolgers nicht wenigstens bis nach Neimans Beerdigung warten?«

Witwen und Waisen warten darauf, daß Leichen unter die Erde kommen – das Geschäft nicht. »Vielleicht möchten Sie sich mit Ihrem ehemaligen Direktor begraben lassen.«

»Ist das eine Drohung, Mister Ohara?«

»Wenn Sie keinen Ersatz für Neiman finden können, finde ich jemanden, der es kann.«

»Ich glaube, ich komme damit zurecht.«

»Dann fangen Sie endlich damit an.«

Ohara dreht den Stuhl zurück, sieht Wyatt direkt ins Gesicht und gibt sich alle Mühe, ihm sein bösartigstes Lächeln zu zeigen. Wyatts private Präferenzliste ist kein Geheimnis für ihn. Wyatt will die Kontrolle über Exotech, und er will sie dadurch bekommen, daß er Ohara beim Vorstand von KFK, Exotechs Muttergesellschaft, schlecht aussehen läßt. Ohara muß ständig auf der Hut sein und jede Gelegenheit wahrnehmen, Wyatts Treulosigkeit gegen ihn selbst zu wenden. Das ist auch der Grund, warum Ohara Bairnes zu Neimans Nachfolger auserkoren hat. Er weiß natürlich, daß Bairnes nicht der geeignete Mann ist. Später wird er es so aussehen lassen, als habe Wyatt Bairnes gewollt und nur Oharas ständige Wachsamkeit ein Debakel verhindert.

Bevor Wyatt sein Büro verlassen kann, kommt ein anderer Mann durch die Verbindungstür zu Enoshis Büro herein. Der Neuankömmling ist von kräftiger Statur und trägt einen zerknautschten Trenchcoat über einem ziemlich schmuddeligen Anzug. Sowohl Trenchcoat als auch Anzug sehen aus, als seien sie direkt von der Stange gekauft worden. Ohara hat den Mann noch nie zuvor gesehen. Er ist ganz gewiß kein Angestellter von

Exotech. Er trägt nicht einmal einen Besucherausweis. Ohara runzelt die Stirn und wirft einen Blick auf seine beiden Birnoth-Beschützer, doch keiner von ihnen unternimmt mehr, als den Fremden zu betrachten.

»Entschuldigen Sie die Störung«, sagt der Fremde, indem er eine Ausweiskarte hebt, auf der abwechselnd ein 2-D-Foto von ihm und das leicht zu erkennende Logo von Minuteman Security Services aufblinken. »Lieutenant Kirkland«, sagt der Fremde, während er die Birnoth-Leibwächter mustert. »Morddezernat.«

Ohara lächelt. »Ja, Lieutenant. Kann ich Ihnen behilflich sein?«

Wyatt verläßt das Büro mit einem kaum verhohlenen höhnischen Grinsen.

Kirkland wirft ihm nur einen flüchtigen Blick hinterher, dann wendet er sich wieder an Ohara. »Sie sind Ohara?«

Ohara nickt, immer noch lächelnd. »Bernard Xavier Ohara. Ja.«

»Ich will nur sichergehen, daß ich beim richtigen Burschen gelandet bin.« Kirkland lächelt kurz, nickt. »Ich bin sicher, Sie sind beschäftigt. Meine Zeit ist auch ein wenig knapp. Lassen Sie mich Ihnen ein paar Fragen zu Robert Neiman stellen, und dann verschwinde ich wieder.«

»Selbstverständlich. Sie führen die Untersuchung von Bobs Tod durch?«

»Bob Neiman? Ja, das stimmt.«

»Möchten Sie etwas Cha?«

»Eine Tasse käme mir jetzt gerade recht. Danke.«

Ohara winkt mit der Hand. Enoshi, der dekorativ neben der Verbindungstür steht, ruft die Empfangsdame, die den Tee bringt. »Sie sind also der Oberbonze hier«, sagt Kirkland.

»Ich bin der Verantwortliche Leiter von Exotech und Vorstandsmitglied von Kono-Furata-Ko, Exotechs Muttergesellschaft.«

»Nettes Büro.«
»Vielen Dank.«
»Wie ich gehört habe, war Mister Neiman Ihr Protégé.«
Ohara lächelt flüchtig. Speichellecker wäre vielleicht eine bessere Wortwahl gewesen. »Protégé ist vielleicht ein zu starkes Wort, Lieutenant. Ich erkannte, daß Bob Managementqualitäten besaß, und deshalb sorgte ich dafür, daß er eine Stellung fand, in der er diese Qualitäten ausspielen konnte.«
»Bedeutet Protégé nicht genau das?«
»Eine Frage der Betonung, Lieutenant. Ich hatte kein besonderes Interesse an Bobs Karriere im allgemeinen. Ich habe nur etwas korrigiert, was ich als Verschwendung wertvoller Ressourcen betrachtete, wenn Sie den klinischen Ausdruck gestatten.«
»Haben Sie es auf diese Weise betrachtet? Klinisch?«
»Nein, nein, absolut nicht. Es hat mich sehr gefreut, Bob einen Schub nach oben zu geben. Es hat mich auch gefreut, die Konzernstruktur zu verbessern.«
»Also waren alle glücklich?«
»Gute Moral ist ein integraler Bestandteil jedes erfolgreichen Konzerns.«
»Und Exotech ist erfolgreich.«
»Ganz recht.«
»Neiman war ein untergeordneter Forscher, und dann haben Sie ihn zum Leiter der Abteilung Sonderprojekte befördert? Hört sich nach einem ziemlichen Karrieresprung an.«
»Ich bin sicher, daß man diesen Eindruck gewinnen kann. Aber aus meiner Sicht war es gar kein so großer Sprung. Sie sollten sich vor Augen halten, Lieutenant, daß die Abteilung Sonderprojekte in Wirklichkeit eine sehr kleine Einheit ist, eine kleine Unterabteilung eines kleinen Geschäftsbereichs.«
»Stimmt das auch?«
Ohara nickt. Es stimmt nicht nur, er könnte es über

jeden vernünftigen Zweifel hinaus beweisen. »Der Großteil unserer finanziellen Mittel fließt direkt in die Bereiche Produktion, Marketing und Verkauf. Sie dürfen nicht vergessen, daß SimSinn im großen und ganzen eine etablierte Industrie ist. Die Hauptarbeit im Bereich Forschung und Entwicklung wird von den Elektronikleuten wie Fuchi und Truman geleistet, die die Sim-Decks produzieren, mit denen die Endverbraucher SimSinn erfahren. Exotech hat in erster Linie mit der Produktion von SimSinn-Chips zu tun, also mit dem, was wir ›Wachs‹ nennen.«

»Zum Teil echt heißes Wachs, wurde mir gesagt.«

Ohara nickt. »Korrekt.«

»Wie ist eine SimSinn-Firma wie dieser Laden hier überhaupt in Philadelphia gelandet? Ich hätte den Freistaat Kalifornien für einen geeigneteren Standort gehalten.«

Ohara lächelt. »Tatsächlich entwickelt sich Chicago zur ›Traumfabrik‹ der UCAS, jedenfalls was SimSinn betrifft. Wir unterhalten dort ebenso Produktionsanlagen wie im Freistaat. Philadelphia bietet jedoch steuerliche Anreize, die nicht zu verachten sind.«

»Ich hörte, Exotech produziert auch Musik. Nicht nur SimSinn.«

Ohara nickt. »Digitalisierter Sound mit erweitertem Spektrum auf MC-Disk und Chip, korrekt.«

»Woran hat Neiman gearbeitet?«

Ohara zögert und setzt eine unsichere Miene auf. »Pardon?«

»Er war der Leiter der Abteilung Sonderprojekte, oder nicht? Was hat er gemacht? Zuletzt. Kurz bevor er starb.«

»Konkret? Ich fürchte, mit diesen Einzelheiten kann ich Ihnen nicht dienen. Ich bin sicher, der Leiter meines Stabes kann Sie an die richtige Person verweisen, wahrscheinlich Bobs unmittelbarer Vorgesetzter, der Leiter unserer Forschungsabteilung. Oder Jeff Wyatt, der Stellvertretende Leiter der Produktentwicklung. Beides hervorragende Leute, in jeder Hinsicht erstklassige Führungskräfte.«

»Danke für den Rat. Aber ich bin trotzdem ein wenig neugierig. Sie sind Exotechs verantwortlicher Leiter. Neiman gehört zum Management, ist Leiter einer Abteilung. Sie hatten immerhin so viel Interesse an ihm, daß Sie ihn befördert haben. Wie kommt es, daß Sie nicht wissen, woran er arbeitet?«

Ohara verkneift sich ein Lächeln. Die Fragetechnik dieses Lieutenants ist so durchsichtig, daß sie absurd ist. »Ich gebe zu, einem Außenseiter mag das merkwürdig erscheinen. Tatsache ist jedoch, als ich vor zwei Jahren an Bord gekommen bin, habe ich das gesamte Personal Exotechs gründlich unter die Lupe genommen. Wissen Sie, ein Teil meiner Aufgabe bestand darin, ein marodes Unternehmen auf Vordermann zu bringen. Das habe ich von Grund auf getan. Ich habe die gesamte Konzernstruktur geändert. Als dann die richtigen Leute an den richtigen Stellen saßen, konnte ich es mir leisten, Autorität zu delegieren – in einem vernünftigen Rahmen, versteht sich. Jetzt beschäftige ich mich nur noch mit den generellen Strategien des Konzerns und überlasse die Einzelheiten meinen Untergebenen.«

»Sie müssen ziemlich zufrieden mit den Ergebnissen sein.«

»Sehr zufrieden.«

»Sie haben es immer noch nicht mitgekriegt, oder?«

»Ich bitte um Verzeihung?«

»Ich nehme an, niemand hat Sie ins Bild gesetzt. Ich will ganz offen sein. Robert Neiman ist nicht einfach umgebracht worden. Es war ein geplantes Attentat. Wer immer dafür verantwortlich ist, wollte Robert Neiman sehr tot sehen und außerdem alle Welt wissen lassen, daß er dies wollte. Ihr Mister Neiman ist offenbar der falschen Person in die Quere gekommen. Irgendeine Ahnung, wer das sein könnte?«

Ohara starrt Kirkland für einen Augenblick an, dann wendet er langsam den Blick ab. Die Bemerkungen des Lieutenants zielen offenbar darauf ab, ihn aus der Fassung zu bringen und dazu zu verleiten, irgend etwas Enthüllendes auszuplaudern. Anscheinend glaubt der Lieutenant nichts unbesehen. Diese Eigenschaft kann ihn trotz seiner unbeholfenen Technik gefährlich machen. »Ich kann mir wirklich niemanden vorstellen. Der Grund gehabt haben könnte, Bob zu töten, meine ich. Natürlich weiß ich nichts über sein Privatleben.«

»Aha. Nun, lassen Sie mich dazu folgendes bemerken: Wenn jemand so stirbt wie Robert Neiman, soll dies in der Regel als warnendes Beispiel dienen. Was nichts anderes heißt als: ›Das passiert mit dir, wenn du das Falsche tust.‹ Wenn ich Sie wäre, würde ich mir zumindest ein paar Gedanken machen, wer in diesem Konzern sonst noch als Ziel für einen Anschlag in Frage kommt. Zwei Assistenten Neimans, der leitende und der für die Datenbeschaffung zuständige, sind beide mit ihm getötet worden. Das kann ein Zufall sein, es kann aber auch auf eine Konzernverbindung hindeuten. Ich würde vorschlagen, Sie gehen kein Risiko ein und verschärfen die Sicherheit hier. Teilen Ihrem Schlüsselpersonal vielleicht sogar Leibwächter zu.«

»Ja, gewiß ... ich verstehe, was Sie meinen. Ich gebe Ihre Empfehlungen an unseren Sicherheitschef weiter. Vielen Dank, Lieutenant.«

Ohara steht auf. Kirkland versteht den Wink, tritt an den Schreibtisch heran und streckt den Arm aus, um Ohara die Hand zu schütteln. »Im Zuge unserer Ermittlungen«, sagt Kirkland, »könnte es sein, daß ich Ihnen zu einem späteren Zeitpunkt noch ein paar Fragen stellen muß.«

»Ich stehe Ihnen selbstverständlich zur Verfügung.«

»Vielen Dank für Ihre Zeit.«

Der Lieutenant verläßt das Büro durch die Verbindungstür. Enoshi steht in der Tür und wirft einen Blick in Oharas Büro. Ohara winkt ihn herein. Wie üblich bleibt Enoshi mehrere Schritte vor dem Schreibtisch stehen, das Gesicht ausdruckslos, die Arme herabhängend, die Haltung die eines rangniedrigen Soldaten, der seine Befehle erwartet.

»Leiten Sie die Operation Großreinemachen ein.«

Enoshi zögert. »Sir, das ist aber eine sehr drastische ...«

»Stellen Sie meine Entscheidungen nicht in Frage!«

Ohara stemmt die Hand gegen die Schreibtischkante und schwingt seinen Stuhl herum, so daß er die ausgedehnte Fensterfront zum KFK-Plaza vor Augen hat. Sich in der ersten Arbeitsstunde des Tages mit einem rebellischen Angestellten auseinandersetzen zu müssen, reicht völlig. Die Möglichkeit, daß eine Polizeiuntersuchung etwas zu Tage fördert, das besser im dunkeln bliebe, strapaziert seine Toleranz bis an ihre äußerste Grenze.

»Tun Sie es einfach, *verdammt* noch mal! Großreinemachen, und zwar *sofort*!«

»Jawohl, Sir«, erwidert Enoshi. »Sofort.«

12

In dem Zimmer ist es still, und es riecht nach Urin, Schweiß und den feuchten Ausdünstungen von Sex. Raman hebt verstohlen den Kopf, um sich umzusehen, dann steigt er aus dem Bett und geht zuerst zur Tür, dann zum Fenster, ein mächtiges Messer, Modell Drachentöter, in der Hand. An der Tür hört er nichts, und ein rascher Blick auf den Flur enthüllt nur die Dunkelheit und den Verfall, der in diesem Haus auf Philadelphias Nordseite herrscht. Das einzige Fenster blickt auf eine abfallübersäte Gasse.

Nichts rührt sich. Die Dämmerung geht in die Nacht über.

Die nackte Frau auf dem Bett murmelt etwas, erwacht aber nicht. Raman beobachtet sie eine Weile. Sie hat viel Alkohol getrunken, so daß sie stark berauscht war und ihm Dinge erzählt hat. Sie nennt sich Angel, aber das ist nur der Name, mit dem sie in der Matrix des globalen Computernetzes arbeitet. Ihr tatsächlicher Name ist Neona, Neona Jaxx. Aus Dallas, wenngleich sie sich zuletzt in Miami aufgehalten hat.

Raman findet sie reizvoll. Ganz besonders bewundert er die dunkle Tönung ihrer Haut und deren nachgiebige Weichheit, die durch geschmeidige Muskeln gemildert wird. Sie ist lebhaft im Bett und außerdem eine Deckerin, aber das rechtfertigt es nicht, sie noch länger bei sich zu behalten. Decker können, falls nötig, angeworben und anschließend wieder abgestoßen werden. Weibliche Begleitung ist nicht weniger entbehrlich. Raman hat viele Frauen gehabt. Die meisten waren wie diese, hungrig nach der Gesellschaft eines Mannes, darauf bedacht, sich hinter seiner Stärke und Kraft zu verstecken. Es ist eine gefährliche Welt. Er nimmt an, daß es natürlich ist, wenn manche Frauen ihre körperliche Anziehungskraft im Austausch gegen den Schutz anbieten, den ein starker Mann ihnen geben kann. Die meisten Frauen, die er kennengelernt hat, sind zur Selbstverteidigung ebenso fähig wie ein Kind oder eine Schneeflocke.

Was er jetzt braucht, ist eine Dusche. Wenn er eine Schüssel Wasser hätte, würde er den Kopf hineintauchen, sein Haar auswringen und sich das Wasser über den Körper schütten. In Ermangelung dessen zieht er die gestrige Kleidung an, streicht sich das Haar nach hinten und bindet sich das Halstuch um die Stirn. Das Leben auf der Straße ist oft eine Frage der Improvisation. Es ist der Lebensstil, den er vorzieht. Er reist mit leichtem Gepäck.

Raman zieht seine Jacke an, die Jacke mit Fransen und Beschlägen, die das Berglöwen-Logo der Sioux Wildcats trägt. Er hat die Jacke in Atlanta bekommen, wo er den Besitzer der Jacke im Kampf getötet hat. Seitdem trägt er sie in der Absicht, die schlechte Beobachtungsgabe jener zu unterstützen, denen er begegnet. Mit seiner dunklen Haut, dem langen schwarzen Haar und den wie gemeißelt wirkenden Gesichtszügen halten die Leute Raman sehr oft für einen Amerindianer, und das kommt ihm sehr gelegen. Er will lieber für einen Amerindianer gehalten werden als für etwas anderes, das der Wahrheit vielleicht näher käme. Die Wahrheit könnte in den falschen Händen sehr gefährlich werden.

Er verteilt seine Waffen an seinem Körper und schiebt eine großkalibrige Pistole in das Halfter, das in das Futter der Jacke eingearbeitet ist. Es wird Zeit, zum Geschäft zu kommen, seinen Kontakt zu finden und ein paar Nuyen zu machen, und das bedeutet, alleine weiterzumachen. Er wirft einen letzten Blick auf die Frau im Bett, dann geht er durch die Tür, den Flur entlang und in die Nacht hinaus.

Ein Stück weiter die Gasse entlang wartet seine Harley.

13

Es verspricht, ein häßliches kleines Stück Arbeit zu werden, und natürlich hat Dana noch nicht aufgehört, darüber zu maulen, seit sie begonnen haben.

»Ich bin kein Killer«, sagt sie zum zehnmillionstenmal. »Ich geh da nicht einfach rein und fang an, Leute umzulegen.«

»Warum nicht?« witzelt Mickey. »Hört sich doch lustig an.«

»Es ist *falsch*!« ruft Dana.

»Wer sagt das?« mischt sich Dog Bite ein. »Wir

haben uns einen Kontrakt geangelt, Weib! Daran ist nicht das geringste falsch!«

»Das habe ich auch gar nicht behauptet!«

»Wir wissen nicht, wer diese Chummer sind! Sie haben's verdient, umgelegt zu werden! Jemand bezahlt dafür, sie umlegen zu lassen! Richtiger als das wird's nicht!«

»Dog Bite, du hörst mir ja nicht mal *zu* …«

»Ich sag dir, was falsch ist! Dein Hirn funktioniert falsch rum!«

Hammer, der auf dem Beifahrersitz des Lieferwagens sitzt, zündet sich eine letzte Millennium Red an, nimmt einen tiefen Zug und sieht auf die Uhr. Es ist ein paar Minuten nach zweiundzwanzig Uhr.

Der Bursche auf dem Fahrersitz verändert seine Sitzposition. Sein Name ist Axle. Er hat Cyberaugen und Datenbuchsen in den Schläfen. Er kann den Lieferwagen fahren, ohne das Lenkrad auch nur anzufassen. Das wird heute nacht jedoch nicht nötig sein. Axle ist der Rigger, also erledigt er die Fahrerei, aber dieser Job wird seinen besonderen Fähigkeiten nicht viel abverlangen. Dieser Job ist purer Rock'n'Roll.

»Die Gasse ist immer noch leer«, murmelt Axle.

Die Gasse ist ungefähr neun Blocks entfernt, also mitten in der Höllenzone von Nordostphilly. Axle weiß das, weil er einen Schweber in der Luft hat, einen Aerodesign LDSD-23, eine Art Heliumballon mit einem daran befestigten Sensorpack. Die Gasse, die Axle beobachtet, ist wichtig, weil sie der einzige Zugang zu dem Ort ist, dem sie heute nacht einen Besuch abstatten wollen. Hammer macht sich keine Sorgen wegen möglicher Zeugen. Nördlich der Spring Garden Street und der Innenstadt gibt es keine Zeugen. Nur Banden, Verrückte, Motorradgangs und Punks. Hammer würde es vorziehen, daß ihnen niemand in die Quere kommt, weil es einfach bequemer wäre.

Der Streit hinten im Lieferwagen wird lauter. Das

Problem ist weniger Dana als vielmehr Mickey. Sie alle wissen, daß Dana sie auf die Palme bringt. Sie und Dog Bite können sich den ganzen Tag und die ganze Nacht lang streiten, würden dabei jedoch eine gewisse Grenze nie überschreiten. Aber sobald Mickey sich einmischt, gerät alles außer Kontrolle. Mickey ist es einfach egal. Einfach alles. Und das bringt Dana wirklich auf die Palme.

Hammer dreht sich um, sieht nach hinten und entsichert seine Ingram Smartgun. Das metallische Klacken läßt sie innehalten. »Showtime.«

Dana sieht ihn flehentlich an. Hammer nimmt es gelassen, ebenso gelassen wie den letzten Zug von seiner Zigarette.

»Hammer«, sagt sie.

»Erledige deinen Teil. Das ist alles.«

Ihre Augen nehmen einen Ausdruck der Resignation an.

Axle fährt den Wagen ihrem Ziel entgegen.

In Nordostphilly erinnert mehr als in jedem anderen Stadtteil an die Nacht des Zorns, als Menschen und Metamenschen auf den Straßen aufeinanderprallten und die Nacht in ein flammendes Inferno verwandelten. Selbst nach fünfzehn Jahren sind die Narben noch offensichtlich. Block um Block von zwei- und dreigeschossigen Reihenhäusern tragen klaffende Wunden, sind geschwärzt und ausgebrannt, viele zu Ruinen aus bröckeligem Mauerwerk, verkohltem Holz und schwarzer Asche reduziert. Der Schutt eingestürzter Häuser und Berge stinkenden Abfalls quellen aus den Seitengassen auf die Hauptstraßen. Ausgebrannte Autowracks stehen am Straßenrand. Die einzige Straßenbeleuchtung stammt von den Feuern aus den Blechtonnen der Penner.

Vor diesem Hintergrund der Zerstörung wirkt der heutige Job wie ein Regentropfen im Ozean.

Das Ganze nennt sich Großreinemachen.

Mit ausgeschalteten Scheinwerfern biegt der Lieferwagen in eine breite Gasse ein. Der Eingang zu ihrem Bestimmungsort befindet sich zehn Meter weiter hinten, eine schwarze Metalltür im Gebäude auf der rechten Seite. Sie streifen alle Nachtsichtbrillen mit Head-Up-Display und Kopfsets über, die die Ohren zur besseren Abschirmung gegen äußere Störeinflüsse vollständig bedecken. Alle außer Dana. Die Magierin braucht diese Art Schutz nicht.

Sie steigen aus. Axle läßt den Motor laufen, falls sie einen schnellen Abgang machen müssen. Hammer schickt Mickey und Dog Bite auf die linke Seite der schwarzen Metalltür und behält sich die rechte Seite selbst vor. Dana stellt sich direkt vor die Tür.

Sie hebt die Hände vor das Gesicht, als wolle sie beten, dann macht sie irgend etwas mit ihren Fingern, verschränkt sie, faltet sie, bildet Pyramiden, Dreiecke, Kreise, komplizierte Schleifen zwischen den einzelnen Konfigurationen. Sie nennt diese Fingerzeichen die Emblemologie der Macht. Hammer ist das ziemlich egal. Nicht egal ist ihm, daß das, was sie tut, funktioniert.

Der Raum zwischen Dana und der Tür beginnt zu flimmern und zu wabern wie heiße Sommerluft über einer Straße. Die Tür nimmt einen wächsernen Glanz an. Der Glanz beginnt zu fließen, ergießt sich nach unten wie ein Wasserfall, mit dem Unterschied, daß das Wasser die Substanz der Tür ist. Im nächsten Augenblick gibt es keine Tür mehr, nur noch eine schwarzglänzende Pfütze, die träge die Gasse entlangfließt.

Dana schwankt, holt sichtbar tief Luft und streicht sich dann das Haar aus dem Gesicht. Feste Materie zu verflüssigen, ist sehr anstrengend für sie. Was zu tun bleibt, ist wesentlich leichter.

Hammer zeigt auf die dunkle Öffnung des Eingangs.

Dana nickt und macht weitere Fingerzeichen.

Die Musik, die gleißenden Lichter, das unheilvolle Geplapper von Stimmen – Rufen, Schreien, Fluchen –, all das setzt mit einem Schlag ein. Hammer kann das Spektakel dank Brille und Kopfset weder sehen noch hören, aber er weiß, wie es ist. Tausend Scheinwerfer, die einem alle gleichzeitig direkt in die Augen leuchten. Tausend Wahnsinnige, die einem direkt ins Ohr brüllen. Man kann nicht mehr denken, man kann nicht mehr kämpfen, man weiß nicht, was, zum Teufel, überhaupt los ist. Hammer gestikuliert mit der Ingram. Mickey flitzt durch den Eingang und in die Dunkelheit dahinter. Hammer folgt ihm. Dog Bite und Dana bilden den Abschluß.

Der Eingang führt auf einen Flur, der nach ein paar Metern eine Biegung beschreibt und vor einer abwärts führenden Treppe endet. Drei Messerklauen mit schwerer Artillerie – großkalibrige MPs – wanken auf den Stufen und am Fuß der Treppe herum. Ein paar gezielte Feuerstöße aus Mickeys AK-97 und Hammers Ingram erledigen sie.

Der Gang am Fuß der Treppe führt an zwei Türen vorbei, beide auf der rechten Seite. Dog Bite und Mickey nehmen die erste. Hammer nimmt die andere. Die Türen sind nicht einmal versperrt. Hammer betritt einen Raum, der wie ein Schlafzimmer eingerichtet ist. Zwei heiße, rötliche Leiber zucken und winden sich auf dem Bett, die Hände erhoben, als wollten sie sich die Ohren zuhalten. Während Hammer das Feuer eröffnet, gleitet einer der beiden Leiber vom Bett und torkelt herum wie eine Maschine mit kurzgeschlossenen Schaltkreisen, bevor er krampfhaft zuckt und fällt. Zwei schnelle Feuerstöße, mehr ist nicht nötig.

»Eins klar«, sagt Hammer.

Ein Rauschen von Statik, dann erwidert Dog Bite: »Zwei klar. Wir sind alle okay. Sieh dir diese Bude mal an.«

Hammer nimmt die Brille ab. Eine lange, rechteckige Scheibe in der Wand gegenüber dem Fußende des Bettes gestattet einen Blick in den anderen Raum. Hammer öffnet die Verbindungstür, die ihn in eine Art Kontrollraum führt, der jetzt beträchtliche Schäden durch den Beschuß mit automatischen Waffen aufweist. Inmitten der Trümmer liegen drei weitere Leichen. Das Herzstück des Raumes ist die lange graue Konsole, die an der Wand unter dem großen Fenster entlangläuft. Sie sieht nach der Art von Ausrüstung aus, die für professionelle Musikaufnahmen benutzt wird, nur, daß dies kein Aufnahmestudio und die Konsole nicht nur für Musik ist.

»Sieh dir mal das Zeug hier an«, sagt Dog Bite. »Mann-o-Mann, wir könnten echt was nebenher verdienen, wenn wir den Kram verscherbeln.«

Hammer sieht es sich an. Was Dog Bite sagt, stimmt. Das Etui in Dog Bites Hand enthält etwa zwanzig Silikon-Chips, und wesentlich mehr liegen überall im Raum verstreut herum. BTL-Sex-Chips verkaufen sich immer. Wie der Name verspricht, ist so ein Chip in mancherlei Hinsicht tatsächlich besser als echter Sex. Keine Komplikationen, keine Zeitverschwendung, keine Notwendigkeit für einen oder mehrere kooperative Partner.

Hammer fragt sich, warum ihr Mr. Johnson ein schmuddeliges BTL-Labor samt Personal in Nordostphilly ausradieren wollte.

Wer weiß?

»Bringt die Ladungen an«, sagt Hammer. »Es wird alles verbrannt.«

Dog Bite sieht ihn an. »Bist du sicher?«

»Wir haben einen Kontrakt.«

»Wer würde es erfahren?«

»Sei nicht dämlich.«

»Hey! Dämlich ist mein zweiter Vorname!«

Mickey fängt an zu lachen. Dog Bite ebenfalls. Hammer hat den Witz schon zu oft gehört, um ihn noch lustig zu finden.

Fünf Minuten später explodieren Dog Bites Sprengladungen. Axle beobachtet die Flammen über den Schweber. Nach kürzester Zeit steht das ganze Gebäude in Flammen. Mr. Johnson dürfte zufrieden sein.

14

Die Nacht vibriert vom Lärm des Verkehrs und der geballten Ansammlung von über einer Million menschlicher Wesen.

Neon flackert, Chrom glänzt.

Stimmen hallen durch die Gasse.

Tikki wartet in den Schatten, in einer Nische aus Ziegeln und Mörtel, die nach Pisse und widerlichem Fusel stinkt. Ein Motorrad rauscht vorbei, eine dieser glänzenden, aerodynamischen Maschinen mit schlanker Platikverkleidung in der Farbe von Blut. Und dieses ist eines der schnellsten, eine Rapier. Ganz in der Nähe hält der Hobel an, etwas rechts von ihr. Der Motor heult noch einmal auf, dann erstirbt der Lärm. Tikki zieht die schwere Kang-Automatik unter der Jacke hervor und tritt aus ihrem Versteck.

Nur ein paar Schritte weiter befindet sich die Kellerbar namens Numero Uno. Schilder, die für Bier und andere Attraktionen werben, blinken und blitzen über den Stufen, die hinunter zum Eingang führen. Die Bar ist ein Sammelplatz für Verlierer, Idioten, die sich für immun gegen Tod und Verletzung halten. Die meisten von ihnen kommen auf Motorrädern, was der Grund für Tikkis Anwesenheit ist. Sie geht auf die soeben angekommene Rapier zu, die Kang hinter ihrer rechten Hüfte versteckt.

Während sie sich der Maschine nähert, steigt der große, haarige Ork in Kunstledermontur von der Rapier ab und dreht sich mit einem Lächeln zu ihr um. Die Zähne, die wie Hauer aus seinem Unterkiefer ragen, verleihen seinem Lächeln etwas Wildes. »Hoi, Schnalle«, grunzt er.

Tikki grinst verächtlich. Sie hat nicht einmal den Mund geöffnet, und schon hat sich der Ork ihr gegenüber schlecht benommen. Orks sind so, geben sich, als könnten sie alles tun, was ihnen gefällt, nur weil sie groß und stark sind. Tikki findet das aufreizend. Es ist nicht nur eine Herausforderung an sie – an ihre Macht und ihre Stellung –, sondern eine Herausforderung der Natur, des Gleichgewichts der Macht zwischen den zahllosen Jägern, welche die menschliche Domäne bevölkern. Eine Herausforderung, der sie begegnen muß.

Sie hebt die Kang, richtet sie auf das Gesicht des Orks und streckt fordernd die andere Hand aus. »Die Schlüssel«, knurrt sie. »Beeilung.«

Der Ork runzelt die Stirn, starrt sie an und grunzt: »Du machst wohl Witze, Schnalle.«

Sie macht niemals Witze. »Letzte Gelegenheit.«

Der Ork grinst höhnisch und öffnet den Mund.

Tikki senkt den Arm ein wenig und drückt ab. Die Kang dröhnt auf. Eine Flammenzunge schießt durch die Nachtluft. Der Ork jault auf und fällt mit schmerzverzerrtem Gesicht auf ein Knie. Er hat ein Loch im rechten Stiefel, ein großes blutiges Loch, aber das läßt sich nicht ändern. Das ist ein notwendiger Teil der Lektion. Tikki wird ernstgenommen, von jedem. Wenn sie etwas sagt, erwartet sie, daß die Leute zuhören, Orks eingeschlossen.

»Die Schlüssel.«

Der Ork schreit und flucht und gibt ihr die Schlüssel. Außerdem sagt er ihr, was er mit ihr machen wird, wie sie es noch bedauern wird, auf ihn geschossen zu haben. Das gefällt Tikki überhaupt nicht. Sein Benehmen wird immer schlechter. Sie schwingt die Kang wie eine Keule gegen seinen Kopf, wobei der Aufprall ihren Arm bis zum Ellbogen erschüttert. Daher weiß sie auch, daß der Hieb die meisten Menschen glatt flachgelegt hätte. Der Ork ist etwas zu zäh dafür. Sein Kopf ruckt herum, und er sackt vornüber, fängt sich jedoch auf einem Arm. Tikki schwingt die Kang erneut.

Diesmal geht der Ork zu Boden.

Tikki richtet den Lauf der Kang auf seinen Kopf, ihr Finger krümmt sich um den Abzug, doch dann zögert sie, als sie sieht, wie er erschlafft. Ein Teil von ihr will den Job erledigen, den Ork auslöschen, ihm sauber den Kopf wegpusten, doch ein anderer, ruhigerer Teil von ihr sagt, daß dazu kein Grund besteht. Einen Moment lang ist sie unschlüssig. Das einzige, was sie mit Sicherheit weiß, ist die Tatsache, daß Adama lachen, sie sogar als Närrin bezeichnen würde, weil sie den Ork am Leben lassen will. Das könnte sie nicht ertragen.

Jäh richtet sie die Kang auf den Ork und läßt sie in schneller Folge viermal aufbrüllen. Was von dem Ork noch übrig ist, ist tot genug, um jeden zufriedenzustellen und genauso sollte es auch sein.

Es ist gut, sehr gut sogar.

Sie stößt den Ork mit einem Fußtritt in die Gosse und richtet das Motorrad auf. Tikki kennt sich mit Motorrädern aus und ist eine gute Fahrerin. Motorräder sind sehr praktische Werkzeuge.

Zu schade, daß ihre Mutter sie nicht ausstehen konnte.

Sie konnte den Lärm nicht ertragen.

Lärm ist Bestandteil der Maschine, und zwar ein integraler. Je größer der Lärm, desto toller das Motorrad. Sie läßt die Maschine an, dreht am Gas, so daß der Hinterreifen durchdreht. Einen Fuß auf den Boden gestemmt, reißt sie den Hobel herum, so daß er einen raschen Halbkreis beschreibt. Eine protzige, aber sehr wirksame Methode, eine schnelle Hundertachtziggradwendung zu machen. Tikki pflanzt sich auf den gepolsterten Kunstledersattel, und das Motorrad heult auf, läßt sie durch die Gasse und auf die Hauptstraße schießen.

Der Verkehr um die Innenstadt ist dicht und schleppend. Autos und Lastwagen verstopfen die Straßen. Roller und Fahrräder flitzen über die Radwege. Tikki flitzt mit Vollgas durch den Verkehr, läßt die Rapier aufheulen, nur um Augenblicke später so stark in die Bremsen steigen zu müssen, daß die Reifen quietschen.

Die Sirene eines Minuteman-Streifenwagens jault auf, und ein Cop winkt ihr durch die Scheibe des Wagens zu, aber ein Auto kann ihr bei diesem Verkehr unmöglich folgen.

Sie biegt um eine Kurve.

Minuten später befindet sie sich unter der Erde, und zwar im unterirdischen Parkhaus unter der KFK-Plaza. Die Platinwolkenkratzer darüber beherbergen die Büros des Philadelphia-Arms des führenden Yakuza-Clans der Stadt, den Honjowara-gumi.

Tikkis heutiger Job hat mit dieser Gruppe zu tun – das heißt, einem ganz bestimmten Mitglied dieser Gruppe.

Die Decke des Parkhauses ist niedrig und wird von mächtigen Betonpfeilern gehalten. Zwischen den Pfeilern an der Decke angebrachte Lampen sorgen für eine grelle Beleuchtung. Die Reihen der wartenden Automobile erstrecken sich in alle Richtungen. Tikki hält die Rapier an und streift sich einen kleinen Rucksack von den Schultern. Sie holt einen Toshiba SC-701, einen grafischen Sender-Empfänger, heraus und schaltet ihn mit einer Berührung der Fingerspitze ein. Die Anzeige erwacht mit farbigen geometrischen Figuren zum Leben, die sich zu einer detaillierten schematischen Darstellung ihrer gegenwärtigen Umgebung zusammenfügen. Der Speicher des Geräts enthält die gesamte Stadt. Der kleine rote Punkt auf der Anzeige kennzeichnet den Aufenthaltsort eines besonderen Wagens, einer schweren Limousine vom Typ Nissan Ultima V, die von einem Mitglied der hiesigen Yakuza benutzt wird. Tikki hat zuvor einen Sender, Modell Toshiba SCA-7234, an dem Wagen angebracht, der jetzt direkt den Empfänger in ihrer Hand anspricht.

Sie ist gerne gut vorbereitet.

Kurz darauf trifft ihr Ziel per Fahrstuhl mit zwei männlichen Begleitern im Parkhaus ein. Tikki beobachtet sie durch die Reihen geparkter Wagen. Sie sehen sich müßig um, lassen aber keinen Verdacht erkennen, ein Jäger könne sie beobachten, ihre Schritte abmessen und nur auf den richtigen Augenblick zum Zuschlagen warten.

Ein Angriff auf menschliche Tiere in der Stadt unterscheidet sich ein wenig von Angriffen auf andere Tiere in der Wildnis. Der erfolgreiche Jäger wählt den richtigen Augenblick mit Bedacht. Ein Angriff, der das Opfer nicht tötet, ist schlimmer als gar kein Angriff, weil er die Beute auf die Anwesenheit des Jägers aufmerksam macht. Die Beute muß ahnungslos bleiben bis zum letzten Augenblick, wenn sich der Tod auf sie stürzt und ihr mit einem einzigen Biß das Genick bricht.

Der Nissan erwacht surrend zum Leben und rollt auf die Ausfahrt des Parkhauses zu. Tikki läßt die Rapier an und folgt ihm.

Der Augenblick des Todes kommt näher.

Die Limousine nimmt die Franklin Bridge über den Delaware nach Camden, Inc., wo die Nacht in grellem Neon brennt und vor blitzenden Stroboskoplichtern brodelt. Die Prozession blendender Megawatt-Fassaden beginnt. Die Namen der Casinos und Nachtclubs erheben sich fünf, zehn, fünfzehn, zwanzig Stockwerke hoch: Polichrome Palace, Ritz Royale, Dragon's Loft, Rage of Mages, Four Aces, Glistening Underling,

Silk Refuge. Die Straßen verbreitern sich zu Boulevards. Laserdioramen spannen sich über die Straßen und verkünden ihre Reklamebotschaft. Sparsame Kompaktwagen verschwinden inmitten einer Flut glänzender Limousinen und feudaler Exec-Schlitten. Menschenmengen in glitzernder Prestigewear und den verspiegelten NeoMonochrom-Monturen ergießen sich unablässig über die Bürgersteige und durch fantastische Eingänge aus strahlendem, flackerndem Licht.

Polizei ist kaum zu sehen. Die Yakuza kontrolliert die Stadtbehörde, die Yakuza sorgt für Sicherheit. An jeder Ecke stehen zwei oder mehr ihrer *Kobun* in besonderen roten, orangefarbenen oder gelben Jacken und patrouillieren die Blocks. Schwerbewaffnete Rückendeckung wartet in gekennzeichneten Sicherheitstransportern in verschiedenen Seitenstraßen. Der gewöhnliche Bürger wird mit einem Respekt behandelt, der normalerweise Königen und Königinnen vorbehalten bleibt, während man sich störender Elemente unverzüglich und ohne Einschaltung eines Gerichts annimmt. Kriminelle oder gar gewaltsame Zwischenfälle gibt es in der Regel nur ganz selten. All das macht Camden zu einem interessanten Ort, insbesondere für einen Jäger.

Der Nissan biegt in die Einfahrt zum Gingko Club. Tikkis Ziel kommt ein- oder zweimal die Woche hierher. Sie hat dieses Gelände zuvor genau ausgeforscht. Der Name des Clubs bezieht sich auf den Nüsse tragenden Gingkobaum mit seinen fächerähnlichen Blättern. Der Baum ist chinesisch, der Name japanisch. Der Club gehört dem hiesigen Zweig der Honjowaragumi-Yakuza. Keine Überraschung.

Hier wird es geschehen.

Der Haupteingang wird stark bewacht. Die Türsteher benutzen ein Scannersystem vom Typ Fuchi SecTech-7, um Waffen bei den Gästen schon am Eingang aufzuspüren. Tikki weiß, wie man solche Dinge umgeht. Tatsächlich hat sie ein Gerät von einem Spezialisten in San Francisco bekommen, das sie wahrscheinlich glatt durchschleusen würde, mit Hardware und allem. Ihr stehen jedoch andere Möglichkeiten zur Verfügung, die ihr eine höhere Erfolgswahrscheinlichkeit bieten.

Der Mond steht voll und weiß und strahlend am dunklen Nachthimmel. Tikki grinst bei seinem Anblick. Der Vollmond hat etwas an sich, bei dem sie sich wild und frei, vielleicht sogar ein wenig verrückt fühlt. Es ist ein Mond des Jägers, ein Mond, der zum Töten einlädt.

Sie lenkt die Rapier in die Dunkelheit einer Gasse.

Die Hintertür des Gingko Clubs besteht aus solidem Metall und führt auf einen kleinen Parkplatz, der von orangefarbenen Scheinwerfern angestrahlt wird. Tikki wartet, bis ein Parkwächter in Richtung Vordereingang verschwunden ist, um die nächste Limousine des nächsten Gastes auf den Parkplatz zu fahren, dann geht sie zu der Metalltür und hämmert mit der Faust dagegen.

Keine einzige Überwachungskamera zu sehen.

Das Interkom neben der Tür knackt. »Was willst du?« will eine Männerstimme wissen.

»Rote Kugeln!« nennt Tikki den Namen der hiesigen Yakuza-Patrouille. »Aufmachen!«

Augenblicke verstreichen. Irgend etwas in der Tür klickt. Ein Asiate, der nach Fisch stinkt und eine fleckige weiße Schürze trägt, öffnet die Tür und betrachtet Tikki, zuerst mit einem Stirnrunzeln, als sei er verärgert, dann mit weit aufgerissenen Augen, und das aus gutem Grund. Der Lauf ihrer Kang Automatik ist direkt auf sein Gesicht gerichtet. Sie hat ihn wie geplant zu einem Fehler veranlaßt. Erst vor drei Nächten sah sie eine Patrouille der Roten Kugeln hier anhalten, um rasch etwas zu essen. Anklopfen, gebieterisch brüllen, und die Tür öffnet sich.

spritzt durch die Luft und über den Boden. Menschen schreien auf und werfen sich flach auf die Erde. Saigo liegt in einer riesigen Blutlache, ist aber noch nicht tot, noch nicht ganz. Er unternimmt schwache Versuche, über die Leiche einer Frau zu kriechen. Tikki verpaßt ihm einen weiteren Feuerstoß, doch der Mann bewegt sich immer noch. Sie pumpt den Rest der beiden Munitionsclips in ihn hinein.

Das erledigt ihn endgültig.

Adama wird zufrieden sein.

Sie zieht an dem Riemen um ihre linke Schulter und läßt eine der MPs auf den Boden fallen, rammt einen frischen Clip in die andere und lädt durch. Die Leute kämpfen jetzt darum, von ihr wegzukommen, wehren sich gegen den Druck der Herde, der tödlichen Bedrohung durch den Jäger zu entkommen. Es ist gut, sehr gut – nicht ganz so nah und persönlich, wie sie es mag, aber trotzdem sehr gut. Gut und blutig. Die Schreie der Beute hallen ihr trotz der Stöpsel in den Ohren, und der Geruch nach Entsetzen und Tod dringt voll und heiß in ihre Nüstern.

In der roten Wand zwischen zwei Alkoven öffnet sich eine Tür. Tikki richtet die MP darauf und schießt. Noch bevor der Mann im dunklen Anzug die Tür passieren kann, taumelt er zurück und fällt. Tikki greift in eine Tasche ihres Dusters und holt eine Kompaktgranate heraus. Auf geringe Entfernung können Erschütterung und Druckwelle tödlich wirken. Sie macht sie scharf und wirft die Granate in den mit Reispapierimitat tapezierten Gang. Zwei weitere Männer, die sich gegen die Menge wehren und sich ihr aus dieser Richtung nähern, stürzen zusammen mit einigen anderen nach der Detonation zu Boden.

Die Explosion läßt die Leute schreiend in den hinteren Teil des Clubs rennen. Tikki wirft noch eine Granate in diese Richtung und läßt dann eine Rauchbombe vor ihre Füße fallen.

Rauch wirbelt in dichten Schwaden vor ihr auf.

Ein massig gebauter Mann, der einen Revolver über dem Kopf hält, bricht durch den Papierschirm auf der rechten Seite des Ganges. Tikki reißt die MP hoch und schießt Löcher in das Reispapier, bis sich die Vorderseite des Mannes rot verfärbt und ihr Magazin leer ist. Während der Mann zu Boden geht, läßt sie die MP fallen und zieht die Kang. Aus dem Parallelgang dringen jetzt weitere Schreie an ihr Ohr, und das ist gut. Zufallsopfer sind ganz besonders erwünscht, ein integraler Bestandteil des Jobs. Heute abend ist Jagdzeit, der wahr gewordene Traum jedes Jägers.

Ein wildes Grinsen huscht über ihre Züge.

Beute ist überall.

»Gut. Sehr gut.«

Die stampfenden Rhythmen der multisynth-gekoppelten Band im Devil's Roost machen es beinahe unmöglich, normale gesprochene Worte zu verstehen, doch Tikki sieht, hört und riecht genug, um zu erraten, was Adama gesagt hat. Ein langes Grinsen der Befriedigung überzieht sein Gesicht. In seinen Augen funkelt ein wölfisches Licht. Der vertraute Rhythmus seiner Worte, »Gut … sehr gut«, hallt klar und deutlich in Tikkis Ohren wider. Mehr als das, der Mann riecht zufrieden. Er befingert den glänzenden Messingknopf seines Gehstocks, dann winkt er Tikki näher heran.

»Hongkong weiß Ihre Bemühungen zu schätzen«, sagt er lächelnd und mit einem Fingerschnippen, als wolle er die Konkurrenz wie eine Fliege verscheuchen. »Dasselbe gilt für mich.«

Tikki nickt.

Die Erwähnung Hongkongs erinnert an Adamas mutmaßliche Verbindung zur Green Circle Gang, jenem besonders bösartigen Arm der berüchtigten 999 Society, die von dem Triadenführer Silicon Ma beherrscht wird. Jemanden wie Ma zu erfreuen, ist eine gute Sache. Seine Connections in Nordamerika mögen begrenzt sein, aber sein Einfluß wächst, und seine Macht in Süd- und Ostasien ist allgegenwärtig.

Adama äußert, daß er bereit sei, Tikki auf ihren nächsten Hit zu schicken. Sie will mehr hören, doch bevor Adama Näheres erzahlen kann, kehren seine fünf glamurösen Begleiterinnen aus dem Waschraum zurück. Die Frauen riechen nach frischem Parfüm und diversen Hygieneprodukten. Adama lächelt breit und fordert sie auf, ihm in seiner Nische Gesellschaft zu leisten.

»Wer wird meine Leandra sein?« fragt er.

Eine von ihnen, ein üppiger Rotschopf, gurrt vor Vergnügen.

In dem Stadthaus ist es einstweilen ruhig geworden. Nur wenig Licht dringt durch die Vorhänge und Gardinen, ein dunkelgrauer Überzug, der vor dem Hintergrund der dunkleren Schatten in den Räumen subtil zu leuchten scheint. Ein Mensch hätte vielleicht Probleme, etwas zu sehen. Tikki kann wunderbar sehen.

Sie liegt im Erdgeschoß in der Eingangshalle. Für sie gibt es jetzt und an diesem Ort keine Zweifel oder Unsicherheiten. Sie ist ein *Wertiger,* eine Gestaltwandlerin, in ihrer wahren Gestalt, und hat diesen Ort zu ihrem gemacht.

Jeder, der einträte, würde augenblicklich ihre Macht erkennen. Sie liegt in einem nebelhaften Strahl Mondlicht, der durch ein Oberlicht fällt. Bloße Haut hat sich in ein dichtes, zotteliges rotschwarzes Fell verwandelt, die Farben des Blutes und der Nacht. Ihre Vordertatzen sind muskelbepackt, ihre Pranken haben die Größe einer Trollhand. Sie könnte den Schädel eines Menschen zwischen den Zähnen zermalmen oder ihn mit einem einzigen Hieb ihrer Krallen vom Hals bis zum Schritt aufreißen. Sie weiß das, weil sie es schon getan hat, das und mehr. Sie hat in ihrer natürlichen

Gestalt sogar schon gegen einen oder zwei Trolle gekämpft und ist immer Sieger geblieben.

Jetzt zuckt sie mit einem Ohr und rollt träge den Schwanz ein, dann gähnt sie, streckt sich und steht auf, um das Haus zu inspizieren.

Niemand könnte in das Stadthaus eindringen, ohne daß sie es sofort bemerkte, aber das hat sie nicht aufstehen lassen. Es ist der Charakter der Luft, die die Farbe ihres Tuns und Denkens annimmt. Wenn Tikki nur herumliegt, hat die Luft eine lasche Beschaffenheit. Wenn sie auf den Beinen ist und sich bewegt, schaut, horcht, schnüffelt, nimmt die Atmosphäre einen aufmerksamen Charakter an, eine Witterung wie Wachsamkeit, die an Muskeln aus federndem Stahl erinnert, an eine Kraft und Stärke, der gegenüberzutreten nur ganz wenige Wesen auf der Welt wagen würden.

Wenn sie einen Job erledigt, zum Beispiel ein Haus zu bewachen, erledigt Tikki ihn gerne richtig. Das bedeutet, sogar die Luft sollte richtig riechen.

Sie hält inne und reibt sich die Wange an einer Ecke des Flurs. Das hinterläßt Spuren ihres eigenen Geruchs, starke Spuren, die den Rest des Flurs besser einfärben, der bereits nach ihr riecht. Orte, die sie verteidigt, sollten nach ihr riechen. Auf diese Weise macht sie diese zu ihrem persönlichen Revier, das sie großzügig mit anderen, wie Adama, teilt.

Adama ist natürlich ein Mann, ein menschlicher Mann, aber dennoch ein Mann, und es macht ihr nichts aus, sich das Revier mit einem liebenswürdigen Mann zu teilen. Mit der richtigen Sorte Mann könnte sie möglicherweise sogar viel mehr teilen, sollte sie je die Neigung dazu verspüren.

Gewisse Abschnitte des Bodens knarren leise unter ihrem Gewicht. Sie hält inne und senkt den Kopf, um diese Stellen kurz zu beschnüffeln, kann aber weder Termiten noch Rost, verfaulendes Holz oder sonst

etwas entdecken, was darauf hindeuten würde, daß es Schwierigkeiten geben könnte.

Ihr Rundgang bestätigt, was sie bereits weiß: Türen und Fenster sind alle versiegelt, es gibt keine Eindringlinge.

Keine Probleme.

Sie kehrt in die Eingangshalle zurück und streckt sich auf dem Boden aus. In ihrer natürlichen Gestalt gibt sich Tikki nicht mit Möbeln ab, außer vielleicht zum Schlafen. Sessel und Sofas sind nicht groß genug für sie, und wenn sie in aller Eile aufstehen muß, kann ein Sessel oder Sofa plötzlich verrutschen und sie aus dem Gleichgewicht bringen.

Es ist so, wie ihre Mutter immer gesagt hat. Vögel sind für den Himmel geboren. Affen sind am sichersten in den Bäumen aufgehoben. Vierbeiner wie sie gehören auf die Erde und sollten immer in ihrer Nähe bleiben.

Plötzlich senkt sich direkt vor ihrer Nase eine Staubwolke herab, die im Mondlicht leuchtet. Sie wirft überrascht den Kopf in den Nacken und knurrt. Wieder einer von Adamas kleinen Scherzen, ein Signal, das bedeutet, er ist jetzt bereit für sie. Sie weiß nicht genau, wie er es bewerkstelligt, daß sich der Staub so bewegt, aber sie weiß, daß es keine Magie ist. Adama mag Magie genausowenig wie sie. Aller Wahrscheinlichkeit nach ist er ihrer Meinung, daß ihre eigene besondere Art von Magie die einzige sein sollte, die in dieser Welt möglich ist.

Wahrscheinlich war es nur irgendein verdrehter Tech-Effekt, irgend etwas Elektromagnetisches oder so. Sie hat selbst schon ähnliche Tricks benutzt. Mit ein paar Effekten kann man einen harten Job viel glatter über die Bühne bringen.

Sie geht hinunter in den Keller.

Der Raum dort ist groß, Wände, Decke und Boden sind allesamt schwarz. Das einzige Licht kommt von den zwanzig Trideoschirmen in der rechten Wand. Jeder dieser Schirme zeigt Szenen vom Ende der Welt, der Fünften Welt, und dem Beginn der Sechsten: Hungerkrawalle in New York City, Konzernkriege, Zerstörung, Tod. Chaos, das mit dem menschlichen Gesetz um die Vorherrschaft ringt. Eine Zivilisation am Scheideweg.

In der Mitte des Raumes befindet sich ein Metallgestell wie ein Turnreck. Hinter der Querstange steht nackt und mit weit gespreizten, gefesselten Armen und Beinen Adamas Auserwählte für heute nacht, eine üppige Frau, ein Rotschopf. Neben ihr befindet sich ein schwarzer Marmortisch. Auf dem Tisch verstreut liegt eine Kollektion glänzender Instrumente aus rostfreiem Stahl. Neben dem Tisch steht ein massig gebauter Ork namens Jacklash.

Adama sitzt auf der linken Seite, auf einem mit kunstvollen Schnitzereien verzierten Holzstuhl, so daß er die gefangene Frau und die Trideowand ansieht. Neben ihm erhebt sich ein glänzendes schwarzes Marmorstativ, das aus einzelnen zarten, spiralförmig gewundenen Strängen besteht. Auf dem Stativ ruht ein riesiger Edelstein, so rein wie ein Diamant und so groß wie eine Männerfaust.

»Ah«, sagt Adama lächelnd. Er riecht zufrieden, sogar erfreut. Er streckt einladend einen Arm aus. »Die Tigerin kommt. Komm zu uns. Bitte.«

Die Worte sind ausdrucksvoll, voller Vergnügen.

Tikki beobachtet den Ork.

Jacklash' Blicke irren von Tikki zu Adama und wieder zu Tikki. Er versteht nicht, daß sie eine Gestaltwandlerin ist, daß sie ein denkendes Wesen ist. Er hält sie für eine primitive, nicht denkende Bestie. Er fürchtet sie, was er auch sollte, und fürchtet vielleicht auch Adama, bemüht sich aber, seine Furcht nicht zu zeigen. Sein Geruch bringt das meiste davon deutlich zum Ausdruck.

Adama wedelt vage mit der Hand, lächelt, und sagt zu dem Ork: »Lassen Sie sich nicht stören. Die Tigerin und ich haben eine Abmachung.«

»Ja«, erwidert Jacklash. »Das sagten Sie schon.«

Adama lächelt und winkt.

Tikki kommt näher, bis zu den Metallstangen, die die Frau halten. Die vielen Gerüche in der Luft verraten Tikki mehr über den Zustand der Gefangenen als alles, was sie sehen kann. Die Frau ist sehr erschöpft und hat Schmerzen. Sie hat einiges Blut verloren. Sie hat Angst. Sie hat Angst vor dem Sterben und sieht jetzt mit Schrecken den mächtigen Tiger neben sich stehen, kaum einen Schritt entfernt.

Jacklash ist sehr beunruhigt.

»Komm«, sagt Adama freundlich. »Setz dich zu mir.«

Tikki wendet sich Adama zu und streicht der Gefangenen dabei mit dem Schwanz über den Oberschenkel.

Entsetzen liegt in der Luft, rein und ungehemmt.

Gute Beute, sehr gute Beute.

Tikki geht zu Adamas großem Stuhl, einem sehr ungewöhnlichen Stuhl, wie ein Thron. Er riecht nach echtem Holz, was ihn sehr teuer macht, wenn auch nicht so fürchterlich interessant für Tikki. Was sie viel mehr fasziniert, ist der große Edelstein auf dem Marmorstativ. Sie bleibt davor stehen, beschnüffelt ihn, denkt darüber nach, berührt ihn jedoch nicht. Adama hat sie davor gewarnt, ihn je zu berühren. Sie würde es nicht tun, unter keinen Umständen. Er ist zu merkwürdig.

Irgendein Naturphänomen, nicht Magie, sondern etwas anderes, hat den Stein mit ungewöhnlichen Eigenschaften versehen. Es ist ein ganz besonderer Stein. Die äußeren Facetten leuchten in einem feurigen Licht, aber weiter innen scheint das Herz des Steins in grellweißem Licht zu brennen. Tikki hat noch nie etwas Ähnliches gesehen.

Nun, da sie dem Stein sehr nah ist, könnte sie

schwören, daß sie ein Stimmengemurmel hört, ein subtiles Plappern, einen nahezu unhörbaren Chor schreiender und brüllender Stimmen.

Sie ignoriert sie, die Stimmen. Sie braucht sich keine Sorgen darum zu machen. Adama hat es ihr gesagt. Das sind nur weitere Effekte.

Sie setzt sich, den Kopf aufrecht.

»Ist die Jägerin einverstanden?« sagt Adama.

Tikki schaut wieder zur Gefangenen, ihre Ohren zucken. Ob sie einverstanden ist? Natürlich ist sie das. Die gefangene Frau ist ausgewachsen und körperlich unversehrt. Nichts im Geruch der Frau deutet auf eine Krankheit oder ein Leiden hin. Sie ist gute Beute.

Sehr gute Beute.

Adama kichert leise, dann gibt er Jacklash ein Zeichen. Die Folter wird fortgesetzt.

Wie lange wird die Frau überleben?

Das ist die eigentliche Frage.

Die meisten Menschen versetzt der Tod in Angst und Schrecken. Tikki akzeptiert ihn, betrachtet ihn als integralen Bestandteil der Natur. Das tut auch Adama, und das ist eines der Dinge, die ihn so ungewöhnlich machen. Adama versteht nicht nur, er genießt das Töten, freut sich darauf, genießt das Herannahen des entscheidenden Augenblicks. Bei vielen Gelegenheiten hat Tikki dasselbe empfunden, insbesondere in der Wildnis, während sie in ihrer natürlichen Gestalt jagte.

Daß die Beute in diesem Fall unter der Folter leidet anstatt unter der Qual der Flucht und dem Schmerz des Erwischtwerdens, ist irrelevant. Adama sagt, der Tod mache alles gleich. Tikki ist in dieser Beziehung nicht so sicher, jedoch gewillt mitzuspielen.

»Ist sie nicht wunderschön?« fragt Adama. »Meine *Leandra*.«

Tikki nimmt an, daß jede Beute wunderschön ist.

In gewisser Weise.

15

Die Schmerzen kommen aus dem Nichts, unerträglich, unvorstellbar. Jagen durch seinen Körper, stechen durch seine Haut. Durchdringen sein ganzes Wesen wie Hämmer und Nägel, die Qualen so stumpf wie Ziegel und gleichzeitig so spitz wie Speere. Rufe und Schreie und ein seltsamer Stakkatodonner erfüllen seine Ohren, doch die Geräusche hören sich seltsam entfernt an und scheinen bedeutungslos zu sein.

Er erinnert sich an seine Mutter und fängt an zu weinen.

Bei alledem spürt er ein Kribbeln, eine elektrische Energie, als würden Milliarden Megawatt statischer Elektrizität seine Haut einhüllen. Und dann ein Zerren, ein Rucken, als würden ihm sein Herz, seine inneren Organe aus der Brust gerissen.

Dann fliegt er plötzlich vorwärts, als sei er aus einer Kanone geschossen worden, jagt mit unvorstellbarer Geschwindigkeit einen langen dunklen Tunnel entlang. Schneller und immer schneller. Bis die Geschwindigkeit zu einer spürbaren Kraft wird, die seinen Körper peitscht, an ihm reißt, ihn in Stücke zu zerbrechen und zu zermalmen droht.

Der Tunnel wird heller, so hell, daß er geblendet ist, und er stürzt in ein Meer aus glühendem Weiß, ein Inferno aus Weiß. Die Qualen nehmen noch zu.

Endlos …

16

Der Meister der Konzerne sitzt hinter seinem wunderbaren Onyxschreibtisch im großen Hauptbüro seiner luxuriösen Privatsuite und am Ruder eines ausgedehnten multinationalen Konzernimperiums. Seine Stellung grenzt an Allmacht, die Ressourcen, die zu seiner Verfügung stehen, sind buchstäblich unermeßlich, und damit ist alles so, wie es sein sollte. Die Vorsehung hat erklärt, daß er inmitten der Konzernelite der Welt einen hohen Rang einnehmen soll, was tatsächlich der Fall ist, und das aus gutem Grund. Seine Intelligenz ist unvergleichlich. Seine Voraussicht ist geradezu unheimlich. Sein Verstand, seine Fähigkeit, Gelegenheiten, wenn sie sich bieten, und die bestmögliche Weise zu erkennen, wie sich diese Gelegenheiten ausnutzen lassen, ist beispiellos. Alles, was er in seinem Leben erreicht hat, verdankt er ausschließlich seinen eigenen überragenden Fähigkeiten. Er ist weder dem Glück noch den Fehlern und Irrtümern anderer, weniger brillanter Personen etwas schuldig. Das hat er bisher unzählige Male bewiesen und wird es wieder tun.

Natürlich wird sich die Welt alle Mühe geben, ihn niederzuringen, ihn aus seiner Machtposition zu verdrängen, doch er wird die Oberhand behalten.

Wenige Dinge könnten offensichtlicher sein.

Seine Birnoth Comitatus-Beschützer schauen an ihm vorbei, betrachten den Raum. Die Geheimhaltungsfunktion ist eingeschaltet. Diese Elitebeschützer sind nur deshalb nötig, weil er beschlossen hat, sich nicht auf dem Gebiet bloßer körperlicher Gewalt hervorzutun. Das wäre für ein Individuum mit so grenzenlosen Fähigkeiten, wie er eines ist, kaum angemessen.

Ohara lacht leise. Seine Besorgnis hinsichtlich der Polizeiermittlungen zum Tode Robert Neimans waren völlig unbegründet. Es gibt ganz eindeutig nichts, worum er sich Sorgen machen muß, überhaupt nichts. Wieder einmal hat er seine transzendenten Fähigkeiten unter Beweis gestellt. Zwar hat ein potentielles Problem existiert, aber er hat Pläne zu seiner Beseitigung gefaßt, bevor sich die Schwierigkeit überhaupt manifestieren konnte.

Als er bei KFK einstieg und Exotech übernahm, hatte er ein anderes Problem, Geldmangel, kein Investitionskapital, und das war es, was er brauchte, um aus einem Abschreibungsunternehmen einen Marktführer zu machen. Hat er beim Vorstand von KFK um Geld gebettelt? Natürlich nicht. Er hat sich dem Problem auf kreative, unorthodoxe Weise genähert und es gelöst. Auf eine Art gelöst, die fast *Better Than Life* war! Er hat ein Produktionslabor für BTL-Chips aus dem Boden gestampft und die Profite aus diesem Unternehmen in ein ganz spezielles Projekt der Abteilung Sonderprojekte gesteckt. Mit diesem Geld hat er Spitzentalente eingestellt und ein SimSinn-Meisterstück produziert – das immer noch an der Spitze der Charts steht –, so daß Exotech jetzt eine marktbeherrschende Position hat.

Jetzt hat er natürlich keinen Bedarf mehr für die ›besondere Finanzierung‹ aus dem BTL-Labor. Das Großreinemachen hat dies geregelt und somit ein potentielles Problem eliminiert.

Der Meister der Konzerne.

In der Tat…

Ohara lächelt und entfernt den unbezeichneten Chip aus der Chipbuchse, die hinter seinem rechten Ohr verborgen ist. Er hat keinen Bedarf mehr für den künstlichen Emotionsschub eines gewöhnlichen BTL-Chips. Die Wahrheit ist zu offensichtlich. Niemand könnte ihn je an der Erreichung seiner Ziele hindern. Niemand.

Das Telekom summt leise. Auf dem Monitorschirm blinkt in Blockbuchstaben das Wort EMPFANG. »An«, sagt Ohara mit einem grandiosen Winken, während er eine Taste drückt, so daß die kosmetisch makellosen Züge seiner Empfangsdame augenblicklich den Schirm füllen.

»Ein Lieutenant Kirkland von Minuteman Security will Sie sprechen, Sir«, sagt sie.

Ohara lächelt amüsiert. Das ist jetzt der wievielte? Richtig, der zweite Besuch des Lieutenants in dieser

Woche. Der Mann muß vollkommen unfähig sein, so rasch nach seiner ersten Befragung eine zweite hinterherschieben zu müssen. »Führen Sie den Lieutenant herein.«

»Sofort, Sir«, erwidert die Empfangsdame.

Diesmal kommt Kirkland durch die eigentliche Eingangstür in sein Büro. Er schleicht sich nicht an der KFK-Sicherheit vorbei und durch Seitentüren wie bei seinem letzten Besuch. Köpfe sind wegen dieses kleinen Zwischenfalls gerollt. Der KFK-Plaza steht jetzt unter Terroristenalarm.

Oharas Birnoth Comitatus-Beschützer mustern Kirkland kurz, als dieser das Büro betritt. Der Lieutenant trägt einen Besucherausweis. Er geht direkt zu Oharas Schreibtisch, streckt die Hand aus und sagt: »Wie geht es Ihnen?«

»Ganz gut.« Lächelnd erhebt sich Ohara huldvoll von seinem Stuhl und nimmt die dargebotene Hand. Einmal schütteln reicht. Ohara setzt sich, bedeutet dem Lieutenant angelegentlich, doch Platz zu nehmen. »Und wie geht es Ihnen, Lieutenant?«

»Nicht schlecht«, sagt Kirkland. Er wühlt einen Moment lang in seiner kunstledernen Aktenmappe herum. Seiner ziemlich billig aussehenden, abgenutzten kunstledernen Aktenmappe. »Ich würde Ihnen gern ein paar Fotos zeigen.«

Ohara lächelt. »Selbstverständlich.«

Der Lieutenant reicht ihm einen dünnen Stapel Fotografien, die Ohara sich eine nach der anderen ansieht. Er hat die Zeit, Kirkland den Gefallen zu erweisen, Interesse zu heucheln, mehr als das, *Kooperationsbereitschaft*. Er hat so viel Zeit, wie er will. Alles in allem sind es sieben Fotos. Jedes zeigt eine einzelne Person. Die Qualität der Fotos ist unterschiedlich. Manche sind verschwommen, andere verzerrt. Das einzige, das sich von den anderen abhebt, ist das Foto einer Frau mit karmesinrot verspiegelter Sonnenbrille, rotschwarzer Gesichtsbemalung und dazu passender Kunstledermontur. Sie steht hinter einem Mann, der auf einem kahlen weißen Boden kniet. In einer Hand hält sie etwas – vielleicht eine Schnur oder einen Draht –, das straff um den Hals des Mannes gewickelt ist. In der anderen Hand hält sie eine Kanone, eine riesige Automatik, die auf irgendeinen Punkt außerhalb des Fotos gerichtet ist.

Der Ausdruck auf ihrem Gesicht, oder was davon unterhalb der visierartigen Sonnenbrille zu sehen ist, vermittelt eine unmenschliche Entschlossenheit, ist so emotionslos wie Stein, absolut unbarmherzig.

Ohara empfindet ein jähes, schockierendes Ansteigen seiner inneren Spannung, einen Druck im Magen, einen kalten Schauder, der ihm über das Rückgrat läuft. Diese Frau mit der Gesichtsfarbe und der Kanone ist ihm nicht unbekannt. Tatsächlich ist er ihr einmal, nur einmal, in Fleisch und Blut begegnet, von Angesicht zu Angesicht. Damals hatte er zum erstenmal in seinem Leben zugegeben, wenn auch nur vor sich selbst, daß gewisse Kräfte in der Welt existieren, die das Potential haben, seine Pläne schlicht und einfach durch die Beendigung seines Lebens zu durchkreuzen.

»Haben Sie eine dieser Personen schon einmal gesehen?« fragt Kirkland.

»Nein.« Ohara gibt Kirkland die Fotos zurück. Die Aura seiner Überlegenheit aufrechtzuerhalten, ist jetzt schwierig, wenngleich eine minderwertigere Person als er mittlerweile total mit den Nerven am Ende wäre. Er denkt an den Chip, der sicher in dem Plastiketui in der Innentasche seiner Jacke steckt. *Der Meister der Konzerne.* Er könnte jetzt einen Emotionsschub gebrauchen. Aber zuerst muß er Kirkland loswerden …

Er bemüht sich, die Fassung zu bewahren.

»Ich nehme an, das sind ihre Verdächtigen?«

»Es sind diejenigen, die in erster Linie in Frage kommen«, erwidert Kirkland. »Manche sind nur hiesige

Kick-Artisten. Die anderen sind von außerhalb.« Kirkland hält inne, mustert Ohara ganz offen und sagt dann: »Die Frau in dem Stapel ist ein interessanter Fall. Sie wird mit Attentaten in Chicago, Seattle, San Francisco und vielleicht einem Dutzend anderer Städte in Japan, Korea, China und Südostasien in Verbindung gebracht. Sie hat schon für jede größere kriminelle Organisation mit Verbindungen nach Ostasien und Nordamerika gearbeitet, Yakuza, Triaden, was Sie wollen. Sie ist absolut rücksichtslos. Was bedeutet, mit dem richtigen Kontrakt würde sie nicht zögern, Sie und jeden umzubringen, den Sie kennen. Und würde es wahrscheinlich noch genießen. So bösartig ist sie ihrem Ruf nach.«

Ohara schluckt, holt tief Luft. Er weiß *genau*, wovon Kirkland redet. Er weiß aus erster Hand, wie bösartig diese Frau, diese *Kreatur*, sein kann. Für eine zivilisierte Person ist dieses Wissen fast zuviel und kaum zu ertragen.

»Tja ... nun, ich sollte wohl hoffen, niemals ihre Bekanntschaft zu machen«, ist jedoch alles, was er dazu sagt.

Kirkland nickt. »Hoffen und beten.«

Ohara ringt sich ein unangemessenes Lächeln ab. Er braucht keinen kleinen Polizeilieutenant, der ihm sagt, wie er zu denken oder sich zu verhalten hat.

»Es erstaunt mich immer wieder, Lieutenant, wenn ich erfahre, daß sich solche Leute, wie Sie sie beschreiben, so beharrlich der Festnahme entziehen können. Man sollte doch meinen, die Polizei würde der Verhaftung derart bösartiger Kreaturen Priorität einräumen.«

Kirkland nickt, nur einmal. »Oh, sie hat Priorität«, sagt er. »Tatsächlich genießt dieser besondere Fall sogar allerhöchste Priorität. Jetzt, wo wir einen weiteren Todesfall haben.«

Oharas Lächeln erlischt. »Das ist nicht Ihr Ernst.«

»Vielleicht kannten Sie ihn«, sagt Kirkland. »Steven

Jorge? Man sagte mir, er sei Ihr stellvertretender Produktionsdirektor gewesen.«

Ohara spürt eine Hitzewelle im Nacken. »Das ist ganz und gar nicht lustig, Lieutenant.«

»Natürlich nicht«, sagt Kirkland in sehr entschiedenem Tonfall. »Mord ist niemals lustig.«

Der Lieutenant macht keine Witze, spielt keine Spielchen, und diese Erkenntnis packt Ohara wie ein plötzlicher Schwindelanfall. Mit ihr kommt eine fast unerträgliche Anspannung, hervorgerufen durch akute Unruhe. Sogar Angst. Der Tod Robert Neimans hätte noch ein Zufall sein können. Dieser neue Tod bringt weitaus profundere Implikationen mit sich. Unerwartete, schockierende Implikationen.

Kirkland legt einen Stapel Ausdrucke auf Oharas Schreibtisch, die den offiziellen Stempel von Minuteman Security Services tragen. Die übliche Benachrichtigung von Steven Jorges Konzernherren. Dem fügt Kirkland noch drei weitere Papiere hinzu.

»Diesmal war der Killer ziemlich gierig«, sagt Kirkland, während er sich wieder setzt. »Es hat ihm nicht gereicht, nur ein paar Leute umzulegen. Der Wichser hat einen ganzen Haufen kaltgemacht, acht nach der letzten Zählung. Mit unterschiedlicher Konzernzugehörigkeit. Hinzu kommen weitere siebzehn Schwerverletzte.«

Ohara holt tief Luft. »Das ... war nicht in den Nachrichten.«

»Natürlich war es nicht in den Nachrichten«, sagt Kirkland gelassen. »Und es wird auch nicht in die Nachrichten kommen, bevor wir nicht zumindest eine Ahnung haben, was los ist. Denken Sie, wir wollen, daß die Öffentlichkeit davon erfährt? Allein die Reaktion der betroffenen Konzerne wird unglaublich sein.«

»Das ist ein ziemlicher *Schock*.«

»Da bin ich ganz sicher«, erwidert Kirkland. »Und ich bin auch ganz sicher, daß Sie verstehen, wenn wir jetzt zum Geschäft kommen. Zwei Männer, beide Execs in Ihrem Konzern, sind umgelegt worden, dazu noch ein paar persönliche Assistenten, ein Computerspezialist und ein Datenbeschaffer. Im Geschäft, im Polizeigeschäft, nennen wir das ein Muster. Wir halten Ihren Mann, Jorge, für das eigentliche Ziel des Anschlags. Die anderen waren nur zufällig dabei. Was glauben Sie?«

»Ich glaube ... ich glaube, Sie sollten diesen Fall besser mit der Aufmerksamkeit bearbeiten, die er von Anfang an verdient hatte!«

»Glauben Sie mir, wir widmen ihm die Aufmerksamkeit, die er verdient. Und jetzt versuchen Sie bitte meine Frage zu beantworten.«

»Was soll ich Ihnen denn erzählen?«

»Ich weiß nicht, seien Sie kreativ. Warum würde jemand Jorge umlegen lassen? Womit war er beschäftigt? Hat er regelmäßig Läden besucht, die von der Yakuza geführt werden?«

»Woher ... ich habe nicht die leiseste Ahnung!«

»Kono-Furata-Ko. Exotechs Muttergesellschaft. Sehr japanische Organisation. Irgendwelche Yakuza-Verbindungen?«

Kirklands ganze Art hat sich verändert, und Ohara gefällt sie nicht. Der aggressive Ton, mit dem der Mann seine unverschämten Fragen stellt, reizt ihn bis aufs Blut, ist unerträglich. »Ich *verwahre* mich dagegen, wie ein x-beliebiger *Krimineller* verhört zu werden!«

Kirkland ignoriert diese Bemerkung einfach. »Vor einem Jahr hatten Sie einen ziemlich schweren Zwischenfall in einer Ihrer Anlagen in der Nähe von Germantown. Ein Feuer, ein paar Tote. Ein paar Typen haben was ausgebrütet, das dann ein wenig außer Kontrolle geraten ist. Glauben Sie, das könnte etwas mit Neimans und Jorges Tod zu tun haben?«

Ohara starrt Kirkland ein paar Augenblicke verblüfft an. »Diese ... diese ganze Angelegenheit ist längst abgehakt worden.«

»Ich habe die Berichte gelesen.«

»Dann wissen Sie, daß es keinen Zusammenhang geben kann.«

»Ich weiß, daß etwas außer Kontrolle geraten ist. Ich weiß, daß damals ein paar von Ihren Leuten draufgegangen sind, und ein paar mehr haben gerade das Zeitliche gesegnet. Alles andere ist Mutmaßung. Die Frage ist, warum werden so viele von Ihren Leuten weggepustet?«

»Das ist doch absurd! Was Sie da konstruieren ...«

»Sie ziehen Schlußfolgerungen. Ich tue dasselbe. Welcher Bereich von Exotech war denn das dort drüben in Germantown? Die Abteilung Sonderprojekte?«

»Ich ... ich muß erst in meinen Unterlagen nachsehen.«

»Sie wissen es nicht?«

»Wie ich Ihnen schon zuvor *erklärt* habe, ich habe die gesamte Konzernstruktur verändert.«

»Ja, ja, ich erinnere mich. In der Zwischenzeit können Sie mir vielleicht sagen, welche Stellung Steven Jorge vor einem Jahr hatte. Was für eine Arbeit hat er geleistet?«

»Ich erinnere mich nicht.«

»Ist er vielleicht zufällig auch einer von den Burschen, die Sie die Konzernleiter hinaufgeschossen haben?«

»Mir gefällt Ihr Ton nicht, Lieutenant!«

»Haben Sie Jorge befördert, wie Sie Neiman befördert haben? Ja oder nein!«

»Das ist unmöglich!«

»Ja oder nein, *verdammt*!«

»Ich muß in meinen Aufzeichnungen nachsehen.«

»Ja, gute Idee. Ich würde diese Aufzeichnungen auch gerne mal sehen. Tatsächlich will ich vollständige Konzerndossiers über Jorge und Neiman.«

»Sie sind überhaupt nicht befugt, solche Forderungen zu stellen!«

»Hey, kein Problem, Chummer. Sie wollen nicht kooperieren, bitte. Natürlich müßte ich in diesem Fall mit den Medien reden. Die Ermittlungen ruhen, weil Ohara wichtige Informationen zurückhält.«

»Das ist Erpressung!«

»Nennen Sie es ein Druckmittel. Nennen Sie es, wie Sie wollen. Nur geben Sie mir diese Unterlagen.« Kirkland erhebt sich, wendet sich ab und dreht sich dann abrupt wieder um. »Sie hatten ein Problem in Seattle. Was ist da passiert?«

Ohara zuckt unfreiwillig zusammen. »Ich ... ich wurde überfallen.«

»Bei Ihnen wurde eingebrochen, und Sie wurden angeschossen und mißhandelt. Ein Haufen Dinge zerstört, nichts gestohlen. So steht es jedenfalls im Polizeibericht. Sie behaupteten damals, Sie hätten den Angreifer nicht richtig zu Gesicht bekommen. Niemand wurde je verhaftet. Was ist damals wirklich passiert?«

»Mein ... einer von meinen Bediensteten wurde getötet.«

»Ja, ich weiß. Vergessen Sie die Unterlagen nicht.«

Kirkland dreht sich um und geht durch die Tür hinaus. Ohara wartet, bis sich die Tür geschlossen hat, dann sackt er auf seinem Stuhl in sich zusammen, schließt die Augen, fühlt sich schwach, ausgelaugt. Was ihm in Seattle passiert ist, hatte für immer aus seinem Leben gestrichen sein sollen. Er hat alle Anstrengungen unternommen, die Sache zu begraben und zu vergessen, alle Anstrengungen bis auf eine. Jetzt ist der Schrecken zu ihm zurückgekehrt.

Kirkland ist ein Schwachkopf. Er hat keine Ahnung, was er hier vor sich hat. Was die Tode von Robert Neiman und Steven Jorge implizieren, ist zu offensichtlich, um es übersehen zu können. Ohara sieht es ganz deutlich. Der Schrecken, der sein Leben in Seattle zerstört und seine Pläne beinahe ruiniert hat, ist ihm hierher nach Philadelphia gefolgt, offenbar mit der Absicht, erneut zuzuschlagen. Der Tod Neimans und Jorges ist erst der Anfang. Der Vorbote eines direkt gegen ihn gerichteten Anschlags.

Es ist wieder diese Frau, die aus Seattle, die auf Kirklands Fotos. Die Frau in Rot und Schwarz. Striper. Sie ist nicht bloß ein Geschöpf der Straße. Sie ist eine Kreatur aus den finstersten Tiefen der Stadt. Sie ist weder Frau noch Tier, sondern eine Schöpfung der Sechsten Welt, ein tückischer Dämon, eine bösartige Monstrosität, die Personifikation des Bösen. Seine Begegnung mit ihr in Seattle, die schiere Gewalt, die mit dieser Begegnung einherging, die psychische Folter, der Blutverlust, all das hätte ihn beinahe getötet. Er hat kostbare Zeit damit verloren, sich aus den Ruinen seines früheren Lebens zu erheben. Er wird diesem Dämon nicht gestatten, ihm noch einmal so zuzusetzen. Striper muß vernichtet werden. Seine Zukunft gebietet es.

Die Polizei als Werkzeug zu benutzen, sie zu verhaften oder zu töten, ist keine ernsthafte Möglichkeit. Dazu wären zu viele Erklärungen nötig. Insbesondere würde er erklären müssen, was die Aufmerksamkeit dieses Dämons überhaupt auf ihn gelenkt haben könnte.

Ohara streckt die Hand nach dem Telekom aus und drückt eine Taste.

Als Enoshi eintritt, steht Ohara vor dem Fenster und starrt hinaus auf den Metroplex. Er fühlt sich der Herausforderung, Befehle zu erteilen, jetzt wieder gewachsen. Diese Bedrohung seines Lebens wird eliminiert werden. Er wird nicht nur überleben, sondern auch fortfahren, das größte Konzernimperium zu errichten, das die Welt je gesehen hat.

»Ich habe etwas für Sie, um das Sie sich kümmern müssen«, sagt er. »Ich kann die Wichtigkeit dieser

Sache gar nicht genug betonen. Statt dessen sage ich einfach, daß sie von entscheidender Bedeutung für das Wohlergehen unseres Konzerns ist. Sie muß höchste Priorität erhalten. Sofort. Sie müssen die Angelegenheit sofort erledigen.«

Enoshi erwidert: »Selbstverständlich, Sir. Sofort.«

Der Dämon muß sterben.

17

Matsushita Gardens befindet sich nordwestlich der Innenstadt am Ostufer des Schuylkill River. Die fünf Wolkenkratzer erheben sich inmitten eines üppigen Parks, einer sanft ansteigenden und abfallenden Landschaft aus Bäumen, Hecken und Gärten mit Blumen und blühenden Sträuchern. Hier kann man außerdem mehrere traditionelle Karesansui oder Trockenlandschaftsgärten, ein Teehaus und einen kleinen Buddha-Tempel finden.

Man kann den Gartenkomplex durch einen von drei Zugängen betreten. Enoshi nimmt denjenigen am Kelly Drive. Die Routine ist vertraut. Vor der rotweiß gestreiften Schranke des Wächterhäuschens anhalten, in Erwiderung der Verbeugung des uniformierten Wächters nicken. Einen Arm aus dem Fenster strecken, seinen Kredstab in den Schlitz stecken und den Daumen auf das Kissen drücken. Ein leises Klingelzeichen ertönt, und die Schranke hebt sich. Seine Identität als autorisierter Besucher des Komplexes ist bestätigt. Der uniformierte Wächter verbeugt sich noch einmal, viel tiefer als nötig, zweifellos eine Reaktion auf den Wagen, den Enoshi fährt.

Bis vor kurzem hat er einen Ford Americar gefahren, eine ganz gewöhnliche Limousine, die manche als unter seiner Würde betrachtet haben mögen, die jedoch niemand je für anmaßend oder protzig gehalten hätte. Außerdem war es ein Wagen mit einem amerikanischen Namen, der noch dazu sehr wirtschaftlich im Verbrauch und zuverlässig war. Der Wagen hat ihn nie im Stich gelassen. Andererseits stimmte er mit seinem Image überein: anspruchslos, rationell, aufgabenorientiert. Sein Vorgesetzter, Bernard Ohara, hat natürlich daran Anstoß genommen, als ihm die Sache zu Ohren kam, und darauf bestanden, daß Enoshi über den Konzern, über Exotech, ein Fahrzeug least, das besser zum Chefassistenten eines Direktors von Kono-Furata-Ko paßt.

Und so fährt Enoshi jetzt einen Mercedes 200 Classic, eine viertürige Limousine, die mit einer Vielzahl vollkommen unnötiger Extras ausgestattet ist. Das Funktelekom in der Konsole ist nur ein Beispiel. Enoshi hat routinemäßig ein sehr funktionelles Panasonic UltraThin in seiner Aktentasche.

Auf seinem üblichen Parkplatz im Parkhaus unter Tower Drei holt er das UltraThin aus der Aktentasche und tippt einen Telekomcode ein. Am anderen Ende klingelt es zweimal, dann meldet sich eine männliche Stimme. »Hallo?«

»Bist du frei?« sagt Enoshi ohne Vorrede.

In der Leitung klickt es, dann sagt eine neue, sehr weiche und zarte, vollendet weibliche Stimme: »Natürlich bin ich frei.«

»Ich bin in zehn Minuten da.«

»Ich warte auf dich.«

Enoshi schaut auf seine Armbanduhr und läßt zehn Minuten verstreichen, bevor er seinen Wagen verläßt. Es dauert weitere fünf oder sechs Minuten, bis er aus dem Fahrstuhl tritt und über den Teppich im Flur der dreiundneunzigsten Etage geht. Alles in allem sind vielleicht zwanzig Minuten vergangen, als er auf den Knopf neben der Tür von Nummer 3905 drückt.

Es dauert nur einen Augenblick, bis sich die Tür öffnet und sie vor ihm steht. Sie sieht aus, als hätte sie den ganzen Morgen damit verbracht, sich auf seine Ankunft vorzubereiten. Sie heißt Frédérique, ein Name, den Enoshi genauso exotisch findet wie die Frau selbst. Ihre Augen sind blau, und zwar von Natur aus. Ihr goldblondes Haar fällt ihr üppig in die Stirn und verdeckt ihre rechte Gesichtshälfte. Das durchscheinende weiße Gewand, das sie trägt, sieht nach echter Seide aus, wenngleich es an einigen Stellen, an allen besonderen Stellen, durch weiße Spitze verstärkt ist. Das Gewand ist sehr aufregend, ohne übermäßig offenherzig zu sein. Es betont ihre Schönheit und zeigt, daß sie reizend gebaut, aber nicht übermäßig gestylt ist.

Ihre größte Schönheit, und das ist diejenige, die Enoshi in ihren Bann schlägt, ist jedoch nur in ihren Augen zu sehen und in ihrem Lächeln ... und in allem, was sie sagt und tut.

Enoshi verbeugt sich und tritt ein. Sanft lächelnd weicht Frédérique einen Schritt zurück, dann noch einen, und verbeugt sich wie eine Dame aus dem feudalen Europa, indem sie den Kopf neigt, den ganzen Körper, und dabei ihr Gewand an den Hüften ein wenig anhebt, als wolle sie es nicht über den Boden schleifen lassen. Enoshi stellt fest, daß er unbewußt lächelt, ja strahlt.

Frédérique geht auf ihn zu und küßt ihn auf die Wange, der einzige Augenblick, in dem ihr Blick nicht auf ihm ruht. Die Berührung ist so leicht wie der Flügel eines Schmetterlings, und sie riecht nach einem blumigen Parfüm, ein wahrhaftiger Garten entzückender Düfte.

»Wo bist du gewesen?« fragt sie leise, immer noch lächelnd. »Ich habe dich so vermißt.«

Es scheint weniger eine Frage zu sein als vielmehr eine sanfte, freundliche Art und Weise festzustellen, daß Enoshi sie jetzt fast eine Woche lang nicht mehr besucht hat. Vielleicht hat sie sich ein wenig einsam gefühlt. Ein halbes Dutzend Erklärungen gehen Enoshi durch den Kopf – seine Arbeit, seine Familie, das Haus, andere wichtige Angelegenheiten –, aber einer Frau wie Frédérique würden sie wie bloße Entschuldigungen vorkommen. Für sie steht die Liebe an erster Stelle, und derjenige, dem sie diese Liebe schenkt, bedeutet ihr mehr, viel mehr, als jeder Job, als die Familie, als alles andere auf der Welt. Enoshi kann sich nur eine Antwort vorstellen.

»Verzeih mir«, murmelt er.

»Natürlich«, gurrt Frédérique und sieht ihm in die Augen. »Wie könnte ich anders?«

»In Gedanken bin ich immer bei dir.«

Leise flüstert sie: »Du lügst.«

»Dann in meinem Herzen.«

»Das glaube ich.«

Wiederum lächelt Enoshi, wiederum unbewußt. Dies scheint der richtige Augenblick zu sein, ihr sein kleines Geschenk zu präsentieren. »Das ist für dich.«

Frédérique lächelt, ganz zart, als sei sie zu Tränen gerührt. »Für mich?«

Enoshi nickt und beugt sich vor, um sie auf die Wange zu küssen. Sie legt die Arme um seinen Nacken und erwidert den Kuß, dann nimmt sie die schlanke weiße Schachtel mit der Goldfolieneinlage. Darin wird sie ein kleines und kunstvoll arrangiertes Bouquet finden, daß Enoshi persönlich in dem Blumengeschäft Kyoto in der Innenstadt zusammengestellt hat. Auf der kleinen rosa Karte steht: »Kunst ist Wahrheit, Liebe ist mehr ...«

»Wie wunderschön«, haucht Frédérique. »Danke.«

Dank ist nicht nötig.

»Ich mache dir einen Tee.«

»Natürlich.«

Sie küssen sich kurz, dann führt Frédérique ihn durch die Wohnung und in ihren Salon, eine Art Höhle, die an zwei Seiten von Fenstern umgeben und

Enoshi nickt und steigt ein. Der Elf folgt dicht hinter ihm. Die Limousine löst sich vom Bordstein und fädelt sich in den Verkehr ein, noch während Enoshi auf dem nach hinten gerichteten Sitz Platz nimmt. Der Elf setzt sich links von ihm. Durch die Mittelkonsole getrennt, die mit Telekom'Stereo, Bar und wahrscheinlich einer Satellitenverbindung komplett ausgestattet ist, sitzt ihm die als Sarabande bekannte Frau gegenüber. Sie ist *Kuromaku*, eine Schieberin, die hinter den Kulissen Dinge arrangiert. Sie scheint ein reinrassiger Mensch zu sein, europäischer, möglicherweise spanischer oder italienischer Herkunft – Enoshi ist nicht ganz sicher. Ihr schwarzes Haar ist streng nach hinten gekämmt und liegt straff am Kopf an. Ihre Augen sind hinter einer visierartigen Sonnenbrille verborgen, aber das von der Datenbuchse in ihrer rechten Schläfe zur Konsole führende Kabel ist deutlich sichtbar. Sie trägt eine schwarze, goldverbrämte Jacke über einer engsitzenden schwarzen Bluse und dazu passenden Slacks. Ihre flachen schwarzen Stiefel glänzen wie Spiegel.

Links von ihr sitzt ein gewaltiger Ork und zu ihrer Rechten ein großer Asiat. Beide tragen verspiegelte Sonnenbrillen und gutgeschnittene Anzüge und haben den massigen Körperbau von Gewichthebern oder *Sumotori*.

»Ihr Geschäft?« sagt Sarabande.

»Ja«, erwidert Enoshi mit einem Nicken. »Ich habe die Einzelheiten hier.« Er streckt den linken Arm vollständig aus, um dann die Ärmel seiner Jacke und seines Hemdes hochzuschieben, so daß das Chipetui zum Vorschein kommt, das direkt über dem Handgelenk am Arm festgeschnallt ist. Er öffnet das Etui und gibt dem Elf den darin befindlichen Chip. Der Elf inspiziert den Chip, bevor er ihn Sarabande gibt. Die Erfahrung hat Enoshi gelehrt, niemals abrupte Bewegungen zu machen oder irgend etwas zu tun, das als bedrohlich aufgefaßt werden könnte. Bei seiner ersten Begegnung mit Sarabande hat er ganz plötzlich in die Mündung einer Waffe, einer extrem großen Automatik gestarrt, nur weil er ziemlich abrupt in die Innentasche seiner Jacke griff.

Ohne eine weitere Bemerkung legt Sarabande den Chip in den Computer in der Mittelkonsole ein und lehnt sich dann zurück, nachdem sie kurz die Hand an die Datenbuchse in ihrer rechten Schläfe gehoben hat. Mehrere Minuten vergehen. Die Limousine scheint schneller zu werden. Enoshi wirft einen Blick durch das dunkelgefärbte Fenster zu seiner Rechten und stellt fest, daß sie auf eine Autobahn fahren, und zwar auf den Abschnitt der I-76, der die südliche Innenstadt umringt.

Plötzlich fragt Sarabande ihn: »Welches Interesse haben Sie an der Person, auf die sich diese Datei bezieht?«

»Die Person muß ausgeschaltet werden.«

»Was sind Sie bereit, dafür zu bezahlen?«

»Was verlangen Sie?«

»Die Schatten sind sehr rege. Talent bekommt man nur zu Höchstpreisen. Wieviel Talent wollen Sie kaufen?«

»Soviel, wie für diese Arbeit angemessen ist.«

»Spitzentalente arbeiten global, sind immer gefragt und kurzfristig kaum zu bekommen.«

»Zeit ist ein entscheidender Faktor.«

»Dann wird der Preis etwa das Doppelte von dem betragen, was Sie für den letzten Run bezahlt haben.«

Der Preis ist nebensächlich. Die Mittel, die durch Ohara-*sans* illegales BTL-Produktionslabor erwirtschaftet wurden, sind bedeutend, gehen in die Millionen Nuyen und haben Exotech das so dringend benötigte Bargeld beschafft. Die Kosten, um eben dieses Labor zu zerstören, um alles zu tun, was die Operation Großreinemachen erforderlich machte, waren im Vergleich dazu trivial. Enoshis einzige Sorge hinsichtlich des Preises für den Run, den er jetzt zu arrangieren versucht, ist die, daß ihn die Schieberin Sarabande für leichtgläubig oder dumm halten könnte.

»Der Preis, den Sie vorschlagen, kommt mir ein wenig hoch vor«, sagt er. »Die Aufgabe kommt mir in diesem Fall wesentlich simpler vor. Ich hätte gedacht, der Preis sei niedriger.«

»Dann ist Ihnen nicht klar, was Sie verlangen.«

Enoshi zögert einen Augenblick, fängt sich dann und unterdrückt einen Anflug von Verärgerung. Sarabandes Art wirkt immer schroff, soweit er das seinen begrenzten Erfahrungen nach beurteilen kann. Sein Eindruck ist, daß sie nur *auf den Punkt kommt* und nicht absichtlich grob ist. Er nimmt sich zusammen und sagt: »Bitte erklären Sie das.«

»Die fragliche Person ist extrem gefährlich. Und als exzentrisch bekannt. Unberechenbar. Was Sie wollen, ist daher mit einem hohen Risiko verbunden. Außerdem muß die Person erst gefunden werden. Und das Aufspüren der SINlosen kostet Zeit.«

Und Zeit kostet Geld. Enoshi hatte ohnehin angenommen, daß dieser neue Run teurer sein würde als der letzte, teurer als Großreinemachen, hatte jedoch die Gründe der Schieberin für das Verlangen eines höheren Preises hören wollen. »Sie garantieren den Abschluß?«

»Ich garantiere nur, daß der Versuch unternommen wird«, erwidert Sarabande. »Wenn er fehlschlägt, ist das Ihr Risiko und Ihr Verlust.«

»Beim letzten Run haben Sie den Erfolg garantiert.«

»Dieser Punkt ist nicht diskutabel.«

»Dürfte ich Ihre Gründe erfahren?«

»Ich habe Ihnen den Grund bereits genannt. Die Person, die im Brennpunkt dieses neuen Runs steht, ist extrem gefährlich. Der Versuch, diese Person zu eliminieren, ist mit einem hohen Risiko verbunden.«

Enoshi nickt. Glücklicherweise hatte er eine Vorstellung davon, was ihn bei dieser Besprechung erwarten würde, und konnte sich daher im voraus Alternativen überlegen. »Ich glaube, in diesem Fall muß ich zweigleisig fahren.«

»Weiter, bitte.«

»Ich bin einverstanden, daß der Run wie besprochen arrangiert wird, also unter Benutzung verfügbarer Talente und möglichst rasch. Gleichzeitig möchte ich Sie bitten, Ihre Fühler nach erstklassigen Talenten auszustrecken, so daß für den Fall eines Fehlschlags ein erstklassiges Team zur Verfügung steht und zum sofortigen Handeln bereit ist.«

»Sie wollen Rückendeckung.«

»Hochwertige Rückendeckung. Ja.«

»Das ist kein Problem. Erstklassige Talente verlangen aber eine Entschädigung für ihre bloße Verfügbarkeit. Das könnte ihre Unkosten um den Faktor vier erhöhen. Ich werde mich in Ihrem Auftrag um einen angemessenen Preis bemühen, aber bei Elitetalenten ist der Verhandlungsspielraum begrenzt.«

»Das ist begreiflich.«

Daß erstklassige Talente auch erstklassige Preise verlangen, ist keine Überraschung für Enoshi und kann ihn in keinem Fall von seinem Entschluß abbringen. Zeit ist der kritische Faktor. Ohara-*san* sagte: »Sofort.«

Für Enoshi bedeutet das: »*Jetzt!*«

»Dann sind unsere Verhandlungen damit abgeschlossen«, sagt Sarabande. »Ich brauche eine sofortige Anzahlung von hundert K Nuyen.«

Das läßt sich leicht bewerkstelligen.

19

Der gleißende Tridschirm in der hinteren Wand der Nische bringt irgendwas über einen Pinkel, der in einem Parkhaus mit einer MP umgelegt worden ist.

Neona ignoriert es. Die Bar heißt Humphrey's Jack Zone, und von ihrer Nische in der Nähe des Straßeneingangs aus betrachtet, hat sie das wilde Ambiente einer Trideospielhalle. Eine Milliarde vielfarbiger Lichter blitzen und funkeln auf Decke, Wänden, Tischen und Bar, alle verspiegelt, und auf mindestens der Hälfte der Leute, die sich in diesem Laden drängen und alle verspiegeltes NeoMonochrom tragen. Die Band auf der halbkreisförmigen Bühne hinter der U-förmigen Bar spielt laut und schnell. Holografische Bilder von üppigen nackten und halbnackten Frauen tanzen über die Bar, in den Alkoven an den Wänden und auf den wenigen unbesetzten Tischen. Jeder Tisch ist mit einem Paykom, einem Matrixzugang für Decker und Kopfsets für diejenigen ausgestattet, die sich eines der 1000+! Dir-X! Theatralischen! Meisterstücke! der SimSinn-Aufzeichnung zu Gemüte führen wollen, darunter auch *Monochromträume* und *Abbirleths Beschwörung*, die vierundzwanzig Stunden am Tag laufen. Die dröhnende Musik, die plärrenden Trids und das Klingeln, Summen und Sirenengeheul der überall gespielten Spiele, alles verschmilzt zu einem ohrenbetäubenden elektronischen Geplapper, das Neonas Kopf mit weißem Rauschen auszufüllen droht.

Dieses weiße Rauschen ist so ungefähr alles, was sie davon abhält, ihrerseits vor sich hin zu plappern. Ihr amerindianischer Motorradfreak Ripsaw hat sie mit in die Stadt genommen und ist dann einfach abgehauen. Sie kann das verstehen. In der kurzen Zeit, die sie zusammen verbracht haben, war sie kaum mehr als Gepäck. Neona hat nie eine Möglichkeit gehabt, ihm zu zeigen, was sie kann, außer im Bett, und das allein reicht niemals. Allein auf der Straße zu stehen, wäre vielleicht gar nicht so schlecht gewesen, hätte sie ihn nicht so aufregend gefunden, so unglaublich intensiv männlich. Zumindest hat er ihr eine lange Abschiedsszene erspart. Ex und hopp. So tut es nicht so weh.

Zwischen ihr und der hinteren Wand der Nische steht die schwarze Nylontasche mit ihrem Fuchi-6-Cyberdeck in seinem Makroplastkoffer. Wenn sie irgendwann in naher Zukunft etwas essen will, muß sie das Fuchi seiner Bestimmung zuführen und damit arbeiten.

Sie reibt sich die Augen und sieht sich um.

Aus der Menge im hinteren Teil der Bar kommen ein paar Leute auf sie zu. Sie gehen an ihrem Tisch vorbei in Richtung Ausgang. Drei von ihnen sehen wie Messerklauen aus. Einer hat silberglänzende Cyberaugen, die zu seinem coolen, schmierigen Grinsen und dem NeoMonochromduster passen. Ein anderer hält eine Ingram Smartgun locker in der Hand, die an seiner Hüfte baumelt. Der dritte hat sein kurzgeschnittenes Haar zu mehreren Sicheln aufgetürmt und eine Datenbuchse in der rechten Schläfe. Das einzige Mädchen in der Gruppe könnte eine Magierin sein. Sie trägt einen Haufen matter Metallklunker – Halsketten, Anstecknadeln, Armbänder und Ringe –, und einmal, nur einmal, hebt sie eine Hand und macht etwas Komisches mit den Fingern.

Sie müssen Runner sein, Shadowrunner. Neona ist sich dessen sehr sicher. Sie stolpert aus ihrer Nische, läuft hinter ihnen her und ruft: »Hoi, Chummer! Hoi! *Hey*, hoi!«

Ihre Stimme scheint im dröhnenden Lärm der Bar völlig unterzugehen. Doch plötzlich drehen sich die Shadowrunner zu ihr um, und derjenige mit der Ingram hat die Waffe direkt auf sie gerichtet. Das Magiermädchen hat die Hände erhoben, zwischen denen blaue Energie flackert wie geheimnisvolle Blitze. Neona erstarrt. Ihre Augen sind weit aufgerissen, und ihr Herz hämmert, aber sie bringt ein unsicheres Lächeln zustande – ein Lächeln, von dem sie hofft, daß es *freundlich* wirkt.

»Äh ... hoi.«

Der Bursche mit der Ingram betrachtet sie einen Augenblick, dann schultert er die Ingram. Die Magierin senkt die Hände. Alle vier wenden sich von ihr ab.

»Hey, *wartet*!« ruft Neona. »WARTET MAL 'NE SEKUNDE!«

Diesmal fährt der Bursche mit der Ingram herum und baut sich direkt vor ihr auf. Seine Augen funkeln. »Was willst du?« grollt er, während sich die Ingram leicht in ihre Rippen bohrt.

Neona schluckt. Was würde sie jetzt für massive Rückendeckung geben. »Ich wollte nur ... Ich bin neu im Plex. Such' 'ne Connection.«

Der Bursche neigt den Kopf, studiert die Seite ihres Kopfes, wo ihre Datenbuchse sitzt, ihre rechte Schläfe. »Und? Was soll's?« sagt er.

»Kennt ihr jemanden, der 'ne Deckerin braucht?«

»Bist du 'n Matrixrunner oder 'n Chiphead?«

»Ich bin 'n geölter Blitz auf Rädern«, platzt es wie aus der Pistole geschossen aus ihr heraus. Der Bursche mustert sie einen Augenblick lang, bevor sein Blick zu ihrer Tasche wandert und er sagt: »Permanent verdrahtet?«

»Neu ... neuromantisch radikal«, stammelt sie.

Der Bursche öffnet den Mund, um etwas zu sagen, aber weiter kommt er nicht. Ein Troll mit der Statur einer Busfront taucht hinter der Gruppe auf und krakeelt: »Hammer! Steck das Schießeisen weg, *verdammich!* Und zwar *presto!*«

Hammer, der Bursche, der Neona anfunkelt, faßt sich an die Sonnenbrille und brüllt zurück: »Ich hab hier was Geschäftliches mit 'ner Mona Lisa zu besprechen!«

Der Bursche mit den Silberaugen und dem schmierigen Grinsen nickt Neona zu und sagt: »Laß es uns mit ihr probieren, Hammer.«

»HAMMER!« donnert der Troll.

Hammers Gesicht läuft vor Wut rot an, doch dann

legt ihm die Magierin eine Hand auf die rechte Schulter und sagt: »Laß uns nach draußen gehen und reden.« Mit einem Blick auf Neona und dann auf den Troll fügt sie freundlich hinzu: »Wir suchen keinen Streit.«

»Ja, ja, *schon gut!*« Hammer mustert Neona und nickt dann in Richtung Haupteingang. Neona folgt der Gruppe nach draußen.

Es sieht so aus, als hätte sie vielleicht eine neue Connection hergestellt.

Dann wäre es eine gute Nacht.

20

Tikkis digitale Armbanduhr zeigt 00:56:29 an, als sie den gestohlenen Volkswagen Superkombi III auf den Südwestparkplatz der Ardmore Royal Residence Plaza lenkt. Zufrieden nimmt sie zur Kenntnis, daß wie üblich neben einer breiten Vielfalt normaler Autos – von der Riesenlimousine bis zum einfachen Kompaktwagen ist alles vertreten – mindestens ein halbes Dutzend anderer privater Lieferwagen auf dem Parkplatz abgestellt sind. Alles in allem vielleicht tausend Fahrzeuge. Der Volkswagen wird nicht auffallen.

Der riesige Apartmentkomplex liegt an der Route 30, knapp außerhalb der Stadtgrenze Philadelphias. Neun hohe Wolkenkratzer erheben sich vor der orangefarbenen Parkplatzbeleuchtung. Um diese Uhrzeit sind die einzigen anderen Lichtquellen die verlassenen Erdgeschoßlobbys und die roten Luftwarnblinklichter hoch oben am dunklen Nachthimmel.

Alles sehr, sehr gut.

Tikki steuert den Volkswagen um den Parkplatz. Der Abstellplatz ist wichtig. In der näheren Umgebung von Tower Sieben gibt es keine freien Plätze, aber das ist kein Problem. Sie hatte ohnehin vor, in einiger Entfernung zu parken. Tikki findet eine Parkbox, wo sie den Wagen so abstellen kann, daß das Rückfenster auf die Südwestfassade von Tower Sieben gerichtet ist. Die Entfernung beträgt etwa zweihundert Meter. Sie schaltet den Motor aus und wartet, wartet und beobachtet, und kommt dann zum Geschäft.

Ihr heutiger Job macht es unumgänglich, daß sie eine unübliche Ausrüstungsmenge bei sich hat. Das bedeutete sorgfältige Planung und erfordert jetzt eine methodische Ausführung. Tikki läßt sich Zeit, verbringt ein paar Augenblicke damit, den Sitz ihrer Handschuhe zu korrigieren. Die Handschuhe sind aus schwarzem Plastik und passen wie eine zweite Haut. Sie geht in den Laderaum des Lieferwagens und holt eine halbautomatische Walther XP-700 aus ihrem unterteilten Matchbeutel. Die XP-700 ist eine der ganz wenigen guten Präzisionswaffen, die mehr als eine Kugel gleichzeitig laden – fünf Kugeln über ein integriertes Magazin und eine direkt in die Kammer. Die Waffe ist geladen und schußbereit.

Tikki kniet auf der Rückbank und sieht sich noch einmal um. Abgesehen von den dort geparkten Fahrzeugen ist der Parkplatz verlassen.

Tikki berührt eine Sensortaste, und das Rückfenster des Lieferwagens senkt sich. Dann stützt sie die Arme auf die Lehne der Rückbank und richtet die Waffe auf die Südwestfassade von Tower Sieben. Die mattschwarze Lackierung der Pistole absorbiert das Licht, anstatt es zu reflektieren. Das Ares-Nachtsichtgerät bringt das entfernte Rechteck eines Notausgangs auf Armlänge heran. Tikki hebt die Mündung der XP ein wenig, so daß die direkt über der Tür angebrachte Überwachungskamera in ihr Blickfeld rückt. Das Lumex-Laserzielgerät läßt einen scharf umrandeten roten Punkt auf der Oberfläche der nach unten gerichteten Kamera erscheinen und markiert damit ihren exakten Zielpunkt.

Als sie abdrückt, ist dank des Fabrique-Schalldämpfers nur ein leises *Plop* zu hören.

Durch das Nachtsichtgerät sieht Tikki, wie plötzlich ein Loch in der Oberfläche der Überwachungskamera erscheint. Genau wie geplant. Außerdem glaubt sie einen Funkenregen zu erkennen. Es wird immer besser. Sie berührt den Sensor, so daß sich das Fenster wieder schließt, verstaut die Walther in ihrem Matchbeutel und duckt sich, um zu warten.

Laut ihrer Armbanduhr biegt nach etwa drei Minuten ein Wagen mit quietschenden Reifen und gelbem Blicklicht auf den Parkplatz ein. Er nimmt die Kurve und rast dann über den Parkplatz auf den Notausgang von Tower Sieben zu. Die Zeit ist wichtig, vielsagend. Als sie der Ardmore-Sicherheit zum erstenmal Grund zum Reagieren gab, tauchte der Wagen nach dreißig Sekunden auf. Das war vor zwei Wochen. Die durchschnittliche Reaktionszeit ist seitdem immer langsamer geworden.

Der Wagen bremst hart, als er den Notausgang erreicht, rast dann weiter über den Parkplatz, kehrt zurück, fährt dann noch etwas herum – hin und her, her und hin – und hält schließlich vor dem Notausgang an.

Ein uniformierter Wächter steigt aus, sieht sich um, dann hinauf zur Überwachungskamera. Er rüttelt an der Tür, die sich nicht öffnet. Er schaut hin und her, dann noch einmal und noch einmal. Schließlich steigt er wieder in den Wagen und hält sich etwas vor den Mund, wahrscheinlich das Mikro des Armaturenbrett-Telekoms.

Zwanzig Minuten verstreichen. Ein Polizeiwagen rollt auf den Parkplatz und hält neben dem Sicherheitsfahrzeug. Der Wächter steigt aus. Die Cops bleiben in ihrem Wagen. Dies ist das sechstemal in den letzten zwei Wochen, daß jemand auf den Komplex geschossen oder andere Dinge getan hat, die man als reinen Vandalismus bezeichnen könnte. In den anderen Nächten wurden unter anderem Parkplatzleuchten, Lobby-Fenster und das Kartenschloß an einem der Eingänge des Komplexes aufs Korn genommen. Außerdem wurde eines der Privatfahrzeuge, die in dem Komplex patrouillieren, mutwillig zerstört, aufgebrochen und verschiedener Ausrüstungsgegenstände beraubt.

Der Wächter zieht eine ganz gute Schau ab, aber die Reaktionszeiten erzählen eine ganz andere Geschichte. Niemand regt sich sonderlich über eine zerstörte Überwachungskamera auf. Ihre Stimmen tragen über den Parkplatz und dringen durch die Seitenfenster des Lieferwagens an Tikkis Ohren. So laut, daß sie Untertöne und emotionale Nuancen heraushören kann, auch wenn sie nicht jedes Wort versteht.

Sie scheinen sich darauf zu einigen, daß es sich nur um einen weiteren Fall von mutwilliger Beschädigung fremden Eigentums handelt. Wahrscheinlich ist alles nur ein Zufall.

»Dann rufen Sie den Reparaturdienst«, sagt einer der Bullen.

Gut, sehr gut.

Kurz darauf verschwinden die Cops wieder.

Der Wächter steht eine Weile herum, dann fährt er eine Weile herum, schließlich verschwindet er und kommt nicht zurück. Tikki bereitet sich ein paar Augenblicke vor, dann zieht sie einen knielangen, leichtgewichtigen schwarzen Duster an. Sie hat keine Verwendung mehr für den Volkswagen und läßt ihn einfach dort, wo er steht.

Mit dem Matchbeutel in der Hand marschiert sie über den Parkplatz zum Notausgang. Die erste Etage des Apartmentsilos ist breiter als das Erdgeschoß und wirft einen Schatten über die Tür. Der Schatten ist eine nützliche Deckung.

Sie nimmt eine Zeiss Optik CFs-49-Brille aus dem

Matchbeutel und hängt sich das Gerät um den Hals, damit sie sie rasch benutzen kann, wenn der Moment gekommen ist. Sie hätte sie sich schon im Lieferwagen umhängen können, hat es jedoch vorgezogen, nicht mit einem militärischen Sichtverstärker um den Hals über den Parkplatz zu laufen.

Unter dem Duster trägt sie einen nylonverstärkten Gürtel mit Haltegeschirr. Einem Fach vorne am Gürtel entnimmt sie ein Passepartout, der die Bezeichnung Ardmore Sicherheit trägt. Sie drückt auf den Einschaltknopf. Etwas wie ein normaler Kartenschlüssel gleitet aus dem einen Ende des Geräts. Sie steckt es in den Kartenschlitz an der Tür, und das Gerät wird automatisch aktiv.

Die Tür summt und klickt.

Tikki öffnet die Tür, verstaut das Passepartout wieder in ihrem Gürtel und stülpt sich dann die Zeiss-Brille über die Augen. Zwei blaue Laserstrahlen kreuzen den Eingang, einer in Brusthöhe, der andere etwa in Kniehöhe. Die Strahlen lösen Alarm aus, wenn sie unterbrochen werden, doch Tikki kann sie mühelos überwinden. Sie zieht den Duster aus, wirft ihn durch die Lücke zwischen den beiden Laserstrahlen und folgt dann dem Duster, indem sie sich unter dem einen hindurchduckt und über den anderen hinwegsteigt. Sie trägt immer noch ihren Matchbeutel, als sie den Treppenabsatz betritt und dann die Tür des Notausgangs hinter sich zuzieht.

In angeblich sichere Zivileinrichtungen einzudringen, ist im allgemeinen kein Problem. Was Tikki bisher gesehen hat – Wachpatrouille, Überwachungskamera, Hi-Tech-Schloß, laseraktivierter Alarm –, ist für Apartmentkomplexe ziemlich normal. Es reicht, um den durchschnittlichen Verbrecher abzuschrecken. Für sie ist es ein Spaziergang. Es bedarf nur einer gewissen Vorbereitung.

Keine weitere Verwendung mehr für den Duster. Sie

verzieht. Immer zwei Stufen auf einmal nehmend, poltert er direkt an ihr vorbei.

Nichts davon kann Tikki täuschen. Die körperliche Reaktion des Jungen auf ihren Anblick erfolgt augenblicklich und ist äußerst vielsagend. Der Geruch, der plötzlich in der Luft liegt, schreit förmlich nach Überraschung und eisiger Furcht. Der junge Bursche weiß, daß etwas nicht stimmt. Ihrer schwarzen Skimaske und der Ausrüstung an ihrem Gürtel muß er entnommen haben, daß Ärger im Verzug ist. Das zwingt sie zu einer Reaktion.

Adama wäre sehr unzufrieden, wenn sie dieses Jungtier am Leben ließe und damit ihren Auftrag in Gefahr brächte. Ihr Auftrag lautet auf maximale Zerstörung, und nur ihr eigenes Überleben hat einen höheren Stellenwert als das. Sie stellt den Matchbeutel auf der Treppe ab und springt dann mit einem Satz auf den nächsttieferen Treppenabsatz. Der Junge dreht sich um, schaut mit weit aufgerissenen Augen zu ihr hinauf und erfüllt die Luft mit seinem Entsetzen, während sie sich auf ihn stürzt.

Es ist rasch vorbei. Sie schleudert ihn mit dem Rücken gegen die Treppenhauswand und preßt den linken Unterarm auf seine Kehle. Auf eine präzise Bewegung ihrer rechten Faust hin schnellt ein biegsamer schwarzer Dorn aus der Scheide an ihrem rechten Unterarm. Die Beute erkennt, was kommt, und überflutet die Luft mit dem Gestank ihrer Exkremente. Tikki bleckt die Zähne, unterdrückt ein Knurren und treibt den Dorn durch die Kehle bis ins Hirn.

Der Tod tritt sofort ein.

Tikki geht zurück zu ihrem Matchbeutel, hebt ihn auf und geht weiter die Treppe hinauf. Zwölf Treppen oder gar fünfzig oder hundert – mit gelegentlichen Pausen, um zu lauschen oder die Luft zu prüfen – zu erklimmen, ist kein Problem. Sie ist in ausgezeichneter Verfassung, immer schon gewesen. Tikki kann sich bis zum Punkt des völligen Zusammenbruchs verausgaben, bevor sich die Erschöpfung bemerkbar macht. Ihre Mutter konnte das ebenfalls.

Als sie sich dem Absatz zur vierzehnten Etage nähert, nimmt die Luft ein Aroma nach Zigarettenrauch an. Ein subtilerer Duft erinnert an Soykaf. Sie bleibt stehen und fragt sich, was das zu bedeuten hat, aber als nichts geschieht, betritt sie den Treppenabsatz.

Sie stellt den Matchbeutel ab und geht zur Treppenhaustür. Ungefähr in Augenhöhe ist ein kleines verstärktes Transparex-Fenster in die Tür eingelassen. Sie stellt sich mit dem Rücken rechts neben das Fenster und hebt dann einen kleinen geschwärzten Spiegel bis unter die linke Fensterecke. Als der Winkel stimmt, kann sie im Spiegel einen Blick durch das Fenster in den dahinterliegenden Flur werfen. Das geschwärzte Glas minimiert die Chancen, daß der Spiegel Licht reflektiert und dadurch auffällt. Der Blick auf den Flur beantwortet die Fragen, die ihr Geruchssinn aufgeworfen hat. Am Ende des Flurs, der vielleicht dreißig Meter lang ist, befinden sich zwei übergroße Männer in Anzügen. Einer auf der linken Seite, der andere auf der rechten. Sie stehen Wache, vermutet Tikki. Zumindest ist das wohl die Idee, die dahintersteckt. Ein Wächter hält eine Plastiktasse. Der andere hat eine Zigarette in der einen und einen Aschenbecher in der anderen Hand.

Es ist Amateurstunde.

Halte dir immer die Hände frei.

Tikki zieht die Walther XP-700 aus ihrem Matchbeutel, steckt das Passepartout ins Türschloß, drückt sich dann wieder mit dem Rücken gegen die Tür und hebt den Spiegel.

Die Tür summt und klickt. Bei Magnetschlössern dauert es im allgemeinen zehn, vielleicht fünfzehn Sekunden, bis das Schloß wieder einrastet. In diesem Fall hält das Passepartout die Tür jedoch so lange geöffnet, bis er abgezogen oder ausgeschaltet wird.

Im Spiegel sieht Tikki, wie einer der beiden Wächter zur Tür und dann zu seinem Partner schaut. Sie beraten sich. Einer zuckt die Achseln. Tikki läßt den Spiegel fallen, reißt die Tür weit auf, stemmt den linken Unterarm gegen den Türrahmen und richtet die XP-700 auf die beiden Wächter. Das Laserzielsystem und das Sichtgerät sind auf exakt zweihundert Meter eingestellt. Jetzt zielt sie über eine Entfernung von kaum einem Achtel dieser Strecke, wodurch sich die Geometrie verändert. Tikki ist keine Mathematikerin, aber lange Erfahrung hat sie gewisse Grundlagen der Mathematik gelehrt. Vor ein paar Tagen hat sie die Zielabweichung auf verschiedene Entfernungen getestet. Es sind ein paar Zentimeter. Sie hat die Zahl im Hinterkopf, aber was sie jetzt denkt, ist unbewußt, intuitiv, instinktiv: *ziele niedrig*. Sie hat einfach im Gefühl, wieviel niedriger richtig ist.

Der rechte Wächter bemerkt sie.

»Hey!« sagt er, indem er sich zu ihr umdreht und ihr so ein besseres Ziel bietet. Um die Dinge endgültig klarzustellen, wirft er einen Blick auf seinen Partner und plärrt: »Kontakt!«

Wenn das noch der Erwähnung bedarf...

Albern.

Tikki richtet den roten Punkt des Ziellasers genau unter das Brustbein und drückt ab. Die Walther hustet, und mitten auf der Brust des Wächters blüht ein roter Fleck auf. Er taumelt zurück, die Tasse Soykaf fällt zu Boden. Tikki wechselt augenblicklich das Ziel. Mittlerweile hat der linke Wächter Zigarette und Aschenbecher weggeworfen, und eine Hand unter die Jacke geschoben. Ein Profi, der so unangenehm überrascht worden wäre, hätte einfach die Hände bewegt, wie es die Situation erforderte, ohne Zeit damit zu verschwenden, irgend etwas irgendwohin zu werfen. Wenn es ernst wird, kommt es auf jede Millisekunde an. Tikki richtet den roten Punkt auf seine Brust und schießt noch einmal. Die Walther hustet, und über dem Herzen des Wächters erscheint plötzlich ein roter Fleck. Der Mann wird herumgewirbelt und sackt zusammen, seine schwere Automatik klirrt zu Boden.

Beide Wächter erledigt.

Tikki zieht das Passepartout ab und wirft sich den Matchbeutel über die Schulter, dann huscht sie mit langen Schritten durch den Flur, rennt aber nicht. Nicht ganz. Sie hat noch zwei Schüsse in der Walther. Sie jagt beiden Wächtern noch eine Kugel in den Kopf, nur um ganz sicher zu sein, daß sie den Rücken frei hat.

Da sie die Walther jetzt nicht mehr braucht, läßt sie sie auf einen der beiden toten Wächter fallen und greift in den Matchbeutel. Sie holt ein Fabrique National MAG-5 heraus, ein mittleres Maschinengewehr, das einem gewöhnlichen Sturmgewehr ähnelt, jedoch massiver konstruiert ist. Der Hundertschuß-Munitionsgurt ist bereits eingelegt, so daß die Waffe schußbereit ist. Sie stemmt den Kolben der Schulterstütze gegen ihre rechte Hüfte und legt sich den Munitionsgurt über die Schulter.

Nur einen Schritt entfernt ist die Tür zu Apartment 1510. Tikki steckt das Passepartout in das Magnetschloß. Der Kartenschlüssel blinkt. Die Tür öffnet sich. Tikki tritt ein.

Das Foyer ist von Wandschrankschiebetüren und teuer aussehenden Antikmöbeln flankiert. Zwei große Männer in Anzügen sitzen auf dunkelroten Armsesseln. Einer sieht überrascht zu Tikki auf. Zwei rasche Feuerstöße aus der FN reißen die beiden Männer von ihren Sitzen.

An das Foyer schließt sich ein großer, offener, hauptsächlich in Gold gehaltener Raum an, der mit einem umfassenden Unterhaltungssystem ausgestattet ist, das auch einen riesigen, in die Wand eingelassenen

Trideoschirm beinhaltet. Etwa ein Dutzend Menschen in grellem NeoMonochrom und verschiedenen nichtreflektierenden Kleidungsstücken schmücken die Plüschsofas und -sessel, die im Raum verstreut sind. Zwei von ihnen schreien, mehrere andere rufen etwas und brüllen, als das FN Feuer spuckt und die beiden Männer im Foyer zu Boden gehen.

Die Hölle bricht aus, als Tikki das Wohnzimmer betritt. Alle brüllen und schreien, springen auf, setzen sich wieder, werfen sich flach auf den Boden, hinter die Sofas, an die Wand, fahren herum, als wollten sie irgendwohin rennen, nur fliehen, fliehen, fliehen. Die Luft ist mit Todesangst geschwängert. Tikki bleckt die Zähne und zieht durch, wobei sie den Lauf des MG hin und her schwenkt. Das FN dröhnt wie Donner. Panzerbrechende Kugeln zerschmettern alles in dem Zimmer, was sich zwischen Mündung und Wand befindet, Möbel, Dekor und insbesondere die anwesenden Menschen. Zwei der Männer ziehen Pistolen und schießen in den Augenblicken, bevor sie selbst niedergemäht werden. Ein Schuß geht daneben, der andere prallt gegen Tikkis Kevlar-V-isolierte Schulter. Das FN rattert. Leute werden herumgewirbelt, fallen, bluten. Tikki grinst. Genau das hat Adama angeordnet. Ein regelrechtes Massaker. Sie kann ihn beinahe lachen hören.

Ihr eigentliches Ziel ist Tomita Haruso, ein stattlicher Japaner mit einer Vorliebe für weiße Anzüge. Haruso ist *Shatei*, ein ›junger Bruder‹ des ranghöchsten Oyabun, eine Art Unterführer der Yakuza. Tikkis Informationen zufolge wird er bei dem heutigen lockeren Treffen von mehreren *Wakashira-hosa* und *Kambu atsukai* begleitet, rangniedrigeren Führern und Execs der Honjowara-gumi.

Tikki findet Tomita Haruso auf dem Fußboden vor der verspiegelten Bar. Große blutige Flecke verunstalten seinen ansonsten makellos weißen Anzug, doch ihr entgeht nicht, daß er sich noch bewegt. Mehrere Löcher im

Leib und immer noch nicht tot? Ungewöhnlich. Das erfordert ihre augenblickliche Aufmerksamkeit.

Sie senkt die Mündung des FN und pumpt Feuerstoß auf Feuerstoß in ihn hinein, bis sein Körper nicht mehr ist als ein zerfetzter, blutüberströmter Klumpen. Da stirbt der Mann endlich, was er schon längst getan haben sollte. Damit benötigt sie das FN nicht mehr – sie läßt es fallen. Aus der rechten Seite ihres Gürtels nimmt sie ein DM-105 Sprengpack, stellt den Timer ein und läßt ihn ebenfalls fallen. Sie könnte einen DM-105 aus der Umlaufbahn abwerfen, und er würde nicht hochgehen, wenn sie ihn nicht zuvor auf Aufschlagzündung eingestellt hätte.

Sie zieht die Kang aus dem Halfter an der linken Hüfte und sieht sich um. Die Wände sind mit Blut bespritzt. Der Boden ist mit Leichen, Splittern aus Porzellan, Glas und Plastik und roten Flecken übersät. Niemand scheint sich noch zu bewegen. Das ist gut.

Sehr gut.

Tikki geht durch die Wohnung in das Hauptschlafzimmer. Das Fenster hinter dem Bett ist etwa drei Meter breit. In der vierzehnten Etage besteht die Scheibe vermutlich aus bruchfestem Plastik. Tikki halftert die Kang und holt ein kleines Päckchen aus ihrem Gürtel. Darin befindet sich ein zwei Meter langer Streifen Klebeband, den sie quer über die untere Fensterhälfte klebt. Ein gewöhnliches Gasfeuerzeug reicht aus, um den Streifen zu entzünden. Sich eine Hand vor die Augen haltend, hält Tikki die Flamme an den Streifen, dann dreht sie sich um, als das Material aufflammt. Sie hört ein zischendes Geräusch wie von Starkstrom, gefolgt von einem hellen Lichtblitz. Gleichzeitig beginnt eine Alarmsirene zu jaulen. Wahrscheinlich mit dem Fenster gekoppelt.

Tikki dreht sich wieder zum Fenster um und findet einen zwei Meter langen Riß vor, der in die untere

Fensterhälfte gebrannt ist. Sie nimmt einen Stuhl und schmettert ihn gegen die Scheibe, die bricht, zersplittert und nach draußen fällt, zusammen mit dem Stuhl.

Jetzt kommt der aufregende Teil. Sie tritt auf das Bett, schiebt ein Bein aus dem Fenster, setzt sich auf das leere Fensterbrett. Befestigt einen Stahlhaken an der Kletterwinde vorne an ihrem Brustgeschirr. Bringt den Haken sorgfältig am Fensterbrett an. Gleitet hinaus.

Das Fensterbrett besteht aus Stahl und ist in eine verstärkte Betonwand eingelassen, also müßte der Haken halten.

Daran muß sie denken, als sie fällt.

Vier, fünf Stockwerke über dem Boden wird ihr Fall jäh von der Winde gebremst. Die Gurte des Geschirrs graben sich in ihre Hüften. Sie könnte etwas abbekommen, wenn sie dies öfter täte. Plötzlich ist der Boden da und prallt gegen ihre Füße, ihren Körper, ihre Schläfe, doch nichts bricht, also muß die Winde ihre Aufgabe erfüllt haben. Sie löst Gürtel und Geschirr, zieht die Kang und erhebt sich in die Hocke. Sie kann immer noch das Jaulen des Alarms von oben hören, aber ansonsten ist alles ruhig. Keine Sirenen, keine Sicherheitsfahrzeuge, keine Cops.

Jedenfalls noch nicht.

Sie überquert einen Meter Rasen und geht dann zu einem Nissan Jackrabbit, den sie heute tagsüber hier abgestellt hat.

Sie schließt auf und steigt ein. Der Motor springt sofort an.

21

Das Entsetzen, das dröhnende Hämmern und die Schmerzen sind überwältigend. Er spürt, wie er aus seinem Körper, aus seinem eigenen Fleisch gerissen und mit unvorstellbar hoher Geschwindigkeit in

einen dunklen Tunnel gezerrt wird. Alles, was er je gewußt hat, alles, was er je gewesen ist, alles, was er je hätte sein können, geht in einem einzigen Augenblick in Fetzen.

Ein Ozean aus sengendem Weiß hüllt ihn ein, brennt, hämmert, peitscht, verheert ihn völlig. Die Schmerzen sind unerträglich, endlos. Die Schreie von einhundert Millionen Seelen, die sich in vergleichbarer Qual winden, hallen durch sein gemartertes Wesen. Jeder Nerv, jedes Iota seines Bewußtseins zittert wie ein Draht, durch den ein außer Kontrolle geratener elektrischer Strom fließt, spannt sich, tanzt, ruckt, zuckt und bebt vor Schmerzen.

Und über alledem spürt er eine Präsenz, gehässig, bösartig. Die ihn tiefer in diesen Schrecken zieht. Der seine Qual Vergnügen bereitet. Die in jedem stechenden, hämmernden, brennenden Schmerz schwelgt, den er erleidet. Ein monströses böses Etwas, das sich über jeden Schmerz freut, der sein Wesen erfaßt. Es ist ein diabolischer Horror, dem er nie entkommen kann, obwohl er bis in alle Ewigkeit unerträgliche Qualen leiden wird.

Und es geht immer weiter …

22

02-06-54/17:36:04

Kameras an.

Die mit einer Datenbuchse gekoppelte Sony CB-5000 in der Halterung auf seinem Helm geht mit einem Minimum von Sperenzchen auf Sendung. Seine Seretech Evening Shade-Cyberaugen mit Blitzkompensator und Infrarot-Verstärker scheinen zu funktionieren – endlich mal, zum Henker – und mit der in seinen Schädel implantierten Eyecrafter Opticam-Einheit zu harmonieren. Drek, noch so ein sagenhaftes Wunder. Er schaltet den Tridlink-Controller an seinem rechten Unterarm ein, um einen kompletten Zustandsbericht abzurufen, der auch prompt direkt vor seinen Augen eingeblendet wird. Nur um ganz sicher zu gehen.

»Skeeter …?«

J.B. schaut sich um, kann ihn nicht entdecken. Skeeter steht dort auf dem Bürgersteig in einer Wolke des goldenen Feenstaubs der asiatischen Elfenmagierschnalle, also kann ihn die dämliche Tussi natürlich auch nicht sehen. Der abgefahrene Staub funktioniert so gut, daß er sogar für sie unsichtbar ist! Das ist echt Sahne, einfach Sahne. Echte Top-Nachrichten. J.B. dreht ihm den Rücken zu und ruft ihn immer noch leise, wobei sie so verdammt ungeduldig wie immer klingt, unsere Ms. Groß-und-Bedeutend-Tridgenie-Nachrichten-Neugier-Furz!

»Skeeter! *Wo …*«

Skeeter schnippt mit den Fingern.

»Oh!« sagt sie, dann dreht sie sich um und blinzelt ihn an. »Bist du da?«

Skeeter räuspert sich und schnippt noch ein paarmal mit den Fingern.

»Bin ich drauf?«

Was, in Dreiteufelsnamen, glaubt sie wohl?

»Also … Dann mal los.« J.B. fummelt an der langen schwarzen Haarsträhne herum, die ihr in die Stirn hängt. Skeeter bewegt sich, um ihr Gesicht direkt von vorne zu bekommen. Sie bewegt sich natürlich genau in die andere Richtung, dämliche blöde Schnalle.

»Hier spricht Joi Bang für WHAM! Independent News«, sagt sie mit heiserer Stimme, »und wir befinden uns hier auf der Neunundzwanzigsten Straße in Philly Nord Zentral, um Sie in das internationale Hauptquartier des Humanis Policlubs zu führen, dem bekannten Arm der Terroristengruppe Alamos 20 000, der angeblich weltweit für Morde an und Anschläge auf Metamenschen und deren Sympathisanten verantwortlich ist.«

Trotzdem zum Teufel mit allem.

»Natürlich werden wir mit versteckter Kamera arbeiten.«

Kein Scheiß, blöde Kuh.

02-06-54/17:49:53

Übersicht: Humanis Policlub-HQ, langsamer Schwenk über Ziegelfassade, Eingang von weißen Säulen eingerahmt und von zwei großen Burschen in Stretch-T-Shirts bewacht. Eine schwach goldene Wolke, in der kleine Lichtpünktchen funkeln, schwebt über den Gesichtern der Muskelmänner.

J.B. lächelt. »Stimmt es nicht«, sagt sie, »daß der Humanis Policlub eine Splittergruppe der Alamos Zwanzigtausend ist?«

Einer der Muskelmänner grinst. »Wie heißen die?«

»Nie davon gehört«, sagt der andere.

»Dann bestreiten Sie als Mitglieder des Humanis Policlubs jegliche Beteiligung an den Morden Hunderter, wenn nicht Tausender oder gar Millionen von Metamenschen auf der ganzen Welt?«

»Wir bringen nie jemanden um.«

»Wir machen sie nur ein.«

»*Prügeln* sie grün und blau!«

»Aber wir bringen sie nicht um.«

»Das wäre unmoralisch.«

»Wir sind sehr moralische Leute.«

»Sie kriegen von uns nur, was sie verdienen.«

»Wir lassen sie büßen.«

»Für das, was sie getan haben.«

»Was sie der Welt angetan haben.«

»Und für alles andere.«

»Ja. Genau.«

02-06-54/18:03:21

Nahaufnahme: Eine blonde Schnalle mit makellosen Gesichtszügen und *riesigen* Möpsen lächelt hinter ihrem hohen Schreibtisch in der Lobby.

»Nein«, sagt sie. »Soweit ich weiß, hat kein Mitglied des Humanis Policlubs irgendein Vorstrafenregister. Das Komitee, das über die Aufnahme neuer Mitglieder entscheidet, würde solche unerwünschten Personen niemals in die Organisation lassen.«

J.B. dreht sich um, schaut rechts an Skeeter vorbei und formuliert die Worte. *»Hast du alles drauf?«*

Natürlich hat er.

Verdammte, schwachköpfige, hirnlose Schnalle.

02-06-54/18:27:33

Langsamer Schwenk, ranzoomen, Großaufnahme: Großer Saal, Policlub HQ. Türen verschlossen und verriegelt, bewacht von Muskelmännern in T-Shirts. Mindestens fünfhundert verdammte pixelköpfige Bürger, vermutlich reinrassige Menschen, sitzen auf Klappstühlen zu beiden Seiten des Mittelgangs, der direkt zur Stirnseite des Saals führt.

Der ganz spezielle Gast des heutigen Abends: Armant DeCreux, direkt aus dem europäischen HQ importiert. »Diese Bastardrassen stellen die bloße Existenz der reinrassigen Menschen in Frage ...«

Verdammte dämliche Ausländer.

»Diese Kreaturen sind ihrem Wesen nach böse ...«

Schwachsinniger dreckiger Gehirnamputierter.

»Ganz besonders diese Elfen ...«

Also damit liegt er vielleicht gar nicht mal so falsch.

Trau keinem verfluchten Elf.

Skeeter würde selbst dann keinem löwenzahnfressenden Elf trauen, wenn seine hirnamputierte Schwester einen *heiratete*, was sie nicht täte, weil sie eben doch noch so viel Hirn hat, es nicht zu tun. Außerdem würde er einen oder auch beide zu Kleinholz verarbeiten, bevor sie das abziehen könnten.

02-06-54/19:14:06

Geteilter Bildschirm: Hauptkamera auf Horace Glick, Ortsgruppenleiter von Philly, Cyberaugen auf J.B.

Ranzoomen, Großaufnahme.

Und ab.

»Sie sagten, der Humanis Policlub habe einen unwiderlegbaren Beweis dafür, daß sich die Orks in der Stadt Philadelphia zu Gruppen von Gesetzlosen zusammengerottet hätten, die brutale, gegen die breite Bevölkerungsmasse gerichtete Gewalttaten verübten, darunter auch Verstümmelungsmorde und Kannibalismus?«

»Es sind nicht nur die Orks«, sagt Glick. »Das ganze Spektrum der Metatypen ist darin verwickelt. Und das ist auch kein örtlich begrenztes Phänomen.«

»Und Sie haben Beweise für diese Behauptung?«

»Absolut unwiderlegbare Beweise.«

»Was sind das für Beweise?«

»Sind Sie eine Nachrichtenschnüfflerin oder was?«

»Nur eine besorgte Bürgerin. Was für Beweise?«

»Videos, Fotos, was Sie wollen.«

»Irgendwelche Augenzeugen?«

»Dutzende. Tatsächlich sogar Hunderte.«

»Warum haben Sie diese Beweise nicht dem Staatsanwalt übergeben und Strafantrag gestellt?«

»Oh, das haben wir. Da können Sie Gift drauf nehmen.«

»Und der Staatsanwalt hat nichts deswegen unternommen?«

»Ich glaube, es ist ziemlich offensichtlich, wem die Sympathien des Staatsanwalts gelten.«

Klar ist es das.

Verdammter schwachsinniger Poli-Dreksack.

23

Als ihr die Augenbinde abgenommen wird, findet sich Neona in einem dunklen, alten verfallenen Flur mit schwarzen Bodenfliesen und braun verkleideten, graffitibekritzelten Wänden wieder. Hinter ihr endet der Weg, auf dem sie ihrer Meinung nach gekommen ist, vor einer Metalltür. In der anderen Richtung verliert sich der Flur in Schwärze. Sie ist von Hammer und seinem Team umringt: Mickey und Dog Bite, die Magierin Dana und Axle der Rigger.

Mickey bindet ihr jetzt das schwarze Tuch, das als Augenbinde gedient hat, um den rechten Oberarm und grinst sie dabei an. »Zur Erinnerung an mich«, sagt er.

Klar.

Neona schluckt, spürt, wie es sie kalt überläuft, und versucht, sich nichts anmerken zu lassen. Sie ist ein wenig nervös. Mickeys chromsilberne Augen wirken unmenschlich kalt, und seine ganze Haltung läßt vermuten, daß er sich einzig und allein dafür interessiert, was sie zwischen den Beinen hat. Dog Bite verhält sich so, als würde er sie hassen, knurrt und schnauzt sie an, kritisiert praktisch alles, was sie sagt. Hammer ist eiskalt und behandelt sie, als sei sie vollkommen nutzlos. Axle scheint schlicht und einfach mißtrauisch zu sein. Dana ist die einzige, die sich wie ein potentieller Chummer verhält und gewillt zu sein scheint, Neona eine Chance zu geben zu zeigen, was sie kann. Aber wieviel Einfluß die Magierin auf den Rest der Gruppe hat, ist unklar.

Dog Bite drückt auf einen schwarzen Knopf in der Wand. Die Türen zu einem extrabreiten Fahrstuhl, möglicherweise ein Lastenaufzug, öffnen sich, indem sich eine Hälfte hebt und die andere senkt. Hammer zündet sich eine Millennium Red mit einem Silberfeuerzeug an und führt die Gruppe in den Fahrstuhl.

Neona zögert einen Sekundenbruchteil, aber es hat keinen Sinn, jetzt noch zu versuchen, vorsichtig zu sein. Wenn sie Neona linken und sich ihr Deck unter den Nagel reißen wollten, könnten sie es ebensogut hier in dem schmuddeligen Flur tun wie dort, wohin der Fahrstuhl fährt. Sie hat den Punkt ohne Wiederkehr längst hinter sich. Sie muß einfach mitspielen und das Beste hoffen, hoffen, daß sie mehr Glück hat als in den letzten Wochen und Monaten.

Der Fahrstuhl rumpelt und vibriert und fährt vielleicht fünf oder sechs Etagen aufwärts. Als sich die Türen öffnen, hebt Hammer die Ingram, die er praktisch immer in der Hand zu halten scheint, und lehnt die Waffe dann gegen seine Schulter. Neona kaut ängstlich auf ihrer Unterlippe herum.

Irgend jemand, Dog Bite, verpaßt ihr von hinten einen Stoß und drängt sie aus dem Fahrstuhl in einen Raum. Der Raum ist gigantisch, größer als die meisten Wohnungen, jedenfalls größer als jede, in der Neona bis jetzt gewesen ist. Vielleicht fünfzehn, zwanzig Meter breit und fast ebenso lang. Die Decke ist ziemlich niedrig, aber das ist bei Dachböden normal, falls das wirklich der Dachboden des Gebäudes ist. Neona sieht links eine Kochnische und rechts eine fahrbare Bar und Wohnzimmermöbel. Direkt vor ihr ist ein Mittelgang, der zu einem Flur führt. Wahrscheinlich geht es dort zu den Schlafräumen, vermutet Neona.

Dog Bite drängt sie nach rechts und zeigt: »Da drüben! Hast du keine Augen im Kopf?«

»Äh, ja ... ja, klar.«

An einer Wand steht ein gepolsterter Armsessel. Auf dem Tisch daneben befindet sich ein Telekom, schwarzes Plastik und glitzernder Chrom, sämtlicher Schnickschnack, obwohl das Gehäuse offenbar schon bessere Zeiten gesehen hat. Insbesondere ein Chromeingang ist geschwärzt, das schwarze Plastik darum verschmort.

»Was ist mit dem Telekom passiert?« flüstert Neona.

Es ist nur eine dahingeworfene Frage, mehr Ausdruck ihrer Überraschung als alles andere, doch Dog Bite schnauzt: »Frag nicht! Das geht dich 'n verfluchten Drek an, du Schnalle!«

Neona beißt sich auf die Unterlippe, versucht ihre Nerven im Zaum zu halten. Sie ist noch nie einer Gruppe von Runnern begegnet, die nicht wenigstens einen Decker *gekannt* hat. Viele Gruppen *haben* einen. Wahrscheinlich die meisten. Vielleicht sind das verschmorte Plastik und der geschwärzte Eingang am Telekom Hinweise darauf, was aus dem Decker geworden ist, mit dem sie zusammengearbeitet haben. Aber den Gedanken behält sie wohl besser für sich.

Hammer läßt sich in einen Sessel fallen und legt die Beine auf einen Fußschemel.

»Jederzeit, wenn du so weit bist«, sagt er.

Leicht gesagt, aber so einfach ist das nicht. Neona wappnet sich innerlich. Wenn ihr diese Sache überhaupt etwas bringen soll, kann sie nicht zulassen, daß sie sie für einen Grünschnabel halten. In diesem Fall würden sie sie einfach ausnutzen und sich dann absetzen oder Schlimmeres tun. Sie sieht Hammer direkt ins Gesicht. »Wenn ich das für euch machen soll, will ich einen Vorschuß. Ich arbeite nicht umsonst.«

Bevor Hammer antworten kann, fällt Dog Bite wieder über sie her. »Du willst was? Ich geb dir was! Für wen, zum Teufel, hältst du dich! Du hast uns 'n Drek über diesen Chip erzählt!«

»Der Chip war total sauber.«

»Bestimmt!«

»Abgesehen von der einen Datei war nichts drauf! Ich kann nichts runterholen, was nie drauf war!«

»Du reißt nur das Maul auf! Das ist alles, was du kannst!«

Hammer und sein Team stecken mitten in den Vorbereitungen für einen Run. Neona weiß lediglich, daß die Gruppe jemanden ausfindig machen muß. Warum sie das tun müssen oder was geschieht, wenn sie Erfolg haben, weiß sie nicht und will es im Moment auch gar nicht wissen. Sie hat ihre eigenen Probleme.

Der fragliche Chip enthielt eine einzige Datei über die Person, die sie finden sollen. Die Untersuchung dieses Chips war die erste Hürde. Die globale Matrix nach irgendwelchen Daten abzuklappern, die ihnen bei dieser Suche helfen können und auf den Aufenthaltsort der Person hinweisen, ist die Aufgabe, die ihr jetzt bevorsteht, und das ist problematisch genug. Das, und was ein erfolgreicher Matrixrun für ihre Beziehung zu Hammer & Co. wert ist. Selbst wenn sie nie wieder mit der Gruppe zusammenarbeitet, könnte ihr ein guter Run einen durch die Gruppe vermittelten Kontrakt einbringen, und das ist genau das, was sie braucht.

Hammer wedelt mit einem Blatt Papier und hält es ihr hin. Sie geht zu ihm, nimmt es, sieht es sich an: Buchstaben und Zahlen, eine Bankadresse. »Auf diesem Konto sind fünftausend Nuyen«, sagt Hammer. »Wenn du beschaffst, was wir brauchen, gehören sie dir. Und vielleicht haben wir danach noch mehr zu besprechen.«

»Okay.« Es klingt fair, sogar gut.

»Wenn du es nicht schaffst, läßt du das Geld besser auf dem Konto, sonst bist du erledigt.«

Neona nickt. »Du brauchst dir keine Sorgen zu machen.«

»Ich weiß.«

»Ich meine, ich beschaffe, was ihr wollt.«

»Tu es einfach.«

Offenbar ist alles gesagt …

Neona setzt sich in den gepolsterten Armsessel neben dem Telekom und schält den grauen Makroplastkoffer mit dem Fuchi-Logo aus ihrer Nylontasche. Als sie den Koffer öffnet, fällt ihr auf, daß Axle der Rigger sie intensiv beobachtet.

»Ist das ein Sechser?« fragt er.

»Nur der Koffer.«

Der Rigger nickt und zieht ein Gesicht, als wisse er Bescheid. Neona vermutet, daß er einiges über Decks und Decker wissen muß. Offenbar ist er überrascht, daß sie einen ganz normalen Koffer benutzt. Ein Haufen Decker würde sich lieber einen Arm abhacken, als mit einem normalen Deck von der Stange zu arbeiten. Heißt es jedenfalls. Wenn man Decker so reden hört, könnte man meinen, sie würden eine in einen Schrottkoffer gestopfte wüste Sammlung von Ersatzteilen vorziehen. Und vielleicht hätte Neona vor ihrer Bekanntschaft mit einem echten Fuchi-6 dasselbe gesagt.

Dort, wo sie herkommt, pflückt man keinen perfekten Rolls-Royce auseinander, nur weil er ›von der Stange‹ ist. Vielmehr untersucht man ihn ganz genau, um sich davon zu überzeugen, daß er keine Überraschungen enthält. Man tut, was man kann, um ihn zu verbessern, wenn man Zeit und Geld hat. Was man jedoch garantiert nicht tut, ist, ihn auseinanderzunehmen und auszuschlachten und dann mit den Einzelteilen einen neuen zu bauen, es sei denn, man verfügt über das Äquivalent eines Fuchi-Forschungslabors und ein Mega-Nuyen-Budget. Ein Deck vom Kaliber eines Fuchi-6 ist zu schwer zu bekommen. Leute sterben für viel weniger.

Sie verbindet das Glasfaserkabel des Decks mit dem geschwärzten Telekom-Eingang, schaltet es ein und beobachtet die Anzeige des Decks, während ihre Utilityprogramme eine rasche Diagnose fahren. Auf ihre Software ist sie wirklich stolz. Sie hat sich ihre eigenen Utilityprogramme geschrieben, und das in ein paar Stunden. Außerdem hat sie jedes andere Programm im Speicher des Fuchi geschrieben oder modifiziert.

Das Deck ist startklar, was sie auch nicht anders vermutet hat. Das Telekom scheint ebenfalls in Ordnung zu sein. Sie wird die Anzeige des Decks eingeschaltet lassen, falls Hammer oder jemand anders vorhat, ihr über die Schulter zu sehen. Das ermuntert sie vielleicht, ihr zu vertrauen. Alles, was sie geheimhalten muß, erscheint ohnehin nicht auf dem Schirm.

Sie stöpselt ein Glasfaserkabel in die Datenbuchse in ihrem Kopf und gleitet in eine tiefe Schwärze.

Und hinein in den Neonraum …

Es handelt sich um einen virtuellen Arbeitsplatz innerhalb des Decks, der für das Programmieren und die Anpassung ihres Verstandes ganz nützlich ist, bevor sie eine Datenleitung entlang und in die Matrix rauscht.

Heute jagt sie direkt hindurch …

Die Leitung entlang …

Und plötzlich ist sie nicht mehr die einfache alte Neona Jaxx. Ihre berüchtigten Pechsträhnen bedeuten nichts mehr. Ihre Unsicherheit ist wie weggeblasen. Sie navigiert durch den Datenstrom wie ein zum Fliegen geborener Elektronenengel, ein Matrixrunner in pulsierendem goldenen Neon mit einem Heiligenschein, Flügeln und einer Keyboard-Gitarre, und jetzt düst sie in das leuchtende Antlitz eines pyramidenförmigen Knotens hinein. Ihre Finger huschen über die Tasten ihrer Keyboard-Gitarre, und ein wirbelnder Strom alphanumerischer Zeichen entweicht dem integrierten Lautsprecher, windet sich in den Knoten und verschwindet. Einen Augenblick später ist der Knoten für sie geöffnet, und sie schießt vorwärts, hinein in das lokale Telekommunikationsgitter von Nordost-Philly.

Sie tätigt selbst einen Anruf, steuert danach direkt die Verzeichnishilfe an und jagt durch eine Abfolge von Knoten, bis sie das LTG des Delaware County und das WCZNK der Sanwa Bank, das Weltweite Computerzugangsnetz für Kunden, erreicht. Wie alle legitimen Kunden nimmt sie die Vordertür, überprüft das Konto, das Hammer ihr genannt hat, und benutzt den geheimen Paßcode, um fünftausend Nuyen auf eines ihrer Konten zu transferieren.

Irgendwo ein paar hundert Kilometer Glasfaserkabel entfernt huschen ihre Finger über die Tasten des Fuchi-6, und ihre Stimme sagt laut: »Okay... Die Nuyen stimmen. Jetzt geht's los...«

Eine unzufriedene männliche Stimme schnauzt irgend etwas Unfreundliches, aber sie hört es nicht, nur den Tonfall, und im Augenblick bedeutet ihr das nichts.

Nächste Station: Das LTG Austin.

Sie lädt den Chinesischen Flieger und führt das Programm aus. Sie hat es zusammen mit dem Deck bei jenem Run in Miami bekommen, dem Run, bei dem ihre Chummer draufgegangen sind. In seiner ursprünglichen Form war der Flieger mit einer verräterischen Subroutine gekoppelt, die in dem Augenblick, in dem sie mit ihrem Run begann, ein unabhängiges Programm startete. Dieses Programm setzte ihr vermeintliches Ziel davon in Kenntnis, daß sie kam und was ihre Chummer taten, während sie ihr Vorgehen aus der Matrix überwachte. So sind ihre Chummer draufgegangen. Sie wäre beinahe selbst gegrillt worden. Inzwischen hat Neona die geheime Subroutine aus dem Programmcode gelöscht. Der Flieger war die Mühe mehr als wert.

Der Chinesische Flieger ist kein einfaches Programm, und sie muß den Code nach jedem Run umschreiben, aber sie hat noch nichts Schnelleres gesehen – und Schnelligkeit ist das, was sie jetzt braucht.

Und Schnelligkeit bekommt sie auch.

Der Flieger springt an, und plötzlich ist sie ein militärischer Rotalarm der UCAS, der jaulend und mit der Autorität eines Federated-Boeing Black Eagle bei einem Sturzangriff in und durch das Regionale Telekommunikationsgitter von Philly schießt. Zugangsknoten öffnen sich vor ihr. Subprozessoren werden aktiv und räumen ihr andere Datenströme aus dem Weg. Als Signal mit absolutem Vorrang getarnt, trifft sie auf eine ITT-Rand-Code-Orange-Satellitenverbindung, und Millisekunden später ist sie hindurch und düst durch das regionale Gitter für Austin, Texas.

Hinter ihr wird jeder nur denkbare Alarm ausgelöst, aber mittlerweile ist sie eine gewöhnliche Telekom-Utility, die lediglich die in ihrer Autoexec verankerten Befehle ausführt. Die Rand-Decker, die sich an ihre Fersen geheftet haben, jagen vorbei, ohne ihr einen zweiten Blick zu gönnen.

So subtil arbeitet der Flieger.

In der realen Welt huschen Finger über Tasten. In der virtuellen Realität der Matrix taucht ihr Angel-Icon durch einen Knoten in das LTG von Austin ein.

Sie gleitet an dem MCC-Oktagon und der Sematech-Pyramide vorbei und dann in einen Knoten mit wirbelnden Drehtüren. Die Drehtüren bringen sie zu Doogie's Palace, einem virtuellen Voodoo-Chili-Stand in körnigem Schwarz und Weiß mit einer Glocke auf dem Tresen und einem Neonschild mit der rötlich pulsierenden Aufschrift: Für Bedienung bitte klingeln.

Ihr Master-Persona-Kontrollprogramm ist bereits aktiv. Der goldene Engel spielt auf seiner Keyboard-Gitarre. Ein wirbelnder Strom alphanumerischer Symbole entweicht dem Lautsprecher des Keyboards und schraubt sich nach unten, um die Glocke auf dem Tresen zu drücken.

Die Glocke jault wie eine Alarmsirene.

Doogie, oder vielmehr sein Icon, erscheint aus dem Nichts. Sie nimmt einen bunten Farbwirbel wahr, und dann ist er plötzlich da und sieht aus wie ein zu großer Schoßhund, eine Promenadenmischung, so groß wie ein Mensch, fett, mit langen Schlappohren und einer Neonsonnenbrille. Er sitzt auf einem hohen Hocker hinter dem Tresen.

»Was liegt an, Angel?« sagt Doogie.

»Wo ist der Basar?«

»Dreimal darfst du raten.«

Neona zögert nicht. Um den Basar zu finden, muß man Doogie oder jemand anders kennen, der es weiß, und um die gewünschte Auskunft von Doogie zu bekommen, muß man bei seinem Ratespiel mitmachen, und zwar ernsthaft. Normale Leute mögen das seltsam finden. Neona weiß es besser. »Okay«, sagt sie. »Zürich!«

»Falsch.«

»Hongkong!«

»Falsch.«

»Managua!«

»Falsch.«

»Tja, dann gebe ich auf!«

Klingeln, Pfeifen, Sirenen, Blinklichter und sogar ein Nebelhorn, alles geht gleichzeitig los. »Rabat!« ruft Doogie. *»Ha!«*

»Danke, Doogie.«

»Schon gut, Baby. Wir sehen uns.«

Der goldene Engel jagt in das regionale Gitter und durch eine Reihe von Verbindungen, dann in das LTG Rabat. Neonas Finger sind ständig in Bewegung. Es müssen immer neue Codes geschrieben werden, da Ice und Decker hinter ihr her sind und Knoten vor ihr auftauchen. Der Chinesische Flieger ist ihr Fahrzeug, aber sie ist der Kapitän und hat die Hände am Ruder. Schnell denken oder sterben, den Code schreiben oder abstürzen. Wenn sie nicht schnell ist, kommt sie nirgendwohin, und vielleicht holt sie irgend etwas Großes und Häßliches von hinten ein.

Am anderen Ende des lokalen Gitters gleitet sie durch die pulsierenden Neon-Zeltklappen eines Knotens, das gewundene Kaleidoskop einer Datenleitung entlang und durch weitere Zeltklappen, bevor sie vor Hassans Arche abrupt anhält.

Die Arche ist gewaltig, wie die Vorderseite einer

Burg, jedoch mit einem gigantischen Schlüsselloch, das sich hinter dem Eingang zu einem Gang verbreitert, der sich direkt durch die Mitte bohrt. In der riesigen Öffnung knistert blaue Elektrizität. Zwei unglaublich große, glänzende Chromtrolle mit mächtigen Kriegsbeilen stehen vor dem Schlüsselloch Wache. Die Trolle werden von einer Armee paranormaler Tiere flankiert: Erdwölfe, Kobolde, Boobrievögel, Totenklappern und Teufelsdiamanten, Feuerdrachen, Giladämonen, Vielfraße. Höllenhunde und mehr. Die Vorsprünge über dem Schlüsselloch wimmeln von Harpyien, Troglodyten und schwarzen Vampiraffen, die wie große Orang-Utans mit bösartigen Fängen aussehen. Oben auf den Zinnen hockt ein Drache.

Wieviel davon ist nur Animation? Wieviel ist echtes Ice? Neona weiß es nicht und hat auch kein echtes Interesse, es herauszufinden.

Ein leuchtend rotes Fenster erscheint direkt vor ihr und verschwindet dann wieder. Aus der Öffnung springt ein Neon-Augapfel von der Größe eines Basketballs, der jedoch eine kleine rote Kappe und eine verspiegelte Sonnenbrille trägt. Er springt ihr direkt ins Gesicht und um sie herum, hin und her, auf und ab. Der Ball ist normales Zugangs-Ice, ein Fuchi Beobachter 7K, wenngleich offenbar modifiziert. Die meisten Systeme benutzen Zugangs-ICs als eine Art Schalter, um ernstes Ice einzuschalten, wenn ein unbefugtes Eindringen entdeckt wird. Hier in Hassans Arche ist jedes Eindringen unbefugt, bis das Gegenteil bewiesen ist. Neonas Finger fliegen. Der goldene Engel schlägt seine Keyboard-Gitarre an. Alphanumerische Symbole entströmen dem Lautsprecher und bohren sich durch die Sonnenbrille des Beobachters.

Dem Augapfel wächst ein Paar magerer Arme, und die Finger schnippen im Takt mit ihrem Datenstrom. Er tanzt ein wenig und verschwindet dann durch ein anderes Fenster.

»Willkommen in Hassans Arche«, sagt der Drache.

Der goldene Engel lacht, lacht laut und ruft: »Bismillah! Balek! Balek!«

Das ist irgendein arabischer Dialekt und bedeutet Neonas Ansicht nach so etwas wie: »Verdammt noch mal, geh aus dem Weg.« Was es auch heißt, es ist ein virtueller Code. Der letzte Teil des Zugangscodes.

Die knisternde blaue Elektrizität in dem Schlüsselloch verschwindet. Ein Dutzend verschiedener Türen, Gatter, Gitter und Klappen öffnen sich donnernd und in rascher Folge.

Die Trolle treten zur Seite.

Der goldene Engel schlendert hindurch.

Nach dem Schlüsselloch kommt der Basar, ein Labyrinth aus Buden und Ständen, sich ständig verändernden Gassen, die von Clowns und Akrobaten, Feuerschluckern und Jongleuren, Wahrsagern und einer nie endenden Vielfalt von Händlern bevölkert werden. Hier findet man beinahe alles, was man will, von klassischen Master-Persona-Kontrollprogrammen über Killerutilitiess bis zu den neusten Geheiminformationen über das jüngste Techno-Wunder, das Fuchi I.G. gerade ausbrütet. Man könnte es ein privates LTG nennen.

Neona sucht einen staubigen Chrom-Schlangenbeschwörer in einem leuchtend grünrot gestreiften Turban, und sie findet ihn vor einem pulsierend rotgrünem Zelt mit seiner staubigen Chromkobra. Wirbelnde alphanumerische Symbole entweichen der Flöte des Schlangenbeschwörers. Der goldene Engel spielt seinerseits ein paar Akkorde. Der Schlangenbeschwörer winkt einladend mit der Hand. Neona schreitet durch den Zelteingang.

Die mit Teppich verkleideten Steinstufen einer Datenleitung hinunter.

Und in einen Knoten, dessen Eingang zwei mächtigen Banktresortüren ähnelt. Vor den Türen steht ein magerer kleiner Mann in einem weißen Kaftan. Er hält ein großes weißes Buch. Er wird ›Türhüter‹ genannt und verneigt sich, als Neona sich nähert.

»Türhüter«, sagt sie. »Ich muß das Buch sprechen.«

»Das Buch ist sehr beschäftigt, Angel.«

»Türhüter, es ist wichtig.«

»Deine Mitgliedschaft ist abgelaufen, Angel.«

Der Engel hebt die Hände und zeigt dem Türhüter den Schatz, den sie halten, einen Haufen schimmernder Goldmünzen, auf denen das Logo ›Zweitausend Nuyen‹ blinkt. Irgendwo eine Million Kilometer hinter ihr huschen ihre Finger über die Tasten, buchen die Nuyen von ihrem Konto ab und transferieren sie.

Der Türhüter lächelt und hält ihr einen breiten, flachen Teller hin. Neona öffnet die Hände. Die Münzen fallen in die Vertiefung auf dem Teller und verschwinden. Der Türhüter nickt.

»Du kannst gleich reingehen, Angel.«

Die Türen öffnen sich krachend.

Sie gleitet hindurch und in die klaustrophobischen Gassen der Tauschbörse. Orangerote Datenspeicher wie Bücher erheben sich Reihe um Reihe und Regal um Regal, bis sie in der Unendlichkeit verschwimmen. Neona gleitet durch die Gänge, bis sie das vertraute Icon eines pausbäckigen alten Mannes mit strohigem Haar, Brille und zerknittertem Anzug erblickt. Ein pausbäckiger alter Mann, wenn man davon absieht, daß er aus reinem, funkelndem Chrom besteht und Brille und Anzug elektrisch blau sind.

»Buch!«

Das Buch dreht sich zu ihr um und mustert sie über den Rand seiner Brille. Der goldene Engel schwebt zu ihm.

»Ich brauche ein paar Daten.«

»Was hast du im Tausch dafür anzubieten?«

Deshalb wird der Laden so genannt, die Tauschbörse. Der Mitgliedsbeitrag öffnet einem die Tür, aber man muß selbst etwas erzählen, wenn man etwas erfahren will. Das kann ein sehr hoher Preis sein. Diesmal besteht der Preis für ihre Zukunft im einzigen richtigen Geheimnis aus ihrer Vergangenheit.

Sie erzählt von dem Run in Miami, von dem Schieber, der sie und ihre Chummer gelinkt, ihre Freunde getötet und sie zur Flucht gezwungen hat. Eines Tages würde sie sich den Wichser gerne vornehmen, aber im Moment muß sie sich darauf konzentrieren, sich ein neues Leben einzurichten.

Als sie fertig ist, lächelt das Buch schwach und nickt. »Interessante Informationen. Was willst du wissen?«

»Ich muß jemanden finden, der Striper genannt wird.«

Das Buch starrt sie einen Augenblick lang an und sagt dann: »Du mußt mir schon ein paar Zusatzinformationen geben. Ich kann keine Wunder vollbringen, weißt du?«

Neona lächelt innerlich. Das Buch kann vielleicht keine Wunder wirken, aber dafür Datenberge durchsuchen wie kein anderer, den sie kennt. Keine Person und kein Programm.

»Striper ist ein weiblicher Runner. Schwerstes Kaliber. Du weißt schon. Ein echter Wetworker.«

»Ein Profi-Killer?«

»Ja, ich glaube schon.«

»Ist sie verdrahtet?«

»Keine Ahnung.« Hammers Datei war in dieser Beziehung sehr unklar. »Sie soll sehr stark und verdammt zäh sein. Es existiert ein Bericht, wonach sie mal von den Cops angeschossen worden und dann einfach wieder aufgestanden und weggelaufen ist. Vielleicht benutzt sie Magie. Ich weiß es nicht.«

»Woher kommt sie?«

Aus irgendeinem Grund hat sie damit gerechnet, das Buch würde einfach die Hand ausstrecken, einen

Datenspeicher aus einem Regal ziehen und ihr alles erzählen, was sie wissen muß. Weil es bisher immer so abgelaufen ist. Sie beschließt, den Ablauf der Dinge zu beschleunigen, und läßt ihre virtuellen Finger über das Keyboard ihrer virtuellen Gitarre fliegen. Der Datenstrom fließt in einen von Buchs Datenspeicher. Das ist alles, was sie weiß, alle Daten von dem Chip, den Hammer sie untersuchen ließ: digitalisierte Fotos, verschlüsselte Polizei- und Zeitungsberichte und so weiter, darunter eine Menge, bei dem es sich auch nur um Gerüchte handeln könnte. Es reicht, um eine Skizze zu zeichnen, aber das ist auch alles. Wenn Neona Striper finden soll, benötigt sie mehr Informationen, zuverlässige Informationen.

»Seattle«, sagt das Buch nach ein paar Augenblicken. »Ich glaube, wir beginnen in Seattle.« Das Buch führt sie durch die Reihen virtueller Bücherregale. Es dauert eine Weile, bis er stehenbleibt und sagt: »Es besteht eine ziemlich gute Chance, sagen wir sechsundzwanzig Prozent, daß diese Frau, die du suchst, einmal unter dem Namen Mari Tan von Macao nach Seattle geflogen ist, außerdem von Hongkong nach Manila, Taiwan nach Macao, Schanghai nach Osaka ... Hongkong nach Taiwan ... und Osaka nach San Francisco.«

»Das wäre also ... ganz Südostasien.«

»China, Japan, der Südpazifik und die Westküste Nordamerikas.«

Wow.

»Außerdem besteht eine noch größere Chance, sagen wir dreiundachtzig Prozent, daß dieselbe Frau unter dem Namen Fallon Sontag von Seattle nach Los Angeles und Seattle nach Chicago geflogen ist.«

»Wie kommst du darauf?«

»Daten der Seattler Zollbehörde und der Paßkontrolle. Die Wahrscheinlichkeiten, die ich genannt habe, beziehen sich in erster Linie auf den Grad der Übereinstimmung zwischen den digitalisierten Fotos, die du mir gegeben hast, und jenen, die in der Datenbank registriert sind. Ich könnte dir den Algorithmus nennen, den ich für diesen Vergleich benutze, aber es reicht, wenn ich sage, daß er besser ist als alle, die von der Regierung benutzt werden.«

»Was hast du sonst noch?«

»Nun, mal sehen.« Das Buch schaut in sein Buch, rückt sich die Brille zurecht. »Mari Tan wird als Chinesin aus der Provinz Han geführt, dreiundzwanzig Jahre alt, schwarze Haare, braune Augen, einen Meter siebzig groß, Gewicht hundertdreizehn Pfund. Chinesische Staatsbürgerin mit Wohnsitz Hongkong und Antiquitätenhändlerin. Fallon Sontag ist fünfundzwanzig, hat braune Haare und braune Augen, ist einen Meter siebzig groß und wiegt hundertachtzehn Pfund. Staatsangehörigkeit und Wohnsitz: Seattle, außerdem freischaffende Medienschnüfflerin.«

»Klingt nach zwei verschiedenen Personen.«

»Ich nehme an, das soll es auch.«

Neona zweifelt nicht daran. Der Sinn einer falschen Identität besteht schließlich darin, eine Person als jemand herumlaufen zu lassen, der sie nicht ist. Der Trick besteht vermutlich darin, ein Bild zu zeichnen, das der Wahrheit nahe genug kommt, um die Zollbeamten zum Narren zu halten, das andererseits aber genug Unterschiede aufweist, um eine vergleichende Computeranalyse hinters Licht zu führen. Ein geringfügiger Unterschied bei den wesentlichen Merkmalen könnte das leisten. Die Vergleichsanalyse, die in einem durchschnittlichen Regierungsbüro vorgenommen wird, läßt digitalisierte Fotos normalerweise außen vor, weil das zuviel Speicherkapazität und Rechenzeit erfordert.

Und Neona wäre auch nicht überrascht, wenn die echte Striper weder der Beschreibung von Mari Tan noch der Fallon Sontags vollkommen entspräche. Viel wahrscheinlicher ist, daß die echte Striper irgendwo dazwischen liegt.

»Welche Identität ist jüngeren Datums?«

»Habe ich das nicht gesagt?«

»Du sagtest, Sontag ist fünfundzwanzig ...«

»Und Tan ist, oder war, dreiundzwanzig. Die Sontag-Identität ist aktueller.«

»Hältst du beide Identitäten für falsch?«

»Bei dir, Angel, betrachte ich das als legitime Frage und nicht als unverschämte Bemerkung. Ja, ich halte beide für falsch. Hast du je von einem Killer mit einer echten Identität gehört?«

»In letzter Zeit nicht, nein.«

»Also, da hast du es.« Das Buch nimmt sich noch ein paar andere Datenspeicher vor. »Die Mari-Tan-Identität hat ihren Ursprung in China, in Beijing, also kannst du weitere Daten vergessen. Nicht mal die Chinesen wissen, wie sie den bürokratischen Sumpf ihrer Regierungsdatenbanken durchdringen können. Was die Fallon-Sontag-Identität betrifft, so gibt es da ein paar Möglichkeiten. Sieh dir mal diesen Code an.«

Das Buch reicht ihr ein Buch, einen pulsierend roten virtuellen Datenspeicher. Die Seiten sind ein einziger Wirbel alphanumerischer Symbole, aber für den goldenen Engel sind sie wie liebliche Musik. Sie erkennt den Stil des Codes sofort. »Das ist Kidd Karneys Eins-Null-Eins-Null!«

»Das halte ich für sehr wahrscheinlich.«

Der Cyberjockey Kidd Karney – was für eine Überraschung und was für eine positive noch dazu. Kidd Karney ist einer der ersten echten Matrixrunner, die sie je kennengelernt hat, und sie sind immer noch Freunde, sogar *gute* Freunde. Kidd Karney hat ihr bei der Flucht aus Miami geholfen. Er hat ihr beigebracht, worum es beim Decken eigentlich geht. Und jetzt stellt sie fest, daß eben dieser Decker mit an Sicherheit grenzender Wahrscheinlichkeit für den Code verantwortlich ist, der Stripers falsche Fallon-Sontag-Identität erschaffen hat.

Ihre Pechsträhne ist ganz eindeutig zu Ende.

24

Neona verschwendet keine Zeit beim Verlassen der Tauschbörse und hält nur inne, um das Buch flackernd erröten zu lassen, indem sie ihm einen Kuß auf die Wange drückt und ihn umarmt. Sie rast in Nullzeit durch den Basar und aus Hassans Arche heraus. Kidd Karneys Knoten ist per Satellit nur einen Wimpernschlag entfernt. Sie stürzt sich in das LTG für Reno, Nevada, und jagt durch die Konstrukte, deren grelles Leuchten bis zum Horizont reicht. In einer der schmalen Gassen findet sie ein neonleuchtendes Festzelt, das mit einem Dutzend blinkender Schilder übersät ist, die für den ›gemeinsten Decker in der Matrix‹ werben. Ein Konstrukt wie dieses übersieht man im LTG von Reno leicht, nicht zuletzt auch deshalb, weil die Hälfte aller Decker im lokalen Gitter Kidd Karneys Stil imitiert.

Ein Druck auf die dicke rote Nase des animierten Clowns, der vor dem Zelt steht, bringt sie durch die Tür.

Und in einen Käfig …

Die Stangen des Käfigs sind schwarz und knistern vor ICs der Sicherheitsstufe Rot. Des weiteren knistern die Ketten und Handschellen um Hand- und Fußgelenke des goldenen Engels, die sie an den Boden fesseln, auf dem sie liegt. Der ganze Knoten nimmt einen rötlichen Schimmer an, als die Farbe ihr Icon einhüllt. Es fühlt sich an, als krabble ein Schwarm kleiner Käfer mit unzähligen Beinen über ihren Körper, der sich irgendwo eine Milliarde Kilometer hinter ihr befindet. Das Gefühl bewirkt, daß sie sich windet. Die virtuellen

Effekte sind vielleicht rot, aber das Ice ist das reinste Schwarz, vom schwärzesten. Es ist eine virtuelle Falle mit Elektronenzähnen. Kidd Karney ist bekannt dafür, den einen oder anderen Konzerndecker gegrillt zu haben, der den Weg in sein Zelt gefunden hat. Sie kann jetzt nichts anderes tun als warten, warten und zucken.

»Verdammt noch mal, Kidd!«

Und rufen.

Einen Augenblick später kommt ein geschoßförmiger Achterbahnwagen mit einer hohnlächelnden Dämonenmaske als Vorderseite aus einer der beiden schwarzen Datenlinien im rückwärtigen Teil des Zelts gedonnert und hält kreischend vor dem knisternden Käfig. Kidd Karney liebt dramatische Auftritte. Heute präsentiert er sich als Scheich. Er trägt einen Hut wie ein goldenes Kissen mit Troddeln und Quasten, ein fließendes Gewand, alle möglichen funkelnden Juwelen und komische Schuhe mit nach oben gekrümmten Spitzen. Bei ihm im Achterbahnwagen sitzt ein Schwarm absurd üppiger Negerinnen in Bauchtänzerinnenkleidung, die ihm mit Palmwedeln zufächern wie Sklaven.

»Hoi, Angel!«

»Selber Hoi!«

Kidd Karney drückt auf eine Fernbedienung. Das Knistern hört auf, die Handschellen lösen sich und die Käfigtür schwingt auf. Neona begibt sich zum Achterbahnwagen. Kidd Karney bedeutet ihr, in dem nach hinten gerichteten Sitz Platz zu nehmen, den sie haßt, aber auf dem nach vorn gerichteten ist wegen der Negerinnen kein Platz mehr, wenngleich er so groß wie ein Bett ist. Neona hat kaum Zeit, sich zu setzen, als Kidd Karney brüllt: »Es geht *loooooooos!*«

Der Wagen schießt vorwärts in die Schwärze, mit der Wut eines Dämons durch Korkenzieherröhren und Loopings, wirbelt herum, dreht sich wie ein Kreisel.

Sie sind im Herzinfarkt-Land. Neona schreit. Kidd Karney schreit lauter. Die Negerinnen schreien noch lauter. Der Wagen jagt durch eine Kurve, und plötzlich fliegen sie alle heraus und landen in einem Raum, der dem Wüstenzelt eines Scheichs ähnelt, auf gewaltigen Kissen. Neona braucht einen Augenblick, um sich zu sammeln. Kidd Karney und seine Negerinnen landen natürlich in einem wirren Durcheinander. Die Negerinnen wechseln von schreien auf wedeln, ohne aus dem Takt zu geraten.

»Freut mich, daß du immer noch in der Matrix rumdüst, Angel.«

»Ja, danke«, erwidert Neona, immer noch ein wenig außer Atem. »Ich brauche deine Hilfe.«

»Sind sie noch hinter dir her?«

Die Burschen aus Miami? »Nein, das ist was Neues. Ich bin auf einem Run.«

»Und schmeißt mit Nuyen um dich?«

»Ja, ich hab etwas Kleingeld zum Spielen.«

»Null Problemo, Muchacha. Ich hab gerade mucho dinero von meinem letzten Johnson eingesackt. Der Run ging nach Yucatan. Ich hab genug Knete. Was für 'ne Gans willst du rupfen?«

Kidd Karney hatte früher eine Art, Dinge auszudrücken, die von echt verdreht bis unglaublich ekelhaft reichte. Manchmal war es richtig lustig. Hin und wieder war es auch nur komisch oder ekelhaft. »Ich brauch ein paar Informationen, von Matrixrunner zu Matrixrunner, weißt du? Du hast einen Code geschrieben und dieser Striper eine falsche Identität verschafft?«

»Hab ich das?«

»Keine Frage.« Ihre Finger huschen über ihre Keyboard-Gitarre und stimmen ein paar schnelle Riffs an. Kidd Karney hebt den Kopf, als vermittelten ihm die alphanumerischen Symbole, die ihn einhüllen, einen unvergleichlichen Hörgenuß.

»Novacode«, sagt er schließlich. »Aber es ist nicht mein Eins-Null, Angel.«

»Blödsinn.«

»Mh-mh«, erwidert Kidd. »Ich hab nicht mal von X gehört. Striper? Wer auch immer. Aber ich sag dir, wer den Code geschrieben hat.«

»Wer?«

»Der Ebenholzjunge.«

»Wer?«

»Ein Matrixrunner namens Dodger.«

»Ach ja?«

»Hast du noch nie von ihm gehört?«

»Wieso, sollte ich?«

»Nein, er ist ja auch nur 'n Silikongott, 'n Cyberheld mit Fingern wie der Blitz und Killer-Chips direkt aus der Hölle; er scheint mit der Matrix verwachsen zu sein. Bist du 'ne Mona Lisa oder was? Du hast nie von *dem Dodger* gehört? Wo lebst du eigentlich, Baby?«

»Aha. Und wie kann ich ihn finden?«

»Den Geist im Gitter finden? Du findest ihn nicht, Baby. Du hinterläßt eine Nachricht. Lieber Dodger, ich bin ein Decker-Teeny. Bitte melde dich. Ende der Botschaft.«

»Er muß echt gut sein.«

»Wenn du unbedingt danach fragen mußt, frag lieber nicht.«

»Wo hinterlasse ich die Nachricht?«

»Versuch's mit Seattle.«

Schon wieder. Neona hat langsam den Eindruck, als könne Seattle der Schlüssel für dieses verrückte Verfolgungspuzzle sein. Am Ende einer weiteren irrsinnigen Achterbahnfahrt ist sie mehr oder weniger davon überzeugt.

Satellitenverbindungen zum Seattler RTG.

Sie durchforstet die lokalen Gitter. Kidd Karney hat ihr die wahrscheinlichsten virtuellen Treffpunkte, Netze und schwarzen Bretter genannt, bei denen sie es probieren kann. Sie hinterläßt überall Nachrichten für den Dodger.

Viel mehr passiert nicht.

Sie verfolgt ein paar andere Spuren. Das wenige, was sie herausfindet, bestätigt lediglich, daß Stripers Fallon-Sontag-Identität ihren Ursprung vor etwa zwei Jahren in Seattle hat. Sontags Identität ist vollständig einschließlich SIN, Adresse, Telekomnummer, Sozialversicherung, Krankenversicherung, etcetera etcetera.

Die Zeit verstreicht.

Eigentlich sollte sie jetzt das LTG von Philly nach Hinweisen auf Sontag überprüfen. Das ist die beste Spur, die sie im Augenblick hat. Sie düst durch die Verbindungen und kommt schließlich im Gitter von Philadelphia Mitte heraus. Als sie an der riesigen, pulsierenden Scheibe des SmithKliner-Systemkonstrukts vorbeirast, fällt ihr eine ungewöhnliche Gestalt auf, ein kleiner schwarzer Junge in einem funkelnden Silbermantel, der direkt auf den Datenlinien vor SmithKliner steht. Soll so nicht das Icon des Dodgers aussehen? Der Ebenholzjunge?

Es ist ein zu großer Schock für sie, um noch rechtzeitig reagieren zu können. Sie jagt noch ein Stück weiter und kehrt dann um. Als sie die gewölbte Fassade der SmithKliner-Scheibe umrundet, spricht sie eine Stimme von hinten an, von direkt hinter ihren Schultern.

»Eure Stimme klingt laut, doch lieblich in meinen Ohren, Angel mit der Axt. Ja, werte Lady, ich bin gekommen, um Euer Lied zu hören.«

Sie bleibt stehen und dreht sich um.

Niemand da.

»Was ...?«

Plötzlich ertönt die Stimme wieder direkt hinter ihr. »Werte Lady, habt Ihr keine Musik, die Ihr für mich spielen wollt?«

»Wo bist du?«

selbst wenn sie es versuchte. Sie spürt ein Ziehen, und plötzlich jagt das Gitter vorbei, verschwimmt vor ihren Augen und versinkt schließlich in Schwärze. Sie hat keine Ahnung, wohin es geht, aber sie ist schneller unterwegs als je zuvor. Sie ist hilflos und windet sich. Sie fühlt sich, als krabbelten eine Milliarde Insekten über ihren Körper, aber diesmal sind sie *in* ihr, überall in ihr, sogar in ihrem Kopf, hinter ihren Augen, und sie kann es nicht ertragen. Sie zappelt, zuckt, schreit auf ...

Und plötzlich befindet sie sich in einem Knoten. Er sieht aus wie ein kleiner quadratischer Raum mit nackten Plastiholzwänden und einem dazu passenden Fußboden. Eine nackte Glühbirne hängt an der Decke und überzieht die pulsierenden Brauntöne des virtuellen Raums mit einem grellweißen Schimmer. Das Icon eines großen Mannes mit schwarzen Haaren und buschigen Brauen, der einen legeren schwarzen Anzug trägt, kommt durch die einzige Tür herein, schließt sie und bleibt dann stehen, um sie eingehend zu mustern.

»Du suchst Striper?« sagt er.

Seine Stimme ist ein tiefes, rauhes Flüstern, als sei er eigentlich zu heiser zum Reden. Sie macht Neona nervös. Diese ganze Geschichte macht sie nervös, mehr als nervös. Sie spürt, wie ihr der Schweiß in Strömen über ihren fleischlichen Körper läuft. Sie muß außerordentlich vorsichtig sein. »Äh, ja ... ich, ich habe einen Job für Striper. Ich soll den Kontakt für einen Johnson herstellen.«

»Was ist das für ein Job?«

»Keine Ahnung. Ich weiß nur, daß er heiß ist. Und die Bezahlung ist Sahne. Ich soll ein Treffen arrangieren.«

»Ich kann Lügen riechen.«

»Was?«

»Deine Lügen.«

»Hey, ich lüge nicht!« Sie sieht sich um, nach irgendeinem Fluchtweg aus diesem Knoten, aber da ist nichts hinter ihr außer einer weiteren nackten Plastiholzwand. Sie läßt die Finger über die Tasten ihrer Keyboard-Gitarre huschen, aber bevor sie auch nur ein einziges Programm starten kann, tauchen die Icons zweier weiterer Männer auf, als seien sie direkt durch die Wand marschiert. Neona registriert eine verschwommene Bewegung aus dem Augenwinkel, und plötzlich stehen die beiden Männer direkt neben ihr. Sie packen ihre Arme, zerren ihre Hände von der Keyboard-Gitarre weg, halten sie fest, als seien sie an sie geschmiedet, werden zu einem Teil ihres Programms.

Und jetzt können ihre Hände das Keyboard nicht mehr erreichen.

Sie stößt ein langgezogenes Wimmern aus.

»Bitte …«

Der Mann vor der Tür kommt auf sie zu, und jetzt verändert sich sein Gesicht, verdunkelt sich, wird schwarz, als würde ihm ein Fell wachsen, schwillt an, wird immer größer, und seine Augen brennen wie Feuer, die Fangzähne blitzen wie Eis, und sein gewaltiges knurrendes Maul kommt immer näher und verschlingt sie in einem Stück.

Ende und aus.

Sie war einmal.

25

Der Haupteingang zur Wanamaker Mall direkt an der Market Street erhebt sich sieben Stockwerke im Atrium-Stil und hallt von den Stimmen Hunderter Passanten auf der Hauptetage wider. Tikki schließt sich der Menge an, die die Aufzüge zum Promenadenplatz im Untergeschoß nimmt. Eine breite Passage, die vom Nordende des Platzes abgeht, führt direkt zur U-Bahn-Station in der Dreizehnten Straße. Telekoms säumen die Wände. Tikki erledigt ihre Anrufe immer an Orten wie diesem, im Herzen des Metroplex, um die Chance so gering wie möglich zu halten, daß die Polizei oder andere Sicherheitsorgane ihre Gespräche bei ihren Abhörstichproben zufällig mitbekommen. Sie wählt einen Stand, klebt ein Kaugummi über die Kameralinse und wirft einen Blick auf ihre Armbanduhr. Um Punkt 20:05:00 fängt sie an zu wählen.

Der Telekomschirm wird schwarz.

»Wer spricht?« sagt eine Männerstimme auf japanisch.

»Dreimal darfst du raten.«

Einen Augenblick später meldet sich Black Mist. »Ja?«

»Irgendwas?«

»Eine interessante Anfrage.«

Interessant bedeutet Ärger. Es könnte eine so simple Sache wie Ärger in der Telekomleitung oder auch Ärger einer profunderen Art sein. Bei ihrer Antwort folgt sie einem genau festgelegten Protokoll. Sie hängt ein, schiebt sich einen weiteren Streifen Kaugummi in den Mund und schließt sich dann der Menge an, die zur U-Bahn-Station geht. Der nächste Zug befördert sie zwei Blocks weiter zur Station Market East. Sie sucht sich wieder ein Telekom, verklebt die Kameralinse und wählt.

Black Mist antwortet. »Ja?«

»Was ist interessant?«

»Setz dich mit Steel in Verbindung.«

Das *ist* interessant. Steel ist ein besonderer Name für eine besondere Person. Die Angelegenheit erfordert ihre sofortige Aufmerksamkeit. »Was noch?«

»Nichts.«

Sie hängt auf, dreht sich um. Von hinten nähert sich ihr ein Flash Point-Sicherheitsbeamter, der eine kompakte H&K MP-5 TX Maschinenpistole und einen kompletten semiflexiblen Körperpanzer einschließlich Helm mit polarisiertem Vollvisier und stark isolierte

Stiefel trägt. Tikki ist nicht überrascht. Sie hat ihn nicht nur kommen gehört, sie hat ihn auch gerochen. Sie fragt sich, ob ihm vielleicht eine Ausbuchtung in ihrer Jacke aufgefallen ist, eine Ausbuchtung, die von der Kang Automatik in ihrem Rückenhalfter hervorgerufen wird.

»Was ist das?« fragt eine metallisch klingende Stimme.

Der Sicherheitsbeamte zeigt auf das Telekom. Tikki hält die Augen auf den Beamten gerichtet, setzt eine verwirrte Miene auf und äußert einen fragenden Laut. »Hm?«

»Ich nenne das Beschädigung von Privateigentum.«

Sie antwortet mit einem Schwall Russisch, ein paar nichtssagende Phrasen. Außerdem wirft sie ihm einen Blick zu, der besagt, daß sie nicht weiß, was er ihr zu sagen versucht. Der Beamte zeigt auf das Telekom, gestikuliert immer vehementer. Als er nah genug ist, um das Telekom zu berühren, entfernt Tikki den Kaugummi von der Kameralinse und steckt ihn sich in den Mund. Offenbar geht es hier lediglich um den Kaugummi.

Der Beamte starrt sie an.

»Mach, daß du verschwindest«, sagt er.

Tikki dreht sich um und geht.

Sie stellt die gestohlene Suzuki Aurora in einer Seitenstraße der Delaware Avenue nicht weit vom Fluß ab, überquert dann eine weitere Seitenstraße, die etwa so breit wie ein Fußballplatz und mit Abfall, Schutthaufen, Zementbrocken, verdrehten Metallstreben, ausgebrannten, verrosteten Autowracks und altem Schrott übersät ist. Auf der Rückseite eines verfallenen dreistöckigen Hauses steht ein Trio in abgetragenen Kunstlederjacken: zwei Männer, eine Frau. Sie sind wie Bandenmitglieder gekleidet, aber das täuscht. Es sind Wachen, das weiß Tikki, und sie sehen sie trotz der Dunkelheit kommen. Aller Wahrscheinlichkeit nach haben sie sie gerochen, bevor sie in ihr Blickfeld getreten ist. Tikki weiß das, weil sie weiß, was sie sind. Ihr Geruch verrät es. Wie sie selbst mögen sie wie Menschen aussehen, sind tatsächlich aber eine ganz andere Art von Tier. In mancherlei Hinsicht haben sie mehr mit ihr als mit jedem Menschen gemeinsam.

Die drei, die Wache stehen, halten ihre Waffen bereit. Ein Mann hat einen Colt Manhunter, der andere eine Mossberg CMDT Schrotflinte. Die Frau trägt eine Scorpion Maschinenpistole mit einem fünfunddreißigschüssigen Clip.

Als Tikki sich den dreien nähert, kommt Bewegung in die Dunkelheit rechts und links von ihr. Aus den Augenwinkeln nimmt sie dunkle, kaum erkennbare Gestalten wahr. Sie weiß, was sich dort an ihren Flanken bewegt, ohne hinsehen zu müssen. Ohne das leise Knurren hören zu müssen, das ein paar Meter rechts von ihr kurz ertönt. Werwölfe in ihrer natürlichen Gestalt – zwei Männchen, zwei Weibchen. Das Rudel geht heute nacht kein Risiko ein. Die Werwölfe erkennen einen Jäger, wenn sie einen sehen. Und wenn sie einen riechen.

Tikki bleibt stehen, den Zweibeinern auf der Rückseite des Gebäudes zugewandt. Der Mann mit dem großen Colt tritt einen Schritt vor. Er riecht wachsam, unsicher, sogar ein wenig verwirrt.

»Wenn du am Leben bleiben willst, verschwinde«, grollt er.

Tikki schüttelt unmerklich den Kopf. Sie ist nicht beunruhigt. Nicht einmal wegen der zwei Vierbeiner, die sich in ihren Rücken schleichen und ihr den Rückweg versperren. Zweifellos ist das mit ein Grund dafür, warum der Mann vor ihr so vorsichtig ist. Sie ist sehr ruhig. Das bedeutet, sie riecht auch so. Ruhig und beherrscht.

»Ich muß Steel sprechen«, sagt sie.

»Kenn ich nicht.«

»Red keinen Unsinn, *Junge.*«

Tikki läßt eine Woge des Zorns in sich aufwallen, spürt, wie ihr die Hitze in den Nacken schießt. Das bringt eine unmißverständliche Änderung ihres Geruchs mit sich, und Werwölfen entgeht so etwas niemals. Selbst in ihrer menschlichen Gestalt ist ihr Geruchssinn um ein Vielfaches leistungsfähiger als der eines Menschen. Der Mann bewegt sich ein wenig. Seine ganze Haltung ändert sich, als sei er nicht sicher, ob er angreifen oder nachgeben soll. Er wirft den anderen Zweibeinern einen raschen Blick zu und wendet sich dann wieder an Tikki. »Wer bist du?«

Dies ist ihr erster Kontakt hier in Philly. Tikki hat nicht die Absicht, irgend etwas zu verraten, wenn es nicht unbedingt nötig ist. »Ich kenne Steel. Steel kennt mich. Steel erwartet mich.«

Die Zweibeiner wechseln weitere Blicke. Wissen sie nur aufgrund des Geruchs, was die anderen denken? Das ist jedenfalls Tikkis Vermutung. Keiner der drei sagt etwas oder gibt ein offensichtliches Zeichen. Sie sehen einander einfach nur an, dann dreht sich die Frau um und geht die Betonstufen hinunter, die zu einer Kellertür führen. Die beiden Männer richten ihre Blicke wieder auf Tikki. Alle warten.

Nach ein paar Augenblicken kehrt die Frau zurück.

»Folge mir«, sagt sie.

Tikki folgt ihr, die Stufen hinab, durch eine Tür, durch einen dunklen, vielleicht drei Meter langen Flur, dann durch eine weitere Tür. Die erste Tür wird geschlossen, bevor die zweite geöffnet wird, so daß das Licht aus dem Raum hinter der zweiten Tür nicht nach draußen dringt. Hinter der zweiten Tür befindet sich ein kleiner, kahler Raum, der von einer einzigen an der Decke hängenden Glühbirne erhellt wird. Das Mobiliar besteht aus einem abgenutzten Holztisch mit einem Stuhl dahinter. Der Mann, der auf dem Stuhl sitzt, ist groß und kräftig, muskelbepackt. Sein Haar ist schwarz. Seine Augenbrauen treffen sich beinahe über dem Nasenrücken. Seine Arme sind ebenfalls mit schwarzem Haar bedeckt, auch die Handrücken. Er trägt eine schwarze Kunstlederweste, Jeans und klobige schwarze Stiefel. Sein rechter Arm liegt lässig auf dem Tisch. Neben seiner Hand steckt ein langes Messer in der Tischplatte.

Er fixiert Tikki fast eine Minute lang, dann sagt er mit tiefer Stimme: »Was bist du?«

Tikki ignoriert die Frage. Der Mann hat höchstwahrscheinlich an ihrem Geruch erkannt, daß sie ein Wertiger ist. Vermutlich ist er noch nie jemandem wie ihr begegnet. Ihre besondere Art ist sehr selten. Soll er sich den Kopf darüber zerbrechen, was sie ist. »Ich bin gebeten worden, mit Steel Kontakt aufzunehmen.«

»Du bist keine Schwester.«

Damit meint er, daß sie nicht zum Rudel gehört. Tikki kennt diese Redensarten. Sie ist alles mögliche, aber keine Angehörige des Rudels, weder des Rudels dieses Mannes noch irgendeines anderen. Sie schüttelt den Kopf. »Der Name ist Striper.«

»Woher kennst du Steel?«

»Das ist nicht dein Problem.«

Der Mann mustert sie noch ein paar Sekunden, dann erhebt er sich, zieht das Messer aus der Tischplatte und steckt es in die Scheide an seinem Gürtel. »Warte hier.«

Tikki nickt, kaum merklich.

Der Mann geht durch die Tür, die derjenigen gegenüberliegt, durch die Tikki den Raum betreten hat. Sie wartet reglos, die Arme locker an den Seiten. Sie braucht nicht erst hinzusehen, um zu wissen, daß die Frau, die sie hergeführt hat, und zwei der Vierbeiner an der Tür hinter ihr warten. Ihr Geruch spricht Bände. Wenn sie hinsähe, würde sie zwei mächtige Werwölfe mit angelegten Ohren in ihrer wahren Gestalt sehen.

Der große Mann kehrt rasch zurück. Er sieht Tikki an, dann streckt er sehr langsam die Hand aus und bohrt das Messer dicht vor ihr fest in die Tischplatte. Dies ist keine Einladung, an irgendeinem obskuren Ritual des Rudels teilzunehmen. Vielmehr ist es eine Herausforderung, sich selbst zu beweisen, ein ganz besonderes Protokoll, das sie vor einiger Zeit mit Steel vereinbart hat.

Tikki legt die linke Hand um die Klinge, überzeugt sich davon, daß der Mann zusieht, schließt die Hand um die Klinge und zieht das Messer heraus. Das Gefühl der Klinge, die durch ihre Handfläche schneidet, zerrt an ihren Lippen, so daß sie sich zu einem unbarmherzigen Grinsen verziehen. Sie hebt die Hand, Innenseite nach vorne, so daß der Mann den Schnitt sehen kann. Blut läuft in kleinen Rinnsalen über die Handfläche. Dann hört es auf. Sie leckt das Blut ab und zeigt die Hand erneut. Jetzt ist außer der Handfläche und einem schwach rötlichen Fleck nichts mehr zu sehen. Der Schnitt ist verheilt.

Der Blutgeruch und ihre körperliche Reaktion auf Schmerz und Verletzung liegen in der Luft. Einer der Vierbeiner draußen heult kurz auf. Einer der Werwölfe hinter ihr knurrt, tief und kehlig, als reagiere er auf eine Bedrohung. Der große Mann vor ihr beobachtet sie mit Augen, die sich zuerst weiten und dann zu schmalen Schlitzen verengen.

Tikki begräbt die Messerspitze in der Tischplatte. Der Mann streckt die Hand aus, zieht es heraus und steckt das Messer wieder in seine Gürtelscheide. »Hier lang.«

Tikki nickt.

Der Mann führt sie durch einen weiteren kurzen Flur und an mehreren Türen vorbei, die alle geschlossen sind. Die Luft in dem Flur riecht extrem weiblich, als hätte jemand gerade eine Geburt hinter sich. Das könnte die hohe Anzahl der Wachen draußen und die hohe Anzahl von Werwölfen in ihrer natürlichen Gestalt erklären. Wenn ein Weibchen in die Wehen kommt, nimmt das ganze Rudel eine verstärkte Abwehrhaltung ein. Werwölfe sind sehr besorgt um ihre Jungen. Tikki weiß das aus eigener Erfahrung.

Der Mann öffnet eine Tür am Ende des Flurs, bedeutet Tikki einzutreten und schließt die Tür hinter ihr.

Der Raum ist klein und beinahe kahl. Auf dem Tisch an der linken Wand steht ein normales Mitsuhama Telekom mit Mikrobildschirm, Videokamera und Kopfhörer. Daneben befindet sich ein Gerät, daß ein Durchschnittsbürger wahrscheinlich in seinem ganzen Leben nicht zu Gesicht bekommt.

Tikki nimmt sich die Zeit, es genauer zu betrachten. Sie hat ähnliche Modelle schon zuvor gesehen. Das Gerät steckt noch in seinem Koffer, der ein wenig größer und dicker als eine gewöhnliche Aktentasche ist. Der Deckel steht offen und enthüllt eine Deckplatte aus schwarzem Makroplast, in die ein Bildschirm, eine Tastatur, ein paar Schalter und grafische Anzeiger eingearbeitet sind. Das Glasfaserkabel des Telekoms steckt in einer Buchse neben der Tastatur. In der Buchse daneben steckt ein weiteres Kabel, das zur Decke führt und durch ein kleines Loch verschwindet. Dieses Kabel endet wahrscheinlich in einer Satellitenschüssel auf dem Dach eines nahegelegenen Hauses. Womit die Schüssel verbunden ist, kann sie nur raten, aber Tikki ist davon überzeugt, daß sich kein Anruf, der von hier aus getätigt wird, zurückverfolgen läßt.

Sie nimmt den Kopfhörer und hält ihn sich ans Ohr.

Die Stimme, die sie hört, ist unmenschlich heiser, ein Krächzen, ein derbes, schnaufendes Flüstern. Sie gehört Castellano, auch als Steel bekannt. Er ist einer von einer Handvoll Leuten, denen Tikki einen besonderen Grad von Respekt entgegenbringt. Er wäre ein gefährlicher Feind. Mehr als das, er begreift, was es heißt, loyal zu sein.

»Ein Problem«, sagt Castellano.

»Ja?« erwidert Tikki. Zu jedem anderen hätte sie wahrscheinlich gesagt: »Wessen Problem? Deines oder meines?« Bei Castellano sind die Dinge nicht so einfach. Sein Problem könnte auch ihres sein.

»Ein Decker hat meinen Knoten besucht.«

»Deinen was?«

»Meinen Computer.«

Tikki atmet tief ein und rollt mit den Augen. Die Deckersprache kommt ihr oft so vor, als sei sie ebenso aufreizend wie unverständlich. Sie zieht einfache, gewöhnliche Wörter vor. »Und?«

»Der Decker suchte Striper.«

»Warum?«

»Unbekannt.« Ein paar Augenblicke verstreichen. Castellano ist kein großer Erzähler. Seine Worte kommen langsam. Er geht sparsam mit ihnen um. »Behauptete, Mittelsmann für einen Johnson zu sein.«

»So?«

»Fetter Job. Fette Bezahlung. Alles Lüge.«

Das hört sich nicht gut an. Tikki hat genug Erfahrung, um zu wissen, daß es nur zwei Gründe gibt, warum jemand versuchen würde, mit ihr Kontakt aufzunehmen: entweder um sie anzuwerben oder um sie zu töten. In diesem Fall liegt die Schlußfolgerung auf der Hand. Eine legitime Anfrage bezüglich ihrer Dienste hätte nicht Castellanos Mißtrauen geweckt.

Soweit es Tikki betrifft, steht die Wahrheit dessen, was Castellano sagt, außer Frage. Er hat zu oft bewiesen, daß es in seiner Welt keine Lügen gibt. Es mag Halbwahrheiten und Grautöne geben, aber er kann eine Lüge riechen, noch bevor sie ausgesprochen wird, und er kann den Gestank nicht ertragen. Er hat die Instinkte eines Jägers. Er hat die Sinne eines Werwolfs.

Wenn er sagt, eine Sache ist so und nicht anders, ist das eine Tatsache.

»Ich habe die Sache zurückverfolgt«, fährt Castellano fort. »Hat ihren Ursprung bei dir in der Gegend. Dachte mir, du solltest es wissen.«

»Sehr richtig.«

Castellano nennt ihr die Einzelheiten. Es sind nur wenige und rasch erzählt. »Ich expandiere«, fügt er hinzu. »Es gibt Arbeit bei dir in der Gegend. Bist du abkömmlich?«

»Im Augenblick nicht.«

»Später.«

»Keine Frage.« Für die heutige und andere Gefälligkeiten würde sie dafür sorgen, daß sie abkömmlich ist. Aber zuerst muß sie sich um ein Problem kümmern. Und noch davor muß sie sich mit Adama treffen.

»Ruf mich an, wenn du frei bist.«

»Bald.«

»Gut.«

Die Musik hämmert und stampft durch das gespenstische Dunkel wie etwas Lebendiges. Sie vibriert vor Kraft und dröhnt wie eine Bedrohung. Die runde zentrale Tanzfläche flackert und blitzt in orangefarbenem, rotem und gelbem Laserfeuer. Tische, deren Umrisse in einem infernalisch gefärbten Neon nachgezeichnet sind, säumen die gewölbten Wände. Zwischen den grotesk zuckenden Körpern und Körperteilen auf der Tanzfläche und den infernalisch glühenden Tischen verläuft ein breiter gewundener Gang, der durch vier abwärts führende Rampen in Abschnitte unterteilt ist.

Dies ist die oberste Etage eines Ladens, der Seven Circles Club heißt, in dem jede Ebene nach einer Unterabteilung eines Ortes namens Hölle benannt ist. Tikki ist mit der Vorstellung vertraut. Die Buddhisten haben zum Beispiel 136 Orte benannt, die für die Bestrafung und Qual der Toten reserviert sind, und über den Buddhismus hat Tikki schon das eine oder andere gehört.

Sie nimmt die Rampe zur tiefsten Ebene.

Huren beiderlei Geschlechts in minimalistischen Riemenkorsagen säumen die Rampen, stellen gewaltige Brustmuskeln oder perfekte Brüste zur Schau und bieten an, gegen Geld oder auch umsonst jedes Spiel mitzuspielen und jedes Verlangen zu befriedigen. Die meisten sind ganz offensichtlich entweder männlich oder weiblich. Andere riechen nach dem einen Geschlecht, ähneln äußerlich aber dem anderen. Manche gehören sogar anderen Rassen an, zum Beispiel der elfischen. Die Gäste des Clubs kommen in praktisch jeder erdenklichen Gestalt und Verkleidung, sei es als Elf, Katze oder Hai, als falscher Samurai oder als angeblicher Römer. Die meisten tragen die minimalistische Mode: Riemenkorsagen, zerfetzte Bodys, Strapse und kultivierte Ketten. Die Elite der anwesenden Dekadenz verschönt sich mit Trikothemden, Gewändern und elektronischer Körperbemalung, die in ständig wechselnden Mustern aus Farben und bildlichen sexuellen Darstellungen blinkt.

Auf der vierten Ebene wird Tikki von jemandem angerempelt, der sie anschließend auch noch verflucht. Tikki bleckt vor Wut die Zähne und schwingt den rechten Unterarm wie eine Keule, wobei der beschlagene Armschützer die Wirkung des Schlags noch verstärkt. Ein Mann wird zur Seite geschleudert und stürzt blutüberströmt zu Boden. An jedem anderen Ort hätte dies einen Aufruhr verursacht. Hier ist dieser Zwischenfall jedoch lediglich ein weiterer Bestandteil der nächtlichen Unterhaltung. Der Seven Circles Club ist kein gewöhnlicher Nachtclub. Hier mischen sich die Pinkel, Lohnsklaven und Execs unter die Möchtegern-Messerklauen, die Chippies und die Freaks, um an den dekadentesten Vergnügungen teilzuhaben und das Leben am Abgrund zu erfahren.

Der Mann bleibt blutend liegen. Leute jubeln, grölen, applaudieren. Eine Frau, die wenig mehr als beschlagene schwarze Strapse trägt, kreischt auf und geht wie eine Katze auf Tikki los, die Finger gespreizt, als wolle sie Tikki das Gesicht zerkratzen. Tikki schwingt den Fuß und tritt der Frau die Beine unter dem Körper weg. Die Schwerkraft und der harte Boden erledigen den Rest.

Beute sollte den Jäger respektieren oder bereit sein, die Konsequenzen zu tragen. Das ist der Lauf der Natur.

Das Gejohle wird lauter.

Tikki geht weiter die Rampe hinunter.

Der Höllenschlund leuchtet in einem feurigen Dunst. Adama sitzt in seinem schwarzen Anzug an einem Tisch, lächelt und befingert seinen Gehstock. Nicht weniger als sieben Frauen leisten ihm Gesellschaft, scharwenzeln um ihn herum, küssen ihn, kichern und lachen, flüstern in seine Ohren. Jede der sieben könnte direkt einer Bodyshop-Reklame entsprungen sein. Im feurigen Dunst des Höllenschlunds scheinen alle sieben rothaarig zu sein. Als Tikki sich dem Tisch nähert, gestikuliert Adama kurz. Die sieben Frauen gurren und lächeln, beugen sich hinunter, um ihn zu umarmen und auf Kopf und Hals zu küssen, und wenden sich dann zum Gehen.

»Bleibt nicht zu lange«, sagt Adama.

Alle sieben drehen sich um und versichern ihm, daß es nicht lange dauern wird, lächeln und winken noch einmal und verlassen den Tisch dann endgültig. Tikki fragt sich, wie sie ihn vor dem Hintergrund der dröhnenden Musik überhaupt verstanden haben.

Adama lächelt Tikki zu. Mit einer knappen Handbewegung lenkt er ihren Blick auf gewisse Dinge auf dem Tisch, eine Packung Dannemann Lonja Zigarillos und einen Krug, dessen Inhalt wie Cidre riecht. Die Zigarillos sind keine Überraschung. Adama überschüttet sie seit ihrem ersten Job für ihn förmlich damit. Sie fragt sich, wo er den Cidre bekommen hat. Ihr Lieblingsgetränk ist nicht gerade alltäglich. Sie läßt die Zi-

mer startet den Motor und fährt um das Gebäude zu der Gasse, die auf die Hauptstraße führt.

Die Gasse entlang kommt irgendeine Partymaus oder Straßenschnepfe, die Hammer noch nie in dieser Gegend gesehen hat.

Ein Gutes hat die Schnalle, Schnepfe, was auch immer – volle Haare, ein umfangreicher schwarzer Lockenschopf. Hammer mag das. Sie trägt eine schwarze Visierbrille, eine schwarze Fransenjacke mit goldenen Abzeichen und eine fast durchsichtige schwarze Bluse, die ihre Brust bedeckt – teilweise. Ihr Rock ist kaum lang genug, um ihren Schritt zu bedecken, und sie trägt hohe Stöckelschuhe. Alles in allem gar nicht schlecht.

Die Gasse ist schmal. Soll er die Schnalle umfahren oder anhalten, das ist hier die Frage. Hammer ist versucht, aber dann winkt ihm die Schnalle zu wie einem alten Chummer und kommt auf seine Seite des Lieferwagens.

Hammer legt den Lauf der Smartgun auf den Rahmen des offenen Fensters.

»Oooh, Baby«, sagt die Schnalle lächelnd und mit heiserer Stimme, während sie sehr lässig auf die Waffe deutet. »Behalt das Ding bei dir. Kennst du jemanden namens Hammer?«

Hammer runzelt die Stirn. »Was?«

»Hammer«, sagt die Schnalle. »Soll 'ne Bude hier in der Nähe haben.«

»Und wenn?«

Die Schnalle braucht ein paar Sekunden, um darauf zu antworten, wobei sie ihn ansieht, als wisse sie bereits, wer er ist. »Ich hab was zu verkaufen. Informationen. Echt heiß.«

Klar. »Und?« grollt Hammer.

»Na, kennst du den Knaben, oder was?«

»Rede mit mir.«

»Danke, ich rede nur mit Hammer.«

»Ich bin Hammer.«

»Ach, tatsächlich?« Die Schnalle lächelt trocken. »Ich hörte, du suchst 'n hartes Kaliber namens Striper.«

»Verschwende meine Zeit nicht.«

»Willst du Striper? Ich bring dich zu ihr.«

Woher weiß die Schnalle, wo Striper ist? Gute Frage. Woher weiß sie, was Hammer will? Das ist offensichtlich. Es hat sich herumgesprochen. Solche Dinge sprechen sich immer schnell herum, wenn es etwas dabei zu verdienen gibt. Hammer wirft einen Blick über die Dächer und horcht nach Geräuschen, die nach anfliegenden Hubschraubern klingen, dann wendet er sich wieder an die Schnalle. »Was soll es kosten?«

»Zwei K.«

Hammer grunzt. Zweitausend Nuyen? Ein Haufen Knete für eine billige Schnepfe, die ihn vielleicht nur hochnehmen will. »Vielleicht prügle ich es aus dir raus.«

Die Schnalle lächelt. »Glaub ich nicht, Süßer.«

»Nein?«

Die Schnalle steckt zwei Finger in den Mund und pfeift, wie Hammer es noch nie gehört hat. Das Geräusch ist laut und schrill und hallt durch die Gasse. Ein stotterndes Dröhnen wird laut. Am Ende der Gasse tauchen plötzlich fünf Motorräder auf und halten an. Die Fahrer tragen schwarzes Kunstleder, und zumindest einer hat eine Maschinenpistole über der Schulter hängen.

Hammer spannt sich, zögert jedoch abzudrücken. Die Schnalle lächelt und sagt: »Reg dich nicht auf, Schätzchen. Das sind nur ein paar Freunde, *so ka?* Die auf 'n Mädchen aufpassen.«

»Ich mag keine Überraschungen«, knurrt Hammer.

»Ich auch nicht. Darum hab ich auch meine Freunde mitgebracht. An der Transaktion interessiert, Baby?«

»Ein K.«

Die Schnalle lacht, beugt sich vor wie eine Nutte und zeigt ihm ihr Dekolleté. »Eineinhalb«, gurrt sie.

»Ich sagte eins.«

Sie einigen sich auf zwölfhundert Nuyen.

Natürlich wird es das Miststück bereuen, sollte sich herausstellen, daß sie falschspielt.

Dafür wird Hammer sorgen, und zwar persönlich und mit Nachdruck.

27

Der Raum ist dunkel. An der rechten Wand leuchten zwanzig Trideoschirme. Adama sitzt auf seinem verzierten Holzstuhl den Bildschirmen gegenüber. Neben ihm erhebt sich das glänzende schwarze Marmorstativ, auf dem ein gewaltiger Edelstein von der Größe einer Männerfaust ruht. Tikki liegt in ihrer natürlichen Gestalt auf dem Fußboden.

Eine rothaarige Frau hängt mit gespreizten Gliedmaßen an dem Mittelgestell in der Mitte des Raumes. Ihr Körper leuchtet im orangeroten Licht der Trideoschirme. Jedesmal, wenn sie aufschreit, wird ihre Stimme zu einem Chor schriller Echos, die durch den Raum hallen. Bei jedem Schrei grinst Adama, und das Strahlen dieses Grinsens scheint den riesigen weißen Edelstein heller funkeln zu lassen.

Nichts davon hat irgend etwas mit Magie zu tun. Tikki weiß das. Adama mißfällt Magie ebensosehr wie ihr.

Die Folter dauert lange. Adama gibt präzise Anweisungen. Das Instrument seines Willens, ein schwarz gekleideter Elf namens Sticks, scheint für das Quälen der Beute bestens geeignet zu sein. Der Elf wendet sich immer wieder den glänzenden Instrumenten aus rostfreiem Stahl zu, die auf einem Tisch in der Nähe ausgebreitet sind, wählt mit Bedacht eines aus und konfrontiert Adamas Auserwählte damit.

Seine *Leandra*.

Blut sammelt sich auf dem glänzenden Onyx-Fußboden. Der Körper der Auserwählten ähnelt immer mehr dem blutigen und zerfetzten Kadaver eines frisch gerissenen Tieres. Tikki läuft das Wasser im Mund zusammen. Als sich der Augenblick des Todes nähert, keucht die Beute, erschauert und stöhnt.

»*Ja!*« ruft Adama.

Seine Augen leuchten.

Der Gestank des Todes liegt in der Luft. Mit ihm kommt das starke Aroma von Adamas Entzücken, das immer mehr anschwillt, bis es den Raum dominiert. Es ist ein Entzücken, das über das Gewöhnliche hinausgeht. Es hat nichts Sexuelles an sich, doch es riecht nach Ekstase, Ekstase, die freudige Erregung, Heiterkeit und Frohlocken zu einem einzigen Gefühl verbindet. Tikki kommt es so vor, als messe Adama dem Augenblick des Todes seiner Auserwählten eine ganz besondere Bedeutung bei, als handele es sich um einen entscheidenden Moment. Das versteht sie sehr gut. An dem Tag, als sie ihre erste Beute erlegte, vor den Augen ihrer Mutter, verspürte sie ebenfalls eine Art Ekstase. Seitdem erinnert sie jeder Akt des Tötens daran, wer und was sie ist und welche Rolle sie zu spielen hat. Sie findet es sonderbar, daß Adama tötet, ohne seine Beute jemals zu berühren, aber sie kann sein Vergnügen daran verstehen. Deshalb fühlt sie sich auch so zu ihm hingezogen. Vielleicht kommt er ihr allein schon deswegen vertrauter vor als die meisten anderen Menschen.

Sticks wendet sich von der Leiche ab und Adama zu. Das einzige Interesse des Elfs ist Geld. Ihm wurde eine bestimmte Summe geboten, um die Beute zu quälen. Das hat etwas Amüsantes. Wenn sich Beute gegen Beute wendet, hat sie keine Augen für den Jäger. Ein Mensch mag dies Verleugnung der Wahrheit oder akute Kurzsichtigkeit nennen. Tikki hält es schlicht und einfach für dumm.

Sehr dumm.

»Sie ist tot«, sagt Sticks unnötigerweise. »War's das?«

Breit lächelnd nickt Adama kaum merklich und sagt: »Ja. Das war es. Das war alles.«

»Dann will ich jetzt mein Geld.«

»Sie wollen Ihr Geld?«

»Ja, mein Geld. Schon vergessen?«

»Ach ja«, sagt Adama. »Ich erinnere mich. Geld. Sie erwarten von mir, daß ich Sie jetzt bezahle.«

»Hör mal, Chummer, leg dich nicht mit mir an.«

»Mich mit Ihnen anlegen? Würde ich das tun?«

»Ich *will* mein Geld!«

Tikki knurrt. Der Laut entsteht tief unten in ihrer Kehle, tief und volltönend, und trägt durch den ganzen Raum. Ihre entblößten Fangzähne glänzen. Sie fixiert den Elf stetig. Sticks scheint plötzlich zu erkennen, daß sie mehr ist als ein Inventarstück mit rotschwarzem Fell. Sie ist ein dreihundertfünfzig Kilo schweres, fleischfressendes Raubtier und könnte mühelos den Kopf eines Menschen oder auch Elfs zwischen ihren Pranken zerquetschen.

Mit weit aufgerissenen Augen weicht Sticks einen Schritt zurück. In seinen Geruch mischen sich ängstliche Empfindungen, Unsicherheit, Besorgnis, eine subtile Art von Panik.

Adama kichert. »Ja, ihr Geld. Wie hätten Sie es denn gerne? In Gold? Oder vielleicht in Chips oder Drogen? Oder Waffen? Automatische Waffen? Maschinengewehre?«

Der Elf plärrt wütend: »Nur Kredstäbe, verdammt noch mal!«

Tikki knurrt erneut, aber diesmal ähnelt der Laut mehr einem Grollen: bedrohlich, unheilverkündend. Sticks weicht noch einen Schritt zurück, sieht sie an, sieht Adama an. Der Geruch der Angst wird stärker. Adama lächelt breit. »Kredstäbe. Ja. Ich habe viele Kredstäbe.«

»Jetzt hab ich aber genug von diesen miesen Spielchen!«

»Sie müssen etwas tun, bevor ich Sie bezahle.«

»Gottverdammich! *Was denn?*«

»Die Tigerin fühlt sich übergangen.« Mit einer knappen Geste deutet Adama auf Tikki. »Sie ist ein leidenschaftliches Wesen. Heißblütig. Stark. Sie müssen ein kleines Spiel mit ihr spielen.«

»Bist du *irre!*«

»Irre? Nein, ich glaube nicht.« Adama lächelt zufrieden. »Sie müssen sich von der Tigerin küssen lassen.«

»*Was!*«

Tikki erhebt sich, und der Geruch der Angst, den der Elf ausströmt, schwillt jäh an. »Sie will Sie küssen«, sagt Adama.

»Halt mir das Vieh vom Leib!« ruft Sticks.

Das Vieh …? Tikki knurrt unversöhnlich und schreitet in die Mitte des Raumes. Sticks greift nach einem der glänzenden rostfreien Messer auf dem Tisch neben sich und wirft es nach Tikki. Sie fegt das Messer mit der Tatze aus der Luft. Die Klinge ritzt ihre Pfote, aber das damit verbundene geringfügige Unbehagen ist einen Augenblick später verschwunden. Sie bleckt die Zähne und *brüllt*.

Sticks' Augen weiten sich, und sein Geruch wird vor Angst stechend.

»Das hätten Sie nicht tun sollen«, sagt Adama lachend. »Das war schlimm. Sehr schlimm. Die Tigerin mag das überhaupt nicht.«

Beute sollte sich niemals gegen den Jäger wenden.

Es ist falsch.

Tikki geht vor. Der Elf schreit Adama an und läuft zur anderen Seite des Tisches, wo er nach einem weiteren Messer, zweien, dreien, einer ganzen Handvoll

Enoshi irgend etwas verrät. Bevor noch mehr schiefgeht.

»Kommen Sie morgen früh als erstes in mein Büro. Ich ... ich will einen vollständigen Bericht. Wir haben einige Dinge zu besprechen.«

»Jawohl, Sir. Ich verstehe, Sir.«

»Gut.«

Ohara schaltet das Telekom ab und öffnet eine Schreibtischschublade. Der *Herr der Macht* bringt es heute nacht nicht. Er braucht etwas Massiveres, einen personalisierten BTL-Chip mit dem Titel *Allmacht*. Das ist seine Erlösung.

Der Anruf von Enoshi erinnert ihn nur an die einzige echte Gefahr für seine strategischen Pläne, für seinen Zugriff auf die ultimative Macht, die Erfüllung all seiner Ziele. Die Polizeiuntersuchung zum Tode von Harris, Jorge und Neiman ist praktisch irrelevant im Vergleich zu dem monströsen Übel, das seinen Schlaf in eine Reihe ständig wiederkehrender Alpträume, in psycho-traumatische Wiederholungen des Schreckens verwandelt, der ihn damals in Seattle beinahe umgebracht hätte.

Diese dämonische Kreatur, die sich als Frau verkleidet und Striper genannt wird, *muß vernichtet werden!*

Er hebt das Telekom ab und holt Enoshi noch einmal an den Apparat.

»Ihr absolut vorrangiger Job, Ihre spezielle Aufgabe. Sie wissen, was ich meine. Darüber will ich ebenfalls einen Bericht.«

»Selbstverständlich, Sir. Ich tue mein Bestes, Sir.«

»Darum möchte ich auch gebeten haben!«

Ohara unterbricht die Verbindung und blickt sich suchend nach einem Hinweis um, wo er den *Allmacht*-Chip gelassen haben könnte. Er spürt förmlich, wie er ein wenig panisch wird, während er sich zu erinnern versucht, wo er ihn zuletzt gesehen hat. Es gibt einen ausgezeichneten Grund dafür. Neiman, Jorge und jetzt

Harris – eine Reihe, die bei ihm selbst endet. Diese drei Männer waren nichts, bevor Ohara Exotech übernommen und ihre Fähigkeiten maximal ausgebeutet hat. Zweifellos weiß diese Teufelin das. Neiman, Jorge und Harris zu töten, ist nur ihre Art, ihn auf seinen eigenen Tod vorzubereiten. Sie will, daß er leidet, daß er zappelt und sich in unseliger Qual windet, bis sie ihm den Gnadenstoß versetzt.

Ohara wird ihr diese Befriedigung versagen. Er findet den *Allmacht*-Chip schließlich in seinem privaten Badezimmer, schiebt ihn in die Datenbuchse hinter seinem rechten Ohr. Da wird ihm klar, daß er die absolute Kontrolle hat, nicht nur über seine Gefühle, sondern über die gesamte Situation. Er weiß, was getan werden muß. Er kehrt in sein Arbeitszimmer zurück und wählt gelassen die Nummer von Birnoth Security Associates, die Notfallnummer.

Die Frau, die antwortet, verspricht, daß in spätestens zwanzig Minuten eine Elite-Schutztruppe vor seiner Tür steht.

Die Zeit vergeht wie im Fluge.

29

In seiner kleinen, aber komfortablen Wohnung setzt Enoshi, immer noch in Hemd und Krawatte, seine Brille ab, um sich die Augen zu reiben. Die Migräne, die ihn schon den ganzen Abend plagt, will einfach nicht nachlassen, und das ist auch kein Wunder. Sein Aktenkoffer liegt geöffnet auf dem Kaffeetisch. Der Cursor auf dem Schirm seines tragbaren Computers blinkt ihn unablässig an. Zahllose Ausdrucke liegen um ihn verstreut auf Tisch und Sofa. Die Luft ist vom Qualm der gerauchten Zigaretten, deren Kippen jetzt den Aschenbecher überquellen lassen, zum Schneiden dick. Er vergiftet sich mit Kohlenmonoxid oder was

Zigaretten an Schadstoffen produzieren, und wahrscheinlich ist eine Augenuntersuchung längst überfällig. Und seine Kaffeetasse ist schon wieder leer.

Das Schlurfen von Pantoffeln lenkt seinen Blick auf die Küchentür. Ohne seine Brille sieht er nur einen farbigen Schleier, aber das reicht. Seine Frau trägt ihren Lieblingsmorgenmantel, der eine zartrosa Farbe hat und mit Chrysanthemenmotiven bestickt ist.

»Es ist schon nach zwei«, sagt sie leise.

Enoshi nickt. »Ja ... ja, ich weiß.«

Setsuko ist eine ganz andere Art von Frau als Enoshis Geliebte, weder exotisch noch im geringsten fremdländisch. Vielmehr ist sie so vertraut und angenehm, wie eine Person für eine andere sein kann. Sie ist ruhig und beharrlich, seine Frau und die Mutter seiner Kinder, eine ergebene Partnerin, der er vertraut und die er für nichts und niemanden aufgeben würde. Die Liebe, die er für sie empfindet, ist mehr als Liebe, körperliche Liebe, mehr als Vernarrtheit. Es ist die Art Liebe, die die beiden für den Rest ihres Lebens zusammenhalten wird.

Enoshi setzt seine Brille auf. »Es dauert nicht mehr lange.«

»Irgend etwas muß nicht in Ordnung sein.«

»Ich wünschte, ich könnte es dir sagen.«

»Es ist dieser *Gaijin*, nicht wahr?«

»Ohara-*san* ist mein Vorgesetzter.«

Und wenigstens aus diesem Grund sollte Setsuko von ihm nicht so reden, als sei er ein Barbar. Sie haben diese Diskussion schon einmal geführt. Ohara-*sans* Stellung gebietet Respekt.

»Ja, ich weiß«, erwidert Setsuko. »Bitte verzeih mir. Aber er *ist* es doch, oder?«

Enoshi nickt. »Ich muß noch ein Telekomgespräch führen.«

»Ich warte im Bett auf dich.«

Setsuko verneigt sich dezent, und Enoshi reagiert

darauf mit einer leichten Verbeugung des Kopfes. Nachdem sie den Raum verlassen hat, wählt Enoshi eine Nummer, die er auswendig kennt und die er auch nie vergessen könnte. Sie ist zu wichtig.

Am anderen Ende klingelt es zweimal, dann erscheint das ernste Gesicht von Torakido Buntaro auf dem Bildschirm. Einige seiner nordamerikanischen Geschäftspartner nennen ihn Ben, aber für Enoshi ist er immer Torakido-*sama*, sogar in seinen Gedanken. Enoshi verbeugt sich und sagt: »*Moshi-moshi*, Torakido-*sama*.«

»*Yosh* …«, sagt Torakido-*sama* leise, mehr ein Grunzen denn ein Wort. »Was haben Sie zu berichten?«

Enoshi gibt eine knappe Zusammenfassung seines Gesprächs mit Bernard Ohara, zuerst die Fakten, dann seine Eindrücke hinsichtlich Oharas Reaktion.

»Machte er einen labilen, unausgeglichenen Eindruck?« fragt Torakido-*sama*.

»Nein, Torakido-*sama*«, erwidert Enoshi. »Er klang sehr beunruhigt, aber augenscheinlich vernünftig.«

Diesmal grunzt Torakido-*sama* tatsächlich, ein Laut, den Enoshi als Ausdruck des Nachdenkens und der Bewertung auffaßt. Wie ihm klargeworden ist, tut der stellvertretende Vorstandsvorsitzende von KFK International nichts, ohne vorher zumindest einen Augenblick lang nachzudenken. Er ist entschlossen, aber nicht impulsiv. Anders als andere Execs, die Enoshi kennt, vermittelt Torakido-*sama* den Eindruck, alles im Griff zu haben, Herr seines Geschicks zu sein, ohne sich je zu bemühen, diesen Eindruck zu erwecken.

Enoshi wartet auf seine nächste Frage oder Bemerkung.

»Haben Sie noch mehr Informationen hinsichtlich der Angelegenheit, die wir besprochen haben?«

Bei der Angelegenheit, die sie besprochen haben, handelt es sich um Bernard Oharas Anwerben jener Personen, die nötig sind, um die Ausschaltung der als

Striper bekannten Unterwelt-Attentäterin zu gewährleisten. Wie Torakido-*sama* persönlich erklärt hat, ist diese Aktion sowohl gut als auch schlecht. Gut ist Torakido-*sama*s Ansicht nach, daß ein Exec des Konzerns alle notwendigen Maßnahmen ergreift, um eine Gefahr für seine eigene Person – und damit letzten Endes auch für den Konzern – zu eliminieren. Andererseits ist es schlecht für einen Exec – und damit für den Konzern –, sich mit Shadowrunnern und anderen Kriminellen einzulassen. Jede Handlung, die das Wohlergehen des Konzerns beeinträchtigen könnte, muß als äußerst gefährlich betrachtet werden. Die fragliche Handlung ist besonders gefährlich, da ihr die im höchsten Maße illegale und moralisch verwerfliche Operation Großreinemachen vorangegangen ist.

Jedes neue Unternehmen erhöht die Gefahr der Entdeckung, der Bloßstellung. Torakido-*sama* ist tief besorgt.

Unglücklicherweise kann Enoshi nicht mit neuen Informationen dienen.

»Sie müssen diese Angelegenheit aufmerksam verfolgen, Enoshi-*kun*«, fährt Torakido-*sama* unter Benutzung der vertraulichen, fast väterlichen Anredeform fort. »Das Ansehen unseres Konzerns könnte großen Schaden erleiden, sollte das Schlimmste eintreten.«

Daß Torakido-*sama* sich bemüßigt fühlt, das Offensichtliche auszusprechen, führt Enoshi noch einmal die Tiefe von Torakido-*sama*s Besorgnis vor Augen. Enoshi verbeugt sich. »Ich verstehe, Torakido-*sama*. Seien Sie versichert, daß ich dieser Angelegenheit den allerhöchsten Stellenwert einräume und nicht eine Sekunde lang aus den Augen verlieren werde.«

»So und nicht anders sollte es sein. Und so muß es auch sein. Wir sind *Daikazoku, neh?* Eine große Familie? Die Schande eines einzigen ist die Schande aller.«

Enoshi erwidert augenblicklich und beinahe feierlich: »Ja, ganz ohne Frage, Torakido-*sama*. *Daikazoku*.«

In Enoshis Augen ist Torakido-*sama* kein Iota weniger ehrgeizig als Bernard Ohara, doch mit einem entscheidenden Unterschied: Torakido-*sama*s Loyalität hinsichtlich des Konzerns Kono-Furata-Ko und all seiner Tochtergesellschaften und Angestellten steht außer Frage. Sein Karriereverlauf ist den Bedürfnissen des Konzerns angepaßt. Wenn Torakido-*sama* bei seinem Aufstieg in der Konzernhierarchie anderen auf die Hände getreten ist, gehörten diese Hände unmittelbaren Konkurrenten, Männern, denen es an der notwendigen Loyalität oder Weitsicht fehlte, um dem Konzern richtig zu dienen.

Enoshi glaubt, daß Torakido-*sama*s Karma groß und er selbst ausersehen ist, eines Tages die uneingeschränkte Kontrolle über KFK zu übernehmen. Enoshi hegt die Hoffnung, daß sich Torakido-*sama* an die treuen Dienste und die Ergebenheit jener erinnern wird, die unter ihm stehen, wenn dieser Tag gekommen ist.

Selbst jetzt, zu dieser späten Stunde, in dieser ungewissen Situation, ist Torakido-*sama* großmütig. Er lächelt. Er redet Enoshi in warmem Tonfall an, als unterhalte er sich mit einem engen Freund. »Natürlich werden Sie Ihr Bestes geben. Das haben Sie bis jetzt immer getan, und ich weiß, daß sie dies auch weiterhin tun werden. Ich habe großes Vertrauen in Ihre Fähigkeiten, Ken.«

Enoshi lächelt voller Stolz und Freude und verbeugt sich leicht. »Vielen Dank, Torakido-*sama*.«

»Ihr ältester Sohn? Er bereitet sich aufs College vor, *neh*?«

Enoshi verbeugt sich noch einmal. »Ja, Torakido-*sama*. In ein paar Monaten ist es soweit.«

Torakido-*sama*s Miene wird ernst. »Das College ist ein wichtiger Schritt im Leben eines jungen Mannes. Die Aufnahmeprüfungen sind manchmal sehr schwierig. Ich bin sicher, Sie und Ihre Frau sind sich der Tatsache bewußt, daß die richtigen Hauslehrer ein entscheidender Vorteil sind.«

»Ja, Torakido-*sama*. Das ist gewiß richtig.«

Torakido-*sama* mustert Enoshi einen Moment lang, dann lächelt er dünn. »Natürlich sind die besten Hauslehrer schwer zu bekommen. Die Nachfrage ist sehr groß, *neh*? Ich werde Ihnen ein paar Namen nennen. Gewisse äußerst empfehlenswerte Hauslehrer haben noch Termine frei. Sie sollten sie umgehend anrufen.«

Die Hauslehrer, deren Namen Torakido-*sama* nennt, dienen der Konzernelite. Ein bloßer Gesprächstermin mit ihnen erfordert, daß man die richtigen Empfehlungen hat. Solche Hauslehrer waren bisher außerhalb von Enoshis Reichweite. Er verbeugt sich tief, überwältigt, kaum in der Lage, seine Dankbarkeit zu verbergen. »Vielen Dank, Torakido-*sama*. Sie sind äußerst großzügig.«

»Es ist meine Pflicht«, sagt Torakido-*sama* schlicht. »Aber genug davon. Sie haben unserer Firma heute abend einen großen Dienst erwiesen, und es ist sehr spät. Gehen Sie zu Bett, Ken. Männer in unserem Alter brauchen ihren Schlaf.«

»Ja, Torakido-*sama*. Vielen Dank. Und gute Nacht.«

30

Das Lagerhaus besteht aus sechs Stockwerken schmieriger Ziegel mit einem Flachdach. Es ist rechteckig und sehr breit, und es steht nördlich der Franklin Bridge und östlich der Autobahn inmitten der zusammengedrängten Konfusion aus Straßen und Gebäuden zwischen Highway und Flußufer. Das grelle Neonschild auf dem Dach des Lagerhauses verkündet:

DELGATO - UMZÜGE UND EINLAGERUNG
PHILADELPHIAS PRIMA UMZUGSUNTERNEHMEN

Axle hängt beinahe reglos fünfhundert Meter über dem Schild in der Nacht. In Wirklichkeit sitzt er in Bodenhöhe in einem Lieferwagen, aber das ist ein triviales Detail. Er hat sich in sein stark modifiziertes Mitsuhama Kontrolldeck eingestöpselt und fliegt seine Aerodesign Condor LDSD-23 Überwachungsdrone. Es ist, als schwebe er in einem Ballon. Wasserstoffzellen sorgen für den Auftrieb. Rotorblätter halten ihn in Position. Seine Augen sind Versatek-Kameras mit Infrarotverstärker und einem Head-Up-Display in Zielerfassungsmodus, das ihn mit Daten aus seinem Bodenradar füttert. Er kann praktisch die ganze Welt unter sich sehen, alle Richtungen gleichzeitig, als schaue er durch ein Superweitwinkelobjektiv, aber ohne die damit verbundene Verzerrung. Die Zielerfassung lenkt seine Aufmerksamkeit auf alles, was sich in der Umgebung des Lagerhauses bewegt.

Ratten, ein Schwarm Vögel, eine streunende Katze – noch eine Stunde, und er krepiert an unendlicher Langeweile.

»Irgendwas zu sehen?« fragt Hammer.

Die Stimme rüttelt seinen Verstand auf seltsame Weise durch. Für einen Augenblick verliert er den Kontakt zu dem eingestöpselten Analogon seiner Dronensinne, und er sitzt wieder hinter dem Steuer des Lieferwagens. Er *muß* gelangweilt sein. Ein Bild, mehr eine Erinnerung, schießt ihm durch den Kopf. Er sieht den Lieferwagen von innen, Hammer auf dem Beifahrerseitz, Mickey, Dog Bite und Dana hinten. Angel, die Deckerin, haben sie vor ein paar Stunden in Danas alter Bude abgesetzt.

»Axle!« grollt Hammer.

Doch abgesehen von dem leuchtenden Neonschild auf dem Dach und ein paar Scheinwerfern, die Türen und die Verladerampe auf der Rückseite beleuchten, ist das Lagerhaus dunkel. Und verlassen. »Nichts rührt sich.«

Kästen, Pappkartons Plastikbehältern und Holzkisten vollgestopft. Die Lichter an den Notausgängen verleihen dem Licht, das Mickeys Nightfighter-Brille aufnimmt und verstärkt, eine rötliche Färbung. Ein rotweißes Schild führt ihn zu einem Treppenhaus. Er wartet, bis Hammer die Tür aufreißt und Dog Bite sein Okay gibt, bevor er hineinschlüpft.

Sie gehen die Treppe hinauf, Mickey und Hammer abwechselnd voran, wobei der eine dem anderen Deckung gibt, während Dog Bite nach hinten sichert. In der obersten Etage, sechs Stockwerke über dem Boden, stoßen sie am Ende der Treppe auf zwei Türen. Auf der einen steht ›Lager‹, auf der anderen ›Privat‹. Die Privat-Tür führt in einen schmalen, ungefähr zehn Meter langen Flur – eine Tatsache, die Dana bei ihrer Beschreibung des Lagerhauses nicht erwähnt hat.

Der Flur ist ein hervorragender Platz zum Sterben, das sieht Mickey auf einen Blick. Es gibt absolut keine Deckung. Natürlich gibt es keinen anderen Weg in die Wohnung.

Daß die Privat-Tür unverschlossen ist und sogar einen Spalt offensteht, sorgt nur für einen gewissen zusätzlichen Kitzel, soweit es Mickey betrifft. Wenn er irgendwelche Ängste hinsichtlich seiner Sterblichkeit hätte, wäre er kein Shadowrunner. Er würde seiner Mutter in den Arsch kriechen, Anzüge tragen und seine Zeit damit verschwenden, auf Computertastaturen herumzuhämmern. Er will lieber wie ein Selbstmörder leben und jung sterben, als ein Leben in den Stahl- und Glassärgen der Innenstadt fristen. Jetzt tastet er sich geduckt den Flur entlang, den Rücken an die Wand gepreßt, während seine AK auf die weit geöffnete Tür am Ende des Flurs gerichtet ist. Kein Grund, seinen Puls zu fühlen, um sich davon zu überzeugen, daß er noch am Leben ist. Er kann ihn pochen hören. Das Gefühl zaubert ein Grinsen auf seine Lippen.

Irgendwo hinter der Tür am Ende des Flurs dröhnt das für Sitcom-Serien typische Gelächter aus einem Trideo. Es klingt wie OTQs ›Ohne Fehl und Tadel‹, eine lustige Serie, die Mickey schon gesehen hat, und die von einem echten Verlierer handelt, der nie dahinterkommt, was eigentlich los ist. Der Lärm müßte jedes Geräusch übertönen, das Mickey im Flur verursacht. Sein Grinsen wird breiter. Das wird ein Kinderspiel.

Die Tür am Ende des Flurs führt in einen kleinen Raum ohne Fenster. Direkt an der Wand liegt eine Matratze auf dem Fußboden. Neben der Matratze steht ein Trideo, am Kopfende eine Lampe. Lampe und Trideo sind beide eingeschaltet. Mickey geht durch den Raum in einen Flur, der an einer winzigen Kochnische, einem Wandschrank und einem Badezimmer vorbeiführt und dann in einem Raum mit einer weiteren Matratze und zwei Lampen endet. Beide Lampen brennen. Das Licht einer grellen Neonreklame auf dem Dach eines der angrenzenden Gebäude fällt durch das Fenster am anderen Ende des Raumes.

Mickey sieht sich um und grinst. Die gute Nachricht ist, daß er bis hierher gekommen und ebenso wie Hammer und Dog Bite noch am Leben ist. Die schlechte Nachricht ist, daß Striper nicht dort ist, wo sie gedacht haben, nirgendwo in dieser Wohnung, und es sieht langsam so aus, als hätte die Schnalle gewußt, daß sie kommen, oder, wenn nicht, als wüßte sie zumindest, daß sie im Lagerhaus sind.

»Zurück«, sagt Hammer, der im Eingang steht. »Zurück ins Erdgeschoß.«

»Klar.«

Mickey wendet sich zur Tür, doch bevor er den ersten Schritt machen kann, hört er einen lauten, durchdringenden Schrei über sein Kopfset, der sofort wieder abbricht.

Einen Augenblick lang starren Hammer und er einander nur an. Dann rennen sie zur Wohnungstür zurück.

Hammer bleibt an der Schwelle stehen, die Smartgun auf das vordere Zimmer gerichtet. Das rote Dreieck eines Laserzielrohrs huscht über die Wände, obwohl sein Blick nach unten gerichtet ist. Dog Bite liegt mit dem Gesicht nach unten auf dem Boden. Seine beschlagene Kunstlederjacke ist auf dem Rücken völlig zerfetzt. Von *Dog Bites* Rücken ist praktisch nichts mehr übrig. Vier tiefe Furchen ziehen sich vom Halsansatz bis unter die Schulterblätter, wo sie sich zu einer einzigen blutigen Wunde vereinigen, die bis zum Ende seines Rückgrats reicht. Aus der Wunde sickert noch Blut, das seine Taille hinunterläuft und sich auf dem Boden sammelt.

Die Wunde erinnert Hammer daran, was ein Fleischerhaken anrichten kann, wenn er als Waffe benutzt wird. Nur sieht das hier schlimmer aus. Viel schlimmer.

Mickey, der Hammer über die Schulter sieht, flucht. Einmal, wenigstens einmal, hat Mickey sein ewiges sarkastisches Grinsen verloren. »Was, zum Henker, ist passiert?«

Hammer schüttelt den Kopf.

»Du hast nichts gesehen?«

»Das reicht jetzt!« Die Frage läßt jähe Wut in ihm aufwallen. Natürlich hat er nicht gesehen, was passiert ist. Er hat seine Aufgabe als Teil des Teams erfüllt und Mickey Rückendeckung bei dessen Vordringen in vermutlich feindliches Territorium gegeben. Hätte Dog Bite getan, was er *hatte tun sollen,* nämlich nach hinten absichern, wäre er wahrscheinlich noch am Leben. Offensichtlich hat er den zur Treppe führenden Flur aus den Augen gelassen. Entweder das ... Entweder das, oder sein Mörder ist einfach aus dem Nichts aufgetaucht.

»Was für ein Schwert könnte so eine Wunde verursachen?«

»Stell nicht so dämliche Fragen.« Kein *Schwert* könnte Dog Bites Rücken so zugerichtet haben. Die Wunden sehen eher so aus, als seien sie von einem Tier verursacht worden, einem großen, kräftigen Tier mit mächtigen Krallen. Hammer verändert die Einstellung seiner Nightfighter-Brille und entdeckt eine orangerote Wolke in der Mitte des Raumes, die nach außen hin verblaßt. Als er durch den Raum geht, sieht er, daß die Wärmespur direkt in den Flur zur Treppe führt. Außerdem bemerkt er Blutflecke auf dem Boden, die ebenfalls zur Treppe führen. Etwas Größeres als ein Mensch hat vor ganz kurzer Zeit diesen Raum und den Flur durchquert. Ein Troll kann es nicht gewesen sein, weil ein Troll schon Glück hätte, wenn er überhaupt in den Flur hineinpaßte, ganz zu schweigen davon, ihn einigermaßen schnell zu durchqueren. Außerdem gehen Trolle auf zwei Beinen, und das, was durch den Flur gekommen ist, hat Spuren hinterlassen, Pfotenspuren wie ein Vierbeiner.

»Irgendein Tier«, murmelt Hammer.

Mickey kichert, aber es ist nicht sein übliches Kichern. Es klingt nervös. »Verarsch mich nicht, Hammer.«

»Sieh dir diese Spuren an.«

»Du behauptest im Ernst, ein Tier hat das getan?«

»Vielleicht eine Taliskatze.«

»Ach, *Drek!* Hör schon auf!«

»Hast du 'ne bessere Idee?«

Es würde passen und aus Hammers Sicht sogar sehr gut. Die Informationen, die sie über Striper haben, besagen, daß sie Magie einsetzt und bösartig ist. Vielleicht ist sie wirklich eine Magierin, eine Magierin mit einem bösartigen Schoßkätzchen. Eine Magierin könnte ihr kleines Taliskätzchen wahrscheinlich überallhin teleportieren, in den Rücken einer Person. Dann tötet die Katze die Person und verschwindet. Eine Taliskatze hätte es schaffen können, Dog Bite den Rücken aufzureißen und dann durch den Flur und außer Sicht zu rennen. Alle Geräusche, die sie dabei verursacht hätte, wären durch das plärrende Trideo übertönt worden.

Wenn sein Gedächtnis ihn nicht im Stich läßt, haben Taliskatzen eine Schulterhöhe von einem knappen Meter, so daß sie ungefähr so groß wie ein durchschnittlicher Tiger sind. Groß und kräftig genug, um einem Mann den Rücken aufzureißen.

»Das ist verrückt.« Ein nervöses Lachen perlt aus Mickeys Mund. »Verdammter Drek. Und was jetzt?«

»Wir tun das, weswegen wir hergekommen sind.«

Magierin hin oder her, sie müssen sie erledigen. Das sind sie Dog Bite schuldig und auch sich selbst, wenn sie sich den Rest ihrer Bezahlung verdienen wollen. Offenbar weiß Striper, daß sie hier sind. Sie müssen ganz einfach vorsichtig sein. Hammer bedeutet Mickey, in den Flur zu gehen und folgt ihm Schritt für Schritt zur Treppe. Die Infrarotspur ist verschwunden, aber die roten Flecke auf dem Fußboden zeigen, daß die Katze, oder was es auch war, durch die Lagerhaustür gegangen ist, die jetzt weit offensteht. Mickey drückt sich mit dem Rücken gegen die Wand neben der Tür. Hammer baut sich vor der Tür auf, um ihm Feuerschutz zu geben, und winkt Mickey dann hinein.

Die oberste Etage des Lagerhauses ist wie die anderen darunter, zwei Stockwerke hoch und bis zur Decke mit Kisten und Frachtbehältern vollgestapelt. Die verschiedenen Stapel sind durch ein Gewirr von Gängen voneinander getrennt. Die blutigen Fußspuren, die immer schwächer werden, biegen nach rechts ab. Hammer beschließt, sie zu ignorieren und das Spiel nach allen Regeln der Kunst zu spielen. Er und Mickey werden kein Risiko mehr eingehen und eine methodische Suche durchführen. Die Hexe und ihre Katze in die Enge treiben.

Sie haben sich halb durch das Labyrinth der Gänge gearbeitet, als sie von irgendwo am Ende des Lagerhauses einen Knall hören. Kurz darauf ertönt ein tiefes Summen. Hammer erkennt das Geräusch.

»Der Lastenaufzug.«

Mickey flucht. »Drek! Sie will nach unten! Das Miststück entkommt uns!«

Diesmal nicht. »Ins Erdgeschoß.«

Sie eilen zur Tür und rasen die Treppe hinunter. Sie müssen sich beeilen, wenn sie das Erdgeschoß noch rechtzeitig erreichen wollen, um Striper zu erwischen. Sie befinden sich im sechsten Stock, und das bedeutet, daß sie sechs Treppen vor sich haben.

Sie haben drei Treppen geschafft, als ein lauter Knall durch das Treppenhaus schallt. Hammer fängt sich auf dem nächsten Treppenabsatz und bleibt stehen. Der Knall kam von oben und klang verdächtig nach einer zuschlagenden Tür. Mickey bleibt ebenfalls stehen und sieht vom nächsttieferen Treppenabsatz zu ihm hinauf.

Das Miststück spielt mit ihnen.

Hammer beißt die Zähne zusammen.

Der Lastenaufzug muß eine List gewesen sein. Offenbar ist er nach unten geschickt worden, um sie zu verwirren, sie herumzuhetzen. Vielleicht hat Striper ihr Tier ins Erdgeschoß geschickt, aber das ist irrelevant. Der wesentliche Punkt ist, daß Tiere keine Lastenaufzüge bedienen und auch keine Türen zuschlagen, jedenfalls nicht so, nicht auf eine Weise, die es darauf anlegt, Aufmerksamkeit zu erregen. Striper muß über ihnen sein, unabhängig davon, wo ihr Tier ist. Hammer wird es echt genießen, die Schnalle umzulegen, schon allein deswegen, weil sie die Sache so in die Länge zieht. Sie bringt ihn langsam *echt* auf die Palme.

Er gibt Mickey einen Wink.

Eine Treppe höher bauen sie sich auf beiden Seiten der Tür zur mittleren Etage auf. Hammer ist sicher, daß der Knall von weiter oben kam, aber er will methodisch vorgehen und alles genau überprüfen. Mickey macht sich bereit und nickt. Hammer reißt die Tür auf. Mickey springt hinein, und Hammer folgt ihm. Nichts deutet darauf hin, daß jemand hier gewesen ist, also stürmen sie die Treppe bis nach oben hinauf und gehen neben der Tür zur obersten Etage in Stellung. Mickey macht sich bereit und nickt. Hammer greift nach der Türklinke, und plötzlich wird die Tür von innen aufgestoßen, rammt ihn wie ein Güterzug und stößt ihn einfach um.

Im Fallen hört er jemanden schreien und das Stakkato-Hämmern einer AK auf Automatik.

Dann ist plötzlich alles sehr still.

Hammer rappelt sich mühsam auf, stützt sich auf ein Knie und muß dann einen Augenblick warten, durchatmen, den Kopf klären. Kopf und Handgelenk schmerzen, eigentlich schmerzt sein ganzer Körper, aber das ist nebensächlich. Schmerzen kann er ertragen. Das Hauptproblem sind seine Augen und sein Gleichgewichtssinn. Ihm ist ein wenig schwindlig, als schwanke der Boden unter seinen Füßen langsam hin und her. Er stützt sich an der Wand ab, als er sich vollständig erhebt. Es dauert ein paar Augenblicke, bis er seinen Sinnen wieder so weit traut, daß er sich umsieht.

Die Tür steht weit auf und versperrt ihm die Sicht. Er zieht sie ganz auf, lehnt sie gegen die Wand. Mickey liegt in der Tür. Sein Kopf ist eine blutige Ruine, als habe ihm jemand die vordere Schädelhälfte abgerissen und die blutigen Überreste herausquellen lassen. Sein rechter Arm sieht zerfleischt aus, ist praktisch bis auf den Knochen abgeschält. Seine Brust ist eine einzige große blutige Wunde.

Hammer beißt die Zähne zusammen, dann fällt ihm

auf, daß er schwitzt und zittert. Das ist reines Adrenalin, keine Angst – alles, nur keine Angst. Der Anblick auf dem Boden bringt ihn in Rage. Er hebt die Smartgun, feuert eine Salve in die Decke und schreit dann: »Du verdammtes MISTSTÜCK! Du bist TOT! ICH LEG DICH UM!«

Striper kann hier nicht mehr herauskommen, außer in einem Plastiksarg.

Sie ist endgültig erledigt.

Tikki bleibt in einem der Gänge zwischen gestapelten Umzugskisten stehen, um zu lauschen. Sie ist nicht sehr beeindruckt von Hammers Zurschaustellung seiner Wut und seiner sinnlosen Munitionsverschwendung. Sie unterdrückt den Drang, mit der ihr eigenen Wildheit eine entsprechende Antwort zu geben, und denkt lediglich: *Komm und hol mich, kleiner Mann …*

Mal sehen, was geschieht.

Sie wäre heute nicht hier, wenn sie sich nicht für absolut befähigt und in der Lage hielte, jeder Gefahr zu begegnen, die Hammer und seine Kumpane darstellen mögen. Ob Tikki ihrem wildesten Drang folgt oder sich den Geboten der Vernunft beugt, ob sie auf zwei Beinen unterwegs ist oder auf vieren, Tikki ist weder dumm noch eine Selbstmörderin. Dies ist eine persönliche Angelegenheit, also jagt sie in ihrer natürlichen Gestalt. Sie wendet Taktiken der Täuschung an, wie ihre Mutter sie das gelehrt hat. Sie nimmt diese Jäger, die den Jäger jagen, zur Beute, wie die Natur es gebietet.

Etwa im Zentrum der Etage senkt sie den Kopf und stemmt sich gegen einen hohen Stapel Umzugskisten – einmal, dann noch einmal. Der Stapel schwankt und stürzt dann ein. Während die Kisten auf den Boden fallen, eilt sie mit weiten Sätzen davon, durch einen Seitengang, um eine Ecke und dann durch einen Hauptgang zur Außenwand des Lagerhauses.

plette Auflistung aller technischen Daten das Blickfeld seiner Seretech Evening Shade-Cyberaugen überlagert. Völlig witzlos, seine verdammte Haut zu Markte zu tragen, wenn die verdammte Ausrüstung nicht jede blutgetränkte Einzelheit aufzeichnet.

»Skeeter!« sagt J.B. ungeduldig. »Bin ich …?«

Skeeter zeigt mit dem Finger auf die hirnamputierte Schnalle. *Du bist längst drauf!* Fang endlich an zu quatschen, Schwachkopf! J.B. hebt ihr Mikro. »Hier spricht Joi Bang für WHAM! Independent News, und ich befinde mich hier in Philadelphias Hafengegend, wo laut Polizeifunk ein Kleinkrieg mit automatischen Waffen ausgetragen wird.«

Skeeter streckt den rechten Arm nach rechts aus, dann schwingt er ihn langsam über die Brust nach links, um mit der am Handgelenk befestigten AZT Micro25 ein paar Extraaufnahmen von der Straße zu machen. Die verfluchte Straße ist natürlich leer und verlassen. Niemand außer einer schwachsinnigen Nachrichtenschnalle wie der ach so trid-o-genen, schlitzäugigen J.B. würde nach Anbruch der Dunkelheit in diesen Teil der Stadt kommen.

Plötzlich dröhnt ein Motor auf, und Reifen quietschen. Skeeter wirbelt herum und richtet seine Helmkamera auf die Straße. Ein schwarzer Lieferwagen schießt aus einer Gasseneinmündung auf der anderen Straßenseite und jagt mit qualmenden Reifen den Block entlang. Auf dem Dach des Lieferwagens befindet sich etwas, das wie ein halb aufgeblasener schwarzer Ballon aussieht.

»Die Polizei ist offenbar noch nicht eingetroffen«, stellt J.B. so verdammt klugscheißerisch scharfsinnig fest, und dann rennt sie über die Straße und direkt in die Gasse neben dem Lagerhaus. »Skeeter! *Skeeter, komm schon!*«

Unglaublich. Absolut unglaublich.

14-07-54/04:49:12

»Skeeter! Skeeter, sieh mal!«

Die dämliche Schnalle steht auf einer Verladerampe auf der Rückseite des Lagerhauses. Skeeter marschiert langsam die Stufen hinauf. J.B. zieht eine offenstehende Tür ganz auf, dreht sich zu ihm um und hebt ihr Mikro.

»Bin ich ...?«

Du bist drauf, verdammt noch mal!

»Wie Sie sehen können, ist die Tür offen«, sagt J.B. in ihr Mikro. »Eventuelle Einbrecher könnten sich noch darin aufhalten.«

Genau.

»Das könnte sehr gefährlich werden.«

Ohne Scheiß, Schwachkopf.

»Wir werden nachsehen.«

Verdammte hirnamputierte Schnalle.

14-07-54/04:56:30

Hauptlinse, Nahaufnahme. Drei Etagen und sechs Treppen höher finden sie einen zerfetzten, verstümmelten Haufen von einer Leiche auf dem Treppenabsatz. Ein Blick durch Skeeters infrarotverstärkte Seretech-Cyberaugen zeigt, daß die Leiche noch warm ist. Sie hat nicht mehr ganz die normale menschliche Körpertemperatur, aber fast. J.B. fängt sofort an zu blubbern. Die dämliche, schrumpfköpfige Nachrichtenschnüfflerin ist natürlich *entzückt* über den Fund.

»Hier haben wir ein weiteres Glied in der Kette kannibalistischer Verstümmelungsmorde, die Nordostphiladelphia heimsucht!« flüstert J.B. in ihr Mikro. »Wie viele andere gräßlichen Verstümmelungen mögen hier noch begangen worden sein? Nur ...«

Die spatzenhirnige Schnalle zögert plötzlich. Aus der Dunkelheit hinter der Tür, vor der die Leiche liegt, dringt ein tiefes, grollendes Knurren. Das einzige, was

Skeeter je gehört hat und sich damit vergleichen läßt, ist das animalische Knurren eines Trolls, und zwar eines sehr aufgebrachten.

Mit offenem Mund, doch wunderbarerweise schweigend, wendet sich J.B. von der Linse der Sony auf Skeeters Helm ab und der Tür zu. Im gleichen Augenblick tritt etwas aus der Dunkelheit und in die Tür. Etwas Großes. Etwas sehr Großes. Seine Augen funkeln blutrot. Sein Gesicht ist eine grauenhafte, fremdartige Maske aus Blutrot und schwarzen Streifen. Es bleckt riesige, glitzernde Reißzähne. Sein weit aufgerissenes Maul scheint groß genug zu sein, um den ach so trid-o-genen Kopf von J.B. mit einem Haps zu verschlingen.

»O mein Gott o mein Gott o mein Gott!« plappert J.B.

Skeeter drückt den NOTRUF-Knopf auf seinem Toshiba-Armbandkom. Das Ungeheuer in der Tür brüllt, und das Brüllen hallt donnernd durch das Treppenhaus. J.B. kreischt auf, fährt herum und rennt los, Skeeter direkt über den Haufen.

»O MEIN GOTT O MEIN GOTT O MEIN GOTT!« schreit die schwachköpfige Schnalle, während sie die Treppe hinunterrast.

Skeeter rappelt sich auf und rennt direkt hinter dem verdammten Spatzenhirn her. Das Ungeheuer brüllt wieder. J.B. schreit. Skeeter konzentriert sich darauf zu rennen, wie er noch nie in seinem Leben gerannt ist, sechs Treppen hinunter, durch das Erdgeschoß des Lagerhauses, über die Verladerampe und die Gasse entlang zur Straße. Selbst dort keucht seine hirnamputierte Nachrichtenschnüfflerin noch. *»O mein Gott! O mein Gott!«*

Wieder so eine verfluchte Nacht in der Stadt!

Offensichtlich kann J.B. ihre Theorien über kannibalistische Orks das Klo herunterspülen. Offensichtlich ist irgendein paranormales Vieh wie zum Beispiel ein Tiger aus einem Zoo ausgebrochen, dem Zoo von

Philadelphia oder einem anderen Zoo, schleicht durch die Stadt und bringt alles um, was sich bewegt. Das einzig Gute daran ist, daß er fantastisches Material von J.B. hat, wie sie wegrennt, als stünde ihre Hose in Flammen und ihr Hintern finge gerade Feuer.

Das ist zumindest einen Lacher wert.

Einen kurzen.

SHADOWRUN

TEIL 2

WERTIGER

31

Die Slums am Fluß beginnen nördlich des Hafens. Die Straßen werden von kilometerlangen Reihen drei- und vierstöckiger Häuser gesäumt, die sich den Delaware entlang fast bis nach Trenton ziehen. Tikki bleibt kurz vor der Strafanstalt für Nordostphilly stehen. Der Zuchthausbezirk ist in der Regel sehr ruhig, wenn man von den Polizeifahrzeugen absieht, die in Massen ankommen und abfahren. Viele unterscheiden sich nicht von den regulären Patrouillenfahrzeugen dieses Bezirks, und so kommt es manchen Leuten vor, als werde er besonders stark überwacht.

Das Haus, vor dem Tikki stehenbleibt, ist nur ein wenig höher als die anderen in dem Block, fünf Etagen schmierig-schwarzer Ziegel und dunkler, smogverschmierter Fenster. Sie biegt vom Bürgersteig ab, geht durch eine zurückversetzte Tür und schaut in die Mündung einer direkt auf sie gerichteten Konoco Combat Master Schrotflinte.

Der Bursche, der die Flinte hält, ist wie ein Bandenmitglied gekleidet, hat leuchtend orangefarbenes Haar und spitz zugefeilte Zähne. Er sitzt auf der Treppe. Er sitzt dort, weil es sein Job ist, alle mit Ausnahme der Bewohner am Betreten dieses Hauses zu hindern.

Einen Augenblick später senkt er die Schrotflinte und nickt.

»Du kennst mich?« fragt Tikki.

Der Bursche schüttelt den Kopf. »Ich hab dich noch nie gesehen. Tatsächlich seh ich dich nicht mal *jetzt*.«

Braver Junge.

Tikki nimmt die Treppe bis zum fünften Stock, auf dem sich drei kleine Wohnungen befinden. Alle drei gehören ihr. Sie beschließt, heute nacht die linke zu benutzen. Sie öffnet das Türschloß mit einer einfachen Vier-Zahlen-Kombination. Es gibt keinen anderen nichtmagischen Weg durch die Tür, abgesehen von roher Gewalt oder umfangreicheren mechanischen Manipulationen, was beides sichtbare Spuren hinterlassen würde.

Die Wohnung besteht aus zwei Räumen, einem Wohnschlafzimmer und einem Badezimmer. Das Wohnschlafzimmer enthält eine Mikrokochnische an einer Wand mit einem kleinen Kühlschrank und einer Spüle. Es gibt einen niedrigen japanischen Tisch, Kissen und eine Matratze zum Sitzen und Schlafen sowie ein tragbares Trid zur Unterhaltung. Das Badezimmer ist ebenfalls winzig. Dusche, Toilette, Waschbecken. Beide Zimmer haben Leuchtstoffröhren an der Decke, aber Tikki benutzt sie nie. Die Fenster sorgen für eine ausreichende Beleuchtung, sowohl bei Tag als auch bei Nacht, und wenn sie aus irgendeinem Grund mehr Licht braucht, hat sie immer noch das Trid.

Normale Beleuchtung macht Leute zu Zielscheiben. Dasselbe gilt für Fenster. Daher ist das erste, was sie nach dem Betreten ihrer Wohnung tut, ihre Kang zu ziehen und aus den Fenstern des Wohnschlafzimmers auf das Dach des Nachbarhauses zu schauen. Heute nacht ist niemand da. Zugegeben, Fenster wie diese sind ein Sicherheitsrisiko. Aber sie bieten auch eine Fluchtmöglichkeit, sollte jemand direkt durch ihre Wohnungstür stürmen. Alles in allem nimmt sie das erhöhte Risiko im Austausch für den zusätzlichen Fluchtweg gern in Kauf.

Die Nacht ist fast vorüber, und für den Rest braucht sie keine Kleidung. Sie zieht sich aus, läßt alles, Kleidung und Waffen, auf die Matratze fallen und schaltet das Trid an. News Now 38 hat einen Bericht über irgendeinen Pinkel namens Neiman, den es in einem Parkhaus erwischt hat. Das alte Lied. Wie es immer in den Anzeigen für Abenteuertrids heißt, der moderne Metroplex ist ein finsterer und gefährlicher Ort. Es gibt immer jemanden, der erschossen oder aufgeschlitzt oder in kleine Stücke zerlegt wird. Was sie, wenn auch nur kurz, wundert, ist das Ausbleiben jeglicher Erwähnung der ganzen Yakuza-Mitglieder, die sie für Adama umgelegt hat. Die Cops müssen den Daumen darauf halten. Es wäre nicht das erstemal.

Sie geht ins Badezimmer, um die Toilette zu benutzen, dann betrachtet sie sich im Spiegel. Der schwache Ausschlag an ihrem Halsansatz stört sie schon seit Wochen. Die Röte ist immer noch zu sehen. Das wundert Tikki, weil sie gewöhnlich nicht unter derartigen Problemen – unter keinerlei körperlichen Beschwerden – leidet. Offenbar ist sie mit irgendeinem Gift in Kontakt gekommen, das ihr Körper noch nicht mit der sonst üblichen Leichtigkeit neutralisiert hat.

Wahrscheinlich Silber – das Zeug ist wirklich Gift für sie.

Sie reibt an der Röte, aber das ist ein Fehler. Je mehr sie reibt, desto roter wird ihre Haut und desto mehr beklagt sie sich. Das bringt sie in Rage, und der plötzliche Wutanfall spricht ihre Instinkte an. Die Verwandlung beginnt, bevor sie sie stoppen kann, bevor sie überhaupt bemerkt, daß sie begonnen hat. Und einmal begonnen, muß sie feststellen, daß sie nicht die erforderliche Willenskraft hat, sie zu stoppen. Irgendwie scheint es an dieser Nacht zu liegen. Fell überzieht ihre Haut. Ihr Körper wird länger und kräftiger. Ihr Atem wird zu einem heiseren Grollen, das zu tief und voll für alle auch nur entfernt menschenähnlichen Wesen ist. Sie läßt sich auf alle viere sinken und kehrt in das Wohnschlafzimmer zurück.

Das durch die Fenster fallende Mondlicht bewirkt, daß sich ihr Rückenfell sträubt. Ihre Ohren zucken, als sie plötzlich den Drang verspürt zu knurren, zu grollen, zu brüllen, der Nacht ihre Existenz zu verkünden, ihre Herrschaft über die Stadt zu erklären, aber sie widersteht dem Drang. Ein Sieg der Vernunft. Unzufrieden streckt sich Tikki und gähnt, läßt sich bäuchlings auf die Matratze sinken. In einer Nacht wie der heutigen, wo der Mond am Himmel steht und sich ihre Raubtierseele danach sehnt, wild und frei herumzulaufen, sollte sie sich irgendwo in der Wildnis befinden, in den dunklen Gefilden eines primitiven Landes wie dem Waldland um Seattle oder den Wäldern und Flußtälern der Mandschurei und Südostsibiriens ... Schleichen ... Jagen ... sich aus dem Gebüsch an einem Wasserloch erheben ... wie der Blitz zuschlagen ... Lautlos und rasch ... Beute erlegen ...

Das Leben in der Wildnis ist so einfach. Sie ist dafür geboren. Sie versteht es. Sie kennt es so gut, daß sie dort handeln kann, das Richtige tun kann, ohne nachdenken zu müssen. Im Vergleich dazu erscheint ihr das Leben unter den Menschen oft ...

Kompliziert ...

Schwierig, nur darüber nachzudenken.

Sie legt den Kopf auf ihre gekreuzten Vordertatzen, dann wälzt sie sich auf die Seite und schaut hinauf zu den Fenstern.

Heute nacht hat sie drei Menschen erlegt und zwei weitere entkommen lassen. Die drei, die sie getötet hat, derjenige namens Hammer und seine Kumpane, haben verdient, was sie bekommen haben. Die Todesdrohung mußte mit Tod beantwortet werden. Ihr Instinkt befahl es. Wenn sie diese drei Männer nicht getötet hätte, würden sie sie jetzt immer noch jagen, so lange, bis sie sie finden und töten würden.

Der Konkurrenzkampf zwischen den Jägern ist ebensosehr ein Teil der Welt wie Leben und Tod, und so muß es auch sein. Der Jäger, der sein Revier mit anderen Jägern teilt, wird sehr bald schwach und stirbt an Beutemangel. Das heißt nicht, daß jede Tötung richtig oder gerechtfertigt ist, auch nicht für sie. Es bedeutet, daß es besser ist zu töten, als getötet zu werden, daß es besser ist zu herrschen, als sich zu unterwerfen.

Wäre es Tikki bestimmt, ihre Kehle darzubieten und sich von jedem Tier, zweibeinig oder vierbeinig, umbringen zu lassen, hätte ihr die Natur nicht die Seele eines Jägers und die Waffen zur Jagd mitgegeben.

Was soll dann aber ihre menschliche Gestalt? Welchen Sinn hat sie? Ist sie lediglich eine betrügerische Maske? Das kann sie sich kaum vorstellen. Tikki ist zu der Ansicht gelangt, daß die Natur ihr nicht die Möglichkeit gegeben hätte, sich als Mensch auszugeben, wenn sie ihr nicht eine bedeutsame Rolle im Reich der Menschen zugedacht hätte. Ihr Problem ist, daß sich die Definition dieser Rolle, ihrer richtigen Rolle unter den Menschen, als ebenso schwierig für sie erwiesen hat, wie es für ihre Mutter war.

Ihre Mutter hat oft gesagt, Tikki müsse ihren eigenen Weg finden. Das hat sie ihr ganzes Leben lang getan, angefangen von ihrer Kindheit in Seoul und Schanghai bis hin zu ihren Erfahrungen in Seattle und zur Gegenwart hier in Philadelphia. Hierher geführt hat sie die Suche nach einem Mann, der sie benutzt hat. Dieser Mann wollte sie töten lassen, um seine eigenen Pläne zu fördern. Sie fragt sich jetzt, ob sie ihn je finden, und wenn ja, was sie dann tun wird.

Aber darum geht es im Moment nicht.

Heute nacht …

Die Dinge laufen nicht so, wie sie sollten. Darum ist sie auch hierher nach Nordostphilly gekommen, anstatt einen ihrer üblichen Schlupfwinkel aufzusuchen, und darum hat sie sich auch noch nicht bei Adama gemeldet.

Sie versteht nicht, warum sie Hammer nicht am Leben gelassen hat, um ihn zu verhören. Das hätte sie tun müssen, und sei es auch nur, um die Identität derjenigen zu erfahren, die ihn angeworben haben. Gewiß, sie hat den Verdacht, daß es Adamas Konkurrenten waren, aber es wäre kein Fehler gewesen, sich diese Vermutung bestätigen zu lassen. Sie hätte Hammer ebenso leicht nach dem Verhör töten können, und sie ist tatsächlich auch ein wenig überrascht, daß Adama ihr nichts dergleichen nahegelegt hat. Die meisten Triadenführer, die sie kennt, insbesondere die Roten Stäbe, die für Strafaktionen zuständig sind, halten sehr viel von Symbolen. Wenige Dinge sind symbolischer, als die von der Folter verstümmelte Leiche eines gegnerischen Attentäters an der Türschwelle des Gegners zurückzulassen. In einigen Gegenden der Welt ist das die gängige Praxis. Alles andere würde einen ernsten Gesichtsverlust nach sich ziehen.

Aber das ist noch nicht alles, was ihr falsch vorkommt. Was Tikki wirklich stört, ist die Erkenntnis, daß sie in der Absicht zu dem Lagerhaus gegangen ist zu töten, zu metzeln, die Tiere, die sie jagen, auszulöschen. Das war sehr dumm. Sie ist klüger, muß nicht in derart eingeschränkten Begriffen denken, sie war schon als Kind klüger. Vielleicht kann sie sich diese Denkweise in der Wildnis leisten, aber in der Stadt muß sie schlauer sein und die möglichen Auswirkungen ihrer Handlungen gründlicher durchdenken.

Außerdem ist da die Frage der Identität. In gewissen Kreisen halten sehr viele Leute Tikki für einen Killer, und noch mehr Leute haben nicht den geringsten Zweifel daran, daß sie sich für Muskel-Jobs anheuern läßt. In den letzten Jahren hat sie jedoch Schritte unternommen, um ihre Identität zu verbergen, wenn sie Jagd auf zweibeinige Beute macht. Die Frage lautet also, woher Adamas Konkurrenten, die Honjowara-gumi-Yakuza, weiß, daß sie diejenige ist, die ihre mittleren Execs eliminiert hat. Denn sie haben es gewußt, sonst hätten sie nicht Hammer auf sie angesetzt. Oder war es nur eine Vermutung? Hat sie einen Fehler begangen? Könnte sich in Adamas Organisation ein Spion oder Informant befinden? Könnte Adama selbst sie verraten haben?

Beunruhigende Fragen, auf die sie Antworten finden muß, aber keine dieser Fragen ist so beunruhigend wie etwas anderes, das heute nacht passiert ist.

In dem Lagerhaus hat sie das elfische Medienmädchen und den zwergischen Kameramann entkommen lassen, aber sie hat tatsächlich kurz erwogen, die beiden abzuschlachten, nur weil sie da waren. Ihr Instinkt schien es zu gebieten, schien ihr zu befehlen, sie zu töten, sie auseinanderzureißen, sich an ihrem Fleisch zu laben. Sie spürte, wie der Mond auf sie niederbrannte und in ihre Raubtierseele griff. Sie hat es nicht getan, weil ihr das nicht gefallen hat, nicht gefallen hat, was sie fühlte, absolut nicht gefallen hat.

Jetzt gefällt es ihr noch weniger.

Das Elfenmädchen hat auf eine Weise gerochen, wie es nur Magier tun. Der Zwerg stank nach Kybernetik. Tikki fiele es schwer zu entscheiden, was abstoßender ist, das Fleisch eines Metamenschen oder das metallverseuchte Fleisch der kybernetisch verstärkten.

Aber darum geht es gar nicht.

Es geht um Folgendes: *Tikki* entscheidet, was sie tut, wo und wann sie tötet, *falls* sie tötet. Niemand anderer trifft diese Entscheidung. Niemand. Das ist ihre eiserne Regel, ihr Gesetz. Alle müssen gehorchen. Sogar sie selbst. Sogar ihr Instinkt. Nur aufgrund der rücksichtslosen Durchsetzung dieses Gesetzes ist es ihr gelungen, so lange zu überleben. Wenn sie jedesmal getötet hätte, wenn sie das Verlangen überkam, wäre sie nichts anderes als ein Amok laufendes Tier, und die Menschheit hätte sich längst zusammengetan, um sie zu jagen und zu töten.

Zugegeben, ihr ewiger Streit mit den dunkelsten Regungen ihrer Instinkte geht manchmal zu ihren Ungunsten aus. Sie hat Dinge getan, auch und gerade in der jüngsten Vergangenheit, die sie jetzt bereut. Sie weint und jammert deshalb nicht, weil das sinnlos wäre. Vielmehr bemüht sie sich, aus ihren Fehlern zu lernen, so daß sie diese Fehler beim nächstenmal nicht

Ostseite der Straße sperrt. Der Wagen hält mitten auf der Straße an, nur ein paar Schritte von Kirkland entfernt. Der Mann, der hinten aussteigt, trägt einen schwarzen Filzhut und einen dunkelblauen Anzug. Der Hut ist so tief in die Stirn gezogen, daß sein Gesicht oberhalb des Mundes im Schatten liegt und seine Züge kaum zu erkennen sind.

Sein Name ist Moshe Feinberg, aber er ist nicht Kirklands »Mann«, egal was Maroni sagt. In allen Dingen, die Magie beinhalten, ist Feinberg die Nummer Eins bei Minuteman. Er hat den Rang eines Inspektors inne, so daß er nur eine Stufe unter dem Deputy Chief steht.

Sal Maroni setzt ein breites Grinsen auf und gesellt sich dann wieder zu seinen Leuten auf der anderen Straßenseite. Kirkland wartet, bis Feinberg sich ausgiebig umgesehen hat, dann geht er zu ihm.

»Guten Morgen, Kirkland.«

»Morgen, Inspektor. Tut mir leid, daß Sie so früh aufstehen mußten.«

»Vielleicht erklären Sie mir erst mal, warum ich hier bin.«

Der Grund dafür, daß jetzt Feinberg und nicht einer seiner Handlanger vor ihm steht, ist der, daß der Chief of Detectives im Namen des Commissioners hat verlauten lassen, daß Kirkland alles bekommt, was er will. Eine Bagatelle, die Massenmord und Massenmord im Hinrichtungsstil – darunter auch eine Reihe von Opfern, die als Execs bei einer hiesigen Firma namens Exotech beschäftigt waren – beinhaltet. Darum geht es bei Kirklands Fall, und deshalb ist er heute morgen auch hier in Germantown. Als Antwort auf Feinbergs Frage lenkt er dessen Aufmerksamkeit auf die Reihe der Verhafteten, die neben den Lieferwagen knien. »Ich möchte, daß sie sich die Leute kurz ansehen, möglichst viel herausfinden und dann einen Blick auf das Haus werfen.«

Feinberg mustert die Häftlinge. »Soll ich sie mir ansehen oder sie sondieren?«

»Gibt es da einen Unterschied?«

Feinberg preßt kurz die Lippen aufeinander, als ärgere ihn die Frage ein wenig. Im allgemeinen scheint Inspektor Feinberg jede Frage ein wenig zu ärgern, die mit Magie zu tun hat und von nichtmagischen Personen gestellt wird, Cops eingeschlossen.

»Ich will es mal so ausdrücken«, sagt Feinberg. »Ich kann mir den ganzen Tag lang Auren ansehen. Um die Psyche eines Individuums tatsächlich zu sondieren, ist eine Menge Zeit und Energie erforderlich.«

»Aha... sehen Sie sie sich nur an. Vielleicht sondieren Sie den Anführer.«

»Schön«, sagt Feinberg ruhig, vielleicht ein wenig sarkastisch. »Ich nehme an, Sie erinnern sich noch an unsere Diskussion hinsichtlich der Legalität hermetisch erworbener Informationen.«

»Klar, kein Problem«, sagt Kirkland mit einem Nicken. Soweit es die Gerichte betrifft, rangieren Informationen, die dem Verstand eines Verdächtigen auf magische Weise entrissen werden, nur ein klein wenig höher als durch Folter gewonnene Erkenntnisse. Es gibt da ein kleines Problem mit den bürgerlichen Freiheiten. Heute morgen gibt es dieses Problem jedoch nicht, weil Kirkland ziemlich sicher ist, daß die zwölf Verhafteten nichts mit dem Fall zu tun haben. Es sind Bandenmitglieder, die sich nur zufällig in dieser ehemaligen Produktionsstätte von Exotech Entertainments Abteilung Sonderprojekte einquartiert haben.

»Ich will nur keinen Aspekt außer acht lassen«, sagt er. »Mein Hauptinteresse gilt dem Haus.«

Feinberg läßt den Blick über das Gebäude schweifen und nickt dann. »Lassen Sie uns anfangen.«

Mittlerweile knien alle Verhafteten neben den Lieferwagen. Acht Mitglieder des Taktischen Einsatzkommandos stehen im Halbkreis um sie herum und halten ihre Sturmgewehre und Maschinenpistolen auf sie gerichtet. Feinberg tritt zwischen sie, betrachtet die Verhafteten und wendet sich dann an die Cops.

»Ich brauche mehr Platz.«

Kirkland winkt den Cops zu, die alle ein paar Schritte zurücktreten.

Feinberg zieht ein kleines Buch mit dunkelrotem Einband aus der Manteltasche. Als er das Buch öffnet, erscheint etwas auf dem Boden neben ihm, das einen Moment zuvor noch nicht da war. Es sitzt auf den Hinterbeinen wie ein Hund und hat etwa dieselbe Größe wie ein Dobermann, aber damit enden auch schon seine Gemeinsamkeiten mit allen Hunden, die Kirkland jemals gesehen hat. Das Wesen hat einen Adlerkopf und goldgefiederte Schwingen. Die Vorderpfoten enden in Krallen, Vogelkrallen. Der Rest des Körpers ähnelt einem Löwen. Alle Merkmale zusammen lassen auf einen Greif schließen. Kirkland hat den Begriff einmal in einer Enzyklopädie nachgeschlagen.

Der allgemeine Konsens geht dahin, daß das Vieh Feinbergs Schutzgeist ist, aber Kirkland kennt niemanden, der je den Schneid hatte, ihn danach zu fragen.

Feinberg spricht, als zitiere er aus einem Buch.

»In gremio legis ... in hoc salus. Ex facto ius oritus. Hypotheses non fingo.«

Der Greif schlägt kurz mit den Flügeln.

Eine bläuliche Aura wird plötzlich sichtbar, die den in eine Decke gehüllten weiblichen Häftling umgibt. Das Mädchen versteift sich abrupt und hebt das Gesicht in den Himmel. Als die Aura vielleicht eine Minute später verblaßt, erschlafft sie und stößt dann eine Reihe obszöner Flüche aus.

Feinberg schließt sein Buch. Der Greif verschwindet. Einer der Cops wirft Kirkland einen unsicheren Blick zu. Feinberg wendet sich von den Häftlingen ab und kehrt zu Kirkland zurück. Gemeinsam entfernen sie sich ein kurzes Stück von den anderen.

»Sie gehören alle einer Bande an«, sagt Feinberg.

»Den Walking Wounded.«

»Ja.«

Die Walking Wounded haben ihr Hauptquartier in London und ein paar Ableger in Europa und hier in Nordamerika. Kirkland hat den Verdacht, daß die Gründungsmitglieder der Bande das Kotzen bekämen, wenn sie den zusammengewürfelten Haufen ihrer Untergruppe in Philly jetzt sehen könnten.

Feinberg hält einen Augenblick inne und holt ein Päckchen Dunhill Platinum aus seiner Jacke. Kirkland bietet ihm Feuer an. Feinberg akzeptiert und nimmt einen tiefen Zug, wobei er die Zigarette zwischen den Fingerspitzen hält. »Die Frau in der Decke hält sich für eine Schamanin. Sie ist unerfahren und schlecht ausgebildet, aber sehr willensstark. Sie hat die Gruppe hergebracht. Ihrer Ansicht nach hat das Haus eine düstere Färbung ... das sind ihre Worte, nicht meine.«

»Was bedeutet das? Düstere Färbung.«

»Es bedeutet, daß dem Ort etwas Düsteres anhaftet. Es gibt hier eine Menge negative Energie. Das habe ich schon bei der Ankunft gespürt.«

»Und das hat die Bande angezogen.«

»Es hat die Schamanin angezogen, die die Bande hergeführt hat.«

Richtig. »Sie hat ein Totem?«

»*G. saxi sexus.* Gargyle. Sie glaubt an den Mythus, daß Gargyle eine uralte Rasse intelligenter Wesen sind und letzten Endes das Ziel verfolgen, die Vorherrschaft über die Erde zu erringen.«

»Ach, tatsächlich?« Kirkland weiß nichts über Gargyle als Totems, aber er kann sich vorstellen, daß die Anti-Terror-Brigade großes Interesse hätte, mehr über Pläne zur Übernahme der Weltherrschaft zu hören. »Reden wir über Versklavung oder Ausrottung?«

»In welcher Beziehung?«

»Wenn man den Planeten übernehmen will, gibt es

zunächst mal einen Haufen Menschen, denen man sich widmen muß.«

Feinberg zieht an seiner Zigarette. »Es ist ihr bisher noch nicht gelungen, mit ihrem auserwählten Totem in Verbindung zu treten. Soweit ich erkennen konnte, erstrecken sich ihre Pläne nicht weiter als bis zur Herstellung dieser Verbindung.«

»Also ist die menschliche Rasse im Augenblick sicher.«

»Die Gefahr scheint vernachlässigbar zu sein.«

Damit kann Kirkland leben. Aber es bedeutet nicht, daß die Information keine Weitergabe wert ist, wenn nicht an die Anti-Terror-Brigade, dann an die nachrichtendienstliche Verbrechensbekämpfung. Große Ideen fangen immer klein an, klein und scheinbar harmlos. Hitler hat als Gefreiter in der Armee Österreichs angefangen, um Himmels willen. Napolen war ein Zwerg. New Yorks Kaliber-Vierundvierzig-Mörder hat bei der Post gearbeitet. Serienmörder werden im allgemeinen für die nettesten Burschen des ganzen Blocks gehalten, bis die Wahrheit herauskommt.

»Sollen wir uns jetzt das Haus ansehen?« fragt Feinberg.

»Klar.«

Sal Maroni erklärt das Haus für geräumt, wodurch es für einen Burschen in Kirklands Stellung, die jetzt irgendwo zwischen dem amtierenden Geschäftsführer von Minuteman Security und dem Vorstand der Stadtverwaltung liegt, wesentlich sicherer wird, einen Burschen wie Inspektor Feinberg – der nicht ohne Verbindungen ist – hineinzuführen.

Er zieht seine Predator II und geht durch die linke Hälfte der Doppeltür. Die Eingangshalle ist ein einziger Trümmerhaufen: zerschlagene Möbel, Graffiti an den Wänden, zersplitterte Scheiben und überall herumliegende Deckenpaneele. Er schiebt einen Teil des Schutts mit dem Fuß beiseite, um einen Weg freizuräumen. Feinberg bleibt in der Mitte des Raumes stehen.

»Sehr intensive psychische Interferenzen«, sagt er nach einem Augenblick. »Wir müssen nach oben.«

»Was ist oben?«

»Das sage ich Ihnen dann schon.«

Toll. Kirkland findet die Tür zum Treppenhaus. Ein Gestank überfällt ihn, als er gegen die Tür drückt. Der Gestank ist nicht so schlimm wie zum Beispiel der einer zwei Wochen alten Leiche, die in einem verschlossenen Zimmer gelegen hat, aber es fehlt nicht viel. Jemand hat den Treppenabsatz als Toilette benutzt. Das, was Kirkland von Feinbergs Gesicht unter dem Filzhut erkennen kann, die untere Hälfte, zeigt keine Reaktion.

Auf dem Treppenabsatz im ersten Stock sagt Feinberg: »Den Flur entlang und dann die dritte Tür rechts.«

»Waren Sie schon mal hier, Inspektor?«

»Ich habe von der Halle aus sondiert.«

»Sie haben was?«

»Das Zentrum der Störung ist wie ein Leuchtturm in einer mondlosen Nacht. Nicht zu übersehen.«

»Sie reden von dieser negativen Energie.«

»Korrekt.«

Es riecht auch im Flur des ersten Stocks nicht besser. Eher noch schlechter. Kirkland spürt die Andeutung eines schwachen Lufthauchs an der Wange, und plötzlich sträuben sich seine Nackenhaare. Er bemerkt, wie ihm unter den Achseln der Schweiß ausbricht. Er umklammert den Griff der Predator II immer fester, ohne so recht zu wissen, warum. Diese Bude macht ihn rappelig.

Er bleibt stehen, lauscht, dreht sich zu Feinberg um. »Hören Sie irgendwas?«

»Hier gibt es nichts, was uns gefährlich werden könnte«, sagt Feinberg.

»Sind Sie sicher?«

»Sind Sie magisch aktiv, Kirkland?«

»Woher, zum Teufel, soll ich das wissen?«

»Viele Leute sind es, zumindest bis zu einem gewissen Grad. Wahrscheinlich nehmen sie die Schwingungen auf, die durch dieses Haus laufen. Sie sind sehr intensiv. Ich versichere Ihnen, es besteht keine Gefahr. Wir sind ganz alleine.«

Kirkland hört, was Feinberg sagt, kann es aber nicht so recht glauben. Gut, jetzt, in diesem Augenblick, sind sie allein. Seine Eingeweide schreien ihn förmlich an, auf der Hut zu sein. Die nervöse Anspannung, die ihn durchflutet, hat seinen Blutdruck wahrscheinlich auf zweihundertzehn steigen lassen. Er läßt sich viel Zeit auf dem Flur. Es ist ein weiter Weg bis zur dritten Tür auf der rechten Seite, und bei jedem Schritt rechnet er damit, daß sie von irgend jemandem oder irgend etwas angefallen werden.

Die fragliche Tür ist mit einem Schild mit der Aufschrift LABOR 3 gekennzeichnet. Die Tür ist angelehnt. Kirkland öffnet sie und geht hindurch, als erwarte ihn auf der anderen Seite eine Bande von Terroristen.

Er geht in die Hocke und bestreicht das Labor mit dem Lauf seiner Predator. Das ›Labor‹ sieht wie ein Schlachtfeld aus: Alles ist zertrümmert und vom Feuer versengt. Ein Haufen technischer Ausrüstung, und Kirkland erinnert sich an die Polizeiberichte über den Brand, der hier gewütet hat. Der Fußboden ist mitternachtsschwarz und knistert unter seinen Füßen, als er vorsichtig herumgeht und das Zimmer inspiziert. Der Gestank ist unglaublich, schlimmer als bei einer wochenalten Leiche, und die Luft fühlt sich kühl an, fast eisig. Kirkland zieht sein Taschentuch und hält es sich über Mund und Nase. In einer Wand befindet sich eine Öffnung wie für ein Fenster, die sich über die halbe Länge des Labors erstreckt. Der Raum dahinter ist ebenso verwüstet wie der Hauptraum. Kirkland sieht mehr technische Ausrüstung, die gründlich zerschmettert, zerfetzt und verbrannt ist.

Als er sich umdreht, steht Feinberg in der Mitte des Raumes. Er hat sein Buch aufgeschlagen, und der Greif sitzt links neben ihm. Er plappert wieder vor sich hin wie draußen, und zwar in einer Sprache, die Kirkland noch nie gehört hat. Der Greif schlägt mit den Flügeln und sitzt dann still. Eine Stunde vergeht. Weder Feinberg noch der Greif rühren sich. Kirkland lehnt sich gegen eine Wand und denkt nach. In diesem Labor, Labor Drei, hat Exotechs Abteilung Sonderprojekte die Rohfassung für ihren SimSinn-Schlager *Abbirleths Beschwörung* und andere ausgebrütet. Wenn Kirklands Vermutungen stimmen, hängt die Schaffung dieser Rohfassung direkt mit den jüngsten Morden an Exotech-Execs zusammen.

Wenn dieser Wichser Ohara ihm doch nur die Aufzeichnungen gäbe, die er von ihm haben will…

Plötzlich fällt Kirkland auf, daß es in dem Labor kälter geworden ist. Die Luft ist jetzt in der Tat eisig. Der Gestank wird so erdrückend, daß seine Augen anfangen zu brennen und er fast kotzen muß. Stimmen werden laut, hallende, brabbelnde, lachende, wahnsinnige, sogar kreischende Stimmen. Die Kälte, der Gestank und die irren Schreie und Lacher werden überwältigend. Kirkland wankt hustend zur Tür, verschluckt sich fast an seiner eigenen Galle. Seine Augen tränen, und seine Ohren klingeln. Unterwegs packt er Feinbergs Ellbogen in der Absicht, ihn aus dieser giftigen, infernalischen Atmosphäre herauszuholen. Er zieht, doch Feinberg rührt sich nicht. Er steht da wie in Stein gemeißelt.

»Feinberg!… FEINBERG!«

Plötzlich ist es in dem Raum wieder still und nur noch kühl. Der Gestank ist erträglich, grauenhaft, aber erträglich. Der Greif kreischt durchdringend und verschwindet. Feinberg sackt zu Boden. Kirkland be-

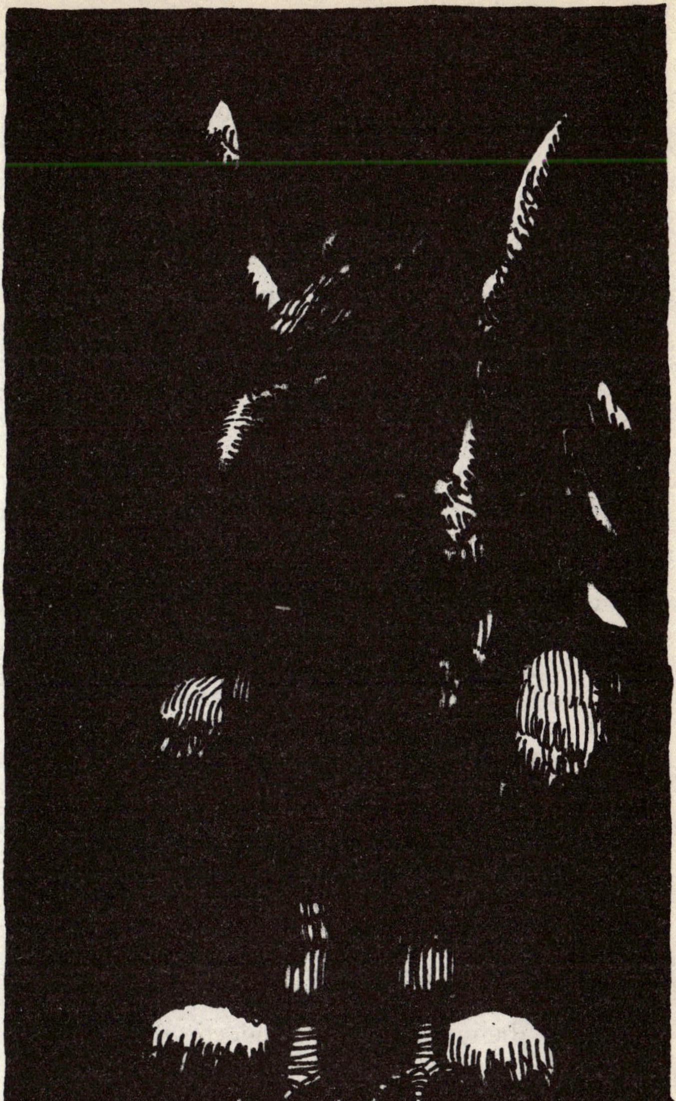

kommt genug von ihm zu fassen, um seinen Fall zu bremsen. Bevor er nach Feinbergs Puls fühlen kann, ist dieser wach, hebt den Kopf und richtet sich langsam auf. Der Filzhut sitzt immer noch makellos, und das Buch hat seine Hand nicht verlassen.

»Sind Sie okay?« fragt Kirkland.

»Körperlich.« Feinberg setzt sich auf, reibt sich den Nacken und steht langsam auf. Kirkland hält seinen Arm fest, bis er sicher ist, daß er stehen bleibt. Feinberg zieht sein Päckchen Zigaretten heraus, und seine Finger zittern, als Kirkland ihm Feuer gibt.

»Es gibt etwas Neues auf dieser Welt, Horatio«, sagt Feinberg leise. »Etwas, das Sie sich in Ihrer Philosophie niemals hätten träumen lassen, und das Sie nicht verhaften können.«

Kirkland steckt sein Feuerzeug ein und fragt sich, ob Feinberg im Delirium redet. »Wie bitte?«

»Hier wurde ein Krieg ausgefochten, Lieutenant. Ein kleiner, bösartiger Krieg. Wissen Sie, was ein Schattengeist ist?«

Was es auch ist, Kirkland hat den Eindruck, daß es ihm nicht gefallen wird. Er zupft an seiner Krawatte und erwägt, sich ebenfalls eine Zigarette anzuzünden. Im Augenblick zieht er das Gefühl der Predator in der Hand vor. »Besser, Sie sagen es mir.«

»Schatten sind eine Form der Freien Geister. Finsterer, bedrohlicher als der durchschnittliche Geist. Die meisten sind Elementare oder ehemalige Verbündete, aber es gibt auch andere Arten. Manche können als dämonisch bezeichnet werden. Sie weiden sich an Blutbädern und können sehr schwer zu kontrollieren sein. Einige Autoritäten auf diesem Gebiet halten Schattengeister für süchtig nach der psychischen Energie von Menschen, die große physische oder psychische Qualen erleiden. Man weiß, daß sie sich manchmal mit Kriminellen und Wahnsinnigen verbünden oder sich ihrer Hilfe bedienen.«

»Sie sagen, daß einer dieser Schattengeister hier war?«

»Ich sage, daß hier ein Schatten geboren wurde. Er wurde beschworen, konnte jedoch nicht kontrolliert werden. Ich weiß nicht genau, warum nicht. Die Interferenzen sind zu stark. Vielleicht war die Magie fehlerhaft. Der Schatten hat den Kampf um die Herrschaft gewonnen. Wahrscheinlich hat er seinen Beschwörer getötet, vielleicht hat er aber auch Besitz von ihm ergriffen. Ich weiß es nicht mit Sicherheit. Mehr kann ich Ihnen nicht sagen.«

»Sie glauben, daß dieses Schattending noch existiert?«

»Hat Satan gern das Paradies aufgegeben?« Feinberg schüttelt den Kopf. »Die Wesenheit ist zu mächtig, um einfach zu verschwinden.«

»Wie mächtig?«

Feinberg zieht an seiner Zigarette und sagt dann: »Würden Sie sagen, die Sonne ist mächtig, Lieutenant?«

»Mit anderen Worten, so mächtig wie Gott.«

Feinberg hält einen Moment inne und sagt dann: »Wie Gott? Ich glaube nicht. Aber vielleicht so *ähnlich* wie Gott.«

33

Die letzten Wagen des Güterzuges rattern vorbei. Das Bimmeln der Glocken des Bahnübergangs hört auf, die blinkenden roten Warnlichter erlöschen. Als sich die rotweiß gestreiften Schranken heben, dreht Raman am Gashebel und fährt die Harley über den Bahnübergang, die Straße entlang und durch die verrosteten Gittertore der aufgegebenen Marinebasis. Der Weg bringt ihn zu den plumpen Gebäuden am Ufer.

Das Boot wartet bereits. Es liegt neben dem Betonschott, wo sich Land und Wasser treffen. Er kann das leise Grollen des Motors im Leerlauf hören. In dem trüben Dunkel kann er das Boot nicht deutlich sehen, aber er weiß sehr gut, wie es aussieht.

Es ist ein GMC Riverine, schlank und schwarz, ein Modell, das nicht im Katalog steht. Über zwölf Meter lang und mit verborgenen Waffenluken, computergesteuerten Minikanonen, Raketenwerfern und anderer spezieller Hardware wie einer Satellitenverbindung ausgerüstet. Als Raman sich dem Boot nähert, tritt ihm ein Elf in schwarzem Duster entgegen. Der Elf trägt eine Maschinenpistole unter einem Arm. Raman bleibt vor ihm stehen.

Es folgt eine Durchsuchung nach Waffen.

»*Está bien.*« Der Elf nickt in Richtung Boot.

Raman geht an Bord, der Elf folgt dicht hinter ihm. Das Boot löst sich vom Schott und strebt mit aufdröhnendem Motor der Flußmitte entgegen und nach Süden, weg von der Stadt.

Raman geht die kurze Treppe zur luxuriös eingerichteten Heckkabine hinunter. Sie ist in Schwarz und Gold möbliert, und auf der einen Seite steht eine üppige Bar. Ein rechtwinkliges Plüschsofa nimmt zwei Wände ein. Neben der Bar befindet sich eine Luxuskonsole, die unter anderem einen Computer sowie verschiedene Kommunikationsvorrichtungen, darunter auch ein Telekom zu vereinigen scheint. Links steht ein großer Asiat, rechts ein massiger Ork. Eine Frau mit schwarzer verspiegelter Sonnenbrille und einem glänzenden goldenen Overall, der sie wie eine zweite Haut umschließt, sitzt auf dem Sofa, mehr oder weniger in der Mitte. Ihr Name ist Sarabande. Raman hatte schon öfter mit ihr zu tun.

Sie trinkt ihr Glas aus und hält es dann einem mageren Mann in weißer Kellnerjacke hin, der es nimmt, hinter die Bar stellt und dann geht. »*Buenas noches*«, sagt Sarabande. »Willst du einen Drink?«

Raman schüttelt den Kopf. Er mag keine Ablenkungen bei einem Geschäft. Er hat gut gegessen und getrunken, bevor er hierhergekommen ist.

»Du bist pünktlich wie immer, Amigo.« Sarabande hält inne und legt den Kopf auf die Seite. Raman hat das bestimmte Gefühl, daß sie ihn durch ihre Sonnenbrille eindringlich mustert. So verhält sie sich ihm gegenüber immer, vorsichtig, auf Einzelheiten achtend. »Wie nennst du dich diese Woche?«

»Ripsaw.«

»Paßt zu deinem Kostüm. Ist das eine Amerindianerjacke?«

»Es war eine.«

»Jetzt ist es deine Jacke.«

»Ja.«

»Ich verstehe. *Sientese.*« Sie deutet mit lässiger Geste auf den Teil des Sofas an der rechten Wand. Raman setzt sich, und Sarabande schlägt ihre langen, in glänzendes Gold gehüllten Beine übereinander. Die Bewegung ist überaus elegant. Wahrscheinlich erfolgt sie nicht spontan, sondern mit Vorbedacht. »Ich habe jemanden für dich. Ich glaube, sie wird dir gefallen. Sie ist gerade aus São Paulo eingetroffen.«

Augenblicke später sieht Raman die langen, wohlgeformten Beine einer Frau, die die Treppe auf Stiletto-Absätzen herunterkommt. Dann kommt der Körper in Sicht, üppig gerundet und mit einem schwarzen Body aus einem gazeartigen Stoff bekleidet. Die Frau bewegt sich wie eine Katze, langsam und sinnlich. Ihr Haar ist eine üppige Mähne aus onyxfarbener Seide. Ihre Augen funkeln gleichmäßig, während der Mund leicht gespitzt ist. Sie schlendert an ihm vorbei, betrachtet ihn über die Schulter. Sie bleibt vor Sarabande stehen, dann dreht sie sich um und schlendert wieder zurück.

Ihr Blick weicht nur von ihm, wenn sie sich umdreht, wobei sie mit einem arroganten Kopfrucken die Haare aus der Stirn wirft.

»Sie wird Dominique genannt.«

Raman spürt ein Erwachen seines Interesses, eine unterdrückte Erregung. Er hat in letzter Zeit Latino-Frauen schätzen gelernt, insbesondere diejenigen mit Feuer, die ihn mit der ehernen Verachtung eines heißblütigen *Weibes* herausfordern, seine Männlichkeit zu beweisen, sie zu nehmen, sie zu überwältigen und sie beide zur Ekstase zu führen. Er hat das Gefühl, daß es ihm gefallen würde, diesem Weib seine Männlichkeit zu beweisen. Nicht weniger, als es ihm bei all den anderen gefallen hat, die er in seinem Leben genommen hat.

Dominique bleibt vor der Treppe stehen und mustert ihn mit stetigem Blick.

Raman wendet sich wieder Sarabande zu, sorgfältig darauf bedacht, sein Interesse zu verbergen. Willige Frauen sind nicht schwer zu finden. Sie tauchen auf den Seitenstreifen abgelegener Highways auf. Sie nähern sich ihm in Bars. Sie werden ihm als Anreiz angeboten. Wahrscheinlich könnte er jede Nacht eine andere haben, vielleicht sogar zwei oder drei, wenn er das Bedürfnis hätte. Dann und wann hat er sogar den Eindruck gewonnen, daß Sarabande persönlich sich ihm hingeben würde, ließe er ein eindeutiges Interesse erkennen. Aber vielleicht ist das auch nur ihre Betörungskunst und reine Berechnung. Vielleicht auch nicht. Bei einer Frau wie Sarabande kann man nie wissen. Manchmal spricht ihr Mund eine Sprache und ihr Körper eine ganz andere.

»Um welchen Job geht es?« fragt er.

Sarabande winkt. Dominique geht die Treppe hinauf. Die Karotte ist ihm vor die Nase gehalten worden – jetzt zum Geschäft. »Du kannst ihn übernehmen, wenn du willst.« Sarabande stellt die Beine langsam wieder nebeneinander. »Es handelt sich um eine Eliminierung.«

»Die Zielperson?«

»Eine Technikerin namens Striper.«

»Die Rückendeckung?«

»Das ist natürlich vertraulich.«

Ein seltsamer Gedanke schießt ihm durch den Kopf, vielleicht hervorgerufen durch irgend etwas in Sarabandes Verhalten. Wenn ja, sind die Hinweise sehr subtil, zu subtil für ihn, damit er ganz sicher sein könnte. »Vielleicht bin ich selbst die Rückendeckung.«

Sarabande sagt nichts.

»Vielleicht ist ein erster Versuch fehlgeschlagen.«

Nichts an Sarabande deutet darauf hin, daß sie seine Bemerkung gehört hat. »Die Zielperson hat sich nicht verschanzt, aber die Gefahrenstufe ist sehr hoch. Ich bin ermächtigt, einhunderttausend Nuyen anzubieten.«

Raman grunzt. Er hat nichts gegen Eliminierungen, abgesehen davon, daß sie beschwerlich sind. Eine derartige Arbeit erfordert oft ausgedehnte Planung, sowohl hinsichtlich der Ausführung selbst als auch in bezug auf die eigene Flucht. Dabei gerät er oft in eine Position, in der es zur direkten Konfrontation mit der Polizei kommt, was er lieber vermeidet. Die Arbeiten, die ihm am besten gefallen, sind Diebstähle und Einschüchterungen. Diese Jobs sind die einfachsten. Er läßt Sarabande ein paar Sekunden warten, dann sagt er: »Ich habe schon vor Striper gehört. In Hongkong. Sie wendet Magie an.«

»Das sollte dich nicht beunruhigen.«

Tatsächlich beunruhigt ihn Magie auch nicht. Er hat sogar schon Magier angeworben, wenn dies für seine Arbeit förderlich war. Magie kann die Dinge manchmal sehr vereinfachen. »Techniker geben sehr schwierige Ziele ab. Wenn ein Techniker auch noch über Magie verfügt, macht ihn das zu einem noch schwierigeren Ziel.«

»Daher auch der Preis, den ich anbiete, plus gewisse Sonderleistungen.«

Raman hält inne, als denke er darüber nach, dann sagt er: »Zweihundert K.«

»Mein Angebot steht bei einhundert.«

Raman zuckt die Achseln. »Ich habe Ausgaben.«

»Ich kann auf andere Techniker zurückgreifen.«

»Von denen keiner so gut ist wie ich.«

»Vielleicht, vielleicht auch nicht. Wir hatten eine lange und lukrative Geschäftsbeziehung. Darum sage ich auch, der Job gehört dir, wenn du ihn haben willst. Wenn nicht, sehe ich mich anderweitig um.«

Raman lächelt. »Niemand, der hundert K wert ist, würde diesen Job für hundert K annehmen. Und das weißt du auch.«

Sie lassen mehrere Augenblicke schweigend verstreichen. Sarabande schlägt wieder die Beine übereinander. »Natürlich bin ich auch bereit, für Spesen zu bezahlen. Sagen wir fünfzigtausend? Und wenn du willst, kannst du über Dominique verfügen, bis der Job erledigt ist.«

Ihm Dominique anzubieten, ist so offensichtlich ein Trick, daß Raman beinahe lächeln muß. Das letzte, was er will, ist, daß ihm eine der Frauen der Schieberin bei der Arbeit über die Schulter sieht. Daß Sarabande überhaupt so einen Vorschlag macht, amüsiert ihn. Dieses Weib hat ebenfalls Feuer.

Die zusätzlichen fünfzigtausend machen die Gesamtsumme akzeptabel. Nicht gut, nicht schlecht. Wahrscheinlich wird er nur fünf- bis zehntausend für Ausrüstung ausgeben. Also bleiben ihm mindestens hundertundvierzigtausend Nuyen, mit denen er machen kann, was er will.

»Also gut«, sagt Raman. »Einhundertfünfzigtausend. Zwei Drittel davon im voraus.«

»Die ganze Summe wird im voraus auf ein verbürgtes Konto in der Karibik überwiesen.«

Das ist ebenfalls akzeptabel. »Wo hält sich die Zielperson im Augenblick auf?«

»In Philadelphia.«

Das ist gut. Er haßt lange Anfahrtswege zur Arbeit.

»Ich habe einen Datenchip, den du dir gewiß ansehen willst.«

»Später.«

»Selbstverständlich.«

Dominique erwartet ihn in der Bugkabine. Sie erwartet eine Behandlung, die sie so rasch nicht vergessen wird.

34

Die Copzentrale befindet sich auf der Race Street zwischen Siebenter und Achter. Vor vierzehn Jahren hat der dreißigstöckige Komplex das alte Polizeihauptquartier ersetzt, nachdem dieses bis auf die Grundmauern abgebrannt war. Etwa zu der Zeit, als Minuteman Security von der Stadtverwaltung als neue Polizeieinheit unter Vertrag genommen wurde. Kirkland hat den Wechsel unbeschadet überstanden. Er war schon zehn Jahre, bevor Minuteman in die Stadt kam, eingetragenes Mitglied der Philly PBA. Er weiß, wo er stehen wird, wenn die nächsten Vertragsverhandlungen anliegen. Das gilt auch für jeden anderen Cop.

Er nimmt den Fahrstuhl in den vierzehnten Stock und steigt vor einer Doppeltür mit undurchsichtigen Plastikpaneelen aus. Auf dem Schild an der Tür steht:

MORDDEZERNAT
BEZIRK MITTE

Er geht durch die Doppeltür und biegt sofort nach links ab, so daß er nicht durch den Mittelgang und das Labyrinth der Schreibtische muß. Der Gang an der linken Wand führt an den Türen und Fenstern der Gewahrsamszellen vorbei, die offiziell ›Verhörzimmer‹

heißen. Kirkland ist kaum halb durch den Gang, als einer seiner Männer, Detective-Sergeant Murphy, durch die Tür von Verhörzimmer 3 nach draußen tritt.

»Hey, Chef…«

»Nicht jetzt, Murphy.«

»Das müssen Sie sich unbedingt ansehen.«

Ja, ja. Kirkland bleibt stehen, sieht Murphy an, sieht durch das Fenster von VZ 3. Das Mädchen, das an dem Makroplasttisch sitzt, scheint Anfang zwanzig zu sein. Sie trägt einen breitrandigen schwarzen Hut und einen dazu passenden Pullover. Ihr Haar ist ebenfalls schwarz und lang, so daß es über ihre Schultern fällt. Kirkland kann erkennen, daß ihre Augen gerötet und ihre Wangen feucht sind. Kirkland richtet den Blick wieder auf Murphy. »Und?«

Murphy lächelt, als habe er Schmerzen. »Sie ist vor ungefähr einer Stunde aufgekreuzt. Wissen Sie schon von den Morden in dem Lagerhaus am Flußufer?«

Kirkland atmet tief ein, nimmt eine Zigarette aus seinem Päckchen, zündet sie an. Wieder ein ganz normaler Arbeitstag, nur ein paar Morde, von denen er nichts weiß. Noch nichts. »Geben Sie mir die Kurzfassung.«

Murphy nickt. »Drei Kerle wurden tot im Delgato-Lagerhaus aufgefunden. Eine Nachrichtenschnüfflerin hat sie gefunden. Waren ziemlich übel zugerichtet. Haben Sie je von einem Burschen namens Hammer gehört?«

»Bestimmt schon von drei Millionen. Kommen Sie zur Sache.«

»Also, einer der Toten wurde Hammer genannt. Ein Kick-Artist von hier. Wollte höher hinaus. Wetwork. Jedenfalls schneit das Mädchen unten rein und erzählt dem Diensthabenden, sie habe bis zu ihrem letzten Job zu Hammers Team gehört.«

»Was war das für ein Job?«

»Sie sollten Striper umlegen.«

Das ist wirklich interessant. Alles, was mit einem Namen wie Striper in Verbindung steht, ist wirklich interessant, wenn man Kirkland fragt. Die Frage ist nur, ist das Mädchen in dem Verhörzimmer eine Manisch-Depressive mit masochistischem Schuldwahn, oder weiß sie tatsächlich etwas?

»Wie heißt sie?«

»Dana Giachetti. Sie ist eine Magierin.«

Kirkland wünscht, er hätte eine Zigarette für jede abgetakelte Nutte, die er das von sich hat behaupten hören. Er könnte einen Tabakladen eröffnen. Jedenfalls sagt ihm der Name nichts. Kirkland kommt zu dem Schluß, daß dieses Problem bei Murphy in guten Händen ist. »Delgato ist ein Mafialaden, richtig?«

»Ja.«

»Finden Sie heraus, ob es da eine Verbindung gibt. Wenn die Mafia ein Talent wie Striper bemüht, steht uns vielleicht ein neuer Bandenkrieg bevor. Schließen Sie sich mit der Abteilung Organisiertes Verbrechen und dem DEA zusammen. Setzen Sie jemanden darauf an. Quetschen Sie das Mädchen gründlich aus, und dann holen Sie einen ADA und quetschen sie weiter aus. Wenn sie verschwinden will, klagen Sie sie der Mittäterschaft an und buchten sie ein.«

»Chef, das ist heute nicht mein erster Tag hier.«

»Erzählen Sie mir mehr davon. *Aber ein andermal,* Murphy!«

Kirkland geht bereits weiter den Gang entlang. Murphy schließt den Mund, lächelt, nickt und winkt, als wolle er sein Okay signalisieren. Murphy ist ein guter Detektiv, er braucht nur zu lange, um Dinge zu erklären. Kirkland hat in jedem Augenblick fünftausend Dinge im Kopf, und weitere zehntausend, die eigentlich seine sofortige Aufmerksamkeit verlangten, gehen einfach den Bach herunter.

Hat Striper Robert Neiman und die anderen Exotech-Execs umgelegt? Hat Exotech daraufhin einen

Kick-Artist namens Hammer angeheuert, um Striper aus Rache zu erledigen? Ist irgendeine dieser Personen oder Organisationen in eine Sache verwickelt, von der Kirkland vielleicht noch nicht das geringste gehört hat?

Kirkland grunzt.

Das einzige, was er mehr haßt als unbeantwortete Fragen, ist die Aussicht auf unbeantwortete Fragen, die noch mehr Fragen aufwerfen. Er hätte Automechaniker wie sein Vater werden sollen.

Der nach hinten führende Gang wird von einer mit Teppich ausgelegten Fläche flankiert, wo die fünf zivilen Datenbeschaffer der Abteilung untergebracht sind. Kirkland geht so rasch an ihnen vorbei, daß er seine Bürotür bereits hinter sich geschlossen hat, bevor einer von ihnen zu ihm aufsehen kann. Er stellt die Kaffeemaschine an, setzt sich hinter seinen Schreibtisch, drückt seine Zigarette aus und zündet sich sofort eine neue an. Tief inhalierend, schaltet er das Telekom ein. Die Einheit hat einen Monitor, einen integrierten Computer und das städtische Telefonbuch in ihrem Speicher.

Er drückt ein paar Sensortasten. Die Verbindung-wird-hergestellt-Maske des Lokalen Telekommunikationsgitters erscheint auf dem Monitor. Zwei Klingelzeichen, und eine attraktive Blondine ersetzt die Maske. »Guten Tag, KFK Plaza, mein Name ist Melissa«, sagt sie mit melodischer Stimme. »Kann ich Ihnen helfen, Sir?«

»Mister Torakido, bitte.«

»Wen darf ich melden?«

Kirkland hält sein Abzeichen vor die Kameralinse. »Lieutenant Kirkland, Morddezernat.«

»Einen Augenblick, Sir. Ich verbinde.«

Die Blondine weicht einer Luftaufnahme des KFK-Hauptquartiers, das mitten in einer ausgedehnten, welligen Rasenlandschaft steht, die, wie ihn eine

Stimme informiert, irgendwo in der Nähe Tokios gelegen ist. Das Video, das von Orchestermusik begleitet wird, fährt fort, von der humanitären Philosophie KFK Internationals zu erzählen. Es läuft jedoch nicht so lange, daß Kirkland die zahlreichen Verbesserungen in der Lebensqualität der gesamten Menschheit mitbekommt, für die die Organisation verantwortlich ist. Das ist es nämlich, was in Promostreifen wie diesem als nächstes kommt.

Statt dessen erscheint eine Brünette auf dem Schirm, die so attraktiv ist, daß wahrscheinlich ein kleines Vermögen für kosmetische Chirurgie in sie investiert worden ist. Kirkland sieht sehr genau hin, kann aber nicht den winzigsten Makel in ihren dunkelblauen Augen und ihrem gebräuntem Teint entdecken.

»Guten Tag, Lieutenant«, sagt sie mit wohlkingender Stimme und britischem Akzent. »Ich bin Theona MacFarlane, Mister Torakidos Privatsekretärin. Wie kann ich Ihnen helfen?«

»Ich würde gerne mit Ihrem Boss reden«, sagt Kirkland.

»Mister Torakido befindet sich gegenwärtig nicht in seinem Büro. Vielleicht kann ich weiterhelfen.«

Die Worte und ihr Tonfall verraten nichts, aber die Miene der Frau ist betont interessiert, als hätte sie den ganzen Tag nur herumgesessen und auf seinen Anruf gewartet. Kirkland fragt sich, was eigentlich vorgeht. Konzerne sind normalerweise ganz groß im Reden und ganz klein im Handeln, soweit es Polizeiermittlungen betrifft.

»Okay, es geht um folgendes«, sagt er, nachdem er sich spontan entschlossen hat, jedes Hilfsangebot anzunehmen, das ihm gemacht wird. »Ich untersuche die Morde an Robert Neiman und ...«

Weiter kommt er nicht. MacFarlane unterbricht ihn: »Ja. Lieutenant. Ich weiß.«

Sie ist informiert. Kirkland weiß nicht, ob das impliziert, daß MacFarlane über alles im Bilde ist. Aber er macht sich Gedanken deswegen. »Dann wissen Sie vielleicht auch, daß ich gewisses Informationsmaterial vom Verantwortlichen Leiter Exotechs, einem Mister Bernard Ohara, angefordert habe. Dinge wie Personalakten, Daten über die Abteilung Sonderprojekte, Informationen, die für meine Ermittlungen von entscheidender Bedeutung sein könnten.« Ohne auf MacFarlanes Antwort zu warten, fügt er hinzu: »Bis jetzt habe ich allen Grund, mich über mangelnde Zusammenarbeit zu beklagen.«

MacFarlanes Miene drückt jetzt gedämpfte Überraschung aus. »Sie haben diese Anforderung an Mister Ohara persönlich gerichtet?«

»Ja. Von Angesicht zu Angesicht.«

Noch einmal der sehr gedämpfte Ausdruck der Überraschung. Gleich darauf wieder die betont interessierte Miene. »Sagen Sie mir, welche Informationen genau Sie gerne hätten, Lieutenant.«

Beides gemeinsam, ihre Miene und ihr Ersuchen, überzeugt Kirkland, daß tatsächlich etwas hinter den Kulissen von KFK International vorgeht. Was das ist, darüber kann er nur spekulieren. Sein Hauptinteresse gilt der Abteilung Sonderprojekte: Wer hat dort gearbeitet? Wann? Woran haben sie gearbeitet? Außerdem will er Personalakten von allen toten Execs und ihren Mitarbeitern, sowohl den lebenden als auch den verstorbenen. Er rasselt seine Liste herunter.

MacFarlane sagt: »Ich muß Ihnen sagen, Lieutenant, daß Kono-Furata-Ko stolz darauf ist, ein verantwortungsbewußter Konzern zu sein, und daß es immer zur Konzernpolitik gehört hat, bei allen offiziellen Untersuchungen legitimierter öffentlicher Behörden wie der Polizei uneingeschränkt zu kooperieren.«

Kirkland nickt, er hat ähnliche Reden schon des öfteren gehört.

»Lassen Sie mir eine Stunde Zeit«, sagt MacFarlane.

Kirkland ist so überrascht über den Zeitrahmen, daß er zögert, und dann ist es zu spät, um noch zu antworten. Sie unterbricht die Verbindung. Der Schirm wird schwarz. Er nimmt einen tiefen Zug von seiner Zigarette. Dann öffnet sich die Tür zu seinem Büro, und Captain Henriquez, der Leiter der Mordkommission, Bezirk Mitte, marschiert herein. Henriquez' Büro ist zwei Türen weiter. Kirkland zündet sich eine Zigarette an der Glut der letzten an und lehnt sich zurück.

»Wie ist es gelaufen in Germantown?« fragt Henriquez.

»Es sieht so aus, als würden die Dinge schlimmer, bevor sie besser werden.«

»Besser? Eher werden wir beide zur Verkehrswacht versetzt, bevor das passiert.« Henriquez sinkt auf einen der beiden Plastikstühle vor Kirklands Schreibtisch. »Wo stehen wir jetzt?«

Kirkland verkneift sich die erste Antwort, die ihm in den Sinn kommt, und sagt nur: »Ich wollte gerade die ganze Mannschaft zu einer Besprechung zusammentrommeln.«

»Aha. Na, wenn das so ist, komme ich später noch mal wieder.«

»Gut.«

Fünf Minuten später ist Kirklands winziges Büro-Kämmerchen mit der Hälfte aller Beamten des Morddezernats, Bereich Mitte, vollgestopft. Alles in allem knapp vierzig Personen. Nicht viel in einem Metroplex mit gut drei Millionen Einwohnern, und das ist nur die offizielle Bevölkerung.

»Wer hat was?« sagt Kirkland.

Drei oder vier fangen gleichzeitig an zu reden, dann verstummen sie und reden einer nach dem anderen wie brave Jungen und Mädchen. Sie sind den unzähligen Spuren, Möglichkeiten und zarten Andeutungen von Indizien nachgegangen, die vielleicht zur Aufklärung der Mordserie an Exotech-Execs führt. Bisher ist es ihnen gelungen, die meisten freischaffenden Kick-Artisten Philadelphias sowie den größten Teil der bekannten Yakuza-, Mafia- und Seoulpa-Vollstrecker als Verdächtige zu eliminieren. Außerdem haben sie auch die meisten Blutsverwandten, Freunde und Bekannten der Opfer eliminiert. Das ist zwar ein guter Anfang, aber noch nichts, wofür Captain Henriquez oder sonst jemand ein dankbares Schulterklopfen vom Bürgermeister erwarten kann.

Detective-Sergeant Lisa Wu rasselt die gegenwärtigen Daten über auswärtige Killer herunter. Stripers Name taucht auf, aber das ist kein Zufall. Der Name steht auf der Liste.

»Bis jetzt haben wir noch nicht viel über ihre Aktivitäten«, berichtet Wu. »Vor ungefähr sechs Wochen ist sie in Chinatown gesehen worden. Seitdem haben sie ein paar Informanten gesehen, aber sie schlägt keine Wellen. Zumindest keine, von denen wir wissen. Das ist an sich schon sehr ungewöhnlich. Derart schwere Kaliber sitzen normalerweise nicht untätig herum. Wir haben zumindest einen Informant, der sagt, sie spielt Leibwächter für irgendeinen Kerl ...«

»Was für einen Kerl?«

Detective Wu zuckt die Achseln.

»Hübsche Antwort. Sie sind gefeuert.«

»Tut mir leid, Chef.«

Sarkasmus reicht nicht, um seinem Ärger Luft zu machen. Kirkland lehnt sich zurück, starrt kurz an die Decke. »Das ist jemand, der wieviel bekommt? Zehn K, um jemandem die Frisur zu ruinieren? Das Doppelte, um jemandem den Arm zu brechen? Sie spielt nicht Leibwächter für *irgendeinen Kerl*. Irgendeinen Kerl, den sie in einer Bar kennengelernt hat? Allmächtiger Gott! *Denkt doch mal nach, Leute!*«

Wu hebt eine Hand an die Augenbraue und macht einen mächtig eingeschüchterten Eindruck. Andere sehen zu Boden. Die Luft wird ein wenig feucht vom

Schweiß. Aber das ist ganz gut so. Wegen dieser Exotech-Geschichte sitzt Kirkland die halbe Chefetage im Nacken. Wenn er den Leuten Druck machen muß, um Fakten aus ihnen herauszuholen, ist er dazu mehr als bereit. Er zündet sich eine weitere Zigarette an, dann fällt ihm auf, daß seine letzte halb aufgeraucht im Aschenbecher vor sich hin qualmt. Er ignoriert es. Wenn es sonst noch jemandem auffällt, ignorieren die Betreffenden es ebenfalls.

»Was haben wir sonst noch?«

Ramirez wedelt mit ein paar Ausdrucken.

»*Reden Sie*, verdammt noch mal«, grollt Kirkland.

»Das FBI hat eine vermutliche Übereinstimmung von Haaren, die in dem Fahrstuhl gefunden wurden, in dem es Neiman erwischt hat.«

Robert Neiman war der erste ermordete Exotech-Exec. Der Mord fand in einem Parkhaus statt. Der Mörder war als einziger in dem Fahrstuhl und hat von dort aus mit einer verdammten Vindicator Minikanone in das Parkhaus geschossen, und dort hat es Neiman erwischt. Kirkland will jedoch keine Haarspaltereien betreiben. »Was für Haare, und womit stimmen sie vermutlich überein?«

Ramirez nickt, schluckt. »Die in dem Fahrstuhl gefundenen Haare stimmen mit Haaren überein, die die Polizei von Seoul vor ein paar Jahren am Tatort eines Mordes gefunden hat, der seinerzeit Striper zugeschrieben wurde.«

»Das FBI tauscht Informationen mit Seoul aus? Seit wann denn das?«

»Nun, tatsächlich geht das Gerücht, daß ein Hacker des ...«

Kirkland hebt die Hand. »Vergessen Sie die Frage. Wie gesichert ist diese Übereinstimmung?«

»Fast sicher. Das Problem ist, daß niemand weiß, wessen Haar das ist. Und was es überhaupt für Haar ist. Das FBI hat ein paar Tests gemacht, die Sache aber nicht weiterverfolgt. Es handelt sich weder um menschliches oder metamenschliches Haar, noch konnte es irgendeiner bekannten Spezies zugeordnet werden.«

»Und ... was folgt daraus? Ist es Tierhaar?«

»Wir wissen es nicht.«

»Was sonst noch?«

»Niemand weiß es.«

»Das FBI *weiß es nicht?*«

»Sie sagten, wir sollten es bei einem Zoologen versuchen. Vorzugsweise bei einem, der sich mit paranormalen Spezies auskennt.«

An jedem anderen Tag würde Kirkland vielleicht, obgleich nur kurz, gelächelt haben, hätte er gehört, daß Gottes Geschenk an die Menschheit, das allwissende FBI, auch nicht alle Fragen beantworten kann. Es stärkt jedenfalls sein manchmal wankendes Vertrauen in ganz normale Polizeibehörden. Was Zoologen betrifft, von denen er in letzter Zeit gehört hat ... Er wedelt mit seiner Zigarette, aber das hilft seinem Gedächtnis auch nicht auf die Sprünge. Zu viele Namen, zu viele Daten.

»Wie heißt die Frau, die an dieser Ghul-Sache arbeitet? Die aus dem Wissenschaftszentrum?«

Detective Kyowa meldet sich zu Wort. »Liss. Doktor Marion Liss. Ich glaube, sie ist Parazoologin.«

»Rufen Sie sie an, Ramirez.«

»Klar, Chef.«

»Was gibt es sonst noch? Shackleford.«

Detective Chris Shackleford ist mit Abstand das kleinste Mitglied der Abteilung, kaum größer als einen Meter. Minuteman Security hat nichts gegen eine Zwergin einzuwenden, und dasselbe gilt auch für Kirkland. Shackleford ist sehr talentiert, was Computer und Statistiken anbelangt, und hat offenbar, was noch wichtiger ist, einen ziemlich wachen Verstand. Sie hat immer irgendwelche Ideen. Jetzt schüttelt sie jedoch den Kopf. »Striper ist es nicht.«

Kirkland stößt einen tiefen Seufzer aus und schaut zur Decke.

»Stripers Zielpersonen sind normalerweise Drogenbarone und Verbrecherkönige. Sie legt keine Konzern-Execs um, es sei denn, sie drängen in die Unterwelt.«

»Ist das Ihre psychologische Beurteilung, Shackleford?«

Detective Shackleford preßt die Lippen zusammen und sieht einen Augenblick lang so gereizt aus, wie Kirkland sich fühlt. Das einzige psychologische Profil, das sie von Striper haben, ist zu unvollständig, um etwas wert zu sein. Das bedeutet, Shacklefords Beurteilungen gehören in den Bereich Spekulationen.

»Was ist falsch daran, aufgrund der Zielpersonen und der Methode ein Profil zu erstellen«, sagt Shackleford mit Nachdruck. »Es hat mal eine Zeit gegeben, als das die einzige Art von Profilen war, die wir hatten!«

Nichts ist in Stein gemeißelt, soweit es Kirkland betrifft. Zugegeben, was Shackleford sagt, stimmt. Es stimmt auch, daß sich die Dinge ändern. Das gleiche gilt für Menschen. Kirkland hat schon Profi-Killer und Kick-Artisten gekannt, die plötzlich ihren Stil veränderten, und zwar mit dem einzigen Ziel, ihre Polizeiprofile zu verwirren. »Sie wollen Striper also von der Liste streichen.«

»Wir haben Leute in der Stadt, die nicht mal auf der Liste sind und die ihre eigene Mutter für ein Taschengeld umlegen würden.«

»Was schlagen Sie also vor?«

Shackleford bekommt keine Gelegenheit zu antworten. Die Bürotür öffnet sich, die Menge der Detectives teilt sich, und der Deputy Chief of Detectives, Nanette Lemaire, tritt ein. Sie sieht sich rasch um, fixiert dann Kirkland und sagt: »Wie ist der Stand der Dinge im Fall der Morde an den Exotech-Pinkeln?«

Gott verfluche alle Schreibtischhengste.

35

Das Sonnenlicht schwindet.

Die Schatten werden länger ... Die Zeit ist gekommen, in der ihr rotschwarz gestreiftes Fell perfekt mit den Flecken dämmrigen Zwielichts und schattiger Dunkelheit verschmilzt. Die Zeit zur Jagd ist gekommen.

Tikki erhebt sich aus ihrem blättrigen Versteck, einem grasbewachsenen Grat im felsigen Abhang eines Hügels, dessen Bäume und Büsche sie vor der Sonne und der schlimmsten Tageshitze geschützt haben. Sie tritt unter eine der Kaskaden, die über die Felswand schießen, und badet kurz in dem kalten Wasser, das ihr Fell durchnäßt. Danach fühlt sie sich vollends wach, erfrischt und lebendig.

Sie reckt die Nase in die Luft.

Aufgrund der Stärke der Witterung weiß sie, daß Sambarhirsche in der Nähe sind, in Reichweite. Den größten Teil des Tages hat sie ihren Schreien gelauscht. Die Zeit ihrer Paarung ist gekommen. Ihre heiseren Rufe tragen in der stillen Waldluft sehr weit. Ihre Witterung umschmeichelt sie wie eine Einladung. Wenn die Sambars ihren Geruch bemerkt haben, nehmen sie keine Notiz davon.

Tikki zuckt mit den Ohren, schüttelt das Wasser ab, reibt sich kurz mit der Pfote über den Hals, der unerklärlicherweise juckt, und schleicht dann hinunter auf den Waldboden. Sie übereilt nichts. Ein Junges würde diesen Fehler vielleicht begehen, sie nicht. Sie bewegt sich mit langsamen, wohlüberlegten Schritten, die sie lautlos über abgefallene Blätter und durch grüne Zweige von Sträuchern tragen. Hoch in den Bäumen zwitschern Vögel, doch keiner kreischt eine Warnung. Vielleicht hat sie noch niemand bemerkt.

Ein plötzliches Kreischen hebt an, spitz, von Untertönen der Angst und der Wut durchsetzt. Tikki bleibt stehen und schaut nach oben. In den Bäumen wimmelt es von Affen. Äste zittern und wackeln, Blätter rauschen. Die Affen quieken und kreischen, warnen sie, näher zu kommen, warnen alle in Hörweite ihrer gellenden, unangenehmen Stimmen, daß eine Gefahr aufgetaucht ist.

Einen Augenblick lang erwägt sie, einen Baum zu erklimmen, um diese ärgerlichen Kreaturen zum Schweigen zu bringen, aber es hat keinen Sinn. Sie hat es früher schon einmal versucht. Ihre Mutter hat es einmal versucht und wäre dabei fast vom Baum gestürzt, als sie wieder herabzuklettern versuchte. Bäume sind nicht der geeignete Aufenthaltsort für Wesen von Tikkis Größe und Gewicht.

Sie geht weiter, folgt der Witterung in der Luft.

Nach kurzer Zeit nehmen die Sambars ihre Brunftschreie wieder auf. Sie sind jetzt weiter links und haben sich außerdem ein Stück von ihr entfernt. Sie ändert die Richtung entsprechend. Frischere Witterungen von den Baumstämmen und der Erde und aus der Luft stechen ihr in die Nase. Sie hat die Stelle erreicht, wo die Sambars waren, als sie auf den Waldboden herabgestiegen ist.

Kurze Zeit später kommen sie in Sicht, eine kleine Gruppe, mehrere Männchen und Weibchen, die sich um eine kleine Lichtung geschart haben. Tikki bewegt sich jetzt sehr vorsichtig, tief geduckt, und benutzt jede verfügbare Deckung. Plötzlich erstarren die Sambars, die Köpfe in die Höhe gereckt. Sie erstarrt ebenfalls, halb hinter ein paar Felsen verborgen und nur ein paar Schritte vom Rand der Lichtung entfernt. Haben sie sie gesehen? Haben sie sie gewittert? Sie schleicht einen weiteren Schritt vor, dann noch einen, und plötzlich fängt irgendein Vogel hoch in den Bäumen laut an zu kreischen. Wie auf ein Signal wirbeln alle Sambars gleichzeitig herum und ergreifen die Flucht.

Doch da schießt Tikki bereits aus dem Gebüsch und

jagt mit riesigen Sätzen über die Lichtung. Ihre Krallen wühlen sich tief in das weiche Erdreich.

Jetzt fangen eine Million Vögel an zu kreischen, während die Sambars in alle Richtungen davonsprengen. Das erste warnende Kreischen hat sie in Panik versetzt, so daß sie sich in ihre Richtung wandten. Bevor sie ihren Fehler erkennen, ist sie mitten unter ihnen, schlägt die Krallen in einen der Rücken, zerrt das Tier zu Boden, umschließt seine Kehle mit ihren mächtigen Kiefern.

Das ist ihr Todesgriff. Der Sambar ist ihr jetzt nicht mehr zu nehmen. Ihr Gewicht allein reicht aus, um das Tier am Boden festzunageln, wie verzweifelt es auch dagegen ankämpfen mag. Tikki wäre nicht überrascht, wenn es aus Angst verendete. Das ist schon vorgekommen. Hin und wieder scheint eine Beute zu erkennen, daß sie rettungslos verloren ist, sobald Tikki sie in ihrem Griff hat. Sie muß die Kiefer nur noch schließen und vielleicht einmal mit dem Kopf rucken, um der Beute das Genick zu brechen.

Genau das sollte jetzt auch passieren, aber statt dessen geschieht etwas sehr Seltsames. Der Sambar wehrt sich immer noch. Der verzweifelte Glanz in seinem linken Auge wird zu einem regenbogenfarbenen Leuchten, das sich über seinen ganzen Körper ausbreitet. Tikki bricht ihm das Genick, und immer noch wehrt sich der Sambar. Sie zerreißt seine Kehle, und er wehrt sich immer noch. Sie zerfleischt seinen Körper, bis das Blut auf den Boden spritzt und seine inneren Organe ein matschiger Brei um ihre Krallen sind, und er wehrt sich immer noch.

Sie zerfetzt seinen Körper, bis nur noch eine unkenntliche Masse übrig ist, und dann...

Erwacht Tikki abrupt. Sie liegt auf dem Boden ihres Unterschlupfs in Nordostphilly und hört die Worte ihrer Mutter zu der Frage, was sie tun soll, wenn alles schiefgeht: Schreib deine Verluste ab und verschwinde.

Laß alles stehen und liegen und schau niemals zurück. Kümmere dich nicht um Geld oder um den Schaden, den dein Ruf dadurch erleiden könnte. Überleben ist das Wichtigste. Es gibt immer noch einen anderen Metroplex mit unzähligen hungrigen Raubtieren, die gewillt sind, für deine Art Talent zu bezahlen, und die meisten interessieren sich nur dafür, was du liefern kannst.

Sie hebt den Kopf und sieht sich um. Spätnachmittägliches Sonnenlicht erfüllt das Zimmer. Die Matratze unter ihr ist völlig zerfetzt. An ihren Krallen kleben Schaumstoffstückchen und dünne Streifen Bettzeug.

Im Haus ist alles ruhig.

Sie scheint alleine zu sein.

Dann wird es Zeit, sich zu verwandeln. Sie zwingt sich in ihre menschliche Gestalt zurück. Bei Sonnenlicht fällt es ihr nicht ganz so schwer, aber so kurz nach Vollmond ist es nie leicht. Tikki hat das Gefühl, als verwandle sie sich von einem Wesen mit beinahe unüberwindlicher Kraft in ein kleines Würstchen von einem zweibeinigen Schwächling. Es ist dasselbe, als würde sie ihre Beute einem stärkeren Jäger überlassen. Sie weiß, daß sie muß, aber es erfüllt sie derart mit Ärger und Frustration, daß ihrer Kehle ein sehr menschlich klingendes Knurren entweicht. Nach der Verwandlung liegt sie auf der Matratze, starrt an die Decke und fragt sich, was sie jetzt tun wird. Was soll sie tun? So vieles scheint falsch zu sein. Unablässig nagt das Gefühl an ihr, daß ihre Situation irgendwie außer Kontrolle geraten ist.

Sie fühlt sich ... verwirrt.

Aus irgendeinem Grund erinnert sich Tikki an den letzten Mann, den sie für Adama getötet hat – Tomita Haruso –, wie er sich noch bewegt hat, nachdem er eigentlich hätte tot sein müssen. Hätte sie es nicht besser gewußt, hätte die Vermutung nahegelegen, daß der Mann in Wirklichkeit kein Mann, sondern ein paranormales Wesen war, vielleicht sogar ein Gestaltwandler wie sie selbst. In diesem Fall hätte sie vielleicht sogar geargwöhnt, daß Magie im Spiel war. Der Grund, warum ihr solch ein Verdacht nicht gekommen ist, war der, daß damals alles richtig gerochen hat. Die Menschen rochen nach Menschen. Die Luft roch nach Blut und Entsetzen und Tod. Nur ihre Augen gaben Anlaß zu der Vermutung, daß irgend etwas Seltsames vorging, und Tikki weiß immer noch nicht, was sie davon halten soll.

Eines ist gewiß: Sie wird keine Antworten auf ihre Fragen bekommen, wenn sie weiterhin nackt in diesem Zimmer herumliegt. Sie trägt ihre rote und schwarze Gesichtsfarbe auf und zieht ihre rotschwarze Kunstledermontur an, ihre Striper-Verkleidung. Sie überprüft die Kang – ein Schuß in der Kammer, der Munitionsclip ist voll und fest eingerastet –, und schiebt sie dann in das Rückenhalfter.

Aus dem Spätnachmittag ist Abend geworden, als sie die Straße betritt. Ein blauweißer Bus von Minuteman Security quält sich den Block entlang in Richtung Strafanstalt. Ein lautes Tuten und ein dumpfes Rumpeln kündigen die Vorbeifahrt eines Zuges auf den Schienen im Westen an. In diese Richtung geht sie, nach Westen. Ein paar Blocks weiter steht sie vor dem Hunan Mayfair, einem kleinen Restaurant, das zwischen ein deutsches Delikatessengeschäft und eine Pizzeria gequetscht ist. Im Fenster blinken in grellen Neonbuchstaben die Worte: ›Kung Po Rindfleisch! Heiß! Mit Wasserkastanien, Bambussprossen und Erdnüssen in heißer & scharfer Pfeffersoße gebraten!‹ Sie betritt das Restaurant, setzt sich an einen der Plastiktische und bestellt einen Teller Kung Po.

»Achte darauf, daß es heiß ist«, sagt Tikki zu dem alten Mann, der ihre Bestellung aufnimmt.

»Ehh?« erwidert er stirnrunzelnd.

Sie setzt die Sonnenbrille ab und begegnet dem

Blick des Mannes. Ein Anglo würde wahrscheinlich nur die rotschwarz gestreifte Gesichtsmaske wahrnehmen. Vielleicht sieht der alte Mann mehr. Über sein Gesicht huscht ein Ausdruck der Überraschung. Tikki vermutet, daß er die asiatische Form ihrer Augen bemerkt hat. Bei einem Mann, der offensichtlich chinesischer Herkunft ist, macht das einen Unterschied.

»Ich will mein Essen heiß«, sagt sie im Mandarin-Dialekt.

»Sehr heiß«, erwidert der alte Mann lächelnd in derselben Sprache. »So heiß du willst. Warte es ab.«

Sie nickt, und der alte Mann verbeugt sich und geht.

In dem winzigen pyramidenförmigen Trid, das in der Mitte ihres Tisches verankert ist, wird ein Combatbikermatch zwischen den Texas Rattlers und den L.A. Sabers übertragen. Sie schaltet auf News Now 38 um und hört sich eine Wiederholung des Berichts über diesen Pinkel Neiman an, der in einem Parkhaus umgelegt worden ist. Sie bringen immer noch nichts über die Yakuza-Mitglieder, die sie erledigt hat. Warum stört sie das so sehr? Vielleicht deshalb, weil der Bericht über Neiman viele Einzelheiten enthält, die sie an ihr Attentat auf Ryokai Naoshi erinnern, das ebenfalls in einem Parkhaus stattfand, und sie weiß, daß die Medien solche Berichte oft bringen, trotz gerichtlich verordneter Nachrichtensperre und aller Anstrengungen der Cops, gewisse Vorfälle nicht an die Öffentlichkeit dringen zu lassen.

Sie fragt sich, ob Adama sie hinsichtlich der Identität jener angelogen hat, die sie zu ihrer Beute gemacht hat. Könnte man sie mit einer List dazu gebracht haben, ganz gewöhnliche Bürger zu ermorden? Das kommt ihr eher unwahrscheinlich vor. Tikki überprüft grundsätzlich alle Informationen, die ihr gegeben werden. Um sie zu täuschen, hätte Adama Magie gegen sie einsetzen müssen, und Adama ist kein Magier.

Das Fleisch wird gebracht, Kung Po, heiß genug, um sich den Gaumen daran zu verbrennen. Das Essen hilft ihr, sich zu beruhigen, was das Denken erleichtert. Sie erwägt kurz, einen zweiten Teller zu bestellen, aber jetzt ist nicht der rechte Zeitpunkt, sich vollzustopfen. Sie muß denken. Klar denken. Scharf denken.

Jemand hat einen Preis auf ihren Kopf ausgesetzt. Es spielt keine Rolle mehr, wie man herausbekommen hat, daß sie die Hauptwaffe in Adamas ehrgeizigem Streben nach der Herrschaft über die Unterwelt Philadelphias ist. Was soll sie deswegen unternehmen? Das ist die Frage.

Sich auf das Schlimmste gefaßt machen.

Ihr Geld holen.

Tikki gefällt die Vorstellung zu flüchten nicht, aber falls nötig, wird sie es tun. Und sollte es irgendwann tatsächlich zum Knall kommen, hat sie vielleicht keine Zeit mehr für einen Abstecher zur Bank.

Die ›Bank‹ befindet sich in diesem Fall unter den Ruinen der Nordost-Promenade. Eine kurze Taxifahrt bringt sie vom Restaurant in einen Bezirk namens Holmesburg. Die Parkplätze sind mit Abfall, Schutt und ausgebrannten Fahrzeugen übersät. Feuer brennen in Metallfässern. Fünf Minuteman-Streifenwagen parken mit blinkenden Blaulichtern vor dem Haupteingang. Ein Dutzend Mitglieder einer Bande mit Motorrädern feiern auf der Westseite eine Party. Auf der Nordseite der Promenade findet Tikki einen offenen Notausgang, der ihr den Zugang zu einer ins Untergeschoß führenden Treppe ermöglicht.

Es ist finster hier unten, finster wie die Nacht. Die Luft stinkt nach Kerosin und Benzin. Laserlicht blitzt, Scheinwerfer strahlen. Musik dröhnt, ein halbes Dutzend nicht harmonierende Melodien, widerstreitende Rhythmen, Hämmern, Stampfen. Ein Rennmotorrad heult auf und jagt über den Promenadenplatz. Menschen und Metamenschen, ein paar Elfen, Orks und sogar einige Trolle, stehen in Gruppen herum oder wandern umher, reden, lachen, rufen, kreischen. Manche trinken, andere dösen vor sich hin. Ein Pärchen in schwarzem Kunstleder windet sich in leidenschaftlicher Umarmung auf einer der Marmorimitatbänke. Abfälle und anderer Müll beeinträchtigen an manchen Stellen das Vorankommen. Erbrochenes und Exkremente haben sich längst mit den Abfällen vermischt und tragen zu dem widerlichen Gestank bei, der die Luft verpestet.

Die Geschäfte auf beiden Seiten der Promenade sind verschiedenen anderen Bestimmungen zugeführt worden. Eines bietet Raubkopien von SimSinn-Chips und -Bändern an – alle *Better Than Life*. Garantiert. Ein anderes hat sich auf bewußtseinsverändernde Chemikalien spezialisiert. Verschiedene andere haben eine beachtliche Vielfalt von Waren ausgestellt, alle unzweifelhaft gestohlen. Die meisten Läden werden von Artisten mit Kanonen bewacht, hauptsächlich automatische Waffen, darunter auch Maschinengewehre.

Etwa in der Mitte der Promenadenplaza befindet sich der Laden, den die Death Angels, eine der mächtigsten Motorradgangs der Stadt, zu ihrem Hauptquartier gemacht haben. Viele Mitglieder sind billige Messerklauen, Kick-Artisten und Killer. Unbedeutendere Talente, soweit es Tikki betrifft, doch wert, sie mit einem gewissen Maß an Respekt zu behandeln, wert, sie zu beobachten, wenn auch nur aus dem Augenwinkel.

Eines der Bandenmitglieder, das vor dem Eingang zum Hauptquartier herumhängt, prostet ihr mit einer Flasche Schnaps zu und ruft: »Hoi, Striper!«

»Hoi, *Pinkel!*« knurrt sie als Erwiderung.

Das Bandenmitglied gackert vor Lachen, ballt dann die Faust, schiebt sie in Hüfthöhe wie eine Säge hin und her und tönt: »El numero uno!«

Der Respekt beruht auf Gegenseitigkeit.

Und so muß es auch sein.

Wenn es nicht so ist, wird das Leben gefährlich. Die Death Angels wissen das. Sie würden in Nordostphilly nicht überleben, wenn sie sich mit jedem anlegten, der ihnen über den Weg läuft. Außerdem scheinen sie zu wissen, daß Tikki ein Jäger ist, der es verdient, richtig behandelt zu werden. Sie weiß nicht genau, wie sie dahintergekommen sind, aber sie hat seit dem Tag ihrer Ankunft nie Probleme mit ihnen gehabt.

Die Bank befindet sich gleich neben dem Hauptquartier der Angels. Die Ladenfront ist durch eine Metallmauer geschützt, die nur von einer einzelnen schmalen Tür unterbrochen wird. Tikki pocht an die Tür. Der schmale Schlitz in der Tür öffnet sich. Ein großes Auge betrachtet sie. Einen Augenblick später öffnet sich die Tür, und Tikki betritt den Außenraum der Bank. Sie schaut auf eine weitere Metallmauer, in der sich die Umrisse einer weiteren Tür abzeichnen. Links neben ihr steht ein Plastiktisch, rechts neben ihr ein Troll, und zwar ein großer. Er ist unter dem Namen Duke bekannt und hat derartig massive Knochenablagerungen unter seiner Haut, daß sie eher wie eine klumpige Lederhaut mit darin eingenähten Steinen aussieht. Die Klumpen erheben sich zu abgeflachten Stacheln, die sich über seinen gesamten Schädel ziehen.

Duke ist nicht ganz doppelt so groß wie Tikki, aber fast. Zumindest sieht er so aus, wie er da vor ihr steht. Ihm ins Gesicht zu schauen, ist so, als ob man zur Decke blickt. Er ist so groß, daß er sich ganz tief bücken muß, wenn er durch eine normale Tür gehen will. Und wenn er sich in ein durchschnittliches Auto zwängen könnte, bliebe nicht mehr viel Platz für etwas anderes. Duke wiegt vielleicht nicht so viel wie eine Limousine, aber er sieht so aus. Weit über hundert Kilo. Zum Eindruck gewaltiger Größe und imposanter Kraft tragen außerdem sein Ares Körperpanzer, die beschlagenen und mit Stacheln besetzten Armschoner und das schwere Maschinengewehr vom Typ Stoner-Ares M107 bei, das er sich locker über die Schulter geworfen hat.

»Wenn du Ärger suchst«, sagt er mit tiefer und gutturaler Stimme, »kannst du von mir soviel kriegen, wie du willst.«

Tikki glaubt ihm und schüttelt nur den Kopf. Sie ist beeindruckt. Nicht so beeindruckt, daß sie Angst hätte, aber doch so sehr, daß sie zu dem Schluß kommt, sehr vorsichtig im Hinblick auf diesen Duke sein zu müssen, falls es doch Ärger gibt. Sie fragt sich nur, warum der Troll das Bedürfnis hat, große Reden zu schwingen. Sie hat nicht die Angewohnheit, wegen nichts Ärger zu machen.

»Drinnen sind keine Kanonen erlaubt.«

Das ist so üblich. Tikki legt die Kang auf den Tisch und läßt bereitwillig eine rasche Durchsuchung über sich ergehen. Duke grunzt und pocht dann mit einem verhornten, klobigen Fingernöchel auf einen Knopf an der Innenwand. Ein Summer ertönt. Die Tür in der Innenwand wird von innen entriegelt, aber es vergehen noch ein paar Sekunden, bis sich die Tür öffnet. Manche Leute kommen niemals durch diese Tür. Man muß den richtigen Namen kennen. Man muß als sicher eingestuft werden.

»Merk dir, was ich gesagt habe«, grollt Duke.

Tikki nickt, obwohl sie die Ermahnung ein wenig ärgert.

Sie ist überflüssig.

Der Raum auf der anderen Seite der Tür ist sehr schlicht. Die Tür selbst wird von zwei Messerklauen flankiert, einem Mann und einer Frau. Beide tragen Sturmgewehre. Tikki kann das Metall in den beiden förmlich riechen. Ein rechteckiger Tisch steht in der Mitte des Raumes, und das einzige Licht stammt vom Bildschirm des Terminals darauf. Hinter dem Tisch sitzt André, der Fette André. Er ist ein Mensch, schwarz und unglaublich beleibt. Seine Backen haben ihrerseits Backen, das Kinn hängt bis auf die Brust herab. Eine schlanke, modebewußte Frau könnte ihn um seine Brüste beneiden. Sein gigantischer Bauch scheint irgendwo direkt unter seinen Armen zu beginnen und unter dem Tisch zu verschwinden. Seltsamerweise riecht er nach Fisch.

Tikki kann sich kaum vorstellen, daß ein Fischesser jemals so fett wird. Sie hat schon fette Japaner gesehen, aber nur ganz wenige. Andrés Geruch, sein Gestank, ist wahrscheinlich eine ungewöhnliche Kombination süßer und anderer natürlich produzierter Aromen.

»Hoi«, sagt der Fette André.

Tikki nickt und bleibt vor dem Tisch stehen. »Ich nehme fünfzig K von meinem Geld mit. In fünf beglaubigten Kredstäben. Ohne SIN.«

Der Fette André mustert sie kurz, gerade so lange, daß Tikki sich fragt, ob etwas mit ihrem Englisch nicht stimmt. Zwar sagen viele, daß sie die Sprache sehr gut spricht – sie hat reichlich Übung gehabt –, aber es ist nicht ihre Muttersprache, und sie kann niemals ganz sicher sein, daß sie genau die richtigen Wörter benutzt. Das ist nur einer der Gründe, warum sie sich oft auf Nicken und Kopfschütteln verläßt, wenn die Personen, mit denen sie zu tun hat, Englisch sprechen.

Ihre Bedenken wegen der Sprache lösen sich in Luft auf, als sie ein Rascheln hinter ihrem Rücken hört, das vom Schlurfen eines Schrittes begleitet wird. Dabei ändert sich der Geruch in der Luft auf subtile Weise. Jemand – vielleicht die beiden Messerklauen – scheint unruhig zu werden, ein wenig aufgeregt. Tikki weiß nicht, warum, aber sie hat den Eindruck, daß jetzt zwei Sturmgewehre auf ihren Rücken gerichtet sind.

»Darüber kann ich nicht mehr lachen«, sagt der Fette André zögernd.

Tikki grübelt einen Moment über die Bemerkung nach. »Was?«

»Du hast kein Geld hier, Striper.«

»Was?«

Das Wort kommt ein wenig scharf heraus, schärfer vielleicht, als gut für sie ist. Ihre Verwirrung verwandelt sich in Wut, die zu rasch in ihr hochsteigt, um sie vollständig kontrollieren zu können. Das eine Wort rutscht ihr heraus, dann reißt sie sich zusammen, zügelt ihr Temperament und hält es rigoros im Zaum. Während sie das tut, preßt sich die Stahlmündung eines Sturmgewehrs leicht in ihren Rücken, dicht unterhalb des Schulterblattes.

Tikki rührt sich nicht, starrt den Fetten André lediglich durchdringend an.

»Das hatten wir doch alles schon mal«, sagt er. »Du hast kein Geld hier. Du hattest noch nie Geld hier. Ich würde dir ja einen Kredit geben, aber ich hab jetzt endgültig die Schnauze voll von diesem Drek. Hast du begriffen?«

Drek ist das treffende Wort, was Tikki anbelangt. Den läßt der Fette André nämlich unablässig ab, und was er sagt, ergibt keinen Sinn für sie. Er und seine Bank sind ihr wärmstens empfohlen worden, sowohl als sicherer Aufbewahrungsort für Geld als auch als potentieller Arbeitgeber. Nach ihrer Ankunft in der Stadt hat sie tatsächlich ein paar Jobs für ihn erledigt. Sie haben sich nicht besonders gelohnt, sie jedoch in Form gehalten und ihr einen Eindruck aus erster Hand über die Art und Weise vermittelt, wie der Laden in Philly läuft. Bis zu diesem Augenblick hat sie geglaubt, einen wertvollen und vertrauenswürdigen Kontakt im Fetten André zu haben. Jetzt weiß sie nicht mehr, was sie glauben soll.

»Hörst du nicht, was ich sage?« hakt André in strengem Tonfall nach.

Tikki sagt ruhig: »Ich habe über hundert K bei dir deponiert.«

»Noch mehr Drek. Das reicht mir jetzt.«

»Leg dich nicht mit mir an.«

Eine zweite Stahlmündung drückt sich in ihren Nacken. Das reicht, um sie endgültig auf die Palme zu bringen. Es wird immer schwieriger für sie, still dazustehen. Ihr Instinkt rät ihr, etwas gegen die Kanonen zu unternehmen, die auf sie gerichtet sind. Tikki gibt sich große Mühe, ruhig zu bleiben und finsterere Gedanken zu unterdrücken, sehr große Mühe.

»Ich will ... mein Geld. Alles. Sofort.«

Der Fette André sieht zur Decke, beugt sich dann vor und streckt eine Hand nach dem Terminal auf dem Tisch aus. Sein Stuhl quietscht ob der Gewichtsverlagerung. Das Bild auf dem Monitor ändert sich. Tikki senkt den Blick so weit, daß sie hinschauen kann. »Das habe ich über dich«, sagt der Fette André. »Das ist alles.«

In der obersten Zeile steht ein Wort: Striper.

In der nächsten Zeile steht: Datei Nicht Gefunden.

Tikki schließt die Augen. Das ist sowohl sehr dumm als auch sehr schlau. Sie kann mit geschlossenen Augen nicht kämpfen, aber wenn sie sie nicht zumindest einen Augenblick lang schließt, wird sie etwas tun, was sie hinterher bereut. Sie beißt zusätzlich die Zähne zusammen und kämpft die Wut nieder.

»Ich war dreimal hier«, knurrt sie leise. »Dreimal mit Geld. Vierzig K jedesmal. Insgesamt hundertzwanzig K. Genau die schuldest du mir.«

»Du willst das Band sehen? Schön. Ich zeige dir das Band.«

Der Fette André drückt auf eine Taste, und das Bild auf dem Schirm ändert sich. Es handelt sich um einen Blick durch die Überwachungskamera an der Wand hinter Andrés Rücken. Tikki sieht sich einen Film an, bei dem es sich um eine Aufnahme der letzten paar Minuten handeln könnte, wären die Messerklauen in ihrem Rücken auf dem Film nicht beide männlich.

»Du hast achtzig K von meinem Geld«, faucht die Tikki auf dem Bildschirm.

»Du hast mir noch nie Geld gebracht!« erklärt der André auf dem Bildschirm.

Was, zum Teufel, soll das?

Tikki glaubt nicht, was sie sieht. Sie wendet sich an den echten André und sagt: »Das ist Drek. Getürkt.«

»Ach ja? Wann hast du zum letztenmal Geld deponiert?«

Sie denkt darüber nach. »Vor einer Woche.«

»Du warst seit einem Monat nicht mehr hier.«

Das ist unwichtig. Oder doch nicht? Sie weiß nicht genau, wann sie zum letztenmal hier war. Sie war beschäftigt. Aber nicht so beschäftigt, oder doch? Die Arbeit für Adama hat sie ziemlich in Anspruch genommen. Und auch die Auseinandersetzung mit diesem Amateuer Hammer und seinen Chummern hat Zeit gekostet. War sie so beschäftigt, daß sie jetzt die Daten durcheinanderbringt? Ist das möglich? Warum fühlt sie sich so verwirrt? Als sei dies noch eine Situation, die völlig außer Kontrolle geraten ist.

Sie kann nicht glauben, daß der Fette André sie absichtlich um ihr Geld betrügen will – dafür war die Empfehlung viel zu gut –, aber welche andere Erklärung gibt es?

Hat sie den Verstand verloren?

Tikki schüttelt den Kopf. »Ich begreife das nicht.«

»Und du bekommst auch nichts«, sagt der Fette André. »Nicht von mir. Und jetzt meine ich, ist es an der Zeit, daß du uns verläßt. Und tu mir einen Gefallen. Komm bloß nicht wieder.«

Mit zwei Sturmgewehren im Rücken bleibt Tikki keine große Wahl. Gehen oder kämpfen. Sie könnte kämpfen, aber dann müßte sie sich über kurz oder lang mit dem Troll auseinandersetzen, und das wäre wahrhaftig kein Kinderspiel. Vielleicht wäre sie in diesem Fall sogar gezwungen, sich zu verwandeln. Tikki zieht es vor, ihre zweite Gestalt nur unter ganz besonderen Umständen zu enthüllen, zum Beispiel dann, wenn alle anderen bis auf sie sterben.

Kämpfen ist im Grunde keine Alternative. Den Fetten André zu töten, ist nicht die Art und Weise, ihr Geld wiederzubekommen. Töten erklärt nichts.

Sie dreht sich wortlos um und geht.

Vorsichtig.

36

Die Bar liegt in der Nähe des Rathauses. Die Gasse dahinter ist düster und stinkt. Raman wartet in einer im Schatten liegenden Nische, die von den Rückseiten der umliegenden Häuser gebildet wird. Als er das Knirschen eines Schuhs auf dem kiesbedeckten Beton hört, zieht er ein Stilett aus der im linken Jackenärmel verborgenen Scheide. Das Stilett ist so ausbalanciert, daß es geworfen werden kann, und er ist geübt in dieser Kunst.

Schritte nähern sich langsam seinem Versteck. Raman beugt sich ein wenig vor und lugt um die Ecke. Der massige Mann, der sich ihm nähert, hat dunkle, gefleckte Haut und die vorstehenden Eckzähne eines Orks. Er trägt einen schwarzen Duster und darunter die dunkelblaue Uniform von Omni Police Services, der Polizeieinheit von Camden. Der Mann nennt sich Gunter. Er ist Sergeant bei OPS und arbeitet in ihrem Hauptquartier.

Nachdem er sich davon überzeugt hat, daß Gunter allein ist, tritt Raman aus dem Schatten in die Gasse. Seine Hände sind leer und hängen an den Seiten herunter. Gunter zögert und geht dann direkt auf ihn zu. »Der Preis beträgt fünfhundert«, sagt er mit tiefer rauher Stimme.

Raman streckt die Hand aus.

»Zuerst das Geld«, sagt Gunter.

Die Worte sind noch nicht ganz heraus, als Raman auch schon handelt. Er packt den Ork an der Kehle. Rasiermesserscharfe Klingen schnappen aus der Halterung auf seinem rechten Unterarm. Die Spitzen drücken sich gegen Gunters Gesicht, dessen Augen vor Angst aus den Höhlen quellen. Der Ork taumelt einen Schritt zurück gegen die Häuserwand.

»Du weißt, wie wir Geschäfte machen«, sagt Raman leise, aber sein Tonfall ist so scharf wie seine Klingen. Eine der Klingen drückt sich leicht in die Haut des Orks, die daraufhin zu bluten beginnt. Gunter zittert sichtlich und dreht den Kopf zur Seite, so daß seine Kehle entblößt wird. »Zeig mir die Ware«, knurrt Raman. »Ich zahle, was sie wert ist.«

Gunter lächelt verkrampft. Seine Stimme schwankt vor Furcht. »Klar... Okay! Ich hab nur... hab nur so dahergeredet.« Gunter erbebt, holt tief Luft. »Das Zeug ist in meiner Tasche.«

»Hol's raus.«

Gunter zieht einen durchsichtigen Plastikbeutel aus seiner rechten Dustertasche. Raman hält ihn hoch, um ihn genauer zu betrachten. Auf dem Beutel prangt ein orangefarbener Aufkleber mit der Aufschrift ›OPS‹ und ›BEWEISMATERIAL‹. In dem Beutel befindet sich offenbar ein breiter Streifen schwarzen Stoffes, der an den Enden schmaler ist als in der Mitte. »Was ist das?«

»Beweis... Beweismaterial von einem Tatort. Es wurde im Gingko Club gefunden. Oder vielmehr hinter dem Club. Angeblich ist es eine Maske, eine Gesichtsmaske.«

»Du bist nicht *sicher?*«

Ramans Tonfall wird bedrohlich. Gunter lächelt nervös. »Niemand ist *sicher*. Bei OPS weiß man nicht, was los ist. Die Philly-Cops glauben, Striper hat den Job im Gingko Club erledigt. Das habe ich jedenfalls gehört. Wenn das stimmt, hat Striper diese Maske getragen.«

»Wenn du lügst, bist du erledigt.«

»Ich lüge nicht.«

Raman kommt zu dem Schluß, daß der Ork die Wahrheit sagt, soweit sie ihm bekannt ist. Er schiebt den Plastikbeutel in seine Jackentasche. Dann stopft er einen beglaubigten Kredstab über zweihundert Nuyen in die Brusttasche von Gunters Uniformhemd, rammt ihn so fest hinein, daß der Ork es spürt und sein Hemd ein wenig aus der Fasson gerät.

»Keine Witze mehr beim nächstenmal. Ich mag keine albernen Witze. Sie machen mich wütend.«

»Tut mir leid ...« Gunter lächelt ängstlich. »Von jetzt an spiele ich ganz offen.«

Raman läßt die Klingen mit leisem Klicken in die Unterarmhalterung zurückschnappen, dann läßt er den Hals des Orks los und nickt in die Richtung, aus der Gunter gekommen ist. Der Ork lächelt noch einmal nervös und wendet sich zum gehen.

Raman tut es ihm nach und steigt auf sein Motorrad, das er in der Nähe abgestellt hat. Er nimmt die I-676 durch das von der Yakuza kontrollierte Stadtgebiet von Camden, dem Unterhaltungsmekka der gesamten Region: Casinos, Bordelle, SimSinnpaläste und dergleichen. Hinter dem Autobahnkreuz an der Whitman-Brücke ändert sich der Name der Straße in I-76. Das Land ändert den Namen ebenfalls und heißt jetzt Gloucester City, ein Industriegebiet mit einigen wenigen, verstreut liegenden Wohngegenden. Raman nimmt die nächste Ausfahrt und biegt auf den Crescent Boulevard.

Auf der anderen Seite der durch einen Mittelstreifen zweigeteilten Straße fährt eine Motorradgang in Phalanx, immer zwei Maschinen nebeneinander. Raman erkennt die Farben als diejenigen der Paradise Slayers, die die Ostseite des Delaware zu ihrem Revier erklärt haben. Ihre gefährlichsten Kämpfer sind Orks. Raman war schon mehrfach gezwungen, Mitglieder dieser Bande zu töten oder zum Krüppel zu machen. Jetzt bemerkt er, daß mehrere Slayers den Kopf nach ihm drehen, als musterten sie ihn im Vorbeifahren. Um den Slayers keine Möglichkeit zu geben, ihm bei seinen heutigen Geschäften in die Quere zu kommen, biegt Raman an der nächsten Ampel ab und dreht dann auf.

Wenn ihn die Slayers herausfordern wollen, gibt es andere Nächte. Heute beschäftigt ihn etwas anderes.

Irgendwo hat er von dieser Striper schon gehört. Wahrscheinlich war es in Hongkong im Zusammenhang mit einem Run gegen einen chinesischen Bandenführer, obwohl er nicht ganz sicher ist. Er hat auch gehört, daß Striper Magie einsetzt, aber die Form, die ihre Magie annimmt, ist gänzlich unbekannt. Außerdem hat er gehört, daß Striper im Kampf eins gegen eins noch nie besiegt worden ist.

All das fasziniert ihn. Erstklassige Artisten sind selten, und erstklassige weibliche Artisten sind noch seltener. Er fragt sich, was für eine Sorte Frau in einem derart gefährlichen Geschäft wie dem seinen erfolgreich sein kann. Sie muß sehr stark und clever sein. Vielleicht sogar außergewöhnlich clever, um die geringere Kraft einer Frau wettzumachen. Es bedarf fast keiner Erwähnung, daß sie kybernetisch verstärkt sein muß, und doch ist das eher unwahrscheinlich, wenn die Gerüchte über ihre Magie, ihren Vorteil im Kampf, stimmen.

Solch eine Frau könnte eine große Herausforderung sein, in vielerlei Hinsicht. Zu schade, daß er und Striper sich nie begegnet sind. Jetzt wird er niemals wissen, ob sie sich ihm wie so viele andere Frauen willig hingegeben hätte. Jetzt muß er sie finden und töten. Das darf er nicht vergessen. Von entscheidender Bedeutung ist, daß er Striper überrascht und damit jeden Vorteil zunichte macht, den sie vielleicht besitzt. So wird er ihren Tod herbeiführen.

Der Job wird zweifellos weniger für seinen Ruf tun, als vielmehr verschiedene Leute daran erinnern, daß er noch lebt und sich im vollen Besitz seiner Kräfte befindet.

Das Geld… das sollte für eine Menge Amüsement gut sein.

Kurz vor dem Broadway biegt er in eine schmale Straße ein, die von dreistöckigen Reihenhäusern flankiert wird. Verschiedene Klein- und Mittelklassewagen sind am Straßenrand geparkt. Die Straßenbeleuchtung hat die Form antiker Laternen auf Pfählen. Die meisten Häuser haben einen Laden im Erdgeschoß. Manche Läden befinden sich auch im Souterrain, und zu diesen führen Treppen vom Bürgersteig nach unten. Vor einem Geschäft, einem Café, steht eine kleine Menschenmenge. Raman hört ein paar Töne, die sich nach einer Flöte anhören. Etwa in der Mitte des Blocks bremst er die Harley, läßt sie zwischen zwei geparkte Wagen rollen und bockt sie auf.

Ein männlicher Ork geht an ihm vorbei. Er trägt einen Gitarrenkoffer und nickt Raman im Vorbeigehen zu, als wolle er ihn grüßen.

Nicht ungewöhnlich für diese Gegend.

Ohne Eile betritt Raman den gepflasterten Bürgersteig und schlendert zu einem Haus, von dem an einem geschwungenen Wandarm ein Schild mit der Aufschrift ›R. Liddy – Kräuter & Besonderheiten‹ hängt. Ein kleiner Pfeil auf dem Schild zeigt nach unten. Raman geht um das Metallgeländer der Treppe herum und schaut nach unten. Die Stufen führen zur weiß getäfelten Tür des Ladens.

Auf den schmalen Stufen sitzt eine kleine Gruppe, die Raman hier schon öfter gesehen hat. Irgendeine Art von Gang, nimmt er an. Heute sind es sieben. Fünf Frauen und zwei Männer, alle noch im jugendlichen Alter. Einige sind wie Kick-Artisten gekleidet, andere wie Fans, Möchtegerns. Alle haben sich die Gesichtszüge so verändern lassen, daß sie Katzen ähneln, Straßenkatzen, Hauskatzen. Ihre Köpfe sind mit dichtem, flaumigem Haar wie Fell bedeckt. Ihre Augen sind golden. Ihre Ohren sitzen sehr hoch am Kopf und zucken hin und her. Ihre Körper sind so schlank, daß sie fast wie Elfen aussehen. Die Frauen haben wenig mehr als eine Andeutung von Brüsten. Arme und Handrücken sind ebenfalls mit flaumigem Haar bedeckt. Alle haben lange Fingernägel, die Krallen ähneln.

Als Raman die erste Stufe betritt, wirbelt eine der Frauen herum und mustert ihn. Die anderen folgen ihrem Beispiel. Raman umgeht sie. Es gibt keinen Ärger. Wie gewöhnlich beobachtet ihn die Gruppe nur und sagt nichts. Wenn diese Leute die Treppe als ihr Privatgelände betrachten, geben sie es jedenfalls nicht zu erkennen. Ihre Anwesenheit hier hat etwas zu bedeuten, aber Raman kann über Sinn und Zweck lediglich Vermutungen anstellen.

In der parallel zur Straße verlaufenden unterirdischen Passage dringen die Töne der Flöte jetzt ganz deutlich bis zu ihm durch. Mehrere Leute, drei Menschen, ein Ork und zwei Elfen gehen an ihm vorbei. Sie sind schwarz und weiß und irgendwo dazwischen, und manche sind wie Künstler, Maler oder Musiker gekleidet. Raman biegt ab und geht in das Geschäft von R. Liddy, Kräuter & Besonderheiten.

Eine kleine Glocke bimmelt, als er die Tür öffnet.

Der Laden ist klein und überfüllt. Der Duft nach Räucherstäbchen treibt in Schwaden und zur Begleitung leiser Sitar-Musik durch den Raum. Von der Decke hängen unzählige Pflanzen und Gewächse. Die Regale sind mit Steinen und Kristallen übersät. Die Transparex-Schaukästen an den Seiten und im hinteren Teil des Ladens sind mit pudergefüllten Kelchen, Flakons sowie exotischeren Gegenständen und Materialien gefüllt. Außerdem enthalten diese Kästen eine Vielzahl reich verzierter Messer, Stäbe, Zepter, Trommeln, Klappern und Juwelen. Überall, auf dem Boden, in den Regalen und auf den Schaukästen, liegen ganz gewöhnliche Katzen herum.

Die Frau, die durch den Perlenschnurvorhang im hinteren Teil des Ladens kommt, nennt sich Risa. Sie trägt eine extravagante Sammlung von Juwelen und ein langes, mit Blumen bedrucktes Kleid von antiquiertem Schnitt. Ihre Miene verdüstert sich, als sie Ramans Blick begegnet. Sie verschränkt die Hände vor dem Bauch und mustert ihn fragend.

»Eliana«, sagt Raman.

Risa schüttelt den Kopf. »Ist nicht da.«

»Du lügst.«

Risas Augen weiten sich, und ihre Lippen pressen sich fest zusammen, während sich ihre Wangen mit einer heißen Röte überziehen. Ihre Augen künden von Angst, Lippen und Wangen von Zorn. »Sie will dich nicht sehen«, sagt sie unnachgiebig.

»Sag ihr, daß ich da bin.«

»Sie weiß es bereits ...«

»Sag es ihr«, knurrt Raman.

Risa dreht sich um und geht rasch in den hinteren Teil des Ladens. Ihr Verhalten ist unwichtig. Sie ist eine Angestellte, nicht mehr. Ihre Meinung von ihm wird die Person nicht beeinflussen, die zu sprechen er gekommen ist. Risa kehrt ein paar Sekunden später zurück und verkündet hochmütig: »Eliana wird dich empfangen.«

Wie Raman erwartet hat.

Er tritt durch den Vorhang aus Perlenschnüren und in einen kleinen Raum, der mit Satin dekoriert ist. In der Mitte steht ein kreisrunder Tisch mit kostbaren Intarsien. Die Intarsien bilden ein kompliziertes Bild aus mystischen Formen und Gestalten sowie geheimnisvollen Symbolen. Die Bedeutung dieser Formen und Symbole kann Raman nicht einmal erraten, da er weder Magier noch Schamane ist. Er geht um den Tisch herum. An der gegenüberliegenden Wand angekommen, schlägt er einen Satinvorhang zurück und betritt einen kurzen schmalen Flur. Beide Enden des Flurs sind mit Satin verhangen. In der Tür auf der linken Seite steht ein massig gebauter Ork, der, abgesehen von einem Schulterhalfter mit einer großen Automatik darin, bis zur Taille nackt ist.

Der Ork nickt, als Raman an ihm vorbeigeht.

Die Vorhänge am Ende des Flurs führen in einen weiteren kleinen, aber üppig möblierten Raum. An der Decke, die mit Spiegeln bedeckt und golden umrandet ist, hängt ein kleiner Kronleuchter. Die Wände sind mit rotem Samt verkleidet. Alle vier Ecken sind mit luxuriösem Stoff behangen. Auf dem Fußboden liegt ein plüschiger, hochfloriger Teppich. Dem Eingang gegenüber steht eine Art Sofa, wahrscheinlich eine Antiquität, bestehend aus kunstvoll geschwungenem dunklen Holz und Plüsch, auf dem dunkelrote, mit Troddeln besetzte Kissen drapiert sind.

Auf diesem Sofa liegt Eliana träge auf der Seite. Ihrer Gestalt nach ist sie eine sehr anziehende Frau. Ihr Haar ist blaßblond und fällt über ihr Gesicht und auf die Kissen. Ihre Züge sind hübsch, ebenso hübsch wie ihr Teint, und doch mit den Merkmalen der Geriebenheit durchsetzt. Sie trägt ein locker fließendes Gewand, das glänzt wie Gold, scheint aber ansonsten nackt zu sein. Ihre langen, spitz zulaufenden Finger- und Zehennägel sind golden lackiert. Sie trägt nur ein Schmuckstück.

Das große Medaillon, das an einer Kette hängt, ruht auf ihrem Halsansatz und hat eine ungewöhnliche orangegoldene Farbe. In das Medaillon ist ein seltsames Bild geprägt, das Gesicht einer Katzenart, die Raman noch nie gesehen hat. Die Pupillen sind geschlitzt, das Gesicht schlank und fremdartig. Raman vermutet, daß es noch am ehesten der Art von Katzen ähnelt, die sich in diesem Raum befinden, gewöhnlichen Hauskatzen.

Fünf dieser Katzen teilen sich das Sofa mit Eliana. Ein weiteres Dutzend liegt im Zimmer verstreut auf dem Boden. Zwar haben sie verschiedene Farben und Formen, doch nur eine ist schwarz. Mehrere der Katzen tragen ein Halsband, doch nur das der schwarzen ist golden. Die schwarze Katze sitzt auf dem Boden mitten zwischen Raman und Eliana, sitzt reglos da und starrt Raman an.

Raman beachtet sie nicht.

»Eliana«, sagt er.

Der Name wird auf eine ganz bestimmte Art und Weise ausgesprochen: E-lee-ana. Er muß glatt von der Zunge rollen, und alle Silben müssen gleich stark betont werden. *Eliana ...* An jeder anderen Aussprache nimmt sie Anstoß und verweigert anschließend die Zusammenarbeit. Eliana ist so hochnäsig, daß es an Arroganz grenzt. Sie betrachtet ihn, wie es vielleicht eine Königin tun würde, mit einer hochgezogenen Braue, und bedeutet ihm mit einer vagen Geste einzutreten.

Raman tritt endgültig durch die Vorhänge, die zu beiden Seiten von weiteren Sitzgelegenheiten aus Plüsch flankiert werden. Er zieht es vor zu stehen, zu stehen und zu warten. Zu sprechen, bevor sie irgendeine Frage an ihn richtet, wäre ebenfalls eine Verhaltensweise, an der sie Anstoß nehmen würde. Raman war oft genug hier, um zu wissen, was gestattet ist und was nicht.

Eliana mustert ihn ein paar Sekunden, betrachtet ihn von oben bis unten, bevor sie sich auf das weiche Polster ihres Sofas stützt und sich aufrichtet. Sie schleudert ihr Haar nach hinten über die Schultern, schlägt die Beine übereinander und glättet ihr Gewand. Sie nimmt eine Zigarette aus dem Edelholzkästchen auf dem Tisch neben dem Kopfende des Sofas und streckt dann den linken Arm vollständig aus, wobei sie mit der Hand wedelt, so daß der Ärmel ihres Gewandes hochrutscht. Dann summt sie leise vor sich hin. Am Ende ihres Zeigefingers, dicht über der Spitze ihres langen Fingernagels, entsteht aus dem Nichts eine kleine Flamme. Sie benutzt die Flamme, um sich ihre Zigarette anzuzünden. Dann, ohne Warnung, schießt die Flamme in die Höhe und schwillt dabei zu einer brodelnden Feuerwolke an, die unter der Decke zu einem orangeroten Dunst verblaßt, der sich träge ausbreitet und dabei eine immer intensivere Farbe annimmt, bis er nach und nach verschwindet.

Als Raman den Blick wieder auf Eliana richtet, mustert sie ihn stetig mit einem blasierten Lächeln auf den Lippen und einer hochgezogenen Augenbraue. »Warum bist du hergekommen?«

»Um dich um Hilfe zu bitten.«

»Tatsächlich.« Ihr Lächeln wird sehr blasiert. Sie schließt die Augen, während sie an ihrer Zigarette zieht. Sie bläst den Rauch mehrere Sekunden lang durch gespitzte Lippen aus. »Vielleicht bietest du mir sogar Geld an?«

»Ja.«

»Ich habe augenblicklich alles Geld, das ich mir wünsche.«

Raman hat gewußt, daß diese Frau sich weigert, auf rein finanzieller Basis zu arbeiten. »Vielleicht gibt es Dinge, die du erledigt sehen willst.«

»Vielleicht«, erwidert Eliana. »Aber das weiß natürlich nur ich.« Sie hält inne, um ihn anzulächeln, und jetzt wird ihr Lächeln verführerisch. Sie betrachtet ihn aus dem Augenwinkel. Eine Augenbraue hebt sich diskret. »Was wünscht du von mir?«

Tonfall und Gehabe sind wie eine sinnliche Einladung, doch Raman ist nicht so dumm, in gleicher Weise darauf zu reagieren. Sie spielt nur mit ihm, und das ist etwas, das sie sehr gerne tut. Es erschwert den Umgang mit ihr. Raman hält sich noch einmal vor Augen, wen und was er vor sich hat, und unterdrückt seine wachsende Ungeduld. »Es gibt jemanden, den ich finden möchte.«

»Und warum sollte ich den Wunsch haben, dir dabei zu helfen?«

»Ich werde dir als Gegenleistung ebenfalls helfen.«

»Was bringt dich auf den Gedanken, ich könnte deine Hilfe brauchen?«

»Vielleicht gibt es Dinge, die du lieber anderen überlassen würdest.«

Jetzt lächelt sie breit und wirft den Kopf in den Nacken, als wolle sie lachen, tut es jedoch nicht. Stattdessen stützt sie sich auf einen Ellbogen. Ihr langes dichtes Haar fällt über ihre Schultern und auf die Kissen. »Du weißt, daß ich es hasse, mich schmutzig zu machen«, sagt sie, immer noch lächelnd. »Das ist nicht fair.«

Zweifellos wäre es ihr viel lieber, wenn er nicht wüßte, warum ihr etwas an seiner Hilfe liegen könnte. Sie könnten noch stundenlang so weiterreden. Sie könnte noch die ganze Nacht mit ihm spielen.

»Es gibt andere, die ich überreden könnte zu tun, was ich will. Warum sollte ich dich benutzen?«

Raman fallen die sieben Jugendlichen auf der Treppe ein. Vielleicht sind sie ihre Anhänger, ihre Bande. Eliana hat früher einmal durchblicken lassen, daß sie viele Connections hat, und ein- oder zweimal sogar von ›ihren Dienern‹ gesprochen, ohne sich jedoch klar auszudrücken, weder in diesem noch in irgendeinem anderen Zusammenhang.

»Was ist so Besonderes an dir, daß ich dir diesen Gefallen erweisen sollte?«

Raman sagt ganz einfach die Wahrheit. »Kaum jemand hat meine Qualifikationen.«

Wiederum lächelt Eliana, als wolle sie lachen, tut es aber nicht. Raman hat sie noch nie lachen hören. In seiner Gegenwart war ein leise ausgestoßener Hauch das, was einem Lachen bisher am nächsten gekommen ist.

Manchmal zischt sie. Jetzt summt sie. Die schwarze Katze dreht sich um und sieht sie an, dann geht sie zu ihr. Sie nimmt sie auf den Schoß und krault sie sanft zwischen den Ohren. Die Katze schnurrt hörbar, während sie Raman durch zu Schlitzen zusammengekniffene Augen anstarrt.

Raman wartet.

Eliana sieht von der Katze auf. »Du mußt glauben, daß ich dich sehr anziehend finde.«

Raman sagt nichts. Für ihn ist es offensichtlich, daß diese Frau ihn anziehend findet. Er hat schon bei mehreren Gelegenheiten eine Probe ihrer Talente gekostet, und jedesmal war sie der Initiator. Das überrascht ihn nicht. Viele Frauen, die ihm bisher begegnet sind, finden ihn gefährlich und daher verführerisch, mithin extrem begehrenswert.

»Vielleicht erweise ich dir diesen Gefallen tatsächlich«, fährt Eliana vage lächelnd fort. »Erzähl mir mehr darüber. Erzähl mir alles.«

Die Frau ist so neugierig, wie sie arrogant ist. »Die Person, die ich finden will, wird Striper genannt«, erläutert Raman. »Sie ist ein Artist wie ich.«

»Wie ähnlich ist sie dir?«

»Sie ist eine freischaffende Messerklaue. Sie übernimmt Wetwork und Einschüchterungen. Sie entzieht sich seit vielen Jahren der Verhaftung. Sie hat einen Ruf als mächtige Kämpferin und soll sehr clever sein.«

»Tötet sie mit der Klinge?«

»Normalerweise mit Schußwaffen.«

»Wie alt ist sie?«

»Das weiß ich nicht.«

»Ist sie groß?«

»Für eine Frau.«

»Welche Haarfarbe hat sie?«

»Sie färbt sich die Haare. Manchmal sind sie rotschwarz. Manchmal braun. Braun mit blonden Strähnen. Außerdem bemalt sie sich das Gesicht. Rot mit schwarzen Streifen.«

»Wird sie deswegen Striper genannt?«

Raman zuckt die Achseln. Das scheint als Erklärung ebenso plausibel zu sein wie jede andere. »Vielleicht.«

»Ist sie ein Mensch?«

»Anscheinend.«

»Verfügt sie über Magie?«

»Das weiß niemand. Manche behaupten, sie hätte einen geheimen Trumpf. Dabei könnte es sich auch um einen magischen Vorteil handeln.«

»Ist sie eine Körper-Adeptin?«

Raman hebt fragend die Augenbraue.

Elianas Lippen kräuseln sich zu einem spöttischen Grinsen. »Damit meine ich, ob sie Magie einsetzt, um ausschließlich ihren Körper und ihre körperlichen Fähigkeiten zu verstärken. Eine Semi-Mundane.«

»Das weiß ich nicht.«

»Offensichtlich.«

Raman zieht den OPS-Plastikbeutel für Beweismaterial aus der Jackentasche. »Ich habe das hier. Striper hat das bei einem ihrer Jobs getragen.«

Eliana betrachtet ihn eindringlich, dann scheint sie zu seufzen, leise und mit übertriebener Frustration oder Ungeduld. Der Beutel löst sich mit einem Ruck aus Ramans Hand und fliegt durch den Raum. Er verlangsamt seinen Flug und landet schließlich in Elianas linker Hand.

»Was ist das?« fragt sie, während sie den Beutel untersucht, als sei sie sehr neugierig, und den Kopf dabei von einer Seite auf die andere legt. »Eine Art Maske?«

»Ja«, erwidert Raman.

»Das wird reichen«, sagt Eliana, indem sie sich abrupt erhebt. »Komm.«

Die schwarze Katze an ihre Brust drückend, durchquert Eliana den Raum und öffnet eine schmale Tür. Diese Tür, das weiß Raman, führt zu einer schmalen

Treppe. Raman folgt ihr einen Schritt, bleibt dann jedoch stehen. Alle zwei Dutzend Katzen in dem Zimmer rasen auf die Tür zu. Mehrere andere kommen durch den Vorhang hinter ihm herein und jagen an seinen Füßen vorbei. Warum sie sich so beeilen, Eliana zu folgen, weiß Raman nicht. Er weiß jedoch, daß Eliana sehr unwirsch reagieren würde, sollte er unabsichtlich auf eines der Tiere treten, wenngleich sie ihre Anwesenheit nur selten zur Kenntnis zu nehmen scheint.

Über die Katzen kann Raman nur eines mit Sicherheit sagen: Die Schwarze ist etwas Besonderes. Sie erweckt oft den Eindruck, einen viel höheren Intelligenzgrad als eine gewöhnliche Katze zu besitzen. Sie reagiert auf die kleinste Geste Elianas und beobachtet ständig ihre Umgebung.

Selbst jetzt, da Eliana die Treppe heruntergeht, taucht die schwarze Katze auf ihrer Schulter auf. Ihr Gesicht wird durch Elianas lange Haare verschleiert, aber ihre goldenen Augen starren Raman unablässig an.

Raman wartet, bis Eliana und die Katze nicht mehr zu sehen sind, dann überzeugt er sich davon, daß der Weg frei ist, und folgt ihnen.

Die Treppe ist steil und so schmal, daß Raman sie kaum hinabsteigen kann, ohne mit den Schultern die Wände zu streifen. Die Stufen sind mit Teppich ausgelegt und wirken so solide wie Stein. Sie enden in einem winzigen, kaum einen Meter durchmessenden Raum. Rechts ist eine Öffnung in die Betonwand gehauen, durch die Raman nur seitwärts hindurchpaßt. Er schiebt einen schweren schwarzen Vorhang beiseite.

Der Raum, den er betritt, ist einigermaßen groß. Wände, Decke und Boden sind schwarz. Der Boden ist so glatt wie Glas. Das Licht wird von Hunderten von Kerzen erzeugt, die in sechs Reihen an der dem Eingang gegenüberliegenden Wand hängen.

Wie schon bei früheren Gelegenheiten kann Raman

keine Spur von Staub oder Schmutz erkennen. Die Luft ist kühl, frisch und rein. Zweifellos wird dieser Ort routinemäßig gesäubert. In einer Vertiefung in der Decke surrt leise ein kleiner Ventilator.

Die über zwanzig Katzen, die Eliana gefolgt sind, haben sich im Raum verteilt. Manche sitzen auf den Hinterbeinen, andere liegen auf der Seite oder auf dem Bauch. Einstweilen verhalten sie sich wie ganz gewöhnliche Katzen: Sie interessieren sich ausschließlich für sich selbst, nehmen nichts anderes zur Kenntnis. Das wird sich später noch ändern.

Eliana steht vor der Kerzenwand. In ihrer Mitte steht eine kleine Vitrine, die mit einem schwarzen Tuch bedeckt ist. Die Frau nennt die Vitrine einen Altar. Auf dem Altar befinden sich ein großer Spiegel und eine Vielzahl verschiedener Behältnisse, darunter auch Kelche und Urnen, sowie andere Gegenstände, die Raman auch schon oben in Elianas Laden gesehen hat. Auf dem hinter dem Altar verborgenen Regal stehen noch mehr von diesen Dingen.

Plötzlich breitet Eliana die Arme aus, und das Licht der Kerzenflammen gewinnt an Intensität. Die Katzen schauen kurz auf und fahren dann fort, sich zu putzen, sich zu strecken oder zu dösen.

Das ist erst der Anfang.

Eliana streift ihr glänzendes Gewand ab und läßt es zu Boden gleiten. Sie trägt jetzt nur noch einen winzigen Bikini, einen schwarzen. Raman betrachtet ihre Gestalt von hinten. Ihr Körper ist herrlich, schlank und geschmeidig, verführerisch gerundet, weder zu üppig noch zu sparsam in seinen Proportionen. Raman empfindet einen Anflug von Erregung, wie dies beim Anblick einer fast nackten Frau bei ihm immer der Fall ist.

Wie er Eliana kennt, wäre er nicht überrascht, wenn sie sich nach ihm umschauen würde, und sei es auch nur, um sich zu vergewissern, daß er sie in der Tat ansieht. Es ist jedoch die Katze, die ihn ansieht. Auf ihrem Platz zwischen Elianas Füßen dreht sich die schwarze Katze um und fixiert Raman, dann bleckt sie die Zähne und faucht. Das ist, wie Raman weiß, so etwas wie eine Warnung. Er setzt sich auf den Boden, verschränkt die Beine und lehnt sich an die Wand. Stehen ist nicht gestattet. Es gilt als außerordentliches Privileg, wenn man der Ausübung von Magie beiwohnen darf. Er muß hier sitzen, schweigend und reglos, bis die Magie gewirkt ist.

Eliana wirft ihr Haar in den Nacken und beginnt zu summen. Sie geht zum Altar und streut eine kleine Menge irgendeines Pulvers in einen Schmelztiegel. Augenblicklich erwacht eine seltsam bläuliche Flamme zum Leben. Dann dreht sich Eliana um und streut mehr Pulver in Richtung der vier Ecken des Raumes aus. Ihr Summen steigert sich zu einem Singsang.

»Geister, ich rufe euch ... Geister, ich rufe euch ...«

Raman wird sich einer merkwürdigen knisternden Spannung bewußt, die den Raum und sogar seinen Schädel zu durchdringen scheint. Die Spannung schwillt zu einem Pulsieren an, von dem ihm schwindlig wird, als würde er fallen, wenn er aufzustehen versuchte. Er fühlt sich mit der Erde verwurzelt, in seiner Stellung erstarrt. Solche Empfindungen sind beunruhigend, aber er hat sie auch früher schon überlebt. Sie sind Teil der Magie. Ein Nebeneffekt, behauptet die Frau.

Eliana schwankt jetzt vor dem Altar hin und her, und ihre Stimme erhebt sich zu einem Gesang. Jeder Ton ist wie Gold und breitet sich mit glockenheller Klarheit aus. Die Reinheit ihrer Stimme läßt die sinnliche Schönheit ihres Körpers so trivial erscheinen, daß sie bedeutungslos wird. Raman hat noch nie so eine Stimme gehört. Der Gesang ist bezaubernd.

Plötzlich fängt sie an zu tanzen, wiegt sich sinnlich, verführerisch, läßt die Hände über die üppigen Konturen ihres Körpers gleiten, rollt mit den Hüften. Ihre Bewegungen lassen sie einen breiten Kreis beschreiben und machen wegen ihrer sinnlichen Anziehungskraft sogar der Schönheit ihrer Stimme Konkurrenz.

Was all das für eine magische Bedeutung hat, weiß Raman nicht, und es ist ihm auch egal. Für ihn als Mann hat der verführerische Tanz nur eine wahre Bedeutung. Er ist eine Einladung, und zwar eine, der man nur schwer widerstehen kann. Sie hat kaum begonnen, da ist er schon vollständig erregt. Die nächste Viertelstunde verbringt er damit, sich gegen den Drang zu wehren, aufzustehen und den Sirenengesang dieser Frau zu beantworten. Das Blut pulsiert heiß in seinen Adern. Die Hitze zwischen seinen Lenden ist kaum noch zu ertragen. Dennoch wird ihm klar, daß sie wiederum nur mit ihm spielt, absichtlich oder nicht. Würde er seinem Bedürfnis folgen und sich auf irgendeine Weise in ihre Magie einmischen, geriete Eliana in Wut, und das wäre in der Tat sehr gefährlich.

Mit einer einzigen Handbewegung und einem geflüsterten Wort hat sie ihn einmal mit einer derartigen Wucht gegen die Rückwand dieses Raumes geschleudert, daß er glaubte, sein Rückgrat sei gebrochen.

Nie wieder …

Plötzlich bricht am Rand des Kreises, den Eliana mit ihrem Tanz gezogen hat, eine Flammenwand aus. Die Flammen lassen eine Rauchwolke zur Decke aufsteigen und erlöschen dann. Als sich der Rauch vom Boden hebt, wird Eliana wieder sichtbar, die jetzt in der Mitte des Kreises kniet, der Kerzenwand, dem Altar und dem Spiegel zugewandt.

Sie singt weiter, doch leise jetzt. Von Zeit zu Zeit schwankt sie, hebt die Arme, und jetzt wird es richtig seltsam. Der ganze Raum scheint zu verschwimmen. Raman spürt, wie seine Augenlider schwer werden. Das Verlangen zu schlafen wird beinahe unwiderstehlich ... und dann sieht er Eliana plötzlich auf allen vieren vor dem Altar herumkriechen.

Die Magie hat jetzt ernsthaft begonnen. Die Luft vibriert vor Kraft. Die Frau hat sich verwandelt. Ihr Gesicht ähnelt jetzt dem seltsamen Katzenbild auf ihrem Medaillon. Ihre Augen sind kohlschwarz, die Fingernägel wie Krallen und so lang wie die Finger selbst. Ihre Hände ähneln Pfoten. Ihr gesamter Körper scheint von einem glänzenden goldenen Fell bedeckt zu sein. Während sie sich bewegt und sich dabei hin und her wendet und manchmal sogar vollständig umdreht, faucht und schnurrt sie, wobei sie hin und wieder die Zähne bleckt und dabei zwei winzige Reißzähne im Unterkiefer entblößt.

Alle Katzen im Raum umringen sie. Sie sitzen auf den Hinterpfoten und betrachten sie wie verzaubert. Jedesmal, wenn sich Eliana bewegt, springen die Katzen direkt vor ihr beiseite, als seien sie eifrig darauf bedacht, ihr aus dem Weg zu gehen. Kaum hält Eliana inne oder wendet sich in eine andere Richtung, bleiben sie augenblicklich stehen und kehren an ihren Platz zurück, wo sie sich wie zuvor hinsetzen, reglos wie Statuen, und sie wie in Trance anstarren.

Es ist, als sei ihnen ihr Gott erschienen.

Haben Katzen Götter? fragt sich Raman, doch dann überwältigt ihn wieder das Seltsame der Situation. Die Augen fallen ihm zu. Als sie sich wieder öffnen, sieht er im Spiegel über dem Altar ein Bild wabern, so transparent wie Wasser und doch so klar zu erkennen wie das Flimmern der Hitze über den Kerzenreihen. Das Bild gleicht dem auf Elianas Medaillon. Es ist ein merkwürdiges und sehr fremdartiges Katzengesicht. Eliana hockt auf den Fersen vor dem Bild, den Kopf in den Nacken geworfen, so daß ihre Haare fast den Boden berühren. Hinter ihr sitzen die Katzen und bilden einen perfekten Halbkreis.

Melodische Stimmen wispern, so leise und entfernt, daß Raman nicht verstehen kann, was sie sagen.

Mehr Zeit verstreicht. Raman nimmt abrupt zur Kenntnis, daß Eliana wieder ihr goldenes Gewand trägt. Sie liegt jetzt in der Mitte des Raumes auf der Seite, den Kopf auf einen Arm gestützt. Die katzenähnliche Manifestation in dem Altarspiegel ist verschwunden. Die Intensität des Kerzenlichts ist wieder normal. Eliana betrachtet ihn mit dem trägen Blick einer sinnlichen Frau. Die Katzen streichen um sie herum, schnurren, miauen, reiben sich an ihr, als bettelten sie um ihre Aufmerksamkeit.

Lächelnd streckt Eliana die Hand aus und winkt Raman zu sich.

Raman erhebt sich vorsichtig. Sein Kopf ist wieder klar. Er fühlt sich prächtig, wach und vital. Er geht in die Mitte des Raumes und läßt sich auf ein Knie sinken. Verführerisch lächelnd streicht Eliana mit den Fingerspitzen über seine Brust und hinauf in seinen Nacken, dann zieht sie ihn sanft nach unten, bis sein Gesicht nur noch einen Hauch von ihrem und dem der schwarzen Katze entfernt ist, die neben ihrer Wange hockt.

»Ich weiß genau, wo Striper ist«, murmelt Eliana mit glänzenden Augen. Sie hält inne und lächelt. »Und ich werde es dir zeigen«, fügt sie leise hinzu. »Aber zuerst mußt du mir dienen.«

Natürlich. »Was soll ich tun?«

Eliana läßt seinen Nacken los, läßt den Arm ausgestreckt auf den Boden sinken und legt den Kopf dagegen. »Es gibt einen Mann, der gezüchtigt werden muß«, sagt sie sanft, beinahe heiter. »Und zwar auf eine körperliche Art und Weise. Das dürfte nicht allzu schwierig sein. Nicht für dich.«

»Ist das alles?«

Die Frau lächelt und zieht eine Braue hoch.

Es ist niemals nur eine Sache. In diesem Fall ist jedoch die zweite Sache, die sie verlangt, absolut nicht unangenehm. Raman kann sich bereits denken, was sie von ihm will, als er Elianas nächste Bemerkung hört.

»Zieh dich aus«, sagt sie mit heiserer Stimme.

Raman kommt der Aufforderung bereitwillig nach.

37

Sind Sie bereit?«

Kirkland sieht die Frau an, die zusammen mit ihm im Fahrstuhl steht. Ihr Name ist Val Pandolfini. Sie ist Italienerin, aber darauf würde man aufgrund ihrer äußeren Erscheinung nie kommen. Ihr Haar ist lang und dicht und hat einen rotbraunen Farbton. Ihr Gesicht ist fast weiß, wenngleich sich hoch oben an den Wangenknochen auch Spuren einer leicht rosa Färbung entdecken lassen. In Kombination mit ihrer Hautfarbe verleihen ihr die dunklen Schattierungen unter den Augen, der schwarze Lippenstift und der schwarze Nagellack das Aussehen eines verdammten Vampirs. Die schwarze Fliegerjacke macht es auch nicht besser. Der hautenge kurze schwarze Rock hilft ein wenig, aber ihre nackten, kreideweißen Beine und die idiotischen knöchelhohen Halbstiefel mit flachen Absätzen machen den halbwegs guten Eindruck wieder zunichte, den der Rock zu erwecken bemüht ist.

Natürlich ist das nur Kirklands persönliche Meinung, und sie sind auch nur aus rein beruflichen Gründen hier in diesem Fahrstuhl. Ms. Pandolfini ist um die siebenundzwanzig und seit drei Jahren Mitglied des Minuteman Police Intelligence Bureau. Sie ist ein Polizeirecorder, für verdeckte Ermittlungen ausgebildet und darin erfahren.

»Sechsundzwanzigster Juli«, sagt sie, den Blick starr auf die Fahrstuhltüren gerichtet. »Neunzehn Uhr dreiundfünfzig. Auftragsnummer zwo-drei-null-fünfvier.« Sie sieht Kirkland an. »Befinde mich in Begleitung von Lieutenant Kirkland, Morddezernat, Bezirk Mitte. Zweck: Personenvernehmung. Ort: Platinum Manor Estates. Alles, was ich von jetzt an sehe und höre, wird aufgezeichnet, Lieutenant.«

Kirkland nickt. »Gut.«

Wenn man sie so ansieht, würde man nie auf den Gedanken kommen, daß sie Cyberkameras anstatt Augen und ein versiegeltes Aufzeichnungsmodul implantiert hat. Und das ist das Schöne daran. Sobald sie einschaltet, wird alles, was sie sieht und hört, zu Beweismitteln, die vor Gericht zulässig sind. Ihre Aufzeichnung der Ereignisse ist sogar noch besser als die einer gewöhnlichen versteckten Kamera, weil ihr Speichermodul vom Gericht versiegelt worden ist und nur in Anwesenheit eines Richters zugänglich gemacht werden kann. Jede Form des Herumpfuschens an dem Modul wäre absolut offensichtlich, zumindest für den vom Gericht ernannten zuständigen Techniker.

Kirkland ist froh, sie bei sich zu haben, auch wenn sie mehr einem Vampir als einem Cop ähnelt.

Die Fahrstuhltüren gleiten auf. Kirkland tritt hinaus, sieht nach links und nach rechts und bleibt dann abrupt stehen. Pandolfini bleibt ebenfalls stehen. Der Flur, der an dem Fahrstuhl vorbeiführt, ist sehr kurz, vielleicht sechs, sieben Meter lang. Es handelt sich um eine Art privater Diele, über die man Zugang zu zwei Luxuswohnungen hat. Links vom Aufzug stehen drei Männer in dunkelgrauen, militärisch anmutenden Körperpanzern, die vom Helm mit reflektierendem Visier über den halbstarren Brustschutz bis zu den gepanzerten Handschuhen und Stiefeln komplett sind. Zwei der Männer sind mit kurzläufigen Karabinern bewaffnet, der dritte trägt eine MP. Auf der rechten Seite des Fahrstuhls stehen zwei weitere vollständig gepanzerte Männer mit Karabinern.

Kirkland ist augenblicklich klar, daß er und Pandolfini tot sind, wenn dies ein Hinterhalt ist.

»Wir sind Cops«, sagt Kirkland sofort.

Das erweist sich zur Abwechslung als der richtige Spruch am richtigen Ort.

Drei kommen näher. Der mit der MP baut sich vor Kirkland auf. Seine Stimme klingt tonlos und krächzend. Computermoduliert, nimmt Kirkland an. »Identifizieren sie sich.«

»Sie sind beide bewaffnet«, sagt ein anderer.

Jemand hat Sensoren, Waffendetektoren.

Kirkland zieht langsam die linke Seite seiner Jacke auf, greift langsam in die Brusttasche, zieht langsam seine Marke mit dem Ausweis heraus, öffnet ihn und streckt ihn aus, so daß alle ihn sehen können.

»Kirkland«, sagt er. »Lieutenant Kirkland. Morddezernat.«

»Wer ist die andere?« sagt der mit der MP.

›Die andere‹ identifiziert sich ebenso wie Kirkland, indem sie ihren Ausweis zeigt und sagt: »Detective-Sergeant Val Pandolfini.«

»Nennen Sie Ihr Anliegen, Lieutenant.«

Kirklands Arm wird langsam lahm. Er schließt seinen Ausweis und steckt ihn in die Jackentasche zurück. Pandolfini folgt seinem Beispiel. »Ich bin in einer offiziellen Polizeiangelegenheit hier. Wer, zum Teufel, sind Sie?«

»Agent Zwei-Neun-Fünf, Befehlshaber der Birnoth Comitatus Elite-Schutztruppe.«

»Schön. Würden Sie mir jetzt, verdammt noch mal, aus dem Weg gehen?«

»Nehmen Kontakt mit der Zentrale auf«, sagt Zwei-Neun-Fünf. »Warten Sie.«

Der Tonfall zerrt an Kirklands Nerven, aber er zwingt sich, ruhig zu bleiben. Er hat schon oft mit Konzernsöldnern zu tun gehabt. Einige von ihnen sind verdammte Psychopathen. Andere sind nur verrückt.

Die Söldner von Birnoth haben einen ziemlich guten Ruf, nach allem, was Kirkland gehört hat, aber das bedeutet nicht, daß der durchschnittliche Birnoth-Agent ein normales psychologisches Profil hat. Vorsicht ist angeraten.

»Gut«, sagt Zwei-Neun-Fünf. »Wer ist Ihr Vorgesetzter, Lieutenant?«

»Captain Emilio Henriquez.«

»Korrekt. Sie dürfen passieren.«

»Vielen Dank, Chummer.«

Agent 295 geht Kirkland durch den Flur voran und betätigt das Interkom. Die Tür öffnet sich. Kirkland betritt einen kleinen Raum mit verspiegelter, goldener Marmorimitatvertäfelung und mehreren antiken Holzmöbeln. Pandolfini ist neben ihm und läßt ihre Blicke in dem Raum herumwandern. Sie weiß, wonach sie Ausschau zu halten hat. Einen Augenblick später teilt sich die Doppeltür zur eigentlichen Wohnung, und ein Mann in einer weißen Bedienstetenuniform tritt hindurch und nähert sich Kirkland.

»Kann ich Ihnen helfen, Sir?«

»Ich muß Mister Ohara sprechen.«

»Es tut mir leid«, erwiderte der Diener. »Mister Ohara ist gegenwärtig nicht hier.«

»Ach, tatsächlich nicht?« Kirkland hebt eine Augenbraue, als sei er überrascht, dann verfinstert sich seine Miene. »Vielleicht ist es besser, wenn du noch mal mit Mister Ohara Rücksprache hältst, weil ein guter Freund von mir gesehen hat, daß er und seine beiden Freundinnen gerade nach Hause gekommen sind. Und wenn er dann immer noch nicht da ist, werden Detective Pandolfini und ich einfach hier warten, bis Mister Ohara sich entschließt, daß er doch da ist. Und das sagst du ihm jetzt genau so, Chummer.«

Der Bedienstete runzelt sehr kurz die Stirn, dann verschwindet er durch die Doppeltür.

Knapp zwei Minuten später betritt Kirkland durch

eine Transparex-Schiebetür einen weitläufigen, mit Transparex gesicherten Balkon, der einen Panoramablick auf den ausgedehnten botanischen Garten der Platinum Manor Estates bietet. Irgendwo dort unten ist ein Cop postiert, ein weiterer im unterirdischen Parkhaus. Daß Kirkland Ohara überwachen läßt, sollte nicht als Beweis dafür ausgelegt werden, daß er Ohara eines Verbrechens verdächtigt, welches unter die Zuständigkeit Philadelphias fällt. Kirkland will nur keinen Hinweis außer acht lassen. Offiziell geht er überhaupt nur Hinweisen nach.

Heute abend trägt Ohara einen langen schwarzen Hausmantel aus Satin und Pantoffeln, ganz zu schweigen von dem Übermaß an Goldschmuck. Er sitzt auf einem mit Samt überzogenen Sofa und lächelt wie der Herrscher der Welt. Auf dem Tisch neben ihm stehen ein Eiskübel mit einer Flasche Champagner darin und ein Teller mit Kaviar. Ohara teilt sich das Sofa mit zwei Blondinen, die nach wollüstigem Sex aussehen, der nur darauf wartet stattzufinden. Die Blondinen sind nackt und sehen sich so ähnlich, daß sie Zwillinge sein könnten. Keine der beiden rührt sich oder macht Anstalten, sich etwas anzuziehen.

»Guten Abend, Lieutenant«, sagt Ohara. »Womit kann ich Ihnen helfen?«

Kirkland erwägt, den dreien Detective Pandolfini vorzustellen, entscheidet sich jedoch dagegen. Oharas Frage verdient eine sofortige Antwort. »Sie könnten mir erklären, warum Sie Informationen zurückgehalten haben, die in direktem Bezug zu einer Morduntersuchung stehen.«

»Pardon?«

»Robert Neiman, Steven Jorge, Thomas Harris. Als Sie Exotech übernahmen, waren alle drei bei der Abteilung Sonderprojekte in Germantown beschäftigt. Sie sagten, sie hätten Exotechs Organisationsstruktur umgestaltet, und das stimmt auch, aber dieser Vorgang war nach sechs Monaten abgeschlossen. Neiman, Jorge und Harris sind aber erst nach weiteren sechs Monaten, nach dem großen Knall in der ASP versetzt worden.«

»Entschuldigen Sie, Lieutenant«, sagt Ohara immer noch hochherrschaftlich lächelnd, »aber Ihre Information ist unrichtig.«

»So? Ich glaube nicht.«

»Diese drei unglücklichen Männer, die Sie eben erwähnt haben, sind alle lange vor dem Zwischenfall in der ASP versetzt worden.«

Das ist mit Sicherheit gelogen. Kirkland spürt es in seinen Eingeweiden, aber er braucht sich nicht nur auf seine Eingeweide zu verlassen, um sich eine Meinung zu bilden. Er hat einen Bericht, schwarz auf weiß, direkt aus dem Büro des stellvertretenden Vorstandsvorsitzenden von KFK, einem Burschen namens Torakido Buntaro. In diesem Bericht heißt es, Neiman, Jorge und Harris seien erst nach dem Zwischenfall in der ASP ihre neuen Posten zugewiesen worden. Zudem existiert eine eidesstattliche Erklärung des Leiters der Personalabteilung von Exotech, die diese Feststellung bestätigt. Kirkland hat den dringenden Verdacht, daß Ohara Neiman, Jorge und Harris befördert hat, entweder als Belohnung oder um sich ihr Schweigen zu erkaufen. Die Frage ist: Was haben diese drei Männer, die brutal ermordet wurden, gesehen oder getan, um derartige Maßnahmen Oharas zu rechtfertigen?

Haben die vielleicht sogar gedroht, irgend etwas zu verraten? Hat Ohara selbst ihre Morde veranlaßt?

»Damals in Seattle haben Sie für eine Firma namens Seretech gearbeitet. Sie waren mit der Leitung eines bedeutenden biotechnischen Projekts betraut. Einer der anderen Top-Execs bei diesem Projekt starb bei einem Autounfall, den die Seattler Polizei als verdächtig eingestuft hat. Gewisse für das Projekt kritische Informationen verschwanden. Kurz danach haben Sie Seretech verlassen.«

»Ja, ich habe Seretech verlassen«, erwidert Ohara mit einem strahlenden Lächeln. »Sie werden sich erinnern, Lieutenant, daß ich bei mir zu Hause überfallen wurde. Ich war über ein Jahr rekonvaleszent. Danach beschloß ich, einen Neuanfang zu machen.«

»Sind Sie je einem Mann namens John Brandon Conway begegnet?«

»Warum fragen Sie das?«

»Ich habe zuerst gefragt.«

»Ich habe natürlich schon von ihm gehört. Das hat jeder.«

Soviel zumindest stimmt. Conway ist ein Schieber, einer der größten und am schwersten zu fassenden. Er arbeitet als Mittelsmann für multinationale Konzerne, sogar für Regierungen. Bei seinen Deals geht es um zwölf- und fünfzehnstellige Summen.

»Ja«, fährt Kirkland fort, »jeder hat schon von Conway gehört, aber Sie sind ihm auch schon begegnet. In Toronto. Vielleicht haben Sie ihm dort die Informationen verkauft, die Sie Seretech gestohlen haben.«

»Sie sollten auf Ihre Manieren achten, Lieutenant«, erwidert Ohara gelassen. »Sollte ich Anstoß daran nehmen, könnte ich es für notwendig erachten, Sie zu verklagen.«

»Sie bestreiten also, was ich gerade sagte.«

»Gewiß.«

»Dann nehme ich an, Sie bestreiten auch, daß Sie den Erlös aus diesem Verkauf dazu benutzten, um sich in den Vorstand von Kono-Furata-Ko International einzukaufen?«

»Ich habe nichts dergleichen getan.«

Oharas strahlendes Lächeln hält an, aber Kirkland bemerkt einen Riß im Panzer, ein Zucken an Oharas linkem Augenwinkel. Es könnte ein Muskelkrampf sein, hervorgerufen vielleicht durch Erschöpfung, aber das glaubt Kirkland nicht. Der Mann legt ein viel zu großes Selbstbewußtsein an den Tag, als daß es echt sein könnte, selbst für einen Burschen mit schweren Ego-Problemen.

Kirkland hofft, daß Detective Pandolfini das Zucken auch auffällt.

»Ich würde sagen, Seretech ist Schnee von gestern. Fällt nicht unter meine Zuständigkeit. Und wie Sie in den Vorstand von KFK gelangt sind, ist keine Polizeiangelegenheit. Ich war nur neugierig.«

»Sie sind ein sehr neugieriger Mann, Lieutenant.«

Kirkland nickt. Die Bemerkung war wahrscheinlich nicht als Kompliment gedacht, aber einstweilen wird er sie so auffassen. »Nun zu Ihren toten Execs. Neiman, Jorge und Harris waren alle drei in der Abteilung Sonderprojekte beschäftigt. Ihre Stellungen dort stellen die Sprosse einer Leiter dar, die direkt zu Ihnen führt. Welchen Schluß läßt das Ihrer Ansicht nach zu?«

»Sie sind der Detektiv«, erwidert Ohara. »Sagen Sie es mir.«

»Ich stelle die Fragen, Mister Ohara.«

»Ich bin nicht dazu verpflichtet, mich in Spekulationen zu ergehen.«

»Nicht? Nun, das ist sehr interessant.« Kirkland zieht ein gefaltenes Blatt Papier aus seiner Jackentasche. »Ich habe hier die Kopie eines Memorandums. Sie haben es wahrscheinlich noch nicht gesehen, weil Sie Ihr Büro heute sehr früh verlassen haben. Es stammt direkt vom stellvertretenden Vorstandsvorsitzenden von KFK und ist an alle Vorstandsmitglieder und alle Angstellten von Exotech gerichtet und weist sie an, ›die offiziellen Polizeiermittlungen zum Tod von Robert Neiman, Steven Jorge und Thomas Harris zu unterstützen, und zwar ohne Ausnahme und in jeder Beziehung‹. Ohne Ausnahme und in jeder Beziehung. Das ist ein Zitat.«

»Darf ich das mal sehen?«

Kirkland faltet das Blatt wieder zusammen, steckt es in seine Jackentasche zurück und sagt: »Tja, Sie werden verstehen, daß dies meine Kopie ist. Ich bin sicher, auf Sie wartet eine in Ihrem Büro.«

Oharas linkes Augenlid zuckt stärker.

»Also, was halten Sie von dieser Entwicklung? Neiman, Jorge, Harris. Worauf läuft das hinaus?«

Oharas Lächeln erlischt für einen Augenblick. »Ich habe nicht die leiseste Ahnung«, sagt er.

»Vielleicht sind Sie der nächste.«

»Der nächste? In welcher Beziehung?«

»Der nächste, auf den ein Anschlag verübt wird.«

»Das ist lächerlich.«

»Tatsächlich? Warum lassen Sie Ihre Wohnung dann von einer Birnoth-Söldnereinheit in Kampfpanzerung bewachen?«

»Eine einfache Vorsichtsmaßnahme.«

»Gegen was?«

»Wir leben in einer gewalttätigen Welt, Lieutenant.«

»Vielleicht will Seretech die Daten zurück. Vielleicht will man auch Rache. Vielleicht will sich derjenige rächen, der Ihre drei Execs getötet hat. Vielleicht ist auch jemand nicht sehr zufrieden mit dem, was in Germantown passiert ist.«

»Ich ... ich habe keine Ahnung.«

»Harris war der Leiter der Germantown-Gruppe. Er hat Ihnen direkt unterstanden. Das bedeutet, Sie hatten die direkte Kontrolle darüber, was die Abteilung Sonderprojekte tat.«

»Ich bin Exotechs oberster Leiter. Letzten Endes habe ich die Kontrolle über jede Gruppe und jede Abteilung, nicht nur über Sonderprojekte.«

»Wollen Sie damit sagen, daß die Gruppe, die Ihnen die Tophits des Jahrhunderts, die Chips der ›Hermetischen Bibliothek‹-Reihe wie *Abbirleths Beschwörung*, bescherte, im großen und ganzen unabhängig operiert hat? Sie haben ihr keine besondere Aufmerksamkeit gewidmet, nicht mehr als jeder anderen Abteilung Exotechs?«

Ohara lehnt sich zurück und lacht leise. »Offensichtlich, Lieutenant, habe ich die ASP-Aktivitäten in gewisse Bahnen gelenkt. Ich kann darin nichts Unlauteres sehen.«

»Nicht?«

Oharas Augenlid zuckt weiter.

Kirkland beobachtet das Zucken einen Augenblick, dann sagt er: »Bei unserer letzten Unterhaltung, vielleicht auch bei der davor, sagten Sie, Robert Neiman sei nur ein Datenbeschaffer gewesen, bevor Sie ihn beförderten. Ist das richtig?«

»Gewiß.«

»Nun, das ist ziemlich komisch, aber ich habe Einblick in ein paar Personalakten genommen, in denen Neiman ein wenig anders beschrieben wird.«

»Wie meinen Sie das?«

»Neiman war ein Magier.«

»Auf gar keinen Fall.«

»Aber gewiß doch.« Kirkland verfügt über Kopien der Personalakten, und einigen seiner Detektive ist es gelungen, Zeugen aufzutreiben, die diesen Punkt bestätigt haben. »Sie hatten einen ganzen Haufen Magier in Germantown zusammengezogen, ein rituelles Team. Und dort haben Sie die Rohfassungen für die ›Hermetische Bibliothek‹-Reihe ihrer SimSinn-Chips erstellt. Neiman war ein Magier, und der Unfall innerhalb der ASP hat ihn so sehr ausgebrannt, daß er danach keine Magie mehr wirken konnte. Das gleiche geschah mit Jorge. Ausgebrannt. Und auch mit Harris. Alle drei ausgebrannt. Jetzt sind sie tot. Also ist von der ursprünglichen Gruppe der sieben Magier nur noch einer am Leben. Drei starben bei dem Unfall, drei wurden ermordet. Damit bleibt einer übrig, und dieser eine ist untergetaucht. Wissen Sie, von wem die Rede ist, *Mister* Ohara?«

Das Zucken wird so schlimm, daß Ohara tatsächlich die Hand hebt und sich das linke Auge reibt, was jedoch nicht hilft. »Es tut mir leid«, sagt er, wobei sein breites Lächeln erneut erlischt. »Ich ... ich erinnere mich nicht mehr an den Namen. Es war ein Mann.«

»Adam Malik.«

»Ja. Ich ... ich glaube, so hieß er.«

Kirkland läßt jeglichen Anschein von Höflichkeit fallen. »Der Bursche hat einen Unfall überlebt, bei dem er mitansehen mußte, wie drei seiner Kollegen getötet und die anderen drei schwer traumatisiert wurden! Dann taucht er völlig unter! Ist Ihnen nie der Gedanke gekommen, er könnte vielleicht einen Groll gegen Sie hegen?«

»Einen Groll? Aus welchem Grund?«

Kirkland grinst höhnisch. Die Lügen und Ausflüchte werden immer lahmer. »Wissen Sie, was Ihr Problem ist, Chummer? Sie sind viel zu sehr damit beschäftigt, die eigene Haut zu retten, um sich Gedanken darum zu machen, wer für Ihre Fehler stirbt.«

Befragung beendet.

Kirkland wendet sich ab und geht.

In seinem Schlafzimmer quält sich Ohara aus seinem Hausmantel und schleudert ihn zu Boden. Er hat ein Gefühl, als sei er am Ersticken. Seine Hände zittern, und sein verdammtes Augenlid will einfach nicht aufhören zu zucken. Und all das nur wegen dieses Kirklands und seiner Unterstellungen, seiner Lügen und seiner versteckten Drohungen. Ohara läßt sich nichts vormachen. Wenn dieser Kirkland irgend etwas gegen ihn in der Hand hätte, würde er ihn verhaften und nicht belästigen. Wenn Kirkland so weitermacht, wird er bald mehr Ärger am Hals haben, als er verkraften kann. Ohara weiß, wie man so etwas arrangiert. Wenn nicht legal, dann eben illegal. Wenn er keine Vernunft annehmen will, dann muß er eben sterben. Es würde kein Vermögen kosten, den Tod eines übergewichtigen und nicht sonderlich intelligenten Polizeileutenants zu kaufen. Und Ohara hat genug Geld dafür übrig. Mehr als genug.

Allein schon über so minderwertige Knülche wie Kirkland nachzudenken, strapaziert Oharas Nerven. Normale BTL-Chips geben ihm einfach nicht mehr den richtigen Kick. Direkte Eingabe hin oder her. Er braucht etwas Stärkeres, Besseres. Was er braucht, wartet auf ihn, das weiß er, auf der Marmorkommode in seinem privaten Badezimmer – ein Geschenk von einer seiner beiden Schnallen.

Er tritt durch die Verbindungstür. Das schlanke, quadratische Kästchen ist vergoldet, das Innere mit blauem Samt ausgelegt. Die Injektionspistole besteht aus spiegelndem Chrom. Ohara mag es gewöhnlich nicht, sich so früh am Abend Drogen zu Gemüte zu führen, aber heute ist ein Sonderfall. Er legt eine Phiole DeeVine in den Pistolengriff ein. Die Injektionspistole ähnelt einer richtigen Pistole. Munition einlegen, durchladen, die Mündung gegen seinen linken Oberarm pressen, abdrücken. Sein linker Arm wird plötzlich von Kälte überflutet, als würde er von eisigen Nadeln durchlöchert, doch dann setzt die Flut süßen Vergnügens ein.

Einen Augenblick später ist er euphorisch, wieder völlig obenauf. Weitere zwei oder drei Sekunden später ist er so hart wie Stahl und mehr als bereit, ihn immer wieder hineinzurammen, direkt bis zum Mittelpunkt der Erde.

Grinsend öffnet er die Tür zu dem mit Spiegel und Kristall eingerichteten Bad. Christie und Crystal sind dort, wo sie sein sollten, in der riesigen Marmorbadewanne, und liegen bis zum Ansatz ihrer wunderbaren, kosmetisch verschönten Möpse in schaumigem Wasser. Sie betrachten ihn und lächeln.

Was er von ihnen will, ist offensichtlich, und sie

sind mehr als bereit, seinen Wünschen zu entsprechen.

Dazu, und nur dazu, sind sie schließlich auch da.

38

Auf dem leuchtenden Neonschild draußen steht Ristorante, aber das Innere des Ladens sieht mehr wie eine Bar aus, eine finstere, schmuddelige kleine Bar, die in irgendeiner Hintergasse von Südphilly versteckt ist. Vor der plastikverkleideten Bar stehen etwa ein Dutzend Hocker und ein weiteres Dutzend kleiner runder Tische mit fleckigen Tischdecken und jeweils zwei Stühlen. Aus irgendeinem Hinterzimmer dringt Opernmusik.

Eine fette Frau mit einer schmutzigen Schürze bringt eine Tasse einer aromatischen Soykafart, die romantisch als Capuccino bezeichnet wird. Die alten Männer, die an der Bar sitzen, sehen immer wieder über die Schulter zu dem Tisch in der rechten hinteren Ecke. Durch die verspiegelten Gläser ihrer schwarzen Sonnenbrille bemerkt Tikki zwar ihre Blicke, aber ihre Gedanken beschäftigen sich mit anderen Dingen.

Sie ist hier, weil dies wahrscheinlich der letzte Ort in Philadelphia ist, wo jemand nach ihr suchen würde, und sie eine Pause vom ständigen Auf-der-Hut-Sein braucht. Südphilly gehört in erster Linie der italienischen Mafia. Der Kontakt, den sie mit ihr in anderen Städten hatte, war kurz und gewalttätig.

Niemand hier sollte die geringste Ahnung haben, wer sie ist.

Sie muß darüber nachdenken, was in der Bank geschehen ist, da es überhaupt keinen Sinn ergibt. Ein Bursche wie der Fette André würde sie nicht linken und dann einfach dasitzen und sie anlügen. Das würde er einfach nicht tun. Es wäre ein viel zu großes

Risiko. Leute, die eine Bank in den Schatten betreiben, bleiben nicht lange im Geschäft, wenn sie derartige Risiken eingehen. Und der Fette André hat auch nicht so gerochen, als würde er lügen.

Die einzige Erklärung, die einen Sinn ergibt, ist die, daß irgend jemand, wahrscheinlich jemand mit Magie, zum Fetten André gegangen ist und ihm den Kopf verdreht hat. Ihn dazu gebracht hat, alle Aufzeichnungen von Tikkis Konto zu löschen und dann dieses Videoband zu fälschen, wie sie hereinkommt und ihr Geld verlangt. Ihn irgendwie glauben gemacht hat, daß sie kein Geld auf seiner Bank hat. Ansonsten hätte sie seine Lügen in Sekundenschnelle durchschaut.

Die Frage, die sich daraus ergibt, ist einfach: Warum sollte das jemand mit dem Fetten André tun?

Sie kennt die Antwort auf diese Frage bereits. Jemand versucht, *ihren* Verstand zu verwirren. Sie soll so sehr mit der Frage beschäftigt sein, was, zum Teufel, eigentlich los ist, daß sie den Todesschuß nicht kommen sieht.

Damit werden sie kein Glück haben.

Tikki war schon in solchen Situationen. Einmal in Hangchow, einmal in Osaka. Leute wurden gierig und versuchten sie reinzulegen, und als die Dinge heikel wurden, machte sie, daß sie wegkam. Nur ein Idiot bleibt stehen und kämpft, wenn man durch eine Flucht absolut nichts – nichts außer Geld – zu verlieren hat. Später, wenn sich die Dinge abgekühlt und die Leute vergessen haben, wen sie benutzt haben, gibt es immer eine Gelegenheit, die Rechnung zu begleichen.

Sie würde es vorziehen, herumzuwirbeln und direkt auf den Feind in ihrem Nacken loszugehen, ihn zu zerfetzen, aber dies ist ein Fall, wo dieser instinktive Drang dumm ist.

Wer will ihren Tod? Die Yakuza? Adama? Jemand anders? Sie hat keine Anhaltspunkte. Das einzige, was ihr immer wieder durch den Kopf geht, ist die Überlegung, daß die Yakuza wohl niemanden wie Hammer anwerben würde. Die Yakuza pflegt ihre Jobs selbst zu erledigen.

Also, was jetzt? Aus der Stadt verschwinden. Das gefällt ihr nicht, ist aber die einzig vernünftige Antwort. Der sicherste Ausweg ist das schnellste Motorrad, das sie finden kann. Es gibt nur zwei größere Flughäfen und eine Handvoll Bahnhöfe, die alle überwacht werden können, aber selbst die Cops können nicht alle Straßen im Auge behalten. Sie sollte nach Norden oder Süden fahren und im Hauptverkehr auf der Nord-Süd-Schiene bleiben. Sich in der Menge verlieren. In südlicher Richtung käme sie zuerst nach Baltimore, dann nach D.C. Im Norden liegt Newark. Ein äußerst gewalttätiger Ort, dieses Newark. Man kann sich im Metroplex von Newark verlieren, ohne es überhaupt zu versuchen. In Newark kann man ein Flugzeug nach praktisch jedem beliebigen Ort auf der Welt nehmen. Es könnte sich sehr gut um ihre Art von Stadt handeln. Sie wird es damit versuchen.

Als sie das Restaurant verläßt, nimmt sie noch einen letzten Zug von ihrer schlanken Partagas Purito, dann wirft sie den Stummel in die Gosse. Die Nacht ist kühl. Die Stadt poltert um sie herum. Doch was sie hört, sind die Worte ihrer Mutter, die sie ihr einmal in einer kühlen, finsteren Nacht in Hongkong ins Ohr geflüstert hat: *Laß ab von Drachen, wähl deine Feinde mit Bedacht, such deine eigene Wahrheit …*

Dem fügt Tikki noch ihre eigene Regel hinzu: Halt dich von Magiern fern.

Wenn ihre Vermutungen stimmen, muß ein ziemlich mächtiger Magier mit jenen im Bunde sein, die ihren Tod wollen. Das allein ist schon Grund genug zu verschwinden. Aus Philadelphia. Vielleicht aus den UCAS. Vielleicht sogar aus diesem Teil der Welt.

Sie nimmt die U-Bahn an der Broad Street, fährt bis zur Race Street und geht dann in östliche Richtung, nach Chinatown. Eine Gasse in der Nähe der Zehnten bringt sie zu einem dreistöckigen Ziegelhaus. Die Hintertür öffnet sich auf eine Treppe, die zu einer Metalltür hinabführt. Sie tippt den Zugangscode in das Schloß. Die Tür klickt. Sie öffnet sie und tritt ein.

Der Raum, den sie betritt, ist eine Betonschachtel, wenig größer als zwei mal zwei Meter. Eine nackte Glühbirne in einer Fassung an der Decke flammt auf, als sich die Tür öffnet. An der linken Wand steht eine schwarze Stahltruhe. Tikkis Notausrüstung. Die Truhe enthält unter anderem eine Kang, eine genaue Kopie der Waffe in ihrem Rückenhalfter, und zehn Clips Munition, außerdem ein paar beglaubigte Kredstäbe sowie verschiedene Identitäten. Fast alles, was sie braucht, um schnell zu verschwinden, befindet sich in diesem Kasten. Tikki ist gerne auf alles vorbereitet.

Worauf sie nicht vorbereitet ist, ist der Mann, der auf der Truhe sitzt. Sie hat die Kang bereits gezogen, bevor sie mehr sieht als eine menschenähnliche Gestalt und dunkle Kleidung. Der sauber gestutzte Bart, der schicke schwarze Anzug und die polierten schwarzen Schuhe registriert sie erst mehrere Augenblicke später. Der Gedanke, der ihr in erster Linie durch den Kopf geht, ist die Tatsache, daß niemand hier sein dürfte, weil niemand ihr Versteck kennen sollte. Tikki läßt sich auf ein Knie sinken und lehnt die Schulter gegen den Türrahmen, als sie die Kang anlegt. Dann wird ihr klar, daß es sich bei dem Mann um Adama handelt. Er lächelt sie milde an, als sehe er die Kanone nicht, die auf sein Gesicht zeigt.

Die nackte Glühbirne an der Decke verleiht seinen Augen einen unnatürlichen Glanz.

»Entschuldigen Sie mein Eindringen«, sagt er ruhig und vage mit den Händen wedelnd, als wolle er etwas Unwichtiges beiseite schieben. »Sie waren ein paar Tage verschwunden. Ich war … beunruhigt.«

Er fügt seinen Worten ein Lächeln hinzu.

Tikki senkt die Kang, richtet sich auf. Ein Dutzend Fragen schießen ihr durch den Kopf. Wie ist Adama durch diese Tür gekommen? Woher weiß er überhaupt von diesem Ort? Wie ist er darauf gekommen, daß sie jetzt hierherkommt? Sie öffnet den Mund, um etwas zu sagen, bringt jedoch kein Wort heraus. Tikki ist so völlig verblüfft, daß sie nicht einmal weiß, welche Frage sie ihm zuerst stellen soll.

Er streckt eine Hand aus, Innenseite nach oben, als wolle er ihr etwas anbieten. »Ihnen ist nichts geschehen, wie ich sehe.«

Tikki schüttelt den Kopf. »Und selbst?«

»Es geht mir gut, danke der Nachfrage«, erwidert Adama, während er müßig seinen Gehstock zwischen den Fingern dreht. Tikki reibt sich den Nacken, da sie dort einen Juckreiz verspürt. »Ihre Bemühungen scheinen die Konkurrenz einzuschüchtern«, sagt Adama. »Ich bin sehr zufrieden. Ich nehme an, ich kann auch weiterhin auf Ihre Dienste zählen.«

Ihr kommt ein Gedanke. »Mein Geld.«

»Sie wollen einen neuen Preis aushandeln«, sagt Adama lächelnd und kurz mit der Hand winkend. »Das ist nur natürlich. Ich bin sicher, wir können uns auf einen fairen Preis für Ihren nächsten Job einigen.«

Ja, genau ...

Ihr nächster Job. Adama erwähnte, er hätte noch einen Job für sie. Bis zu diesem Augenblick hat Tikki daran keinen ernsthaften Gedanken verschwendet. Irgend etwas daran hat sie gestört, aber sie kann sich nicht mehr erinnern, was. Sie nimmt an, wenn Adama bereit ist, über neue Vertragsbedingungen zu verhandeln, müßte sie dumm sein, wenn sie ablehnte. Schließlich ist Geld ihr primäres Ziel. Geld ist der Anreiz, den ihr Menschen bieten, um andere Menschen zu ihrer Beute zu machen. Mit diesem Geld kann sie sich einen angenehmen Lebensstil im Reich der Menschen kaufen.

»Warum gehen wir nicht etwas essen?«

Sie könnte einen anständigen Happen vertragen.

Adama gestikuliert. Tikki halftert die Kang und geht hinaus. Adama kommt ihr nach. Sie vergewissert sich, daß die Tür verschlossen ist, dann geht sie voran, die Treppe hinauf, in die Gasse und zur Zehnten Straße. Adamas glänzend schwarzer Mitsubishi Nightsky wartet am Straßenrand. Tikki hat ihn zuvor dort nicht stehen sehen. Er muß um die Ecke geparkt haben. Sie folgt ihm in den Wagen, und die Limousine fährt zügig los.

Adama bietet ihr einen Dannemann-Zigarillo an. Sie nimmt ihn und anschließend auch Feuer. »Ich kenne ein wunderbares kleines Restaurant«, sagt er. »Fabelhaftes Essen. Chinesisch. Wenn Sie die Indiskretion entschuldigen.«

Indiskretion? Als sei ihre asiatische Herkunft ein großes Geheimnis? Sie nimmt an, daß dies wieder einer von Adamas kleinen Scherzen ist. Seltsamerweise empfindet sie das Bedürfnis zu lächeln. Wirklich, es ist ein so alberner Scherz, daß sie sich geradezu verpflichtet dazu fühlt.

Der Wagen fährt zur Front Street, dann die Kensington Avenue hinauf und nach Nordostphilly. Kurze Zeit später hält der Wagen vor einem Restaurant namens Hunan Mayfair, einem netten kleinen Laden. Die Videoanzeige im Fenster blinkt: Schweinefleisch Moo Shu! Mit Kohl und Eiern geröstet! Alles frisch! Alles echt! Mit Pfannkuchen nach Mandarinart in Pflaumensauce!

Irgend etwas an diesem Laden stört Tikki, aber sie kommt einfach nicht darauf, was es ist. Vielleicht liegt es auch nur daran, daß sie Adama noch nie hat Chinesisch essen sehen. Trotz des Namens, den er führt, Adama Ho, hat er bislang keine Vorliebe für irgendein anderes Essen als den üblichen Anglo-Fraß an den Tag gelegt. Sie folgt ihm hinein. Sie nehmen einen Ecktisch.

Tikki wirft einen Blick auf die Speisekarte und entscheidet sich für Rindfleisch Kung Po.

»Ich will es heiß«, sagt sie zu dem alten Mann, der ihre Bestellung aufnimmt.

»Ja. Sehr heiß.« Der alte Mann verbeugt sich und geht.

Tikki sieht Adama an, doch er lächelt nur. Sie fragt sich, warum der alte Mann auf Mandarin geantwortet hat. Sie trägt eine verspiegelte Sonnenbrille, so daß der offensichtlichste Hinweis auf ihre asiatische Abstammung verborgen ist. Was, zum Teufel, geht hier vor?

»Es ist schon in Ordnung«, sagt Adama gütig lächelnd, indem er den Vorfall mit einer raschen Handbewegung abtut.

Tikki beschließt, sich wegen des alten Mannes keine Gedanken zu machen.

»Es ist ein paar Tage her, seit ich zuletzt von Ihnen gehört habe«, sagt Adama, der immer noch lächelt und seinen Gehstock zwischen den Fingern zwirbelt. »Ich nehme an, Sie haben alle Probleme bewältigt.«

Den Anschlag auf ihr Leben? Den hat sie prima bewältigt. Sie hat Hammer und seine Bande blutiger Amateure in Stücke gerissen. Sie hat sie abgeschlachtet. Im wahrsten Sinne des Wortes. »Sie haben bekommen, was sie verdient haben.«

Adama betrachtet sie, lächelt, als sei er belustigt, deutet vage auf sie. »Sie klingen so grimmig heute abend.«

Die Vorstellung läßt sie wieder lächeln, bösartig diesmal. Sie fühlt sich tatsächlich grimmig, jetzt, wo Adama es erwähnt. Sie weiß gar nicht, was mit ihr los war. Es gibt überhaupt keinen Grund, die Stadt zu verlassen. Sie hat nichts zu befürchten. Nichts kann sie aufhalten. Sie wird alles und jeden umbringen, der es versucht. Umbringen, zerfetzen, verschlingen. Zum Teufel mit der Yakuza. Zum Teufel mit allen, allen Menschen. Magere Schwächlinge. Schlappe zweibeinige Fleischklöpse. Menschen sind doch nur Beute. Sie sollte sie alle abschlachten. Sie hat genug von ihrem Gestank.

Während des Essens erklärt Adama ihr den nächsten Job. Später wird er ihr genauere Anweisungen geben. Fürs erste ist nur wichtig, daß ihr nächstes Ziel ein hochrangiger Yakuza-Exec ist, der für Adama und seine Organisation immer noch die größte Gefahr darstellt. Dieser Mann, ihr nächstes Ziel, muß am grausamsten von allen niedergemetzelt werden.

Sein Name ist Bennari Ohashi.

39

Raman bockt den Hobel auf und sieht Eliana an. Fürs erste tut sie nicht mehr, als sich mit den Fingern durch das blaßblonde Haar zu fahren: glätten, zupfen, auflockern. Daß sie ihre Zeit mit derart trivialen Dingen vergeudet, überrascht ihn nicht. Sie ist geradezu besessen von ihrem Aussehen, ihrer äußeren Erscheinung, ihrer Sauberkeit, und zwar auf eine Weise, die andere Frauen im Vergleich geradezu schlampig wirken läßt. Sie verbringt Stunden in der Badewanne und weitere Stunden damit, sich zu schminken, frisieren und anzuziehen.

Heute nacht trägt sie eine hautenge schwarze Bluse und einen dazu passenden kurzen Rock mit einem breiten goldenen Gürtel. Die geschmeidigen schwarzen Stiefel mit spitzen hohen Absätzen reichen ihr bis knapp unter den Rocksaum. Darüber trägt sie einen fast knöchellangen Umhang, außen schwarz, innen goldglitzernd. Dutzende drahtdünner Armreifen klimpern an ihren Unterarmen. An jedem Finger trägt sie einen Ring. Um den Hals hängt eine Unmenge dünner Ketten und Anhänger.

Abrupt wickelt sie sich in den Umhang, so daß selbst ihre Arme bedeckt sind.

»Da lang«, sagt sie, mit dem Kinn in eine Richtung deutend.

Eliana dreht sich um und geht die Gasse entlang in die abfallübersäte Dunkelheit hinein. Genau das findet Raman höchst überraschend, daß sie sich an so einen Ort begibt, eine Gasse inmitten der verfallenen Slums in der Nähe der Strafanstalt. Er hat jetzt seit drei Jahren verschiedentlich mit Eliana zu tun gehabt. Wie oft hat sie sich jemals auf die Straße und in die finstersten Nischen der Stadt begeben? Zweimal? Dreimal? Dies ist ein äußerst seltenes Ereignis. Eliana, die von Sauberkeit besessene und übertrieben pingelige Frau, setzt sich tatsächlich dem Risiko aus, beschmutzt zu werden oder sich dreckig zu machen. Bemerkenswert.

Sie biegen um eine Ecke, Eliana an der Spitze. Ein kleines Stück entfernt sehen sie eine Gruppe schwarz gekleideter Jugendlicher, die grölen und lachen. Ihr Gejohle wird bösartig, als sie die Frau sehen. Eliana sieht viel zu klein, zierlich und weiblich aus, um gefährlich sein zu können. Ramans Hand schließt sich um den Griff des Messers, das in seiner Jacke in der Scheide steckt, aber er braucht nicht einzugreifen.

»Hey! Seht euch mal die Schnalle an!«

»Hast wohl dringende Bedürfnisse, was, Baby?«

Einer der Jugendlichen geht auf Eliana zu, greift nach ihrem Haar. Sie gibt einen Laut wie ein Grunzen von sich, dann zuckt ihre Hand unter dem Umhang hervor und schlägt nach dem Gesicht des Jungen, wie eine Katze es täte. Der Junge wird herumgewirbelt, als habe ihn die Hand eines Riesen getroffen, stürzt über ein Metallfaß und bleibt regungslos liegen. Blut rinnt aus den zerfetzten Überresten von Gesicht und Kehle. Die anderen Jugendlichen zögern. Eliana reckt einen Arm in die Dunkelheit des Himmels, die Finger wie Klauen gekrümmt. Die Luft in der Gasse gerät plötzlich ins Wirbeln. Aus dem Nichts bildet sich ein Zyklon. Die Jugendlichen gaffen, dann machen sie kehrt und laufen davon, wobei ihnen von hinten alle möglichen Abfälle um die Ohren fliegen.

Der Zyklon läßt nach und legt sich schließlich ganz. Eliana glättet ihr Haar, hüllt sich wieder in ihren Umhang und geht dann weiter, die Gasse entlang, nicht allzu weit. Vor der Hintertür eines Hauses auf der rechten Seite wirft sie den Umhang zurück und reckt beide Arme in den Nachthimmel. Die Tür fliegt nach innen, als sei sie von der Faust eines Riesen aus den Angeln geschlagen worden. Staub wird aufgewirbelt und legt sich wieder. Eliana bürstet sich die Kleidung ab, glättet ihr Haar und geht dann hinein.

Das Innere des Hauses ist eine graue, staubige Ruine, die vom Sternenlicht und dem orangefarbenen Leuchten der Straßenlaternen auf der Vorderseite trübe erhellt wird. Löcher in den Wänden, überall verstreute Bruchstücke von Möbeln. Irgendwo tropft leise Wasser. Der Geruch nach Schimmel und Fäulnis. Eliana grunzt vor offensichtlichem Ekel. Ein schmaler Flur führt zur Vordertür und an einer offenen Tür auf der linken Seite vorbei. Hinter dieser Tür befindet sich ein mittelgroßer Raum nach Art eines Wohnzimmers.

Mitten auf dem Boden sitzt eine Katze, Elianas schwarze Katze. Die Frau betrachtet die Katze einen Moment lang, dann geht sie in die Hocke, als wolle sie das Tier streicheln oder vielleicht aufheben, doch als sie sich wieder aufrichtet, ist die Katze verschwunden. Sie ist weder auf dem Boden noch in Elianas Armen. Raman hat nicht gesehen, wohin sie verschwunden ist. Offenbar hat Eliana sie mit ihrer Magie irgendwohin geschickt. Es wäre nicht das erstemal, daß sie dies oder etwas ähnliches in seiner Gegenwart tut.

An der Katze und ihrer Beziehung zu Eliana ist etwas, das über das Gewöhnliche, das Weltliche, hinausgeht. Raman hat den Verdacht, daß die Katze selbst ein magisches Wesen ist und Magie wirken kann. Jedenfalls ist sie keine gewöhnliche Katze. Daran hat er keinen Zweifel.

Eliana erklärt natürlich nur dann etwas, wenn sie muß und die Neigung dazu verspürt. Meistens zieht sie es vor, andere im ungewissen zu lassen.

Jetzt schüttelt sie ihren Umhang aus, dann ihr Haar, und wendet sich schließlich einem großen Fenster zu, das nach vorne hinausgeht. Die Scheibe weist zahlreiche Sprünge auf, als sei sie von einem Stein getroffen worden, jedoch nicht zerbrochen. Eliana zeigt auf ein Reihenhaus schräg gegenüber auf der anderen Straßenseite. »Dort wirst du sie finden«, sagt sie leise. »In einem der Zimmer im fünften Stock. Striper ist jetzt nicht da, wird aber bald kommen. Das ist ihr Versteck. Ihr Schlupfwinkel.«

Eliana dreht sich um und mustert Raman. Das schwache Licht von der Straße läßt ihre Augen funkeln. Die hohen Absätze ihrer Stiefel machen sie so groß, daß sie kaum das Kinn zu heben braucht, um ihm in die Augen zu sehen. Sie lächelt schwach.

»Sei vorsichtig.«

»Warum?«

Eliana verzieht eine Augenbraue und schaut wieder über die Straße. »Diese Striper ist höchst ungewöhnlich. Ich habe ihre Aura gesehen. Sie ist sehr stark. Sehr gefährlich.«

»Was macht sie so gefährlich?«

Eliana wendet den Kopf ein wenig und betrachtet ihn aus dem Augenwinkel, sagt aber nichts.

Das ist typisch für sie.

40

Tikki biegt von der Straße ab, geht durch die Tür des Reihenhauses in Nordostphilly und hält im Foyer kurz inne. Der Bursche mit dem leuchtend orangefarbenen Haar und den spitz zugefeilten Zähnen sitzt auf der Treppe und betrachtet sie einen Moment lang, dann senkt er seine Schrotflinte. Tikki starrt ihn noch einen Augenblick länger an, dann geht sie die Treppe herauf. Sie mag keine Leute, die Kanonen auf sie richten, auch wenn es ihr Job ist.

Ansonsten ist der Abend gut verlaufen. Adama hat ihr seinen Plan hinsichtlich des bevorstehenden Anschlags auf Bennari Ohashi, dem Yakuza-Exec, erläutert. Es ist ein guter Plan. Tikki glaubt nicht, daß sie irgendwelche Probleme haben wird. Die Zweifel, die ihr an Adama gekommen waren, müssen das Produkt ihrer eigenen Paranoia sein. Der Mann ist viel zu sehr Jäger, um sie zu verraten. Das Töten bereitet ihm ein viel zu großes Vergnügen, als daß er sich jemals gegen sie wenden würde. Was kann mit ihr nicht gestimmt haben, daß sie ihn des Verrats verdächtigt hat? Sie denkt ausgiebig darüber nach, kommt aber zu keinem Ergebnis. Sie muß verrückt gewesen sein.

Nicht ganz bei sich.

Sie erreicht das Ende der Treppe, öffnet die Treppenhaustür und betritt den Flur des fünften Stocks. Ein merkwürdiger Geruch läßt sie wie angewurzelt stehenbleiben. Bevor sie ihn identifizieren kann, trifft sie etwas von schräg oben und schlägt sie zu Boden.

Was geht hier vor? Sie wird angegriffen, ist in einen Hinterhalt geraten. Das ist Tikki bereits klar, als sie den Schlag auf Hinterkopf und Rücken spürt, als ein unglaubliches Gewicht sie flach auf den Boden und ihr die Luft aus den Lungen preßt.

Bevor sie auch nur zu kämpfen anfangen kann, spürt sie einen kalten, stechenden Schmerz in der Gegend ihrer rechten Niere, der sich durch ihren Rücken nach oben brennt, und dann ist es zuviel. Vorbei, bevor es begonnen hat. Schwäche überfällt sie. Die Schmerzen ersticken ihr Bewußtsein.

Sie hört ihr Herz hämmern.

Bis alles von einer großen Stille verschluckt wird ...

Raman läßt die Klingen in die Unterarmhalterung zurückschnappen und erhebt sich. Kein Zweifel, die blutüberströmte Gestalt auf dem Boden ist Striper. Sie trägt ihr Markenzeichen, die rotschwarze Gesichtsbemalung und ein entsprechendes Kunstlederoutfit. Die klaffende Wunde erstreckt sich von der Hüfte bis zur Schulter und verdeutlicht ihren Zustand. Raman hat viele derartige Wunden gesehen. Selbst ein DocWagon-Notfallteam könnte Striper jetzt nicht mehr wiederbeleben. Der Schaden, den seine Klingen angerichtet haben, ist zu umfassend, zu schwer. Striper ist tot. Seine Arbeit ist getan.

Diese Tatsache bestätigt nur seine persönliche Überzeugung: Niemand ist unüberwindlich. Niemand ist ständig so vorsichtig oder schlau oder schnell, um gegen den Tod gefeit zu sein. Auf jedes Wesen, das tötet, kommt ein anderes, das fähig ist, es zu töten. Irgendwo auf der Welt gibt es ein Wesen, das in der Lage ist, auch ihn zu töten. Vielleicht hätte es sogar Striper sein können, hätte sie gewußt, wie, und wäre es umgekehrt gewesen und sie beauftragt worden, ihn zu töten.

Raman geht zur Treppe, hält jedoch inne, als er etwas hört. Einen rasselnden Atemzug, das raschelnde Knistern von Kunstleder. Ein Blick über die Schulter zeigt ihm das Unmögliche: Striper hat sich auf ein Knie aufgerichtet. Ihre Hand hebt eine schwere Automatik. Während Raman noch das Wurfmesser aus der Unterarmscheide zieht, brüllt die Automatik auf, und die ersten Kugeln treffen seine Rippen.

Er taumelt ungläubig zurück.

Das Brüllen der Automatik hallt wie Donner durch den Flur.

Ihr Rücken fühlt sich an wie zerfleddertes Gummi, und sie hat starke Schmerzen, aber sie ist schon mit schlimmerem fertiggeworden. Die Wunde heilt rasch. Ihre Kraft kehrt zurück. Die Tränen in ihren Augen sind eine Ablenkung, aber auch damit kann sie fertigwerden.

Die Kang klickt leer.

Tikki kommt schwankend auf die Beine, lehnt sich gegen die Flurwand und drückt auf den Magazinauswurf der Kang. Ihre freie Hand hat ein frisches Magazin hineingerammt, bevor das leere zu Boden gefallen ist. Das Feuer in ihrem Rücken wirkt wie ein zwingender Befehl – ihre Hände wissen, was sie zu tun haben. Sie lädt durch, legt an und eröffnet wieder das Feuer. Die ohrenbetäubenden Schüsse hallen von den Flurwänden wider. Aus dem sich stetig steigernden Lärm wird ein apokalyptisches Gewitter. Ihr großer, in Kunstleder gehüllter Angreifer taumelt gegen die Wand am Ende des Flurs. Sie schießt weiter. Blut spritzt gegen die Wand. Der Attentäter fällt auf ein Knie. Sie schießt weiter. Ein Messer oder ähnlicher Gegenstand fällt dem Attentäter aus der Hand und rutscht über den Boden. Die Kang klickt leer. Tikki rammt einen frischen Clip hinein, lädt durch, hebt die Kanone und schießt weiter. Sie hat mindestens noch zwei volle Clips in ihren Taschen und wird dafür sorgen, daß jeder, der sie umzulegen versucht, stirbt stirbt stirbt stirbt stirbt.

Da geschieht etwas Unglaubliches. Sie hat Halluzinationen. So etwas ist noch nie zuvor passiert, und es ist eine so überzeugende Lüge, daß sie einen jähen, scharfen Stich der Furcht empfindet.

Der Attentäter verwandelt sich. Haut und Kleidung

kräuseln sich und zucken. Aus dem Gesicht des Angreifers wird eine pelzige, blutverschmierte Maske. Seine Augen schwellen an und funkeln im trüben Licht der Deckenbeleuchtung rötlich. Nase und Kiefer schieben sich nach vorn. Aus gebleckten Zähnen werden Fänge. Zwischen einem ohrenbetäubendem Schuß der Kang und dem nächsten wächst der Körper des Angreifers und streckt sich. Zerrissene Kleidung fällt zu Boden. Arme werden zu massigen Vorderbeinen. Ein langer gekrümmter Schwanz wird sichtbar. Tikki wischt sich mit der freien Hand über die Augen, aber die Lüge hat Bestand. Sie betrachtet sich selbst wie in einem Spiegel und schießt auf etwas, das wie sie selbst in ihrer natürlichen Gestalt aussieht.

Es ist unmöglich.

Das Wesen brüllt und schießt vorwärts, springt los, als wolle es sie überrennen, und sie kann nur ihren Schweiß, ihr Blut und den Pulverdampf ihrer Kang riechen. Die dröhnende Waffe kommt ihr plötzlich so völlig schwach und wirkungslos vor, daß es schon ein Witz ist.

Die Kang fällt ihr aus der Hand, während sie zurücktaumelt, Dann prallt das Wesen gegen sie und wirft sie mühelos um.

Die Schmerzen sind ein Wahnsinn, der ihn zu noch größerem Wahnsinn treibt und ihn zwingt, seine andere Gestalt, seine Tiergestalt anzunehmen und durch den Flur zu jagen, auf die Quelle seiner Schmerzen zu.

Alle Gedanken ans Geschäft werden von den Schmerzen verdrängt. Urinstinkte regieren ihn jetzt. Um den Schmerzen ein Ende zu bereiten, muß er entweder fliehen oder die Ursache für die Schmerzen beseitigen, und fliehen kann er nicht. Fliehen heißt, sich zu ergeben, die Niederlage einzugestehen. Besser, gleich hier und jetzt zu sterben, als sich der Macht eines anderen zu beugen.

Als er vorstürmt, läßt die Frau ihre Waffe fallen und taumelt zurück, aber das ist bedeutungslos. Der Angriff dieser Frau muß beantwortet werden. Die Schmerzen müssen getilgt werden. Er springt ab, trifft ihre Brust mit den Vorderpfoten und wirft sie zu Boden, flach zu Boden. Sein Schwung trägt ihn über sie hinweg und an ihr vorbei. Er krallt sich in den Boden, wendet, kehrt um. Senkt den Kopf, um seine Kiefer um den Hals der Frau zu schließen, doch was er sieht, läßt ihn innehalten.

Ihre Kiefer schieben sich vor. Rotschwarz gestreiftes Fell bedeckt ihr Gesicht. Ihr Körper schwillt auf das Doppelte seiner ursprünglichen Größe an. Ein einziger Hieb mit stählernen Krallen, so gewandt und scharf wie seine eigenen, beweist zweifelsfrei die Realität dessen, was er sieht.

Raman wirbelt herum und jagt zum Treppenhaus, weg von diesem Wesen, das plötzlich mindestens so groß wie er selbst, wenn nicht größer, und genauso tödlich ist.

Das Wesen wälzt sich auf den Bauch, erhebt sich dann auf vier kräftige, muskulöse Beine, wendet sich zu ihm um und brüllt, brüllt sogar noch lauter als er, erfüllt den Flur mit seiner Wut, die Ohren angelegt, die Fänge gebleckt und glänzend. Raman setzt zu einer Erwiderung an, verstummt dann jedoch verblüfft. *Dieses Wesen sieht genauso aus wie er!* Sein Fell hat eine andere Farbe, aber ansonsten könnten sie Zwillinge sein. Verwirrende Gedanken, manche davon nur halb ausgegoren, überschlagen sich in seinem Verstand. Er hat schon die halbe Welt bereist und ist noch nie einem Wesen wie ihm selbst begegnet. Woher kommt diese Frau seiner Rasse?

Könnten sie Bruder und Schwester sein?

Plötzlich ist sie direkt vor ihm, brüllt, springt ihn an, schlägt mit den Krallen nach ihm. Es ist ein kurzer, aber heftiger Austausch von Schlag und Gegenschlag, schwieriger und herausfordernder als alles, was Raman bisher erlebt hat. Er weicht überrascht zurück, bemerkt kaum das frische Blut, das von seinem Gesicht auf Schultern und Vorderpfoten tropft. Sofort stellt er sich auf die Hinterbeine, brüllt, läßt sich auf alle viere sinken und stürmt vor. Die Frau begegnet ihm frontal, brüllt, schlägt um sich, aber diesmal ist sie es, die sich zurückzieht.

Dann stehen sie einander gegenüber, kaum zwei Meter voneinander entfernt, heiser japsend, die Fänge gebleckt, die Ohren angelegt. Knurren sich an, fauchen. Alte Schmerzen sind neuen gewichen. Ihr Fell ist blutverschmiert.

Plötzlich richten sich die Ohren der Frau auf. Raman zögert, weiß nicht, wie er diese neue Reaktion deuten soll. Alles geschieht so schnell. Kaum ein Augenblick scheint verstrichen zu sein, seit sie ihn unter Beschuß genommen hat. Alles, was davor war, scheint jetzt unwichtig. Alles, was vor ihrer Verwandlung geschehen ist, kommt ihm völlig bedeutungslos vor.

Plötzlich, ohne Warnung, schießt sie an ihm vorbei.

Flieht sie ...?

Nein – Raman wirbelt herum und sieht einen Mann in der Tür zum Treppenhaus stehen. Der Mann hält ein Gewehr in der Hand, eine Schrotflinte. Die Frau landet mit einem gewaltigen Satz vor dem Mann und springt ihn an. Die Schrotflinte brüllt, und sie brüllt – brüllt lauter als je zuvor –, und dann stürzen beide die Treppe herunter und sind außer Sicht.

Ramans Krallen graben sich in den Fußboden, und er jagt hinter ihnen her.

Er findet sie auf dem Absatz eine Treppe tiefer.

Der Mann liegt reglos da, eine blutüberströmte Leiche. Die Frau steht wartend da, ihm zugewandt, der Treppe zugewandt. Sie öffnet den Mund ein wenig, bleckt jedoch nicht die Zähne, als Raman langsam die Treppe heruntergeht und kurz vor dem Absatz stehenbleibt. Die Frau kommt näher, begegnet ihm Nase an Nase, schnüffelt, beschnüffelt sein Gesicht. Raman beschnüffelt sie ebenfalls. Ihr Geruch ist anders als alles, was er bis jetzt gerochen hat, moschusartig und kraftvoll und … Anders. Seltsam, exotisch, unglaublich und überwältigend weiblich. Der Geruch schießt ihm direkt in den Unterleib, krallt sich dort fest, packt ihn, erregt ihn. Mehrere Augenblicke verstreichen, bevor er das neue Blut bemerkt, das das Fell an ihrer rechten Schulter und Vorderpfote befleckt. Das zeugt von der Wunde, die sie beim Angriff auf den Mann mit der Schrotflinte davongetragen hat. Warum hat sie das getan? Raman wundert sich darüber, neben allem anderen, das auf seinen Verstand einstürmt.

Könnte es sein, daß sie ihn beschützen wollte?

Das hat bisher noch niemand getan.

Wenn sie träumt, erlebt sie den Traum ihres Lebens, weil sie Wahrheit nicht von Phantasie unterscheiden kann. Sie bleibt am Rande des Treppenabsatzes stehen, sieht auf, reckt den Hals, um der Illusion Auge in Auge und von Nase zu Nase zu begegnen, als könne sie so die Wahrheit aufdecken, den Fehler in der Illusion riechen. Der männliche … was? Tiger …? *Wertiger*? steht vor ihr. Die meisten seiner Wunden scheinen verheilt zu sein, so wie bei ihr, schneller als bei jedem Menschen. Sie beschnüffelt sein Gesicht, nicht mehr ganz so ungläubig, aber doch auf der Suche nach irgendeinem Hinweis, irgendeinem Geruch, der für all das eine vernünftige Erklärung liefert.

Er *riecht* sogar real, so real wie sie selbst.

Sie kann es kaum glauben.

Das einzige andere männliche Wesen ihrer Art, daß sie je gekannt hat, ist ihr Bruder Gnao. *Ein männlicher Wertiger …* Die bloße Vorstellung erfüllt sie mit einer sonderbaren Erregung, die sie nicht beherrschen und noch viel weniger verstehen kann. Sie steht nur da

und atmet seinen Geruch ein, bis andere Gegebenheiten in diese Realität eindringen, sich in ihr Bewußtsein einschleichen, Rufe von unten, das weit entfernte Jaulen einer Sirene. Der andere Wertiger, der *männliche Wertiger* sieht sie an und knurrt leise und ganz tief aus der Brust. Der Laut und die ihn begleitenden Gerüche künden von Gefahr, von Unruhe. Absolut nichts an ihm deutet auf Aggression ihr gegenüber hin. Das gibt den Ausschlag.

Sie rennt an ihm vorbei nach oben. Am Ende der Treppe bleibt sie stehen und sieht sich nach ihm um. Das Männchen erwidert ihren Blick, rührt sich jedoch ansonsten nicht von der Stelle. Wie soll sie ihm mitteilen, was sie will? Sie stellt sich etwas wie ein Winken vor, aber ihre Vorderpfoten lassen sich nicht in dieser Art bewegen. Sie schüttelt den Kopf, versucht ihm zu bedeuten, ihr zu folgen, und erkennt dann, daß sie nur Zeit verschwendet. Mehrere Stockwerke tiefer hört sie bereits jemanden die Treppe heraufpoltern. Sie verwandelt sich, verwandelt sich zurück in ihre menschliche Gestalt und steht splitternackt da.

»Nichts wie weg.«

Ein völlig unergründliches Grollen dringt aus der Kehle des männlichen Wertigers, dann verwandelt er sich ebenfalls. In menschlicher Gestalt ist er kaum größer als Tikki, doch viel breiter und athletischer gebaut. Kräftig, selbst für einen Mann, mit üppigen schwarzen Locken. Er sieht aus wie eine Mischung aus einem Amerindianer und einem Inder. Auf den ersten Blick scheint er alle normalen männlichen Merkmale zu besitzen, und zwar in Proportionen, die sie als erfreulich betrachtet.

Tikki rennt durch den Flur, wobei sie zerrissene Kleidung aus dem Weg tritt und einmal in einer Blutlache ausgleitet. Sie schnappt sich ihre Kang, der Mann holt sich seine Messer. Sie öffnet das Schloß ihres Apartments auf der linken Seite und winkt den Mann herein.

Kaum hat sich die Tür hinter ihm geschlossen, als er mit tiefer und maskuliner Stimme etwas in einer Sprache sagt, die Tikki nicht versteht. Sie hebt die Hände, schüttelt den Kopf und geht zum Wandschrank. Die einzige Kleidung in ihrem Besitz, die dem Mann passen könnte, ist ein übergroßer schwarzer Duster. Sie wirft ihn ihm zu, streift sich dann eiligst Bluse, Slacks, Stiefel und eine Jacke über und steckt Reservemunition für die Kang ein. Der Mann sagt wieder etwas, wieder in einer Sprache, die sie nicht versteht, die sie nicht einmal einordnen kann.

Als sie sich zu ihm umdreht, sieht er sie an und sagt in stark akzentbehaftetem Englisch: »Was ... bist du?«

Etwa eine Sekunde lang fragt sie sich, was das zu bedeuten hat, dann ist ihre Zeit abgelaufen. Stimmen dringen durch den Flur. Sie kann sie deutlich durch die Wände hören. Sie riecht Cops, Witterungen, die typisch für Cops sind. Es wird höchste Zeit zu verschwinden. Sie öffnet eines der Fenster und führt den Mann auf das Dach. Von dort aus ist es ein Kinderspiel, zur Feuerleiter drei Dächer weiter zu rennen. Der Mann folgt ihr wie ein Schatten.

Tikki kann immer noch nicht glauben, daß er real ist.

41

29-07-54/05:17:30

Kamera aus, Video aus.

Wenn Skeeter die Wahl hätte, würde er sogar seinen verdammten Cyberaugen eine Pause gönnen. Er und die ach so trid-o-gene asiatische Nachrichtenschnüfflerin Joi Bang, diese drekfressende Elfenschnalle von einer Magierin, stehen wartend in dem wüsten Durcheinander des Büros von Gabriella Santini, der verfluchten Nachrichtenleiterin von WHAM! Independent News, Philadelphia. Sie brauchen nicht lange zu warten.

Santini nimmt ihre in Turnschuhen steckenden Füße von dem mit Ausdrucken, Chipetuis und Videokassetten überladenen Schreibtisch, aber nur so lange, bis sie ein Chipetui in den Papierkorb neben dem Schreibtisch geworfen hat.

»Begriffen?« fragt Santini trocken.

»Ja, aber ...«, gelingt es J.B. einzuwerfen.

Santini schnaubt. »Wir haben Ghule, die Leichen aus ihren Gräbern ausbuddeln. Wir haben Konzernexecs, die wie die Fliegen sterben. Wir haben möglicherweise ein Vertuschungsmanöver der Stadtverwaltung hinsichtlich einer Mordserie. Kein Mensch interessiert sich für Tiger. *Ich* interessiere mich nicht für Tiger. Wenn Sie über Tiger berichten wollen, von mir aus auch über schwarzrot gestreifte große Tiger, geben Sie Ihren nächsten Chip der zoologischen Gesellschaft.«

»Ja, aber ...«

»Und jetzt scheren Sie sich aus meinem Büro.«

»Kann ich nicht ...«

»Nein. Raus mit Ihnen.«

29-07-54/05:41:21

Kamera an, Nahaufnahme der ach so trid-o-genen Züge J.B.s, die im Flur vor Santinis Büro steht. Soeben findet ein bedeutendes Ereignis statt. Die verdammte spatzenhirnige Schnalle schweigt jetzt schon seit über zwanzig Sekunden. Skeeter hält das für die Nachwelt fest. J.B. sieht ihn an, als sei sie ein wenig gekränkt, als könne sie sogar anfangen zu heulen. Skeeter hält das ebenfalls für die Nachwelt fest.

»Tja«, sagt sie geknickt, »unsere Story ist im Eimer.«

Skeeter verkneift sich jegliche Schadenfreude. Er hat vorher gewußt, was passieren würde. Menschenfressende Tiger! Kannibalistische Orks! Mordende Policlub-Freaks! Aber hätte die schwachköpfige Elfin auf ihn gehört? O nein, nie im Leben. J.B. weiß immer alles besser. Die ach so trid-o-gene Nachrichtenschnüfflerin hat in diesen Dingen einen ›Sechste-Welt-Sinn‹.

Klar.

»Ich schätze, wir suchen uns 'ne andere Story.«

Das ist die beste Neuigkeit, die Skeeter seit Wochen gehört hat. Tatsächlich ist die Neuigkeit so gut, daß er mit dem Finger auf sie zeigt: *Du bist drauf!*

»Vielleicht diese Vertuschungsgeschichte, die Santini erwähnt hat.«

Skeeter zeigt erneut: Du bist drauf!

»Ich frage mich«, fährt J.B. fort, »ich frage mich wirklich, ob diese Vertuschung etwas damit zu tun haben könnte, was Santini über diese Ghule gesagt hat, die Leichen ausbuddeln. Vielleicht sind es ja Ghule, die all diese kannibalistischen Verstümmelungsmorde begehen! Ich meine, dieser Tiger, vielleicht war das nur ein Zufall! Stell dir vor, wenn der Bürgermeister mit drin hängt! Und die Polizei! Und die Policlubs! Vielleicht steckt die ganze Stadtverwaltung dahinter! Mann, wenn wir so eine Story aufreißen könnten, wären wir mit Sicherheit auf allen Kanälen zu sehen!«

Immer das gleiche.

Verdammte hirnamputierte Schnalle.

Sie läßt einfach nicht locker.

42

Ich kenne einen Ort. Einen sicheren Ort.«

Das sagt der Mann auf englisch. Diese Sprache sprechen sie beide. In der Dunkelheit der Gasse kann Tikki seine Züge nicht genau erkennen. Licht und Schatten spielen in einer Weise auf seinem Gesicht, die seine Miene völlig emotionslos und so unbewegt wie

Stein wirken läßt. Sie weiß, daß das falsch ist. Sie kann es riechen. Der Mann ist aufgewühlt, über irgend etwas erregt. Sie weiß nicht, ob das gut oder schlecht ist, ob das für sie günstig oder ungünstig ist, aber sie ist sicher, daß er nicht halb so gleichgültig oder gelassen ist, wie ein flüchtiger Blick vermuten lassen könnte.

Tikki zieht die Kang aus dem Bund ihrer Hose und drückt dem Mann die Mündung unter das Kinn. Er betrachtet die Kanone, rührt sich jedoch nicht. »Ein falscher Zug, und du bist tot«, verspricht Tikki leise.

»Keine Sorge«, sagt er.

Wenn er lügt, gibt er keinen Hinweis darauf.

Tikki steckt die Kang wieder in ihren Hosenbund. Der Mann geht voran. Zehn Blocks weiter hebt er ein in den Bürgersteig eingelassenes Metallgitter hoch und geht eine Metalltreppe hinunter, die so steil wie eine Leiter ist. Sie beobachtet ihn einen Augenblick und folgt ihm dann. Warum, weiß sie nicht. Sie kann mit Sicherheit nur sagen, daß Vernunft nichts damit zu tun hat.

Gerade hat er noch versucht, sie umzubringen. Kaum zwanzig Minuten später folgt sie ihm in ein Loch im Boden, ohne auch nur einen Gedanken an ihr Überleben zu verschwenden. Eindeutig unvernünftig.

Adama würde sagen, sie ist verwirrt. Es kümmert sie einen Drek. Das hier hat mit niemandem etwas zu tun, außer mit ihr und dem Mann, und geht niemand anderen etwas an.

Niemand.

Ist er wirklich ein männliches Exemplar ihrer Rasse?

Könnte er etwas anderes sein …?

Die Metalltreppe endet auf einem Betonboden. Zwei Schritte weiter links führt eine Betontreppe weiter nach unten in die Dunkelheit. Der Mann geht voran, Tikki folgt ihm. Die Treppe beschreibt eine Kurve nach rechts, führt weiter nach unten. Die Luft wird schal, trocken und staubig. Die Treppe endet an einem U-Bahn-Tunnel, führt direkt auf eine schmale Plattform, die wie ein Laufsteg an der Tunnelwand entlangläuft.

»Ich rieche Orks«, sagt Tikki leise.

Der Mann bleibt stehen, deutet auf den Beton unter ihren Füßen und sagt: »Tiefer.«

Tikki nickt.

Sie folgen dem Laufsteg etwa hundert Meter weit, bevor sie eine Metalltür in der Tunnelwand erreichen. Der Mann öffnet die Tür, hinter der sich ein Betonschacht mit in die Schachtwand eingelassenen Metallsprossen öffnet. Sie erklimmen die Sprossen. Vier Meter höher steigen sie durch eine Öffnung in der Wand. Der Gang, in dem sie sich befinden, bringt sie in einen Raum.

Ein seltsamer Raum. Rohre unter der Decke und an den Wänden lassen vermuten, daß er früher einmal etwas mit dem U-Bahn-Tunnel weiter unten zu tun gehabt haben muß. Vielleicht hat er das immer noch. Wer weiß? Tikki konzentriert sich auf das, was sie vor Augen hat. Der Raum ähnelt einer Höhle, ist Wohnzimmer und Schlafzimmer zugleich. Die Kombination verschiedener Funktionen überrascht sie weniger als die Art, wie diese Kombination hergestellt worden ist. Das Aussehen des Zimmers. Wie ein Wald in der Nacht. Schwarze Wände, auf die Bäume und dichtes Unterholz gemalt sind, erheben sich zu einem Sternenhimmel und einer gewaltigen weißen Scheibe an der Decke, die der Mond sein muß. Das Bett befindet sich auf einem niedrigen Podest, das fast vollständig von Topfblumen und Plastikpflanzen verdeckt ist. Manche der Pflanzen sind so groß wie kleine Bäume und mit Chemikalien behandelt, die die Gerüche echter Vegetation nachahmen.

»Du wohnst hier?«

»Ich … komme seit langer Zeit hierher.«

Der Ort riecht nach ihm. Tikki erforscht ihn, behält

den Mann dabei jedoch im Auge. Sie sieht allen möglichen Plunder zwischen den Plastikpflanzen und den Möbeln, die zweifellos vom Sperrmüll stammen: Stapel von Zeitungen und Illustrierten, einen Autoreifen, einen Scheinwerfer, ein altes Deck, ein Schnittmuster und andere, noch merkwürdigere Gegenstände. Sie bleibt stehen und mustert den Mann.

»Etwas zu trinken?« fragt er.

Tikki nickt.

»Wasser?«

Tikki nickt.

»Gut.« Der Mann sagt das so entschieden, als billige er ihre Getränkewahl. Vielleicht hat er damit gerechnet. Vielleicht hat er auch nichts anderes außer Wasser. Er holt eine Plastikflasche vom anderen Ende des Raumes und reicht sie ihr.

»Du zuerst«, sagt Tikki.

Der Mann mustert sie einen Augenblick lang, dann nimmt er einen Schluck. Er fällt nicht tot um, also nimmt Tikki ebenfalls einen Schluck.

»Wie heißt du?«

»Raa«, sagt er. »Raman.«

»Raa Raman.«

»Nur Raman.« Er beobachtet Tikki, wie sie die Flasche wieder verschließt und abstellt. Er starrt sie an, bis sich ihre Blicke begegnen. Er macht einen verwirrten Eindruck. »Vorhin … in diesem Haus. Du … hast mich verteidigt. Warum?«

Warum? Weil sie verrückt ist. Weil sie wußte, der Mann auf der Treppe würde schießen. Weil sie in dem Augenblick, als sie eine Entscheidung treffen mußte, nicht wußte, ob dieser Mann, Raman, noch einen schweren Treffer aus einer Schußwaffe überleben würde. Weil sie die Vorstellung, einem Mann ihrer eigenen Rasse begegnet zu sein, mit einem derartigen Drängen erfüllt hat, daß sie einfach nicht anders konnte. Wie soll sie das alles erklären?

Antwort: Gar nicht. »Du wolltest mich umbringen. Warum?«

Raman starrt sie eine Weile an, dann sagt er: »Das war vorher. Bevor mir ein Licht aufging.«

»Beantworte die Frage.«

»Wegen Geld. Ein Wetwork-Kontrakt.«

Warum überrascht sie das nicht? Wenn sie je über den Schock hinwegkommt, was er ist, wird sie vielleicht in ihrem ganzen Leben nicht mehr überrascht sein. »Du bist ein Artist.«

»Ich ziehe… Kick-Jobs dem Töten vor. Aber, ja. Du hast recht, ich bin ein Artist. Ein *Techniker*. Verstehst du?«

Tikki nimmt an, die Art und Weise, wie er sie überfallen hat, könnte man als ziemlich artistisch bezeichnen. Sie weiß immer noch nicht, wie es ihm gelungen ist, sie von oben anzugreifen. Der Mann sieht nicht so aus, als gehöre er zu der Sorte, die etwas so Spezielles wie Techniken des Wandkletterns meistern kann. Ein sarkastisches Lächeln umspielt ihre Mundwinkel. »Warum lebe ich dann noch?«

Jetzt zeigt seine Miene deutliche Anzeichen der Verwirrung. »Ich… weiß nicht… was du bist. Ich… bin immer noch nicht sicher. Wir scheinen uns zu gleichen. Was bist du?«

»Du hast gesehen, was ich bin.«

»Als was… bezeichnest du dich?«

»Sag du es mir.«

»Ich weiß es nicht.« Er hebt beide Hände an die Schläfen und streicht zögernd sein Haar zurück. »Ich war… eine Waise. Ich wurde von Menschen aufgezogen. Lange Zeit… hielt ich mich für einen Menschen. Dann, als ich noch jung war, verwandelte ich mich. Eines Nachts schien sich der Mond in mich hineinzubrennen wie… wie die Sonne am Mittag. Wie Feuer. Und da verwandelte ich mich. Zum erstenmal. Ich habe einmal gehört, daß… daß Wesen wie wir Wer genannt werden. Stimmt das?«

Tikki nickt.

»Aber wir sind keine Wölfe. Keine Werwölfe. Wir sind Tiger.«

»Wertiger.«

»Wer ... *tiger*.« Er sagt das so, als sei er unsicher und denke darüber nach. Dann sieht er sie an. »Du bist der erste Wertiger, der mir je begegnet ist.«

Tikki ist alles, was er sagt, ein Rätsel. Wenn es stimmt, was Raman sagt, ist seine Verwirrung absolut gerechtfertigt. Was sie stört, geht noch darüber hinaus, betrifft ihre eigenen Vorstellungen. Sie muß früher schon darüber nachgedacht haben – was sie ist, was sie nicht ist –, aber es ist schwierig, sich zu erinnern, zu welchen Schlußfolgerungen sie gelangt ist.

Lange Zeit glaubte Tikki, sie sei eine Tigerin, die menschliche Gestalt annehmen kann. In den letzten Jahren hat sie sich gefragt, ob das stimmt. Sie ist nicht nur ein Tiger mit paranormalen Fähigkeiten. Noch ist sie ein Mensch. Sie ist ein Wertiger, und das ist etwas Besonderes, aber was bedeutet es? Was soll es bedeuten?

Manchmal wird ihre tierische Komponente so stark, daß sie kaum denken kann. In letzter Zeit war es sehr häufig so. Sie fragt sich, warum.

Raman kommt näher, so nah, daß sich fast ihre Gesichter berühren. »Es ist mir egal ... wofür mich die Menschen bezahlt haben«, sagt er leise. »Dies hier ist wichtiger.«

»Was?«

»Dies hier. Wir.«

»Und das heißt?«

»Ich ... will dich.«

Tikki kann es sehen. Sie kann es riechen, schmecken. Es ist eine Tatsache, die die Luft erfüllt und ihr einen Schauer über den Rücken jagt. Es ist Wahnsinn. Sie weiß es, aber es ist ihr egal. Sie wird warm, richtig warm, warm und naß, schneller als je zuvor, stärker als je zuvor. Als hätte ihr Körper bereits eine Entscheidung getroffen, die ihr Verstand noch nicht einmal in Erwägung gezogen hat. Das gefällt ihr nicht. Es macht sie wütend.

Sie legt ihm die Hände auf die Brust und schiebt. Raman taumelt ein paar Schritte zurück. Nichts verändert sich. Er ist immer noch da, sieht sie an, riecht, wie er riecht, und die Hitze zwischen ihren Beinen steigt immer noch. Tikki geht ihm nach und versetzt ihm einen weiteren Stoß. Wieder stolpert er ein paar Schritte rückwärts. Sie schiebt noch zweimal. Er stolpert über die Stufen, die auf das Bettpodest führen, und setzt sich plötzlich hin, als wäre er sowieso gefallen. Tikki steht vor ihm und betrachtet ihn ein paar Sekunden, dann setzt sie sich auf seine Oberschenkel.

»Wir machen das auf meine Art«, sagt sie mit einer Stimme, die wie ein tiefes heiseres Knurren klingt.

»Ja«, sagt Raman. »Auf deine Art.«

Es ist die einzige Art.

43

Das Telekom summt. Kirkland drückt auf den Antwortknopf, sieht aber erst von dem Ausdruck auf seinem Schreibtisch auf, als er die ruhige, vertraute Stimme hört. »Hoi, Brad!«

»Hoi, Alter.«

Das Gesicht auf dem Monitor könnte einem Vierzigjährigen gehören, aber das gelockte weiße Haar und die dunklen Ringe unter den Augen geben einen deutlichen Hinweis auf die Wahrheit. Der Mann heißt Dominick J. Rustin. Er ist ein alter Freund, ein Polizeiveteran, der seinen Abschied genommen hat und jetzt bei einer hiesigen Sicherheitsfirma eine ruhige Kugel schiebt. Der Job bringt gewisse Vorzüge wie Rabatte auf kosmetische Operationen mit sich. »Wann holst du dir endlich deine Papiere?«

Kirkland lehnt sich zurück und zündet sich eine Zigarette an. »Da sind noch ein paar Sachen, um die ich mich kümmern muß. Wie geht's dir, Dom?«

»Sag mir Bescheid, wenn du soweit bist. Binnen vierundzwanzig Stunden stehst du auf unserer Gehaltsliste.«

Kirkland zweifelt nicht daran. »Was gibt's denn?«

»Kennst du den Seven Circles Club, Brad?«

»Nee, ich wohne jetzt in Trenton. Nach Philly komm' ich nur noch am Wochenende.«

Rustin grinst. »Hey, du bist ja echt witzig.«

Jeder, der in Nordostphilly gearbeitet hat, kennt den Seven Circles Club. Es ist ein Club für Entartete, für Degenerierte, ganz groß in Sex, Chips, Drogen und Gewalt – und zwar reichlich davon. Jeden Monat wandert eine Handvoll aufrechter Bürger dort hinein, um sich unter den Abschaum zu mischen, und verschwindet spurlos. Mehrere Versuche, den Laden zu schließen, sind von einem der berüchtigtsten Richter der Stadt vereitelt worden. Kirkland und ein paar andere vermuten, daß er bei jemand anderem auf der Lohnliste steht.

»Jedenfalls«, sagt Rustin, »hat der Club kürzlich Kameras einbauen lassen, um überwachen zu können, was in dem Laden abläuft.«

»Tatsache?«

»Ich schätze, sie wollen einfach wissen, wer in dem Laden womit dealt. Vielleicht wollen sie mal so richtig aufräumen.«

»Sicher, Dom. Sicher.«

»Du kannst dir jedenfalls meine Überraschung vorstellen, als ich entdeckt habe, daß es irgendeinem Decker gelungen ist, die Leitungen anzuzapfen.«

Kirkland nickt lieber, anstatt Worte zu verschwenden. Der Drek, den Rustin ihm jetzt auftischt, trägt die Überschrift Rückendeckung. Sein alter Kumpel ist offensichtlich dabei, ihm ein paar Informationen unterzujubeln. Aller Wahrscheinlichkeit nach hat Rustin durch irgendeinen Kontaktmann von den neuen Überwachungskameras im Seven Circles gehört und dann einen Decker, der ihm noch etwas schuldig war, damit beauftragt, in das System einzudringen, einfach nur um zu sehen, was dabei herauskommt. Einmal ein Cop, immer ein Cop. Das Gute daran ist, daß alle Informationen, die von einem Bürger geliefert werden, der keine Beziehung zu einer polizeilichen Organisation hat, vor Gericht als Beweismittel zugelassen sind, und zwar egal, ob sie auf legale oder illegale Weise erworben wurden.

»Natürlich«, fährt Rustin fort, »dachte ich mir als der aufrechte Bürger, der ich nun mal bin, ich sollte das Zeug besser dir übergeben. Ich glaube, das Anzapfen einer gesicherten Leitung ist immer noch ein Verbrechen, nicht?«

»Soweit ich weiß, ja.«

»Schade, daß der Decker entwischt ist. Jedenfalls ist das hier dabei rausgekommen.«

»Schick es mir rüber.«

Ein Fenster öffnet sich in der oberen linken Ecke von Kirklands Monitor und zeigt ihm die Innenansicht eines schmuddeligen Nachtclubs, vermutlich des Seven Circles. Die Kamera zoomt auf zwei Personen, die in einer Nische sitzen. Die eine ist ein Anglo mittleren Alters mit schütter werdendem schwarzen Haar, sauber gestutztem Schnurrbart und ordentlichem schwarzen Anzug. Er trägt außerdem ein zufriedenes Lächeln auf den Lippen und einen Gehstock in der Hand. Die zweite Person ist eine schlanke Frau mit rotschwarzer Gesichtsbemalung und dazu passender Kunstledermontur.

Das Bild wird eingefroren. »Erkennst du jemanden wieder?« sagt Rustin.

»Ja, vielleicht«, erwidert Kirkland.

Das Video läuft weiter. Der Bursche im Anzug lächelt und sagt: »Irgendwelche Probleme?«

Striper, die Frau in Rot und Schwarz, schüttelt den Kopf. Kirkland hat sie sofort erkannt. Was ihn erstaunt, ist die Tatsache, daß sein alter Chummer sie ebenfalls erkannt haben muß. Vergiß niemals ein Gesicht. Das war immer Rustins Motto. Offensichtlich trifft es immer noch zu.

Das Video läuft weiter. »Gut. Sehr gut«, bemerkt der Pinkel in der Nische. »Wir müssen über mein nächstes Ziel reden.«

»Jetzt?« sagt Striper.

»Nun, später vielleicht. Jetzt habe ich anderes zu tun. Sie verstehen.«

»Sicher.«

»Meine Leandra. Oder haben Sie etwas auf dem Herzen?«

Striper nickt.

»Und das wäre?«

»Ein möglicher Gegner ist aufgetaucht.«

»Tatsächlich. Jemand will gegen mich vorgehen?«

»Das wäre möglich.«

»Sie meinen, man hat meine Hauptwaffe aufs Korn genommen.«

Striper nickt.

»Was werden Sie tun?«

»Vielleicht mache ich Urlaub.«

Der Mann lächelt und lacht dann sehr laut.

Das Video läuft noch weiter, doch Kirkland hört nicht mehr zu. Er ruft ein anderes Fenster auf, öffnet seine Exotech-Hauptdatei und geht die Bilder des Exotech-Personals durch. Das Bild, das ihm ins Auge fällt, gehört zu einem Burschen, der als Adam Malik ausgewiesen ist, ehemaliges Mitglied der Abteilung Sonderprojekte. Malik hat das Feuer in Germantown überlebt und ist dann untergetaucht. Das Bild von ihm ähnelt dem Burschen in der Nische des Seven Circles so stark, daß Kirkland der Ausdruck ›völlige Übereinstimmung‹ durch den Kopf geht.

»Brad? Bist du noch da?« fragt Rustin.

»Ja, ich bin noch dran. Wer ist der Kerl in der Nische?«

»Keine Ahnung, alter Freund. Ich erfülle nur meine Bürgerpflicht. Ich hoffe, du kannst etwas damit anfangen. Ich muß jetzt Schluß machen.«

»Gut. Danke.«

»Sag mir Bescheid, wenn du deinen Abschied nimmst.«

»Vielleicht schon nächste Woche.«

Kirkland speichert das Video, löscht den Anruf und sieht sich das Video dann noch einmal an, diesmal auf dem gesamten Monitor. »Gut. Sehr gut«, sagt der Pinkel. »Wir müssen über mein nächstes Ziel reden.« – »Jetzt?« – »Nun, später vielleicht«, sagt er. »Jetzt habe ich anderes zu tun …«

Striper nickt und steht auf, sieht sich um. Praktisch jede ihrer Bewegungen läßt Kirkland an Begriffe wie *Soldat* und *Attentäter* denken. Die Hände frei und leer, die Haltung täuschend lässig und locker. Sie erinnert ihn an einen anderen Killer, ebenfalls eine Frau, die so gut darin war, sich natürlich zu benehmen, sich der Umgebung anzupassen, daß ein junger uniformierter Cop direkt an ihr vorbeiging, ohne zweimal hinzusehen, obwohl er nur eine Stunde zuvor ihre genaue Beschreibung und den Befehl erhalten hatte, die Augen nach ihr offenzuhalten.

Bei den letzten Sekunden des Videos weiten sich Kirklands Augen. Zu Malik in seiner Nische gesellt sich eine Gruppe von Frauen, manche davon unglaublich gutaussehend, andere einfach nur heiß. Alle scheinen Rotschöpfe zu sein. Kirkland starrt den Monitor mehrere Sekunden lang an, dann ruft er eiligst ein anderes Fenster auf. Eine rasche Durchsuchung der Exotech-Personalakten fördert das Bild einer gewissen Leandra Forrester zu Tage, die anders als Malik, Neiman, Jorge und Harris bei dem ASP-Unfall in Germantown ums Leben gekommen ist. Leandra Forrester. Eine

Frau Mitte dreißig, eine Augenweide und ein leuchtender Rotschopf.

Kirkland läßt das Video zurückspulen. *»Wer will meine Leandra sein?«* fragt Malik. Kirkland schaltet das Interkom ein.

»Alle sofort herkommen!«

»Lieutenant?«

»Sofort!«

»Jawohl, Sir!«

Zwei Minuten später haben sich praktisch alle Detectives, die an dem Exotech-Fall arbeiten, in Kirklands Büro versammelt. Hinzu kommen noch Captain Henriquez und der Lieutenant aus der Abteilung Besondere Fälle. Kirkland dreht den Monitor, so daß alle Anwesenden den Bildschirm sehen können. Die Fenster auf dem Schirm zeigen die Bilder aus Maliks und Forresters Personalakten und die Szene im Seven Circles Club mit Malik, Striper und den anwesenden Rotschöpfen.

Kirkland läßt das Video ablaufen.

»Wer will meine Leandra sein?« sagt Malik.

»Na toll«, wirft Detective-Sergeant Murphy ein. »Jetzt haben wir also einen hochgradigen Psychopathen, der einen Profikiller benutzt.«

»In erster Linie haben wir jetzt ein Motiv«, erklärt Kirkland.

»Sie meinen, falls Adam Malik und Leandra Forrester das Bett miteinander geteilt haben«, sagt Detective Shackleford.

Kirkland nickt. »Will jemand dagegen wetten?«

Niemand meldet sich.

44

Von Anfang an ist es mehr als nur Sex.

Es ist ein Güterzug, der einen Berg hinunterrast, ein Meteor, der in die Atmosphäre stürzt. Faszinierend, fesselnd. Kräfte, die zu stark sind, um sie zu kontrollieren, schlagen sie in ihren Bann. Einmal ist nicht genug. Ein dutzendmal ist nicht genug. Sie tun es stundenlang, bis sie völlig davon erfüllt sind, bis der ganze Raum danach riecht, bis nur noch der Geruch danach zu atmen bleibt, tausend feuchte Moschusdüfte, die sich vermischen und vermengen, bis sie nicht mehr von zwei, sondern nur noch von einem Körper zu stammen scheinen.

Tikki verwandelt sich und nimmt ihre vierbeinige Gestalt an. Zu Anfang will sie es nicht anders. Am Ende ist es egal. Wichtig ist nur, daß sie seine Zähne in ihrem Nacken und seine Krallen in ihrem Fell gespürt hat, daß sie dem Tier in ihm begegnet ist und seine Kraft erfahren hat. Und da beginnt sie zu verstehen, was eigentlich geschieht, daß es nichts damit zu tun hat, ob sie ihn oder er sie mag, daß es nichts mit Liebe oder irgendeiner anderen romantischen Vorstellung zu tun hat. Es ist etwas Ursprüngliches und Wildes, etwas völlig Unerbittliches, das so machtvoll wie der Mond in ihr tierisches Wesen hinabreicht und doch auch ihr höheres Wesen streift, ihr Bewußtsein, ihre Emotionen, bis sie fast das Gefühl haben, miteinander verschmolzen, zwei Hälften eines einzigen Wesens zu sein.

»Nichts tut dir weh«, murmelt Raman.

»Tut mir weh?« Tikki dreht den Kopf und sieht ihn über die Schulter an, dann legt sie sich wieder auf die Seite. Ein schwaches Lächeln kräuselt ihre Lippen. Es fühlt sich viel zu gut an, um weh zu tun.

Sie lacht leise.

Während die Stunden verstreichen, wechseln sie von stürmisch über sanft zu beinahe zärtlich. Nach einer besonders befriedigenden Runde stemmt sie die Faust gegen seine Brust, und er nimmt ihre Hand, öffnet sie, legt sie sich über die Taille und zieht sie an sich. Sie knurrt ihn leise an. Er bedeckt ihre Lippen mit seinem Mund. Zu ihrer Überraschung macht ihr die

Nähe, das Schmusen, nichts aus. Normalerweise braucht sie viel Freiraum nach dem Sex, sobald der Mann aus ihr herausgleitet. Doch mit diesem Mann, mit Raman, ist alles anders. Tikki weiß nicht, ob das gut oder schlecht ist, aber die Tatsache an sich läßt sich nicht leugnen.

Sie ist im Halbschlaf, als sie einen merkwürdigen Geruch wahrnimmt, der sie plötzlich hellwach werden läßt. Sie hat ihn schon wer weiß wie lange gewittert, vielleicht nur Sekunden, vielleicht Minuten, bevor ihr aufgefallen ist, wie stark diese Witterung mit allen anderen Gerüchen in der Luft kontrastiert. Ihr Instinkt schreit sie so laut an, daß sie zusammenzuckt, hochschnellt und über die Matratze zur Kang hechtet, aber die Waffe fliegt aus ihrer Hand, als sich ihre Finger gerade um den Kolben schließen wollen.

Dann ist es zu spät.

Ein paar Schritte entfernt steht ein Mensch, eine Frau. Sie hat eine extravagante blonde Mähne, aber ihre Züge sind fein und edel. Sie ist in einen schwarzen Umhang gewickelt und trägt Stiefel mit unmöglich hohen Absätzen. Auf ihrer Miene zeichnet sich so etwas wie trockene Belustigung ab.

Tikki strengt sich an, eine Fassade perfekter Selbstsicherheit aufrechtzuerhalten. »Gib mir meine Kanone.«

Die Frau lächelt, wirkt dabei selbstgefällig. »Im Augenblick brauchst du sie nicht.«

Tikki kämpft um die Kontrolle über ihre Gefühle. Furcht und Wut ringen um die Vorherrschaft. Die Frau riecht nach Kräutern und Tränken, wie eine Magiekundige – ob Magierin oder Schamanin ist egal. Beides ist gleichbedeutend mit Ärger. Tikki wirft einen raschen Blick auf Raman, dessen Miene Mißvergnügen andeutet.

»Sie heißt Eliana«, sagt Raman. »Wir haben zusammengearbeitet. Ich habe sie nicht hier erwartet.«

»Das ist wohl wahr«, bemerkt Eliana.

Tikki kann keine Lüge riechen.

»Was willst du hier?« fragt Raman Eliana.

»Ihr braucht meine Hilfe«, erwidert sie.

Raman zögert überrascht, dann sagt er: »Das glaube ich nicht.«

»Du irrst dich.«

Mit einer abrupten Bewegung schlägt Eliana den Umhang zurück und streckt die rechte Hand aus, die Finger wie Klauen gekrümmt. Tikki reagiert instinktiv, indem sie zurückzuckt und gegen die Wand prallt. Eliana lächelt und murmelt etwas vor sich hin. Was dann geschieht, ist so seltsam, daß sich Tikki vor Beunruhigung versteift. Was geschieht, kann nur Magie sein.

Der ganze Charakter des Raumes verändert sich augenblicklich, als sei er von einem Farbfoto in ein holografisches Schwarzweißnegativ verwandelt worden. Das Bett, das niedrige Podest darunter, die Plastikpflanzen, praktisch alles in dem Zimmer *und die Substanz des Zimmers an sich* werden irgendwie wesenlos, wie bloße Illusionen, Geister solider Objekte in einem merkwürdigen, trügerischen Traum. Eliana verändert sich ebenfalls. Sie wird zu einer strahlend weißen Gestalt vor einem dunklen Hintergrund. Ihr Gesicht nimmt die Züge einer seltsam ätherischen Katze an. Die Hand, die sie ausgestreckt hat, wird zu einer Pfote. Um Hals und Arm winden sich Schlieren aus einem noch strahlenderen Weiß, die pulsieren, fließen und hin und her wabern, als seien sie lebendig.

Tikki müht sich, auf die Beine zu kommen, aber die Luft scheint sich ihr zu widersetzen, sie mit immer größerer Kraft festzuhalten, bis Tikki vor Anstrengung zittert, ohne jedoch etwas zu erreichen.

»Du bleibst, wo du bist«, sagt Eliana mit so volltönender Stimme, daß alle anderen Geräusche von ihr erstickt werden. »Da ist etwas, das du dir ansehen mußt. Sieh nach unten, Wertigerin, sieh dich an.«

Zu Tikkis Furcht, im Traum eines Magiers gefangen

zu sein, gesellt sich jetzt noch die beängstigende Erkenntnis, daß diese Magierin wissen muß, was sie ist. Tikki bemüht sich, ihre Angst zu verheimlichen – und schaut nach unten. Was sie sieht, ergibt keinen Sinn. Ihr Körper sieht aus wie der der Magierin, strahlend weiß. Seltsame Schlieren von einem noch strahlenderen Weiß als dem ihres Körpers liegen wie Halsketten auf ihrer Brust. Sie zucken und pulsieren wie die Schlieren um Hals und Arm der Magierin.

»Und jetzt sieh hinter dich.«

Zuerst müht sich Tikki, den Arm zu heben, eine Hand an die Brust zu heben, doch das ist mehr wie ein Versuch, ein Haus aus seinen Grundfesten zu reißen. Die Muskeln in ihrem Arm strengen sich an, bis sie schmerzen, doch nichts geschieht. Ihr Arm bewegt sich nicht. Unglaublicherweise kann sie jedoch mühelos den Kopf drehen. Was sie sieht, als sie über die Schulter blickt, verwirrt sie ebensosehr wie alles andere. Ein pulsierender Strang aus strahlendem Weiß verläuft von ihrem Nacken zur Wand.

»Weißt du, was du siehst?« fragt Eliana.

Tikki sieht sie nur an, sagt nichts.

»Das ist eine Koppelleine«, sagt Eliana unerbittlich. »Eine astrale Koppelleine. Du stehst unter der Herrschaft eines mächtigen Magiers.«

»Lüge!«

Ihre eigene Antwort schockiert Tikki. Das Wort hallt ebenso volltönend durch den Raum wie alle Worte, die Eliana gesprochen hat, obwohl Tikki gar nicht den Mund geöffnet hat. Sie wollte das Wort nicht einmal laut aussprechen. Es war nur ein Gedanke.

Eine dritte Stimme mischt sich ein.

Ramans Stimme. »Nein … sie lügt nicht. Wenn diese Frau etwas sagt, dann ist es immer die Wahrheit. Sie will irgend etwas von uns. Das ist der Grund, warum … warum sie das tut. Uns das alles zeigt.«

»Hör auf ihn«, sagt Eliana. »Er ist klug.«

Tikki hat fast zuviel Angst, um klar denken, geschweige denn zuhören zu können. Sich im Würgegriff einer Kraft zu befinden, die sie nicht bekämpfen und der sie nicht entfliehen kann, erfüllt sie mit äußerstem Entsetzen. In ihrer Verzweiflung zwingt sie die Verwandlung herbei.

Nichts geschieht.

Sie verliert jegliche Kontrolle über sich – wirft alle physischen und psychischen Energien in die Waagschale, die ihr noch verblieben sind, um die Verwandlung herbeizuführen und sich von der Magie zu befreien, schreit, bis sie beinahe taub ist, aber das dauert nur ein paar Augenblicke. Tikki versinkt plötzlich in eine Schwärze, die ebenso tief und vollständig ist wie Schlaf.

Als sie wieder zu sich kommt, lehnt sie an Ramans Brust. Die Magierin steht auf den Stufen des Podests und mustert sie. Der Anblick stürzt sie in tiefe Verzweiflung. Wieder müht sie sich nach Kräften, die Verwandlung herbeizuführen, und schafft es nicht. Die Verwandlung findet einfach nicht statt, und Tikki weiß nicht, warum nicht. Ramans Arme halten sie, als wolle er sie zerquetschen. Sie wehrt sich gegen ihn mit Armen und Händen und Ellbogen, bis sie beide mit seinem Blut bespritzt sind und sie vor Anstrengung keucht, während er ihr ins Ohr brüllt: »HÖR AUF! Hör auf zu kämpfen!«

Dann plötzlich wird sie schlaff. Die Magierin murmelt ein Wort, Tikkis Augen schließen sich, und sie schläft ein. Als sie erwacht, lehnt ihr Rücken an der Wand hinter dem Bett. Ramans Arme halten sie fest umschlungen. Es riecht nach Blut und Entsetzen, und seltsamerweise läßt sie das alles völlig kalt.

Sie fühlt sich sehr ruhig.

»Kämpfe nicht gegen mich«, sagt Eliana. »Du kannst nicht gewinnen.«

Tikki glaubt ihr.

»Dein Mann hat recht«, fährt Eliana fort. »Es gibt etwas, das ich haben will. Helft mir dabei, es zu bekommen, dann helfe ich euch, aber strapaziert meine Geduld nicht zu sehr. Es gibt viele, die erpicht darauf sind, mir zu dienen, viele, die ich benutzen könnte. Ich biete euch einen Dienst an. Versteht das richtig. Und vergeßt es nicht.«

»Sie kennt dich nicht«, sagt Raman.

»Deswegen bin ich so nachsichtig gewesen.« Eliana wirft den Kopf in den Nacken und schaut dann von Raman zu Tikki. »Wer ist der Mann, für den du arbeitest?«

Tikki fragt sich, woher diese Magierin weiß, daß sie für jemanden arbeitet. Woher bezieht ein Magier sein Wissen? Gibt es keine Möglichkeit, der Macht eines Magiers zu entkommen?

»Sag es ihr«, drängt Raman.

Tikki holt tief Luft. »Adama.«

»Sein voller Name«, sagt Eliana.

»Adama Ho.«

Es ist eine Überlebensfrage. Nur deshalb verrät sie den Namen. Sie kann nicht kämpfen und vermutet sehr stark, daß fliehen ihr auch nichts nützen würde, selbst wenn sie fliehen könnte. Die Magierin ist einfach zu mächtig. Dies ist zwar eine beängstigende Tatsache, aber auch eine, mit der sich Tikki jetzt abfinden kann. Es ist eine Tatsache, mit der sie sich abfinden *muß*, wenn sie überleben will.

»Adama Ho ist ein Magier«, sagt Eliana.

»Nein.«

»Ich sage dir, er ist ein Magier. Er hat seine Fähigkeiten benutzt, um dich zu täuschen. Und er hat sie benutzt, um dich zu kontrollieren.«

Tikki hält das für unmöglich und öffnet den Mund, um genau das zu sagen, dann denkt sie an die Macht, die Eliana demonstriert hat, ohne auch nur ins Schwitzen zu geraten. Könnte Adama ein Magier sein?

Schlimmer, könnte er sie kontrollieren? Vielleicht ist es doch möglich. Alles scheint möglich zu sein. Manche würden sagen, daß ihre eigene Existenz ein unwiderlegbarer Beweis dafür ist.

Tikki erinnert sich an ihre Auseinandersetzung mit Hammer, den sie unklugerweise getötet hat, und an die Nachrichtenschnüfflerin und den Kameramann, die sie zwar hat entkommen lassen, eigentlich aber sinnloser- und überflüssigerweise töten wollte. Sie erinnert sich auch an ihre Probleme mit dem Fetten André und seiner Unterweltbank. Sie könnte schwören, daß das Geld, das sie bei ihm hinterlegt hat, eben jenes war, welches Adama ihr für ihre Dienste bezahlt hat. Wenn das, was Eliana sagt, stimmt, ist sie vielleicht gar nicht bezahlt worden, hat sie möglicherweise umsonst gearbeitet. In diesem Fall wäre sie während ihres Aufenthalts hier in Philadelphia die meiste Zeit Adamas Marionette gewesen.

Außerdem erinnert sie sich auch daran, wie sie Adama in ihrem Waffenversteck in Chinatown angetroffen hat.

Das hätte nicht sein dürfen.

»Seine Macht über Geist und Seele ist groß, aber seine fleischliche Macht ist begrenzt. Darum braucht er dich. Du bist seine Waffe.«

Tikki sagt nichts, bezähmt ihre Reaktion. Elianas Worte überraschen sie, insbesondere das letzte. Adama bezeichnet sie immer als ›seine Waffe‹. Seine Hauptwaffe. Weiß Eliana das, beweist diese Übereinstimmung das, was Eliana sagt, oder ist ihre Wortwahl reiner Zufall?

»Ich kann die Zauberei des Magiers neutralisieren«, sagt Eliana. »Doch um seine Gewalt über dich zu brechen, müssen seine Zauber an ihrer Wurzel angegriffen werden.«

Tikki kann keine Lüge riechen. Hätte es eine so mächtige Magierin wie Eliana überhaupt nötig zu lügen? Mit ihr ein Abkommen zu treffen, hieße, eine von Tikkis Kardinalregeln zu brechen, aber wenn Eliana recht hat …

Wenn sie recht hat …

»Was willst du von uns?« fragt Raman.

Eliana lächelt. »Hört genau zu.«

45

Die Gasse ist pechschwarz. Der Lambourg Fiàccola brummt leise und geschmeidig vor sich hin. Die Lichter sind aus. Auf dem Beifahrersitz des Lambourg setzt Ingrid ihre Lichtverstärkerbrille ab und sieht sich um. Das Innere des Wagens ist so schwarz, daß Ivette mit ihren strohblond gefärbten Haaren und allem nicht mehr als eine vage Silhouette hinter dem Steuer des Lambourg und kaum zu erkennen ist, obwohl sie und Ingrid nebeneinander sitzen.

»Wir sollten verschwinden«, sagt Ivette. »Ich hab die Nase voll von der Stadt. Sobald wir hier fertig sind, will ich Urlaub machen.«

»Wohin willst du?«

»Vielleicht in die Karibik.«

Einen Urlaub einzulegen, dürfte kein Problem sein, gar nicht zu vergleichen mit dem Aufwand, den sie heute betreiben mußten, um sich von Ohara loszueisen. Dieses Vorhaben hat sich als Mammutunternehmen erwiesen. Glücklicherweise ist ihnen ihre Zeit bei Fuchis Stab für Geheimoperationen zugute gekommen. Insbesondere Ingrids Wissen über Drogen und Ivettes Talent für spöttische Hänseleien. Gemeinsam haben sie das Ekel dazu gebracht, eine so große Menge MV-28 einzuwerfen, daß er für ein paar Stunden außer Gefecht ist.

»Laß uns irgendwohin gehen, wo es keine Männer gibt.«

»Klar«, sagt Ingrid lächelnd. »Da kommt unsere Verabredung.«

»Ja.«

Ihre Verabredung ist eine Elfin, ein schlankes kleines Mädchen mit schwarzen Haaren und asiatischen Zügen. Sie geht auf den Lambourg zu, dann zögert sie einen Moment, bevor sie zum Fenster auf der Beifahrerseite geht. Ingrid bindet sich ein Satintaschentuch um die untere Gesichtshälfte, überzeugt sich davon, daß Ivette dasselbe getan hat, und drückt dann kurz auf einen Knopf, so daß sich die Scheibe gerade weit genug senkt, um hindurchzuschauen.

Das Elfenmädchen beugt sich vor und sagt: »Hoi, ich bin Joi Bang von WHAM! Independent News. Sie haben mich angerufen?«

»Wo ist Ihr Kameramann?«

»In einer Bar auf der anderen Straßenseite.«

Gut. »Ich habe eine Information für Sie«, sagt Ingrid. »Die Polizei hält eine Story unter Verschluß.«

»Ja!« sagt das Elfenmädchen. »Ich hab's doch gewußt!«

Ingrid ist das ziemlich egal. »Hören Sie genau zu. Drei Execs von Exotech Entertainment sind ermordet worden. In den Medien ist nur von einem die Rede, Robert Neiman. Es sind aber noch zwei andere umgebracht worden. Steven Jorge und Thomas Harris. Jorge wurde im Gingko Club getötet.«

»Davon habe ich gehört! Die Polizei hat die Namen der Getöteten nicht freigegeben!«

Das weiß Ingrid bereits. »Harris wurde auf ähnliche Weise getötet, und zwar mit einer Maschinenpistole im Ardmore Royal Residence Plaza.«

»Wer ist für die Anschläge verantwortlich?«

»Alle drei haben in Exotechs Abteilung für Sonderprojekte gearbeitet. Das ist die Abteilung, die die rituelle Beschwörung für den SimSinn-Chip *Abbirleths Beschwörung* durchgeführt hat.«

»Hat dieser Hit-Chip etwa mit den Morden zu tun?«

»Der Leiter der ASP ist direkt dem leitenden Geschäftsführer von Exotech, Bernard Ohara, unterstellt.«

»Ohara hat seine eigenen Leute umbringen lassen?«

Ingrid zögert, dann schließt sie das Fenster. Sie hat genug gesagt. Genau das, was man ihr aufgetragen hat. Vermutlich wird die berüchtigte Joi Bang den Rest erledigen.

»Okay, Schatz«, sagt Ingrid. »Fahr los.«

Genau das tut Ivette, und einen Augenblick später sind sie auf der Straße und in der Dunkelheit verschwunden.

46

Der Nudelstand befindet sich nördlich der Washington Avenue mitten auf dem Südmarkt. Raman steht mit dem Rücken zur Verkaufstheke und mampft einen Teller Nudeln, die so stark gewürzt sind, daß Tikki die Augen allein schon vom Geruch tränen.

Tikki steht am Telekom neben dem Stand und zieht an einer schlanken Hoyo de Monterrey Zigarre. Sie rechnet eigentlich nicht mit Ärger, nicht jetzt, was auch der Grund dafür ist, daß sie sich den Genuß einer Zigarre gönnt. Trotzdem hält sie die Augen in Bewegung. Das Labyrinth der Gänge zwischen den Marktbuden und Ständen wimmelt von Menschen, die alle in Bewegung sind, sich hierhin und dorthin wenden, die Hände bewegen und in Jacken und Taschen greifen. Ein tödlicher Angriff könnte aus jeder beliebigen Richtung kommen.

Eine Sache trägt zur Verbesserung ihrer Laune bei: Ramans Augen sind ebenso in Bewegung wie ihre.

Ihm zu vertrauen, fällt ihr nicht leicht. Daß er ein Wertiger wie sie ist und sich wie ein Profi bewegt, ist eine Hilfe. Daß er sie umzubringen versucht hat, tut weh. Daß er seitdem nichts unternommen hat, um ihr

Mißtrauen zu erregen, ist eine Hilfe. Daß er offenbar routinemäßig mit einer Magierin zusammengearbeitet hat, tut weh. Ihm vertrauen? Sie hat das Gefühl, sie sollte ihm vertrauen, und doch ist das leichter gesagt als getan. Sie ist wählerisch, und es ist gegen ihre Gewohnheit, jemandem zu vertrauen. Tikki ist sich sehr deutlich der Tatsache bewußt, daß der Großteil der Bevölkerung dieses Planeten ihre Loyalität von der Menge der in Aussicht stehenden Nuyen abhängig macht. Lange Zeit hat sie niemandem außer ihrer Mutter vertraut. Mittlerweile vertraut sie Castellano und bis zu einem gewissen Grad auch Black Mist. Es gibt andere, die sie als eher zuverlässig denn unzuverlässig einstuft. Raman vertrauen? Vielleicht. Im Augenblick vertraut sie ihm. Wie es in einer Stunde aussieht, hängt davon ab, wie er sich in der Zwischenzeit verhält.

Das Telekom summt, und Tikki hebt ab. Der Schirm bleibt dunkel, die Kameralinse ist mit Kaugummi bedeckt.

»Ja«, sagt sie.

Eine Pause, dann: »Der Name wurde nicht gefunden.«

Sie hängt ein.

Damit ist ihre letzte Überprüfung abgeschlossen. Die Botschaft stammt von Black Mist, ihrem Schieber in Chiba. Mit Castellano hat sie sich auch schon in Verbindung gesetzt. All ihre Quellen sagen das gleiche.

Drei Blocks weiter westlich tritt Tikki durch eine Tür in das private Hinterzimmer einer Bar. Man erwartet sie nicht, aber das macht nichts. Die Kang in ihrer Hand geht als adäquate Einladung durch. Sie haut sie dem Muskelprotz über den Kopf, der ihr durch die Tür vorausgeht, und streckt ihn damit zu Boden.

Der Raum ist mit flammend orangefarbenem Kunstleder verkleidet. Ein zweiter Muskelprotz steht an der Bar rechts von ihr. Neben ihm sitzt eine Schnalle in weißem Body und hochhackigen Stiefeln auf einem

Barhocker. Sie ist entweder eine Deckerin oder eine Hure, wahrscheinlich beides. Beide vermieten ihre Steckdosen. Der Mann auf dem Sofa im hinteren Teil des Zimmers hat glatt nach hinten gekämmtes Haar und einen dünnen kleinen Schnurrbart und trägt einen schwarzen Anzug ohne Krawatte. Er nennt sich Nickels. Eine Augenbraue schießt in die Höhe, als er die Kang sieht. Er deutet ein Lächeln an, als der Muskelmann vor Tikki zu Boden fällt.

Tikki lächelt nicht.

»Hoi, Striper«, sagt Nickels.

Raman taucht hinter ihr auf und zieht eine Scorpion Maschinenpistole aus einer Schulterschlinge unter seinem Duster hervor. Tikki schraubt in aller Ruhe einen Schalldämpfer auf den Lauf der Kang.

»Du hast mich mit Adama Ho reingelegt«, sagt sie. »Es gibt keinen Adama Ho.«

Der Name ist eine Lüge. Die Andeutung, ›Adama‹ habe Verbindungen zur Green Circle Gang und Hongkongs 999 Society, war ebenfalls eine Lüge. Warum sie dies erst jetzt überprüft hat, weiß Tikki nicht, aber Fakt ist Fakt, und über Fakten läßt sich nicht streiten.

Nickels öffnet den Mund, als wolle er protestieren, doch Tikki ist dazu nicht aufgelegt. Sie ist reingelegt worden, und zwar von Nickels und dem Magier, der sich als Adama Ho ausgegeben hat, und alles andere zählt nicht. Sie kann das nicht ungestraft durchgehen lassen. Sie richtet die Kang auf Nickels' Beine und feuert schnell hintereinander zwei Schüsse ab. Nickels zuckt zusammen und fällt unter lautem Gebrüll und stark blutend seitwärts auf das Sofa. Die Schnalle in Weiß kreischt. Der Muskelprotz hinter der Bar macht eine falsche Bewegung. Ein rascher Feuerstoß aus Ramans Scorpion läßt ihn zurücktaumeln und dann zu Boden fallen. Damit ist ihre Arbeit getan.

Sie verschwinden.

Auf einem Trideoschirm im U-Bahnhof Federal Street redet eine magere Elfin mit schwarzen Haaren und asiatischen Zügen über eine Mordserie an Execs irgendeiner Firma namens Exotech Entertainment. Tikki beschleicht deswegen ein komisches Gefühl. Die Begleitumstände dieser Morde weisen große Ähnlichkeit mit gewissen Anschlägen auf, die sie für Adama ausgeführt hat. Die Namen der Opfer klingen auch ganz ähnlich. Fast wie Spiegelbilder. Robert Neiman, Ryokai Naoshi. Steven Jorge, Saigo Jozen. Thomas Harris, Tomito Haruso. Sie fragt sich, ob die Männer, die sie getötet hat, wirklich der Yakuza angehörten. Sie fragt sich, ob alles, was Adama ihr erzählt hat, von Anfang an Teil eines berechnenden Plans war, sie nach seiner Pfeife tanzen zu lassen.

Sie ist sehr, sehr wütend.

Raman folgt ihr, als sie die U-Bahn an der Spring Garden Street verläßt. Sie gehen in Richtung Siebenter. Zeit für ein weiteres Treffen mit Chey, dem Waffenspezialisten.

»Was brauchst du?« fragt sie Raman.

»Einen Ares MVR-7 Sprengpack mit zwanzig-Ampere-Verzögerungszünder.«

Ein Standardmodell. Tikki ist einverstanden. Eine vertraute Melodie schleicht sich in ihre Gedanken: Gut. Sehr gut. Wo hat sie das schon gehört? Sie verdrängt es aus ihren Gedanken. »Was noch?«

»Das reicht.«

»Du wirst irgendwo warten müssen.«

»Ich muß sowieso noch ein paar Dinge erledigen«, sagt Raman. »Ausrüstung holen. Bevor wir weitermachen.«

Sie werden sich später wieder treffen.

Sie legen Zeit und Ort fest.

47

Das Konferenzzimmer des Vorstands befindet sich im vierzigsten Stock des KFK-Wolkenkratzers. Es ist groß und schlicht, aber teuer möbliert. Die Wandverkleidung sieht wie Teakholz aus, der Teppich ist weich und hochflorig. In goldgerandeten Rahmen, die die dreigeteilte Wand am Kopfende des Raumes dominieren, hängen handgemalte Farbporträts von Kono Koreyasu, Furata Morimoto und Ko Akifusa. Der Konferenztisch in der Mitte des Zimmers ist riesig und glänzt wie frisch gewachst, ist ebenso blitzblank wie die Kunstledersessel auf beiden Seiten des Tisches.

Die Männer in den Sesseln sind jüngere Vorstandsmitglieder von KFK International, die mit der Aufgabe betraut sind, die nordamerikanischen Angelegenheiten des Konzerns zu regeln. Bemerkenswerterweise abwesend sind Bernard Ohara und die beiden Mitglieder, die sich für Oharas Eintritt in den Vorstand stark gemacht haben.

Vor dem Kopfende des Tisches steht ein großer Trideoschirm. Das Bild auf dem Schirm scheint den Tisch vor Enoshi über die Grenzen des Raumes auszudehnen und ihn direkt in den entsprechenden Tisch im Vorstandskonferenzzimmer im KFK-Hauptquartier in Japan übergehen zu lassen. Die Männer, die dort sitzen, sind die Hauptvorstandsmitglieder. Am Kopfende des Tisches in Japan sitzen die beiden stellvertretenden Vorstandsvorsitzenden von KFK, Shimazu Iwao und Torakido Buntaro. Elektronische Fenster im oberen Teil des Schirms liefern Nahaufnahmen der stellvertretenden Vorsitzenden und einiger Hauptvorstandsmitglieder.

Dann öffnet sich ein neues Fenster, und ein vorher aufgezeichnetes Video läuft ab, dessen Spielzeit fast dreißig Minuten beträgt. Enoshi wartet geduldig und in starrer Haltung am Fußende des Tisches. Enoshi hat den Wahrheitsgehalt dieses Videos bezeugt – obwohl die Bilder eine Fälschung sind – weil das Video als Ganzes nur die Wahrheit zeigt.

Enoshi mag die Zerstörung des BTL-Labors, mit dem Exotechs Finanzen aufgebessert wurden, sowie den Tod der unter dem Namen Striper bekannten Person veranlaßt haben, aber er hat diese Dinge auf direkten Befehl seines Vorgesetzten Bernard Ohara getan. In Wahrheit, so sieht es jedenfalls Enoshi, ist Ohara für diese Taten genauso verantwortlich, als hätte er persönlich die notwendigen Kontakte geknüpft.

Enoshi hat nur seine Pflicht dem Konzern gegenüber erfüllt, so wie er dies jetzt auch tut. Unter diese Pflicht mögen Dinge fallen, die bedauerlich, sogar abscheulich sind, aber Pflicht ist Pflicht.

Torakido-*sama* versteht das.

Das träfe auch auf die übrigen Vorstandsmitglieder zu, würden sie über alle unziemlichen Einzelheiten in Kenntnis gesetzt.

Das Video endet. Shimazo Iwao, stellvertretender Vorstandsvorsitzender von KFK International, schaut von seinem Platz neben dem stellvertretenden Vorstandsvorsitzenden Torakido Buntaro im Tokioter Konferenzraum über die Länge des Tisches hinweg und sagt: »Wir wissen Ihre Hilfe in dieser Angelegenheit sehr zu schätzen.«

Enoshi verbeugt sich tief.

Mehrere Augenblicke verstreichen. Torakido-*sama*s ohnehin grimmige Miene verwandelt sich langsam in eine finstere Maske der Ungläubigkeit. »Enoshi-*san*«, sagt er, »haben Sie irgendeine Ahnung, wer diese Person namens Striper ist oder warum ein Vorstandsmitglied wie Bernard X. Ohara ihren Tod will?«

»*Hai,* Torakido-*sama*«, erwidert Enoshi. »Striper ist dem Vernehmen nach eine freiberufliche Agentin verschiedener Unterweltgangs. Sie ist sowohl als Attentäterin als auch als Kick-Artistin bekannt, wobei sich letzterer Ausdruck, wie mir gesagt wurde, auf diejenigen bezieht, welche sich körperlicher Einschüchterungstechniken bedienen. Was eventuelle frühere Verbindungen Ohara-*sans* zu Striper und den kriminellen Banden, die sie vertritt, oder andere mögliche Motive für seinen Wunsch betrifft, sie eliminieren zu lassen, so ist mir nichts darüber bekannt.«

Der Punkt ist praktisch unwichtig. Der Vorstand wird nicht einmal die Andeutung einer Ungehörigkeit dulden. Oharas Tage sind gezählt.

Mit ernster und zugleich entschlossener Miene schaut Torakido-*sama* von einem Vorstandsmitglied zum anderen und schließlich zu Enoshi. Dann sagt er: »*Domo*, Enoshi-*san*. Sie können jetzt gehen.«

Enoshi verbeugt sich noch einmal, zuerst vor Torakido-*sama*, dann vor Shimazu-*sama*, dann dreht er sich um und verläßt das Konferenzzimmer.

Im Vorzimmer serviert eine der Tee-Damen in ihrer blauen Konzernuniform zwei blondhaarigen Frauen Tee, die Enoshi wiedererkennt, obwohl ihm ihre Namen entfallen sind. Sie sehen wie Schwedinnen aus und sind hinreißender als alle westlichen Frauen, die Enoshi je gesehen hat. Enoshi erinnert sich, daß Ohara sie als seine ›Zwillinge‹ bezeichnet hat.

Enoshi bezweifelt, daß sie noch sehr lange *Oharas* Zwillinge sein werden.

Falls sie es überhaupt je waren.

48

Das ist nicht richtig.«

Die Gegend ist verfallen. Stinkender Müll verstopft die Straßen. Ausgebrannte Autos, Bauschutt, Schrott und verrottender Abfall säumen die Straße. Die Häuser selbst sind drei- und vierstöckige Ruinen, die Fenster eingeschlagen, die Fassaden vom Feuer geschwärzt. Es steht außer Frage, daß sie sich im richtigen Block des richtigen Stadtteils befindet, aber sie kann immer noch nicht glauben, was sie sieht. Das vierstöckige Haus in der Mitte des Blocks ist eine Ruine wie alle anderen Häuser auch. Genau dort sollte sich Adamas Stadthaus befinden. Vor dem Haus steht ein uralter Lincoln American am Straßenrand. Verbeult und verrostet ist er noch nicht reif für den Schrottplatz, aber viel fehlt nicht mehr. Dort, genau an dieser Stelle, sollte Adamas schlanker schwarzer Nightsky stehen.

Tikki schüttelt den Kopf, um ihn zu klären, und schaut noch einmal hin. Es kann nur Magie sein. Ihr fällt keine andere Erklärung ein. Sie wirft einen Blick auf den kräftigen Mann, der neben ihr am Ende der Gasse steht, und versucht ihre Verwirrung in Worte zu kleiden, doch sie bringt kein Wort heraus.

»Du hast unter dem Einfluß eines ... mächtigen Magiers gestanden«, sagt Raman ruhig. »Dein Blick war getrübt, wie Eliana gesagt hat.«

Tikki grunzt.

»Vielleicht siehst du diesen Ort jetzt zum erstenmal ... wie er wirklich ist.«

Vielleicht stimmt das, vielleicht auch nicht. Jedenfalls kann es Tikkis Verwirrung und ihr Unbehagen über Elianas Plan nicht mindern. Sie hat sich damit einverstanden erklärt, weil sie eigentlich keine andere Wahl hatte. Das trägt nicht gerade zu ihrer Aufmunterung bei.

Es gibt jetzt kaum noch einen Zweifel, daß sie, und nicht etwa der Fette André oder jemand anderer, durch Magie manipuliert worden ist. Auch das muntert sie nicht unbedingt auf.

Die Straße sieht frei aus.

»Los«, sagt sie.

Geschmeidig, fast lautlos, hastet Raman über die Straße. Die schwarze Tasche in seiner linken Hand scheint seinen Schritt nicht im geringsten zu beeinträchtigen. Er ist auf zwei Beinen ebenso gewandt wie auf vieren, stellt Tikki beiläufig fest.

Sie richtet die Mündung ihres über die Schulter geworfenen M22A2 Sturmgewehrs mit vierzigschüssigem Magazin und integriertem Granatwerfer auf die Straße, um Raman nötigenfalls Feuerschutz zu geben.

Raman wirft sich auf die Erde und gleitet unter den Lincoln American auf der anderen Straßenseite. Er bleibt etwa zwei Minuten unter dem Wagen. Tikki hätte diesen Teil des Jobs ein wenig schneller erledigen können, aber bei der Aufgabenteilung haben andere Überlegungen den Ausschlag gegeben. Sie gibt lieber selbst Rückendeckung, als sich auf die Rückendeckung einer anderen Person zu verlassen, und Raman mag keine Schußwaffen. Raman zieht Klingen vor, die für einige taktische Anwendungen – zum Beispiel Rückendeckung – ziemlich unbrauchbar sind.

Sie geht über die Straße zu Raman, der neben dem Wagen steht. Sie kann immer noch nicht glauben, daß sie einen verbeulten Lincoln American für einen Mitsubishi Nightsky gehalten hat. Sei es, wie es sei. Sie gibt Raman dessen Maschinenpistole.

Die Waffe wirkt in seinen Händen lächerlich klein.

»Wir sollten verschwinden«, sagt er.

Tikki schüttelt den Kopf.

So lautete Elianas Plan, den Wagen präparieren, dann verschwinden und die nächste Phase des Plans abwarten, aber das reicht nicht. Nach allem, was sie weiß, trifft Eliana nur Vorbereitungen für ihren Tod. Tikki kann sich nicht einfach zurücklehnen und abwarten, während ein paar Magier über ihr Schicksal entscheiden. Sie wird ein Stück weitergehen. Vielleicht ist das dumm, sie weiß es nicht. Wenn ja, hat sie verdient, was sie bekommt.

Wenn jemand sich mit ihr anlegt, wehrt sie sich. So muß es sein. Darum hat sie auch den Schieber Nickels bestraft. Darum ist sie überhaupt erst nach Philadelphia gekommen.

Außerdem will sie mit eigenen Augen sehen, ob Adama wirklich in einer verfallenen Ruine anstatt eines luxuriösen Stadthauses wohnt.

Sie könnte Raman auffordern, sie allein zu lassen, aber sie tut es nicht. Sie will wissen, wie weit er ihr zu folgen bereit ist.

»Es wird Zeit.«

Die Vordertür des Hauses läßt sich mühelos öffnen. Sie führt in einen kleinen Raum wie ein Foyer. Die Wände sind verdreckt und mit Graffiti vollgekritzelt. In der Mitte des durchhängenden Fußbodens hat sich eine Wasserpfütze gesammelt. Tikki sieht sich um, atmet die feuchte, verschimmelt riechende Luft und fragt sich, ob sie schon einmal hier war. Sie erinnert sich jetzt ganz deutlich, in der Eingangshalle von Adamas Stadthaus im Mondlicht gelegen zu haben. War das nur ein Traum? Die Phantasievorstellung eines Magiers? Vielleicht.

Sie gehen die Treppe hinunter.

Dieser Bereich ist so, wie sie ihn in Erinnerung hat. Der Onyxraum. Flimmernde Tridschirme an der rechten Wand. Adama auf seinem kunstvoll geschnitzten Thron. Das Marmorstativ mit dem großen weißen Edelstein rechts neben ihm. Der einzige Unterschied ist die Person, die links neben Adama steht. Für einen Menschen ist sie sehr schön. Rote Haare, sinnlich und in ein hautenges schwarzes Kleid gehüllt, das Schultern, Arme und ein bemerkenswert tiefes Dekolleté freiläßt. Die Tridschirme an der Wand zeigen alle eine Frontalansicht ihres Gesichts.

Adama lächelt. »Willkommen, Tigerin.« Sein Blick huscht über das auf ihn gerichtete Sturmgewehr in Tikkis Händen und wendet sich dann ab. »Du hast deinen Freund mitgebracht. Ich freue mich.«

Raman stellt sich neben Tikki.

»Du schuldest mir Geld«, sagt sie.

Adama lächelt. »Tue ich das?«

Wenn ihre Vermutungen stimmen – und es ist ein großes Wenn –, hat Adama ihr nie etwas bezahlt. Er hat sie glauben gemacht, daß sie bezahlt worden ist, oder sie mit Phantasien und Lügen bezahlt, dem Sechste-Welt-Äquivalent für Katzengold.

Adama gestikuliert vage. Eine leuchtend weiße Kugel umgibt seine Hand für einen Augenblick und erlischt dann. Wenn das ein Beweis dafür ist, daß Adama ein Magier ist, hat Tikki in diesem Moment zum erstenmal mit eigenen Augen einen gesehen. Sie unterdrückt ihre Überraschung, verkneift sich ein höhnisches Lächeln und krümmt den Finger ein klein wenig um den Abzug des M22A2. Weiter scheint nichts Magisches zu geschehen. Adama runzelt die Stirn, betrachtet zuerst seine Hand, dann Tikki, und scheint verwirrt zu sein. Tikki ist ebenfalls ein wenig überrascht.

»Aha«, sagt Adama, wobei wieder ein Lächeln über sein Gesicht huscht. »Du hast meine Zauber abgestreift. Oder nicht?« Er zieht eine Augenbraue hoch. »Nein. Ein anderer Magier. Eine *Schamanin.*« Adama kichert leise. »Du trägst ihren Schutz.«

Das stimmt offenbar. Unter ihrer roten Kunstlederjacke trägt Tikki ein Goldmedaillon mit einem seltsamen katzenartigen Gesicht darauf. Raman trägt ebenfalls eines. Geschenke von Eliana. Die Dinger sollen sie vor Magie schützen. Wie zwei alberne Medaillons das bewerkstelligen sollen, weiß Tikki nicht. Bis zu diesem Augenblick hat sie bezweifelt, daß ihres mehr bewirken kann, als sie zu behindern. Sie fragt sich, wie Adama es entdeckt hat.

Offenbar mit Magie.

Sie haßt sie.

Der Rotschopf neben Adama sieht Tikki direkt an, bewegt dabei jedoch nur ihre Augen. Es ist die erste Bewegung, die Tikki an ihr wahrnimmt.

»Wie interessant«, sagt Adama. »Die Tigerin tanzt mit Schamanen. Ich frage mich nur ... Bist du gekommen, um mich zu töten?«

Tikki könnte es leugnen, aber das wäre dumm, kontraproduktiv. Sie ist gekommen, um Antworten zu erhalten, vielleicht auch Geld, vielleicht auch, um Adama heimzuzahlen, daß er Magie gegen sie eingesetzt hat. Sie weiß nicht genau, was sie tun wird. Sie war noch nie in einer vergleichbaren Situation. Auge in Auge mit einem Magier. »Das wäre eine Möglichkeit«, knurrt sie leise. »Zuerst will ich mein Geld, *Magier*.«

»Du bist dir meiner Macht bewußt«, sagt Adama lächelnd, als sei er darüber erfreut. »Ich habe mich schon gefragt, wann du dahinterkommen würdest. Ich habe mir große Mühe gegeben, es vor dir zu verheimlichen. Du magst keine Magier, nicht wahr?«

»Ich mag keine verlogenen Stinktiere.«

»Habe ich dich belogen?«

»Es gibt keinen Adama Ho. In Hongkong ist dieser Name unbekannt. Die einzige Triadenbande in Philly geht ganz unauffällig in Chinatown ihren Geschäften nach.«

Adamas Lächeln wird breiter. Er wirft den Kopf in den Nacken und lacht leise. Es dauert ein paar Sekunden, bis er sich wieder beruhigt hat. »Verzeih mir«, sagt er, immer noch breit grinsend. »Deine Verärgerung ist ziemlich verständlich. Ich habe dich unfair behandelt, das gebe ich zu. Du hast mir mehr Vergnügen bereitet als jeder andere Diener, an den ich mich erinnern kann, und ich habe dich nicht entsprechend belohnt. Du mußt mich für sehr undankbar halten.«

»Vor allem halte ich deinen Tod für längst überfällig.«

Mit dem Rotschopf stimmt irgend etwas nicht, wird Tikki plötzlich klar. Sie riecht nicht wie ein Mensch. Sie riecht überhaupt nicht.

Adama kichert, grinst in sich hinein.

»Wie hättest du denn dein Geld gerne?« fragt er. »In Waffen? Oder vielleicht in Gold?«

Tikki könnte schwören, daß Adama vor gar nicht allzu langer Zeit jemandem ähnliche Fragen gestellt hat, ihrer Ansicht nach einem schwarz gekleideten Mann oder Elf namens Tricks oder Sticks oder so ähnlich.

»Was wäre fair?« Adama streckt eine Hand aus. Auf dem Boden vor seinem Thron erscheint ein Haufen Goldmünzen, genug, um einen großen Matchbeutel zu füllen.

»Nein?« sagt Adama nach einem Blick auf Tikki. »Mehr?« Er bewegt die Hand, und neben den Goldmünzen erscheint ein Stapel Platin-Kredstäbe. »Noch mehr?« Adama bewegt die Hand noch einmal, und neben den Kredstäben erscheint ein Haufen Papiergeld. »Ist das besser?«

Tikki glaubt nicht, was sie sieht. Zum einen bietet ihr Adama ein über jedes vernünftige Maß hinausgehendes Vermögen an. Zum anderen riechen die Kredstäbe und Münzen und Geldscheine wie der Rotschopf, nämlich nach nichts. Nach Illusion.

Sie riskiert einen raschen Seitenblick auf Raman. Er hat die Augen weit aufgerissen und riecht sehr angespannt. Ihr Blick kehrt zu Adama zurück.

»Nein?« sagt Adama, der immer noch lächelt. »Du lehnst mein Angebot ab?«

»Ich will echtes Geld. Echte Kredstäbe.«

»Ich habe eine bessere Idee.« Adama zieht seine Hand zurück. Münzen, Kredstäbe und Scheine verschwinden. »Erledige einen letzten Job für mich, und ich verzeihe dir diese kleine Indiskretion.«

»Bist du kugelsicher?«

»Ich bin sogar noch mehr.«

Irgendwo erhebt sich ein Wind. Tikki kann ihn hören. Einen Augenblick später schwillt das Rauschen zum Heulen eines Wirbelsturms an. Dinge fangen an zu klappern und zu ächzen und zu knallen, als würde das Haus aus seinen Grundfesten gerissen. Tikki sieht sich rasch um, dann wird ihr klar, daß Raman verschwunden, nirgendwo zu sehen ist. Sein Geruch hat sich aus der Luft verflüchtigt, als sei er nie dagewesen.

Tikki knurrt.

Sie hört nicht auf zu denken. Sie hält nicht inne, um sich zu fragen, was geschehen ist. Sie denkt nicht über die unzähligen Dinge nach, die Adama unternommen haben könnte, um Raman verschwinden oder scheinbar verschwinden zu lassen. Ihre Sinne verraten ihr, daß Raman tatsächlich nicht mehr da ist, einfach nicht mehr da, und in ihrer Überraschung betrachtet sie das als Beweis dafür, daß er für immer verschwunden, daß er tot oder so gut wie tot ist. Ihre Reaktion ist von Instinkt und Wut geleitet. Sie legt an und drückt ab. Das Sturmgewehr hämmert, aber das donnernde Geräusch ist nichts im Vergleich zu der Wut, die in ihr tobt. Ihr ist egal, daß Adama ein Magier ist, ihr ist egal, ob er so mächtig ist, sie ebenfalls verschwinden lassen zu können. Wäre sie in ihrer natürlichen Gestalt, würde sie sich aufbrüllend vorwärtsstürzen, um Adama in blutige Fetzen zu zerreißen.

Adama wirft den Kopf in den Nacken, lacht schallend, und dann verblaßt er einfach. Alles andere verblaßt mit ihm: der Rotschopf, die Wand mit den Trideoschirmen, der Thron, das Marmorstativ und der Edelstein. Das Heulen des Wirbelsturms legt sich, bis schließlich absolute Stille herrscht. Tikki steht in einem feuchten, düsteren Keller, und ihr Herz schlägt wie ein Dampfhammer. Die Decke ist fleckig und schief und tropft. Die Wände sind aus nacktem Beton, und hier und da sieht sie Löcher, Einschußlöcher. Als Tikki zu Boden schaut, stellt sie fest, daß sie mit dem rechten Fuß in einer breiten Pfütze steht.

Abrupt rammt sie ein frisches Magazin in das

Sturmgewehr, sieht sich dann jedoch verwirrt um. Schießen hat keinen Sinn.

Worauf sollte sie schießen?

Adamas Stimme ertönt aus dem Nichts. »Du mußt noch einen letzten Job für mich erledigen, Tigerin. Einen letzten Job. Dann ist unsere gemeinsame Zeit beendet. Und du bist wieder frei. Und wenn du gut bist, sehr gut bist, gebe ich dir sogar deinen Freund zurück. Das soll deine Belohnung sein.«

Tikki schluckt, bemüht sich, unter dem Getöse ihres hämmernden Pulsschlags klar zu denken. Sie soll einen letzten Job für diesen Magier erledigen? Sie müßte verrückt sein, das auch nur in Erwägung zu ziehen. »Angenommen, ich weigere mich!«

»Nein, das wirst du nicht, Tigerin. Du wirst diesen Job erledigen. Ich wähle meine Waffen mit großer Sorgfalt aus. Du willst doch deinen Freund zurück. Und ich will den Mann, der für den Tod meiner wunderschönen Leandra verantwortlich ist.«

»Und wer soll das sein?«

»Bennari Ohashi.«

49

Ohne Warnung gehen die Lichter aus, und Raman findet sich in einer Schwärze wieder, die dichter als alles ist, was er je erfahren hat. Einen Augenblick lang hört er noch ein Heulen wie von einem heftigen Sturm, und dann verklingt das Geräusch, und es herrscht absolute Stille.

Es ist, als sei er plötzlich blind und taub. Er kann nichts sehen und nichts hören. Beunruhigend merkwürdig, aber er glaubt nicht daran. Ein mächtiger Magier könnte solch eine Illusion mit Leichtigkeit wirken. Die Frage ist, was soll er jetzt tun? Er schaut nach rechts, wo Striper gestanden hat, sieht jedoch nur Schwärze, Schwärze überall und in jeder Richtung. Er spürt die MP in seinen Händen, kann sie jedoch nicht sehen, auch dann nicht, wenn er sie sich vor die Augen hält.

Er geht in die Hocke. Unter seinen Füßen befindet sich eine harte, stabile Oberfläche. Als er sie mit der linken Hand abtastet, fühlt sie sich rauh und körnig an, wie Beton. Gehört das auch zur Illusion, oder ist das ein Fehler? Vermutlich letzteres. Augen und Ohren zum Narren zu halten, ist eine Sache. Außerdem noch Tastsinn und Körpergefühl zu täuschen, wäre wesentlich schwieriger. Je mehr Sinne getäuscht werden müssen, desto größer die erforderliche Magie. Ein Magier mit der Absicht, ihn lediglich zu neutralisieren, brauchte sich nicht einer derartigen Mühe zu unterziehen.

Er sagt etwas in die Dunkelheit hinein in der Hoffnung, Striper über seine Lage zu informieren, hört jedoch keine Antwort.

Er fragt sich, was er jetzt tun soll.

Striper könnte seine Hilfe brauchen.

50

Als sich die Fahrstuhltüren öffnen, ist sie bereits in Bewegung und wirft einen Winter Systems Flashpack und eine MECAR SA MP-76 Anti-Aufruhr-Granate in den Flur.

Der Flashpack zündet sofort und feuert eine Reihe blendender Mikroblitze ab, die dazu gedacht sind, jedes Tier zu desorientieren, das sich auf sichtbares Licht verläßt, und die stark genug sind, die reaktiven Blitzkompensatoren der meisten Militärhelme zu überlasten. Die Anti-Aufruhr-Granate explodiert ebenfalls sofort, aber es dauert eine oder zwei Sekunden, bis sie ihre volle Wirkung entfaltet. Die Splitterwirkung ist vernachlässigbar. Die

Plastikhülle der MECAR MP-76 platzt in der Regel auf wie die Schale einer Frucht, anstatt in tödliche Splitter zu zerplatzen. Die winzige Sprengladung dient in erster Linie als Treibmittel für die starken Dämpfe.

Vier Sekunden später betritt Tikki den Flur. Sie trägt eine Gasmaske mit Fünffachfilter und blitzneutralisierendem Visier. Das macht die Luft, die sie einatmet, widerlich und vermindert das Licht im Flur zu einem trüben Dunkel, aber sie ist an übelriechende Luft und Arbeit bei Dunkelheit gewöhnt.

Der Flur ist kurz, erstreckt sich nur ein paar Meter nach rechts und links. Sieben Männer in vollem Körperpanzer liegen zusammen mit einer Vielfalt militärischer Waffen reglos am Boden. Sie werden etwa eine Stunde lang bewußtlos sein und sich danach noch eine oder zwei Stunden zu schlecht fühlen, um sich zu bewegen.

Tikki wendet sich zur Tür am linken Ende des Flurs. Während sie sich umdreht, öffnet sich die Tür und gibt den Blick auf einen Mann in dunklem Anzug und mit verspiegelter Sonnenbrille frei. Die Maschinenpistole in seiner Hand läßt keinen Zweifel an seiner Funktion. Er bricht nicht zusammen, weil sich das Gas der Anti-Aufruhr-Granate bereits verzogen hat.

Tikki gibt drei Schüsse aus ihrer JAMA-5 Narkoject-MP ab. Der Mann taumelt zurück und fällt zu Boden. Er wird etwa fünf Stunden lang außer Gefecht sein. Die Tür bleibt zum Glück offen. Tikki läßt einem weiteren Flashpack und einer weiteren Anti-Aufruhr-Granate den Vortritt.

Etwa drei Sekunden später schreitet sie in das Vorzimmer und Foyer der Eigentumswohnung von Bennari Ohashi. Die drei normal gekleideten Leibwächter, die dort auf dem Boden liegen, sehen bewußtlos aus. Tikki setzt die Gasmaske ab. Darunter trägt sie eine wollene Gesichtsmaske zum Überstreifen, eine taktische

Panzerweste und Kommandotruppenhose und -stiefel, alles in Schwarz.

Die Doppeltür zum Rest der Wohnung öffnet sich, und ein Mann in der weißen Uniform eines Dieners betritt das Vorzimmer, ein Tablett mit Sandwiches in der Hand. Er bleibt stehen und gafft sie mit weit aufgerissenen Augen an. Sie geht auf ihn zu, wobei sie die JAMA-5 auf seine Brust richtet.

»Stell das Tablett ab.«

Der Mann dreht sich um, zögernd und nach Angst riechend, und stellt das Tablett auf ein kleines Tischchen neben der Doppeltür. Tikki drückt den Mann an die Wand und richtet die Mündung der JAMA-5 auf sein Gesicht.

»Wo ist Bennari Ohashi?«

Der Mann gafft und starrt sie an, dann stammelt er in hektischem Japanisch: »Ich … ich weiß es nicht … *Ich weiß es nicht!*«

Ärgerlich.

Sie senkt den Lauf der JAMA-5 ein Stück und schießt dem Mann einmal in die Schulter. Er erschlafft sofort. Sie wird nicht herumstehen und mit ihm streiten. Es wird schneller gehen, wenn sie die Wohnung einfach durchsucht.

Sie kennt den Grundriß der Wohnung in allen Einzelheiten. Adama hat ihn ihr gezeigt, als sie seine Lügen noch geglaubt und bevor er Raman gefangengenommen hat. Sie weiß nicht genau, was sie für Raman empfindet, was er für ihr Leben bedeutet, aber sie ist sicher, *daß* er etwas bedeutet, und sie ist gewillt zu töten – falls nötig jeden zu töten –, wenn sie ihn dadurch zurückbekommt.

Daß Adama sie zwingt, diesen Job zu erledigen, macht sie wütend, aber sie kann mit dieser Wut leben. Womit sie nicht leben kann, ist die Vorstellung, etwas zu verlieren, das vielleicht die Chance ihres Lebens ist.

Sie tritt durch die Doppeltür, die JAMA-5 im Anschlag.

Ohara erwacht schlagartig und mit dem sicheren Gefühl, daß die grausame Dämonenkreatur, die ihn in seinen Träumen heimsucht, ganz nah ist und ihn holen will. Jede Nacht, die ohne Nachricht von Stripers Tod verstreicht, ist eine Nacht mehr, die diese bösartige Primitive hat, eine Nacht, in der sie ihm näher kommt. Wenn sie nicht *bald* getötet wird ...

Wenn die Attentäter, die Enoshi angeheuert hat, noch mehr Zeit verstreichen lassen ...

Die unausweichliche Schlußfolgerung ist mehr, als er ertragen kann. Er stolpert von seinem Bett in sein privates Badezimmer. Aus den Flaschen, die auf der teuren Marmorkommode stehen, greift er sich eine Handvoll Pillen, die er rasch schluckt. Er hatte schon immer eine schwache Konstitution – ein weiteres Indiz für seinen überragenden Intellekt. Die Pillen helfen ihm, seine Körperchemie zu stabilisieren und damit die schädliche Wirkung seiner grausigen Träume zu bekämpfen. Ein halbes Dutzend Schüsse DeeVine aus seiner verchromten Injektionspistole ersticken seinen emotionalen Aufruhr mit einem vagen, unbeständigen Gefühl der Euphorie. Er durchwühlt die persönlichkeitsfixierten BTL-Chips, die auf der Kommode verstreut sind, und schiebt *Der Allmächtige!* in die Datenbuchse hinter seinem rechten Ohr. Der Chip hilft ihm dabei, die Einheit seiner Gedanken wiederherzustellen, die Klarheit seiner Vision, seine objektive Perspektive der Wahrheit. In einer Welt, die am Rande des gesellschaftlichen und ökonomischen Zusammenbruchs steht, ist solche Hilfe nötig.

Er kehrt ins Schlafzimmer zurück und legt sich aufs Bett.

Glücklicherweise läuft fast alles genau nach Plan. Einen multinationalen Konzern hat er bereits fest in seinem unnachgiebigen Griff: KFK International. Weitere werden folgen. In gar nicht allzu langer Zeit wird er die Weltwirtschaft beherrschen – Konzerne, Banken, die Orbitale, alles. Alles wird ihm gehören. Er wird Hindernisse überwinden müssen, gewiß, aber mit seiner beispiellosen intellektuellen Kraft wird er alle Schwierigkeiten, die sich vor ihm auftürmen mögen, vorhersehen und ausräumen. Die Welt wird nach seiner Pfeife tanzen.

Im Augenblick ist sein einziges Problem – eigentlich mehr ein Ärgernis – diese primitive Schlampe Striper. Er hätte sie nicht am Leben lassen dürfen. Er hätte sie in Seattle erledigen müssen. Er hätte es auch getan, wenn ihn das Miststück nicht überrascht hätte. Mit seinem erhabenen Intellekt und kultivierten Feingefühl hat er natürlich nicht damit gerechnet, herausgefordert, geschweige denn angegriffen zu werden, noch dazu von einer Wilden, einem Wesen, das sich aus den finstersten Alpträumen der Menschheit erhoben hat. Wenn er überhaupt einen Fehler gemacht hat, dann den, sich überraschen zu lassen. Aber diesmal ist er klüger. Und darum hat er Enoshi auch die Killer anheuern lassen. Primitive müssen die Primitiven bekämpfen. Das ist das richtige Rezept.

Tatsache ist, daß er die unwissende Wilde bei seinem kometenhaften Aufstieg zur ultimativen Macht als Bauer benutzt hat. Ob seine Pläne damals in Seattle bis auf das winzigste Detail in die Tat umgesetzt werden konnten, ist dabei ziemlich irrelevant. Er hat sie trotzdem benutzt, diese Schlampe. Er hat sie zu seiner Dienerin gemacht, zu einer Sklavin seines Willens, wie er alle benutzt. Wenn er wollte, könnte er sie auf jede beliebige Weise benutzen. Wenn er Lust dazu hätte, könnte er es sogar einrichten, sie direkt hier auf seinem Bett zu haben, nackt und gefesselt, eine stöhnende hilflose Sklavin seiner niedrigsten körperlichen Bedürfnisse ...

Der Gedanke läßt ihn zuerst lächeln, dann laut lachen.

Andere Leute haben versagt. Das ist der Grund, warum das Miststück überlebt hat, warum sie noch lebt und ihn aus Seattle verjagt hat. Sie hätte eigentlich getötet werden müssen. Sie wurde angeworben, um den Mann zu töten, den er als Dieb vorgeschoben hatte, als Dieb einer äußerst wertvollen Datei. Natürlich befand sich die Datei von Anfang an in Oharas Besitz. Der Diebstahl wurde nur inszeniert, um den Verdacht von ihm abzulenken. Der Tod des Mannes war notwendig, um ihn davon abzuhalten, die Wahrheit auszuplaudern. Stripers Tod, wäre sie wie geplant gestorben, hätte einfach nur dabei geholfen, das Verschwinden der Datei zu erklären.

Wie sich herausstellte, blieb die Datei verschwunden, und Ohara kam ungeschoren davon. Doch von Stripers Einmischung, von ihrer Weigerung zu sterben abgesehen, lief alles genau nach Plan. Dieses Arschloch von einem Polizeilieutenant, Kirkland, hat keine Ahnung, wie nah er der Wahrheit gekommen ist. Ohara hat die von Seretech gestohlenen Daten tatsächlich verkauft, wie Kirkland sagte, aber nicht an John Brandon Conway, dem berühmten Konzernmittelsmann. Vielmehr hat er die Daten dazu benutzt, sich bei KFK einzukaufen. Wie die meisten Multis ist KFK hochgradig diversifiziert und besitzt zumindest eine Tochter, für die die Seretech-Daten maßgeschneidert sind.

Allein der Gedanke daran, wie er diese Schwachköpfe bei Seretech hinters Licht geführt hat, läßt ihn wieder laut auflachen. Wie wird er erst lachen, wenn er den gesamten Vorstand von KFK entlassen hat, darunter selbstverständlich auch dieses aufgeblasene Arschloch von einem stellvertretenden Vorsitzenden, Torakido Buntaro, mit seiner Japse-Anmaßung, der immer päpstlicher als der Papst tut.

Die nächsten Tage werden in der Tat erfreulich sein.

Er hebt überrascht den Kopf, als sich die Tür öffnet und eine dunkel gekleidete Gestalt sein Schlafzimmer betritt.

Tikki steht ein paar Sekunden lang einfach nur da und starrt. Sie fühlt sich ... verwirrt. Sie ist hier in dieser Eigentumswohnung in den Platinum Manor Estates, um einen Mann namens Bennari Ohashi zu beseitigen. Sie hat ein Bild von Ohashi gesehen, weiß, daß er wie ein Japaner aussieht. Sie weiß außerdem, daß Adama Ohashi für den Tod seiner *wunderschönen Leandra* verantwortlich macht. Jetzt jedoch, da sie in der Tür des luxuriösen, in Rottönen gehaltenen Hauptschlafzimmers steht, sieht sie sich nicht mehr in der Lage, zwischen dem Bild in ihrem Gedächtnis, ihrer Vorstellung von Ohashis Gesicht und dem Gesicht des Mannes, der auf dem Bett liegt, zu unterscheiden. Und der Mann auf dem Bett ist eindeutig kein Japaner. Seine Züge kennzeichnen ihn als Anglo, und Tikki kennt ihn, kennt ihn persönlich. Er sieht etwas anders aus als bei ihrer letzten Begegnung, aber sie erkennt seinen Geruch sofort wieder, und sein Geruch läßt sie die vertrauten Merkmale in seinen Zügen aufspüren.

Sein Name ist Bernard Ohara, und sie wartet seit Seattle auf eine Gelegenheit, um ihn zu töten.

Sie fragt sich nur, wie es kommt, daß sie Ohara hier antrifft.

Ist dies der Mann, dessen Tod Adama will? *Könnte es überhaupt ein anderer sein?* Sie ist an der richtigen Adresse. Das Schlafzimmer stinkt nach Ohara, als lebte er hier schon seit Monaten. Das kann kein Zufall sein. Oder doch?

Sie schüttelt den Kopf.

Adama hat immer gesagt, er suche sich seine Waffen sehr sorgfältig aus. Jetzt glaubt sie zu wissen, was er damit gemeint hat. Kann es eine bessere Waffe geben als eine, die das Ziel bereitwilligst sucht? Die persönliche Gründe dafür hat, Oharas Tod zu wollen? Ohara hat in Seattle den Tod für sie ausersehen. Mehr Gründe braucht sie nicht.

Ohara, der nicht mehr als ein verwirrtes Stirnrunzeln im Gesicht und goldene Satinshorts am Körper trägt, richtet sich langsam auf. »Wer sind Sie?« sagt er. »Und was tun Sie in meinem Schlafzimmer?«

»Tanzt du immer noch so gerne?«

»Pardon?«

Tikki dreht den Schultergurt der JAMA-5, so daß ihr die Waffe über den Rücken hängt, und zieht die Kang aus dem Halfter an ihrer linken Hüfte.

»Ich denke, Sie sollten jetzt gehen«, sagt Ohara. »Sofort.«

Falsch.

Tikki zielt und schießt. Die Kang dröhnt fünfmal in rascher Folge. Der Widerhall der Schüsse ist ohrenbetäubend. Die Laken und Kissen auf dem Bett zucken und flattern. Ohara drohen die Augen aus dem Kopf zu quellen. Plötzlich wird die Luft vom ätzenden Gestank seiner Furcht überflutet. Er zuckt konvulsivisch, kriecht vom Bett herunter, fällt, rafft sich auf, stolpert und springt auf die Tür rechts neben dem Bett zu.

»Scher dich raus hier!« brüllt er. »VERSCHWINDE!«

Tikki jagt fünf weitere Kugeln in den Boden um Oharas Füße, dann weitere fünf in die Wand neben der Tür, während Ohara hindurchstolpert und sich sein Gebrabbel zu einem hysterischen Gebrüll steigert. Tikki folgt ihm durch einen kurzen Flur und in den nächsten Raum, ein Arbeitszimmer, wobei sie das leere Magazin der Kang auswirft und durch ein volles ersetzt. Ohara rennt auf den Schreibtisch im hinteren Teil des Zimmers zu. Tikki zielt und schießt. Kugeln schlagen in Wand, Boden, Schreibtisch und Monitor darauf. Aus Oharas schrillem Gebrüll werden Entsetzensschreie. Er taumelt seitwärts durch das Zimmer, durch eine weitere Tür und in einen weiteren Raum.

Tikki folgt ihm.

Ohara führt sie durch ein großes Zimmer, ein Wohnzimmer. Sie rammt ein neues Magazin in die Kang und eröffnet wieder das Feuer, zerschmettert alle Dinge um ihn herum, Leuchten und Lampen, teure Kristallgläser. Warum sie die Kugeln nicht einfach in Ohara pumpt und die Sache beendet, weiß sie nicht genau. Sie befindet sich in einem seltsamen Widerstreit mit sich selbst. Ein Teil von ihr will, daß Ohara äußerstes Entsetzen erlebt. Ein anderer Teil will ihn ausradieren, will seinen Tod und ihre Rache. Wieder ein anderer Teil drängt sie, seinen Tod persönlicher zu gestalten, sich zu verwandeln, ihre vierbeinige Gestalt anzunehmen und diesen Mann zur Beute zu nehmen, ihn erst zu zerfetzen und dann zu verschlingen. Und schließlich sagt ihr eine innere Stimme mit unnachgiebiger Hartnäckigkeit, daß sie diesen Mann töten muß, um Ramans Freilassung zu erwirken.

Und doch widersteht sie allem. Sie haßt die Vorstellung, Adama zu geben, was er will, ihm nachzugeben, die Sklavin seiner Wünsche zu sein. Sie verabscheut den Gedanken, jemand anderem zu dienen. Fast würde sie Ohara lieber entkommen lassen, als mit einem Magier zu kooperieren, der sie offenbar mit Magie manipuliert hat. Sie haßt es, benutzt zu werden. Sie fühlt sich dadurch wie hilflose Beute, wie eine schwache, bedeutungslose kleine Kreatur, die beim ersten Anblick eines Jägers fliehen muß.

Solch ein Gefühl macht sie krank, krank vor Abscheu und rasend vor Wut.

Ohara kracht durch eine Transparex-Schiebetür und stolpert auf einen Balkon, dann dreht er sich um und kracht gegen die stoßfesten Scheiben, mit denen die Außenseite des Balkons gesichert ist. Tikki folgt ihm bis zur Schiebetür. Die Kang dröhnt. Die transparente

Scheibe in Oharas Rücken zerspringt in einem Splitterregen. Ohara schnieft und kreischt und fängt plötzlich auf eine hysterische, wahnsinnige Art und Weise an zu lachen.

»ICH WEISS, WER DU BIST!« schreit er, um dann innezuhalten und zu lachen, zu lachen wie ein Wahnsinniger. »Du bist ein Ungeheuer ... ja!« Er lacht wild, unbeherrscht. »Du bist das Ungeheuer! Das Ungeheuer! Du machst mir keine Angst! Du bist gar nicht hier! DU BIST NICHT WIRKLICH!«

Tikki zögert, hebt die Kang, so daß sie direkt auf Oharas Gesicht zeigt. In einem gewissen Sinn, wird ihr klar, hat Ohara recht. Sie ist nicht hier. Nun, da sie mit der Unvermeidlichkeit eines weiteren Todes konfrontiert wird, erinnert sie sich an etwas, an einen früheren Mord, den sie für Ohara begangen hat. Die Erinnerung ist ganz deutlich. Sie schwirrt schon seit Tagen dicht unter der Oberfläche ihres Bewußtseins herum. Sie war auf der Hintertreppe eines Wohnsilos im Ardmore-Komplex. Eine Tür öffnete sich, und ein junger Mann kam auf die Treppe, und sie hat ihn getötet, weil er einen Alarm hätte auslösen können, der sie vielleicht daran gehindert hätte, zu ihrem Ziel zu gelangen. Der Vorfall kommt ihr jetzt unglaublich vor. Sie hat ein Kind getötet, ein unschuldiges Kind. Diese Erkenntnis schmerzt.

Sie hätte den Jungen einfach niederschlagen können.

Diese verdammte Magie hat sie völlig verdreht. Sie hat wahnsinnige Dinge getan, sinnlose Dinge! Hier inmitten einer Stadt hat sie sich aufgeführt wie ein Wesen der Wildnis ...

Das alles ist viel zu kompliziert.

Während sie Ohara schniefen und kreischen und lachen sieht, flüstert ihr eine innere Stimme zu, daß es dieses winzige Nichts von einem Menschen nicht wert ist, zur Beute genommen zu werden, daß es irgendwie keine Beute ist, sondern eher eine Wanze. Die Vorstellung, sich überhaupt die Mühe zu machen, es zu töten, ist praktisch eine Beleidigung.

Einer Eingebung folgend, dreht sie die JAMA-5 nach vorne, zielt und schießt einmal. Die Waffe hustet. Ohara scheint den kleinen Pfeil gar nicht zu bemerken, der plötzlich in seinem Bauch steckt. Einen Augenblick später verstummt er und erschlafft. Tikki weiß nicht, was sie tun wird, wenn er nach vorne fällt, aber wie der Zufall es will, braucht sie sich deswegen keine Gedanken zu machen.

Vielleicht entscheidet das Schicksal.

Ohara torkelt rückwärts, durch das Loch in der transparenten Außenwand des Balkons, und stürzt hinaus in die Nacht.

Es sind sieben Stockwerke bis zum Boden.

Tikki zögert einen Augenblick, betrachtet das Loch in der Balkonwand, und wendet sich dann zum gehen. Fast ist es ihr egal, ob Ohara bei dem Sturz ums Leben kommt oder durch irgendein Wunder am Leben bleibt. Zu viele andere Dinge bedrücken und beschäftigen sie, Fragen, die ihre gesamte Existenz beinhalten. Sie weiß nicht, für wen sie tötet, warum sie überhaupt tötet und ob sie das Recht dazu hat.

Sie muß verschwinden.

51

Der Aufprall ist unvorstellbar, dann plötzlich wird er aus seinem eigenen Körper herausgerissen, jedes noch so kleinen Partikels seiner Menschlichkeit beraubt. Er behält nur sein tierisches Bewußtsein, während er einen schwarzen Tunnel entlang und in einen Ozean aus sengendem Weiß gewirbelt wird.

Der Schmerz sprengt jegliche Vorstellungskraft. Er durchlebt eine Milliarde Ewigkeiten der Qual in einem einzigen Augenblick. Im nächsten durchlebt er zehn Milliarden neue. Er spürt Billionen und Aberbillionen andere um sich schlagen und kreischen, da sie Qualen erleiden, die nicht weniger verheerend als seine eigenen sind, und dann etwas anderes, eine Präsenz, gehässig und böse, eine teuflische Monstrosität, die im chaotischen Leiden unzähliger Seelen schwelgt. Dieser grausige Dämon hat ihn und viele andere gefangen, um sich in alle Ewigkeit von seinen Qualen und seiner Essenz zu nähren.

Seine irdischen Pläne sind durchkreuzt. Er befindet sich in den Klauen eines Wesens, dessen Macht jegliche Vorstellungskraft übersteigt.

Dann steigern sich die Qualen, und es existiert nichts anderes mehr.

52

Es ist weit nach Mitternacht, als Kirkland sich von seinem Monitor abwendet. Deputy Chief Nanette Lemaire betritt in Begleitung von Kirklands unmittelbarem Vorgesetzten Captain Emilio Henriquez sein Büro. Die Tür schließt sich hinter ihnen.

»Sie müssen den Exotech-Fall abschließen«, sagt Lemaire.

»Ich arbeite daran«, erwidert Kirkland.

Lemaire schüttelt den Kopf. »Sie haben noch Zeit bis morgen abend. Bis zwanzig Uhr haben Sie einen Schuldigen verhaftet. Habe ich mich deutlich genug ausgedrückt?«

Kirkland nimmt sich ein paar Sekunden Zeit, um Lemaire und Henriquez zu mustern, und dann noch ein paar mehr, um sich eine Zigarette anzuzünden. Henriquez sieht nicht so aus, als wolle er gegen irgend etwas protestieren.

Kirkland nimmt einen tiefen Zug von seiner Zigarette. »Ich bin heute nacht etwas schwer von Begriff, Chief. Können Sie nicht noch etwas deutlicher werden?«

»Mach keinen Ärger, Brad«, sagt Henriquez. »Nicht bei diesem Fall.«

»Ich mache keinen Ärger. Ich stelle nur eine simple Frage.«

Lemaire preßt die Lippen zusammen. Für eine Frau ihrer Größe – sie kann sich mit einem Ork messen – hat sie dünne Lippen. Sie verschwinden kurz in ihrem Mund.

»Es läuft folgendermaßen«, sagt sie unnachgiebig. »Die Medien sind dahintergekommen. Der Bürgermeister hat die Hose gestrichen voll. Laut Anweisung des Vorstands von Hetler-Shutt, unserer Muttergesellschaft, haben Sie bis morgen abend zwanzig Uhr Zeit, eine Verhaftung vorzunehmen, und zwar eine endgültige.«

»Und zum Teufel mit der Gerechtigkeit«, bemerkt Kirkland.

»Brad«, sagt Henriquez finster.

Lemaire funkelt ihn an.

Kirkland nimmt einen weiteren Zug von seiner Zigarette. »Kriege ich diesen Befehl schriftlich, Chief?«

»Ersparen Sie mir diesen Drek, Lieutenant!« schnauzt Lemaire.

»Verlangen Sie nicht von mir, den Sündenbock für den VORSTAND zu spielen!« brüllt Kirkland.

Mehrere Augenblicke verstreichen. Lemaire wird um mehrere Schattierungen röter. Henriquez bricht das Schweigen. »Was glaubst du, warum ich hier stehe, Brad?« sagt er leise. »Niemand sucht einen Sündenbock.«

»Werden Sie die Akte abzeichnen, Captain?«

»Du schließt sie, ich zeichne sie ab.«

Das ist etwas anderes. Zumindest wird das darauf hindeuten, daß Kirkland vor Abschluß des Falls jemanden zu Rate gezogen hat. Das bedeutet, er muß die Schuld nicht alleine tragen, sollte sich der Fall als Bumerang erweisen. Damit kann Kirkland leben. Er kann auch damit leben, Fälle verfrüht abzuschließen, selbst wenn das Verbrechen dabei dem falschen Stück Drek angehängt wird. Draußen läuft viel zuviel Drek frei herum, und alle sind schuldig. Ein Verbrechen dem falschen Kerl anzuhängen, stört ihn zwar, aber das ist der Preis, den er zahlen muß, wenn er in seinem Job bleiben will, um ein wenig dazu beizutragen, das Verbrechen tatsächlich zu bekämpfen. Man nennt das einen Handel mit dem Teufel. Bei einem Handel wie diesem hat er immer das Bedürfnis zu kotzen, aber irgendwie schafft er es immer, die Galle herunterzuschlucken. Entweder so oder einfach davonlaufen, und einfach davonzulaufen ist nicht seine Art.

»Du weißt, daß ich dich decke«, sagt Henriquez.

Das stimmt wahrscheinlich.

Kirkland begegnet mehrere Sekunden lang Lemaires Funkeln. »Was immer Sie sagen, Chief«, sagt er leise.

Henriquez und Lemaire verlassen Kirklands Büro und begegnen dabei Detective-Sergeant Paul Zanardi auf seinem Weg hinein. Zanardi sieht fiebrig und aufgeregt aus, aber zu müde und rotäugig, um es offen zu zeigen.

»Marchese hat gerade angerufen. Er sagt, Bernard Ohara ist gerade durch eine Transparexwand gefallen und hat einen Kopfsprung von seinem Balkon gemacht.«

Kirkland zögert, dann sagt er: »Glück für ihn.«

»Wie meinen Sie das?«

Kirkland nippt an seinem lauwarmen Soykaf und schüttet den Rest in den Papierkorb hinter sich. »Wir haben gerade ein paar neue Informationen hereinbekommen. Ohara ist unser Mann.«

Zanardi wirkt verblüfft. »Ernsthaft?«

Kirkland zieht an seiner Zigarette, lehnt sich zurück, läßt sich das Für und Wider durch den Kopf gehen und sagt dann lächelnd: »Glauben Sie, ich mache über so eine Sache Witze, Zanardi?«

53

Adam Malik geht vorsichtig die Treppe zum verdreckten Foyer des Hauses hinunter, den Gehstock in der einen und eine Aktentasche in der anderen Hand. Der Stock enthält eine kurze Klinge in der Art eines Schwerts, die mit Magie durchdrungen ist, um ihm im Kampf einen kleinen Vorteil zu verschaffen, sollte einmal der unwahrscheinliche Fall eintreten, daß er sich an einer körperlichen Auseinandersetzung beteiligen muß. Der eigentliche Schatz befindet sich in der Aktentasche und ist zur Sicherheit in weichen Samt eingehüllt. Er hat die Form eines riesigen Edelsteins und wiegt vielleicht sieben- oder achthundert Karat. Malik hat bis jetzt nicht einmal einen Bruchteil des Potentials begriffen, das dieses Juwel besitzt, aber er weiß, daß sein Wert unschätzbar ist. Es wird Verlies der Seelen genannt, und die Macht, die es enthält, übersteigt alles, was ihm bisher begegnet ist.

Als er das Foyer betritt, nimmt in der Mitte des Raumes eine Dunkelheit Gestalt an und schwillt an, um den Raum vollständig auszufüllen. Malik lächelt, denn dies ist die manifeste Form des Meisters, des Geistes, der sich selbst Abbirleth nennt. Malik rührt sich nicht, während sich die Dunkelheit langsam verdichtet, sich um ihn sammelt, ihn erfüllt und eins mit seinem Körper, seinem Geist und seiner Seele wird.

»Du bist bereit«, sagt der Meister.

Malik lächelt. »Ja.« Dann kommt ihm ein Gedanke. »Was ist mit dem Wertiger, der unten im Keller herumstolpert. Die Wirkung meines Verwirrungszaubers wird in Kürze erlöschen.«

»Laß ihn«, sagt der Meister. »Er ist unwichtig ... Wir haben jetzt einen neuen Diener ...«

»Ja«, sagt Malik immer noch lächelnd.

Der neue Diener wartet draußen am Wagen. Er ist ein Ork, eine leere Tafel, was Magie betrifft, und nicht besonders hell. Durch diese beiden Faktoren ist er leicht zu kontrollieren. Er ist körperlich groß und kräftig und hat keine Vorbehalte, jemanden umzubringen. Das macht ihn sehr nützlich und zu einer guten Waffe, einer sehr guten. Er wird niemals so widerstandsfähig gegen Verletzungen sein wie zum Beispiel ein Wertiger, aber in dieser Welt der Gewalt und des Todes wird es ein leichtes sein, ihn zu ersetzen.

»Und was ist mit Striper?«

»Mit ihr sind wir ebenfalls fertig …«

»Ja, natürlich.«

»Und jetzt gehen wir …«

Wie der Meister will, so soll es geschehen. Malik ist mehr als froh, aus Philadelphia herauszukommen. Mehr als froh, dem Meister zu gehorchen. Der Meister hat ihm viele Dienste erwiesen und ihn eine Macht schmecken lassen, die das menschliche Vorstellungsvermögen übersteigt. Eine Macht, die es ermöglicht, den Geist seiner wunderschönen Leandra zu beschwören und sich in der Herrlichkeit ihrer Liebe zu sonnen. Außerdem war es durch die Macht des Meisters so einfach für ihn, die Wertigerin Striper zu kontrollieren, was ihm die Waffe in die Hand gab, mit der er sich an denjenigen rächen konnte, die für den Tod seiner wunderschönen Leandra verantwortlich waren: Neiman, Jorge, Harris und natürlich Ohara.

Bernard Ohara war der schlimmste von allen. Er war es, der die Abteilung Sonderprojekte mit eiserner Faust geleitet und auf der rituellen Beschwörung bestanden hat, die zu Leandras Tod führte. Ohara hat den Tod mehr als verdient. Der einzige Wermutstropfen an seinem Tod ist die Tatsache, daß er nicht grausamer war. Das Vergnügen des Meisters wäre größer gewesen, hätte Ohara wie die anderen einen außergewöhnlich brutalen Tod gefunden.

Das Vergnügen des Meisters ist von außerordentlicher Bedeutung, denn ohne die Macht des Meisters wäre Malik nichts, und die größeren Geheimnisse der Metaebenen blieben ihm für immer verschlossen.

Jetzt wartet das gesamte Wissen des Universums auf ihn.

Er verläßt das Foyer und betritt den Bürgersteig. Er wird weder diese verfallene, gottverlassene Gegend noch Philadelphia insgesamt vermissen. Wer würde das schon?

Carson, der neue Diener, öffnet die hintere Tür von Maliks alter Limousine. Der Wagen ist buchstäblich eine Antiquität und sieht aus, als falle er jeden Moment auseinander, aber Malik gefällt er, und fürs erste reicht er. Malik gleitet auf die nach hinten gerichtete Sitzbank.

»Wir fahren jetzt, Boss?« fragt Carson.

»Ja«, erwidert Malik. »Nach Newark.«

Der Meister hat eine besondere Affinität zu Orten wie Newark, einer von vielen Städten, die in Reiseführern als ›urbane Hölle‹ beschrieben werden.

Äußerst angemessen.

Carson klemmt sich hinter das Steuer der Limousine und läßt den Motor an. Als der Lincoln anfährt, explodiert die Welt plötzlich zu einer Million Scherben, einer Million feuriger Trümmerstücke, und über allem liegt das tosende Prasseln der monströsen Flammen eines sengenden Infernos.

54

Die tausend Kerzen an der Wand brennen hell. Auf dem Altar brennen außerdem fünfzig Räucherstäbchen. Eliana taucht den Daumen in ein kleines Tongefäß auf dem Altar, dann drückt sie sich einen Punkt der grauen Farbe von Katze auf Stirn, Nase und Wangen. Sie benutzt eine Schale mit reinem Wasser und ein frisches, sauberes Handtuch, um Daumen,

Finger und Hände akribisch zu waschen. Danach zieht sich Eliana drei Schritte vom Altar zurück und sinkt langsam auf die Knie.

Das Dutzend oder noch mehr dünner Armreifen an ihren Unterarmen klingelt leise, als sie die Hände auf den Boden legt und zu singen beginnt.

Das Lied ist kurz und entsteigt den Tiefen ihres Wesens. Die Worte kommen über ihre Lippen, als hätten sie einen eigenen Willen.

Der Raum, in dem sie sich befindet, ihre Loge, verändert seinen Charakter, ist plötzlich erfüllt von den pulsierenden, mächtigen und reinen Energien der Natur. Die tausend Kerzen glänzen wie Sterne. Ihr leise gesungenes Lied hallt, als werde es durch eine riesige Höhle getragen.

Die beiden Türen auf der Vorderseite des Altars öffnen sich und enthüllen den dunklen Tunnel, der zum Ätherischen führt. Eliana kriecht auf allen vieren hinein, dann erhebt sie sich, als der Tunnel größer wird. Der Tunnel endet in einer Gasse, einer ganz besonderen Gasse, die nur jene kennen, welche die Bedeutung von Geheimnissen verstehen.

Die Gasse verläuft durch das Herz einer riesigen Metropole. Hier verschmelzen die Energien der Menschheit mit denen der Natur. Alles befindet sich im Gleichgewicht. In den Häusern, die sich hoch in die sternenklare Nacht erheben, leben Tausende menschlicher Wesen, die leben, sterben, wachen, schlafen, lieben, kämpfen, lachen und weinen.

Sie setzen ihr Leben fort, ohne etwas von der besonderen Natur dieser Gasse zu ahnen.

Und so muß es auch sein.

Eliana wählt einen Platz aus, wo sie sich hinkniet und wartet, einen Platz mitten in der Gasse, der frei von Abfall, Dreck und Staub ist. Als sie ihre rechte Hand begutachtet, kann sie keinen Schmutz auf der Haut entdecken. Langsam wandern die leuchtenden

Sterne über den Himmel. Nach kurzer Zeit tritt eine geschmeidige Gestalt aus den Schatten am Ende der Gasse.

Es ist Katze. Sie ist allein, für sich, überlegen, niemandem verpflichtet außer sich selbst und Ihrer Katzen-Natur. Sie ist bei der Menschheit und in den Straßen und Gassen der Stadt zu Hause, aber letzten Endes ist Sie unabhängig, selbstgenügsam, vollständig. Wenn Sie manchmal grausam ist, dann nur, weil jemand Sie auf irgendeine Weise beleidigt oder verraten hat. Sie ist alles andere als launisch oder willkürlich.

Katze kommt näher, beschnüffelt den Boden, setzt sich und wäscht eine Zeitlang Ihre Vorderpfote. Dann mustert Sie Eliana. Als Sie spricht, tut Sie das mit einer Stimme, die so rein wie die Natur ist. »Du hast Geheimnisse.«

Eliana lächelt schwach. Katze ist scharfsichtig und weise. »Ich habe viele Dinge erfahren.«

»Erzähl mir davon.«

»Andere könnten mithören.«

»Dann folge mir.«

Katze geht die Gasse hoch, dann um die Rückseite eines Hauses und eine Treppe hinunter, durch eine offene Tür, dann eine weitere Treppe hinunter, durch einen schmalen Flur, in einen Heizkeller und schließlich in einen verborgenen Winkel hinter dem Heizungskessel. Der Boden ist sauber. Der leise summende Heizungskessel macht die Luft warm und gemütlich. Sie setzen sich. Eliana stützt sich auf ihre Ellbogen. Katze beschnüffelt ihr Gesicht. »Verrate mir deine Geheimnisse.«

Eliana beugt sich vor, um Katze gewisse Geheimnisse ins Ohr zu flüstern. Nur diejenigen, die jetzt wichtig sind. Sie erzählt ihr von dem Magier Adama Malik, dem Geist, von dem er besessen ist, und von der fetten Beute, die sich im Besitz des Geistes befindet.

»Du hast das alles ganz allein herausgefunden?«

»Ja. Durch Zauberei und andere Mittel und Wege.«

»Was für andere Mittel und Wege?«

»Ich habe andere benutzt, um Dinge zu erfahren und mich vorzubereiten. Sie wissen nichts von meinem eigentlichen Ziel. Nur, daß es etwas gibt, das ich haben will. Die tiefere Wahrheit habe ich ihnen verheimlicht.«

Katze schnurrt leise vor Behagen. »Wie sieht diese tiefere Wahrheit aus? Dein eigentliches Geheimnis. Verrate es mir.«

Eliana beugt sich noch näher und flüstert Katze die Wahrheit ins Ohr. Es gibt etwas, das sie will, eine Sache, die sie haben muß.

»Du wirst Hilfe brauchen«, murmelt Katze.

Eliana erwidert nichts darauf. Katze um Hilfe zu bitten, heißt, die Ablehnung geradezu herauszufordern. Katze ist eingebildet, von Ihrer Macht überzeugt, und verachtet alle, die sich auf die Hilfe anderer verlassen. Aber Sie ist auch nicht so dumm, den Einflüsterungen der Einbildung immer zu glauben.

»Wenn du Erfolg haben willst«, flüstert Katze Eliana ins Ohr, »gibt es ein Geheimnis, das du wissen mußt.«

»Verrate es mir«, murmelt Eliana.

Katze mustert sie einen Augenblick lang und flüstert ihr dann etwas ins Ohr. Das übermittelte Geheimnis bestätigt ihren Verdacht. Sie weiß jetzt, wie sie zu verfahren hat.

»Ich werde jetzt gehen.«

»Ja.« Katzes Augen funkeln. Sie ist zufrieden.

Eliana kehrt in ihre Loge zurück.

Osorthonoriks, ihr Verbündeter, gesellt sich zu ihr.

»Mach dich bereit.«

Osorthonoriks antwortet ihr auf telepathischem Weg. *Ich bin bereit, Herrin …*

Die Vorderseite des Altars wabert wie eine Wasseroberfläche und klärt sich dann. Ein Bild erscheint, das

Bild einer Gasse. Am Ende der Gasse stehen zwei Wertiger. Eliana kennt ihre Aura, ihre Astralgestalt und auch die Namen, die sie angenommen haben: Ripsaw und Striper. In den Schatten hinter ihnen schimmert die Luft ein wenig, aber sie scheinen es nicht zu bemerken. Sie sprechen leise miteinander. Sie beobachten die Straße. Dann geht Ripsaw auf die andere Straßenseite und legt sich unter ein Auto, eine alte Limousine. Striper folgt ihm. Sie treffen sich neben dem Wagen, dann gehen sie um ihn herum auf den Bürgersteig und durch die Vordertür eines Hauses.

Eliana schnaubt verächtlich. Ihre Anweisungen an das Paar lauteten, nach getaner Arbeit zu verschwinden. Die magischen Schutzmedaillons, die sie ihnen mitgegeben hat, haben eine äußerst begrenzte Wirkung. Sie gefährden alles – diese Narren! Glücklicherweise wissen sie nichts von Elianas eigentlichem Ziel.

Eine kurze Zeit verstreicht.

Striper verläßt das Haus, sieht sich um und geht dann rasch fort. Ihre ätherischen Energien scheinen sich in größtem Aufruhr zu befinden. Sie hat es nicht besser verdient. Eliana verschwendet kein Mitleid an die Ungehorsamen.

Andere nähern sich dem Haus, aber diskret. Sie halten sich in den Gassen, verstecken sich in leerstehenden Häusern, wie sie es ihnen aufgetragen hat. Eliana kennt sie sehr gut. Es sind ihre Anhänger. Sie dienen ihr bereitwillig und sind in puncto Belohnungen sehr bescheiden. Sie haben Ehrfurcht vor ihrer Magie und das Verlangen, ihre Geheimnisse zu erfahren, als Lehrlinge oder Schüler aufgenommen zu werden. Nur ein oder zwei haben echtes Potential.

Kurz vor Morgengrauen öffnet sich die Haustür wieder. Ein Ork kommt heraus. Er ist ein Diener des Magiers Adam Malik. Minuten später tritt Malik selbst vor die Tür und auf die Straße. In seiner ätherischen Gestalt treibt eine wahrhaft stygische Schwärze. Dies ist, wie Eliana weiß, die ätherische Gestalt eines Schattengeists. Der Geist hat nicht nur Besitz von dem Magier ergriffen. Er hat sein Leben in ihm versteckt.

Malik steigt hinten in den Wagen ein, der Ork vorne. Einen Moment später explodiert die Limousine.

Die Straße vor dem Haus ist ein Flammenmeer.

Den lodernden Flammen des Wagens entsteigt Adam Malik, der jetzt eine menschliche Fackel ist. Die Macht des Schattengeistes hat ihn vor der Gewalt der Explosion gerettet und schützt ihn jetzt vor den Flammen, die ihn einhüllen.

Eliana singt ein leises Lied.

Der schimmernde Fleck in der Gasse nimmt die Gestalt eines Menschen an, aber eines Menschen von großer Pracht und Schönheit. Es handelt sich weder um einen Menschen noch um einen Gott, sondern vielmehr um einen Animus-Geist. Er betritt den Bürgersteig und hebt die Hände in Richtung der Straße. Als er den Kopf in den Nacken wirft, fährt eine verheerende Blitzsalve vom Nachthimmel herab. Innerhalb weniger Sekunden schlagen ein halbes Hundert Blitze in die schwankende, vom Feuer geschwärzte Gestalt Adam Maliks ein. Malik stürzt. Einen Augenblick später bricht ein neues Feuer aus, eine mächtige Flammensäule, die hinauf in den Himmel fährt und Maliks Körper vollständig einhüllt.

Als die Flammen erlöschen, ist nur noch Staub übrig.

Der Tod Adam Maliks ist gleichbedeutend mit der Zerstörung des Schattengeistes, der sein Leben in ihm versteckt hat. Der Geist nannte sich selbst Abbirleth, aber sein wirklicher Name war, wie Eliana weiß, Seelenfänger.

Eliana zieht sich zurück, um zu baden.

Einige Stunden später betritt einer ihrer Anhänger den kleinen Raum im hinteren Teil ihres Taliskrämerladens und bringt eine Aktenkoffer aus Metall. Eliana bedeutet dem Jungen, den Koffer auf einen Stuhl zu stellen, und schickt ihn gleich darauf weg. Der schmutzige und ekelerregende Zustand des Koffers entlockt ihr ein angewidertes Schnauben, aber sie kniet sich dennoch davor. Der Koffer ist vom Feuer versengt und verbogen worden, jedoch nicht geschmolzen. Sie flüstert Worte der Macht. Der Koffer quietscht und wölbt sich, dann schnappt der Deckel auf. In einer mit Samt ausgekleideten Vertiefung liegt ein riesiger weißer Kristall. Eliana nimmt ihn vorsichtig in die Hände.

Schon aus der Ferne war die Macht des Juwels offensichtlich. Nun, da sie es in den Händen hält, ist diese Macht fast überwältigend. Sie schwankt, als ihr schwindlig wird, und schottet augenblicklich ihre astrale Wahrnehmung ab. Mit äußerster Vorsicht trägt sie das Juwel nach unten in ihre Loge und legt es auf ihren samtbedeckten Ritualaltar. Dort untersucht sie es noch einmal mit ihren astralen Sinnen. Sie geht eine flüchtige Verbindung mit einer der größeren Metaebenen des Astralraums ein, errichtet ein schwaches Bindeglied zur Heimatebene des Seelenfängers.

Abrupt erfaßt sie die wahre Macht des Juwels. Verborgen in seinem Kern ruht eine Kugel aus orangegoldenem Orichalkum, die von der Lebensessenz unzähliger Wesen durchsetzt ist... alle wurden Opfer eines gewaltsamen Todes.

Die Macht des Juwels ist finster, aber es wird ihr viele Geheimnisse erschließen.

Ihre Lippen verziehen sich zu einem Lächeln.

Katze wird zufrieden sein.

Epilog

»Hände auf den Kopf!«

Tikki verschränkt die Hände auf dem Kopf und sieht aus dem Augenwinkel, wie Raman das gleiche tut. Sie stehen rechts und links neben Ramans Motorrad auf dem Seitenstreifen eines lokalen, zweispurigen Highways, der von dichten Wäldern flankiert ist. Die schroffe Männerstimme, die den Befehl gibt, kommt von irgendwo hinter dem blinkenden Blaulicht und den blendenden Scheinwerfern eines Wagens, der etwa fünf Meter hinter ihnen hält.

Der Wagen ist ein Polizeiwagen, der Mann ein Cop.

Soviel zu Ramans Idee, Philadelphia auf sogenannten Nebenstraßen zu verlassen. Tikki gefiel die Idee von Anfang an nicht. Nebenstraßen führen durch dünn besiedelte Gebiete, wo die Cops nichts weiter zu tun haben, als Soykaf zu trinken und all jene zu schikanieren, die sie als unerwünscht betrachten. Sie hätten die Hauptstraßen der Nordost-Schiene nehmen sollen. Die Cops, die dort Streife fahren, sind so beschäftigt, daß sie schon zufrieden sind, wenn die Leute einmal für fünf Minuten damit aufhören, sich gegenseitig umzubringen.

Tikki wirft Raman einen flüchtigen Blick zu. Wenn er Zerknirschung darüber empfindet, sie in diese Situation gebracht zu haben, verbirgt er sie sehr gut. Sobald sie dieses Problem gelöst haben, wird sie ihm einiges erzählen.

Falls sie das Problem lösen können.

»Weibliche Person, vortreten!« donnert die Stimme von jenseits der Lichter. »Hände auf dem Kopf behalten!«

Prächtig.

Sie tritt vor in Richtung Fahrerseite des Polizeiwagens, von wo die Stimme zu kommen scheint. Zwei Schritte näher an das grelle Licht, und sie muß den Kopf abwenden. Zwei weitere Schritte, und sie schirmt die Augen mit den Ellbogen ab. Der Schmerz läßt ihre Augen tränen. Sie stolpert und fällt beinahe. Kaum ist sie an den Scheinwerfern vorbei, als der Schmerz aufhört. Aber es ist so, als trete sie von der Oberfläche der Sonne direkt auf den Grund eines Bergwerksschachts. Für einen Moment ist sie fast blind. Rote und blaue Punkte tanzen durch eine Welt trüber Schatten. Eine große Hand hält sie an der linken Schulter fest und stößt sie gegen den Kotflügel des Wagens.

Hände tasten rasch Bauch und Hüften ab, dann über beide Beine und schließlich ihren Rücken hinauf. Der MK-7 Gassprüher verschwindet aus ihrer linken Jackentasche. Die Zimmer Narcojectpistole verläßt ihre rechte Jackentasche. Der Civilian RX-10 000 Elektroschocker wird aus ihrem Hosenbund gezogen. Die Kang gleitet aus dem Halfter an ihrer Hüfte. Verschiedene andere Gerätschaften verschwinden aus ihren Stiefelscheiden. Sie blinzelt die letzten Tränen aus den Augen, während ihre Hände auf den Rücken gezogen werden. Die fingerlosen Handschuhe an ihren Händen sind mit einem Netz aus femininer schwarzer Spitze überzogen, aber das beeinträchtigt ihre Wirkung in keiner Weise. Sie werden Schockhandschuhe genannt und stammen direkt aus dem Ares-Winterkatalog. Jemand zieht sie ihr aus und legt ihr Handschellen an.

Plötzlich dämmert es ihr, daß sie es nur mit einem Cop zu tun haben. Sie geht davon aus, daß er nicht vorhat, Strafzettel wegen Verkehrsübertretungen zu verteilen, wenn er sich schon die Mühe macht, ihr Handschellen anzulegen. Außerdem vermutet sie, daß seine Waffe im Halfter stecken muß, wenn er sie mit beiden Händen abtastet.

Er dreht sie herum, so daß sie ihm das Gesicht zuwendet, und drückt dann gegen ihre rechte Schulter, als wolle er sie auf die Rückbank des Polizeiwagens verfrachten. Sie bleibt einfach stehen.

»Beweg dich!« knurrt er.

Tikki grinst höhnisch und spannt die Muskeln. Etwas Hartes wie Metall reißt. Etwas scheppert metallisch gegen den Wagen. Tikki schwingt die Arme nach vorne. Der Cop schaut auf ihre Hände, dann huscht ein Ausdruck der Verblüffung über sein Gesicht.

Tikki rammt ihm den Kopf ins Gesicht, und zwar hart.

»Ra!« ruft sie.

Anscheinend benebelt, taumelt der Cop zurück. Er blutet aus der Nase und fummelt an seinem Pistolenhalfter herum. Tikki reißt ihm ihren Elektroschocker aus dem Gürtel, drückt ihn gegen seinen Bauch und betätigt den Auslöser. Eine kurze Entladung von achtzigtausend Volt verwandelt die Beine des Cops in Wasser. Er fällt auf ein Knie, während Raman angelaufen kommt. Sie packt die Arme des Cops und schleift ihn zum Wald. Raman hilft ihr dabei, indem er die Beine des Cops nimmt.

»Wir sollten ihn umlegen«, sagt Raman.

»Nein.« Tikki schüttelt den Kopf. Sie lassen den Cop jenseits der Baumlinie fallen, wo Tikki ihre Waffen wieder an sich nimmt. Sie hat die Kang dabei, falls sie sie braucht, jedoch nicht die Absicht, sie zu benutzen, wenn sie nicht gerade mit dem Rücken zur Wand steht. Das einzige, was sie in näherer Zukunft töten will, ist Wild und andere Vierbeiner. Sie hat genug davon, Zweibeiner zu töten, Menschen. Vielleicht mehr als genug.

Auf der Straße nähert sich ein Wagen. Er wird zunächst langsamer, um dann abrupt zu beschleunigen. Hat der Fahrer gesehen, was passiert ist?

Ihr kommt ein Gedanke.

»Hol unsere Sachen.«

Raman sieht sie einen Augenblick nur an, dann huscht er davon. Tikki verpaßt dem Cop noch eine Ladung. Er zuckt unter dem Schock, grunzt dann, und benimmt sich so, als sei er betrunken, als könne er sich nicht einmal aufrichten. Tikki entlädt seine Waffe und schleudert sie tiefer in den Wald.

Die Straße ist wieder leer, als sie hinter das Steuer des Nissan Police Interceptor gleitet. Raman wirft ihre Sachen auf die Rücksitze und setzt sich neben sie.

»Was wird das?« sagt er.

»Paß auf.«

Sie läßt den Motor an und tritt das Gaspedal durch. Der Interceptor verläßt den Seitenstreifen und schießt auf die Straße, während der Motor beim Schalten der Gänge laut aufheult. Einen Kilometer weiter fährt Tikki den Wagen auf die Auffahrt zur Interstate.

»Der Hobel wäre schneller gewesen«, bemerkt Raman. »Und weniger auffällig.«

»Du hattest deine Chance.«

Jetzt hat Tikki das Ruder übernommen.

Voraus ist eine Mautstelle, und ein paar Autos bilden eine Warteschlange. Nur zwei der drei Spuren sind geöffnet. Tikki fährt auf die leere Spur, über der ein rotes X leuchtet, und tastet nach dem Schalter für die Sirene, die augenblicklich losjault.

»Versteck dich.«

Raman duckt sich unter das Armaturenbrett.

Tikki setzt die Uniformmütze des Cops auf, damit ihre Silhouette einem Cop ähnlicher wird. Die Mütze paßt nicht besonders gut, aber sie braucht sie nicht lange aufzubehalten, und niemand draußen wird mehr als einen raschen Blick auf sie werfen können. Sie jagt den Interceptor mit neunzig Stundenkilometern durch die Mautstelle und tritt dann noch fester auf das Gaspedal. Von draußen ist kurz das Jaulen von Alarmsirenen zu hören, dann verschwindet die Mautstelle rasch hinter ihnen.

Tikki läßt den Fuß auf dem Gaspedal. Sie kann keine direkten Verfolger ausmachen. Die Fahrbahnen vor ihr vereinigen sich mit der Interstate. Sie schaltet die Sirene ab, fährt auf die äußerste linke Spur und schaltet dann auch das Blaulicht aus. Mit annähernd zweihundert Stundenkilometern schießen sie am übrigen Verkehr vorbei und kommen rasch vorwärts. Wenn ein Auto vor ihr keinen Platz macht, weicht Tikki auf die Standspur aus.

»Ist es klug, so schnell zu fahren?« fragt Raman, der sich wieder aufgerichtet hat.

»Willst du aussteigen?«

Raman grinst. »Blöde Frage.«

»Welche?«

»Beide.«

Da ist vielleicht etwas Wahres daran.

Sie sind nördlich von Trenton, als die Stimmen im Polizeifunk zum erstenmal von einem gestohlenen Polizeiwagen reden. Das war unvermeidlich, aber Tikkis Idee scheint sich ausgezahlt zu haben. Sie befinden sich gute fünfzig oder sechzig Kilometer nördlich von ihrer letzten bekannten Position. Gewiß, jeder Cop in dieser Gegend wird bald nach ihnen Ausschau halten, aber sobald sie den Wagen aufgeben, machen sie sich buchstäblich unsichtbar.

Kurz vor der nächsten Raststätte fährt Tikki den Interceptor von der Straße. Sie schlagen sich durch ein paar Büsche und erreichen schließlich den Parkplatz der Raststätte. Raman schließt wieder ein Motorrad kurz. Bei Tagesanbruch sind sie kurz vor Hartford. Zwei Tage später fahren sie irgendwo in einer Gegend namens Maine einen zugewachsenen Weg entlang. Am Ende des Weges stoßen sie auf eine Lichtung und eine alte Holzhütte. Raman fährt den Hobel direkt in die Hütte, wo er nicht zu sehen ist. Das Innere der Hütte ist verstaubt und alt, aber es reicht, um ihre Ausrüstung dort unterzubringen, und

Tikki hat sowieso nicht vor, viel Zeit drinnen zu verbringen.

Um Mitternacht liegen sie am grasbewachsenen Ufer des möglicherweise letzten Teichs in ganz Nordamerika, der nicht mit Giftmüll verseucht ist. Ein Stück weiter weg liegt ein halb verzehrter Hirschkadaver. Die Nacht ist kühl und ruhig und von der satten Süße des Sommers erfüllt, einer Süße, über die Tikki nachdenkt und an der sie sich später vielleicht einmal wird erfreuen können. Die Zeit in Philadelphia hat ihrer Faszination für Menschen und deren Städte einen Dämpfer verpaßt. Sie ist froh, lebendig aus allem herausgekommen zu sein. Sie hat viel zuviel Zeit mit Menschen und viel zuwenig Zeit in der Wildnis verbracht. Sie weiß nicht mehr, was sie ist. Ein rücksichtsloser Killer? Nach menschlichen Maßstäben ist das wohl alles, was sie je gewesen ist. Sie fragt sich, ob sie mehr sein sollte. Besser. Eine Sache, über die sie nachdenken, die sie sich überlegen muß.

Raman sagt, er mag kein kühles Wetter. Das ist nicht weiter verwunderlich für jemanden aus der Gegend nördlich von Bombay, aber darum wird sie sich später Gedanken machen, wenn der Herbst vor der Tür steht.

Einstweilen gibt es nur sie beide, wie lange es auch dauern mag. Ihr Schwanz zuckt träge über sein Gesicht, und er reagiert darauf mit einem Knurren und stellt sich hinter sie. Die Laute, die er ausstößt, und die Gerüche, die er verströmt, verraten ihr zweifelsfrei, wie enthusiastisch seine Reaktion ausfällt. Tikki ist mehr als bereit mitzumachen. Sie nimmt an, daß ihre Mutter das gemeint hat, als sie zu ihr sagte: »Wenn deine Paarungszeit kommt, wirst du es wissen.« Es ist eine Zeit für Veränderungen. Und andere Dinge …

Nach kurzer Zeit hat Raman sie so weit, daß sie vor Erregung knurrt.

Sogar brüllt.

Glossar

Arcologie – Abkürzung für ›**Arc**hitectural Ec**ology**‹. In Seattle ist sie der Turm des Renraku-Konzerns, ein Bauwerk von gigantischen Ausmaßen. Mit ihren Privatwohnungen, Geschäften, Büros, Parks, Promenaden und einem eigenen Vergnügungsviertel gleicht sie im Prinzip einer selbständigen, kompletten Stadt.

Aztechnology-Pyramide – Niederlassung des multinationalen Konzerns Aztechnology, die den Pyramiden der Azteken des alten Mexikos nachempfunden ist. Obwohl sie sich in ihren Ausmaßen nicht mit der Renraku-Arcologie messen kann, bietet die Pyramide mit ihrer grellen Neonbeleuchtung einen atemberaubenden Anblick.

BTL-Chips – Abkürzung für ›**B**etter **T**han **L**ife‹ – besser als die Wirklichkeit. Spezielle Form der SimSinn-Chips, die dem User (Benutzer) einen extrem hohen Grad an Erlebnisdichte und Realität direkt ins Gehirn vermitteln. BTL-Chips sind hochgradig suchterzeugend und haben chemische Drogen weitgehend verdrängt.

Chiphead, Chippie, Chipper – Umgangssprachliche Bezeichnung für einen BTL-Chip-Süchtigen.

chippen – umgangssprachlich für: einen (BTL-)Chip reinschieben, auf BTL-Trip sein usw.

Chummer – Umgangssprachlich für Kumpel, Partner, Alter usw.

Cyberdeck – Tragbares Computerterminal, das wenig größer ist als eine Tastatur, aber in Rechengeschwindigkeit, Datenverarbeitung jeder Ansammlung von Großrechnern des 20. Jahrhunderts überlegen ist. Ein Cyberdeck hat darüber hinaus ein SimSinn-Interface, das dem User das Erlebnis der Matrix in voller sinnlicher Pracht ermöglicht. Das derzeitige Spitzenmodell, das *Fairlight Excalibur*, kostet 990 000 Nuyen, während das Billigmodell *Radio Shack PCD-100* schon für 6200 Nuyen zu haben ist. Die Leistungsunterschiede entsprechen durchaus dem Preisunterschied.

Cyberware – Im Jahr 2050 kann man einen Menschen im Prinzip komplett neu bauen, und da die cybernetischen Ersatzteile die ›Leistung‹ eines Menschen zum Teil beträchtlich erhöhen, machen sehr viele Menschen, insbesondere die Straßensamurai, Gebrauch davon. Andererseits hat die Cyberware ihren Preis, und das nicht nur in Nuyen: Der künstliche Bio-Ersatz zehrt an der Essenz des Menschlichen. Zuviel Cyberware kann zu Verzweiflung, Melancholie, Depression und Tod führen.

Grundsätzlich gibt es zwei verschiedene Arten von Cyberware, die **Headware** und die **Bodyware.**

Beispiele für Headware sind **Chipbuchsen,** die eine unerläßliche Voraussetzung für die Nutzung von **Talentsofts** (und auch BTL-Chips) sind. **Talentsofts** sind Chips, die dem User die Nutzung der auf den Chips enthaltenen Programme ermöglicht, als wären die Fähigkeiten seine eigenen. Ein Beispiel für ein gebräuchliches Talentsoft ist ein Sprachchip, der dem User die Fähigkeit verleiht, eine Fremdsprache so zu benutzen, als sei sie seine Muttersprache.

Eine **Datenbuchse** ist eine universellere Form der Chipbuchse und ermöglicht nicht nur Input, sondern auch Output. Ohne implantierte Datenbuchse ist der Zugang zur Matrix unmöglich.

Zur gebräuchlichsten Headware zählen die **Cyberaugen.** Die äußere Erscheinung der Implantate kann so ausgelegt werden, daß sie rein optisch nicht von biologischen Augen zu unterscheiden sind. Möglich sind aber auch absonderliche Effekte durch Gold- oder Neon-Iris. Cyberaugen können mit allen möglichen Extras wie Kamera, Lichtverstärker und Infrarotsicht ausgestattet werden.

Bodyware ist der Sammelbegriff für alle körperlichen Verbesserungen. Ein Beispiel Für Bodyware ist die **Dermalpanzerung,** Panzerplatten aus Hartplastik und Metallfasern, die chemisch mit der Haut verbunden werden. Die **Smartgunverbindung** ist eine Feedback-Schaltschleife, die nötig ist, um vollen Nutzen aus einer Smartgun zu ziehen. Die zur Zielerfassung gehörenden Informationen werden auf die Netzhaut des Trägers oder in ein Cyberauge eingeblendet.

Im Blickfeldzentrum erscheint ein blitzendes Fadenkreuz, das stabil wird, sobald das System die Hand des Trägers so ausgerichtet hat, daß die Waffe auf diesen Punkt zielt. Ein typisches System dieser Art verwendet ein subdermales **Induktionspolster** in der Handfläche des Trägers, um die Verbindung mit der Smartgun herzustellen.

Jeder Straßensamurai, der etwas auf sich hält, ist mit **Nagelmessern** und/oder **Spornen** ausgerüstet, Klingen, die im Hand- oder Fingerknochen verankert werden und in der Regel einziehbar sind.

Die sogenannten Reflexbooster sind Nervenverstärker und Adrenalin-Stimulatoren, die die Reaktion ihres Trägers beträchtlich beschleunigen.

decken – Das Eindringen in die Matrix vermittels eines Cyberdecks.

Decker – Im Grunde jeder User eines Cyberdecks.

DocWagon – Das DocWagon-Unternehmen ist eine private Lebensrettungsgesellschaft, eine Art Kombination von Krankenversicherung und ärztlichem Notfalldienst, die nach Anruf in kürzester Zeit ein Rettungsteam am Tat- oder Unfallort hat und den Anrufer behandelt. Will man die Dienste des Unternehmens in Anspruch nehmen, benötigt man eine Mitgliedskarte, die es in drei Ausführungen gibt: Normal, Gold und Platin. Je besser die Karte, desto umfangreicher die Leistungen (von ärztlicher Notversorgung bis zu vollständigem Organersatz). Das DocWagon-Unternehmen hat sich den Slogan eines im 20. Jahrhundert relativ bekannten Kreditkartenunternehmens zu eigen gemacht, an dem, wie jeder Shadowrunner weiß, tatsächlich etwas dran ist: Never leave horne without it.

Drek, Drekhead – Gebräuchlicher Fluch; abfällige Bezeichnung, jemand der nur Dreck im Kopf hat.

ECM – Abkürzung für ›**E**lectronic **C**ounter**m**easures‹; elektronische Abwehrsysteme in Flugzeugen, Panzern usw.

einstöpseln – Bezeichnet ähnlich wie **einklinken** den Vorgang, wenn über Datenbuchse ein Interface hergestellt wird, eine direkte Verbindung zwischen menschlichem Gehirn und elektronischem System. Das Einstöpseln ist die notwendige Voraussetzung für das Decken.

Exec – Hochrangiger Konzernmanager mit weitreichenden Kompetenzen.

Fee – Abwertende, beleidigende Bezeichnung für einen Elf. (Die Beleidigung besteht darin, daß amer. mit ›Fee‹ auch Homosexuelle, insbesondere Transvestiten bezeichnet werden).

geeken – Umgangssprachlich für ›töten‹, ›umbringen‹.

Goblinisierung – Gebräuchlicher Ausdruck für die sogenannte Ungeklärte Genetische Expression (UGE). UGE ist eine Bezeichnung für das zu Beginn des 21. Jahrhunderts erstmals aufgetretene Phänomen der Verwandlung ›normaler‹ Menschen in **Metamenschen.**

Hauer – Abwertende Bezeichnung für Trolle und Orks, die auf ihre vergrößerten Eckzähne anspielt.

ICE – Abkürzung für ›Intrusion Countermeasure Equipment‹, im Deckerslang auch Ice (Eis) genannt. Grundsätzlich sind ICE Schutzmaßnahmen gegen unbefugtes Decken. Man unterscheidet drei Klassen von Eis: **Weißes Eis** leistet lediglich passiven Widerstand mit dem Ziel, einem Decker das Eindringen so schwer wie möglich zu machen. **Graues Eis** greift Eindringlinge aktiv an oder spürt ihren Eintrittspunkt in die Matrix auf. **Schwarzes Eis** (auch Killer-Eis genannt) versucht, den eingedrungenen Decker zu töten, indem es ihm das Gehirn ausbrennt.

Jackhead – Umgangssprachliche Bezeichnung für alle Personen mit Buchsenimplantaten. Darunter fallen zum Beispiel Decker und Rigger.

Knoten – Konstruktionselemente der Matrix, die aus Milliarden von Knoten besteht, die untereinander durch Datenleitungen verbunden sind. Sämtliche Vorgänge in der Matrix finden in den Knoten statt. Knoten sind zum Beispiel: I/O-Ports, Datenspeicher, Subprozessoren und **Sklavenknoten,** die irgendeinen physikalischen Vorgang oder ein entsprechendes Gerät kontrollieren.

Lone Star Security Services – Die Polizeieinheit Seattles. Im Jahre 2050 sind sämtliche Datenleistungsunternehmen, auch die sogenannten ›öffentlichen‹ privatisiert. Die Stadt schließt Verträge mit unabhängigen Gesellschaften, die dann die wesentlichen öffentlichen Aufgaben wahrnehmen. Renraku

Computer Systems ist zum Beispiel für die öffentliche Datenbank zuständig.

Matrix – Die Matrix – auch Gitter genannt – ist ein Netz aus Computersystemen, die durch das globale Telekommunikationsnetz miteinander verbunden sind. Sobald ein Computer mit irgendeinem Teil des Gitters verbunden ist, kann man von jedem anderen Teil des Gitters aus dorthin gelangen.

In der Welt des Jahres 2050 ist der direkte physische Zugang zur Matrix möglich, und zwar vermittels eines ›Matrix-Metaphorischen Cybernetischen Interface‹, kurz Cyberdeck genannt. Die sogenannte **Matrix-Metaphorik** ist das optische Erscheinungsbild der Matrix, wie sie sich dem Betrachter (User) von innen darbietet. Diese Matrix-Metaphorik ist erstaunlicherweise für alle Matrixbesucher gleich, ein Phänomen, das mit dem Begriff **Konsensuelle Halluzination** bezeichnet wird.

Die Matrix ist, kurz gesagt, eine informations-elektronische Analogwelt.

Messerklaue – Umgangssprachliche Bezeichnung für einen Straßensamurai.

Metamenschen – Sammelbezeichnung für alle ›Opfer‹ der UGE. Die Gruppe der Metamenschen zerfällt in vier Untergruppen:

a) **Elfen:** Bei einer Durchschnittsgröße von 190 cm und einem durchschnittlichen Gewicht von 68 kg wirken Elfen extrem schlank. Die Hautfarbe ist blaßrosa bis weiß oder ebenholzfarben. Die Augen sind mandelförmig, und die Ohren enden in einer deutlichen Spitze. Elfen sind Nachtwesen, die nicht nur im Dunkeln wesentlich besser sehen können als normale Menschen. Ihre Lebenserwartung ist unbekannt.

b) **Orks:** Orks sind im Mittel 190 cm groß, 73 kg schwer und äußerst robust gebaut. Die Hautfarbe variiert zwischen rosa und schwarz. Die Körperbehaarung ist in der Regel stark entwickelt. Die Ohren weisen deutliche Spitzen auf, die unteren Eckzähne sind stark vergrößert. Das Sehvermögen der Orks ist auch bei schwachem Licht sehr gut. Die durchschnittliche Lebenserwartung liegt zwischen 35 und 40 Jahren.

c) **Trolle:** Typische Trolle sind 280 cm groß und wiegen 120 kg. Die Hautfarbe variiert zwischen rötlichweiß und mahagonibraun. Die Arme sind proportional länger als beim normalen Menschen. Trolle haben einen massigen Körperbau und zeigen gelegentlich eine dermale Knochenbildung, die sich in Stacheln und rauher Oberflächenbeschaffenheit äußert. Die Ohren weisen deutliche Spitzen auf. Der schräg gebaute Schädel hat 34 Zähne mit vergrößerten unteren Eckzähnen. Trollaugen sind für den Infrarotbereich empfindlich und können daher nachts unbeschränkt aktiv sein. Ihre durchschnittliche Lebenserwartung beträgt etwa 50 Jahre.

d) **Zwerge:** Der durchschnittliche Zwerg ist 120 cm groß und wiegt 72 kg. Seine Hautfarbe ist normalerweise rötlich weiß oder hellbraun, seltener dunkelbraun. Zwerge haben unproportional kurze Beine. Der Rumpf ist gedrungen und breitschultrig. Die Behaarung ist ausgeprägt, bei männlichen Zwergen ist auch die Gesichtsbehaarung üppig. Die Augen sind für infrarotes Licht empfindlich. Zwerge zeigen eine erhöhte Resistenz gegenüber Krankheitserregern. Ihre Lebensspanne ist nicht bekannt, aber Vorhersagen belaufen sich auf über 100 Jahre.

Darüber hinaus sind auch Verwandlungen von Menschen oder Metamenschen in Paraspezies wie **Sasquatchs** bekannt.

Metroplex – Ein Großstadtkomplex.

Mr. Johnson – Die übliche Bezeichnung für einen beliebigen anonymen Auftraggeber oder Konzernagenten.

Norm – Umgangssprachliche, insbesondere bei Metamenschen gebräuchliche Bezeichnung für ›normale‹ Menschen.

Nuyen – Weltstandardwährung (New Yen, Neue Yen).

Paraspezies – Paraspezies sind ›erwachte‹ Wesen mit angeborenen magischen Fähigkeiten, und es gibt eine Vielzahl verschiedener Varianten, darunter auch folgende:

a) **Barghest:** Die hundeähnliche Kreatur hat eine Schulterhöhe von knapp einem Meter bei einem Gewicht von etwa 80 kg. Ihr Heulen ruft beim Menschen und vielen anderen Tieren eine Angstreaktion hervor, die das Opfer lähmt.

b) **Sasquatch:** Der Sasquatch erreicht eine Größe von knapp drei Metern und wiegt etwa 110 kg. Er geht aufrecht und kann praktisch alle Laute imitieren. Man vermutet, daß Sasquatche aktive Magier sind. Der Sasquatch wurde 2041 trotz des Fehlens einer materiellen Kultur und der Unfähigkeit der Wissenschaftler, seine Sprache zu entschlüsseln, von den Vereinten Nationen als intelligentes Lebewesen anerkannt.

c) **Schreckhahn:** Er ist eine vogelähnliche Kreatur von vorwiegend gelber Farbe. Kopf und Rumpf des Schreckhahns messen zusammen 2 Meter. Der Schwanz ist 120 cm lang. Der Kopf hat einen hellroten Kamm und einen scharfen Schnabel. Der ausgewachsene Schreckhahn verfügt über die Fähigkeit, Opfer mit einer Schwanzberührung zu lähmen.

d) **Dracoformen:** Im wesentlichen wird zwischen drei Spezies unterschieden, die alle magisch aktiv sind: Gefiederte Schlange, Östlicher Drache und Westlicher Drache. Zusätzlich gibt es noch die Großen Drachen, die einfach extrem große Vertreter ihres Typs (oft bis zu 50 % größer) sind.

Die Gefiederten Schlangen sind von Kopf bis Schwanz in der Regel 20 m lang, haben eine Flügelspannweite von 15 m und wiegen etwa 6 Tonnen. Das Gebiß weist 60 Zähne auf.

Kopf und Rumpf des Östlichen Drachen messen 15 m, wozu weitere 15 m Schwanz kommen. Die Schulterhöhe beträgt 2 m, das Gewicht 7,5 Tonnen. Der Östliche Drache hat keine Flügel. Sein Gebiß weist 40 Zähne auf.

Kopf und Rumpf des Westlichen Drachen sind 20 m lang, wozu 17 m Schwanz kommen. Die Schulterhöhe beträgt 3 m, die Flügelspannweite 30 m und das Gewicht etwa 20 Tonnen. Sein Gebiß weist 40 Zähne auf.

Zu den bekannten Großen Drachen zählt auch der Westliche Drache *Lofwyr,* der mit Gold aus seinem Hort einen maßgeblichen Anteil an Saeder-Krupp Heavy Industries erwarb. Das war aber nur der Auftakt einer ganzen Reihe von Anteilskäufen, so daß seine diversen Aktienpakete inzwischen eine beträchtliche Wirtschaftsmacht verkörpern. Der volle Umfang seines Finanzimperiums ist jedoch unbekannt!

Persona-Icon – Das Persona-Icon ist die Matrix-Metaphorik für das Persona-Programm, ohne das der Zugang zur Matrix nicht möglich ist.

Pinkel – Umgangssprachliche Bezeichnung für einen Normalbürger.

Überprüfe dein Wissen!
Alle Fragen beziehen sich auf Merksätze und Erklärungen in den einzelnen Kapiteln. Kontrolliere deine Antworten mit dem Buch.

Wende dein Wissen an!

1 4 Komplementärmenge 3 Durchschnittsmenge 2 Differenzmenge
5 Produktmenge 1 Vereinigungsmenge

2

	w. A.	f. A.
Jede ganze Zahl ist eine natürliche Zahl.		✓
$\exists!\ x \in \mathbb{N}_g$ mit x ist Primzahl.	✓	
$\exists\ x \in \mathbb{N} \mid x < 0$		✓
$\forall\ x \in \mathbb{N}_g$ gilt $2 \mid x$	✓	

3 Wenn A eine wahre Aussage ist, dann ist ¬A eine falsche Aussage.
Wenn ¬A eine wahre Aussage ist, dann ist A eine falsche Aussage.

4 (a) Äquivalenz (b) Implikation

5 Wenn sie beides nicht macht.

6 Wenn er mindestens eine Sportart ausführt.

7 a) $B \setminus T$ Menge der Burschen, die nicht Tennis spielen.
B' Menge der Mädchen
$R \cup S$ Menge der Schülerinnen und Schüler, die reiten oder segeln oder beide Sportarten betreiben
$T \setminus R$ Menge der Schülerinnen und Schüler, die Tennis spielen, aber nicht reiten
$T \cap S$ Menge der Schülerinnen und Schüler, die Tennis spielen und segeln
$K \setminus S$ Menge der Schülerinnen und Schüler, die nicht segeln
$S \setminus T$ Menge der Schülerinnen und Schüler, die segeln aber nicht Tennis spielen
$M \setminus (T \cup R)$ Menge der Mädchen, die weder Tennis spielen noch reiten
$(T \cup R) \setminus M$ Menge der Burschen, die Tennis spielen oder reiten oder beide Sportarten betreiben

b) $R \setminus B$
$(S \cup T) \setminus M$
$B \cup M$
$K \setminus S$

8

x	$A \cup B$	$A \cap B$	$B \setminus A$	$A \setminus B$	A'	B'	$(A \cap B)'$
5	☐	☐	☐	☐	☒	☒	☒
12	☒	☒	☐	☐	☐	☐	☐
14	☒	☒	☐	☐	☐	☐	☐
–4	☐	☐	☐	☐	☐	☐	☐
20	☒	☐	☒	☐	☒	☐	☒

9 (a) $[-2; \infty[$ (b) $[-2; 0]$ (c) $]0; 7[$ (d) $[7; \infty[$ (e) $]-\infty; -2[\cup [7; \infty[$

Seite 20, 21, 22, 23

Zehnerpotenzen – Gleitkommadarstellung

1 **a)** $4{,}367\,23 \cdot 10^{3}$ **b)** $1{,}894\,56 \cdot 10^{4}$ **c)** $3{,}004\,679 \cdot 10^{5}$

d) $1{,}23 \cdot 10^{-3}$ **e)** $8{,}75 \cdot 10^{-2}$ **f)** $7{,}5 \cdot 10^{-1}$

2 **a)** 370 000 **b)** 410 000 000 **c)** 40 000

d) 0,231 **e)** 0,000 000 007 8 **f)** 0,000 086 5

3 **a)** um 4 Größenordnungen kleiner **b)** um 3 Größenordnungen größer

4 **a)** $1{,}4 \cdot 10^{-1}$ km, $1{,}4 \cdot 10^{2}$ m, $1{,}4 \cdot 10^{4}$ cm **b)** $4{,}8 \cdot 10^{1}$ m, $4{,}8 \cdot 10^{2}$ dm, $4{,}8 \cdot 10^{3}$ cm

c) $5{,}4 \cdot 10^{-2}$ kg, 5,4 dag, $5{,}4 \cdot 10^{1}$ g **d)** $7{,}5 \cdot 10^{1}$ km, $7{,}5 \cdot 10^{6}$ cm, $7{,}5 \cdot 10^{7}$ mm

5 **a)** $5 \cdot 10^{-6}\,m^3$ **b)** $8 \cdot 10^{15}\,\mu m^3$ **c)** $4 \cdot 10^{-15}\,dm^3$ **d)** $7 \cdot 10^{9}\,m^3$

6 **a)** $6 \cdot 10^{-6}\,m^2$ **b)** $4 \cdot 10^{10}\,mm^2$ **c)** $1{,}6 \cdot 10^{-5}\,km^2$ **d)** $7 \cdot 10^{10}\,cm^2$

7 **a)** ca. 220 000 Briefe **b)** ca. 277 Milliarden Briefe **c)** 1.390

8 rund $5 \cdot 10^{4} = 50\,000$-mal

9 **a)** ca. 32 Stunden **b)** ca. 4 000 Stunden = 167 Tage

10 **a)** $6 \cdot 10^{24}$ kg **b)** $1{,}9 \cdot 10^{27}$ kg

c) Der Jupiter ist ungefähr 300-mal schwerer als die Erde.

11 3 200 000 Stunden (= 133.333 Tage ≈ 365 Jahre)

12 $9{,}460\,8 \cdot 10^{12}$ km

13 **a)** Erde – Sonne: 500 s = $8\frac{1}{3}$ Minuten Neptun – Sonne: 15 000 s = $4\frac{1}{6}$ Stunden
b) Das Licht braucht 30-mal länger.

14 bei 10 km Höhe: 50,108 Stunden
bei 9,5 km Höhe: 50,104 Stunden, um rund $\frac{4}{1\,000}$ Stunden (= ca. 14 Sekunden) kürzer
bei 11 km Höhe: 50,116 Stunden, um rund $\frac{8}{1\,000}$ Stunden (= ca. 29 Sekunden) länger

15 **a)** $100 \pm 0{,}5$ mm
b) A: [7114; 7286] in m^2 U: [340; 344] in m

c) [0,125; 3,375] in dm^3

Überprüfe dein Wissen!
Alle Fragen beziehen sich auf Merksätze und Erklärungen in den einzelnen Kapiteln. Kontrolliere deine Antworten mit dem Buch.

Wende dein Wissen an!

1

	$\mathbb{N}$	$\mathbb{Z}$	$\mathbb{Q}$	$\mathbb{R}$
–5	☐	☒	☒	☒
2	☒	☒	☒	☒
$\frac{3}{4}$	☐	☐	☒	☒
$0,\dot{9}$	☐	☐	☒	☒
$\sqrt{2}$	☐	☐	☐	☒
0	☒	☒	☒	☒
$\sqrt{169}$	☒	☒	☒	☒

2 (a) falsch (b) richtig (c) falsch (d) richtig (e) richtig (f) richtig (g) richtig

3 (a) Kommutativgesetz der Addition (b) neutrales Element der Multiplikation
(c) neutrales Element der Addition (d) Distributivgesetz
(e) inverses Element der Multiplikation (f) inverses Element der Addition

4 (a) Potenzen derselben Basis werden dividiert, indem man die Hochzahlen subtrahiert. (2)
(b) Eine Potenz wird potenziert, indem die Hochzahlen multipliziert werden. (3)
(c) Potenzen derselben Basis werden multipliziert, indem man die Hochzahlen addiert. (1)
(d) Ein Quotient wird potenziert, indem man Zähler und Nenner potenziert. (5)
(e) Ein Produkt wird potenziert, indem man jeden Faktor potenziert. (4)

5 (a) $2x^3 \cdot x^2 = 2x^5$ $a^r \cdot a^s = a^{r+s}$ (b) $(3x)^3 = 27x^3$ $(a \cdot b)^n = a^n \cdot b^n$
(c) $(a^2b^3)^4 = a^8b^{12}$ $(a \cdot b)^n = a^n \cdot b^n$ $(a^r)^s = a^{r \cdot s}$
(d) $2x^2y^3 \cdot x^2 = 2x^4y^3$ $(a^r)^s = a^{r \cdot s}$ (e) $(\frac{3}{2})^4 = \frac{81}{16}$ $(\frac{a}{b})^n = \frac{a^n}{b^n}$ (f) $\frac{x^3}{x^2} = x$ $\frac{a^r}{a^s} = a^{r-s}$

6 $(-2)^5 = -32$ $3^2 = 9$ $-4^2 = -16$

7 Potenziert man eine negative Zahl, so ist das Ergebnis positiv oder negativ.

8 Potenziert man eine positive Zahl, so ist das Ergebnis positiv.

9 (a) (2) (b) (1) (c) (1) (d) (2) (e) (3)

10 (a) (5) (b) (4)

11 (a) 3 (b) –1 (c) 2 (d) 9 (e) 9

12 (a) (5) (b) (1) (c) (2) (d) (3) (e) (4)

13 $3\ m = 3 \cdot 10^3\ mm$ $3\ m = 3 \cdot 10^{-6}\ \mu m$

14 (a) [3 591; 4 850] in mm^3 (b) [28; 39] in g

Seite 27, 28

Zahlensysteme

1 **a)** 1011001000 **b)** 1000000100 **c)** 1000011010101

2 **a)** 34D **b)** 10A1 **c)** 320C

3 **a)** 19 **b)** 142 **c)** 3 690 **d)** 48 377

Überprüfe dein Wissen!
Alle Fragen beziehen sich auf Merksätze und Erklärungen in den einzelnen Kapiteln. Kontrolliere deine Antworten mit dem Buch.

Wende dein Wissen an!

1 (a) möglich (b) nicht möglich, 2 ist keine Ziffer (c) nicht möglich, B ist keine Ziffer
(d) möglich (e) möglich (f) möglich

2 (c) (d)

3 (a) und (d) (b) und (c)

Seite 31, 32

Lineare Gleichungen mit einer Variablen

1 **a)** L = {1}, Probe: 12

b) L = {8}, Probe: 410

2 **a)** L = {7}, Probe: 9 577

b) L = {3}, Probe: 35

3 **a)** $D = \mathbb{R} \setminus \{2, 4, 6\}$, L = {3}, Probe: –2

b) $D = \mathbb{R} \setminus \{-3, -2, 6, 7\}$, L = {2}, Probe: $\frac{9}{20}$

c) $D = \mathbb{R} \setminus \{-1, 1\}$, L = {2}, Probe: 2

4 **a)** $D = \mathbb{R} \setminus \left\{-\frac{1}{3}\right\}$, L = {3}, Probe: $\frac{3}{2}$

b) $D = \mathbb{R}$, L = {5}, Probe: 1

5 **a)** $D = \mathbb{R} \setminus \{-3, 3\}$, L = {5}, Probe: 3

b) $D = \mathbb{R} \setminus \{-1, 1\}$, $L = \left\{\frac{1}{5}\right\}$, Probe: $\frac{15}{8}$

6 **a)** $D = \mathbb{R} \setminus \{-4, -3, -2, -1\}$, $L = \{2\}$, Probe: 1

b) $D = \mathbb{R} \setminus \{1, 3, 5, 7\}$, $L = \{9\}$, Probe: 1

7 **a)** $D = \mathbb{R} \setminus \left\{3, \frac{9}{2}\right\}$, $L = \{12\}$, Probe: $\frac{5}{3}$

b) $D = \mathbb{R} \setminus \left\{\frac{5}{2}, \frac{10}{3}\right\}$, $L = \{5\}$, Probe: 4

8 **a)** $a = -b \rightarrow L = \mathbb{R}$ Probe: $\frac{1}{4}(a^2 + 2ab + b^2)$
$a \neq -b \rightarrow L = \{\frac{b-a}{2}\}$

b) $a = -b \rightarrow L = \mathbb{R}$ Probe: $a^2 - 4ab + 4b^2$
$a \neq -b \rightarrow L = \{a - b\}$

c) $D = \mathbb{R} \setminus \{0\}$ Beachte: D bezieht sich auf die unbekannte Variable x.

$a = \pm b \rightarrow L = \{\}$ Probe: 0
$a \neq \pm b \wedge b = 0 \rightarrow L = \mathbb{R} \setminus \{0\}$
$a \neq \pm b \wedge b \neq 0 \rightarrow L = \{b^2 - a^2\}$

d) $D = \{x \in \mathbb{R} \text{ mit } x \neq \pm a\}$

$x = \frac{1}{3}a$ mit $a \in \mathbb{R}$ und $a \neq 0$ Probe: $\frac{1}{4}$

Seite 41, 42, 43
Quadratische Gleichungen

1 **a)** $x_1 = -15, x_2 = 9$ **b)** $x_1 = 5, x_2 = 14$ **c)** $x_1 = -8, x_2 = 13$

2 **a)** $x_1 = -1, x_2 = \frac{11}{20}$ **b)** $x_1 = -1{,}85, x_2 = -1{,}4$ **c)** $x_1 = -\frac{9}{7}, x_2 = 2$

3 **a)** $x_1 = 0{,}24, x_2 = 2{,}76$ **b)** $x_1 = 0{,}31, x_2 = 3{,}81$

4 **a)** $x_1 = -3, x_2 = 3$ **b)** $x_1 = -7, x_2 = 7$

5 **a)** $x_1 = \frac{15}{4}, x_2 = 5$ **b)** $x_1 = 0, x_2 = 1$

6 **a)** $x_1 = -\frac{1}{2}, x_2 = 6$ **b)** $x_1 = -\frac{20}{21}, x_2 = 3$

7 **a)** $x_1 = -7, x_2 = 7$ **b)** $x_1 = -8, x_2 = 8$

8 **a)** $D = \mathbb{R} \setminus \{3, 8\}$ $x^{(2)} = 6$ **b)** $D = \mathbb{R} \setminus \{-1, 1, 2\}$ $x_1 = \frac{11}{7}, x_2 = 6$

9 **a)** $D = \mathbb{R} \setminus \{-2, 4, 6, 7\}$ $x_1 = \frac{26}{5}, x_2 = 10$ **b)** $D = \mathbb{R} \setminus \{1, 2, 3, 4\}$ $x_1 = \frac{11}{5}, x_2 = 5$

10 **a)** $D = \mathbb{R} \setminus \{-3, 3\}$ $x_1 = -9, x_2 = 9$ **b)** $D = \mathbb{R} \setminus \{-1, 0, 1\}$ $x_1 = -3, x_2 = 3$

(11) **a)** $D = \mathbb{R} \setminus \{-5, 5\}$ keine Lösung in $\mathbb{R}$ **b)** $D = \mathbb{R} \setminus \{-4, 4\}$ für alle $x \in D$ w. A.

(12) **a)** $x_1 = b, x_2 = a$ mit $a, b \in \mathbb{R}$ **b)** $x_1 = -a, x_2 = 5a$ mit $a \in \mathbb{R}$

(13) **a)** $D = \{x \in \mathbb{R} \mid x \neq 2a\}$ mit $a,b \in \mathbb{R}$
$a \neq 0 \wedge b = 0 \rightarrow L = \{6a\}$
$a \neq 0 \wedge b \neq 0 \rightarrow L = \{6a; 2a - b\}$

b) $D = \{x \in \mathbb{R} \mid x \neq \pm b\}$ mit $b \in \mathbb{R}$
$b = 0 \rightarrow L = \{\}$
$b \neq 0 \rightarrow L = \{2b; \frac{b}{4}\}$

(14) **a)** $D = \{x \in \mathbb{R} \mid x \neq 0\}$ mit $a,b \in \mathbb{R}$ und $a \neq 0$, $x_1 = a + b$, $x_2 = -(a + b)$

b) $D = \{x \in \mathbb{R} \mid x \neq a \text{ und } x \neq \frac{1}{a}\}$
$a \neq \pm 1 \rightarrow L = \{-1; 1\}$
$a = 1 \rightarrow L = \mathbb{R} \setminus \{1\}$
$a = -1 \rightarrow L = \mathbb{R} \setminus \{-1\}$

(15) **a)** $m = \frac{2E}{v^2}$ $v = \sqrt{\frac{2E}{m}}$ **b)** $v_0 = \sqrt{2gh}$ $g = \frac{v_0^2}{2h}$ **c)** $t = \sqrt{\frac{2s}{g}}$ $g = \frac{2s}{t^2}$

(16) **a)** $2x^2 - 5x + 2 = 0$ **b)** $10x^2 - 29x + 10 = 0$ **c)** $12x^2 + 25x + 12 = 0$

(17) **a)** $T(x) = (x - 3) \cdot (x - 5)$ **b)** $T(x) = (x + 9) \cdot (x - 2)$ **c)** $T(x) = (x + 7) \cdot (x + 5)$

(18) **a)** $T(x) = 6 \cdot \left(x + \frac{1}{3}\right) \cdot \left(x - \frac{3}{2}\right) = (3x + 1) \cdot (2x - 3)$ **b)** $T(x) = (4x + 3) \cdot (x - 1)$

c) $T(x) = (6x + 5) \cdot (5x + 3)$

Seite 45, 46, 47

Textgleichungen

(1) 1. Summand: x 2. Summand: 61 – x
$x \cdot (61 - x) = 888$
Die beiden Summanden lauten 24 und 37.

(2) Berechne jeweils den Wert der Zahl!
Zehnerziffer: x
$(10x + 2) \cdot (20 + x) = 1\,300$
Die Ausgangszahl ist 52.

(3) Berechne den Betrag, den beide in x Tagen bekommen!
Anzahl der Tage: x
$\left(\frac{40}{x}\right) \cdot x + \left(\frac{40}{x} + 3\right) \cdot (x - 3) = 80$
Marita kommt 8 Tage aus, Lukas nur 5 Tage.

(4) 1. Seite: x 2. Seite: $497 - x$

$x \cdot (497 - x) = 57\,720$

Das Grundstück ist 312 m lang und 185 m breit.

(5) Setze in die Formel für O ein!

Radius der Grundfläche: x

$x^2\pi + 10x\pi = 96\pi$

Der Radius der Grundfläche beträgt 6 cm.

(6) Mache eine Skizze und berechne den Flächeninhalt des Zuschauerraums!

Breite des Zuschauerraums: x

$100 \cdot 120 \cdot \frac{2}{3} = (100 - 2x) \cdot (120 - 2x)$

Der Zuschauerraum ist 10 m breit.

(7) ursprüngliche Anzahl der Personen: x

Jede Person hätte erhalten.

$\left(\frac{1\,440}{x} + 24\right) \cdot (x - 3) = 1\,440$

Es waren ursprünglich 15 Personen.

(8) Bestellte Ware: x kg

$\left(\frac{588}{x} - 2{,}8\right) \cdot \left(x + \frac{1}{2}\right) = 588$

Es wurden ursprünglich 10 kg bestellt.

Überprüfe dein Wissen!

Alle Fragen beziehen sich auf Merksätze und Erklärungen in den einzelnen Kapiteln. Kontrolliere deine Antworten mit dem Buch.

Wende dein Wissen an!

(1) a) $7x - 3 = 11$

- ☐ $x = -2$
- ☒ $-3x = -6$
- ☐ $5x + 3 = 17$
- ☒ $\frac{x}{2} + 1 = 2$

b) $7 - \frac{3x}{2} = 1$

- ☐ $3x - 5 = 6$
- ☒ $7 + 2x = 15$
- ☒ $x = 4$
- ☐ $42 - 4x = 20$

c) $a = 1{,}5$

- ☐ $a^2 = 2{,}25$
- ☐ $2{,}5 - a = 1{,}5$
- ☒ $4a - 4 = 2$
- ☒ $\frac{a}{2} + \frac{1}{4} = 1$

(2) $a = 0$, $a = 3$

(3) $a = 2$, $a = -2$

4

	$\mathbb{N}$	$\mathbb{Z}$	$\mathbb{Q}$	$\mathbb{R}$
$2x^3 - 3x - 2 = 0$	☒	☒	☒	☒
$x^2 + 2x - 2 = 0$	☐	☐	☐	☒
$x^2 - x + 2 = 0$	☐	☐	☐	☐
$8x^2 - 6x - 5 = 0$	☐	☐	☒	☒

5

	2 Lösungen	1 Lösung	keine reelle Lösung
$\frac{p^2}{4} = q$	☐	☒	☐
$D < 0$	☐	☐	☒
$b^2 - 4ac > 0$	☒	☐	☐
$p^2 > 4q$	☐	☐	☐

6

	$x = -3$	$x = -1$	$x = 2$	$x = \frac{5}{2}$	$x = 3$	$x = 4$	$x = 8$
$x^2 - 5x + 6 = 0$	☐	☐	☒	☐	☒	☐	☐
$x^2 + x = 6$	☒	☐	☒	☐	☐	☐	☐
$x^2 = 4 \cdot (3x - 8)$	☐	☐	☐	☐	☐	☒	☒
$x \cdot (2x - 13) + 20 = 0$	☐	☐	☐	☒	☐	☒	☐
$2x^2 - 3x = 5$	☐	☒	☐	☒	☐	☐	☐
$x \cdot (x - 1) = 12$	☒	☐	☐	☐	☐	☒	☐

7 **a)** $x_1 = \frac{1}{3}a$, $x_2 = -\frac{3}{5}a$ **b)** (1) $x_1 = \frac{10}{3}$, $x_2 = -6$ (2) $x_1 = -\frac{2}{3}$, $x_2 = \frac{6}{5}$

c) ☒ $x_1 = \frac{1}{3}$, $x_2 = -\frac{3}{5}$ $a = 1$ ☒ $x_1 = -\frac{4}{3}$, $x_2 = -\frac{12}{5}$ $a = -4$ ☒ $x_1 = 0$, $x_2 = 0$ $a = 0$

8 **a)** $T(x) = (x - 3) \cdot (x + 4)$ **b)** $T(x) = (3x - 1) \cdot (x - 2)$ **c)** $T(x) = (x - 3)^2$

9 **a)** $x^2 + x - 6 = 0$ **b)** $x^2 - 64 = 0$ **c)** $x^2 - 10x + 25 = 0$

Seite 62, 63, 64

Funktionen

(1) aus der Zeichnung H(–1|4), T(1|0)
]–∞; –1] streng monoton wachsend
[–1; +1] streng monoton fallend
[+1; +∞] streng monoton wachsend

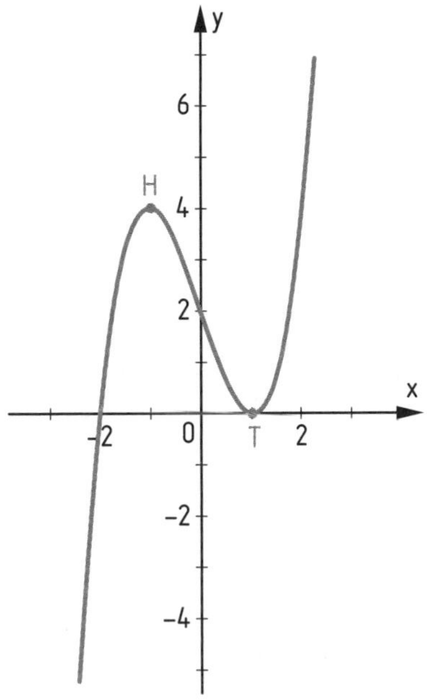

(2)

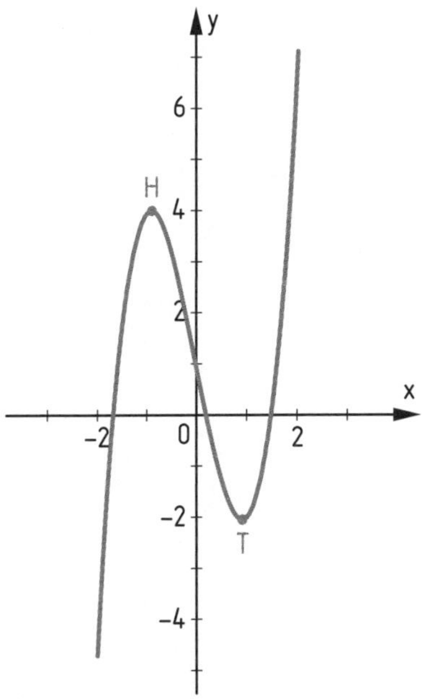

aus der Zeichnung H(–0,9|4), T(+0,9|–2)
]–∞; –0,9] streng monoton wachsend
[–0,9; +0,9] streng monoton fallend
[+0,9; +∞] streng monoton wachsend

(3)

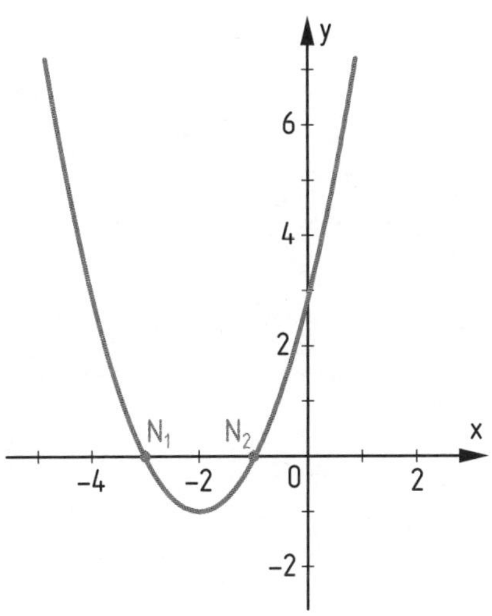

$N_1(-3|0)$, $N_2(-1|0)$

4

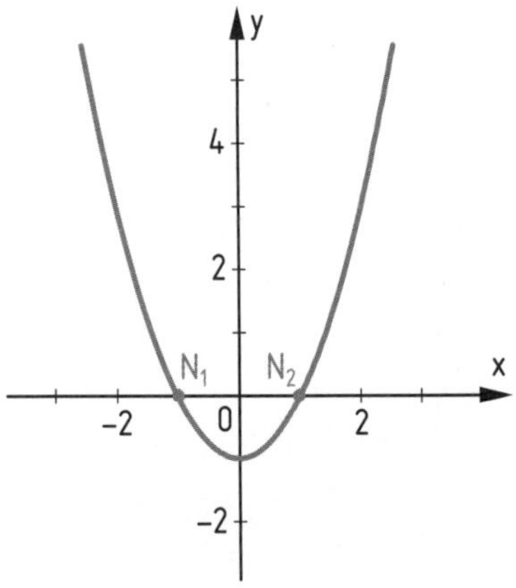

$N_1(-1|0)$, $N_2(1|0)$

5

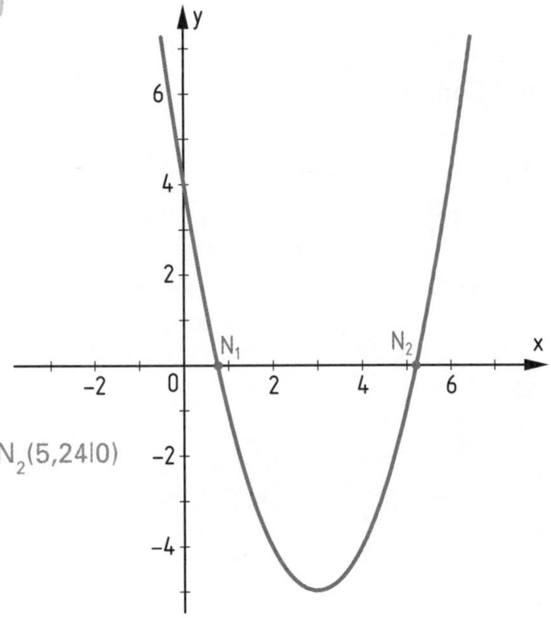

$N_1(0{,}76|0)$, $N_2(5{,}24|0)$

6

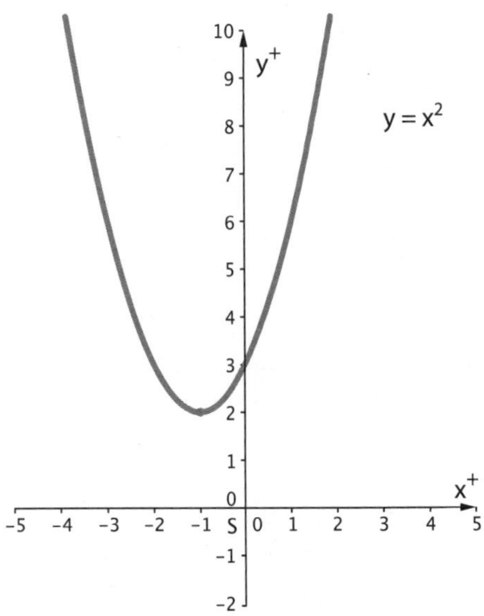

Alle Funktionswerte sind größer Null, die Diskriminante der zugehörigen quadratischen Gleichung ist kleiner Null.

7

a)

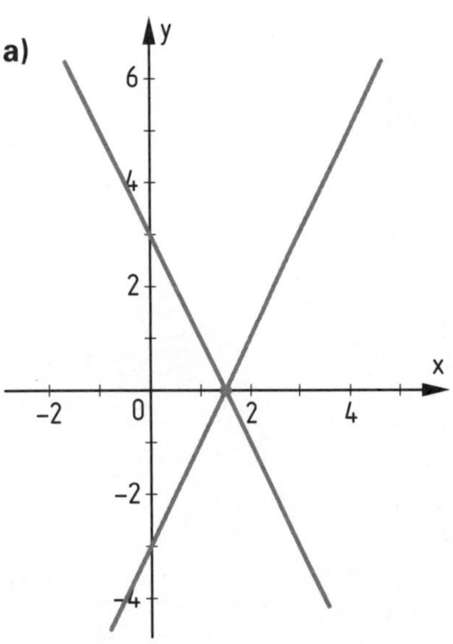

b)

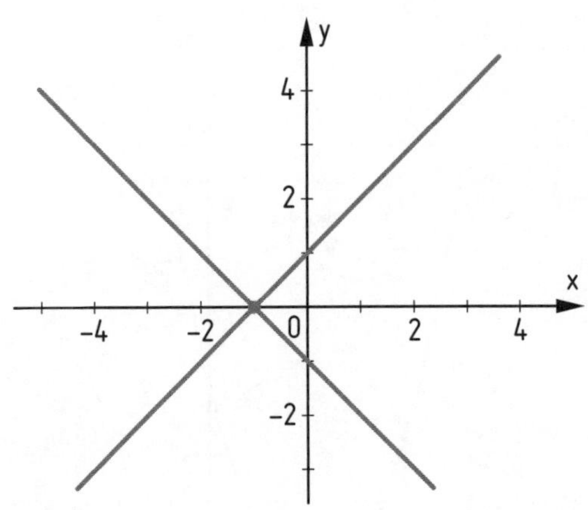

8 a)

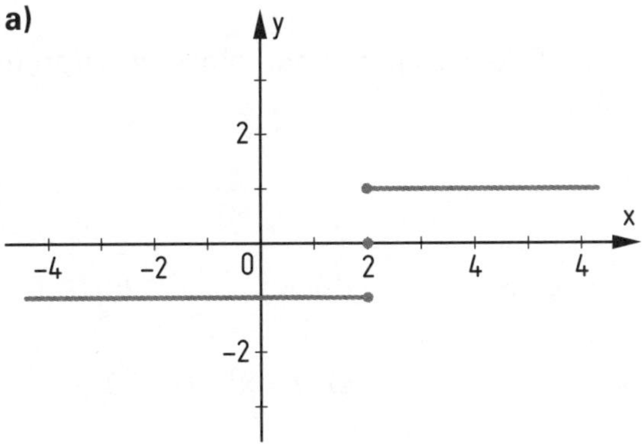

b)

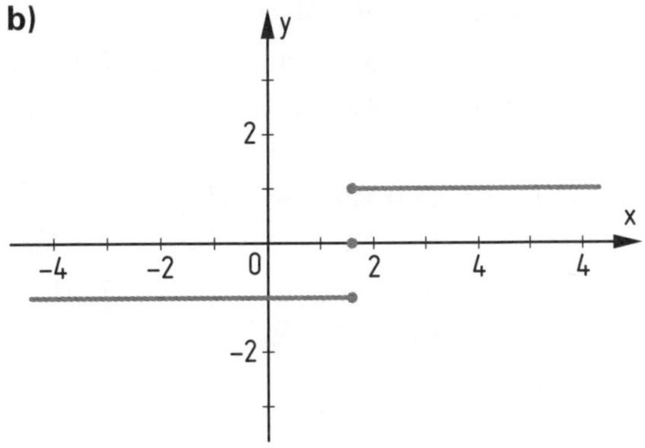

9 a)

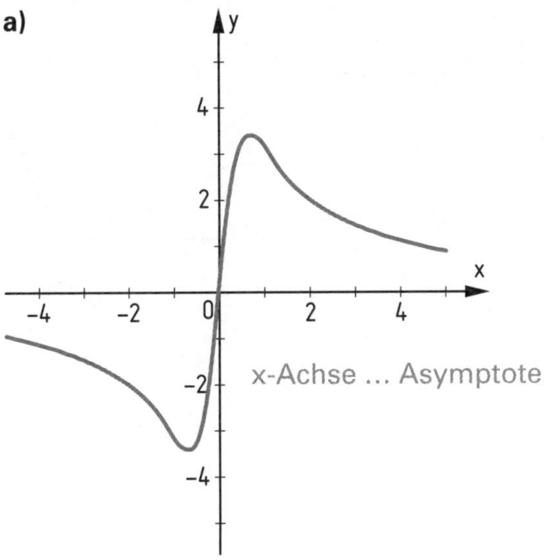

b)

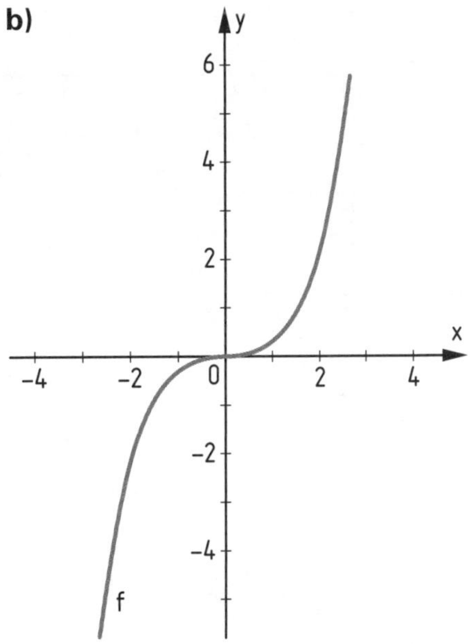

c)

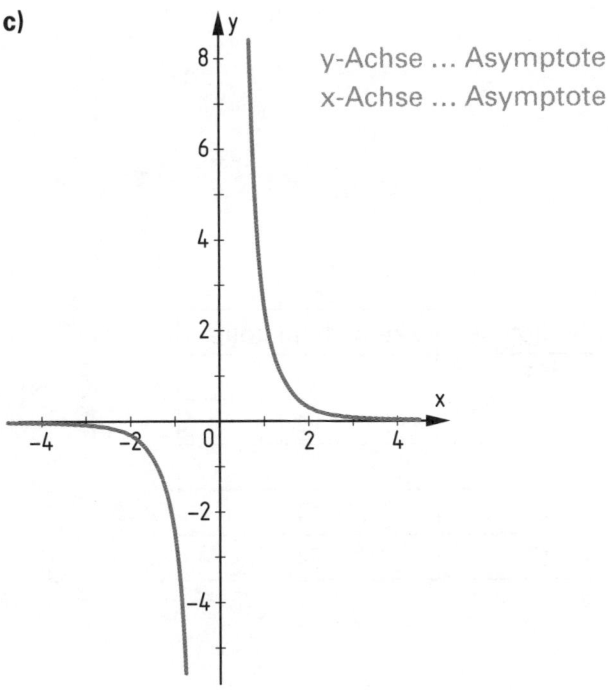

Überprüfe dein Wissen!
Alle Fragen beziehen sich auf Merksätze und Erklärungen in den einzelnen Kapiteln. Kontrolliere deine Antworten mit dem Buch.

Wende dein Wissen an!

1 (1) e (2) c (3) d (4) b (5) h (6) f

2 a) $y = x^2 - 2x + 3$

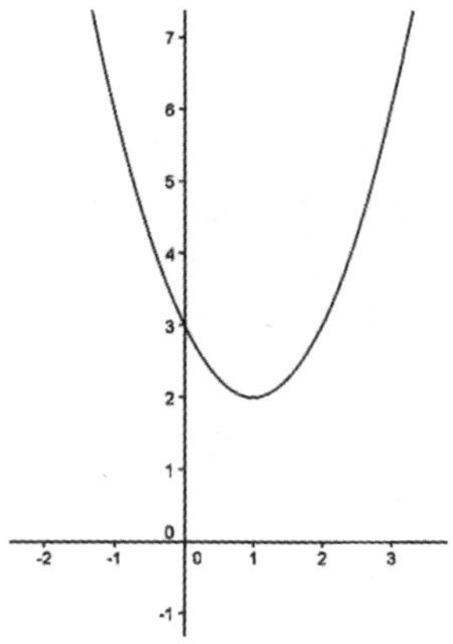

b) $y = x^2 - x - 6$

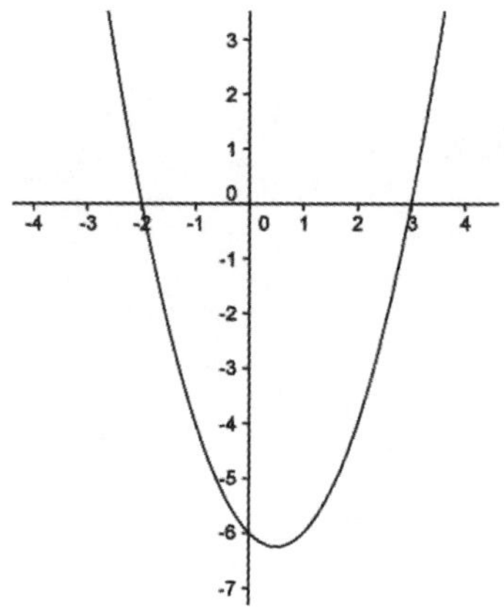

c) $y = x^2 - 6x + 9$

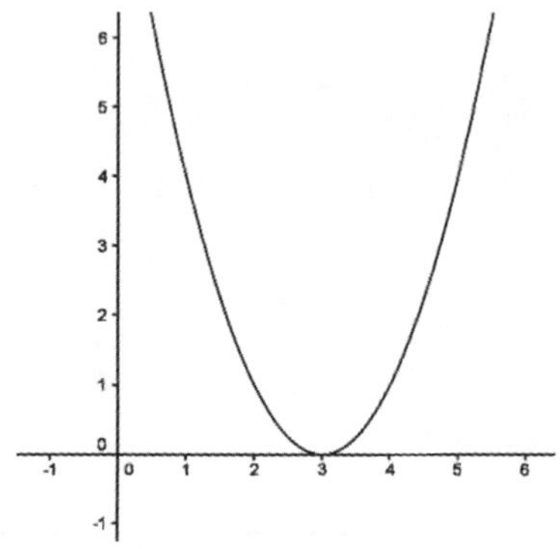

d) $y = -x^2 + 3x$

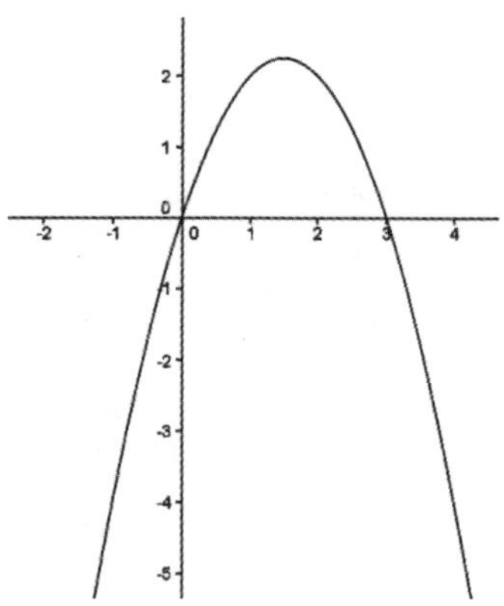

e) $y = \frac{1}{x-3}$

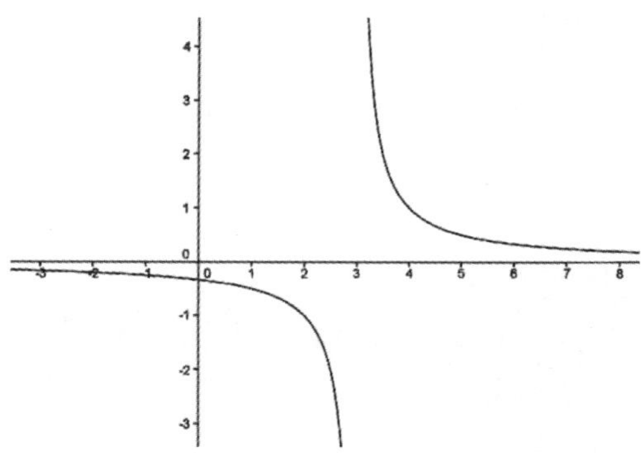

(1) Nullstellen

	2 Nullstellen	1 Nullstelle	keine Nullstelle
a)	☐	☐	☒
b)	☒	☐	☐
c)	☐	☒	☐
d)	☒	☐	☐
e)	☐	☐	☒

(2) relative Extremstellen

	Hochpunkt	Tiefpunkt	keine relative Extremstellen
a)	☐	☒	☐
b)	☐	☒	☐
c)	☐	☒	☐
d)	☒	☐	☐
e)	☐	☐	☒

(3) Gib das Monotonieverhalten in Intervallschreibweise an!

	streng monoton steigend	streng monoton fallend
a)	[1; ∞[	]−∞ ; 1]
b)	[0,5; ∞[	]−∞ ; 0,5]
c)	[3; ∞[	]−∞ ; 3]
d)	]−∞ ; 1,5]	[1,5; ∞[
e)		]−∞ ; 3] und]3; ∞[

3 (a) (1) (b) (5) (c) (4) (d) (3) (e) (2) (f) (6)

4

	zwei Nullstellen	keine Nullstelle	eine doppelte Nullstelle
$y = x^2 + 6x + 9$	☐	☐	☒
$y = x^2 - 2x + 3$	☐	☒	☐
$y = x^2 + 3x$	☒	☐	☐
$y = (x - 2)^2$	☐	☐	☒
$y = -x^2 - 2x + 6$	☒	☐	☐
$y = -x^2$	☐	☐	☒

5 (a) (1) lineare Funktion (2) lineare Funktion
(b) (1) rationale Funktion (2) lineare Funktion

6 vom Radius r: $f(r) = \frac{4r^3\pi}{3}$ Funktion dritten Grades

7 vom Radius r: $f(r) = 4r^2\pi$ quadratische Funktion

8 vom Radius r oder der Höhe h
$f(r) = r^2\pi h$ quadratische Funktion
$f(r) = r^2\pi h$ lineare Funktion
$f(h) = r^2\pi h$

Seite 72

Lineare Gleichungen und Gleichungssysteme mit zwei Variablen

1. $L = \left\{(x; y) \in \mathbb{R} \times \mathbb{R} \mid y = -\frac{1}{3}x + 3\right\}$ z. B.: (0; 3), (4; 0); (8; –3)

2. **a)**

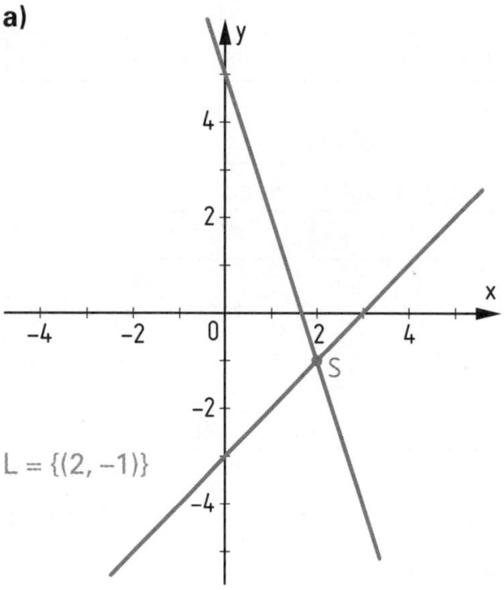

$L = \{(2, -1)\}$

b)

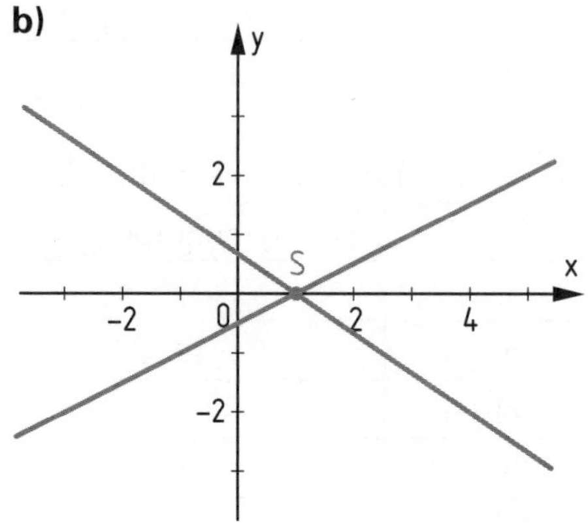

$L = \{(1, 0)\}$

3. **a)**

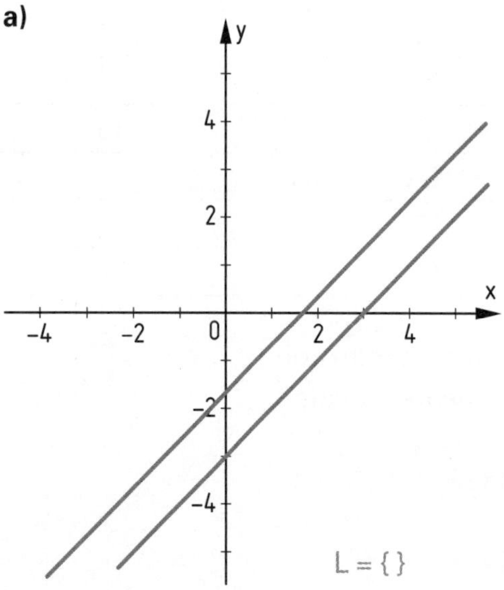

$L = \{\}$

b)

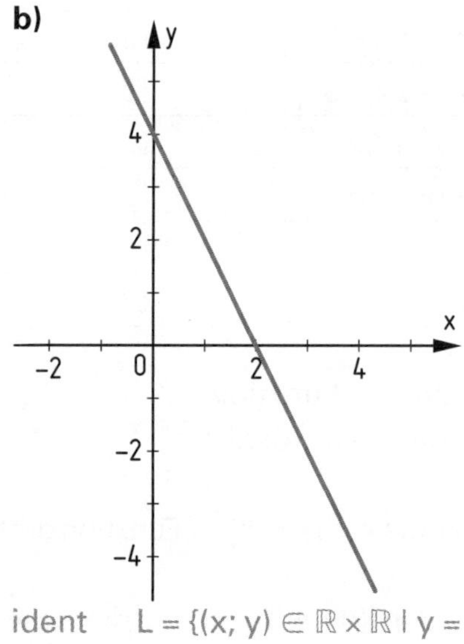

ident $L = \{(x; y) \in \mathbb{R} \times \mathbb{R} \mid y = -2x + 4\}$

4. **a)** $L = \{(4, 8)\}$ **b)** $L = \{(12, 11)\}$ **c)** $L = \{(2, 5)\}$

5. **a)** $L = \left\{\frac{5}{2}; \frac{3}{4}\right\}$ **b)** $L = \left\{\frac{5}{2}; \frac{3}{5}\right\}$

6. **a)** $L = \{(8, 9)\}$ **b)** $L = \{(5, 2)\}$ **c)** $L = \{(15, 16)\}$

7. **a)** $L = \left\{\left(\frac{a^2 - ab + b^2}{a - b}; \frac{b^2}{a - b}\right)\right\}$
mit $a, b \in \mathbb{R}$ und $a \neq b$

b) $L = \{(-a; -b)\}$
mit $a, b \in \mathbb{R}$ und a $\pm b$ und $b \neq 0$

Seite 77, 78, 79, 80

Textaufgaben

1. Die beiden Zahlen lauten 168 und 120.

2. Beachte: Z–Ziffer: x, E–Ziffer: y → Wert der Zahl: $10x + y$
   Die Zahl lautet 49.

3. Die Zahl lautet 37.

4. Die beiden Brüder sind 14 und 12 Jahre alt.

5. Der erste Arbeiter braucht alleine 8 Tage, der zweite 12 Tage.

6. Der erste Arbeiter braucht alleine 6 Tage, der zweite 12 Tage.

7. Beachte: 60 min = $\frac{60}{60}$ h
   Die ursprüngliche fahrplanmäßige Geschwindigkeit beträgt 66 km/h.
   Die Entfernung der beiden Orte A und B ist 330 km.

8. Der Kilopreis beträgt 7,20 € bzw. 6 €.

9. Sie treffen einander nach 4 Stunden, 20 km von Ort A entfernt.

10. Der Personenzug kommt nach 8 Stunden, das ist um 22:30 Uhr, der Eilzug bereits nach 4 Stunden und 16 Minuten, das ist um 19:06 Uhr in Ort B an.

11. Der Alkoholgehalt beträgt 22 % bzw. 55 %.

12. Man muss 9 kg der Sorte A und 33 kg der Sorte B nehmen.

13. Die Seiten des ursprünglichen Rechtecks sind 15 cm und 10 cm lang.

14. Der zweite Radfahrer holt den ersten Radfahrer nach einer Stunde ein, und zwar 12 km von Ort A entfernt.

15. Die Seiten des ursprünglichen Rechtecks sind 20 cm und 10 cm lang.

16. Der Silberschmied muss 125 g der Sorte A und 325 g der Sorte B nehmen.

Überprüfe dein Wissen!
Alle Fragen beziehen sich auf Merksätze und Erklärungen in den einzelnen Kapiteln. Kontrolliere deine Antworten mit dem Buch.

Wende dein Wissen an!

1 a) (5; 10) b) $(\frac{2}{3}; -3)$ c) (–1; –8) d) (4; 7)

2 a) c = 1 b) b = 1 c) a = 3

3 x-Koordinate und y-Koordinate stimmen überein.

4

	(1; 2)	(–2; 3)	(4; 8)	keine
3x + 4y = 11	☒	☐	☐	☐
2x + y = –1	☐	☒	☐	☐
x + 5y = 11	☒	☐	☐	☐
x – 2y = 0	☐	☐	☐	☒
y = 2x	☒	☐	☒	☐

5 a) richtig b) falsch c) richtig

6 a) jede Zahl außer –2,5 b) nicht möglich c) c = –2,5

7 Zwei Geraden, die dieselbe Steigung haben,
☒ fallen zusammen ☐ schneiden einander ☒ sind parallel

8

I 2x – 3y = 5 II y = x + 2	(1)	I x – 2y = –3 II x + y = 5	(3)	I 2x = 5y – 6 II 2x = –2y + 3	(2)
I y = 2x – 7 II 2x + 3 = y	(2)	I x = 4y + 3 II 2x – 3y = 5	(1)	I 3x + 4y = 6 II 2x – 2y = –5	(3)

9

	1 Lösung	keine Lösung	unendlich viele Lösungen
I 2x – 8y = 6 II –x + 4y = –3			✓
I 3x + y = 5 II 2x – y = –1	✓		
I x + y = 5 II y = x – 5	✓		
I 3x + 2y = –5 II y = –1,5x – 3		✓	

Seite 85

Winkelmessung – Winkelfunktionen

1 **a)** $\alpha = 37{,}2°$ **b)** $\beta = 248{,}93°$ **c)** $\gamma = 12{,}23°$

d) $\delta = 108{,}55°$ **e)** $\varepsilon = 223{,}77°$ **f)** $\varphi = 324{,}46°$

2 **a)** $\alpha = 23°1'48''$ **b)** $\beta = 195°40'12''$ **c)** $\gamma = 106°53'31''$

d) $\delta = 87°14'2{,}4''$ **e)** $\varepsilon = 123°34'4{,}1''$ **f)** $\varphi = 13°13'4{,}44''$

3 **a)** $\alpha = 1{,}2793$ rad **b)** $\beta = 0{,}8511$ rad **c)** $\gamma = 1{,}4355$ rad

d) $\delta = 1{,}3673$ rad **e)** $\varepsilon = 1{,}8425$ rad **f)** $\varphi = 2{,}3705$ rad

4 **a)** $\alpha = 32°5'8{,}3''$ **b)** $\beta = 85°56'37{,}2''$ **c)** $\gamma = 51°15'3{,}87''$

d) $\delta = 57°17'44{,}8''$ **e)** $\varepsilon = 147°15'0{,}6''$ **f)** $\varphi = 177°57'38''$

5

		sin	cos	tan
a)	$\alpha = 12°23'$	0,2145	0,9767	0,2196
b)	$\beta = 48°06'$	0,7443	0,6678	1,1145
c)	$\gamma = 74°14'23''$	0,9624	0,2716	3,5433
d)	$\delta = 48{,}87°$	0,7532	0,6578	1,1451
e)	$\varepsilon = 23{,}482°$	0,3985	0,9172	0,4344
f)	$\varphi = 8{,}24°$	0,1433	0,9897	0,1448

6

		sin	cos	tan
a)	$\alpha = 1{,}6$ rad	0,9996	–0,0292	–34,2325
b)	$\beta = 0{,}85$ rad	0,7513	0,6600	1,1383
c)	$\gamma = 0{,}45$ rad	0,4350	0,9004	0,4831
d)	$\delta = \frac{\pi}{3}$ rad	0,8660	0,5	1,7321
e)	$\varepsilon = \frac{\pi}{4}$ rad	0,7071	0,7071	1
f)	$\varphi = \frac{\pi}{8}$ rad	0,3827	0,9239	0,4142

7 **a)** $\alpha_1 = 30°$, $\alpha_2 = 150°$ **b)** $\beta_1 = 47{,}16°$, $\beta_2 = 312{,}84°$ **c)** $\gamma_1 = 29{,}25°$, $\gamma_2 = 209{,}25°$

d) $\delta_1 = 82{,}82°$, $\delta_2 = 277{,}18°$ **e)** $\varepsilon_1 = 70{,}91°$, $\varepsilon_2 = 250{,}91°$ **f)** $\varphi_1 = 55{,}59°$, $\varphi_2 = 124{,}41°$

8 **a)** $\alpha_1 = 0{,}1253$ rad, $\alpha_2 = 3{,}0163$ rad **b)** $\beta_1 = 0{,}6006$ rad, $\beta_2 = 5{,}6826$ rad **c)** $\gamma_1 = 1{,}1988$ rad, $\gamma_2 = 4{,}3403$ rad

d) $\delta_1 = 1{,}0472$ rad, $\delta_2 = 5{,}2360$ rad **e)** $\varepsilon_1 = 0{,}7273$ rad, $\varepsilon_2 = 3{,}8689$ rad **f)** $\varphi_1 = 0{,}7478$ rad, $\varphi_2 = 2{,}3938$ rad

Seite 88, 89

Berechnungen mithilfe von rechtwinkligen Dreiecken

1 $b = 3$ cm, $\alpha = 53{,}13°$, $\beta = 36{,}87°$

2 $a = 12$ cm, $b = 5$ cm, $\alpha = 67{,}38°$

3 $b = 7{,}67$ m, $c = 8{,}16$ m, $\beta = 70{,}15° = 70°9'$

4 $a = 65$ mm, $c = 315$ mm, $\beta = 78{,}05°$

$b = 104{,}7$ cm, $c = 112{,}4$ cm, $\alpha = 21{,}28° = 21°17'$

6 $b = 35{,}4$ cm, $c = 40{,}0$ cm, $\alpha = 27{,}56°$, $\beta = 62{,}44°$

7 $a = 11{,}26$ m, $c = 16{,}66$ m, $\alpha = 42{,}52°$, $\beta = 47{,}48°$

8 $a = 5{,}9$ cm, $b = 6{,}2$ cm, $c = 8{,}6$ cm, $\alpha = 43{,}70°$, $\beta = 46{,}30°$

9 $a = 65$ mm, $b = 152$ mm, $c = 165$ mm, $\beta = 67°$

10 $a = 36{,}0$ cm, $b = 102{,}4$ cm, $c = 108{,}6$ cm, $\beta = 70{,}62° = 70°37'$

11 $a = 2{,}5$ m, $b = 1{,}4$ m, $c = 2{,}9$ m, $\alpha = 61{,}42° = 61°25'$

12 $a = b = 29$ cm, $\alpha = \beta = 43{,}6°$, $\gamma = 92{,}8°$

13 $f = 75$ cm, $h = 60$ cm, $\alpha = 73{,}74°$, $\beta = 106{,}26°$, $A = 3\,750$ cm^2

14 $a = 137$ mm, $f = 176$ mm, $\alpha = 80{,}01°$, $\beta = 100{,}09°$, $A = 18\,505$ mm^2

15 $e = 165{,}4$ cm, $f = 62{,}2$ cm, $h = 58{,}3$ cm, $\beta = 138{,}78°$, $A = 5\,149{,}42$ cm^2

16 $b = 4{,}9$ cm, $e = 8{,}6$ cm, $f = 11{,}2$ cm, $\beta = 39{,}7°$, $\gamma = 140{,}3°$, $\delta = 108°$, $A = 29{,}5$ cm^2

17 $b = 83$ cm, $c = 47{,}2$ cm, $e = 89{,}2$ cm, $f = 124{,}9$ cm, $\alpha = 57{,}3°$, $\gamma = 146{,}44°$, $A = 4\,421{,}34$ cm^2

18 Der Winkel beträgt 54,74°.

19 Der Winkel beträgt 35,26°.

Seite 93

Winkelfunktionen – Polarkoordinaten

1

		sin	cos	tan
a)	94°25′	0,9970	–0,0770	–12,9469
b)	128°32′	0,7822	–0,6230	– 1,2557
c)	300°	–0,8660	0,5	– 1,7321
d)	205°27′12″	–0,4298	–0,9029	0,4760
e)	318°45′36″	–0,6592	0,7520	– 0,8767
f)	225°45′23″	–0,7164	–0,6977	1,0268

2

		sin	cos	tan
a)	121,75°	0,8504	–0,5262	–1,6160
b)	227,81°	–0,7409	–0,6716	1,1032
c)	228,5°	–0,7490	–0,6626	1,1303
d)	153,124°	0,4521	–0,8920	–0,5068
e)	325,65°	–0,5642	0,8256	–0,6834
f)	58,538°	0,8530	0,5219	1,6343

3

		sin	cos	tan
a)	1,25 rad	0,9490	0,3153	3,0096
b)	0,892 rad	0,7783	0,6279	1,2397
c)	2,5 rad	0,5985	–0,8011	–0,7470
d)	$\frac{\pi}{3}$ rad	0,8660	0,5	1,7321
e)	$\frac{3\pi}{8}$ rad	0,9239	0,3827	2,4142
f)	$\frac{5\pi}{6}$ rad	0,5	–0,8660	–0,5774

4 **a)** sin 55° **b)** –sin 36° **c)** –sin 15°

d) –cos 11° **e)** –cos 65° **f)** cos 33°

5 **a)** $\alpha = 34{,}75°$ **b)** $\alpha = 52{,}41°$ **c)** $\alpha = 123{,}49°$

d) $\alpha = 337{,}82°$ **e)** $\alpha = 229{,}55°$ **f)** $\alpha = 103{,}53°$

6 **a)** $\alpha = 41{,}35°$ **b)** $\alpha = 248{,}96°$ **c)** $\alpha = 143{,}13°$ **d)** $\alpha = 303{,}69°$

7 **a)** $\alpha_1 = 26{,}74°$; $\alpha_2 = 153{,}26°$ **b)** $\alpha_1 = 235{,}39°$; $\alpha_2 = 304{,}61°$

c) $\alpha_1 = 55{,}25°$; $\alpha_2 = 304{,}75°$ **d)** $\alpha_1 = 104{,}95°$; $\alpha_2 = 255{,}05°$

e) $\alpha_1 = 26{,}57°$; $\alpha_2 = 206{,}57°$ **f)** $\alpha_1 = 98{,}37°$; $\alpha_2 = 278{,}37°$

8 **a)** 1. Quadrant: P(7,81; 39,81°) **b)** 2. Quadrant: Q(2,5; 126,87°)

c) 3. Quadrant: R(3,61; 236,31°) **d)** 4. Quadrant: S(2,68; 333,43°)

9 **a)** P(7,34|3,19) 1. Quadrant **b)** Q(−1,15|1,64) 2. Quadrant

c) R(−2,25|−1,09) 3. Quadrant **d)** S(0,65|−1,13) 4. Quadrant

Seite 98, 99, 100, 101, 102

Berechnungen im schiefwinkligen Dreieck

1 b = 5,4 cm, $\beta = 86{,}27°$, $\gamma = 50{,}73°$

2 a = 3,90 m, c = 2,77 m, $\alpha = 72{,}03°$

3 c = 41 mm, $\beta = 17{,}17°$, $\gamma = 45{,}13°$

4 b = 1,82 m, c = 3,51 m, $\gamma = 83{,}98°$

5 b = 8,5 cm, $\alpha = 74{,}61°$, $\beta = 24{,}19°$

6 c = 13 cm, $\alpha = 59{,}48°$, $\gamma = 53{,}15°$

7 $\alpha = 67{,}38°$, $\beta = 36{,}87°$, $\gamma = 75{,}75°$

8 c = 12,4 cm, $\alpha = 55°$, $\beta = 59{,}50°$

9 a = 3,69 dm, c = 2,01 dm, $\alpha = 36{,}71°$, $\beta = 124{,}3°$

10 c = 78 mm, $\gamma = 60{,}43°$, $\delta = 79{,}57°$

11 $\overline{AC}$ = 9,4 cm, $\alpha = 102{,}59°$, $\gamma = 103{,}33°$, $\delta = 100{,}7°$

12 u = 331 mm, A = 5 550 mm^2

13 u = 74,1 cm, A = 327,6 cm^2

14 d = 9,7 cm, $\alpha = 62{,}42°$, $\beta = 40{,}74°$, $\gamma = 139{,}26°$, $\delta = 117{,}58°$

15 $\alpha = \gamma = 66{,}27°$, $\beta = \delta = 113{,}73°$, $u = 229{,}36$ cm, $A = 2\,896{,}15$ cm^2

16 Die Bojen sind 55,88 m voneinander entfernt.

17 Der Berg ist 1 594 m hoch.

Überprüfe dein Wissen!
Alle Fragen beziehen sich auf Merksätze und Erklärungen in den einzelnen Kapiteln. Kontrolliere deine Antworten mit dem Buch.

Wende dein Wissen an!

1 (a) AK … b GK a (b) AK … a GK b

2 $\sin\alpha = \frac{a}{c}$ $\tan\beta = \frac{b}{a}$
$\cos\beta = \frac{a}{c}$ $\cos\alpha = \frac{b}{c}$

3 ☒ $\tan\beta = \frac{h}{p}$ ☐ $\tan\alpha = \frac{c}{b}$ ☒ $\tan\beta = \frac{b}{a}$ ☐ $\tan\alpha = \frac{q}{b}$

4 $\alpha = 53{,}84°$ $\beta = 36{,}16°$

5 a) $\sin\alpha = -\,0{,}5$ $\alpha_1 = 330°$, $\alpha_2 = 210°$
b) $\cos\alpha = 0{,}87$ $\alpha_1 = 29{,}54°$, $\alpha_2 = 330{,}46°$
c) $\tan\alpha = -1{,}2$ $\alpha_1 = 129{,}81°$, $\alpha_2 = 309{,}81°$

6 Kreuze an!

	0	1	–1	nicht definiert
sin 0°	☒	☐	☐	☐
cos 0°	☐	☒	☐	☐
tan 0°	☒	☐	☐	☐
sin 90°	☐	☒	☐	☐
cos 90°	☒	☐	☐	☐
tan 90°	☐	☐	☐	☒
sin 180°	☒	☐	☐	☐
cos 180°	☐	☒	☐	☐
tan 180°	☒	☐	☐	☐
sin 270°	☐	☐	☒	☐
cos 270°	☒	☐	☐	☐
tan 270°	☐	☐	☐	☒
sin 360°	☒	☐	☐	☐
cos 360°	☐	☒	☐	☐
tan 360°	☒	☐	☐	☐

7 Kreuze an!

	> 0	< 0	nicht definiert
sin 85°	☒	☐	☐
cos 63°	☒	☐	☐
tan 175°	☐	☒	☐
sin 200°	☐	☒	☐
cos 260°	☐	☒	☐
tan 226°	☒	☐	☐
sin 260°	☐	☒	☐
cos 290°	☒	☐	☐

8 $\sin \varepsilon = \frac{r}{t}$ $\cos \varphi = \frac{r}{t}$

$\cos \varepsilon = \frac{s}{t}$ $\tan \varphi = \frac{s}{r}$

$\tan \varepsilon = \frac{r}{s}$ $\sin \varphi = \frac{s}{t}$

9 Vergleich Winkelfunktionen im Einheitskreis, Werteverlauf

10 a) richtig b) falsch cos 120° = –cos 60°

c) falsch tan 120° = –tan 60° d) falsch sin 80° = –sin 280°

11 a) P1(3/4) (3)
P2(–3/4) (2)
P3(–3/–4) (4)
P4(3/–4) (1)

(b) R1(6; 200°) (2)
R2(5; 126,87°) (4)
R3(6; 20°) (1)
R4(6; 160°) (3)

12 $\alpha = 106{,}26°$, $\beta = 97{,}13°$, $\gamma = 59{,}49°$

13 a) 1,1 m b) kleiner

14 h = 74 m, $\alpha = 68°$

Seite 117, 118

Vektorrechnung

1 **a)** $\vec{a} + \vec{b} = \begin{pmatrix} -1 \\ 5 \end{pmatrix}, \vec{a} - \vec{b} = \begin{pmatrix} -5 \\ -1 \end{pmatrix}$ **b)** $\vec{a} + \vec{b} = \begin{pmatrix} -1 \\ 2 \end{pmatrix}, \vec{a} - \vec{b} = \begin{pmatrix} 3 \\ -10 \end{pmatrix}$

c) $\vec{a} + \vec{b} = \begin{pmatrix} 8 \\ -4 \end{pmatrix}, \vec{a} - \vec{b} = \begin{pmatrix} -6 \\ 12 \end{pmatrix}$ **d)** $\vec{a} + \vec{b} = \begin{pmatrix} -4 \\ 4 \end{pmatrix}, \vec{a} - \vec{b} = \begin{pmatrix} -2 \\ 4 \end{pmatrix}$

2 **a)** $A_1(1|2)$, $B_1(-4|5)$, $C_1(-4|-3)$ **b)** $A_1(1|-1)$, $B_1(7|-7)$, $C_1(4|0)$

c) $A_1(-5|-2)$, $B_1(1|0)$, $C_1(-4|7)$

3 $A_1(-5|-1)$, $B_1(-3|-4)$, $C_1(0|-3)$, $D_1(-3|0)$

4 **a)** 8,60 **b)** 8,94 **c)** 10

5 **a)** $y_a = \pm 3$ **b)** $x_b = \pm 5 \cdot \sqrt{3}$

6 **a)** parallel **b)** parallel **c)** parallel **d)** nicht parallel

7 **a)** $\begin{pmatrix} 3 \\ 2 \end{pmatrix}$ **b)** $\begin{pmatrix} 6 \\ 4 \end{pmatrix} = 2 \cdot \begin{pmatrix} 3 \\ 2 \end{pmatrix}$ also $\begin{pmatrix} 3 \\ 2 \end{pmatrix}$ **c)** $3 \cdot \begin{pmatrix} 1 \\ -1 \end{pmatrix}$ also $\begin{pmatrix} 1 \\ -1 \end{pmatrix}$ **d)** $\begin{pmatrix} 2 \\ 1 \end{pmatrix}$

8 **a)** Trapez **b)** allg. Viereck

9 **a)** C(6|−3), D(0|5) **b)** A(7|10), D(10|6)

10 **a)** C(4|6), D(−1|5) **b)** C(0|9), D(−5|7) **c)** B(3|−5), D(−7|3) **d)** A(−2|4), C(−4|−4)

11 **a)** T(2|10) **b)** $T(\frac{5}{4}|-\frac{3}{4})$

12 **a)** D(−3|5), u = 17,638 **b)** C(2|4), u = 20,628 **c)** D(−1|4), u = 21,771

13 **a)** p = 4,02, q = 7,16 **b)** p = 4,02, q = 7,16

14 **a)** C(8|−2), D(5|6) **b)** C(0|9), D(−3|5)

c) C(0|3), A(−2|7) **d)** D(−4|6), B(2|2)

15 **a)** $A_1(-1|8)$, $A_2(5|0)$ **b)** $A_1(21|8)$, $A_2(-27|-12)$

Seite 126, 127

Gleichung der Geraden in der Ebene

1 **a)** (8|1), (5|2), (2|3), (−1|4) **b)** (−2|2), (2|−3), (6|−8), (10|−13)

2 **a)** P(1|−2), Q(3|−5) **b)** P(5|0), Q(1|8)

3 **a)** d = 6,4 **b)** d = 4,025

4 **a)** x = 3 **b)** 5x − 2y = −10

5 **a)** (1) $X = \begin{pmatrix} 5 \\ 1 \end{pmatrix} + t \cdot \begin{pmatrix} 3 \\ -2 \end{pmatrix}$ (2) $X = \begin{pmatrix} 5 \\ 1 \end{pmatrix} + t \cdot \begin{pmatrix} 2 \\ 3 \end{pmatrix}$

b) (1) 3x − y = 15 (2) x + 3y = −5

6 **a)** schneidend S(5,2|2,3) **b)** schneidend S(−1|1)

7 **a)** 11,3° **b)** 82,9°

Überprüfe dein Wissen!
Alle Fragen beziehen sich auf Merksätze und Erklärungen in den einzelnen Kapiteln. Kontrolliere deine Antworten mit dem Buch.

Wende dein Wissen an!

1 $\vec{a} = \begin{pmatrix} 3 \\ 2 \end{pmatrix}$ $\vec{b} = \begin{pmatrix} 3 \\ 0 \end{pmatrix}$ $\vec{c} = \begin{pmatrix} -1 \\ -2 \end{pmatrix}$ $\vec{d} = \begin{pmatrix} 0 \\ -2 \end{pmatrix}$ $\vec{e} = \begin{pmatrix} -2 \\ 1 \end{pmatrix}$ $\vec{f} = \begin{pmatrix} 0 \\ 5 \end{pmatrix}$

2 a) parallel $\vec{a}, \vec{c}$ b) gleich lang $\vec{a}, \vec{c}$ bzw. $\vec{d}, \vec{e}$ c) normal $\vec{b}, \vec{f}$; $\vec{d}, \vec{e}$
d) keine gleichen Vektoren

3 B(7/–2)

4 a) $y = -8$ b) $y = -8$ c) $x = 0$

5 Graphische Addition siehe Musterbeispiel
a) $\vec{a} + \vec{b} = \begin{pmatrix} 2 \\ 4 \end{pmatrix}$ b) $\vec{a} + \vec{b} = \begin{pmatrix} 3 \\ 5 \end{pmatrix}$

6 Graphische Subtraktion siehe Musterbeispiel
a) $\vec{a} - \vec{b} = \begin{pmatrix} 1 \\ 4 \end{pmatrix}$ b) $\vec{a} - \vec{b} = \begin{pmatrix} 2 \\ 1 \end{pmatrix}$

7 a) parallel $\vec{a}, \vec{c}$ bzw. $\vec{b}, \vec{d}$ b) normal $\vec{a}, \vec{b}$ bzw. $\vec{a}, \vec{d}$ bzw. $\vec{b}, \vec{c}$ bzw. $\vec{c}, \vec{d}$

8

	(1)	(2)	(3)
$3 \cdot \vec{v}$	☐	☐	☒
$-\vec{v}$	☒	☒	☒
$\frac{1}{2} \cdot \vec{v}$	☐	☐	☒
$-2 \cdot \vec{v}$	☐	☒	☒

9 ☒ $\vec{a}$ steht normal auf $\vec{b}$
☒ Es gibt ein $u \in \mathbb{R}$ mit $\vec{b} = u \cdot \vec{c}$

10 a) $x = 6$ b) $y = -3$ c) y kann jede Zahl sein

11 $\vec{a} = \begin{pmatrix} 2 \\ -5 \end{pmatrix}$, das skalare Produkt = 0

12 a) Quadrat b) Rechteck

13 a) und (3) b) und (2) c) und (4) d) und (1)

14 a) ident b) parallel c) ident d) schneidend

15 g; $X = \begin{pmatrix} 4 \\ 2 \end{pmatrix} + s \cdot \begin{pmatrix} 4 \\ -3 \end{pmatrix}$

16 (1) a) c kann jeden Wert außer 5 annehmen b) $c = 5$
(2) a) c kann jeden Wert außer 1,5 annehmen b) $c = 1{,}5$

17 $a = 7,\ c = -2$

18 a) $X = \begin{pmatrix} 3 \\ 2 \end{pmatrix} + s \cdot \begin{pmatrix} 2 \\ 5 \end{pmatrix}$ b) $X = \begin{pmatrix} 3 \\ 2 \end{pmatrix} + u \cdot \begin{pmatrix} 5 \\ -2 \end{pmatrix}$

Mathematische Zeichen

Logik und Mengenlehre			
$\neg$ bzw. ´	non (nicht) ... Negation	/	Das Durchstreichen eines Zeichens bedeutet dessen Negation.
$\wedge$	und (Konjunktion)	$\vee$	oder (Disjunktion)
$\Rightarrow$	Wenn ... dann ... Aus ... folgt ... (Implikation)	$\Leftarrow$	... nur dann, wenn ...
$\Leftrightarrow$	... genau dann, wenn ... (Äquivalenz)	$\forall$	Für alle ... (Allquantor)
$\exists$	Es existiert ... Für mindestens ein ... (Existenzquantor)	$\exists!$	Es existiert genau ein ... Für genau ein ... (Eindeutigkeitsquantor)
$\in$	... ist Element von ...	$\notin$	... ist kein Element von ...
$A \cup B$	A vereinigt mit B (Vereinigungsmenge)	$A \cap B$	A geschnitten mit B (Durchschnittsmenge)
$A \subset B$	A ist echte Teilmenge von B	$A \subseteq B$	A ist Teilmenge von B
$A \supseteq B$	A ist Obermenge von B	$A \setminus B$	A ohne B Differenzmenge von A und B
$A \times B$	Produktmenge von A und B		
$A = \{x \in G \mid \ldots\}$ A ist die Menge aller x aus der (Grund-)Menge G, für die gilt ...			
A′ Komplementärmenge von A			

Zahlenmengen			
$\{\}$		leere Menge	
$\mathbb{N} = \{0, 1, 2, 3, 4, \ldots\}$		Menge der natürlichen Zahlen	
$\mathbb{N}^* = \{1, 2, 3, 4, 5, \ldots\} = \mathbb{Z}^+$		Menge der natürlichen Zahlen ohne Null	
$\mathbb{N}_g = \{0, 2, 4, 6, \ldots\}$		Menge der geraden natürlichen Zahlen	
$\mathbb{N}_u = \{1, 3, 5, 7, \ldots\}$		Menge der ungeraden natürlichen Zahlen	
$\mathbb{P} = \{2, 3, 5, 7, 11, 13, 17, \ldots\}$		Menge der Primzahlen	
$\mathbb{Z} = \{\ldots, -3, -2, -1, 0, +1, +2, +3, \ldots\}$ $\mathbb{Z} = \{\ldots, -3, -2, -1, 0, 1, 2, 3, \ldots\}$		Menge der ganzen Zahlen	
$\mathbb{Z}^+ = \{+1, +2, +3, +4, +5, \ldots\} = \mathbb{N}^*$		Menge der positiven ganzen Zahlen	
$\mathbb{Z}^- = \{\ldots, -4, -3, -2, -1\}$		Menge der negativen ganzen Zahlen	
$\mathbb{Q} = \{\frac{p}{q} \mid (p, q \in \mathbb{Z}) \wedge (q \neq 0)\}$		Menge der rationalen Zahlen	
$\mathbb{I}$		Menge der irrationalen Zahlen	
$\mathbb{R}$		Menge der reellen Zahlen	
$\mathbb{R} = \mathbb{Q} \cup \mathbb{I}$		Menge der reellen Zahlen	
$\mathbb{R}^+$		Menge der positiven reellen Zahlen	
$\mathbb{R}^-$		Menge der negativen reellen Zahlen	
$\mathbb{R}_0^+$		Menge der nicht-negativen reellen Zahlen	
$\mathbb{R}_0^-$		Menge der nicht-positiven reellen Zahlen	
[a; b], [a; b[,]a; b],]a; b[		Intervalle (Teilmengen) von $\mathbb{R}$	
[a; b]	abgeschlossenes Intervall	]a; b[	offenes Intervall
]a; b]	halb offenes Intervall (Der rechter Randpunkt gehört dazu, der linke nicht.)		
[a; b[	halb offenes Intervall (Der linke Randpunkt gehört dazu, der rechte nicht.)		

Arithmetik und Algebra			
=	... ist (dem Wert nach) gleich	≠	... ist (dem Wert nach) ungleich
≈	... ist ungefähr gleich	≙	entspricht
<	... ist kleiner als ...	>	... ist größer als ...
≤	... ist kleiner oder gleich ...	≥	... ist größer oder gleich
+	Addition (bzw. Vorzeichen)	–	Subtraktion (bzw. Vorzeichen)
±	plus oder minus		
|a|	Betrag von a	sgn a	Vorzeichen (Signum) von a
Σ	Summe von ...	Δ	Differenz von ...
≡	... kongruent modulo ... ist identisch mit ...	|	... teilt ...
ggT	größter gemeinsamer Teiler von ...	kgV	kleinstes gemeinsames Vielfaches von ...
%	Prozent	‰	Promille

Gleichungen und Funktionen			
N	Nenner	Z	Zähler
HN	Hauptnenner	G	Grundmenge
T(x)	Term in (Abhängigkeit von) x	f(x)	Funktionsterm
(x; y)	geordnetes Paar	L	Lösungsmenge
D	Definitionsmenge einer (Un-)Gleichung	W	Wertemenge einer Funktion
D	Diskriminante	D_f	Definitionsmenge einer Funktion
A → B	Abbildungspfeil für Mengen	x ↦ y	Zuordnungspfeil von Elementen
f: A → B: x ↦ y f: A → B: y = f(x)	Die Funktion f ist eine Abbildung von A nach B, die jedem Element x ∈ A das Element y bzw. f(x) ∈ B zuordnet. x ... Argument f(x) ... Funktionswert an der Stelle x		
y = |x|	Betragsfunktion	y = sgn x	Signumfunktion
y = [x]	Gauss-Klammer-Funktion	y = int x	Integer-(Ganzzahliger Anteil-) Funktion
sin α	Sinus(wert) des Winkels α	y = sin x	Sinusfunktion
cos α	Cosinus(wert) des Winkels α	y = cos x	Cosinusfunktion
tan α	Tangens(wert) des Winkels α	y = tan x	Tangensfunktion

Griechisches Alphabet							
Α α	Alpha	Η η	Eta	Ν ν	Ny	Τ τ	Tau
Β β	Beta	Θ θ	Theta	Ξ ξ	Xi	Υ υ	Ypsilon
Γ γ	Gamma	Ι ι	Iota	Ο ο	Omikron	Φ φ	Phi
Δ δ	Delta	Κ ϰ	Kappa	Π π	Pi	Χ χ	Chi
Ε ε	Epsilon	Λ λ	Lambda	Ρ ϱ	Rho	Ψ ψ	Psi
Ζ ζ	Zeta	Μ μ	My	Σ σ	Sigma	Ω ω	Omega

Vektoren			
AB	Strecke von A nach B	$\overline{AB}$	Länge der Strecke AB
$\vec{a} = \overrightarrow{AB}$	Vektor von A nach B	$\lvert\vec{a}\rvert = \lvert\overrightarrow{AB}\rvert$	Länge (Betrag) des Vektors $\overrightarrow{AB}$
$\vec{a}_0$	Einheitsvektor des Vektors $\vec{a}$	$\overrightarrow{AB}_0$	Einheitsvektor des Vektors $\overrightarrow{AB}$
$\vec{i} = \begin{pmatrix} 1 \\ 0 \end{pmatrix}, \vec{j} = \begin{pmatrix} 0 \\ 1 \end{pmatrix}$	Basisvektoren	$\vec{o}$	Nullvektor
		$\vec{n}$	Normalvektor

Analytische Geometrie			
$y = kx + d$	Hauptform der Geradengleichung k … Anstieg der Geraden		
$\vec{x} = \vec{x}_1 + \lambda \cdot \vec{a}$	Parameterform der Geradengleichung λ … Parameter $\vec{a} = \begin{pmatrix} 1 \\ k \end{pmatrix}$ … Richtungsvektor		
$ax + by = c$	Normalvektorform der Geradengleichung mit $\vec{n} = \begin{pmatrix} a \\ b \end{pmatrix}$		
S	Schwerpunkt	H	Höhenschnittpunkt
U	Umkreismittelpunkt	I	Inkreismittelpunkt
r	Umkreisradius	ϱ	Inkreisradius
$\triangle$	Dreieck	$\sphericalangle$	Winkel
$\sphericalangle ABC$	Winkel zwischen BA und BC		
$\sphericalangle(\vec{a}, \vec{b})$	Winkel zwischen $\vec{a}$ und $\vec{b}$		

Wichtige Formeln

Rechnen mit Potenzen

$a^r \cdot a^s = a^{r+s}$	$a^r : a^s = a^{r-s}$	$(a^r)^s = a^{r\cdot s}$	$(a \cdot b)^n = a^n \cdot b^n$	$\left(\frac{a}{b}\right)^n = \frac{a^n}{b^n}$

$a^0 = 1$ mit $a \neq 0$	$a^1 = a$	$a^{-n} = \frac{1}{a^n}$

Klammerregeln:
$a + (b + c) = a + b + c$
$a + (b - c) = a + b - c$
$a - (b + c) = a - b - c$
$a - (b - c) = a - b + c$

Quadrieren und Kubieren von Binomen:
$(a + b)^2 = a^2 + 2ab + b^2$
$(a - b)^2 = a^2 - 2ab + b^2$
$(a + b)^3 = a^3 + 3a^2b + 3ab^2 + b^3$
$(a - b)^3 = a^3 - 3a^2b + 3ab^2 - b^3$

$a^2 - b^2 = (a - b) \cdot (a + b)$	$a^3 + b^3 = (a + b) \cdot (a^2 - ab + b^2)$	$a^3 - b^3 = (a - b) \cdot (a^2 + ab + b^2)$

Quadratische Gleichung:

$ax^2 + bx + c = 0$ $\quad$ $x^2 + px + q = 0$

$x = \frac{-b \pm \sqrt{b^2 - 4ac}}{2a}$ $\quad$ $x = -\frac{p}{2} \pm \sqrt{\left(\frac{p}{2}\right)^2 - q}$

Sätze von Vieta:

$x_1 + x_2 = -\frac{b}{a}$ $\quad$ $x_1 + x_2 = -p$

$x_1 \cdot x_2 = \frac{c}{a}$ $\quad$ $x_1 \cdot x_2 = q$

$a \cdot (x - x_1)(x - x_2) = ax^2 + bx + c = 0$ $\quad$ $(x - x_1)(x - x_2) = x^2 + px + q = 0$

Trigonometrie

Im rechtwinkligen Dreieck gilt:

$\sin\alpha = \frac{\text{Gegenkathete}}{\text{Hypotenuse}} = \frac{a}{c}$ $\quad$ $\cos\alpha = \frac{\text{Ankathete}}{\text{Hypotenuse}} = \frac{b}{c}$ $\quad$ $\tan\alpha = \frac{\text{Gegenkathete}}{\text{Ankathete}} = \frac{a}{b}$

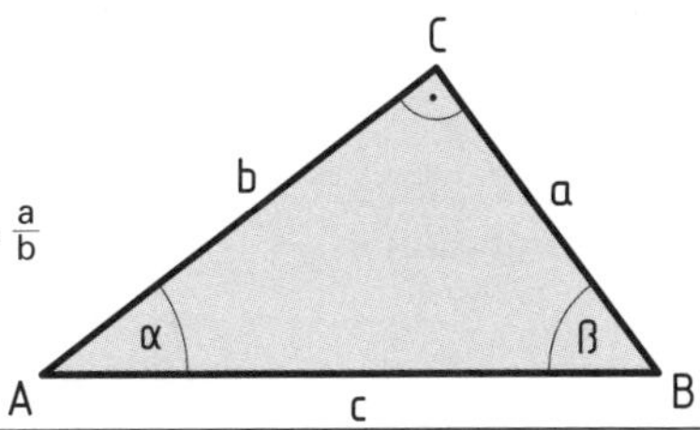

Vorzeichen in den Quadranten:

Quadrant / Funktion	I	II	III	IV
$\sin\alpha$	+	+	–	–
$\cos\alpha$	+	–	–	+
$\tan\alpha$	+	–	+	–

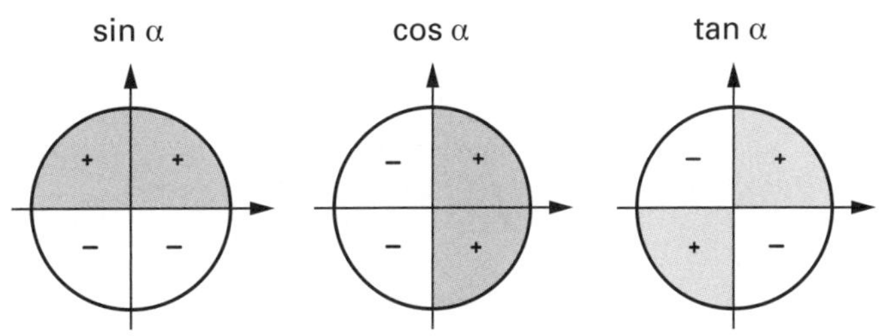

Funktionswerte negativer Winkel:
$\sin(-\alpha) = -\sin\alpha$ $\quad$ $\cos(-\alpha) = \cos\alpha$ $\quad$ $\tan(-\alpha) = -\tan\alpha$

Zusammenhang der Winkelfunktionen:

$\sin^2\alpha + \cos^2\alpha = 1$ $\quad$ $\sin(90° - \alpha) = \cos\alpha$ $\quad$ $\cos(90° - \alpha) = \sin\alpha$

$\tan\alpha = \frac{\sin\alpha}{\sin\beta}$ $\quad$ $\tan^2\alpha + 1 = \frac{1}{\cos^2\alpha}$ $\quad$ $\frac{1}{\tan^2\alpha} + 1 = \frac{1}{\sin^2\alpha}$

Sinussatz:

$a : b : c = \sin\alpha : \sin\beta : \sin\gamma$

$\frac{a}{\sin\alpha} = \frac{b}{\sin\beta} = \frac{c}{\sin\gamma} = 2r$

Cosinussatz:

$a^2 = b^2 + c^2 - 2 \cdot b \cdot c \cdot \cos\alpha$
$b^2 = a^2 + c^2 - 2 \cdot a \cdot c \cdot \cos\beta$
$c^2 = a^2 + b^2 - 2 \cdot a \cdot b \cdot \cos\gamma$

Flächeninhalt des Dreiecks (trigonometrische Flächenformel):

$A = \frac{a \cdot b}{2} \cdot \sin\gamma$ $\quad$ $A = \frac{a \cdot c}{2} \cdot \sin\beta$ $\quad$ $A = \frac{b \cdot c}{2} \cdot \sin\alpha$

Dreiecke und Vierecke

Allgemeines Dreieck

$A = \frac{1}{2} \cdot a \cdot h_a$

$A = \frac{1}{2} \cdot b \cdot h_b$

$A = \frac{1}{2} \cdot c \cdot h_c$

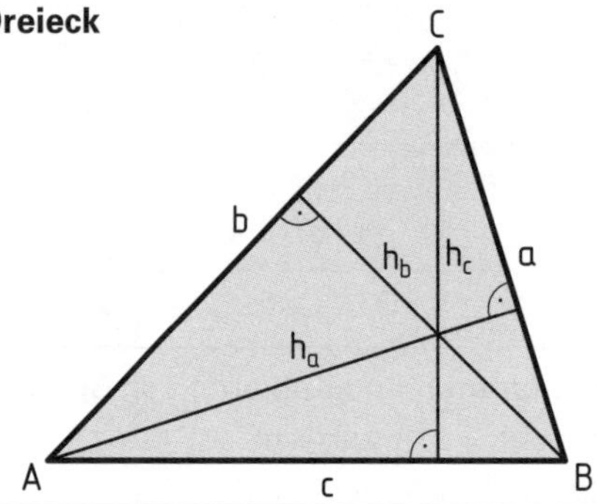

Rechtwinkliges Dreieck

Lehrsätze des Pythagoras

$a^2 + b^2 = c^2$

Kathetensatz: $a^2 = c \cdot p$, $b^2 = c \cdot q$

Höhensatz: $h^2 = p \cdot q$

$A = \frac{1}{2} \cdot a \cdot b$

$A = \frac{1}{2} \cdot c \cdot h$

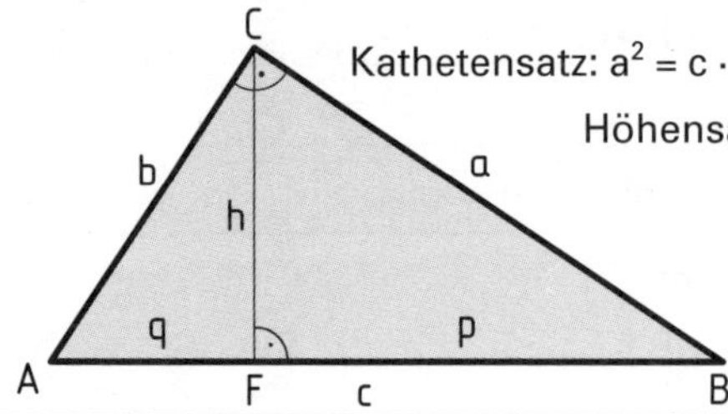

Gleichschenkliges Dreieck

$a = b$; $\alpha = \beta$

$h_c = \sqrt{a^2 - \left(\frac{c}{2}\right)^2}$

$A = \frac{1}{2} \cdot c \cdot h_c$

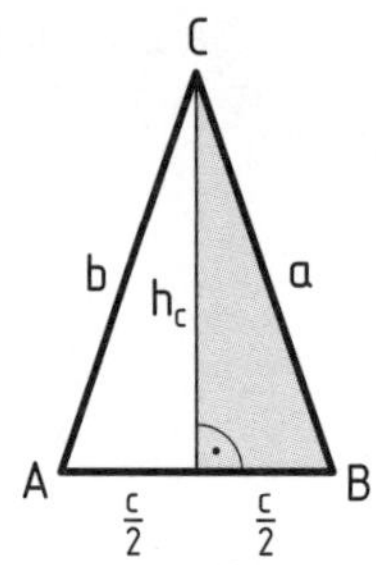

Gleichseitiges Dreieck

$a = b = c$

$\alpha = \beta = \gamma = 60°$

$h = \frac{1}{2} \cdot a \cdot \sqrt{3}$

$A = \frac{1}{4} \cdot a^2 \cdot \sqrt{3}$

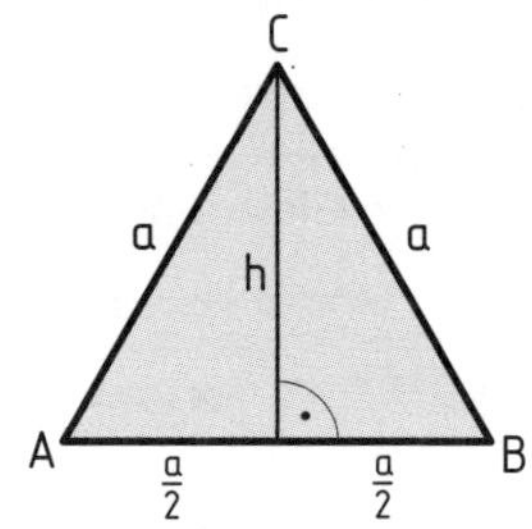

Quadrat

$d = a \cdot \sqrt{2}$

$A = a^2$

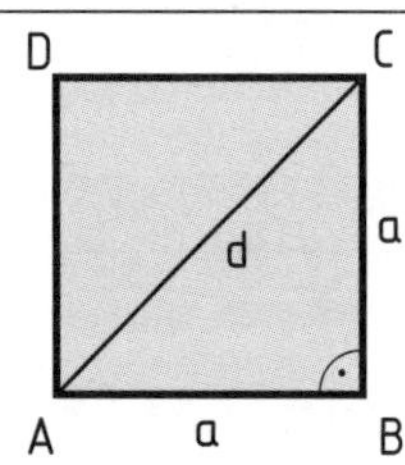

Rechteck

$d = \sqrt{a^2 + b^2}$

$A = a \cdot b$

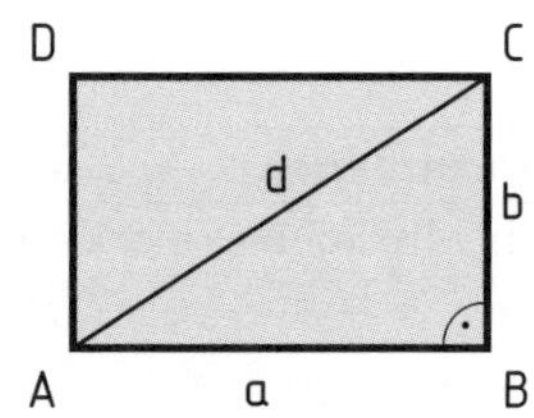

Parallelogramm

$A = a \cdot h_a = b \cdot h_b$

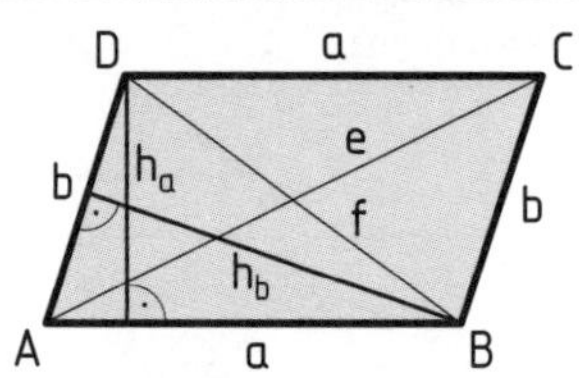

Raute (Rhombus)

$A = a \cdot h$

$A = \frac{1}{2} \cdot e \cdot f$

$a^2 = \left(\frac{e}{2}\right)^2 + \left(\frac{f}{2}\right)^2$

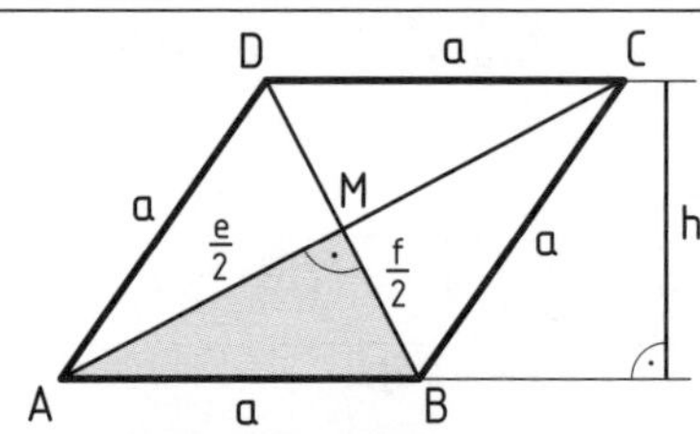

Trapez

$A = \frac{1}{2} \cdot (a + c) \cdot h$

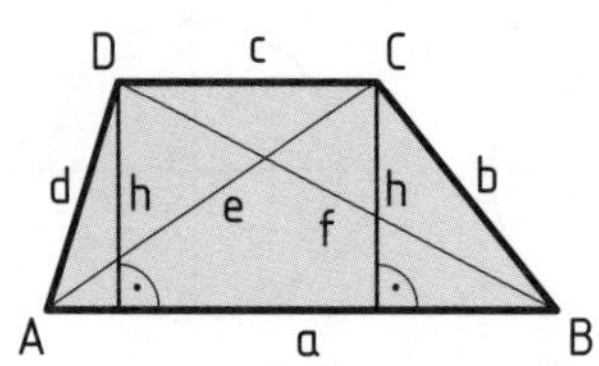

Gleichschenkliges Trapez

$b = d$, $e = f$

$x = \frac{1}{2} \cdot (a - c)$

$A = \frac{1}{2} \cdot (a + c) \cdot h$

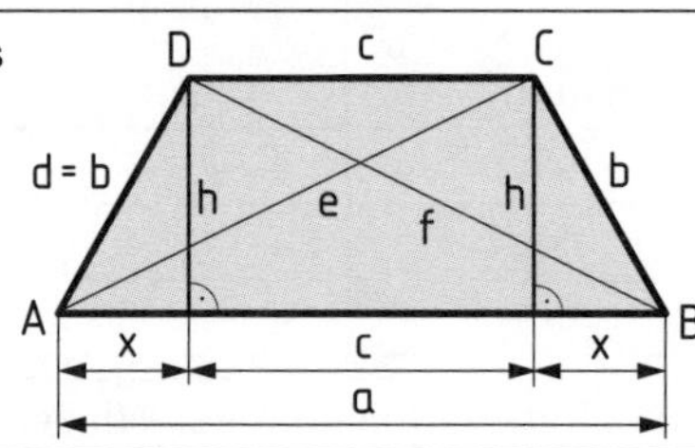

Vierecke mit aufeinander normal stehenden Diagonalen

Quadrat

$A = \frac{1}{2} \cdot d^2$

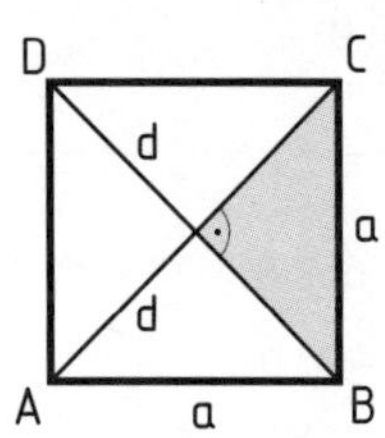

Raute (Rhombus)

$A = \frac{1}{2} \cdot e \cdot f$

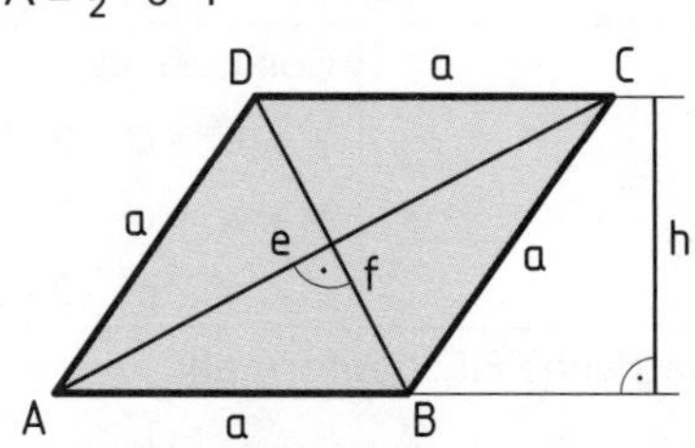

Deltoid

$a = d$, $b = c$

$A = \frac{1}{2} \cdot e \cdot f$

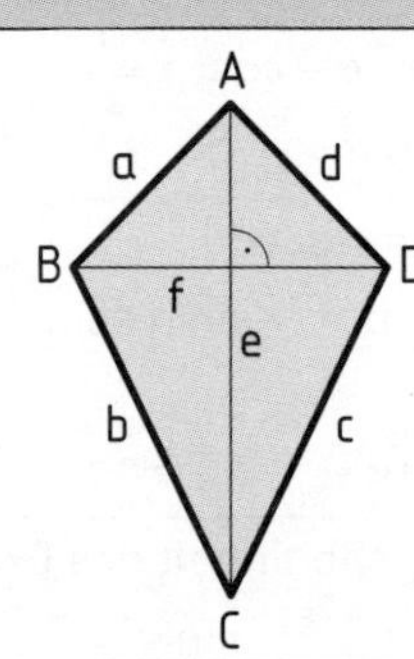

Kreis und Kreisteile

Kreis

$u = 2 \cdot r \cdot \pi = d \cdot \pi$

$A = r^2 \cdot \pi$

$A = \frac{1}{4} \cdot d^2 \cdot \pi$

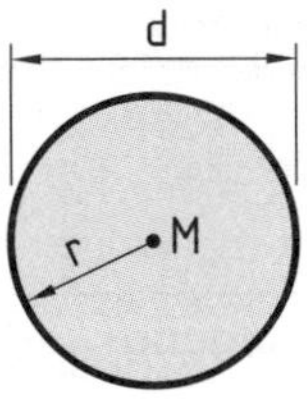

Kreissektor

$b = \frac{r \cdot \pi \cdot \alpha}{180}$

$A = \frac{r^2 \cdot \pi \cdot \alpha}{360}$

$A = \frac{b \cdot r}{2}$

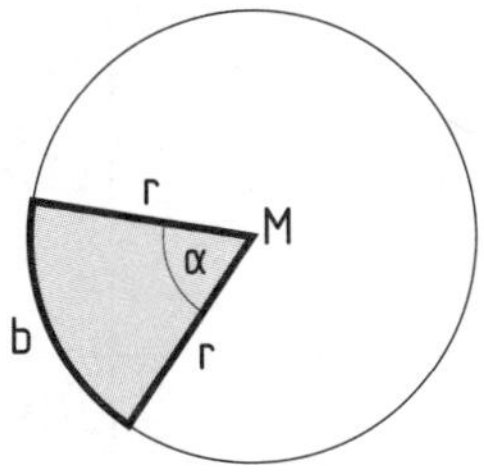

Kreisring

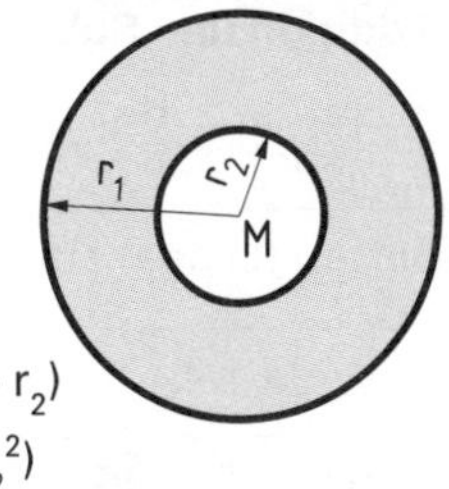

$u = 2 \cdot \pi \cdot (r_1 + r_2)$

$A = \pi \cdot (r_1^2 - r_2^2)$

$A = \pi \cdot (r_1 - r_2) \cdot (r_1 + r_2)$

Körper

Quader

$V = a \cdot b \cdot c$

$O = 2 \cdot (a \cdot b + a \cdot c + b \cdot c)$

$d = \sqrt{a^2 + b^2 + c^2}$

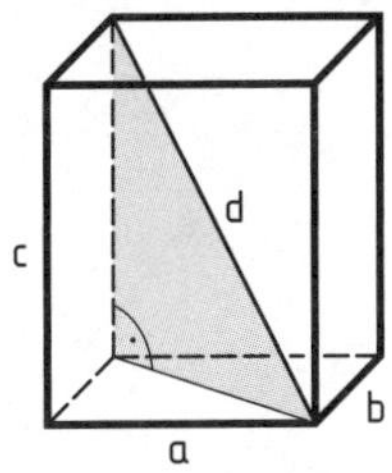

Würfel

$V = a^3$

$O = 6 \cdot a^2$

$d = a \cdot \sqrt{3}$

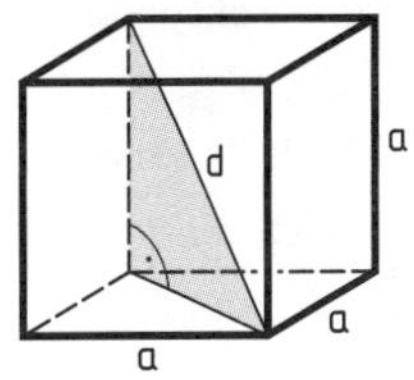

Prisma

$V = G \cdot h$

$O = 2G + M$

$M = u_G \cdot h$

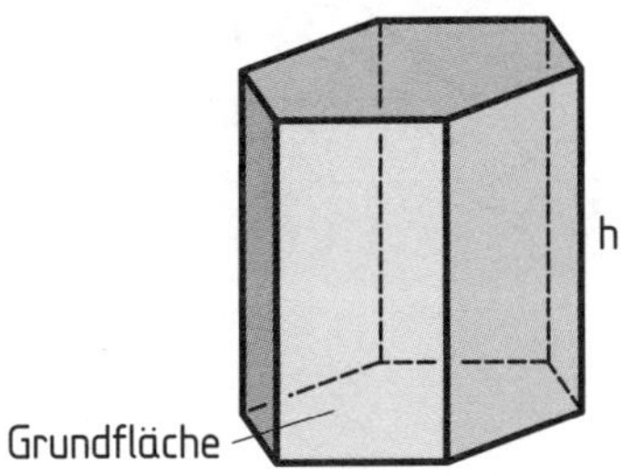

Drehzylinder

$V = r^2 \cdot \pi \cdot h$

$O = 2G + M$

$O = 2 \cdot r^2 \cdot \pi + 2r \cdot \pi \cdot h$

$O = 2r\pi \cdot (r + h)$

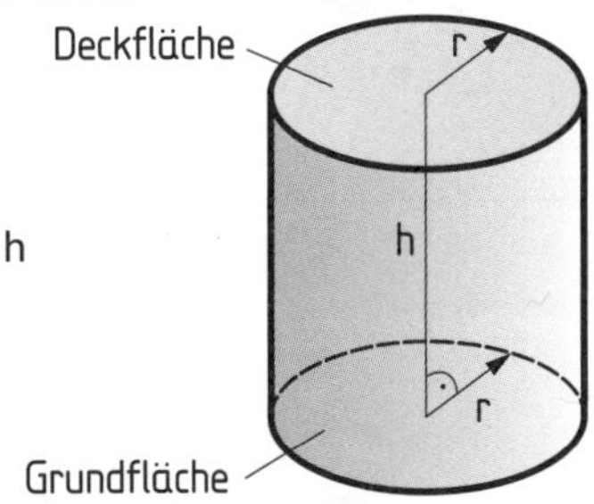

Pyramide

$V = \frac{1}{3} \cdot G \cdot h$

$O = G + M$

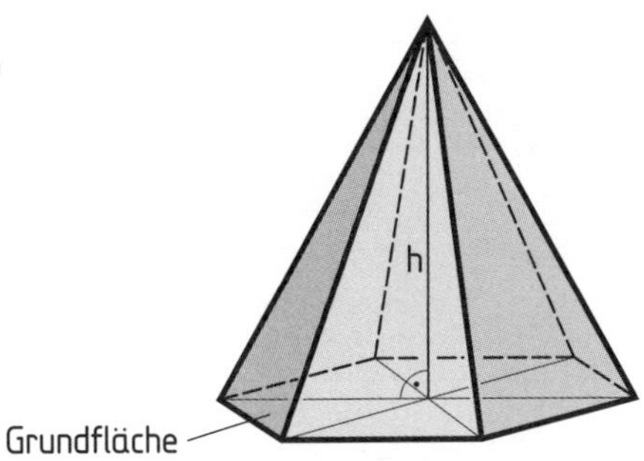

Gerade quadratische Pyramide

$h_a^2 = h^2 + \left(\frac{a}{2}\right)^2$

$s^2 = h_a^2 + \left(\frac{a}{2}\right)^2$

$s^2 = h_a^2 + \left(\frac{d}{2}\right)^2$

$s^2 = h^2 + \left(\frac{1}{2} \cdot a \cdot \sqrt{2}\right)^2$

$V = \frac{1}{3} \cdot a^2 \cdot h$

$O = a^2 + 2 \cdot a \cdot h_a$

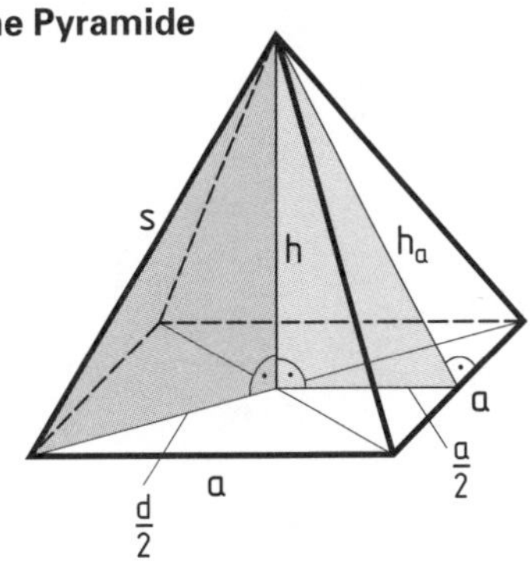

Drehkegel

$V = \frac{1}{3} \cdot r^2\pi \cdot h$

$O = r^2\pi + r\pi s$

$O = r\pi \cdot (r + s)$

$s^2 = r^2 + h^2$

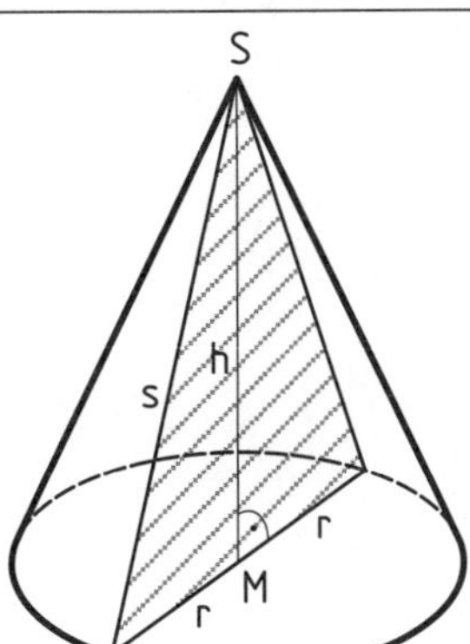

Kugel

$V = \frac{4}{3} \cdot r^3\pi$

$O = 4r^2\pi$

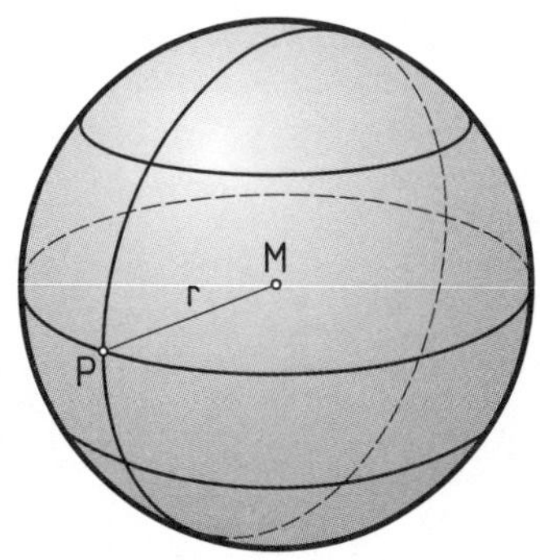

Vektorrechnung

Addition und Subtraktion von Vektoren

$\vec{a} = \begin{pmatrix} a_x \\ a_y \end{pmatrix}, \vec{b} = \begin{pmatrix} b_x \\ b_y \end{pmatrix} \qquad \vec{a} \pm \vec{b} = \begin{pmatrix} a_x \pm b_x \\ a_y \pm b_y \end{pmatrix}$

Multiplikation mit einem Skalar

$\lambda \cdot \vec{a} = \lambda \cdot \begin{pmatrix} a_x \\ a_y \end{pmatrix} = \begin{pmatrix} \lambda \cdot a_x \\ \lambda \cdot a_y \end{pmatrix}$

Betrag (Länge) eines Vektors

$|\vec{a}| = \sqrt{a_x{}^2 + a_y{}^2}$

Einheitsvektor

$\overrightarrow{a_0} = \frac{\vec{a}}{|\vec{a}|} = \frac{1}{|\vec{a}|} \cdot \begin{pmatrix} a_x \\ a_y \end{pmatrix}$

Skalares Produkt von Vektoren

$\vec{a} = \begin{pmatrix} a_x \\ a_y \end{pmatrix}, \vec{b} = \begin{pmatrix} b_x \\ b_y \end{pmatrix} \qquad \vec{a} \cdot \vec{b} = a_x \cdot b_x + a_y \cdot b_y$

$\vec{a} \cdot \vec{b} = |\vec{a}| \cdot |\vec{b}| \cdot \cos \varphi \qquad \text{mit } \sphericalangle (\vec{a}, \vec{b}) = \varphi$

Orthogonalitätsbedingung

$\vec{a} \cdot \vec{b} = 0 \Leftrightarrow \vec{a} \perp \vec{b}$

Normalvektoren

$\vec{a} = \begin{pmatrix} a_x \\ a_y \end{pmatrix} \qquad \overrightarrow{n_1} = \begin{pmatrix} a_y \\ -a_x \end{pmatrix}$ bzw. $\overrightarrow{n_2} = \begin{pmatrix} -a_y \\ a_x \end{pmatrix}$

Winkel zwischen Vektoren

$\varphi = \sphericalangle (\vec{a}, \vec{b})$

$\cos \varphi = \frac{\vec{a} \cdot \vec{b}}{|\vec{a}| \cdot |\vec{b}|}$ aber auch $\cos \varphi = \frac{\overrightarrow{n_1} \cdot \overrightarrow{n_2}}{|\overrightarrow{n_1}| \cdot |\overrightarrow{n_2}|}$

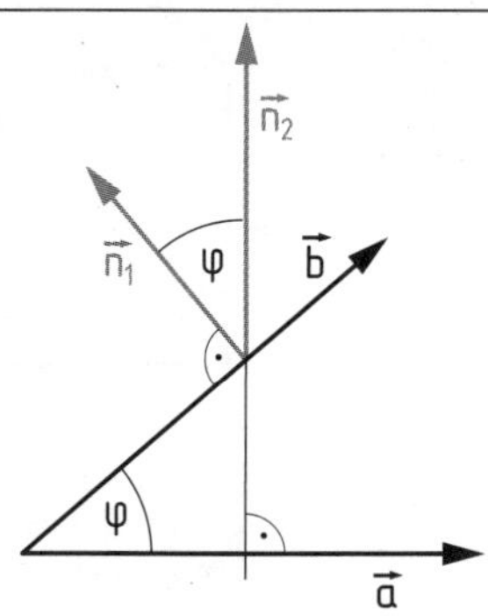